W0309267

Harper
Collins

Zum Buch:

Natalie Mizrahi, in Frankreich geborene Jüdin, ist erst vor Kurzem mit ihren Eltern zusammen nach Israel ausgewandert. Sie arbeitet in Jerusalem als Ärztin in einer Notfallklinik, wo sie Anschlagsopfer und Attentäter gleichsam behandelt. Für Allon soll sie nun die Rolle der Leila Hadawi übernehmen, einer fanatischen Anhängerin des IS. Doch Natalie kommen Zweifel: Wird selbst das härteste Training möglicherweise nicht genug sein, um sie auf ihre Aufgabe vorzubereiten?

Ein literarisches Pulverfass.

Huffington Post

Auf manchen Büchern steht nur Thriller drauf – hier ist Spannung auch wirklich drin.

Krimi-Couch.de

Spannung bis zum dramatischen Finale.

Kulturnews

Zum Autor:

Daniel Silva ist der preisgekrönte New-York-Times-Bestsellerautor von einundzwanzig Romanen, darunter Double Cross – Falsches Spiel, Die Loge, Der Zeuge, Das Terrornetz, Das Moskau-Komplott, Der Raub, Der englische Spion, Die Attentäterin und Der Drahtzieher. Seine Bücher erscheinen in über 30 Ländern und sind weltweit Bestseller. Er lebt mit seiner Frau CNN-Sonderkorrespondentin Jamie Gangel und ihren beiden Kindern Lily und Nicholas in Florida.

Daniel Silva

Die Attentäterin

Thriller

Aus dem Amerikanischen von
Wulf Bergner

HarperCollins

HarperCollins®

FSC MIX Papier FSC® C014496

1. Auflage: September 2018
Copyright © 2018 by HarperCollins
in der HarperCollins Germany GmbH

Titel der amerikanischen Originalausgabe:
The Black Widow
Copyright © 2016 by Daniel Silva

Erschienen bei:
Harper, New York

Published by arrangement with
HarperCollins *Publishers* L.L.C., New York

Umschlaggestaltung: HarperCollins Germany / Birgit Tonn, Artwork
büropecher, Hamburg
Umschlagabbildung: melis / Shutterstock
Lektorat: Thorben Buttke
Satz: GGP Media GmbH, Pößneck
Printed in Germany
Dieses Buch wurde auf FSC®-zertifiziertem Papier gedruckt.
ISBN 978-3-95967-222-1

www.harpercollins.de

Werden Sie Fan von HarperCollins Germany auf Facebook!

Für Stephen L. Carter, für Freundschaft und Vertrauen.
Und wie immer für meine Frau Jamie
und meine Kinder Nicholas und Lily

Die schwarzen Fahnen werden aus Osten kommen, geführt von mächtigen Männern mit langen Haaren und Bärten, die sich nach ihren Heimatstädten nennen.

AUS DEN HADITHEN

Gib mir ein Mädchen im formbaren Alter, dann ist es lebenslänglich mein.

Muriel Spark, DIE LEHRERIN

VORWORT

Mit der Arbeit an diesem Roman habe ich begonnen, bevor die als »Islamischer Staat« bekannte islamische Terrormiliz in Paris und Brüssel eine Welle von Schießereien und Bombenanschlägen verübte, die über 160 Todesopfer forderte. Nachdem ich kurz überlegt hatte, ob ich das Manuskript beiseitelegen sollte, entschied ich mich dafür, es wie ursprünglich geplant abzuschließen, als hätten sich diese tragischen Ereignisse in der imaginären Welt, in der meine Gestalten leben und arbeiten, noch nicht ereignet. Die Ähnlichkeiten zwischen den realen und den fiktiven Anschlägen, auch die Verbindungen zu dem Brüsseler Stadtteil Molenbeek, sind reiner Zufall. Ich bin nicht stolz auf meine Vorahnung. Ich wünschte mir nur, der mörderische, fanatische Terrorismus des Islamischen Staats lebte einzig und allein auf den Seiten dieses Romans.

TEIL EINS

RUE DES ROSIERS

1

LE MARAIS, PARIS

Es war Toulouse, das sich als Hannah Weinbergs Verderben erweisen sollte. An jenem Abend telefonierte sie mit Alain Lambert, ihrem Verbindungsmann im Innenministerium, und erklärte ihm, diesmal müsse unbedingt etwas getan werden. Alain versprach eine rasche Reaktion. Sie würde entschlossen ausfallen, versicherte er Hannah, wobei »entschlossen« die Standardformel eines Funktionärs war, der in Wirklichkeit nichts zu tun beabsichtigte. Am Morgen danach besuchte der Minister den Ort des Überfalls und rief mit vagen Worten zu »Dialog und Aussöhnung« auf. Den Eltern der drei Opfer sprach er lediglich sein Bedauern aus. »Wir wollen besser werden«, sagte er vor seiner Rückkehr nach Paris. »Das müssen wir.«

Sie waren zwölf Jahre alt, die Opfer, zwei Jungen und ein Mädchen, alle drei Juden, obwohl die französischen Medien es in den ersten Berichten versäumten, ihre Konfession zu erwähnen. Sie machten sich auch nicht die Mühe, darauf hinzuweisen, dass die sechs Angreifer Muslime waren, sondern bezeichneten sie nur als Jugendliche aus einer Banlieue im Osten der Stadt. Die Schilderung des Überfalls war vage bis zur Ungenauigkeit. Wie der französische Rundfunk meldete, sei es vor einer Patisserie zu einer Auseinandersetzung gekommen. Dabei seien drei Personen verletzt worden, eine davon schwer. Die Polizei habe Ermittlungen aufgenommen. Festnahmen habe es keine gegeben.

Tatsächlich war dies keine Auseinandersetzung, sondern ein sorgfältig geplanter Überfall gewesen. Und die Angreifer waren keine Jugendlichen, sondern junge Männer Anfang zwanzig, die auf der Suche nach Juden, denen sie etwas antun konnten, in die Innenstadt von Toulouse gekommen waren. Dass ihre Opfer Kinder waren, schien sie nicht zu stören. Die beiden Jungen wurden mit Füßen getreten, bespuckt und anschließend blutig geschlagen. Das Mädchen drückten sie aufs Pflaster und zerschnitten ihm das Gesicht mit einem Messer. Bevor die Angreifer flüchteten, wandten sie sich an eine Gruppe wie gelähmt dastehender Augenzeugen und riefen: »*Chaibar, Chaibar, ja-Jahud!*« Obwohl die Zuschauer das nicht wussten, bezog der arabische Ruf sich auf die muslimische Eroberung einer jüdischen Oase nördlich der heiligen Stadt Medina im siebten Jahrhundert. Die Botschaft war eindeutig. Die Heerscharen Mohammeds, riefen die sechs jungen Männer, zögen in den Krieg gegen die französischen Juden.

Bedauerlicherweise ereignete der Überfall in Toulouse sich nicht ohne Präzedenzfälle oder reichliche Vorwarnung. Frankreich erlebte gegenwärtig die schlimmsten Ausschreitungen gegen Juden seit dem Holocaust. Auf Synagogen waren Brandanschläge verübt, Grabsteine waren umgeworfen, Läden geplündert, Häuser verwüstet und mit Hassparolen besprüht worden. Allein im Vorjahr hatte es insgesamt über viertausend dokumentierte Anschläge gegeben, die Hannah und ihr Team im Isaac-Weinberg-Zentrum für das Studium des Antisemitismus in Frankreich sorgfältig aufgezeichnet und analysiert hatten.

Das nach Hannahs Großvater benannte Zentrum war vor zehn Jahren unter scharfen Sicherheitsvorkehrungen eröffnet worden. Gegenwärtig war es die angesehenste französische Einrichtung dieser Art, und Hannah Weinberg galt als bedeutendste Chronistin der neuen antisemitischen Welle in Frankreich. Für ihre Unterstützer war sie eine »militante Mahnerin«, eine Frau, die vor nichts haltmachte, wenn es darum ging,

Frankreich anzutreiben, seine belagerte jüdische Minderheit zu schützen. Ihre Kritiker drückten sich weit weniger wohlwollend aus. Deshalb hatte Hannah längst aufgehört, alles zu lesen, was in der Presse oder den Kloaken des Internets über sie geschrieben wurde.

Das Weinberg-Zentrum stand in der Rue des Rosiers, der prominentesten Straße im bekanntesten jüdischen Viertel von Paris. Hannahs Wohnung lag gleich um die Ecke in der Rue Pavée. Auf dem Namensschild neben ihrem Klingelknopf stand MME. BERTRAND, eine der wenigen Sicherheitsvorkehrungen, die sie zu ihrem Schutz ergriff. Von den Besitztümern dreier Generationen ihrer Familie umgeben, zu denen eine bescheidene Gemäldesammlung und mehrere Hundert antiker Brillen – ihre geheime Leidenschaft – gehörten, lebte sie dort allein. Mit fünfundfünfzig Jahren war sie ledig und kinderlos. Wenn die Arbeit es zuließ, gestattete sie sich manchmal einen Liebhaber. Alain Lambert, ihr Verbindungsmann im Innenministerium, war einmal eine angenehme Ablenkung in einer schlimmen Zeit gewesen, in der sich antisemitische Vorfälle gehäuft hatten. Nach dem Besuch seines Ministers in Toulouse rief er Hannah spätabends zu Hause an.

»So viel zu seiner Entschlossenheit«, sagte sie sarkastisch. »Er sollte sich schämen!«

»Wir haben unser Bestes getan.«

»Euer Bestes ist nicht gut genug.«

»Es ist besser, in solchen Zeiten kein Öl ins Feuer zu gießen.«

»Das haben die Leute im Sommer neunzehnhundertzweiundvierzig auch gesagt.«

»Wir wollen nicht allzu emotional werden.«

»Du lässt mir keine andere Wahl, als eine Stellungnahme zu veröffentlichen, Alain.«

»Wähle deine Worte sorgfältig. Wir sind die Einzigen, die zwischen ihnen und euch stehen.«

Hannah legte auf. Dann zog sie die oberste Schublade ihres Schreibtischs auf und nahm einen einzelnen Schlüssel heraus. Damit ließ sich eine Tür am Ende des Flurs aufsperren. Dahinter lag ein Kinderzimmer, Hannahs Zimmer, wie in der Zeit erstarrt. Ein Himmelbett mit einem Himmel aus weißer Spitze. Regale voller Plüschtiere und Spielsachen. Ein verblasstes Foto eines US-Filmstars und Mädchenschwarms. Und über der provenzalischen Kommode hing – im Halbdunkel fast unsichtbar – ein Gemälde von Vincent van Gogh. *Marguerite Gachet an ihrem Toilettentisch …* Hannah ließ ihre Fingerspitze über die Pinselstriche gleiten und dachte an den Mann, der das Bild zum ersten und einzigen Mal restauriert hatte. Wie hätte *er* auf ihre Herausforderungen reagiert? Nein, sagte sie sich lächelnd. Das wäre keine Option.

Sie streckte sich auf ihrem Kinderbett aus und verfiel zu ihrer großen Überraschung in traumlosen Schlaf. Und als sie aufwachte, war ihr Plan fertig.

Den größten Teil der folgenden Woche verbrachten Hannah und ihr Team damit, unter strengster operativer Geheimhaltung zu arbeiten. Potenzielle Teilnehmer wurden dezent angesprochen, Zögernde unter Druck gesetzt, Geldgeber angezapft. Zwei von Hannahs verlässlichsten Großspendern verweigerten sich, weil sie wie der Innenminister glaubten, man solle jetzt lieber kein Öl ins Feuer gießen. Um ihren Ausfall zu kompensieren, musste Hannah aus ihrem beträchtlichen Privatvermögen Geld zuschießen. Auch das war wieder Wasser auf die Mühlen ihrer Gegner.

Zuletzt stellte sich die weniger bedeutende Frage, wie Hannahs Unternehmen heißen sollte. Rachel Lévy, die PR-Chefin des Zentrums, plädierte für Farblosigkeit mit einem Schuss

Verschleierung, aber Hannah überstimmte sie. Wenn Synagogen brannten, sagte sie, sei Vorsicht ein Luxus, den sie sich nicht leisten könnten. Hannah wollte Alarm schlagen, mit einem Hornsignal zum Kampf aufrufen. Sie kritzelte ein paar Wörter auf einen Notizzettel, den sie auf Rachels übervollen Schreibtisch legte.

»Das müsste medienwirksam genug sein.«

Zu diesem Zeitpunkt hatte noch kein wichtiger Gast sein Kommen angekündigt – bis auf einen nervenden amerikanischen Blogger und Kommentator im Kabelfernsehen, der eine Einladung zu seiner eigenen Beerdigung angenommen hätte. Aber dann erklärte Arthur Goldman, der berühmte Antisemitismusforscher aus Cambridge, sich bereit, nach Paris zu kommen – natürlich unter der Voraussetzung, dass Hannah ihn für zwei Nächte in seiner Lieblingssuite im Crillon unterbrachte. Mit Goldmans Zusage angelte Hannah sich Maxwell Strauss aus Yale, der keine Gelegenheit ausließ, mit seinem Konkurrenten auf demselben Podium zu sitzen. Die restlichen Teilnehmer fanden sich rasch. Der Direktor des amerikanischen Holocaust-Memorial-Museums sagte ebenso zu wie zwei wichtige Überlebende und ein Experte für den französischen Holocaust aus der Gedenkstätte Jad Waschem. Dazu kamen eine Autorin – mehr wegen ihrer ungeheuren Beliebtheit als ihres Geschichtswissens – und ein weit rechts stehender Politiker, der selten ein freundliches Wort für irgendjemanden hatte. Mehrere muslimische geistliche und politische Würdenträger wurden eingeladen. Alle sagten jedoch ab. Das tat auch der Innenminister. Darüber wurde Hannah von Alain Lambert persönlich informiert.

»Hast du wirklich geglaubt, er würde an einer Konferenz mit einem so provokanten Namen teilnehmen?«

»Gott bewahre, dass dein Minister jemals etwas Provokantes täte, Alain.«

»Was ist mit Sicherheitsmaßnahmen?«

»Wir haben immer auf uns selbst aufgepasst.«

»Keine Israelis, Hannah. Das würde die Sache in ein schiefes Licht rücken.«

Am folgenden Tag gab Rachel Lévy die Pressemitteilung heraus. Die Medien wurden zur Berichterstattung über die Konferenz eingeladen; eine begrenzte Anzahl von Plätzen würde der Öffentlichkeit zur Verfügung stehen. Einige Stunden später wurde auf einer belebten Straße im 12. Arrondissement ein religiöser Jude von einem Mann mit einem Beil angefallen und schwer verwundet. Der flüchtende Attentäter schwenkte die blutige Waffe und rief: *»Chaibar, Chaibar, ja-Jahud!«* Die Polizei ermittelte.

Aus Zeitdruck und Sicherheitsgründen lagen nur fünf hektische Tage zwischen der Pressemitteilung und der Eröffnung der Konferenz. Deshalb wartete Hannah bis zur letzten Minute, bevor sie ihre Eröffnungsrede zu Papier brachte. Am Vorabend der Konferenz saß sie allein in ihrer Bibliothek, in der das einzige Geräusch das Kratzen ihres Füllers auf ihrem Schreibblock war.

Sie fand, dies sei der rechte Platz, ein Dokument dieser Art zu verfassen, denn die Bibliothek hatte einst ihrem Großvater gehört. Als polnischer Jude aus Lublin war er 1936 nach Paris geflüchtet – vier Jahre vor der Besetzung der Stadt durch Hitlers Wehrmacht. Am Morgen des 16. Juli 1942 – dem *Jeudi noir* oder Schwarzen Donnerstag – hatten mit Stapeln von blauen Deportationskarten ausgestattete französische Polizisten Isaac Weinberg, seine Frau und fast dreizehntausend weitere ausländische Juden festgenommen. Bevor die Schergen an seine Tür klopften, gelang es Weinberg noch, zwei Objekte zu verstecken: sein einziges Kind, den kleinen Marc, und den van Gogh. Marc Weinberg überlebte den Krieg auf dem Land versteckt und schaffte es 1952, die Wohnung in der Rue Pavée von der Familie zurückzubekommen, die sich dort nach dem *Jeudi noir* eingenistet hatte. Wie durch ein Wunder lag das Gemälde noch genau dort, wo Isaac Weinberg es zurückgelassen hatte: unter dem Parkett der Bibliothek, in der Hannah jetzt saß.

Drei Wochen nach ihrer Verhaftung wurden Isaac Weinberg und seine Frau nach Auschwitz deportiert und gleich nach der Ankunft vergast. Sie waren nur zwei der über fünfundsiebzigtausend Juden aus Frankreich, die in den Todeslagern Hitlerdeutschlands umkamen – ein bleibender Makel der französischen Geschichte. Aber konnte so etwas wieder passieren? Und wurde es Zeit, dass die vierhundertfünfundsiebzigtausend Juden Frankreichs, die drittgrößte jüdische Gemeinde der Welt, ihre Koffer packten und das Land verließen? Das war die Frage, die Hannah zum Thema ihrer Konferenz gemacht hatte. Viele Juden hatten Frankreich bereits verlassen. Allein im vergangenen Jahr waren fünfzehntausend nach Israel ausgewandert, und ihre Zahl stieg von Tag zu Tag weiter. Hannah dachte jedoch nicht daran, sich ihnen anzuschließen. Die Idee, woanders als im 4. Pariser Arrondissement zu leben, war für sie unvorstellbar. Trotzdem fühlte sie sich dazu verpflichtet, ihre jüdischen Mitbürger vor dem heraufziehenden Sturm zu warnen. Noch war diese Bedrohung nicht existenzgefährdend. Aber wenn ein Haus brennt, schrieb Hannah jetzt, sollte man sich klugerweise nach dem nächsten Ausgang umsehen.

Ihre erste Version war kurz vor Mitternacht fertig. Sie sei zu stringent, fand Hannah, und vielleicht etwas zu polemisch. Sie glättete die gröbsten Kanten und fügte einige deprimierende Statistiken ein, die ihre Argumentation unterstützten. Dann tippte sie das Redemanuskript auf ihrem Laptop, druckte ein Exemplar aus und schaffte es, kurz vor zwei Uhr ins Bett zu kommen. Ihr Wecker klingelte um sieben Uhr; auf dem Weg unter die Dusche trank sie eine Schale *Café au Lait.* Danach saß sie im Bademantel am Toilettentisch und betrachtete nachdenklich ihr Gesicht im Spiegel. Ihr Vater hatte von seiner einzigen Tochter einmal brutal ehrlich gesagt, Gott habe sie großzügig mit Verstand, aber sparsam mit Schönheit bedacht. In ihr lockiges dunkles Haar mischten sich graue Strähnen, gegen die sie nichts unternahm. Sie hatte eine prominente Adlernase und braune Augen. Sie war nie wirklich hübsch gewesen, aber andererseits war sie auch nie für dumm gehalten worden. In Zeiten wie diesen war ihr Aussehen vorteilhaft, fand sie.

Sie legte etwas Make-up auf, um die Schatten unter ihren Augen zu verdecken, und frisierte sich sorgfältiger als gewöhnlich. Dann zog sie sich rasch an – Rock und Pullover in dunklen Tönen, blickdichte Strümpfe, Pumps mit niedrigen Absätzen – und ging die Treppe hinunter. Nachdem sie den Innenhof durchquert hatte, zog sie die schwere Haustür eine Handbreit auf und spähte auf die Straße hinaus. Es war kurz nach acht Uhr; unter einem bleigrauen Vorfrühlingshimmel strömten Pariser und Touristen auf den Gehsteigen vorbei. Niemand schien darauf zu lauern, dass eine intelligent aussehende Mittfünfzigerin das Apartmenthaus mit der Nummer vierundzwanzig verließ.

Das tat sie jetzt und ging an einigen schicken Boutiquen vorbei die Rue des Rosiers entlang. Einige Schritte weit schien dies eine gewöhnliche Pariser Straße in einem der besseren Arrondissements zu sein. Dann kam Hannah an einer koscheren Pizzeria und mehreren Falafel-Ständen mit Werbetafeln in hebräischer Schrift vorbei, die das wahre Wesen dieser Straße enthüllten. Sie stellte sich vor, wie es hier am Morgen des *Jeudi noir* ausgesehen haben musste. Wie die hilflosen Zusammengetriebenen den einen Koffer umklammernd, den jeder mitnehmen durfte, auf offene Lastwagen kletterten. Wie die Nachbarn in den Fenstern liegend auf die Straße hinabstarrten: manche stumm und beschämt, andere kaum imstande, ihre Freude über das Unglück einer verachteten Minderheit zu verbergen. Hannah stand dieses Bild vor Augen – Pariser, die den todgeweihten Juden zum Abschied nachwinkten –, als sie mit rhythmisch übers Pflaster klappernden Absätzen durch den grauen Tag weiterhastete.

Das Weinberg-Zentrum lag am ruhigen Ende der Straße in einem dreistöckigen Gebäude, das vor dem Krieg eine auf Jiddisch erscheinende Zeitung und eine Mantelfabrik beherbergt hatte. Eine Schlange aus mehreren Dutzend Menschen wartete vor dem Eingang, an dem zwei Sicherheitsleute in dunklen Anzügen, beide junge Männer Anfang zwanzig, jeden Besucher gründlich durchsuchten. Hannah schlüpfte an ihnen vorbei und fuhr zum VIP-Empfang hinauf. Arthur Goldman und Max Strauss beobachteten einander misstrauisch über Tassen mit schwachem *Café américain* hinweg. Die berühmte Autorin sprach mit einem der Überlebenden; der Direktor des Holocaust-Museums unterhielt sich mit dem Spezialisten vom Yaad Vashem, einem alten Freund. Nur der nervende amerikanische Kommentator schien keinen Gesprächspartner zu haben. Er lud sich Croissants und Brioches auf seinen Teller, als habe er seit Tagen gefastet. »Keine Sorge«, sagte Hannah lächelnd. »Wir haben ein gemeinsames Mittagessen vorbereitet.«

Sie wechselte mit jedem der Podiumsgäste ein paar Worte, bevor sie den Korridor entlang zu ihrem Büro weiterging. Dort las sie ihre Begrüßungsworte nochmals durch, bis Rachel Lévy den Kopf durch die Tür steckte und stumm auf ihre Armbanduhr deutete.

»Wie voll ist der Saal?«, fragte Hannah.

»Überfüllt.«

»Und die Medien?«

»Alle sind da, auch die *New York Times* und die BBC.«

In diesem Augenblick piepste Hannahs Smartphone. Eine SMS von Alain Lambert aus dem Innenministerium. Sie las die Nachricht stirnrunzelnd.

»Was gibt's?«, fragte Rachel.

»Alain ist wieder mal Alain.«

Hannah ließ ihr Smartphone auf dem Schreibtisch liegen, nahm ihr Manuskript mit und ging hinaus. Rachel Lévy wartete einige Sekunden lang, dann gab sie Hannahs nicht so sicheren Sicherheitscode ein. Alain Lamberts SMS war nur vier Wörter lang.

SEI VORSICHTIG, MEINE LIEBE.

Im Weinberg-Zentrum war kein Platz für einen großen Saal, aber der Vortragssaal im obersten Stock gehörte zu den besten im Marais. Eine lange Fensterfront aus wandhohen Elementen bot einen prachtvollen Ausblick über die Dächer in Richtung Seine, und an den Wänden hingen große Schwarz-Weiß-Fotos, die jüdisches Leben in Paris vor dem *Jeudi noir* zeigten. Alle Abgebildeten waren dem Holocaust zum Opfer gefallen, auch Isaac Weinberg, der kein Vierteljahr vor der Katastrophe in seiner Bibliothek fotografiert worden war. Hannah fuhr im Vorbeigehen mit dem Zeigefinger über das Foto, wie sie van Goghs Pinselstriche berührt hatte. Nur sie kannte den geheimen Zusammenhang zwischen dem Gemälde, ihrem Großvater und dem Zentrum, das seinen Namen trug. Nein, dachte sie plötzlich, das stimmt nicht ganz. Der Restaurator kennt ihn auch.

Auf dem Podium vor der Fensterfront stand ein rechteckiger langer Tisch, und auf dem Parkett waren zweihundert Stühle in zehn Reihen angeordnet. Alle Stühle waren besetzt, und auf den Stehplätzen an der Rückwand drängten sich noch mal etwa hundert Zuhörer. Hannah nahm ihren Platz ein – sie hatte sich bereit erklärt, als Puffer zwischen Goldman und Strauss zu fungieren – und hörte zu, wie Rachel Lévy das Publikum bat, seine Handys auszuschalten. Dann war sie an der Reihe. Sie schaltete das Mikrofon ein und sah auf die erste Zeile ihres Manuskripts hinunter. »Es ist eine nationale Tragödie, dass eine Konferenz dieser Art überhaupt stattfindet …« Und dann hörte sie ein Geräusch von der Straße herauf, ein Knallen, als würden Feuerwerkskörper gezündet, bevor ein arabischer Ruf erklang.

»Chaibar, Chaibar, ja-Jahud!«

Hannah verließ das Podium und trat rasch an eines der wandhohen Fenster.

»O Gott«, flüsterte sie.

Sie warf sich herum und wollte den Podiumsgästen eine Warnung zurufen, aber die Detonation übertönte ihre Worte. Im nächsten Augenblick tobte ein Wirbelsturm aus Glassplittern, Stühlen, Ziegelsteinen, Kleidungsstücken und menschlichen Gliedmaßen durch den Saal. Hannah fühlte, dass sie nach vorn kippte, wusste aber nicht, ob sie stürzte oder flog. Aus dem Augenwinkel heraus sah sie Rachel Lévy wie eine Ballerina vorbeikreiseln. Dann verschwand Rachel wie alles andere hinter grauen Schleiern.

Zuletzt kam sie zur Ruhe, vielleicht auf dem Rücken, vielleicht auf der Seite, vielleicht auf der Straße, vielleicht unter Beton und Ziegeln begraben. Die Stille war bedrückend. Sie wollte sich Gesteinsstaub aus den Augen wischen, aber ihr rechter Arm gehorchte ihr nicht. Dann merkte Hannah, dass sie keinen rechten Arm mehr hatte. Anscheinend auch kein rechtes Bein mehr. Sie drehte den Kopf etwas zur Seite und sah einen Mann neben sich liegen. »Professor Strauss, sind Sie das?« Aber der Mann sagte nichts. Er war tot. Bald bin ich auch tot, dachte Hannah.

Plötzlich fror sie schrecklich. Das musste von dem Blutverlust kommen. Oder vielleicht von dem Windstoß, der für kurze Zeit den schwarzen Rauch vertrieb. Nun erkannte sie, dass sie und der Mann, der Professor Strauss sein konnte, inmitten von Trümmern auf der Rue des Rosiers lagen. Und über ihr stand eine Gestalt ganz in Schwarz, die mit einem Sturmgewehr auf sie zielte. Eine schwarze Sturmhaube verbarg das Gesicht, aber die Augen waren sichtbar. Sie waren schockierend schön, zwei Kaleidoskope aus Haselnuss und Kupfer. »Bitte«, flüsterte Hannah, aber in den Augen hinter der Maske brannte nur religiöser Eifer. Dann kam ein weißer Lichtblitz, und Hannah ging auf einmal heil und gesund einen Flur entlang. Sie öffnete die Tür ihres früheren Kinderzimmers und tastete im Dunkel nach dem van Gogh. Aber das Gemälde war anscheinend schon fort. Und im nächsten Augenblick war Hannah tot.

2

RUE DE GRENELLE, PARIS

Später würden die französischen Behörden feststellen, dass die Sprengladung über fünfhundert Kilo gewogen haben musste. Sie war in einem Lieferwagen, einem weißen Renault Trafic, versteckt gewesen und nach Aufzeichnungen der vielen Überwachungskameras in dieser Straße um Punkt zehn Uhr detoniert – genau zur Eröffnung der Konferenz im Weinberg-Center. Die Terroristen waren auf die Minute pünktlich gewesen.

Nachträglich betrachtet war die Autobombe für solch ein bescheidenes Ziel unnötig groß gewesen. Französische Fachleute berechneten, dass zweihundert Kilo Sprengstoff vermutlich ausgereicht hätten, um das Gebäude einstürzen zu lassen und alle darin zu verwunden oder zu töten. Mit fünfhundert Kilo ließ die Bombe jedoch entlang der gesamten Rue des Rosiers Gebäude einstürzen und Fenster zersplittern. Die Druckwelle war so stark, dass die Pariser Erdbebenwarte ein leichtes Beben registrierte, und richtete auch unterirdische Schäden an. Im ganzen Arrondissement rissen Gas- und Wasserleitungen, und ein Métro-Zug entgleiste bei der Einfahrt in die Station Hôtel de Ville. Weil die Polizei von einem Anschlag auf die U-Bahn ausging, ließ sie die gesamte Métro räumen. Das führte zu einem Verkehrschaos in der Innenstadt, das den Attentätern unerwartet zu Hilfe kam.

Auf der Rue des Rosiers riss die Urgewalt der Detonation einen sechs Meter tiefen Krater. Von dem Renault Trafic blieb nichts übrig außer der linken Hecktür, die – seltsamerweise intakt – fast einen Kilometer weit entfernt in der Seine treibend entdeckt wurde. Später stellten die Ermittler fest, dass das Fahrzeug in Vaulx-en-Velin, einem düsteren Vorort von Lyon mit mehrheitlich muslimischer Einwohnerschaft, gestohlen worden war. Am Vorabend des Anschlags war es von Unbekannten nach Paris gefahren und vor einem Bad- und Küchenstudio am Boulevard Saint-Germain abgestellt worden. Dort hatte es gestanden, bis es um 8.10 Uhr am folgenden Tag von einem Mann abgeholt wurde. Er war bartlos, ungefähr einen Meter fünfundsiebzig groß, trug Baseballmütze und Sonnenbrille. Er fuhr scheinbar ziellos kreuz und quer durch Paris, bis er dann um 9.20 Uhr vor dem Gare du Nord einen Komplizen einsteigen ließ. Die französischen Sicherheits- und Geheimdienste gingen anfangs davon aus, dort sei ein zweiter Mann zugestiegen. Die Auswertung der Überwachungsvideos zeigte jedoch, dass der Komplize eine Frau gewesen war.

Als der Renault den Marais erreichte, hatten beide Insassen sich mit schwarzen Sturmhauben getarnt. Und als sie vor dem Weinberg-Zentrum aus dem Wagen sprangen, waren sie mit Kalaschnikows, Pistolen und Handgranaten schwer bewaffnet. Die beiden Sicherheitsleute des Zentrums und vier noch wartende Besucher wurden sofort erschossen. Ein Passant, der beherzt dazwischengehen wollte, wurde kaltblütig erledigt. Andere Fußgänger auf der schmalen Straße ergriffen klugerweise die Flucht.

Die Schießerei vor dem Weinberg-Zentrum endete um 9.59.30, und die beiden maskierten Attentäter gingen ohne sonderliche Eile zur Rue Vieille-du-Temple weiter, wo sie einen beliebten Fleischerladen betraten. Dort warteten acht Kunden in einer ordentlichen Schlange. Alle wurden erschossen, auch die einzelne Verkäuferin, die um ihr Leben flehte, bevor sie von mehreren Schüssen getroffen zusammenbrach.

Im selben Augenblick ging auf der Rue des Rosiers die Autobombe hoch. Die Druckwelle ließ die Schaufenster des Fleischerladens zersplittern, aber ansonsten blieb das Gebäude heil. Die beiden Attentäter flüchteten nicht sofort vom Tatort. Stattdessen kehrten sie in die Rue des Rosiers zurück, wo eine letzte Überwachungskamera aufzeichnete, wie sie methodisch das Trümmerfeld absuchten und Verletzte und Sterbende erschossen. Zu ihren Opfern gehörte Hannah Weinberg, die von zwei Schüssen getroffen wurde, obwohl sie ohnehin praktisch keine Überlebenschance hatte. Die Terroristen waren ebenso grausam wie kompetent. Von der Frau gab es Aufnahmen, die zeigten, wie sie gelassen eine Ladehemmung ihrer Kalaschnikow beseitigte, bevor sie einen Verletzten erschoss, der kurz zuvor noch im dritten Stock des Zentrums gesessen hatte.

Nach dem Bombenanschlag blieb der Marais mehrere Stunden lang völlig abgeriegelt, nur für Rettungsmannschaften und Ermittler zugänglich. Als am Spätnachmittag alle Brände gelöscht und keine weiteren Detonationen zu befürchten waren, traf schließlich der französische Präsident ein. Nachdem er den Tatort besichtigt hatte, sprach er von einem »Holocaust im Herzen von Paris«. Das kam in den unruhigeren Banlieues nicht gut an. In einer fand eine spontane Feier statt, die aber rasch von Bereitschaftspolizei aufgelöst wurde. Die meisten Medien ignorierten diesen Vorfall. Ein Polizeisprecher nannte ihn »eine unangenehme Ablenkung« von der wichtigeren Aufgabe, die Täter aufzuspüren.

Ihre Flucht aus dem Marais war wie das gesamte Unternehmen penibel geplant und wurde exakt ausgeführt. Ein Motorroller Peugeot Satelis mit zwei schwarzen Helmen stand in einer Nebenstraße für sie bereit. Sie fuhren nach Norden davon – der Mann am Lenker, die Frau mit um seine Taille geschlungenen Armen als Sozia –, ohne von den heranrasenden Polizei- und Rettungsfahrzeugen bemerkt zu werden. Letztmals fotografiert wurden sie von einer Überwachungskamera in dem Weiler Villeron im Department Val-d'Oise. Ab Mittag waren sie die Zielpersonen der größten Fahndung, die Frankreich je erlebt hatte.

Police Nationale und Gendarmerie errichteten Straßensperren, kontrollierten Bus- und Bahnreisende, durchsuchten Lagerhäuser und kontrollierten mögliche Schlupfwinkel. Aber in einem eleganten alten Gebäude in der Rue de Grenelle waren vierundachtzig Männer und Frauen mit einer ganz anderen Art Fahndung beschäftigt. Unter dem Decknamen »Alphagruppe« bildeten sie ein geheimes Team des französischen Inlandsgeheimdiensts DGSI. Die Gruppe, wie sie informell genannt wurde, war vor sechs Jahren nach einem dschihadistischen Selbstmordanschlag auf ein bekanntes Restaurant an der Avenue des Champs-Élysées aufgestellt worden. Sie war auf die Unterwanderung des dschihadistischen Untergrunds in Frankreich spezialisiert und berechtigt, »aktive Maßnahmen« zu ergreifen, um potenzielle islamische Terroristen aus dem Verkehr zu ziehen, bevor diese gegen die Republik oder ihre Bürger aktiv werden konnten. Paul Rousseau, dem Chef der Alphagruppe, wurde nachgesagt, er habe mehr Bombenanschläge geplant als Osama bin Laden, was er keineswegs leugnete, auch wenn er rasch hinzufügte, er habe noch keine seiner Bomben zünden müssen. Die Agenten der Alphagruppe waren Meister der Täuschung, und Paul Rousseau war ihr unbestrittener Meister und Leitstern.

Mit seinen Tweedsakkos, seinen grauen Locken und seiner unvermeidlichen Pfeife wirkte Rousseau eher wie ein zerstreuter Professor als ein skrupelloser Geheimpolizist – und das aus gutem Grund. Seine Karriere hatte an der Universität begonnen, und dorthin wünschte er sich in dunkleren Augenblicken manchmal zurück. Rousseau hatte an der Sorbonne französische Literatur des 19. Jahrhunderts gelehrt, als ein Freund beim

Geheimdienst ihn gebeten hatte, einen Auftrag für den Inlandsnachrichtendienst DST zu übernehmen. Das war 1983 gewesen, als eine Welle von Bombenanschlägen und Morden einer linken Terrororganisation, die sich Action Directe nannte, das Land erschütterte. Rousseau hatte sich einer Einheit angeschlossen, die den Auftrag hatte, die Action Directe zu zerschlagen, und die Gruppierung durch eine Serie brillanter Unternehmen in die Knie gezwungen.

Rousseau war beim DST geblieben und hatte verschiedene Wellen linker und nahöstlicher Terroristen abgewehrt, bis seine geliebte Frau Colette im Jahr 2004 ihren langen Kampf gegen Leukämie verloren hatte. Der untröstliche Witwer hatte sich in seine bescheidene Villa im Luberon zurückgezogen und seine geplante mehrbändige Proust-Biografie begonnen. Dann war der Anschlag auf den Champs-Élysées verübt worden. Rousseau war bereit gewesen, sich reaktivieren zu lassen – aber nur unter einer Bedingung. Er hatte keine Lust, mutmaßliche Terroristen zu beschatten, ihre Telefone abzuhören oder ihre Hasstiraden im Internet zu lesen. Er wollte zum Angriff übergehen. Der Direktor war ebenso einverstanden wie der Innenminister, und so wurde die Alphagruppe geboren. In den sechs Jahren ihrer Existenz hatte sie über ein Dutzend großer Attentate auf französischem Boden vereitelt. Rousseau sah den Anschlag aufs Weinberg-Zentrum nicht nur als Versagen seiner Gruppe, sondern als persönlichen Affront. Noch am selben Nachmittag rief er den DGSI-Direktor an, um seinen Rücktritt anzubieten, der natürlich nicht angenommen wurde. »Aber als Buße«, sagte der Direktor, »sollen Sie das Monster aufspüren, das für diese Untat verantwortlich ist, und mir seinen Kopf auf einem Silbertablett bringen.«

Rousseau fand diese Anspielung deplatziert, denn er hatte nicht die Absicht, die Kreaturen, die er bekämpfte, nachzuahmen. Trotzdem stürzten seine Leute und er sich mit einem Eifer auf diese Aufgabe, der mit dem religiösen Eifer ihrer Gegenspieler mithalten konnte. Die Spezialität der Alphagruppe war der menschliche Faktor, deshalb griff sie auf Menschen zurück. In Cafés, auf Bahnhöfen und in dunklen Ecken der Städte trafen Rousseaus Agenten sich heimlich mit ihren V-Leuten: Geistlichen, Anwerbern, abgebrühten Huren, wohlmeinenden Moderaten und starr dreinblickenden verlorenen Seelen, die in der globalen Umma des Todes, die der radikale Islam verkündete, eine Heimat gefunden hatten. Manche spionierten aus Gewissensgründen. Andere spionierten für Geld. Wieder andere spionierten, weil Rousseau und seine Agenten ihnen keine andere Wahl ließen. Keiner behauptete, von dem bevorstehenden Anschlag gewusst zu haben – nicht einmal die Huren, die sonst alles zu wissen behaupteten, vor allem, wenn Geld dabei eine Rolle spielte. Auch konnte keiner die beiden Täter identifizieren. Vielleicht waren sie Eigenbrötler, Einzelgänger, die als führerlose Dschihadisten vor der Nase der französischen Geheimdienste eine Fünfhundertkilobombe gebaut und geschickt ans Ziel gebracht hatten. Möglich, dachte Rousseau, aber höchst unwahrscheinlich. Irgendwo musste es einen Drahtzieher geben, der den Anschlag geplant, die Täter angeworben und sie geschickt ferngesteuert hatte. Und den Kopf dieses Mannes würde Paul Rousseau seinem Direktor bringen.

Während alle französischen Sicherheitsdienste mit Hochdruck nach den Attentätern aufs Weinberg-Zentrum fahndeten, war Rousseaus Blick bereits fest auf eine ferne Küste gerichtet. Wie alle guten Kapitäne blieb er bei Sturm auf der Kommandobrücke, die in diesem Fall sein Dienstzimmer im vierten Stock war. Dort schien eine Art gelehrter Unordnung zu herrschen, die durch das fruchtige Aroma seines Pfeifentabaks verstärkt wurde, denn Rousseau qualmte trotz aller amtlichen Verbote auch im Dienst ungerührt weiter. Unter seinen Fenstern mit Panzerglasscheiben, die der Direktor ihm aufgedrängt hatte, schnitten sich die Rue de Grenelle und die ruhige kleine Rue Amélie. Das Gebäude hatte keinen Eingang von der Straße aus und war nur über einen kleinen Hof zu erreichen. Ein diskretes Messingschild verkündete, hier residiere die Internationale Gesellschaft für Französische Literatur – ein Touch, auf den Rousseau besonders stolz war. Zur Tarnung gab sie eine dünne Vierteljahreszeitschrift heraus, die er immer selbst redigierte. Nach letztem Stand hatte sie zwölf Leser, die alle gründlich überprüft worden waren.

Im Inneren des Gebäudes hörte jedoch alle Heimlichtuerei auf. Der Technik-Stab war im Keller untergebracht, und den Beschattern gehörte das Erdgeschoss. Den ersten Stock nahm das überquellende Archiv der Alphagruppe ein – Rousseau zog Papier digitalen Akten vor –, und die beiden Obergeschosse waren das Reich der Agentenführer. Die meisten Männer und Frauen kamen und gingen zu Fuß oder mit ihrem Dienstwagen durchs Tor an der Rue de Grenelle. Andere benutzten den Geheimgang, der es mit dem kleinen Antiquitätengeschäft nebenan verband, das einem ältlichen Franzosen gehörte, der im Algerienkrieg für den Geheimdienst gearbeitet hatte. Paul Rousseau war das einzige Mitglied der Alphagruppe, das die schaurige Akte des Antiquitätenhändlers hatte lesen dürfen.

Ein Besucher hätte glauben können, im vierten Stock lägen Büros einer Schweizer Privatbank. Dort war alles ernst und düster und still, bis auf den Chopin, der manchmal aus Paul Rousseaus offener Tür drang. Seine langmütige Sekretärin, die unerschütterliche Mme. Treville, saß an ihrem mustergültig ordentlichen Schreibtisch im Vorzimmer, und das zweite Büro am Ende des kleinen Korridors gehörte Christian Bouchard, Rousseaus Stellvertreter. Bouchard war alles, was Rousseau nicht war: jung, topfit, modisch gekleidet und blendend aussehend. Vor allem war Bouchard ehrgeizig. Der Direktor hatte ihn Rousseau aufgedrängt, und alle Welt glaubte, er werde eines Tages die Alphagruppe leiten. Rousseau verabscheute ihn nur ein wenig, denn Bouchard arbeitete trotz seiner offenkundigen Macken ausgezeichnet. Und er war völlig skrupellos. Wenn es irgendwo bürokratische Schmutzarbeit zu erledigen gab, war Bouchard genau der richtige Mann dafür.

Drei Tage nach dem Anschlag aufs Weinberg-Zentrum, als die Terroristen weiter flüchtig waren, fand im Innenministerium eine Besprechung der Abteilungsleiter statt. Rousseau hasste solche Treffen, bei denen es letztlich immer nur darum ging, politisch Punkte zu sammeln, deshalb schickte er Bouchard als seinen Vertreter hin. Es war fast zwanzig Uhr, als der Jüngere endlich in die Rue de Grenelle zurückkam. Er betrat Rousseaus Büro und legte ihm wortlos zwei Farbfotos auf den Schreibtisch. Sie zeigten eine Frau Mitte zwanzig mit ovalem Gesicht, dunklem Teint und Augen, die Kaleidoskopen aus Haselnuss und Kupfer glichen. Auf dem ersten Foto war ihr Haar schulterlang und aus ihrer faltenlos glatten Stirn zurückgekämmt. Auf dem anderen war es mit einem Hidschab aus ungemusterter schwarzer Seide bedeckt.

»Sie wird die Schwarze Witwe genannt«, sagte Bouchard.

»Eingängig«, sagte Rousseau stirnrunzelnd. Er griff nach dem zweiten Foto, auf dem die Frau züchtig verhüllt war, und starrte in ihre unergründlichen Augen. »Wie heißt sie wirklich?«

»Safia Bourihane.«

»Algerierin?«

»Aus Aulnay-sous-Bois.«

Das war eine Banlieue nördlich von Paris. Ihre von Verbrechen heimgesuchten Wohnsiedlungen – in Frankreich als HLM, *Habitation à loyer modéré*, bekannt – gehörten zu den gewalttätigsten des Landes. Die Polizei wagte sich nur selten dorthin. Selbst Rousseau empfahl seinen gewieften Agentenführern, sich mit Informanten aus Aulnay-sous-Bois an weniger gefährlichen Orten zu treffen.

»Sie ist neunundzwanzig und in Frankreich geboren«, berichtete Bouchard. »Trotzdem hat sie sich immer zuerst als Muslimin und dann erst als Französin bezeichnet.«

»Wer hat sie identifiziert?«

»Lucien.«

Lucien Jacquard leitete die Abteilung Spionageabwehr im DGSI. Auf dem Papier unterstand die Alphagruppe ihm. Tatsächlich überging Rousseau ihn jedoch, indem er seine Berichte gleich an den Direktor schickte. Um potenzielle Konflikte zu entschärfen, informierte er Jacquard über alle Aktivitäten der Alphagruppe – ohne jemals die Namen ihrer Informanten oder Details ihrer Arbeitsmethoden preiszugeben. Im Prinzip war die Alphagruppe ein Dienst innerhalb des Diensts, den Lucien Jacquard nur allzu gern unter seine Kontrolle gebracht hätte.

»Wie viel weiß er über sie?«, fragte Rousseau und starrte weiter in die Augen der Frau.

»Sie ist vor drei Jahren auf Luciens Radar erschienen.«

»Weshalb?«

»Wegen ihres Freundes.«

Bouchard legte Rousseau ein weiteres Foto hin. Es zeigte einen Mann Anfang dreißig mit kurz geschorenem Haar und dem schütteren Bart eines frommen Muslims.

»Algerier?«

»Tunesier. Ein gefährlicher Bursche. Gute Elektronik- und Computerkenntnisse. War im Irak und im Jemen, bevor er nach Syrien gegangen ist.«

»Al-Qaida?«

»Nein«, sagte Bouchard. »IS.«

Rousseau hob ruckartig den Kopf. »Wo ist er jetzt?«

»Anscheinend im Paradies.«

»Wie das?«

»Luftangriff der Koalition.«

»Und die Frau?«

»Die war vergangenes Jahr in Syrien.«

»Wie lange?«

»Mindestens ein halbes Jahr.«

»Zu welchem Zweck?«

»Sie hat offenbar eine Schießausbildung bekommen.«

»Und nach ihrer Rückkehr nach Paris?«

»Lucien hat sie zunächst unter Beobachtung gestellt. Aber dann …« Bouchard zuckte mit den Schultern.

»Er hat die Beobachtung einstellen lassen?«

Bouchard nickte.

»Warum?«

»Aus den üblichen Gründen. Zu viele Verdächtige, nicht genug Personal.«

»Sie war eine tickende Zeitbombe.«

»Lucien war anderer Meinung. Nach ihrer Rückkehr nach Frankreich scheint sie ihr Verhalten geändert zu haben. Sie hat den Umgang mit bekannten Fundamentalisten gemieden und sich im Internet moderat geäußert. Sie hat sogar aufgehört, den Hidschab zu tragen.«

»Alles Dinge, die ihr der Planer des Anschlags aufgetragen haben muss. Sie muss einem höchst effektiven Netzwerk angehört haben.«

»Das glaubt Lucien auch. Tatsächlich hat er dem Minister erklärt, der nächste Anschlag sei nur eine Frage der Zeit.«

»Wie hat der Minister das aufgenommen?«

»Er hat Lucien angewiesen, seine Ermittlungsakten uns zu übergeben.«

Rousseau gestattete sich ein flüchtiges Lächeln auf Kosten seines Rivalen. »Ich will *alles*, Christian. Vor allem die Überwachungsberichte aus der Zeit nach ihrer Rückkehr aus Syrien.«

»Lucien hat zugesagt, uns die Akten gleich morgen früh zu schicken.«

»Wie freundlich von ihm.« Rousseau betrachtete nochmals das Foto der *Veuve noire*, der Schwarzen Witwe. »Wo sie jetzt wohl steckt?«

»Mit ihrem Komplizen wieder in Syrien, wenn Sie mich fragen.«

»Verwunderlich, dass sie nicht für ihre Sache sterben wollte.« Rousseau schob die Fotos zusammen und gab sie seinem Stellvertreter zurück. »Sonstige Neuigkeiten?«

»Eine interessante Entwicklung im Zusammenhang mit Hannah Weinberg. Wie sich herausgestellt hat, gehört zu ihrer Kunstsammlung ein verschollen geglaubtes Gemälde von Vincent van Gogh.«

»Wirklich?«

»Raten Sie mal, wem sie's hinterlassen hat.«

Rousseaus Gesichtsausdruck zeigte deutlich, was er von solchen Spielchen hielt, deshalb beeilte Bouchard sich, den Namen zu nennen.

»Ich dachte, er sei tot.«

»Offenbar nicht.«

»Warum ist er nicht zur Beisetzung gekommen?«

»Wer sagt, dass er nicht dabei war?«

»Weiß er schon, dass er das Gemälde geerbt hat?«

»Dem Ministerium wäre es lieber, wenn es in Frankreich bliebe.«

»Er ist also nicht informiert worden?«

Bouchard schwieg.

»Irgendjemand sollte das Ministerium daran erinnern, dass vier der Opfer des Anschlags auf das Weinberg-Zentrum israelische Staatsbürger waren.«

»Und das heißt?«

»Ich nehme an, dass wir bald von ihm hören werden.«

Bouchard zog sich zurück, ließ Rousseau allein. Er dimmte seine Schreibtischlampe und schaltete seine ins Bücherregal eingebaute Stereoanlage ein. Sekunden später erklangen die ersten Takte von Frédéric Chopins erstes Klavierkonzert Opus elf in e-Moll. Auf der Rue de Grenelle herrschte noch lebhafter Verkehr, und im Osten ragte über der Seine der angestrahlte Eiffelturm auf. Rousseau nahm nichts davon wahr; in Gedanken beobachtete er einen jungen Mann, der mit einer Pistole in der ausgestreckten Hand rasch einen Innenhof durchquerte. Er war eine Legende, dieser Mann, ein begnadeter Schwindler und Auftragsmörder, der sogar schon länger als Rousseau gegen Terroristen kämpfte. Es würde eine Ehre sein, mit ihm statt gegen ihn zu arbeiten. Bald, dachte Rousseau voll innerer Überzeugung. *Bald …*

3

BEIRUT

Obwohl Paul Rousseau das noch nicht wissen konnte, waren die Voraussetzungen für eine operative Zusammenarbeit dieser Art bereits geschaffen worden. Denn am selben Abend, als Rousseau zu Fuß zu seiner traurigen kleinen Junggesellenwohnung in der Rue Saint-Jacques unterwegs war, fuhr in Beirut ein Wagen in raschem Tempo über die Corniche am Mittelmeer. Die schwarze Limousine aus deutscher Produktion war imponierend groß. Der Mann auf dem Rücksitz war groß und schlaksig, mit blasser, blutloser Haut und Augen von der Farbe von Gletschereis. Sein Gesichtsausdruck wirkte zutiefst gelangweilt, aber die Finger seiner rechten Hand, die leicht auf der Armlehne trommelten, verrieten seinen wahren Gemütszustand. Er trug körperbetonte Jeans, einen schwarzen Wollpullover und eine Lederjacke. Im Hosenbund unter seinem Pullover steckte eine belgische Neunmillimeter-Pistole, die er am Flughafen von seinem Verbindungsmann erhalten hatte – eine Bagatelle, weil es im Libanon reichlich Waffen gab. In seiner Jacke hatte er eine Geldbörse voller Scheine und einen leicht abgenutzten kanadischen Reisepass, der ihn als David Rostov identifizierte. Wie so vieles an diesem Mann war der Pass nicht echt. In Wirklichkeit hieß er Michail Abramow und war Agent des Geheimdiensts des Staates Israel. Diese Organisation hatte einen langen, irreführenden Namen, der sehr wenig mit ihrem wahren Zweck zu tun hatte. Für Männer wie Michail war er nur »der Dienst«, sonst nichts.

Er sah in den Innenspiegel und wartete darauf, dass der Fahrer seinen Blick erwiderte. Der Fahrer hieß Sami Haddad und war ein Maronit, ein ehemaliger Angehöriger der Christenmiliz Forces Libanaises und langjähriger Agent des Diensts. Er hatte den sanft verzeihenden Blick eines Geistlichen und die Pranken eines Preisboxers. Er war alt genug, um sich an die Zeit erinnern zu können, in der Beirut das Paris des Nahen Ostens gewesen war – und alt genug, um in dem Bürgerkrieg mitgekämpft zu haben, der das Land gespalten hatte. Es gab nichts, was Sami Haddad nicht über den Libanon und die hiesige gefährliche Politik wusste, und nichts, was er nicht im Handumdrehen herbeischaffen konnte: Waffen, Boote, Autos, Drogen, Frauen. Einmal hatte er sogar über Nacht einen Puma beschafft, weil ein alkoholkranker Prinz aus einer Dynastie am Golf, den der Dienst abwerben wollte, eine Vorliebe für Raubkatzen hatte. Seine Loyalität gegenüber dem Dienst stand außer Zweifel. Genauso legendär war sein untrüglicher Instinkt für Gefahren.

»Keine Sorge«, sagte Sami Haddad, indem er Michails Blick erwiderte. »Wir werden nicht beschattet.«

Michail sah sich nach den Scheinwerfern der Autos hinter ihnen um. In jedem dieser Wagen konnte ein Team aus Killern oder Entführern der Hisbollah oder einer der extremen dschihadistischen Gruppen aus den Palästinenserlagern im Süden sitzen – Organisationen, die al-Qaida wie langweilige gemäßigte Islamisten aussehen ließen. Dies war sein dritter Besuch in Beirut binnen eines Jahres. Immer mit demselben Reisepass, derselben Legende. Er war David Rostov, ein russisch-kanadischer Geschäftsmann, der seiner europäischen Klientel Objekte aus Raubgrabungen verkaufte. Beirut gehörte zu seinen bevorzugten Jagdgründen, denn in Beirut war alles möglich. Einmal war ihm eine bemerkenswert gut erhaltene lebensgroße Statue einer verwundeten Amazone angeboten worden – für zwanzig Millionen Dollar inklusive Versand. Bei unendlich vielen Tassen süßen türkischen Kaffees hatte er dem Verkäufer, einem prominenten Händler aus einer bekannten Familie, einen Preisnachlass von zehn Prozent abgerungen. Und dann hatte er den Deal platzen lassen, was seinen in Beirut nützlichen Ruf als geschickter Verhandler und taffer Geschäftsmann gefestigt hatte.

Er sah auf die Uhr seines Smartphones. Das fiel Sami Haddad auf. Sami bemerkte alles.

»Um welche Zeit erwartet er dich?«

»Zehn Uhr.«

»Spät.«

»Geld schläft nie, Sami.«

»Wie wahr!«

»Fahren wir direkt ins Hotel, oder willst du erst noch ein bisschen herumfahren?«

»Das liegt bei dir.«

»Fahren wir ein bisschen herum.«

»Kein Problem.«

Sami Haddad bog von der Corniche auf eine Straße mit stattlichen Häusern im französischen Kolonialstil ab. Michail kannte sie gut. Vor zwölf Jahren hatte er als Angehöriger der Spezialeinheit Sajeret Matkal hier einen Hisbollah-Kämpfer in seinem Bett in einem sicheren Haus erschossen. Einer solchen Eliteeinheit anzugehören war der Traum jedes israelischen Jungen, und für einen Jungen aus Moskau war das eine noch größere Leistung. Ein Junge, der jeden Tag hatte kämpfen müssen, weil er jüdischer Abstammung war. Ein Junge, dessen Vater, ein prominenter sowjetischer Wissenschaftler, in die Psychiatrie gesteckt worden war, weil er's gewagt hatte, die Allwissenheit der Partei anzuzweifeln. Der Junge war mit sechzehn Jahren nach Israel gekommen. Er hatte binnen eines Monats Hebräisch gelernt, das er binnen eines Jahres akzentfrei sprach. Er glich den Millionen, die vor ihm ins Land gekommen waren, den zionistischen Pionieren, die vor Verfolgung und Pogromen in Osteuropa geflüchtet waren, und den menschlichen Wracks, die nach dem Krieg aus den Todeslagern nach Israel geströmt waren. Er hatte die Lasten und Schwächen seiner Vergangenheit abgeschüttelt. Er war ein neuer Mensch, ein neuer Jude. Er war ein Israeli.

»Wir sind weiter clean«, sagte Sami Haddad.

»Worauf wartest du dann noch?«, fragte Michail.

Sami fuhr durch verwinkelte Straßen zur Corniche zurück und zum Jachthafen weiter. Über der Marina ragten die verglasten Doppeltürme des Hotels Four Seasons auf. Sami hielt vor dem Haupteingang und sah auf Anweisungen wartend in den Innenspiegel.

»Ruf mich an, wenn er eintrifft«, sagte Michail. »Lass mich wissen, ob er einen Freund mitbringt.«

»Er lässt sich immer von einem Freund begleiten.«

Michail nahm Aktenkoffer und Reisetasche vom Rücksitz und stieß seine Tür auf.

»Sieh dich dort drinnen vor«, sagte Sami. »Rede mit keinem Unbekannten.«

Michail stieg aus und ging tonlos pfeifend an dem Portier vorbei in die Hotelhalle. Ein dunkel gekleideter Wachmann beobachtete ihn misstrauisch, ließ ihn aber ohne Durchsuchung passieren. Er überquerte den hochflorigen Teppich, der seine Schritte verschluckte, und machte vor der imposanten Empfangstheke halt. Hinter ihr stand im Lichtkegel einer Hängeleuchte eine attraktive Schwarzhaarige Mitte zwanzig. Michail wusste, dass ihr Vater ein Palästinenser, ein Veteran war, der 1982 – lange vor ihrer Geburt – mit Arafat aus dem Libanon geflüchtet war. Auch einige andere Angestellte des Hotels hatten beunruhigende Verbindungen. Zwei Hisbollah-Mitglieder arbeiteten in der Küche, und auch unter dem übrigen Personal befanden sich etliche Dschihadis. Michail schätzte, dass etwa zehn Prozent des Hotelpersonals ihn zu ermorden versucht hätten, wenn seine wahre Identität bekannt geworden wäre.

Er lächelte die junge Frau an, die sein Lächeln kühl erwiderte.

»Guten Abend, Mr. Rostov. Schön, Sie wiederzusehen.« Ihre lackierten Fingernägel klapperten auf der Tastatur, während es Michail von dem starken Geruch verblühender Azaleen fast schlecht wurde. »Diesmal haben wir eine Reservierung für nur eine Nacht.«

»Ja, leider«, sagte Michail erneut lächelnd.

»Brauchen Sie Hilfe mit Ihrem Gepäck?«

»Danke, ich komme allein zurecht.«

»Wir haben ein Upgrade für Sie, ein Deluxe-Zimmer mit Meeresblick. Im dreizehnten Stock.« Sie gab ihm ein Mäppchen mit zwei Schlüsselkarten und deutete zu den Aufzügen hinüber wie eine Stewardess, die auf die Notausgänge zeigt. »Schön, dass Sie wieder da sind.«

Michail ging mit Aktenkoffer und Reisetasche zu den Aufzügen hinüber. Eine der Kabinen wartete mit offener Tür. Er betrat sie, freute sich, dass sonst niemand mitfahren wollte, und drückte auf den Knopf für die dreizehnte Etage. Aber als die Tür zuging, steckte jemand seine Hand zwischen die Hälften, und ein Mann stieg ein. Er war stämmig gebaut, hatte starke Augenwülste und ein massives Kinn, das einen Schlag vertragen konnte. Ihre Blicke begegneten sich im blanken Stahl der Tür, aber sie nickten sich nur zu, wechselten kein Wort miteinander. Der Mann drückte auf den Knopf für den zwanzigsten Stock, als falle ihm das erst nachträglich ein, und zupfte an seinem Daumennagel, während der Aufzug unterwegs war. Michail gab vor, seine Mails zu checken, und fotografierte dabei den Stämmigen heimlich mit seinem Smartphone. Auf dem

Weg zu seinem Zimmer schickte er das Foto an die anonyme Zentrale des Diensts am King Saul Boulevard in Tel Aviv. Ein Blick auf die Tür zeigte, dass sich niemand daran zu schaffen gemacht hatte. Er sperrte mit seiner Schlüsselkarte auf und trat auf einen Angriff gefasst ein.

Vivaldi begrüßte ihn – der Lieblingskomponist von Waffenschmugglern, Heroindealern und Terroristen weltweit, dachte er, als er das Radio ausschaltete. Die Bettdecke war schon zurückgeschlagen, und auf dem Kopfkissen lag ein kleines Stück Schokolade. Er trat ans Fenster und entdeckte tief unter sich Sadi Haddads Wagen auf dem Hotelparkplatz. Dahinter lag die Marina, hinter der das schwarze Mittelmeer begann. Irgendwo dort draußen lag sein Notausgang. Er durfte nicht mehr nach Beirut reisen, ohne dass vor der Küste ein Schiff für ihn bereitlag. Der zukünftige Direktor hatte Großes mit ihm vor – jedenfalls hatte Michail das im Flurfunk gehört. Für eine so geheime Organisation wurde im Dienst erstaunlich viel getratscht.

Im nächsten Augenblick kam die Antwort vom King Saul Boulevard: Die Computer des Diensts hatten den Mann, der mit ihm im Aufzug gefahren war, nicht identifizieren können. Michail wurde geraten, vorsichtig zu sein, was immer das heißen sollte. Er ließ die Jalousie herunter, schloss die Vorhänge und schaltete eine Lampe nach der anderen aus, bis das Zimmer in völliger Dunkelheit lag. Dann setzte er sich ans Fußende des Betts, behielt den schmalen Lichtstreifen unter der Tür im Auge und wartete darauf, dass sein Smartphone klingeln würde.

Dass der Informant sich verspätete, war nicht ungewöhnlich. Er war, wie er Michail bei jeder Gelegenheit erklärte, ein vielbeschäftigter Mann. Deshalb war es keine Überraschung, dass es zweiundzwanzig Uhr wurde, ohne dass Sami Haddad anrief. Der erwartete Anruf kam erst zwanzig Minuten später.

»Er betritt gerade die Hotelhalle. Mit zwei Freunden, beide bewaffnet.«

Michail beendete das Gespräch und blieb weitere zehn Minuten sitzen. Dann trat er mit der Pistole in der Hand in den kleinen Vorraum und drückte ein Ohr an die Tür. Als draußen nichts zu hören war, steckte er die Waffe wieder hinten in seinen Hosenbund und trat auf den Korridor hinaus, auf dem nur einer der Raumpfleger mit seinem Staubsauger unterwegs war. Auf der Dachterrasse erwartete ihn die übliche Szene: reiche Libanesen, Emiratis in ihren wallenden weißen Kanduras, angetrunkene chinesische Geschäftsleute, Nutten, Glücksspieler, Abenteurer, Dummköpfe. Der Seewind spielte mit dem Haar der Frauen und erzeugte kleine Wellen auf dem Swimmingpool. Die wummernde Musik, die ein professioneller DJ auflegte, war ein akustisches Verbrechen gegen die Menschlichkeit.

Michail arbeitete sich bis zur entferntesten Ecke der Dachterrasse vor, wo Clovis Mansour aus der Antikenhändlerdynastie Mansour allein auf einem weißen Ledersofa mit Blick aufs Mittelmeer saß. Mit einem Glas Champagner in der Hand und einer brennenden Zigarette in der anderen hätte er für ein Werbefoto posieren können. Er trug einen dunkelgrauen italienischen Anzug und ein offenes Maßhemd aus London ohne Krawatte. Seine goldene Armbanduhr hatte die Größe einer kleinen Sonnenuhr. Sein Herrenparfüm umwaberte ihn mit einer Duftwolke.

»Sie kommen spät, *Habibi*«, sagte er, als Michail auf dem Sofa gegenüber Platz nahm. »Ich wollte schon gehen.«

»Nein, das wollten Sie nicht.«

Michail sah sich um. Mansours Leibwächter saßen an einem Tisch in der Nähe und knabberten Pistazien aus einer Schale. Der stämmige Mann aus dem Aufzug lehnte am Geländer und gab vor, die Aussicht zu bewundern, während er mit seinem Handy telefonierte.

»Kennen Sie ihn?«, fragte Michail.

»Nie gesehen. Drink?«

»Nein, danke.«

»Kommen Sie, ein Glas tut Ihnen gut.«

Mansour hielt einen vorbeihastenden Ober an und bestellte noch ein Glas Champagner. Michail zog einen beigen Umschlag aus seiner Jacke und legte ihn auf den niedrigen Tisch zwischen ihnen.

»Was ist das?«, fragte Mansour.

»Ein Zeichen unserer Anerkennung.«

»Geld?«

Michail nickte.

»Ich arbeite nicht für Sie, weil ich Geld brauche, *Habibi.* Geld habe ich selbst genug. Ich arbeite für Sie, weil ich im Geschäft bleiben will.«

»Meinen Vorgesetzten ist es lieber, wenn Geld den Besitzer wechselt.«

»Ihre Vorgesetzten sind schäbige Erpresser.«

»Bevor ich sie schäbig nenne, würde ich in den Umschlag sehen.«

Das tat Mansour. Er zog eine Augenbraue hoch und steckte den Umschlag in die Innentasche seines Jacketts.

»Was haben Sie für mich, Clovis?«

»Paris«, sagte der Antikenhändler.

»Was ist mit Paris?«

»Ich weiß, wer's war.«

»Woher?«

»Ich kann's nicht beschwören«, sagte Mansour, »aber vielleicht habe ich ihm bei der Finanzierung geholfen.«

4

BEIRUT – TEL AVIV

Es war halb zwei Uhr morgens, als Michail endlich in sein Hotelzimmer zurückkehrte. Er sah nichts, was auf unerwünschten Besuch schließen ließ; selbst die eingepackte kleine Schokolade lag noch genau so da, wie er sie zurückgelassen hatte. Nachdem er daran geschnüffelt hatte, ohne Arsengeruch zu entdecken, knabberte er sie nachdenklich. Dann türmte er in einem seltenen Anfall von Panik alle Möbelstücke, die sich bewegen ließen, im Vorraum vor der Zimmertür auf. Sowie seine Barrikade fertig war, zog er die Vorhänge auf, zog die Jalousie hoch und suchte das Wasser vor der Marina nach seinem Notausgang ab. Im nächsten Augenblick genierte er sich bereits dafür. Der Notausgang war nur für extreme Gefahrensituationen gedacht. Wichtige Informationen fielen nicht in diese Kategorie, selbst wenn sie das Potenzial besaßen, eine weitere Katastrophe wie in Paris zu verhindern.

Sie nennen ihn Saladin …

Michail streckte sich halb sitzend auf dem Bett aus, behielt die Pistole in der Hand und starrte sein nur schemenhaft erkennbares Bollwerk an. Ein wahrhaft würdeloser Anblick, das musste er zugeben. Er schaltete den Fernseher ein und surfte im nahöstlichen Äther, bis er vor Langeweile fast eingeschlafen wäre. Um sich wach zu halten, trank er kalte Cola aus der Minibar und dachte an eine Frau, die er törichterweise nicht hatte halten können. Eine schöne Amerikanerin aus bester Familie, die für die CIA und manchmal für den Dienst arbeitete. Sie lebte jetzt in New York, wo sie Kuratorin einer Spezialsammlung im Museum of Modern Art war. Michail hatte gehört, dass sie einen festen Freund hatte – ausgerechnet einen Börsenmakler. Er überlegte, ob er sie anrufen sollte, nur um den Klang ihrer Stimme zu hören, aber das wäre unklug gewesen. Wie Russland war sie jetzt für ihn verloren.

Wie heißt er wirklich, Clovis?

Ich weiß nicht, ob er jemals anders geheißen hat.

Wo kommt er her?

Ursprünglich vielleicht aus dem Irak, aber jetzt ist er ein Sohn des Kalifats …

Schließlich färbte die heraufziehende Morgendämmerung den Himmel vor seinem Fenster blaugrau. Er brachte sein Zimmer in Ordnung und sank eine halbe Stunde später übernächtigt auf den Rücksitz von Sami Haddads Limousine.

»Na, wie war's?«, fragte der Libanese.

»Totale Zeitvergeudung«, antwortete Michail demonstrativ gähnend.

»Wohin jetzt?«

»Tel Aviv.«

»Das ist kein leichtes Ziel, mein Freund.«

»Dann bring mich lieber nur zum Flughafen.«

Sein Flug ging um 8.35 Uhr. Er segelte als lächelnder, noch nicht ganz wacher Kanadier durch die Sicherheitskontrollen und ließ sich in seinen Sessel in der ersten Klasse der Morgenmaschine von Middle East Airlines nach Rom fallen. Um sich gegen seinen Nachbarn, einen wenig sympathischen türkischen Geschäftsmann, abzuschotten, gab er vor, Zeitung zu lesen. In Wirklichkeit spielte er alle Gründe durch, weshalb dieser Airbus der staatlichen libanesischen Fluggesellschaft MEA sein Ziel vielleicht nicht erreichen würde. Ausnahmsweise, sagte er sich bedrückt, würde sein Tod diesmal Konsequenzen haben, weil seine Informationen mit ihm untergehen würden.

Von wie viel Geld reden wir, Clovis?

Vier Millionen Dollar, vielleicht fünf.

Vier oder fünf?

Eher fünf …

Das Flugzeug landete ohne Zwischenfall in Rom, aber danach brauchte Michail fast eine Stunde für die organisierte Stampede, die sich auf dem Flughafen Fiumicino Passkontrolle nannte. Sein Aufenthalt in Italien war eben lang genug, dass er seine Identität wechseln und an Bord einer El-Al-Maschine nach Tel Aviv gehen konnte. Auf dem Flughafen Ben Gurion stand eine Limousine des Diensts bereit, die ihn in rascher Fahrt nach Norden zum King Saul Boulevard brachte. Wie Paul Rousseaus Außenposten in der Rue de Grenelle war das Dienstgebäude am Westende des Boulevards trist, nichtssagend und vor allem anonym. Über seinem Eingang hing kein Emblem; keine Messingbuchstaben verkündeten, welche Organisation hier arbeitete. Tatsächlich wies nichts darauf hin, dass dies die Zentrale eines der gefürchtetsten und angesehensten Geheimdienste der Welt war. Bei näherer Betrachtung hätte sich jedoch die Existenz eines Gebäudes innerhalb eines Gebäudes gezeigt – mit eigener Strom- und Wasserversorgung, eigener Kanalisation und eigenen abhörsicheren Nachrichtenverbindungen. Alle Mitarbeiter hatten zwei Schlüssel. Der erste sperrte eine nicht bezeichnete Tür im Foyer auf, mit dem zweiten ließ sich der Aufzug bedienen. Wer die unverzeihliche Sünde beging, einen oder gar beide seiner Schlüssel zu verlieren, wurde in die Wüste Judäa verbannt und blieb auf ewig verschollen.

Wie die meisten Feldagenten betrat Michail das Gebäude durch die Tiefgarage und fuhr mit dem Aufzug in die oberste Etage hinauf. Wegen der späten Stunde – die Überwachungskameras registrierten seine Ankunft um 21.27 Uhr – war es auf dem Korridor still wie in einer Schule nach Unterrichtsschluss.

Durch eine halb offene Tür am Ende des Flurs fiel ein schmaler Lichtstreifen. Michail klopfte dezent an, hörte keine Antwort und trat trotzdem ein. In dem für ihn fast zu engen Ledersessel hinter dem Schreibtisch mit Rauchglasplatte saß Uzi Navot, der bald nicht mehr Direktor des Diensts sein würde. Er starrte stirnrunzelnd in ein Dossier, als sei es eine Rechnung, die er nicht zahlen könne. Daneben stand eine Schachtel Wiener Butterkekse. Nur zwei waren noch übrig, was kein gutes Zeichen war.

Navot hob schließlich den Kopf und forderte Michail mit einer wegwerfenden Handbewegung auf, Platz zu nehmen. Er trug ein gestreiftes Oberhemd, das zu eng geschnitten war, und eine Schubertbrille, wie sie deutsche Intellektuelle und Schweizer Banker liebten. Sein früher rotblondes kurzes Haar war grau geworden; seine blauen Augen waren von Schlafmangel gerötet. Jetzt krempelte er die Ärmel auf, wobei muskulöse Unterarme zum Vorschein kamen, und musterte Michail einige Sekunden lang mit kaum verhohlener Feindseligkeit. Das war nicht der Empfang, den Michail sich vorgestellt hatte, aber bei Uzi Navot wusste man heutzutage nie, was einen erwartete. Es gab Gerüchte, sein Nachfolger wolle ihn in irgendeiner Funktion weiterbeschäftigen – Blasphemie in einer Organisation, für die regelmäßige Neubesetzungen der Spitzenpositionen fast ein Dogma waren –, aber offiziell lag seine Zukunft im Dunkeln.

»Irgendwelche Probleme auf dem Rückweg aus Beirut?«, fragte Navot, als sei ihm diese Frage plötzlich eingefallen.

»Keine«, antwortete Michail.

Navot nahm einen Kekskrümel mit der Spitze eines dicken Zeigefingers auf. »Überwachung?«

»Mir ist keine aufgefallen.«

»Und der Mann, der mit dir im Aufzug gefahren ist? Hast du den wiedergesehen?«

»Auf der Dachterrasse.«

»Hat er verdächtig ausgesehen?«

»In Beirut sieht jeder verdächtig aus. Sonst wär's nicht Beirut.«

Navot schnippte den Krümel in die Packung. Dann zog er ein Foto aus dem Dossier und ließ es über die Rauchglasplatte zu Michail hinübersegeln. Es zeigte einen Mann am Steuer einer auf einem Boulevard am Meer geparkten Luxuslimousine. Frontscheibe und Fahrerfenster waren zerschossen. Der übel zugerichtete Mann war offensichtlich tot.

»Kennst du den?«, fragte Navot.

Michail kniff konzentriert die Augen zusammen.

»Sieh dir auch den Wagen an.«

Das tat Michail. Dann begriff er. Der Ermordete war Sami Haddad.

»Wann haben sie ihn erwischt?«

»Kurz nachdem er dich zum Flughafen gebracht hatte. Und das war erst der Anfang.«

Navot ließ ein weiteres Foto über die Glasplatte segeln. Es zeigte ein schwer beschädigtes Gebäude in einer eleganten Beiruter Einkaufsstraße: die Galerie Mansour in der Rue Madame Curie. Der Gehsteig davor war mit abgerissenen Köpfen und Gliedmaßen bedeckt. Diesmal waren die Opfer jedoch keine Menschen. Durch den Bombenanschlag zerstört war Clovis Mansours wundervolles Inventar an antiken Statuen.

»Ich hatte gehofft«, fuhr Navot nach kurzer Pause fort, »dass meine letzten Tage als Direktor ohne besondere Vorfälle zu Ende gehen würden. Stattdessen muss ich den Verlust unseres besten Mannes in Beirut verkraften – und den eines wertvollen Informanten, den wir mit viel Mühe und Geld gewonnen haben.«

»Besser als ein toter Feldagent.«

»Darüber habe ich zu urteilen.« Navot ließ sich die beiden Fotos zurückgeben und legte sie in das Dossier. »Was hatte Mansour für dich?«

»Den Mann, der hinter Paris steckt.«

»Wer ist er?«

»Er nennt sich Saladin.«

»Saladin? Nun«, sagte Navot und klappte das Dossier zu, »das ist wenigstens ein Anfang.«

Navot blieb noch lange in seinem Büro, als Michail längst gegangen war. Der Schreibtisch war leer bis auf seinen in Leder gebundenen Notizblock, auf den er ein einzelnes Wort gekritzelt hatte. *Saladin …* Nur ein Mann mit übergroßem Selbstbewusstsein würde sich diesen Decknamen aussuchen, nur ein Mann mit großem Ehrgeiz. Der historische Saladin hatte die islamische Welt unter der Dynastie der Ayyubiden vereinigt und Jerusalem von den Kreuzrittern zurückerobert. Vielleicht hegte dieser neue Saladin ähnliche Absichten. Für seine Coming-out-Party hatte er ein jüdisches Ziel mitten in Paris vernichtet und damit zwei Staaten, zwei Kulturen gleichzeitig angegriffen. Der Erfolg des Anschlags würde seinen Durst auf Blut von Ungläubigen erst recht geweckt haben, vermutete Navot. Bestimmt war es nur eine Frage der Zeit, wann er wieder zuschlagen würde.

Vorerst war Saladin noch ein Problem der Franzosen. Aber die Tatsache, dass bei dem Anschlag auch vier Israelis umgekommen waren, verschaffte Navot ein Mitspracherecht in Paris. Dazu trug auch der Name bei, den Clovis Mansour Michail ins Ohr geflüstert hatte. Spielte Navot seine Karten richtig aus, konnte allein dieser Name dem Dienst einen Platz im Pariser Operationszentrum sichern. Navot vertraute ganz auf sein Verhandlungsgeschick. Als ehemaliger Feldagent und Anwerber von Agenten verstand er sich darauf, Stroh zu Gold zu spinnen. Er brauchte nur jemanden, der die Interessen des Diensts bei jedem franko-israelischen Unternehmen wahrte. Dafür hatte er bereits einen Kandidaten, einen legendären Feldagenten, der schon mit zweiundzwanzig Jahren auf französischem Boden operiert hatte. Außerdem hatte der besagte Agent Hannah Weinberg persönlich gekannt. Bedauerlich war nur, dass der Ministerpräsident etwas anderes mit ihm vorhatte.

Navot sah auf seine Armbanduhr: gleich 22.15 Uhr. Er nahm den Telefonhörer ab und wählte die Nummer der Reisestelle.

»Ich muss morgen früh nach Paris fliegen.«

»Um sechs Uhr oder um neun?«

»Um sechs«, sagte Navot resigniert.

»Wann fliegen Sie zurück?«

»Morgen Abend.«

»Gebongt.«

Navot legte auf, dann wählte er eine andere Nummer. Auch diesmal stellte er wieder die Frage, die er schon oft gestellt hatte.

»Wie lange dauert's noch, bis er fertig ist?«

»Er ist kurz davor.«

»Wie kurz davor?«

»Vielleicht heute Abend, spätestens morgen.«

Navot ließ den Hörer sinken und sah sich langsam in der luxuriösen Bürosuite um, die ihm bald nicht mehr gehören würde.

Spätestens morgen …

Vielleicht, dachte er, oder vielleicht auch nicht.

5

ISRAEL-MUSEUM, JERUSALEM

In der hintersten Ecke des Konservierungslabors trennte ein schwarzer Vorhang einen Bereich von der weißen Decke bis zum weißen Fußboden ab. Dahinter standen zwei identische italienische Staffeleien aus Eiche, zwei Halogenlampen auf Ständern, eine Nikon-Kamera auf einem Stativ, ein kleiner Tisch mit einer Palette, einem großen Wattebausch und einem alten CD-Player mit allen möglichen Farbklecksen sowie ein Wägelchen mit Pigmenten, Mal- und Lösungsmitteln, Holzkeilen und Zobelhaarpinseln der Serie 7 von Winsor & Newton. Hier arbeitete der Restaurator seit fast vier Monaten, manchmal spät nachts, manchmal lange vor Tagesanbruch. Er besaß keinen Dienstausweis des Museums, weil er anderswo beschäftigt war. Das Laborpersonal hatte Anweisung, nicht über ihn zu reden, nicht einmal seinen Namen zu erwähnen. Auch über das große Gemälde auf seinen Staffeleien, ein Altarbild eines italienischen Altmeisters, durfte nicht gesprochen werden. Wie der Restaurator hatte es eine gefährliche und tragische Vergangenheit.

Er war unterdurchschnittlich groß – wenig über einen Meter siebzig – und sportlich schlank. An seinem Gesicht mit der hohen Stirn und dem schmalen Kinn fielen die hohen Wangenknochen und eine lange knochige Nase auf, die wie aus Holz geschnitzt zu sein schien. Sein kurz geschnittenes dunkles Haar war an den Schläfen grau meliert; seine Augen waren fast unnatürlich smaragdgrün. Sein Alter gehörte zu den am besten gehüteten Geheimnissen Israels. Als die Weltpresse vor wenigen Monaten Nachrufe auf ihn veröffentlicht hatte, war nirgends ein bestätigtes Geburtsdatum zu lesen gewesen. Die Meldung von seinem Tod war Teil eines komplizierten Unternehmens gewesen, das seine Feinde in Moskau und Teheran täuschen sollte. Sie hatten diese Meldung geglaubt, was dem Restaurator Gelegenheit gegeben hatte, sich an ihnen zu rächen. Nicht lange nach seiner Rückkehr nach Jerusalem hatte seine Frau ihm Zwillinge geschenkt: ein Mädchen, das nach seiner Mutter Irene hieß, und einen Sohn namens Raphael. Die drei – Mutter, Tochter, Sohn – gehörten jetzt zu den am besten bewachten Israelis. Auch der Restaurator gehörte zu diesem Personenkreis. Er fuhr ein gepanzertes amerikanisches SUV und wurde von einem Personenschützer, einem rehäugigen Killer, begleitet, der am Eingang des Konservierungslabors Wache hielt, wenn er dort arbeitete.

Auf sein Auftauchen im Museum an einem regnerischen, düsteren Mittwoch im Dezember, wenige Tage nach der Geburt seiner Kinder, hatten die anderen Restauratoren mit Schock und Erleichterung reagiert. Sie waren gewarnt worden, dass er es nicht leiden konnte, bei der Arbeit beobachtet zu werden. Trotzdem steckten sie immer wieder die Köpfe in seine kleine Grotte, um das Altarbild mit eigenen Augen zu sehen. Ehrlich gesagt konnte er ihnen das nicht verübeln. Das Gemälde, Caravaggios *Christi Geburt mit den Heiligen Franziskus und Laurentius*, war vermutlich das berühmteste verschollene Gemälde der Welt. Nachdem es im Oktober 1969 aus Oratorio di San Lorenzo des Franziskanerordens in Palermo gestohlen worden war, gehörte es jetzt offiziell dem Vatikan. Der Heilige Stuhl hatte klugerweise entschieden, die Wiederbeibringung des Gemäldes erst publik zu machen, wenn die Restaurierung abgeschlossen war. Wie so viele Verlautbarungen des Vatikans würde die offizielle Version der Ereignisse wenig mit der Wahrheit zu tun haben. Beispielsweise würde sie nicht erwähnen, dass der legendäre israelische Geheimagent Gabriel Allon das verschollene Gemälde in einer Kirche der oberitalienischen

Stadt Brienno aufgespürt hatte. Und sie würde auch unerwähnt lassen, dass die Restaurierung des Altarbilds eben diesem legendären Geheimagenten anvertraut worden war.

In seiner langen Karriere hatte er mehrmals ungewöhnliche Restaurierungen durchgeführt – einmal hatte er ein Porträt von Rembrandt nach einem Durchschuss restauriert –, aber der Caravaggio, der jetzt auf Gabriels Staffeleien stand, war zweifellos das am stärksten beschädigte Gemälde, an dem er je gearbeitet hatte. Über seine lange Reise vom Oratorio di San Lorenzo bis zu der Kirche in Brienno war nur wenig bekannt. Die Geschichten, die sich um das Gemälde rankten, waren jedoch zahllos. Es hatte einem Mafia-Paten gehört, der damit bei wichtigen Besprechungen mit seinen Schergen geprunkt hatte. Es war von Ratten angefressen, bei einer Überschwemmung beschädigt und durch Feuer angesengt worden. Gabriel wusste nur eines: Seine Wunden waren schwer, aber nicht tödlich. In diesem Punkt war Ephraim Cohen, der Chefkonservator des Israel-Museums, anderer Meinung. Er hatte Gabriel geraten, den Auftrag abzulehnen und das Gemälde in dem Holzsarg, in dem es angekommen war, dem Vatikan zurückzuschicken.

»So spricht ein Kleingläubiger«, hatte Gabriel gesagt.

»Nein«, hatte Cohen geantwortet. »Ein Mann mit beschränkten Gaben.«

Wie viele seine Mitarbeiter kannte Cohen die Storys von geplatzten Terminen, abgebrochenen Aufträgen, verschobenen Wiedereröffnungen von Kirchen. Gabriels Zeitlupentempo bei Restaurierungen war legendär, fast so legendär wie seine Erfolge auf den geheimen Schlachtfeldern Europas und des Nahen Ostens. Aber Cohen merkte bald, dass Gabriels Langsamkeit kein instinktives, sondern ein ganz bewusstes Verhalten war. Die Kunst der Restaurierung, erklärte er Cohen eines Abends, während er rasch das zerstörte Gesicht des Franziskus reparierte, habe Ähnlichkeit mit gutem Sex. Am besten ging man langsam und mit viel Aufmerksamkeit für Details heran, ohne gelegentliche Ruhepausen mit Erfrischungen zu vergessen. Aber notfalls, wenn der Restaurator mit dem Objekt vertraut war, konnte die Arbeit außergewöhnlich rasch vonstattengehen – bei mehr oder weniger gleichem Ergebnis.

»Caravaggio und du sind wohl alte Freunde?«, fragte Cohen.

»Wir haben schon früher zusammengearbeitet.«

»Dann treffen die Gerüchte also zu?«

Gabriel hatte mit rechts gemalt. Jetzt nahm er den Pinsel in die linke Hand und arbeitete ebenso geschickt weiter.

»Welche Gerüchte?«, fragte er nach kurzer Pause.

»Dass du es warst, der vor ein paar Jahren die *Grablegung* für die Vatikanmuseen restauriert hat.«

»Du solltest nichts auf Gerüchte geben, Ephraim, vor allem nicht, wenn sie mich betreffen.«

»Oder auf Nachrichten«, fügte Cohen finster hinzu.

Gabriels Arbeitszeiten waren erratisch und nicht vorhersehbar. Manchmal verging ein ganzer Tag, ohne dass er sich sehen ließ. Dann wieder kam Cohen ins Museum und fand wie durch ein Wunder große Gemäldepartien perfekt restauriert vor. Vielleicht hatte Gabriel einen Helfer, von dem niemand etwas wusste. Oder Caravaggio schlich sich nachts ins Museum – Pinsel in einer Hand, Degen in der anderen –, um bei der Arbeit zu helfen. Nach einer besonders produktiven Nachtsitzung, in der die Muttergottes zu voriger Pracht restauriert worden war, machte Cohen sich die Mühe, sich die Aufnahmen der Überwachungskameras anzusehen. Er stellte fest, dass Gabriel um 22.30 Uhr ins Labor gekommen war und es am folgenden Morgen gegen 7.20 Uhr verlassen hatte. Nicht einmal sein rehäugiger Leibwächter hatte ihn begleitet. Vielleicht stimmt es doch, dachte Cohen, während er beobachtete, wie die mit einem Bild pro Sekunde aufgenommene geisterhafte Gestalt über menschenleere Korridore huschte. Vielleicht ist er wirklich ein Erzengel.

Arbeitete er tagsüber an dem Caravaggio, hörte er immer Musik. Puccinis *La Bohème* war sein absoluter Favorit. Tatsächlich spielte er die Aufnahme so oft, dass Cohen – der kein Wort Italienisch sprach – die Arie »Che gelida manina« schon bald auswendig singen konnte. Wenn Gabriel seine durch Vorhänge abgetrennte Grotte betrat, kam er nie mehr zum Vorschein, bevor die Sitzung beendet war. Er ging nicht im Garten des Museums spazieren, um einen klaren Kopf zu bekommen, und verzichtete auf Ausflüge in die Personalkantine, um Kaffee zu trinken. Zu hören war nur seine Musik und ein gelegentliches Klicken der Nikon, mit der er seine Fortschritte dokumentierte. Bevor er das Labor verließ, wusch er seine Pinsel aus und ordnete alles auf dem Wägelchen nach einem bestimmten Schema, um auf einen Blick feststellen zu können, ob jemand sich daran zu schaffen gemacht hatte. Dann verstummte die Musik, die Halogenlampen erloschen, und Gabriel verschwand mit wenig mehr als einem freundlichen Nicken für seine Kollegen im Labor.

Anfang April, als die winterliche Regenzeit vorüber und das Wetter wieder warm und heiter war, befand Gabriel sich im Endspurt zu einer Ziellinie, die nur er sehen konnte. Zu restaurieren blieb nur noch ein geflügelter Engel des Herrn, ein elfenbeinweißer Knabe, der in den oberen Regionen des Gemäldes schwebte. Merkwürdig, dass er sich den für zuletzt aufgespart hatte, fand Cohen, denn dieser Engel war schwer beschädigt. Seine Gliedmaßen waren durch Farbverluste entstellt, sein weißes Gewand war zerfetzt. Nur seine gen Himmel weisende Rechte war unbeschädigt. Gabriel restaurierte den Engel in einer Serie von Marathonsitzungen. Auffällig an ihnen war, dass sie ohne Musik stattfanden – und dass der Pariser Bombenanschlag sich ereignete, als er an dem braunen Haar des Engels arbeitete. Er stand lange vor dem kleinen Fernseher des Labors, ohne darauf zu achten, dass die Farben auf seiner Palette antrockneten, und beobachtete die Bergung der Leichen aus den Trümmern. Und als das Foto einer Frau namens Hannah Weinberg gezeigt wurde, zuckte er wie unter einem unsichtbaren Schlag zusammen. Seine Miene verfinsterte sich, und seine grünen Augen schienen zornig zu funkeln. Cohen war versucht, ihn zu fragen, ob er die Frau gekannt habe, aber er ließ es doch lieber. Man konnte mit ihm über Malerei und das Wetter reden, aber wenn Bomben detonierten, hielt man besser Abstand.

Am letzten Tag, dem Tag von Uzi Navots Parisreise, kam Gabriel vor Tagesanbruch ins Labor und blieb bis zum späten Abend in seiner kleinen Grotte. Ephraim Cohen blieb ebenfalls länger, weil er spürte, dass die Restaurierung sich dem Ende näherte. Tatsächlich brach kurz nach zwanzig Uhr die Musik ab. Ein Blick durch einen Vorhangspalt zeigte Cohen, dass Gabriel vor dem Caravaggio stand: den Kopf leicht zur Seite geneigt, mit einer Hand sein Kinn umfassend. In dieser Haltung verharrte er wie die Gestalten des Altarbilds, bis der rehäugige Leibwächter hastig ins Labor kam und ihm ein Smartphone in die Hand drückte. Er hob es widerstrebend ans Ohr, hörte schweigend zu und murmelte dann etwas, das Cohen nicht verstand. Im nächsten Augenblick war er mit dem Personenschützer verschwunden.

Allein schlüpfte Ephraim Cohen durch den Vorhang und blieb vor dem restaurierten Gemälde stehen, das ihm fast den Atem verschlug. Zuletzt nahm er einen Pinsel von Winsor & Newton von dem Wägelchen und steckte ihn als Andenken in eine Tasche seines Laborkittels. Das ist einfach nicht fair, dachte er, als er die Halogenlampen ausschaltete. Vielleicht ist er doch ein Erzengel.

6

MA'ALE HAHAMISHA, ISRAEL

Der alte Kibbuz Ma'ale Hahamisha liegt auf einem strategisch wichtigen Hügel in dem zerklüfteten Bergland westlich von Jerusalem unweit der arabischen Siedlung Abu Ghosh. Bei seiner Gründung während des Arabischen Aufstands 1936 bis 1939 gehörte er zu den siebenundfünfzig sogenannten Turm-und-Palisaden-Siedlungen, die in dem verzweifelten Versuch, die zionistische Siedlungspolitik zu retten und letztlich das alte Königreich Israel wiederauferstehen zu lassen, hastig im britischen Mandatsgebiet Palästina errichtet wurden. Ihren Namen und sogar ihre Identität verdankt sie einem Racheakt. Übersetzt heißt Ma'ale Hahamisha »die Himmelfahrt der fünf«.

Trotz der gewaltsamen Umstände seiner Geburt brachten der Blumenkohl- und Pfirsichanbau sowie sein reizendes Berghotel dem Kibbuz Wohlstand. Ari Schamron, der zweimalige frühere Direktor des Diensts, benutzte das Hotel oft als Treffpunkt, wenn der King Saul Boulevard oder ein sicheres Haus nicht opportun waren. Eines dieser Treffen hatte an einem sonnigen Septembertag des Jahres 1972 stattgefunden. Schamrons widerstrebender Gast war ein begabter junger Maler namens Gabriel Allon gewesen, den er aus der Kunst- und Designakademie Bezalel geholt hatte. Bei den Olympischen Spielen in München hatte die palästinensische Terrororganisation Schwarzer September soeben elf israelische Sportler und Trainer ermordet, und Gabriel, der fließend Deutsch sprach und einige Zeit in Europa gelebt hatte, sollte Schamrons Werkzeug der Rache sein. Gabriel hatte ihn in jugendlichem Trotz aufgefordert, sich einen anderen zu suchen, aber Schamron hatte ihm – nicht zum letzten Mal – seinen Willen aufgezwungen.

Das Unternehmen erhielt den Decknamen »Zorn Gottes«, den Schamron bewusst wählte, um seinem Rachefeldzug den Anschein einer von Gott sanktionierten Operation zu geben. Drei Jahre lang jagten Gabriel und ein kleines Team von Helfern ihre Opfer in ganz Europa und dem Nahen Osten, mordeten Tag und Nacht und lebten in ständiger Angst, sie könnten verhaftet und als Mörder angeklagt werden. Insgesamt starben zwölf Mitglieder des Schwarzen Septembers unter ihren Händen. Gabriel erschoss sechs Terroristen mit einer Beretta Kaliber .22 – möglichst mit elf Schüssen, einen für jeden ermordeten Juden. Als er endlich nach Israel zurückkehrte, waren seine Schläfen vor Stress und Anstrengung grau geworden. Aschespuren am Fürsten des Feuers, hatte Schamron gesagt.

Gabriel hatte seine Künstlerlaufbahn fortsetzen wollen, aber wenn er vor einer Leinwand stand, sah er immer nur die Gesichter der Männer, die er ermordet hatte. Deshalb war er mit Schamrons Einverständnis als der im Ausland lebende Italiener Mario Delvecchio nach Venedig gegangen, um eine Ausbildung als Restaurator zu machen. Als er ausgelernt hatte, war er in den Dienst und unter Schamrons Obhut zurückgekehrt. In seiner Rolle als in Europa lebender, talentierter, aber schweigsamer Restaurator hatte er einige der gefährlichsten Feinde Israels beseitigt – darunter Abu Dschihad, Jassir Arafats begabten Stellvertreter, den er in Tunis vor den Augen seiner Frau und seiner Kinder erschossen hatte. Arafat hatte sich dafür gerächt, indem er in Wien einen Sprengsatz unter Gabriels Auto hatte anbringen lassen. Die Detonation hatte seinen kleinen Sohn Daniel getötet und seine erste Frau Leah schwer verletzt. In einem Gefängnis aus Erinnerungen und einem von Brandwunden entstellten Körper gefangen, lebte sie jetzt in der psychiatrischen Klinik auf der anderen Seite des Hügels von Ma'ale Hahamisha. Die Klinik lag in dem alten arabischen Dorf Deir Jassin, in dem jüdische Kämpfer der Untergrundorganisationen Irgun und Lehi am Abend des 9. April 1949 über hundert Palästinenser massakrierten. Dass die gebrochene Frau von Israels Racheengel unter den Gespenstern von Deir Jassin lebte, war eine grausame Ironie des Schicksals, aber so war das Leben im gelobten Land nun einmal. Die Vergangenheit war unentrinnbar. Hass, Blut und ihre Opferrolle schweißte Araber und Juden zusammen. Und zur Buße würden sie gezwungen sein, auf ewig als sich befehdende Nachbarn zusammenzuleben.

Für Gabriel waren die Jahre nach dem Bombenanschlag in Wien verlorene Jahre. Er lebte als Einsiedler in Cornwall, zog als Restaurator durch Europa und versuchte zu vergessen. Irgendwann meldete Schamron sich wieder, und die Verbindung zwischen Gabriel und dem Dienst wurde erneuert. Auf Anweisung seines Mentors führte er einige der berühmtesten Unternehmen in der Geschichte der israelischen Geheimdienste durch. An seinen Erfolgen wurden wieder andere gemessen – vor allem Uzi Navot. Wie die Araber und Juden Palästinas waren Gabriel und Navot untrennbar miteinander verbunden. Sie waren die Söhne Schamrons, die vertrauenswürdigen Erben des Diensts, den er aufgebaut hatte. Gabriel, der ältere Sohn, war sich der Liebe ihres Vaters sicher gewesen, aber Navot hatte ständig darum gekämpft, seine Anerkennung zu gewinnen. Direktor des Diensts war er nur geworden, weil Gabriel diesen Posten abgelehnt hatte. Jetzt war Gabriel – in zweiter Ehe verheiratet und wieder Vater – endlich bereit, seinen rechtmäßigen Platz in der Suite des Direktors am King Saul Boulevard einzunehmen. Für Uzi Navot war das eine *Nakba*, eine Katastrophe oder Unglück, wie die Flucht und Vertreibung der Palästinenser im arabischen Sprachgebrauch genannt wurde.

Das alte Hotel in Ma'ale Hahamisha war keine eineinhalb Kilometer von der bis 1967 bestehenden Grenze entfernt, und von seiner Terrasse aus waren die gelben Straßenlaternen jüdischer Siedlungen zu sehen, die sich in ordentlichen Reihen über die Hügel ins Westjordanland hinunterzogen. Die Terrasse lag im Dunkel, wurde nur von einigen flackernden Windlichtern auf leeren Tischen erhellt. Navot saß allein in der hintersten Ecke wie damals Schamron an jenem schicksalhaften Septembertag des Jahres 1972. Gabriel setzte sich zu ihm und schlug den Kragen seiner Lederjacke als Windschutz hoch. Navot schwieg zunächst. Er starrte auf die Lichter von Har Adar hinunter, das die erste jüdische Siedlung jenseits der Grünen Linie gewesen war.

»Masel tov«, sagte er schließlich.

»Wozu?«

»Zu dem Gemälde«, sagte Navot. »Wie ich höre, ist es so gut wie fertig.«

»Wo hörst du so was?«

»Ich habe mich für deine Fortschritte interessiert. Der Ministerpräsident übrigens auch.« Navot betrachtete Gabriel durch seine Schubertbrille. »Ist sie wirklich fertig?«

»Ich denke schon.«

»Was soll das heißen?«

»Das heißt, dass ich's mir morgen früh noch mal ansehen werde. Gefällt mir, was ich sehe, trage ich Firnis auf und schicke es nach Rom zurück.«

»Und das nur zehn Tage verspätet.«

»Tatsächlich elf. Aber wer zählt die schon nach?«

»Zum Beispiel ich.« Navot lächelte bedauernd. »Ich habe den Aufschub genossen, auch wenn er nur kurz war.«

Sekundenlang herrschte Schweigen zwischen ihnen. Aber es war keineswegs gesellig.

»Falls du's vergessen haben solltest«, sagte Navot schließlich, »wird es Zeit, dass du deinen neuen Vertrag unterschreibst und in mein Büro einziehst. Ich wollte heute meine Sachen zusammenpacken, aber ich musste noch eine Reise als Direktor machen.«

»Wohin?«

»Ich hatte Informationen über den Bombenanschlag auf das Weinberg-Zentrum, die ich unseren französischen Kollegen übermitteln musste. Außerdem wollte ich sicherstellen, dass sie wirklich energisch ermitteln. Schließlich sind unter den Opfern vier Israelis – ganz zu schweigen von einer Frau, die uns mal einen großen Dienst erwiesen hat.«

»Wissen sie von unseren Verbindungen zu ihr?«

»Die Franzosen?«

»Ja, Uzi, die Franzosen.«

»Nach dem Anschlag habe ich ein Team in ihr Apartment geschickt.«

»Und?«

»Es hat keinen Hinweis auf einen gewissen israelischen Geheimagenten gegeben, dem sie einmal ihren van Gogh geliehen hat, damit er einen Terroristen zur Strecke bringen konnte. Auch keinen Hinweis auf Zizi al-Bakari, Finanzberater des Hauses Saud und Finanzier des Dschihads.« Navot machte eine Pause, dann fügte er hinzu: »Er ruhe in Frieden.«

»Was war mit dem Gemälde?«

»Wie immer an seinem Platz. Nachträglich gesehen hätte das Team es mitnehmen sollen.«

»Wieso das?«

»Du wirst dich erinnern, dass unsere Hannah nie verheiratet war. Geschwister hatte sie auch keine. Über den van Gogh hat sie testamentarisch verfügt. Leider waren die französischen Kollegen bei ihrem Anwalt, bevor er mit uns Verbindung aufnehmen konnte.«

»Was soll das heißen, Uzi?«

»Hannah scheint nur einem Menschen auf der Welt zugetraut zu haben, gut auf ihren van Gogh aufzupassen.«

»Wem?«

»Natürlich dir. Aber da gibt's ein kleines Problem«, fügte Navot hinzu. »Die Franzosen haben das Gemälde in Geiselhaft genommen. Und sie fordern einen ziemlich hohen Preis.«

»Wie viel?«

»Die Franzosen wollen kein Geld, Gabriel. Sie wollen *dich*.«

7

MA'ALE HAHAMISHA, ISRAEL

Navot legte ein Foto auf den Tisch: eine Straße in Beirut mit den Trümmern einer Antikengalerie.

»Das hast du vermutlich gesehen.«

Gabriel nickte langsam. Er hatte in den Zeitungen von Clovis Mansours Tod gelesen. Im Schatten der Pariser Ereignisse war der Bombenanschlag in Beirut nur wenige Zeilen wert gewesen. Die Medien kamen nicht auf die Idee, eine Verbindung zwischen beiden Ereignissen herzustellen, und niemand äußerte den Verdacht, Mansour habe im Sold eines ausländischen Geheimdiensts gestanden. Tatsächlich hatte er mindestens vier Geldgeber gehabt: die CIA, den MI6, den jordanischen GID und den Dienst. Das wusste Gabriel, weil er zur Vorbereitung auf seine Arbeit als Direktor alle Unterlagen über laufende Unternehmen verschlungen hatte.

»Clovis war eine unserer besten Quellen in Beirut«, sagte Navot jetzt, »vor allem in Gelddingen. Er hat das Engagement des IS im illegalen Antikenhandel im Auge behalten und deshalb am Tag nach dem Pariser Anschlag einen dringenden Treff verlangt.«

»Wen hast du hingeschickt?«

Navot nannte einen Namen.

»Seit wann ist Michail ein Führungsoffizier?«

Navot legte ein weiteres Foto auf den Tisch. Die Bildqualität war ziemlich schlecht, weil es aus einer Überwachungskamera stammte. Es zeigte zwei Männer, die an einem kleinen runden Tisch saßen. Einer von ihnen war Clovis Mansour. Er war wie immer tadellos angezogen, aber sein Gegenüber sah aus, als habe er sich für diesen Anlass Klamotten geliehen. Auf einem Wolltuch zwischen ihnen lag der lebensgroße Kopf einer Statue mit ausdruckslos starrem Blick. Gabriel erkannte ihn als römische Arbeit. Er vermutete, der ärmlich gekleidete Mann habe vielleicht die ganze Statue. Der wundervoll erhaltene Kopf wäre dann nur seine Visitenkarte gewesen.

»Die Aufnahmedaten fehlen.«

»Das war am einundzwanzigsten November wenige Minuten nach sechzehn Uhr.«

»Wer ist der Kerl mit dem römischen Kopf?«

»Seiner Karte nach ein gewisser Iyad al-Hamzah.«

»Libanese?«

»Syrer«, antwortete Navot. »Er scheint mit einer Lastwagenladung Antiken nach Beirut gekommen zu sein – griechische, römische, persische Stücke, alle hochwertig, viele offenbar frisch ausgegraben. Angeboten hat er sie auch der Galerie Mansour. Clovis war an einigen Stücken interessiert, hat sich aber nach ein paar Erkundigungen ausgeklinkt.«

»Warum?«

»Weil ihm zu Ohren gekommen war, der Gentleman aus Syrien verkaufe Raubkunst im Auftrag des Islamischen Staats. Aber das Geld sollte nicht in den Haushalt des IS fließen. Der syrische Gentleman war im Auftrag eines hohen IS-Führers unterwegs, der ein Netzwerk aufbauen wollte, das Anschläge im Westen verüben konnte.«

»Hat dieser IS-Führer einen Namen?«

»Er nennt sich Saladin.«

Gabriel sah von dem Foto auf. »Wie bescheiden.«

»Ganz deiner Meinung.«

»Clovis ist's wohl nicht gelungen, seinen richtigen Namen rauszukriegen?«

»Leider nicht.«

»Wo stammt er her?«

»Die hohen IS-Kommandeure sind alle Iraker. Sie betrachten die Syrer als Packesel.«

Gabriel betrachtete das Foto nochmals. »Warum hat Clovis uns das nicht früher erzählt?«

»Er scheint es vergessen zu haben.«

»Oder vielleicht hat er gelogen.«

»Clovis Mansour? Lügen? Wie kommst du darauf?«

»Er ist ein libanesischer Antikenhändler.«

»Wie lautet deine Theorie?«, fragte Navot.

»Ich vermute, dass Clovis mit dem Verkauf dieser Stücke eine Menge Geld verdient hat. Und als mitten in Paris eine Bombe hochgegangen ist, wollte er sich rückversichern. Also hat er uns eine hübsche Story aufgetischt, wie er zu tugendhaft war, um mit dem IS Geschäfte zu machen.«

»Diese hübsche Story«, sagte Navot, »hat Clovis das Leben gekostet.«

»Woher weißt du das?«

»Weil sie Sami Haddad auch ermordet haben. Das Foto will ich dir ersparen.«

»Wieso nur Clovis und Sami? Warum nicht auch Michail?«

»Das habe ich mich auch gefragt.«

»Und?«

»Ich weiß es nicht. Ich bin nur froh, dass sie ihn nicht umgelegt haben. Das hätte mir meine Abschiedsparty verdorben.«

Gabriel gab ihm das Foto zurück. »Wie viel hast du den Franzosen erzählt?«

»Genug, damit sie wissen, dass hinter dem Anschlag auf das Weinberg-Zentrum das Kalifat steht. Das hat sie nicht überrascht. Tatsächlich hatten sie die syrische Spur schon aufgenommen. Beide Attentäter waren im vergangenen Jahr dort. Gefahndet wird nach einer Französin algerischer Abstammung.

Ihr Komplize ist ein Belgier aus dem Brüsseler Stadtteil Molenbeek.«

»Aus Belgien? Wer hätte das gedacht?«, fragte Gabriel spöttisch.

Aus Frankreich, Großbritannien und Deutschland waren Tausende von Moslems nach Syrien gereist, um für den IS zu kämpfen, aber das kleine Belgien genoss die zweifelhafte Auszeichnung, die prozentual höchste Zahl von IS-Kämpfern aus Westeuropa zu stellen.

»Wo sind sie jetzt?«, fragte Gabriel.

»In wenigen Minuten wird der französische Innenminister bekannt geben, dass sie wieder in Syrien sind.«

»Wie sind sie dort hingekommen?«

»Mit geborgten Pässen mit Air France nach Istanbul.«

»Ja, natürlich.« Danach entstand eine Pause, bis Gabriel fragte: »Was hat das alles mit mir zu tun, Uzi?«

»Die Franzosen fürchten, dem IS könnte es gelungen sein, in Frankreich ein effektives Netzwerk aufzubauen.«

»Ach, tatsächlich?«

»Die Franzosen fürchten auch«, fuhr Navot ungerührt fort, »dass der nächste Anschlag schon bald bevorstehen könnte. Natürlich wollen sie das Netzwerk vorher aufrollen. Und sie möchten, dass du ihnen dabei hilfst.«

»Wieso ich?«

»Du scheinst in der DGSI einen Bewunderer zu haben. Er heißt Paul Rousseau und leitet die Alphagruppe, eine kleine operative Einheit. Er möchte, dass du morgen zu einer Besprechung nach Paris kommst.«

»Und wenn ich nicht komme?«

»Dann bleibt der van Gogh auf ewig in Frankreich.«

»Ich habe morgen einen Termin beim Ministerpräsidenten. Er will bekannt geben, dass ich nicht bei dem Bombenanschlag in der Brompton Road umgekommen bin. Und er will mich als den neuen Direktor des Diensts vorstellen.«

»Ja«, sagte Navot trocken, »ich weiß.«

»Vielleicht solltest *du* mit den Franzosen zusammenarbeiten.«

»Das habe ich vorgeschlagen.«

»Und?«

»Sie wollen nur dich.« Navot machte eine Pause, dann fügte er hinzu: »Die Story meines Lebens.«

Gabriel versuchte, ein Lächeln zu verbergen, was ihm nicht ganz gelang.

»Aber es gibt einen Silberstreif am Horizont«, fuhr Navot fort. »Der Ministerpräsident glaubt, dass diese Zusammenarbeit mit Frankreich unsere Beziehungen zu einem Land reparieren könnte, das früher ein wertvoller, verlässlicher Verbündeter war.«

»Diplomatie durch Sondereinsätze?«

»So könnte man's nennen.«

»Aha«, sagte Gabriel, »der Ministerpräsident und du scheinen sich alles genau ausgedacht zu haben.«

»Das war Paul Rousseaus Idee, nicht unsere.«

»Wirklich, Uzi?«

»Was willst du damit andeuten? Dass ich das geplant habe, um meinen Job noch etwas länger behalten zu dürfen?«

»Stimmt das?«

Navot machte eine wegwerfende Handbewegung. »Übernimm diesen Auftrag, Gabriel – und wenn's nur für Hannah Weinberg ist. Sieh zu, dass du das Netzwerk unterwanderst. Stell fest, wer Saladin wirklich ist. Und liquidiere ihn, bevor die nächste Bombe explodiert.«

Gabriel sah nach Norden, zu dem fernen schwarzen Bergmassiv hinüber, das Israel von dem trennte, was von Syrien noch übrig war. »Du weißt nicht mal, ob er wirklich existiert, Uzi. Es ist nur ein Gerücht.«

»Jemand hat diesen Anschlag geplant und vor der Nase der französischen Sicherheitsdienste vorbereitet. Das waren keine neunundzwanzigjährige Frau aus den Banlieues und ihr Brüsseler Freund. Und es war kein Gerücht.«

Im Dunkel leuchtete Navots Handy wie ein Streichholz auf. Er hob es kurz ans Ohr, bevor er es Gabriel hinhielt.

»Wer ist das?«

»Der Ministerpräsident.«

»Was will er?«

»Eine Antwort.«

Gabriel starrte das Smartphone einen Augenblick lang an. »Sag ihm, dass ich das mit der mächtigsten Frau Israels besprechen muss. Sag ihm, dass ich ihn morgen früh als Erstes anrufe.«

Navot gab die Nachricht weiter und beendete das Gespräch.

»Was hat er gesagt?«

Uzi Navot grinste. »Alles Gute.«

8

NARKIS STREET, JERUSALEM

Das Grollen von Gabriels SUV durchbrach die friedliche Stille der Narkis Street. Er stieg hinten aus und ging durch das eiserne Vorgartentor zur Haustür des Apartmentgebäudes aus Jerusalemer Kalkstein. Oben im zweiten Stock fand er seine Wohnungstür nur angelehnt vor. Er öffnete sie langsam und lautlos und sah Chiara im Halbdunkel mit einem Säugling an der Brust an einem Ende des weißen Sofas sitzen. Erst als er näher kam, erkannte er die in eine Decke gewickelte kleine Gestalt als Raphael. Der Junge sah seinem Vater und seinem Halbbruder ähnlich, den er niemals kennenlernen würde. Gabriel zerzauste ihm das weiche schwarze Haar, bevor er sich hinunterbeugte, um Chiaras warme Lippen zu küssen.

»Wenn du ihn weckst«, flüsterte sie, »erwürge ich dich.«

Gabriel streifte lächelnd seine Wildlederslipper ab und ging auf Socken durch den Flur ins Kinderzimmer. Dort standen zwei Gitterbetten Kopf an Kopf an einer mit Wolken bemalten Wand. Der Entwurf stammte von Chiara, aber Gabriel hatte ihn hastig verbessert, als er nach seinem angeblich letzten Einsatz nach Israel zurückgekehrt war. Gabriel stand an einem der Bettchen und sah auf das schlafende Baby hinunter. Er wagte nicht, es zu wecken. Raphael schlief bereits durch, aber Irene war ein Nachtwesen, das es verstand, durch Erpressung ins elterliche Bett zu gelangen. Sie war kleiner und sehniger als ihr molliger Bruder, aber weit sturer und hartnäckiger. Gabriel fand, sie bringe beste Voraussetzungen für eine Spionin mit, auch wenn er das nie zulassen würde. Ärztin, Dichterin, Malerin – alles, nur keine Spionin. Er wollte keinen Nachfolger, wollte keine Dynastie begründen. Das Haus Allon würde mit ihm sterben.

Gabriel sah zu der Stelle auf, wo er Daniels Gesicht zwischen die Wolken gemalt hatte, aber im Dunkel war es nicht zu erkennen. Er verließ das Kinderzimmer, schloss die Tür lautlos hinter sich und ging in die Küche. Der Duft von Fleisch, das in Rotwein und Gewürzen schmorte, hing in der Luft. Er sah durchs Glas in den Backofen, in dem eine orangerote Kasserolle mit Deckel auf dem mittleren Rost stand. Auf der Arbeitsplatte waren wie für ein Rezeptbuch die Zutaten für Chiaras berühmten Risotto aufgereiht: Arborio-Reis, geriebener Käse, Butter, Weißwein und ein großer Messbecher mit selbst gekochter Hühnerbrühe. Dort stand auch eine ungeöffnete Flasche galiläischer Syrah. Gabriel entkorkte sie, schenkte sich ein Glas ein und nahm es ins Wohnzimmer mit.

Er ließ sich in den Sessel gegenüber Chiara sinken. Und er dachte, nicht zum ersten Mal, ihre kleine Wohnung in dem alten Viertel Nachlaot sei für eine vierköpfige Familie wirklich zu klein und zu weit vom King Saul Boulevard entfernt. Es wäre viel besser, ein Haus in einem der hübschen Vororte in der Küstenebene oder ein großes Apartment in einem der eleganten Wohntürme zu haben, die heutzutage in Tel Aviv aus dem Boden schossen. Aber Jerusalem, Gottes geteilte Stadt auf einem Hügel, hatte ihn längst in seinen Bann geschlagen. Er liebte die Gebäude aus Kalkstein und den Pinienduft und den kalten Wind der regnerischen Winter. Er liebte die Kirchen und die Pilger und die *Haredim*, die hinter ihm herschimpften, weil er am Sabbat mit dem Auto fuhr. Er liebte sogar die Araber in der Altstadt, die ihn misstrauisch anstarrten, wenn er an ihren Ständen im Suk vorbeiging, als ahnten sie irgendwie, dass er es war, der so viele ihrer terroristischen Schutzpatrone liquidiert hatte. Und obwohl er nicht sonderlich gläubig war, liebte er es, im Jüdischen Viertel vor den mächtigen Steinquadern der Klagemauer zu stehen. Gabriel wäre zu territorialen Kompromissen bereit gewesen, um zu einem dauerhaften Frieden mit den Palästinensern und der übrigen arabischen Welt zu gelangen, aber privat betrachtete er die Klagemauer als nicht verhandelbar. Nie wieder würde eine Grenze mitten durch Jerusalem verlaufen; nie wieder würden Juden um Erlaubnis bitten müssen, wenn sie ihr größtes Heiligtum besuchen wollten. Die Mauer war jetzt ein Teil Israels und würde es bleiben, solange dieser Staat existierte. In dieser krisengeschüttelten Ecke des Mittelmeerraums kamen und gingen Reiche und Königreiche wie die Winterregen. Eines Tages würde auch die moderne Wiedergeburt Israels von der Landkarte verschwinden. Aber nicht, solange Gabriel lebte, und bestimmt nicht, solange er Direktor des Diensts war.

Er trank einen Schluck von dem kräftigen, fruchtigen Syrah und betrachtete Chiara und Raphael, als seien sie Figuren seiner privaten Krippenszene. Der Kleine hatte sich satt getrunken und ruhte zufrieden in den Armen seiner Mutter. Chiara, deren langes lockiges Haar, kastanienbraun mit rötlichen Lichtern, ihr über eine Schulter fiel, blickte auf ihn herab, sodass er ihr schönes Gesicht im Halbprofil sah. Chiaras Schönheit war zeitlos. In ihrem Gesicht sah Gabriel Spuren von Arabien und Nordafrika und Spanien und all den anderen Orten, an denen ihre Vorfahren gelebt hatten, bevor sie sich in Venedig im alten jüdischen Getto wiedergefunden hatten. Dort hatte Gabriel sie vor zehn Jahren in einem kleinen Büro an der zentralen Piazza des Gettos erstmals gesehen: die schöne, eigenwillige, hochgebildete Tochter des Oberrabbiners der Stadt. Er konnte nicht ahnen, dass sie ebenfalls eine Agentin des Diensts war. Als *Bat leveyha* musste sie manchmal die Geliebte oder Ehefrau eines Feldagenten spielen. Kurze Zeit später, als sie nach einer

Schießerei in Rom auf der Flucht vor der italienischen Polizei waren, hatte sie sich ihm zu erkennen gegeben. Gabriel hatte sich nach ihr verzehrt, aber er hatte gewartet, bis der Auftrag beendet und sie wieder in Venedig waren. Dort hatten sie sich in Cannaregio in einem Haus am Kanal auf einem frisch bezogenen Bett zum ersten Mal geliebt. Gabriel war es vorgekommen, als liebe er eine von Veronese gemalte Frauengestalt.

Sie war viel zu jung für ihn, und er war viel zu alt, um noch mal Vater zu werden – zumindest hatte er das bis zu dem Tag geglaubt, an dem er miterlebt hatte, wie erst Raphael und dann Irene geboren wurde. Ab diesem Augenblick war es ihm vorgekommen, als seien alle früheren Ereignisse nur Etappen auf einem langen Weg zu diesem Ort gewesen: der Bombenanschlag in Wien, die Jahre seines selbst auferlegten Exils, der lange hamletartige Kampf mit sich, ob es für ihn statthaft sei, nochmals zu heiraten und eine neue Familie zu gründen. Leahs Schatten würde stets über seinem kleinen Heim im Herzen Jerusalems hängen, und Daniels Gesicht würde stets aus den Wolken auf seine Halbgeschwister in ihren Gitterbetten herabblicken. Aber nach langen Wanderjahren in der Wildnis hatte Gabriel Allon, der verlorene Sohn Ari Schamrons, endlich heimgefunden. Er trank noch etwas von dem blutroten Syrah und versuchte, sich die Worte zurechtzulegen, mit denen er Chiara erklären würde, er sei nach Paris unterwegs, weil eine ihr unbekannte Frau ihm einen van Gogh hinterlassen hatte, der über hundert Millionen Dollar wert war. Wie so viele andere, die er auf seinem langen Weg kennengelernt hatte, war die Frau jetzt tot. Und Gabriel würde den dafür Verantwortlichen aufspüren.

Er nennt sich Saladin …

Chiara legte einen Finger auf die Lippen. Dann stand sie auf, um Raphael ins Kinderzimmer zu tragen. Als sie gleich darauf zurückkam, nahm sie Gabriel das Weinglas aus der Hand. Sie hob es an die Nase und atmete das Aroma tief ein, ohne jedoch zu trinken.

»Ein kleiner Schluck schadet ihnen bestimmt nicht.«

»Bald.« Sie gab ihm das Glas zurück. »Ist es fertig?«

»Ja«, antwortete er. »Ich denke schon.«

»Das ist gut.« Sie lächelte. »Und was nun?«

»Hast du an die Möglichkeit gedacht«, fragte Chiara, »dass das alles ein kompliziertes Manöver Uzis sein könnte, damit er seinen Job noch etwas länger behalten kann?«

»Das habe ich.«

»Und?«

»Er schwört, dass alles Paul Rousseaus Idee war.«

Chiara machte ein skeptisches Gesicht, während sie Butter und Käse in den Risotto mischte. Dann gab sie zwei Portionen Reis auf zwei Teller und fügte jeweils eine dicke Scheibe Ossobuco alla milanese hinzu.

»Mehr Soße«, sagte Gabriel. »Ich mag die Soße.«

»Das ist kein Stew, Darling.«

Gabriel riss ein Stück Brotrinde ab und nahm damit etwas Soße aus der Kasserolle auf.

»Bauer«, sagte Chiara tadelnd.

»Ich stamme von einer langen Reihe von Bauern ab.«

»Du? Du bist so bourgeois wie überhaupt möglich.«

Chiara dimmte die Deckenbeleuchtung, und sie setzten sich an den von Kerzen erhellten kleinen Küchentisch.

»Wieso Kerzen?«, fragte Gabriel.

»Aus besonderem Anlass.«

»Meine letzte Restaurierung?«

»Für gewisse Zeit, denke ich. Aber du kannst wieder Gemälde restaurieren, wenn du als Direktor pensioniert bist.«

»Dann bin ich zu alt, um einen Pinsel zu halten.«

Gabriel stach seine Gabel in das Kalbfleisch, das sich mühelos vom Knochen lösen ließ. Er bereitete seinen ersten Bissen sorgfältig vor – Fleisch und Risotto zu gleichen Teilen, darauf etwas dicke Soße – und schob ihn andächtig in den Mund.

»Wie schmeckt's?«

»Das sage ich dir, wenn ich wieder bei Bewusstsein bin.«

Chiaras Augen glänzten im Kerzenschein. Sie waren karamellfarben mit honiggelben Flecken – eine Kombination, die er noch nie zu malen geschafft hatte. Er nahm eine weitere Portion Reis und Kalbfleisch auf die Gabel, aber bevor er weiteressen konnte, lenkte ihn der Fernseher ab. In einigen Pariser Banlieues war es nach der Verhaftung mehrerer Männer mit Verbindungen zur terroristischen Szene – jedoch nicht im Zusammenhang mit dem Anschlag auf das Weinberg-Zentrum – zu Unruhen gekommen.

»Das wird dem IS gefallen«, sagte Gabriel.

»Die Unruhen?«

»Für mich sieht das nicht nach Unruhen aus. Ich denke eher an …«

»Woran, Darling?«

»An eine Intifada.«

Chiara stellte den Fernseher ab und drehte die Lautstärke des Babyfons höher. Das von der Hauptverwaltung Technik des Diensts konstruierte Gerät arbeitete sicher verschlüsselt, damit Israels Feinde nicht das Privatleben seines Spionagechefs ausspionieren konnten. Im Augenblick ließ es nur ein leises elektronisches Summen hören.

»Was hast du also vor?«, fragte sie.

»Ich werde dieses köstliche Essen bis zum letzten Bissen genießen. Und dann werde ich jeden Tropfen Soße aus der Kasserolle mit Brot aufnehmen.«

»Ich rede von Paris.«

»Offenbar haben wir die Wahl zwischen zwei Dingen.«

»Du hast die Wahl zwischen ihnen, Darling. Ich habe zwei Kinder.«

Gabriel legte die Gabel weg und sah seine schöne junge Frau ruhig an. »Jedenfalls«, sagte er nach beschwichtigendem Schweigen, »ist mein Vaterschaftsurlaub vorbei. Ich kann mein Amt als Direktor antreten oder mit den Franzosen zusammenarbeiten.«

»Und so in Besitz eines van Goghs gelangen, der mindestens hundert Millionen Dollar wert ist.«

»Auch das«, sagte Gabriel und griff wieder nach seiner Gabel.

»Wieso, glaubst du, hat sie ihn gerade dir hinterlassen?«

»Weil sie wusste, dass ich niemals Dummheiten damit machen würde.«

»Zum Beispiel welche?«

»Ihn versteigern zu lassen.«

Chiara verzog das Gesicht.

»Denk nicht mal daran!«

»Man darf doch träumen, nicht wahr?«

»Nur von Ossobuco und Risotto.«

Gabriel stand auf, trat an den Herd und holte sich noch eine Portion. Dann übergoss er Fleisch und Reis mit Soße, bis sein Teller fast überlief. Hinter ihm zischte Chiara missbilligend.

»Es ist noch viel da«, sagte er und deutete auf die Kasserolle.

»Ich muss noch fünf Kilo abnehmen.«

»Du gefällst mir, wie du bist.«

»So spricht ein echter italienischer Ehemann.«

»Ich bin kein Italiener.«

»Welche Sprache sprichst du gerade mit mir?«

»Das ist das Essen, das aus mir spricht.«

Gabriel setzte sich und aß weiter. Aus dem Babyfon kam ein kurzes Quengeln. Chiara wandte sich dem Gerät zu und horchte aufmerksam. Als es längere Zeit stumm blieb, entspannte sie sich wieder.

»Du willst den Fall also übernehmen – sehe ich das richtig?«

»Ich tendiere dazu«, sagte Gabriel vorsichtig.

Chiara schüttelte langsam den Kopf.

»Was habe ich jetzt wieder getan?«

»Du würdest alles tun, um den Dienst nicht übernehmen zu müssen, stimmt's?«

»Nicht alles.«

»Ein Unternehmen dieser Art kommt nicht gerade mit geregelten Arbeitszeiten daher.«

»Die Führung des Diensts auch nicht.«

»Aber der Dienst ist in Tel Aviv. Das Unternehmen wäre in Paris.«

»Paris ist vier Flugstunden entfernt.«

»Viereinhalb«, korrigierte sie ihn.

»Außerdem«, fuhr Gabriel fort, »nur weil das Unternehmen in Paris beginnt, ist nicht gesagt, dass es dort endet.«

»Wo wird es enden?«

Gabriel neigte den Kopf nach links.

»Im Apartment der Liebermanns?«

»Syrien.«

»Schon mal dort gewesen?«

»Nur in Majdal Shams.«

»Das zählt nicht.«

Majdal Shams war eine Drusenstadt auf den Golanhöhen. An ihrer Nordgrenze verlief ein mit Bandstacheldraht in Rollen gekrönter Zaun, und hinter dem Zaun lag Syrien. Jabhat al-Nusra, ein al-Qaida-Verbündeter, kontrollierte das Grenzgebiet, aber zwei Autostunden nordöstlich lagen der IS und das Kalifat.

Gabriel fragte sich manchmal, wie dem US-Präsidenten zumute wäre, wenn der IS zwei Autostunden von Indiana entfernt wäre.

»Ich dachte«, sagte Chiara, »wir wollten uns aus dem syrischen Bürgerkrieg raushalten. Ich dachte, wir wollten untätig an der Seitenlinie sitzen, während unsere Feinde sich gegenseitig abmurksen.«

»Der zukünftige Direktor des Diensts hält diese Politik für langfristig unklug.«

»Tut er das?«

»Hast du jemals von einem Mann namens Arnold Toynbee gehört?«

»Ich habe einen Master in Geschichte. Toynbee war ein britischer Historiker und Ökonom, einer der Geistesriesen seiner Zeit.«

»Und Toynbee«, sagte Gabriel, »war der Überzeugung, es gebe auf der Welt zwei wichtige Gebiete, deren Einfluss weit über ihre Grenzen hinausgehe. Eines davon war das Oxus-Jaxartes-Becken im heutigen Pakistan und Afghanistan oder Af-Pak, wie unsere amerikanischen Freunde gern sagen.«

»Und das andere?«

Gabriel neigte wieder den Kopf nach links. »Wir haben gehofft, die Probleme Syriens würden auf Syrien beschränkt bleiben, aber *hoffen* ist keine akzeptable Strategie, wenn es um unsere nationale Sicherheit geht, fürchte ich. Während wir untätig geblieben sind, hat der IS ein effektives Terrornetzwerk aufgebaut, das überall im Westen Anschläge verüben kann. Möglicherweise steht es unter Führung eines Mannes, der sich Saladin nennt. Vielleicht gibt es auch einen anderen Anführer. Jedenfalls hoffe ich, das Netzwerk zerreißen zu können, bevor der IS wieder zuschlägt.«

Chiara wollte etwas sagen, wurde aber durch den Schrei eines Säuglings unterbrochen. Das war Irene; ihr charakteristischer Klagelaut war Gabriel so vertraut wie der Klang einer Polizeisirene in einer Pariser Regennacht. Er wollte aufstehen, aber Chiara kam ihm zuvor.

»Nein, iss erst auf«, sagte sie. »In Paris bekommst du wieder nichts Anständiges zu essen.«

Gabriel hörte Chiaras Stimme aus dem Babyfon, als sie auf Italienisch mit der Kleinen sprach, die nicht mehr weinte. Er stellte den Fernseher wieder an und aß langsam weiter, während viereinhalb Flugstunden nordwestlich von ihm in Paris Chaos herrschte.

Chiara blieb eine halbe Stunde lang fort. Gabriel wusch ab und putzte Herd und Arbeitsfläche besonders gründlich, damit sie keinen Grund hatte, alles noch mal zu putzen, was sie oft genug tat. Nachdem er die Kaffeemaschine angestellt hatte, ging er auf Zehenspitzen über den Flur ins Elternschlafzimmer. Dort fand er seine Frau und seine Tochter: Chiara auf dem Bett ausgestreckt, Irene auf ihrer Brust liegend, beide fest schlafend.

Gabriel blieb am Türrahmen lehnend auf der Schwelle stehen und ließ seinen Blick langsam über die Wände gleiten. Sie hingen voller Gemälde – drei von seinem Großvater, die einzigen, die er hatte aufspüren können, und mehrere von seiner Mutter. Dazu kam ein großes Porträt eines jungen Mannes mit vorzeitig ergrauten Schläfen und hohlen Wangen, den der Tod gestreift zu haben schien. Eines Tages, das wusste Gabriel, würden seine Kinder ihn nach dem bekümmerten jungen Mann und der Frau fragen, die ihn gemalt hatte. Das war kein Gespräch, auf das er sich freute. Ihre Reaktion fürchtete er schon jetzt. Würden sie ihn bemitleiden? Würden sie ihn fürchten? Würden sie ihn für ein Ungeheuer, für einen Mörder halten? Trotzdem würde er's ihnen erzählen müssen. Es war besser, solche schlimmen Dinge aus dem Leben eines Menschen von dem zu erfahren, der es geführt hatte. Mütter schilderten Väter oft zu schmeichelhaft. Nachrufe sagten selten die ganze Wahrheit – vor allem nicht, wenn der Verstorbene ein geheimes Leben geführt hatte.

Gabriel nahm seine Tochter von Chiaras Brust und trug sie ins Kinderzimmer. Er legte sie sanft in ihr Gitterbett, deckte sie zu und blieb noch einen Augenblick über sie gebeugt stehen, bis er bestimmt wusste, dass sie nicht aufwachen würde. Dann ging er ins Schlafzimmer zurück. Von dem finster dreinblickenden jungen Mann bewacht, schlief Chiara weiter fest. Das bin nicht ich, würde er seinen Kindern erklären. Das ist nur jemand, der ich werden musste. Ich bin kein Ungeheuer, kein Mörder. Ihr existiert hier, ihr schlaft friedlich in diesem Land, weil es Leute wie mich gibt.

9

LE MARAIS, PARIS

Am folgenden Morgen stand Christian Bouchard um 10.20 Uhr mit einem beigen Trenchcoat über seinem eleganten Anzug und mit einem bedruckten A4-Blatt in der Hand im Empfangsgebäude des Flughafens Charles de Gaulle. Auf dem Schild stand SMITH. Selbst Bouchard fand diesen Namen wenig überzeugend. Er beobachtete den von der Passkontrolle in die Halle flutenden endlosen Menschenstrom – internationale Anbieter von Waren und Dienstleistungen, Menschen auf der Suche nach Asyl und Arbeit, Touristen, die ein Land sehen wollten, das nicht mehr existierte. Die DGSI hatte den Auftrag, diese tägliche Flut zu sichten, potenzielle Terroristen und Spione zu identifizieren und ihre Bewegungen zu überwachen, bis sie wieder ausreisten. Eine fast unlösbare Aufgabe. Für Männer wie Christian Bouchard bedeutete sie jedoch reichlich Arbeit und Aufstiegschancen. Mit allen ihren Vor- und Nachteilen gehörte die Sicherheitsindustrie zu den wenigen Wachstumsbranchen in Frankreich.

In diesem Augenblick vibrierte Bouchards Smartphone in seiner Manteltasche. Eine SMS teilte ihm mit, der Grund für seinen Besuch auf dem Flughafen habe soeben mit einem israelischen Reisepass auf den Namen Gideon Argov die Passkontrolle passiert. Zwei Minuten später entdeckte Bouchard diesen Monsieur Argov, schwarze Lederjacke, schwarze Reisetasche, in dem Strom frisch angekommener Fluggäste. Bouchard kannte ihn von Überwachungsfotos – zum Beispiel von der berühmten Aufnahme, die ihn auf dem Gare de Lyon Sekunden vor der Bombenexplosion zeigte –, aber er hatte die Legende nie in Fleisch und Blut gesehen. Und war ehrlich gesagt ziemlich enttäuscht. Der Israeli war nur wenig über einen Meter siebzig groß und wog deutlich unter siebzig Kilo. Trotzdem bewegte er sich mit der geschmeidigen Eleganz eines Raubtiers und musste in jungen Jahren – die aber schon lange zurücklagen, wie Bouchard deplatziert arrogant dachte – schnell und agil gewesen sein.

Einige Schritte hinter ihm ging ein viel jüngerer Mann von ähnlicher Statur: dunkles Haar, dunkler Teint, die wachsamen dunklen Augen eines Juden, dessen Vorfahren aus arabischen Ländern stammten. Ein Mitarbeiter der israelischen Botschaft war da, um sie zu begrüßen, und die drei – Legende, Leibwächter und Botschaftsmitarbeiter – gingen zu einer wartenden Limousine hinaus. Als sie nach Paris zurückfuhr, folgte ihr ein Wagen, in dem nur Bouchard auf dem Rücksitz saß. Er rechnete damit, dass der Neuankömmling direkt zu Madame Weinbergs Apartment in der Rue Pavée fahren würde, wo Paul Rousseau auf ihn wartete. Stattdessen legte Argov einen Zwischenhalt in der Rue des Rosiers ein. Das westliche Ende der Straße war abgesperrt. Hinter der Barrikade lag das verwüstete Weinberg-Zentrum.

Nach Bouchards Armbanduhr blieb der Israeli drei Minuten an der Straßensperre. Dann ging er von seinem Leibwächter begleitet die Straße entlang nach Osten weiter. Nach wenigen Schritten blieb er vor einem Schaufenster stehen – ein primitiver, aber wirksamer Trick, der Bouchard, der den beiden diskret gefolgt war, dazu zwang, in einer Boutique gegenüber zu verschwinden. Dort geriet er in die Fänge einer geschwätzigen Verkäuferin, und als er endlich wieder auf die Straße trat, waren der Israeli und sein Begleiter verschwunden. Bouchard blieb sekundenlang wie erstarrt stehen, suchte weiter die Straße ab. Dann fuhr er herum und sah den Israeli mit einer Hand am Kinn, den Kopf leicht zur Seite geneigt hinter sich stehen.

»Wo haben Sie Ihr Schild?«, fragte er schließlich auf Französisch.

»Mein *was*?«

»Ihr Schild, das Sie auf dem Flughafen hatten.« Die grünen Augen musterten ihn scharf. »Sie müssen Christian Bouchard sein.«

»Und Sie müssen ...«

»Natürlich«, unterbrach der Israeli ihn sofort. »Und mir ist zugesichert worden, ich würde nicht beschattet.«

»Ich habe Sie nicht beschattet.«

»Was haben Sie sonst getan?«

»Ich sollte in Rousseaus Auftrag dafür sorgen, dass Sie sicher ankommen.«

»Sie sind hier, um mich zu beschützen – meinen Sie das?«

Bouchard schwieg.

»Lassen Sie mich eines gleich feststellen«, sagte die Legende. »Ich brauche keinen Schutz.«

Sie gingen nebeneinander weiter, Bouchard in seinem eleganten Anzug unter dem Trenchcoat, Gabriel in seiner schwarzen Lederjacke und mit Trauer im Herzen, bis sie den Hauseingang der Nummer 24 erreichten. Als Bouchard die Tür aufstieß, öffnete er auch eine Tür in Gabriels Erinnerung an einen regnerischen Abend vor zehn Jahren. Er war nach Paris gekommen, weil er einen van Gogh als Köder brauchte, um eine Agentin ins Gefolge von Zizi al-Bakari einzuschleusen, und ein alter Freund in London, der höchst exzentrische Galerist Julian Isherwood, hatte ihm erzählt, Hannah Weinberg besitze einen. Ohne ihr empfohlen zu sein, hatte er sie an genau der Stelle angesprochen, an der Christian Bouchard und er jetzt standen. Sie hatte einen Schirm in der Hand gehalten und mit der anderen ihren Schlüssel ins Schloss stecken wollen. »Tut mir leid, dass ich Sie enttäuschen muss«, hatte sie bewundernswert ruhig gelogen, »aber ich besitze keinen van Gogh. Wenn Sie Gemälde von Vincent sehen wollen, rate ich Ihnen, das Musée d'Orsay zu besuchen.«

Die Erinnerung verblasste. Gabriel folgte Bouchard durch einen Innenhof, in einen Vorraum und eine Treppe mit einem Teppichläufer hinauf. Im dritten Stock beleuchtete eine trübe Jugendstillampe mit geschliffenen Gläsern zwei Mahagonitüren, die sich auf dem Fußboden mit Schachbrettmuster wie Duellanten gegenüberstanden. Die rechte Tür wies kein Namensschild auf. Bouchard sperrte auf, öffnete die Tür und ließ Gabriel den Vortritt.

Er blieb in dem elegant eingerichteten Vorraum stehen und betrachtete seine Umgebung, als sähe er sie zum ersten Mal. Der Raum war seit dem *Jeudi noir* unverändert geblieben: verblasste Brokatmöbel, schwere Samtportieren, auf dem Kaminsims eine laut tickende feuervergoldete Uhr, die wie damals fünf Minuten nachging. Die Tür zu Gabriels Erinnerung öffnete sich wieder, und er sah Hannah in einem eher uneleganten Plisseerock aus Schurwolle und einem dicken Pullover auf dem Sofa sitzen. Sie hatte ihm eben eine Flasche Sancerre hingestellt und sah aufmerksam zu, wie er sie entkorkte – beobachtete seine Hände, erinnerte er sich, die Hände des Rächers. »Bei mir sind Geheimnisse sicher, wie Sie sich vielleicht denken können«, hatte sie gesagt. »Erzählen Sie mir, wofür Sie meinen van Gogh brauchen, Monsieur Allon. Vielleicht können wir zu einer Übereinkunft gelangen.«

Aus der Bibliothek nebenan war ein Rascheln zu hören, als blättere jemand in einem Buch. Gabriel warf einen Blick hinein und sah einen nachlässig gekleideten Mann mit einem in

Leder gebundenen Buch in der Hand vor einem der Bücherschränke stehen. »Dumas«, sagte der Mann, ohne aufzusehen. »Eine wertvolle Erstausgabe.«

Er klappte das Buch zu, stellte es in den Schrank zurück und betrachtete Gabriel wie eine seltene Münze oder einen exotischen Vogel. Gabriel erwiderte seinen Blick mit ausdrucksloser Miene. Er hatte eine etwas ältere Version von Bouchard erwartet, einen cleveren, arroganten Hundesohn, der zum Mittagessen Wein trank und im Dienst pünktlich um siebzehn Uhr Schluss machte, damit er eine Stunde bei seiner Geliebten verbringen konnte, bevor er zu seiner Frau heimfuhr. Deshalb war Paul Rousseau eine angenehme Überraschung.

»Freut mich, Sie endlich kennenzulernen«, sagte der Franzose. »Ich wollte nur, die Umstände wären anders. Sie waren mit Madame Weinberg befreundet, nicht wahr?«

Gabriel schwieg.

»Irgendwas nicht in Ordnung?«, fragte Rousseau.

»Das sage ich Ihnen, wenn ich den van Gogh sehe.«

»Ah, richtig, der van Gogh. Der hängt in dem Zimmer am Ende des Korridors«, sagte Rousseau. »Aber das wissen Sie vermutlich längst.«

Gabriel erinnerte sich, dass sie den Schlüssel in der obersten Schreibtischschublade aufbewahrt hatte. Rousseau und seine Leute hatten ihn offenbar nicht gefunden, denn das Schloss war ausgebaut worden. Ansonsten war das Zimmer genau so, wie er es in Erinnerung hatte: dasselbe Bett mit dem Himmel aus weißer Spitze, dieselben Plüschtiere und Spielsachen, dieselbe provenzalische Kommode, über der dasselbe Gemälde hing: *Marguerite Gachet an ihrem Toilettentisch*, Öl auf Leinwand, von Vincent van Gogh. Die erste und einzige Restaurierung dieses Gemäldes hatte Gabriel in einem weitläufigen viktorianischen Haus außerhalb von London vorgenommen, kurz bevor es – natürlich privat – an Zizi al-Bakari verkauft worden war. Jetzt sah er zufrieden, dass seine Arbeit sich gut gehalten hatte. Das Gemälde war perfekt bis auf eine dünne waagrechte Linie im oberen Fünftel, die Gabriel nicht zu übermalen versucht hatte. An dieser Linie war Vincent schuld: Er hatte eine andere Leinwand gegen die arme Marguerite gelehnt, bevor sie durchgetrocknet gewesen war. Zizi al-Bakari, Kunstkenner und islamischer Terrorist, hatte die Linie als Beweis für die Echtheit des van Goghs gesehen – und für die Authentizität der schönen jungen Amerikanerin, einer in Harvard ausgebildeten Kunsthistorikerin.

Von alledem wusste Paul Rousseau nichts. Er starrte nicht das Bild, sondern Gabriel an, als habe er eine Kuriosität vor sich. »Man fragt sich, wieso sie's nicht in ihrem Salon hängen hatte«, sagte er nach kurzer Pause. »Und warum sie's ausgerechnet Ihnen vermacht hat.«

Gabriel wandte sich von dem Gemälde ab und Paul Rousseau zu. »Vielleicht sollten wir etwas von Anfang an klarstellen«, sagte er. »Wir werden keine alten Konten aufrechnen. Und wir werden nicht in Erinnerungen schwelgen.«

»Oh, natürlich«, bestätigte Rousseau hastig, »dafür haben wir keine Zeit. Trotzdem wäre das vielleicht interessant, schon wegen des Unterhaltungswerts.«

»Vorsicht, Monsieur Rousseau. Die Erinnerungen lauern gleich um die Ecke.«

»Ja, das stimmt.« Rousseau lächelte, um zu zeigen, dass er kapitulierte.

»Wir hatten einen Deal«, sagte Gabriel. »Ich komme nach Paris, Sie übergeben mir das Gemälde.«

»Nein, Monsieur Allon. Sie helfen mir erst, den Mann zu fassen, der für den Anschlag auf das Weinberg-Zentrum verantwortlich ist, und dann gebe ich Ihnen das Gemälde. Das habe ich Ihrem Freund Uzi Navot klipp und klar erklärt.« Rousseau musterte Gabriel neugierig. »Er *ist* doch Ihr Freund, nicht wahr?«

»Früher schon«, antwortete Gabriel kühl.

Sie verfielen in behagliches Schweigen, während sie beide das Gemälde betrachteten wie Fremde, die in einem Museum nebeneinanderstehen.

»Vincent muss sie sehr geliebt haben, weil er sie so schön gemalt hat«, sagte Rousseau schließlich. »Und bald gehört sie Ihnen. Man wäre versucht, Sie als Glückspilz zu bezeichnen, aber das tue ich nicht. Sehen Sie, Monsieur Allon«, sagte er traurig lächelnd, »ich habe Ihr Dossier gelesen.«

10

RUE PAVÉE, PARIS

Die Geheimdienste verschiedener Staaten arbeiten nicht zusammen, weil ihnen das Spaß macht. Sie tun es, weil sie wie die geschiedenen Eltern von Kleinkindern manchmal die Notwendigkeit sehen, zum Besten aller zu kooperieren. Alte Rivalitäten verschwinden nicht über Nacht. Sie schwären unter der Oberfläche weiter wie Verletzungen durch Untreue, vergessene Jahrestage und unerfüllte emotionale Bedürfnisse. Für beide Geheimdienste besteht die Herausforderung darin, eine Zone des Vertrauens, einen Raum ohne Geheimnisse zu schaffen. Außerhalb dieses Raums kann jeder seine eigenen Interessen verfolgen, aber drinnen müssen selbst eifersüchtig gehütete Quellen und Methoden offengelegt werden. Auf diesem Gebiet hatte Gabriel große Erfahrung. Mit seinem Naturtalent als Restaurator hatte er die Beziehungen des Diensts zur CIA und den britischen Geheimdiensten repariert. Frankreich war jedoch ein schwierigerer Fall. Für den Dienst, vor allem für Gabriel, dessen Sündenregister auf französischem Boden umfangreich war, war es lange ein wichtiges Operationsgebiet gewesen. Außerdem unterstützte Frankreich ganz offen viele Todfeinde Israels. Kurz gesagt: Die Geheimdienste Israels und Frankreichs mochten einander nicht sonderlich.

Das war nicht immer so gewesen. Frankreich hatte Israel in der ersten Zeit bewaffnet, und ohne französische Hilfe wäre Israel nie zu einer Atommacht geworden, als die es in dem feindseligen Nahen Osten überleben konnte. Aber nach dem katastrophalen Algerienkrieg nahm Charles de Gaulle sich vor, Frankreichs Beziehungen zur arabischen Welt wieder zu verbessern, und als Israel den Sechstagekrieg mit einem Überraschungsschlag – hauptsächlich mit französischen Jagdbombern – gegen ägyptische Flugplätze begann, verurteilte de Gaulle ihn. Als er die Juden als »ein Elitevolk, selbstsicher, dominant« bezeichnete, war der Bruch da.

Beim Kaffee in Hannah Weinbergs Apartment in der Rue Pavée machten Gabriel und Rousseau sich daran, das gegenseitige Misstrauen zumindest vorübergehend auszuräumen. Ihr erster Tagesordnungspunkt war die Festlegung der Grundsätze des gemeinsamen Unternehmens: wie ihre Dienste zusammenarbeiten würden, wie Zuständigkeiten und Verantwortung aufgeteilt werden sollten, welche allgemeinen Regeln gelten würden. Geplant war eine echte Partnerschaft, auch wenn Rousseau natürlich das letzte Wort haben würde, wenn es um Einsätze auf französischem Boden ging. Im Gegenzug würde Gabriel ungehinderten Zugang zu Frankreichs umfangreichen Unterlagen über Tausende von islamischen Extremisten auf hiesigem Boden erhalten: Überwachungsberichte, Ergebnisse der E-Mail- und Telefonüberwachung, Einwanderungsunterlagen. Allein dieses Material, würde er später sagen, sei den hohen Eintrittspreis wert gewesen.

Gelegentlich hakte es, aber insgesamt liefen die Verhandlungen viel glatter, als Gabriel oder Rousseau zu hoffen gewagt hätten. Das mochte daran liegen, dass die beiden Männer einander nicht unähnlich waren. Beide waren Männer der Kunst, kultivierte und gebildete Männer, die ihr Leben der Aufgabe gewidmet hatten, ihre Mitbürger vor jenen zu schützen, die bereit waren, aus ideologischen oder religiösen Gründen Blut zu vergießen. Beide hatten eine Ehefrau verloren – der eine durch Krankheit, der andere durch einen Terroranschlag –, und beide wurden von ihren Kollegen in London und Washington respektiert. Rousseau war kein Gabriel Allon, aber er kämpfte fast schon ebenso lange gegen Terroristen und hatte viele Erfolge aufzuweisen.

»Im hiesigen politischen Establishment gibt es Leute«, sagte Gabriel, »die mich wegen meiner früheren Aktivitäten hinter Gittern sehen möchten.«

»Ja, das habe ich gehört.«

»Damit ich hier ungehindert arbeiten kann, brauche ich ein Schreiben, das mir völlige Immunität zusichert – jetzt und in alle Ewigkeit, Amen.«

»Ich will zusehen, was sich machen lässt.«

»Und ich will zusehen, dass ich Saladin erledige, bevor er wieder zuschlägt.«

Rousseau runzelte die Stirn. »Zu schade, dass Sie den Atomvertrag mit dem Iran nicht mitverhandelt haben.«

»Zu schade«, stimmte Gabriel zu.

Unterdessen war es fast sechzehn Uhr. Rousseau stand auf, reckte sich gähnend und schlug einen Spaziergang vor. »Mein Arzt besteht darauf«, sagte er. »Ich bin ihm viel zu dick.« Sie verließen Hannah Weinbergs Apartmenthaus und gingen mit Bouchard und Gabriels Leibwächter im Schlepp die Seine entlang in Richtung Notre-Dame. Ein schlecht zusammenpassendes Paar: der rundliche ehemalige Sorbonne-Professor in Tweed und der fast zierliche Mann in der schwarzen Lederjacke, dessen Füße das Kopfsteinpflaster kaum zu berühren schienen. Die schon tief stehende Sonne schien durch eine Wolkenlücke. Rousseau hielt sich eine Hand über die Augen.

»Womit wollen Sie anfangen?«

»Natürlich mit den Dossiers.«

»Sie werden Hilfe brauchen.«

»Natürlich.«

»Wie viele Ihrer Leute wollen Sie ins Land bringen?«

»Genauso viele, wie ich brauche.«

»Ich kann Ihnen Büroräume in unserer Zentrale in der Rue de Grenelle zur Verfügung stellen.«

»Danke, mir ist etwas Privateres lieber.«

»Ich kann Ihnen ein sicheres Haus besorgen.«

»Das kann ich auch.«

Gabriel blieb an einem Zeitungsstand stehen. Die Tageszeitung *Le Monde* brachte auf ihrer Titelseite zwei Fotos der moslemischen Französin Safia Bourihane, der verschleierten Killerin im Auftrag des Kalifats. Die Schlagzeile bestand aus einem einzigen Wort: *KATASTROPHE!*

»Wessen Katastrophe war das?«, fragte Gabriel.

»Die schon laufende Untersuchung wird bestimmt zeigen, dass Elemente meines Diensts schlimme Fehler gemacht haben. Aber sind wirklich wir schuld? Wir, die bescheidenen kleinen Staatsdiener, die sich der Flut entgegenstemmen? Oder liegt die Schuld vielleicht anderswo?«

»Wo?«

»Zum Beispiel in Washington.« Rousseau ging den Quai entlang weiter. »Der Einmarsch in den Irak hat die Region in einen Hexenkessel verwandelt. Und als der neue US-Präsident entschieden hat, es werde Zeit, sich von dort zurückzuziehen, ist der Kessel übergekocht. Und dann dieser törichte sogenannte Arabische Frühling. Mubarak muss weg! Gaddafi muss weg! Assad muss weg!« Er schüttelte langsam den Kopf. »Das war Wahnsinn, absoluter Wahnsinn. Und die Folgen erleben wir jetzt. Der IS kontrolliert direkt vor Europas Haustür ein Gebiet von der Größe Großbritanniens. Selbst bin Laden hätte das nie zu träumen gewagt. Und was erzählt uns der amerikanische Präsident? Der IS sei keine islamische Großmacht. Er sei nur das Juniorteam.« Er runzelte die Stirn. »Was meint er mit Juniorteam?«

»Der Begriff hat mit Basketball zu tun, glaube ich.«

»Und was hat Basketball mit einem so ernsten Thema wie dem Aufstieg des Kalifats zu tun?«

Gabriel lächelte nur.

»Glaubt er diesen Unsinn wirklich, oder ist das eine *Ignorantia afectata*?«

»Absichtliches Unwissen?«

»Ja.«

»Das müssten Sie ihn selbst fragen.«

»Kennen *Sie* ihn?«

»Wir haben einmal miteinander gesprochen.«

Rousseau war offenbar versucht, Gabriel nach den Umständen seiner einzigen Begegnung mit dem US-Präsidenten zu befragen, aber dann setzte er seinen Vortrag über den IS fort. »In Wirklichkeit«, sagte er, »ist der IS natürlich islamisch. Und er hat mehr mit Mohammed und seinen ersten Gefährten – *al-salaf al-salih* – zu tun, als manche der sogenannten Experten wahrhaben wollen. Wir sind entsetzt, wenn wir lesen, dass der IS seine Feinde kreuzigt. Wir reden uns ein, so handelten keine Gläubige, sondern Barbaren. Aber der IS kreuzigt nicht nur, weil er grausam ist, sondern weil der Koran die Kreuzigung als eine der Strafen für Ungläubige vorsieht. Er kreuzigt, weil er *muss*. Wir zivilisierten Abendländer finden das fast unbegreiflich.«

»*Wir* nicht«, warf Gabriel ein.

»Weil sie in der dortigen Region leben. Weil Sie von dort stammen«, fügte Rousseau hinzu. »Und Sie wissen genau, was geschehen würde, wenn etwas wie der IS in Ihre Festung einbräche. Das wäre …«

»Ein zweiter Holocaust«, sagte Gabriel.

Rousseau nickte nachdenklich. Dann führte er Gabriel über den Pont Notre-Dame auf die Île de la Cité. »Um Lenin zu zitieren«, sagte er, »was tun?«

»Ich bin nur ein kleiner Spion, Monsieur Rousseau, kein General oder Ministerpräsident.«

»Und wenn Sie einer wären?«

»Dann würde ich sie mit Stumpf und Stiel ausrotten. Aus Siegern Verlierer machen. Nähme man ihnen das Land«, fuhr Gabriel fort, »gäbe es keinen Islamischen Staat mehr. Und ohne eigenen Staat würde das Kalifat wieder zu einer Fußnote der Geschichte.«

»Eine Invasion hat weder im Irak noch in Afghanistan Erfolg gehabt«, antwortete Rousseau, »und sie würde auch in Syrien fehlschlagen. Es wäre besser, sie durch Luftangriffe und mithilfe regionaler Verbündeter zu zermürben. Wichtig ist auch, die Infektion einzudämmen, damit sie nicht den übrigen Nahen Osten und Europa erfasst.«

»Dafür ist's zu spät. Die Ansteckung hat sich schon ausgebreitet.«

Sie überquerten eine weitere Brücke, den Petit Pont, und erreichten das Quartier Latin, das Rousseau sehr gut kannte. Er schien ein bestimmtes Ziel zu haben, als er dem Boulevard Saint-Germain folgte, auf eine schmale Seitenstraße abbog und schließlich vor einem Apartmentgebäude haltmachte. Obwohl Gabriel seit vielen Jahren nicht mehr hier gewesen war, kannte er diesen Eingang so gut wie den von Hannah Weinbergs Haus in der Rue Pavée. Er warf einen Blick auf die Sprechanlage neben der Haustür. Einige der Namen waren noch immer gleich.

Im nächsten Augenblick ging die Haustür auf, und ein junges Paar Mitte zwanzig trat ins Freie. Rousseau hielt die Tür auf, bevor sie ins Schloss fallen konnte, und führte Gabriel in den düsteren Eingangsbereich. Durch einen Durchgang gelangten sie in einen Innenhof, in dem Rousseau stehen blieb und auf ein Fenster im obersten Stock zeigte.

»Meine Frau und ich haben dort oben gewohnt. Nach ihrem Tod habe ich die Wohnung aufgegeben und bin nach Süden gezogen. Hier hat es zu viele Erinnerungen, zu viele Gespenster gegeben.« Er deutete auf ein Fenster auf der gegenüberliegenden Hofseite. »Dort hat eine ehemalige Studentin von mir gewohnt. Eine hochintelligente junge Frau. Auch ziemlich radikal, wie's damals die meisten meiner Studenten waren. Ihr Name war«, fügte er hinzu, indem er zu Gabriel hinübersah, »Denise Jaubert.«

Gabriel erwiderte Rousseaus Blick ausdruckslos, als sage ihm der Name nichts. In Wirklichkeit kannte er Denise Jaubert vermutlich besser als ihr früherer Professor. Sie war in der Tat radikal gewesen. Und vor allem war sie zeitweilig die Geliebte Sabri al-Chalifas gewesen, des Führers der palästinensischen Terrororganisation Schwarzer September, die das Münchner Olympiaattentat verübt hatte.

»Eines Spätnachmittags«, fuhr Rousseau fort, »habe ich am Schreibtisch gesessen, als unten auf dem Hof gelacht wurde. Das war Denise. Sie wurde von einem Mann begleitet. Blass, schwarzhaarig, sehr gut aussehend. Einige Schritte hinter ihm folgte ein kleiner Mann mit kurzem Haar. Von seinem Gesicht war nicht viel zu erkennen, weil er trotz des bewölkten Himmels eine Sonnenbrille trug.«

Rousseau beobachtete Gabriel, der jedoch in Gedanken über einen Pariser Innenhof ging – nur wenige Schritte hinter einem Mann, nach dem der Dienst sieben lange Jahre gefahndet hatte.

»Ich war nicht der Einzige, der den Mann mit der Sonnenbrille bemerkt hat«, erzählte Rousseau weiter. »Auch Denises gut aussehender Begleiter hat ihn entdeckt. Er wollte seine Pistole ziehen, aber der kleinere Mann war schneller. Ich werde nie vergessen, wie er vorrückte, während er schoss. Es war … imponierend. Er schoss zehnmal. Dann wechselte er das Magazin seiner Pistole und gab einen letzten Schuss ab. Seltsamerweise kann ich mich nicht erinnern, ihn weglaufen gesehen zu haben. Er ist einfach verschwunden.« Rousseau sah Gabriel an. »Und nun steht er neben mir.«

Gabriel sagte nichts. Er starrte das Pflaster des Innenhofs an, dessen Steine einst von Sabri al-Chalifas Blut rot gewesen waren.

»Ich muss gestehen«, sagte Rousseau, »dass ich Sie lange für einen kaltblütigen Mörder gehalten habe. Die zivilisierte Welt hat Ihr Handeln verdammt. Aber jetzt führt die zivilisierte Welt den gleichen Kampf, und wir kämpfen mit den gleichen Waffen. Drohnen, Lenkwaffen, nächtliche Überfälle durch Männer in Schwarz.« Er machte eine Pause, dann fügte er hinzu: »Die Geschichte scheint Ihnen Ihre Sünden vergeben zu haben.«

»Ich habe nicht gesündigt«, sagte Gabriel. »Und ich suche keine Vergebung.«

In diesem Augenblick piepste Rousseaus Handy in seiner Manteltasche. Sekunden später meldete sich Gabriels Smartphone. Auch diesmal zog Gabriel als Erster. Auf dem Display stand eine dringende Nachricht vom King Saul Boulevard. Eine ähnliche Nachricht hatte Rousseau von der DGSI erhalten.

»Der Anschlag aufs Weinberg-Zentrum scheint nur der Anfang gewesen zu sein.« Rousseau steckte sein Handy wieder ein und starrte die Pflastersteine an, auf denen Sabri al-Chalid gelegen hatte. »Wird dieser Saladin ähnlich enden?«

»Wenn wir Glück haben.«

»Wie bald können Sie anfangen?«

»Heute Abend.«

11

AMSTERDAM – PARIS

Später würde mit an Sicherheit grenzender Wahrscheinlichkeit festgestellt werden, dass die Autobomben in Paris und Amsterdam das tödliche Werk desselben Mannes waren. Als Transportmittel diente wieder ein weißer Lieferwagen, diesmal jedoch kein Renault, sondern ein Ford Transit. Er detonierte um Punkt 16.30 Uhr mitten auf dem belebten Albert Cuypmarkt in Amsterdam. Das Fahrzeug stand seit dem frühen Morgen dort und war tagsüber unentdeckt geblieben, während Tausende von Marktbesuchern im schwachen Frühlingssonnenschein ahnungslos daran vorbeiflaniert waren. Dort abgestellt hatte den Transit eine Frau von ungefähr dreißig Jahren, blondes Haar, lange Beine, schmale Hüften, Jeans, Kapuzenpulli, Vliesjacke. Die Personenbeschreibung beruhte nicht auf Zeugenaussagen, sondern auf Videos von Überwachungskameras. Unter den Überlebenden fand die Polizei niemanden, der sich erinnern konnte, sie gesehen zu haben.

Der Markt, der als der größte Tagesmarkt Europas gilt, findet in der Altstadt von Amsterdam statt. Zwei Reihen von Ständen säumen die Albert Cuypstraat, und hinter ihnen stehen rotbraune Klinkerhäuser mit Läden und Restaurants in den Erdgeschossen. Viele der Händler stammen aus dem Nahen Osten oder Nordafrika – eine Tatsache, auf die mehrere Journalisten und Terrorismusexperten in den ersten Stunden nach dem Anschlag hinwiesen. Sie sahen darin einen Beweis dafür, dass der Anschlag nicht auf radikalen Islamismus zurückzuführen sei, konnten aber auf Befragen keine anderen mutmaßlichen Urheber nennen. Erst ein Islamwissenschaftler aus Cambridge konnte das vermeintliche Paradoxon erklären. Die Amsterdamer Moslems, sagte er, lebten in einer Stadt, in der Drogen und Prostitution legal waren, in der statt Allahs Geboten Menschengesetze galten. In den Augen moslemischer Extremisten waren sie vom rechten Glauben abgefallen. Und darauf stand die Todesstrafe.

Die Zeugen erinnerten sich weniger an den ohrenbetäubenden Knall der Detonation als an die tiefe, frostige Stille, die auf sie folgte. Erst allmählich waren ein Stöhnen, ein kindliches Schluchzen und der elektronische Puls eines Smartphones zu hören, das um Antwort flehte. Mehrere Minuten lang verdeckte dichter schwarzer Qualm die Schreckensszene. Dann verzog der Qualm sich allmählich und ließ die Verwüstung erkennen: die Verstümmelten und die Toten, die oft nur mehr teilweise bekleideten Überlebenden, die mit rußigen Gesichtern orientierungslos durch die Trümmer irrten, die Schuhe eines Händlers zwischen den Schuhen der Toten verteilt. Überall zerplatztes Obst und vergossenes Blut und der plötzlich ekelerregende Duft von mit Kreuzkümmel und Ingwer gewürztem Lammbraten.

Wortmeldungen, die Verantwortung für den Anschlag übernahmen, ließen nicht lange auf sich warten. Den ersten Anspruch erhob eine obskure Zelle im gesetzlosen Libyen, der bald einer der islamischen Miliz al-Shabaab folgte, die von Somalia aus Ostafrika terrorisierte. Schließlich erschien ein Video auf einer populären Social-Media-Plattform. Darin erklärte ein schwarz maskierter Mann, der mit Ostlondoner Akzent sprach, der Anschlag sei das Werk des IS und weitere würden folgen. Dann setzte er in einer Mischung aus Englisch und Arabisch zu einem langatmigen Sermon über römische Legionen und das syrische Dorf Dabiq an. Die Fernsehkommentatoren waren perplex. Der gelehrte Experte aus Cambridge war es nicht.

Die Reaktionen reichten von Empörung über Ungläubigkeit bis zu selbstgefälligen Schuldzuweisungen. In Washington verurteilte der amerikanische Präsident den Bombenanschlag als einen »böswilligen Akt des Mordes und der Barbarei«, wobei er seltsamerweise weder die Motive der Täter noch den Islam, radikal oder sonst wie, erwähnte. Seine politischen Gegner im Kongress beeilten sich, ihm die Verantwortung für den Anschlag zuzuweisen. Hätte er die US-Truppen nicht voreilig aus dem Irak abgezogen, behaupteten sie, hätte der IS sich nie im benachbarten Syrien festsetzen können. Später wies der Sprecher des Präsidenten die Forderung zurück, nun sei es Zeit, die U.S. Army direkt gegen den IS einzusetzen. »Wir haben eine Strategie«, sagte er. Ohne eine Miene zu verziehen, fügte er hinzu: »Und sie funktioniert.«

In den Niederlanden hatten die zuständigen Stellen jedoch kein Interesse an Schuldzuweisungen, denn sie waren damit ausgelastet, in den Trümmern nach Überlebenden zu suchen und nach der Frau – ungefähr dreißig, blondes Haar, lange Beine, schmale Hüften, Kapuzenpulli, Vliesweste – zu fahnden, die den Transit mit der Sprengladung auf dem Markt abgestellt hatte. Zwei Tage lang blieb ihre Identität ein Rätsel. Dann wurde ein zweites Video veröffentlicht, wieder mit dem Mann, der mit Ostlondoner Akzent sprach. Diesmal war er nicht allein. Neben ihm standen zwei verschleierte Frauen. Eine schwieg, die andere sprach. Sie stellte sich als Margreet Janssen vor, eine Konvertitin aus dem holländischen Küstenort Noordwijk. Sie habe die Autobombe platziert, sagte sie, um die Gotteslästerer und Ungläubigen im Namen Allahs und Mohammeds, Friede sei mit ihm, zu bestrafen.

Später an diesem Tag bestätigte der niederländische Geheimdienst AIVD, Margreet Janssen sei vor eineinhalb Jahren nach Syrien gereist, habe sich dort etwa ein halbes Jahr aufgehalten und habe in die Heimat zurückkehren dürfen, nachdem sie die zuständigen Stellen davon überzeugt hatte, sie habe mit dem IS und der globalen dschihadistischen Bewegung gebrochen. Der Geheimdienst hatte die Frau elektronisch und physisch überwacht, die Überwachung aber eingestellt, als ihr keine weiteren Kontakte zu islamischen Fundamentalisten nachzuweisen waren. Offenbar, sagte ein AIVD-Sprecher, sei das ein Irrtum gewesen.

Binnen Minuten herrschte in den Chaträumen des digitalen Kalifats helle Aufregung. Margreet Janssen war plötzlich das neue Symbol des globalen Dschihads: eine ehemalige Christin aus Europa, die jetzt ein kämpfendes Mitglied der Gemeinschaft der Gläubigen war. Aber wer war die andere Frau in dem Video gewesen? Die kein Wort gesagt hatte? Die Antwort kam nicht aus Amsterdam, sondern aus einem festungsartigen Bau in dem Pariser Vorort Levallois-Perret. Die zweite Frau, sagte der DGSI-Chef, sei Safia Bourihane gewesen, Mittäterin des Anschlags auf das Weinberg-Zentrum.

Bevor der AIVD aufgehört hatte, Margreet Janssen zu überwachen, hatte er ein umfangreiches Dossier aus Fotos, Überwachungsprotokollen, E-Mails, SMS, Browserprotokollen und Sekundärinformationen über Freunde, Angehörige, Weggefährten und Mitläufer in der globalen dschihadistischen Bewegung. Ein Exemplar dieses Dossiers erhielt Paul Rousseau bei einer Besprechung in der AIVD-Zentrale in Zoetemeer und übergab eine Kopie davon Gabriel nach seiner Rückkehr in einer ruhigen Brasserie in der Rue de Miromesnil im 8. Arrondissement. Das Dossier war digitalisiert, sodass es auf einem USB-Stick Platz hatte, den Rousseau streng konspirativ unter einer Serviette zu Gabriel hinüberschob. Diese Mühe hätte er sich sparen können: Das Lokal war leer bis auf einen glatzköpfigen kleinen Mann, der zu einem gut sitzenden

Anzug eine üppig fliederfarbene Krawatte trug. Er trank an der Bar sitzend ein Glas Côtes du Rhône und las *Le Figaro*. Die Zeitung war voller Reportagen aus Amsterdam. Gabriel steckte den USB-Stick ein, ohne ein Geheimnis daraus zu machen, und fragte Rousseau nach der Stimmung in der AIVD-Zentrale.

»Irgendwo zwischen Panik und Resignation«, antwortete Rousseau. »Sie verstärken ihre Überwachung bekannter Islamisten und fahnden weiter nach dem Bombenbauer und seinen Komplizen.« Leiser fügte er hinzu: »Sie wollten wissen, ob ich irgendeine Idee habe.«

»Haben Sie Saladin erwähnt?«

»Das habe ich anscheinend vergessen«, sagte Rousseau mit verschlagenem Lächeln. »Aber irgendwann werden wir unsere Freunde hier in Europa informieren müssen.«

»Das sind Ihre Freunde, nicht meine.«

»Hatten Sie schon mal mit dem AIVD zu tun?«

»Ich hatte noch nie das Vergnügen.«

»Irgendwie kann ich das kaum glauben.« Rousseau sah zu dem Zeitungsleser hinüber. »Ein Freund von Ihnen?«

»Er hat ein Geschäft auf der anderen Straßenseite.«

»Woher wissen Sie das?«

»Ich habe gesehen, wie er auf die Straße getreten ist und hinter sich abgesperrt hat.«

»Sie beobachten scharf.« Rousseau zeigte über die in der Dämmerung liegende Straße. »Antiquités scientifiques?«

»Alte Mikroskope und dergleichen«, erklärte Gabriel ihm.

»Interessant.« Rousseau betrachtete seine Kaffeetasse. »Ich war gestern nicht der einzige ausländische Besucher beim AIVD. Außer mir war ein Amerikaner da.«

»Agency?«

Rousseau nickte.

»Lokal oder Langley?«

»Letzteres.«

»Hatte er einen Namen?«

»Keinen, den meine Gastgeber mir mitteilen wollten. Aber sie haben angedeutet, das Interesse der Amerikaner sei ziemlich groß.«

»Wie erfreulich.«

»Das Weiße Haus fürchtet offenbar, ein Anschlag auf amerikanischem Boden könnte das Vermächtnis des aus dem Amt scheidenden Präsidenten beschädigen. Die Agency steht unter gewaltigem Druck, das um jeden Preis zu verhindern.«

»Vielleicht ist der IS doch nicht nur das Juniorteam.«

»Zu diesem Zweck«, fuhr Rousseau fort, »erwartet die Agency vollständige Kooperation von Amerikas Freunden und Partnern hier in Europa. Der Mann aus Langley trifft morgen früh in Paris ein.«

»Vielleicht wär's klug, wenn Sie sich mit ihm zusammensetzen würden.«

»Mein Name steht bereits auf der Gästeliste.«

Gabriel schob Rousseau einen klein zusammengefalteten Zettel hin.

»Was ist das?«

»Eine Liste von weiteren Unterlagen, die wir brauchen.«

»Wie lange dauert's noch?«

»Nicht mehr lange«, sagte Gabriel.

»Das haben Sie gestern und vorgestern auch gesagt.« Rousseau steckte die Liste in die Brusttasche seines Jacketts. »Wollen Sie mir nicht erzählen, wo Sie und Ihr Team arbeiten?«

»Soll das heißen, dass Sie das noch nicht rausbekommen haben?«

»Wir haben's nicht mal versucht.«

»Irgendwie«, sagte Gabriel, »kann ich das kaum glauben.«

Er stand auf, ohne ein weiteres Wort zu sagen, und verließ das Lokal. Rousseau beobachtete, wie er in der Abenddämmerung davonging, wobei ihm zwei der besten Beschatter der Alphagruppe diskret folgten. Der kleine Mann mit der fliederfarbenen Krawatte legte einen Geldschein auf die Theke und ging ebenfalls, sodass Rousseau mit seinem Smartphone als einziger Gesellschaft in der Brasserie zurückblieb. Fünf Minuten vergingen, bevor es endlich aufleuchtete. Die SMS kam von Christian Bouchard. »Merde«, sagte Rousseau leise. Allon hatte sie wieder abgeschüttelt.

12

PARIS

Mit zwei Standardtricks – Umkehren auf einer Einbahnstraße und ein kurzer Stopp in einem Bistro, dessen Küche einen Hinterausgang zur nächsten Gasse hatte – schaffte es Gabriel, die besten Beschatter aus Paul Rousseaus Alphagruppe abzuschütteln. Anschließend erreichte er zu Fuß, mit der Métro und per Taxi ein kleines Apartmentgebäude am Bois de Boulogne. Dem Namensschild am Klingelbrett nach wohnte in 4B ein gewisser Guzman. Gabriel klingelte, wartete auf das Summen des Türöffners und trat ein.

Oben hängte Michail Abramow die Sicherungskette aus, um ihn einzulassen. In der Luft hing beißender Rauch. Gabriel sah in die Küche, wo Lavon sich bemühte, einen kleinen Brand zu löschen, den er in der Mikrowelle produziert hatte. Lavon war ein kleiner Mann mit spärlichem weißem Haar und einem Allerweltsgesicht, das man sofort wieder vergaß. Wie so vieles an ihm täuschte auch sein Aussehen. Lavon, von Natur aus ein Raubtier und ein Chamäleon, galt als der beste Überwachungskünstler, den der Dienst je hervorgebracht hatte. Von Ari Schamron stammte der berühmte Ausspruch, Lavon könne verschwinden, während er einem die Hand schüttelt. Das war nicht weit von der Wahrheit entfernt.

»Wie lange hast du diesmal gebraucht?«, fragte Lavon, während er einen zusammengeschmolzenen Kunststoffklumpen in den Müll warf.

»Nicht so lange, wie du gebraucht hast, um unsere sichere Wohnung niederzubrennen.«

»Ein kleiner Irrtum mit dem Timer. Du kennst mich ja – Zahlen waren nie meine Stärke.«

Was natürlich nicht stimmte. Eli Lavon war außerdem ein geschickter Wirtschaftsermittler, der ganz allein Millionenwerte aufgespürt hatte, die Holocaustopfern abgenommen worden waren. Als ausgebildeter Archäologe grub er von Natur aus gern.

Gabriel ging ins Wohnzimmer weiter. Jaakov Rossman, ein bewährter Agentenführer, der fließend Arabisch sprach, schien zu überlegen, ob er sein Notebook zertrümmern sollte. Jossi Gawisch und Rimona Stern fläzten sich auf der Couch wie zwei Studenten. Jossi gehörte zu den Topleuten in der Abteilung Recherche, wie der Dienst seine Analyseabteilung nannte. Er war groß, mit schütterem Haar und einer Vorliebe für Tweed, hatte am All Souls College in Oxford Philosophie studiert und sprach Hebräisch mit ausgeprägtem englischem Akzent. Außerdem hatte er sich als Schauspieler versucht – vor allem mit Shakespeare – und war ein begabter Cellist. Rimona kam aus der Abteilung des Diensts, die das iranische Atomprogramm ausspionierte. Sie hatte aschblondes Haar, eine Rubensfigur und ein explosives Temperament, das sie von ihrem Onkel Ari Schamron geerbt hatte. Gabriel kannte sie seit ihrer Kindheit. Zu seinen schönsten Erinnerungen an Rimona gehörte das Bild, wie ein furchtloses kleines Mädchen mit dem Roller die steile Zufahrt zum Haus seines berühmten Onkels hinunterraste.

Die fünf Feldagenten und Analysten gehörten zu einem Eliteteam namens Barak, dem hebräischen Wort für Blitz, das imstande war, blitzschnell zusammenzutreten und zuzuschlagen. Sie hatten auf zahlreichen geheimen Schlachtfeldern von Moskau bis zur Karibik gemeinsam gekämpft, oft auch geblutet und dabei einige der berühmtesten Unternehmen der israelischen

Geheimdienstgeschichte durchgeführt. Gabriel war der Führer des von ihm zusammengestellten Teams, aber Dina Sarid, das sechste Mitglied, war sein Gewissen und sein kollektives Gedächtnis. Dina war die Terrorismusexpertin des Diensts, eine menschliche Datenbank, die Ort, Zeitpunkt, Täternamen und Zahl der Toten und Verletzten jedes palästinensischen oder islamischen Terroranschlags gegen Israel oder den Westen hersagen konnte. Ihr besonderes Talent bestand darin, Querverbindungen zu erkennen, wo andere nur einen Blizzard aus Namen, Zahlen und Worten sahen.

Sie war klein und zierlich, mit pechschwarzem Haar, das ein sanftes, kindliches Gesicht umrahmte. Im Augenblick stand sie vor einer scheinbar willkürlichen Collage aus Überwachungsfotos, E-Mails, SMS und Telefonmitschnitten. Genau dort hatte sie gestanden, als Gabriel vor drei Stunden die sichere Wohnung verlassen hatte, um sich mit Paul Rousseau zu treffen. Dina war von dem »Fieber« erfasst, jener erschreckenden kreativen Wut, die sie nach jeder Bombendetonation befiel. Ihr Gesichtsausdruck zeigte Gabriel, dass sie zu einer Erkenntnis gelangt war. Er durchquerte den Raum und blieb neben ihr stehen.

»Was interessiert dich so?«, fragte er nach kurzer Pause.

Dina trat leicht hinkend zwei Schritte vor und deutete auf ein Überwachungsfoto von Safia Bourihane. Es war vor ihrer ersten Syrienreise in einem arabischen Café in der von vielen Migranten bewohnten Pariser Banlieue Saint-Denis gemacht worden. Safia trug erst seit Kurzem den Hidschab. Auch ihre Begleiterin, eine junge Frau, trug ihn. In dem Café saßen einige weitere Frauen sowie vier Männer, Algerier oder Marokkaner, die an einem Tisch in der Nähe der Theke saßen. Ein weiterer Mann, hageres Gesicht, bartlos, leicht unscharf, saß allein. Er trug einen dunklen Geschäftsanzug ohne Krawatte und arbeitete an seinem aufgeklappten Notebook. Er hätte ein Araber sein können – oder ein Franzose oder Italiener. Aber darum kümmerte Dina Sarid sich nicht. Sie starrte wie gebannt Safia Bourihanes Gesicht an.

»Sie wirkt normal, nicht wahr? Sogar glücklich. Kaum zu glauben, dass sie den ganzen Vormittag im Internet mit einem IS-Werber gechattet hat. Der Werber hat sie aufgefordert, ihre Familie zu verlassen und nach Syrien zu reisen, um dort mitzuhelfen, das Kalifat aufzubauen. Und was, glaubst du, hat Safia geantwortet?«

»Sie hat gesagt, dass sie in Frankreich bleiben will. Sie hat gesagt, dass sie einen netten Jungen aus guter Familie heiraten und Kinder bekommen will, die als vollständig integrierte Franzosen aufwachsen sollen. Und sie hat gesagt, dass sie nichts mit einem Kalifat zu tun haben will, dessen Kämpfer ihre Feinde enthaupten, kreuzigen oder lebendig verbrennen.«

»Ist's nicht nett, sich das vorzustellen?« Dina schüttelte langsam den Kopf. »Was ist bloß schiefgegangen, Gabriel? Wieso haben sich über fünfhundert junge Frauen aus dem Westen dem IS angeschlossen? Wieso sind die Bärtigen die neuen Rockstars des Islams? Wieso sind Killer cool?« Obwohl Dina ihr Leben dem Studium des Terrorismus und des islamischen Extremismus gewidmet hatte, wusste auch sie keine Antworten darauf. »Wir dachten, die Gewalttätigkeit des IS würde sie abstoßen. Das war ein Irrtum. Wir dachten, Integration sei die Lösung. Aber je assimilierter sie sind, desto weniger gefällt ihnen der westliche Lebensstil. Und so sind sie verwundbar, wenn ein IS-Werber bei ihnen anklopft.«

»Du urteilst zu wohlwollend, Dina.«

»Sie sind noch Kinder.« Nach kurzer Pause fügte sie hinzu: »Leicht zu beeindruckende Mädchen.«

»Aber nicht alle.«

»Ja, das stimmt. Viele sind gebildet, viel gebildeter als die meisten Männer, die sich dem IS anschließen. Sie dürfen nicht kämpfen, die Frauen, deshalb übernehmen sie wichtige Unterstützungsaufgaben. In vieler Beziehung sind es eigentlich die Frauen, die das Kalifat aufbauen. Viele von ihnen heiraten auch – einen Mann, der vielleicht schon bald ein Märtyrer sein wird. Jede vierte Frau wird Witwe. Das sind die *Schwarzen Witwen*«, fügte sie hinzu. »Indoktriniert, verbittert, rachsüchtig. Dann muss nur noch ein guter Werber oder Talentscout kommen, um sie in tickende Zeitbomben zu verwandeln.« Sie zeigte auf den leicht unscharfen Mann, der an seinem Notebook arbeitete. »Jemand wie er. Leider haben die Franzosen ihn nie bemerkt. Sie waren zu sehr mit Safias Freundin beschäftigt.«

»Wer ist sie?«

»Eine junge Frau, die sich im Internet ein paar Hinrichtungsvideos angesehen hat. Mit ihr vergeudet man Zeit, Geld und Arbeitskraft. Bei Safia war das anders. Safia hat nur darauf gewartet, aktiv werden zu können.« Dina machte einen Schritt nach rechts und zeigte auf ein weiteres Foto. »Drei Tage nach dem Cafébesuch mit ihrer Freundin in Saint-Denis ist sie zum Shoppen in die Innenstadt gefahren. Auf diesem Foto geht sie durch die Arkaden an der Rue de Rivoli. Und sieh dir an, wer ein paar Schritte hinter ihr geht.«

Gabriel erkannte den Mann aus dem Café, den Bartlosen mit dem hageren Gesicht, der Nordafrikaner oder Franzose oder Italiener sein konnte.

»Wie konnten sie ihn nur übersehen?«

»Gute Frage. Und sie haben ihn auch hier übersehen.«

Dina zeigte auf ein drittes Foto, das eine Stunde später am selben Tag gemacht worden war. Safia Bourihane verließ ein Geschäft für junge Mode auf den Champs-Élysées. Der Mann mit dem hageren Gesicht wartete draußen auf dem Gehsteig; er gab vor, einen Stadtplan zu studieren.

»Schick die Fotos dem King Saul Boulevard«, sagte Gabriel. »Mal sehen, was dabei rauskommt.«

»Das habe ich schon getan.«

»Und?«

»Der King Saul Boulevard kennt ihn nicht.«

»Vielleicht hilft uns das hier weiter«, sagte Gabriel und hielt den USB-Stick hoch.

»Was ist das?«

»Leben und Werk Margreet Janssens.«

»Ich frage mich, wie lange es dauern wird, Safias heimlichen Verehrer aufzuspüren.«

»An deiner Stelle würde ich mich beeilen. Die Amerikaner haben ihre Akte auch.«

»Ich bin schneller«, sagte sie. »Das bin ich immer.«

Dina brauchte keine halbe Stunde, um das erste Überwachungsfoto von Margreet Janssen und Safia Bourihanes Pariser Beschatter zu finden. Ein AIVD-Team hatte das Foto in einem malerischen italienischen Restaurant in der Amsterdamer Innenstadt geschossen, in dem Margreet, die aus ärmlichen Verhältnissen in Noordwijk geflüchtet war, für einen Hungerlohn als Bedienung arbeitete. Der Mann war leicht zu entdecken, weil er allein zu Abend aß und sich nur mit einem Band von Sartre zu tarnen versuchte. Diesmal fing die Kamera ihn scharf ein, aber sein Aussehen hatte sich leicht verändert. Eine randlose Brille entschärfte sein kantiges Gesicht, und eine graue Wolljacke ließ ihn wie einen harmlosen Bibliothekar aussehen. Margreet, die ihn lächelnd bediente, fand ihn offensichtlich so attraktiv, dass sie seine Einladung annahm, sich später mit ihm auf einen Drink in einer Bar am Rand des Rotlichtbezirks zu treffen. Der Abend endete damit, dass Margreet dem Mann vor den Augen der Überwacher eine Ohrfeige gab. Handwerklich gut gemacht, fand Gabriel. Die Niederländer schrieben den Mann offenbar als verkrachten Aufreißer ab und versuchten nie, ihn zu identifizieren.

Aber welche Verbindung existierte zwischen den beiden Frauen außer diesem Mann, der Nordafrikaner oder Franzose oder Italiener sein konnte? Auch das fand Dina heraus. Das Bindeglied war eine Webseite im Golfemirat Katar, die Kleidung für fromme moslemische Frauen mit Geschmack verkaufte. Safia Bourihane hatte sie drei Wochen vor dem Auftauchen des Mannes in Paris besucht. Margreet Janssen war nur zehn Tage vor dem Anschlag in Amsterdam auf dieser Seite gewesen. Dina vermutete, sie enthalte einen durch ein Passwort geschützten Chatraum, in den IS-Werber vielversprechende junge Frauen zu einem privaten Gespräch einladen konnten. Für die Geheimdienste Israels und des Westens waren diese geschützten Räume fast unzugänglich. Selbst die mächtige National Security Agency in den USA hatte größte Mühe, mit der digitalen IS-Hydra Schritt zu halten.

Für einen professionellen Spion gibt es nichts Schlimmeres, als von einem Kollegen aus einem anderen Dienst etwas mitgeteilt zu bekommen, das er längst hätte selbst wissen müssen. Paul Rousseau musste diese Peinlichkeit in einem kleinen Café in der Rue Cler, einer schicken Marktstraße in der Nähe des Eiffelturms, über sich ergehen lassen. Die Pariser Polizei hatte die Straße abgeriegelt und kontrollierte die Handtaschen und Rucksäcke aller Besucher. Auch Gabriel, der nichts bei sich trug als einen braunen Umschlag mit Fotos, wurde gründlich durchsucht, bevor er passieren durfte.

»Würde das jemals bekannt«, sagte Rousseau, »wäre es für

meinen Dienst sehr peinlich. Köpfe würden rollen. Vergessen Sie nicht, dass wir in Frankreich sind.«

»Keine Sorge, Paul, Ihr Geheimnis ist bei mir sicher.«

Rousseau blätterte nochmals die Fotos durch, die Safia Bourihane und den Mann zeigten, der ihr zwei Tage lang von der DGSI unbemerkt durch Paris gefolgt war.

»Was hat er Ihrer Ansicht nach getan?«

»Er hat sie beobachtet, versteht sich.«

»Zu welchem Zweck?«

»Um sicherzugehen, dass sie der richtige Frauentyp ist. Die Frage ist nur«, sagte Gabriel, »können Sie ihn finden?«

»Diese Fotos sind über ein Jahr alt.«

»Ja?«, fragte Gabriel suggestiv.

»Das wird schwierig. Schließlich«, sagte Rousseau, »haben wir noch immer nicht feststellen können, wo Ihr Team arbeitet.«

»Das kommt daher, dass wir besser sind als er.«

»Tatsächlich ist seine Performance auch ziemlich gut.«

»In das Café in Saint-Denis ist er nicht auf einem fliegenden Teppich gekommen«, sagte Gabriel. »Er ist mit der Métro oder einem Bus gefahren oder durch Straßen mit Überwachungskameras gegangen.«

»Unser Kameranetz ist bei Weitem nicht so dicht wie Ihres oder das der Briten.«

»Aber es ist vorhanden, vor allem in Vierteln wie Saint-Denis.«

»Ja«, sagte Rousseau. »Da haben Sie recht.«

»Stellen Sie also fest, wie er dorthin gekommen ist. Und als Nächstes stellen Sie fest, wer er ist. Aber«, fügte Gabriel warnend hinzu, »tun Sie's unauffällig. Und erzählen Sie unserem Freund aus Langley nichts davon.«

Rousseau sah auf seine Uhr.

»Wann treffen Sie mit ihm zusammen.«

»Um elf. Er heißt übrigens Taylor. Kyle Taylor. Er leitet die Abteilung Terrorismusabwehr der CIA. Monsieur Taylor scheint sehr ehrgeizig zu sein. Er hat schon viele Terroristen durch Drohnenangriffe liquidiert. Noch ein Skalp, dann könnte er der nächste Direktor der Operationsabteilung werden. Zumindest hört man das gerüchteweise.«

»Das wäre eine Überraschung für den jetzigen Direktor.«

»Adrian Carter?«

Gabriel nickte.

»Ich habe Adrian schon immer gemocht«, sagte Rousseau. »Er ist ein anständiger Kerl und für einen Spion eigentlich zu ehrlich. Man fragt sich, wie ein Mann wie er so lange an einem Ort wie Langley überleben konnte.«

Wie sich dann zeigte, brauchte Rousseaus Alphagruppe nur achtundvierzig Stunden, um festzustellen, dass der Mann aus dem Café in Saint-Denis mit dem Eurostar aus London nach Paris gekommen war. Überwachungsfotos zeigten, wie er am Spätvormittag am Gare du Nord ausstieg und wenige Minuten später in die Métro umstieg, um in den Pariser Norden zu fahren. Nachdem er in der Rue de Rivoli und auf den Champs-Élysées erneut fotografiert worden war, fuhr er am folgenden Morgen mit dem Eurostar nach London zurück.

Anders als in den meisten internationalen Zügen in Westeuropa müssen Eurostar-Fahrgäste vor dem Einsteigen ihren Pass vorweisen. So hatte die Alphagruppe wenig Mühe, die Identität des Mannes festzustellen. Er war Jalal Nasser, 1984 im jordanischen Amman geboren, wohnhaft in Großbritannien, Anschrift unbekannt. Rousseau richtete eine Anfrage an den britischen MI5 und erkundigte sich so unaufgeregt wie möglich nach der Adresse eines gewissen Jalal Nasser und ob der Genannte verdächtig sei, Verbindung zu islamischen Extremisten zu haben. Seine Anschrift kam zwei Stunden später: 33 Chilton Street, Bethnal Green, East London. Und nein, MI5 lagen keine Hinweise vor, dass Nasser etwas anderes sei, als er zu sein behauptete, nämlich ein BWL-Student im Aufbaustudium am King's College. Dort war er seit sieben Jahren ab und an eingeschrieben.

Gabriel entsandte Michail mit den beiden vielseitig einsetzbaren Allroundern Mordecai und Oded nach London, wo sie binnen weniger Stunden nach ihrer Ankunft eine kleine Wohnung in der Chilton Street fanden. Außerdem gelang es ihnen, den Bummelstudenten Jalal Nasser zu fotografieren, als er mit einer Büchertasche auf der Bethnal Green Road unterwegs war. Das Foto erschien abends auf Gabriels Smartphone, als er im Kinderzimmer seiner Jerusalemer Wohnung auf die friedlich in ihren Bettchen schlafenden Zwillingen herabsah.

»Du hast uns sehr gefehlt«, sagte Chiara. »Aber wenn du sie jetzt weckst …«

»Was?«

Sie lächelte, nahm ihn an der Hand und zog ihn mit sich ins Schlafzimmer.

»Leise«, flüsterte sie und knöpfte ihre Bluse auf. »Ganz leise.«

13

AMMAN, JORDANIEN

Früh am folgenden Morgen verließ Gabriel leise die Wohnung, in der Chiara und die Kinder noch schliefen, und stieg hinten in sein gepanzertes SUV. Zu seiner kleinen Autokolonne gehörten zwei weitere Wagen mit schwer bewaffneten Personenschützern des Diensts. Und statt nach Westen in Richtung Tel Aviv und King Saul Boulevard zu fahren, rollten sie die grauen ottomanischen Mauern der Jerusalemer Altstadt entlang und die Hügel Judäas hinunter, um auf die kahlen Ebenen des Westjordanlands zu gelangen. Wenige Kilometer vor Jericho erreichten sie die Abzweigung zur Allenby-Brücke, der historischen Verbindung zwischen dem Westjordanland und dem von den Briten geschaffenen Haschemiten-Königreich Jordanien. Die Zufahrt auf israelischer Seite war schon vor Gabriels Ankunft gesperrt worden; auf der anderen Seite wartete mit laufenden Motoren eine eindrucksvolle Kolonne aus Suburbans, die mit schnauzbärtigen Beduinensoldaten besetzt waren. Der Chef von Gabriels Personenschützern wechselte einige Worte mit seinem jordanischen Kollegen. Dann vereinigten sich die beiden Wagenkolonnen und fuhren in Richtung Amman durch die Wüste davon.

Ihr Ziel war die Zentrale des jordanischen Geheimdiensts GID, auch als Muchabarat bezeichnet – nach dem arabischen Wort für die allgegenwärtigen Geheimdienste, die über die fragilen Königreiche, Emirate und Republiken des Nahen Ostens wachen. Von konzentrischen Ringen aus bewaffneten Männern umgeben und mit einem abgesperrten Aktenkoffer aus Edelstahl in der Hand, durchquerte Gabriel rasch die marmorne Eingangshalle, stieg eine Freitreppe hinauf und betrat die Bürosuite von GID-Direktor Farid Barakat. Der große Raum, vier- bis fünfmal größer als Gabriels zukünftiges Büro am King Saul Boulevard, war mit dunklen Vorhängen, Polstergarnituren, farbenprächtigen Orientteppichen und kostbaren Kunstgegenständen ausgestattet, die Farid von Spionen und Politikern aus aller Welt als Zeichen ihrer Bewunderung geschenkt bekommen hatte. Dies war ein Raum, dachte Gabriel, in dem Gunstbezeigungen gewährt, Urteile gefällt und Leben zerstört wurden. Aus dem heutigen Anlass hatte er Jeans und Lederjacke gegen einen gut geschnittenen grauen Anzug mit weißem Hemd getauscht. Trotzdem verblasste seine Kleidung gegenüber der maßgeschneiderten Eleganz, in die Farid Barakats hohe, schlanke Gestalt gehüllt war. Farid ließ seine Anzüge bei Anthony Sinclair in London schneidern. Wie der jordanische König, den zu beschützen er geschworen hatte, hatte er teure englische Privatschulen besucht. Er sprach Englisch wie ein BBC-Nachrichtensprecher.

»Gabriel Allon, endlich mal!« Farids kleine schwarze Augen glänzten wie polierter Onyx. Seine Nase glich einem Raubvogelschnabel. »Freut mich sehr, Sie kennenzulernen. Nach allem, was in der Zeitung stand, habe ich gefürchtet, ich hätte meine Chance verpasst.«

»Reporter«, sagte Gabriel verächtlich.

»Ganz recht«, stimmte Farid zu. »Ihr erster Besuch in Jordanien?«

»Ja, leider.«

»Keine heimlichen Besuche in Amman mit geliehenem Pass? Kein Unternehmer gegen einen Ihrer zahlreichen Feinde?«

»Das fiele mir nicht im Traum ein.«

»Kluger Mann«, sagte Farid lächelnd. »Besser ist's, sich an die Regeln zu halten. Sie werden bald feststellen, dass ich Ihnen sehr nützlich sein kann.«

Israel und Jordanien hatten mehr gemeinsam als eine Grenze und eine Vergangenheit unter britischer Verwaltung. Beide waren westlich orientierte Staaten, die versuchten, sich im Nahen Osten, der gefährlich außer Kontrolle geriet, zu behaupten. Sie hatten zweimal Krieg gegeneinander geführt – 1948 und 1967 –, aber als Folge des Osloer Friedensprozesses offiziell Frieden miteinander geschlossen. Aber auch schon vorher hatte es enge Kontakte zwischen den beiderseitigen Geheimdiensten gegeben. Jordanien galt allgemein als der fragilste aller arabischen Staaten, und um Chaos in der Region zu verhindern, hatte der GID dafür zu sorgen, dass der König seinen Kopf auf den Schultern behielt. Genau das wollte auch Israel, das in dem GID einen kompetenten und zuverlässigen Partner gefunden hatte. Der GID war etwas zivilisierter als die irakischen und ägyptischen Dienste, aber nicht weniger allgegenwärtig. Ein engmaschiges Spitzelnetz überwachte die jordanische Bevölkerung und meldete jedes Wort, jede Tat. Schon eine unbedachte kritische Äußerung über den König oder seine Familie konnte zu einem unbefristet langen Aufenthalt in dem GID-Labyrinth aus Geheimgefängnissen führen.

Uzi Navot hatte Gabriel vor den Ritualen gewarnt, die bei jedem Besuch in Farids Luxusräuberhöhle unvermeidlich waren: die vielen Tassen süßen arabischen Kaffees, die Zigaretten, die langen Geschichten über Farids zahlreiche Erfolge als Profi und auf dem Feld der Liebe. Farid sprach immer so, als könne er sein eigenes Glück nicht glauben, was erheblich zu seinem Charme beitrug. Wo andere Männer unter der Last der Verantwortung ermüdeten, blühte Farid auf. Er herrschte über ein weitgespanntes geheimes Reich. Das befriedigte ihn zutiefst.

Bei Farids Monolog gelang es Gabriel, ein gelassenes, aufmerksames Lächeln zur Schau zu tragen. Obwohl er lachte, wenn es angebracht war, und ein paar Suggestivfragen stellte, dachte er die ganze Zeit an die Fotos in dem stählernen Aktenkoffer, der neben ihm auf dem Teppich stand. Er hatte noch nie einen Aktenkoffer getragen – zumindest nicht freiwillig, nur zu Tarnzwecken. Dieser kam ihm wie die Eisenkugel eines Sträflings vor. Bestimmt würde er jemanden finden können, der ihm diese Last abnahm. Innerlich fürchtete er jedoch, dass das unweigerlich einen Kammerdiener, einen Vorkoster und einen festen Termin bei einem teuren Friseur in Tel Aviv nach sich ziehen würde. Ihm fehlte schon der kleine Nervenkitzel, den steilen Highway 1 nach Tel Aviv selbst hinunterfahren zu dürfen. Farid Barakat hätte solche Empfindungen bestimmt seltsam gefunden. Farid wurde nachgesagt, er habe seinen Butler einmal eine Woche einsperren lassen, weil der Kerl es gewagt hatte, seinen Earl Grey eine Minute zu lange ziehen zu lassen.

Zuletzt sprach Farid die Situation am King Saul Boulevard an. Er wusste, dass Gabriel an Uzi Navots Stelle Direktor des Diensts werden sollte. Und er hatte gehört – seine Quelle wollte er nicht nennen –, dass Gabriel beabsichtigte, Navot weiter in irgendeiner Funktion zu beschäftigen. Er hielt das für eine abscheulich schlechte Idee, was er Gabriel auch sagte. »Besser reinen Tisch machen und völlig neu anfangen.« Gabriel lächelte, lobte Farids Weitblick und Cleverness und sprach nicht weiter über dieses Thema.

Der Jordanier wusste auch, dass Gabriel vor Kurzem wieder Vater geworden war. Auf sein Klingelzeichen kam ein Adjutant mit einem riesigen Karton und einer ziemlich kleinen Schachtel herein, beide in Geschenkpapier verpackt. Farid bestand darauf, dass Gabriel sie sofort öffnete. Der Karton enthielt ein Tretmobil von Mercedes, die Schachtel eine prachtvolle Perlenkette.

»Dass das ein deutscher Wagen ist, stört Sie hoffentlich nicht?«

»Durchaus nicht.«

»Die Perlen sind von Mikimoto.«

»Gut zu wissen.« Gabriel klappte das Etui zu. »Aber ich kann sie unmöglich annehmen.«

»Sie müssen aber. Sonst bin ich zutiefst beleidigt.«

Gabriel bedauerte plötzlich, kein Geschenk mitgebracht zu haben. Aber was sollte man einem Mann schenken, der seinen Butler wegen einer misslungenen Kanne Tee hatte einlochen lassen? Er hatte nur die Fotos, die er jetzt aus dem Aktenkoffer nahm. Das erste zeigte einen Mann, der mit seiner Büchertasche auf einer Straße in East London unterwegs war und ein Nordafrikaner oder Franzose oder Italiener sein konnte. Gabriel gab es Farid Barakat, der es nur flüchtig betrachtete. »Jalal Nasser«, sagte er und gab das Foto lächelnd zurück. »Wieso haben Sie so lange gebraucht, mein Freund?«

14

GID-ZENTRALE, AMMAN

Farid Barakat wusste mehr über den IS als jeder andere Geheimdienstler der Welt – und das aus gutem Grund. Die Terrorgruppe hatte ihre Wurzeln in der ärmlichen Stadt Zarqa, unmittelbar nordöstlich von Amman, in der in einem heruntergekommenen Haus mit Blick auf den vernachlässigten Friedhof einst ein Mann namens Ahmad Fadhil Nazzal al-Chalaileh gelebt hatte: ein schwerer Trinker, ein Vandale und ein berüchtigter Raufbold, der so stark tätowiert war, dass die Kinder des Viertels ihn »den grünen Mann« nannten. Seine Mutter war eine fromme Moslemin, die glaubte, nur der Islam könne ihren schwierigen Sohn retten. Sie meldete ihn in der Moschee Al-Hussein Ben Ali zum Religionsunterricht an, und dort fand al-Chalaileh seine wahre Berufung. Er radikalisierte sich rasch und wurde ein erbitterter Feind der jordanischen Monarchie, die er gewaltsam stürzen wollte. Er verbrachte mehrere Jahre in GID-Geheimgefängnissen, auch in dem berüchtigten Wüstenfort Qa'al Jafr. Der Kapo seines Zellenblocks war Abu Muhammad al-Maqdisi, ein hitziger Prediger, der zu den wichtigsten Theoretikern des Dschihadismus gehörte. Als im Jahr 1999 ein junger, unerfahrener König nach dem Tod seines Vaters den Thron bestieg, begnadigte er in einer traditionellen Goodwill-Geste über tausend Straftäter und politische Gefangene. Zwei der Männer, die auf diese Weise freikamen, waren al-Maqdisi und sein gewaltbereiter Schüler aus Zarqa.

Unterdessen war der stark tätowierte ehemalige Raufbold als Abu Musab al-Zarqawi bekannt. Bald nach seiner Entlassung schlug er sich nach Afghanistan durch, wo er Osama bin

Laden Treue schwor. Als im März 2003 die US-Invasion im Irak drohte, gelangte er nach Bagdad und gründete dort Widerstandszellen, die als al-Qaida im Irak bekannt wurden. Die Flut von Enthauptungen und spektakulären Bombenanschlägen, für die al-Zarqawi und seine Leute verantwortlich waren, brachten das Land an den Rand eines totalen Bürgerkriegs. Er war der Prototyp des neuen islamischen Extremisten, der bereit war, abstoßende Gewalt einzusetzen, um zu schockieren und zu terrorisieren. Selbst Aiman az-Zawahiri, die Nummer zwei der al-Qaida, distanzierte sich von ihm.

Im Juni 2006 beendete ein amerikanischer Luftangriff al-Zarqawis Leben, und gegen Ende dieses Jahrzehnts war die al-Qaida im Irak dezimiert. Aber im Jahr 2011 wirkten zwei Ereignisse zusammen, um sie neuerlich erstarken zu lassen: der Ausbruch des Bürgerkriegs in Syrien und der Abzug der US-Truppen aus dem Irak. Die nun als ISIS bekannte Gruppierung stieg aus der Asche auf, um das Machtvakuum im syrisch-irakischen Grenzgebiet auszufüllen. Das Gebiet unter ihrer Kontrolle erstreckte sich von der Wiege der Zivilisation bis zur Schwelle Europas. Sie hatte das Haschemiten-Königreich Jordanien fest im Visier. Und natürlich Israel.

Zu den Tausenden von jungen Moslems aus Europa und dem Nahen Osten, die dem Sirenengesang des ISIS erlagen, gehörte ein junger Jordanier namens Jalal Nasser. Wie al-Zarqawi stammte Nasser aus einem im Ostjordanland prominenten Stamm, den Bani Hassan, aber seine Familie war reich im Gegensatz zu den Chalailehs in Zarqa. Er besuchte eine Privatschule in Amman und studierte am Londoner King's College. Bald nach Ausbruch des Bürgerkriegs in Syrien traf er jedoch in Amman mit einem IS-Werber zusammen und erkundigte sich, wie er in das Kalifat gelangen könne. Der Werber erklärte ihm jedoch, er könne anderswo nützlicher sein.

»In Europa?«, fragte Gabriel.

Farid nickte.

»Woher wissen Sie das?«

»Wir haben unsere Quellen«, sagte Farid, was bedeutete, dass er nicht die Absicht hatte, diese Frage zu beantworten.

»Warum haben Sie ihn nicht aus dem Verkehr gezogen?«

»Jalal stammt aus einer guten Familie, die dem Königshaus seit vielen Jahren treu ist. Hätten wir ihn verhaftet, hätte es Probleme gegeben.« Ein vorsichtiges Lächeln. »Kollateralschäden.«

»Also haben Sie ihn in ein Flugzeug nach London gesetzt und ihm zum Abschied nachgewinkt.«

»Ganz so einfach haben wir uns die Sache nicht gemacht. Bei jedem seiner Besuche holen wir ihn zu einem kleinen Schwatz her. Und wir überwachen ihn von Zeit zu Zeit in England, um sicherzustellen, dass er nicht gegen uns arbeitet.«

»Haben Sie die Briten über ihn informiert?«

Schweigen.

»Was ist mit unseren Freunden in Langley?«

Wieder Schweigen.

»Weshalb nicht?«

»Weil wir aus einem kleinen Problem kein großes machen wollten. Dazu tendieren die Amerikaner heutzutage leider.«

»Vorsichtig, Farid. Man weiß nie, wer gerade zuhört.«

»Nicht hier«, sagte Farid und sah sich in dem großen Raum um. »Mein Büro ist sicher.«

»Sagt wer?«

»Langley.«

Gabriel lächelte.

»Woher kommt Ihr großes Interesse an Jalal?«, fragte Farid.

Gabriel legte ihm ein weiteres Foto hin.

»Die Pariser Attentäterin?«

Gabriel nickte. Dann machte er auf den Mann aufmerksam, der am Bildrand vor seinem aufgeklappten Notebook saß.

»Jalal?«

»Derselbe.«

»Könnte das Zufall gewesen sein?«

Gabriel legte dem Jordanier zwei weitere Fotos hin: Safia Bourihane und Jalal Nasser in der Rue de Rivoli, Safia Bourihane und Jalal Nasser auf den Champs-Élysées.

»Anscheinend nicht.«

»Es gibt noch mehr.«

Gabriel legte ihm zwei weitere Fotos vor: Jalal Nasser mit Margreet Janssen in einem Amsterdamer Restaurant und Jalal Nasser, der sich auf einer Straße im Rotlichtbezirk nach einer Ohrfeige die Wange hielt.

»Scheiße«, sagte Farid leise.

»Das findet der Dienst auch.«

Farid gab ihm die Fotos zurück. »Wer weiß noch davon?«

»Paul Rousseau.«

»Alphagruppe?«

Gabriel nickte.

»Die ist ziemlich gut.«

»Sie haben schon mit ihr zusammengearbeitet?«

»Gelegentlich.« Farid zuckte mit den Schultern. »Im Allgemeinen haben Frankreichs Probleme ihre Wurzeln in anderen Teilen der arabischen Welt.«

»Das hat sich geändert.« Gabriel legte die Fotos in seinen Aktenkoffer zurück.

»Haben Sie Gelegenheit gehabt, sich in seinem Notebook umzusehen?«

»Noch nicht. Sie?«

»Wir haben den gesamten Inhalt heruntergeladen, als er zuletzt hier war. Alles völlig harmlos. Aber das hat nichts zu bedeuten. Jalal ist sehr gut mit Computern. Alle sind sehr gut. Und sie werden jeden Tag besser.«

Farid wollte sich eine seiner englischen Zigaretten anzünden, ließ das Feuerzeug aber wieder zuschnappen. Gabriels Aversion gegen Tabakrauch schien auch dem GID gut bekannt zu sein.

»Vermute ich richtig, dass Sie den Amerikanern nichts davon erzählt haben?«

Gabriel nickte.

»Und den Briten?«

»Nur *en passant*.«

»Das ist bei den Briten praktisch nicht möglich. Außerdem«, sagte Farid förmlich wie ein Nachrichtensprecher, »weiß ich sicher, dass sie fürchten, der nächste Anschlag gelte ihnen.«

»Sie sollten sich fürchten.«

Farid benutzte die schlanke Flamme seines goldenen Feuerzeugs, um die Zigarette anzuzünden. »Welche Verbindung hatte Jalal also zu Paris und Amsterdam?«

»Darüber rätseln wir noch. Vielleicht nur als Werber oder Talentscout. Oder vielleicht war er der Projektmanager.« Gabriel machte eine Pause. »Oder vielleicht«, sagte er dann, »ist er der Mann, der sich Saladin nennt.«

Farid Barakat hob ruckartig den Kopf.

»Offenbar«, sagte Gabriel, »haben Sie diesen Namen schon mal gehört.«

»Ja, das habe ich«, gab Farid zu.

»Ist er's?«

»Ausgeschlossen!«

»Existiert er?«

»Saladin?« Farid nickte langsam. »Ja, er existiert.«

»Wer ist er?«

»Unser schlimmster Albtraum. Ansonsten«, sagte Farid, »habe ich keine Ahnung.«

15

GID-ZENTRALE, AMMAN

Über Saladins Namensvetter wusste der GID-Direktor dagegen sehr viel. Salah ad-Din Yusuf ibn Ayyub ad-Dawini, kurdisch Saladin, wurde etwa im Jahr 1138 als Sohn einer prominenten kurdischen Familie in Tikrit geboren. Sein Vater war ein Glücksritter. Der junge Saladin lebte eine Zeit lang in Baalbek im heutigen Libanon und in Damaskus, wo er Wein trank, Frauen nachstellte und bei Kerzenschein Polo spielte. Damaskus war die Stadt, die er mehr als alle anderen liebte. Später würde er Ägypten, das Finanzzentrum seines Reichs, als Hure bezeichnen, die ihn von seiner treuen Ehefrau Damaskus zu entfremden versuchte.

Sein Reich erstreckte sich vom Jemen bis nach Tunesien und nördlich bis nach Syrien. Beherrscht wurde es von einem Gemenge aus Fürsten, Emiren und geldgierigen Verwandten, das durch Saladins diplomatisches Geschick und sein beträchtliches Charisma zusammengehalten wurde. Er setzte Gewalt sehr wirkungsvoll ein, verabscheute sie aber eigentlich. Zu seinem Lieblingssohn Zahir sagte er einmal: »Ich warne dich davor, Blut zu vergießen, darin zu schwelgen und das zur Gewohnheit werden zu lassen, denn Blut schläft niemals.«

Saladin war lahm und kränklich und wurde ständig von einem Team aus einundzwanzig Ärzten betreut, zu dem der Philosoph und Talmudgelehrte Maimonides gehörte, den er in Kairo zu seinem Leibarzt ernannte. Als Mann ohne persönliche Eitelkeit – er lachte einmal schallend, als ein Höfling sein Seidengewand mit Schlamm bespritzte – hatte er wenig Interesse an persönlichem Reichtum oder irdischen Genüssen. Am glücklichsten war er, wenn er von Dichtern und Gelehrten umgeben war, aber seine große Leidenschaft war der Dschihad, der Heilige Krieg. Er ließ in seinem ganzen Reich Moscheen und Islamhochschulen bauen und bedachte Prediger und Theologen mit Privilegien und Geldgeschenken. Ihm ging es darum, den Eifer wiederzuerwecken, mit dem die ersten Gefolgsleute Mohammeds die Hälfte der bekannten Welt erobert hatten. Und sobald dieser heilige Zorn wieder loderte, konzentrierte er sich auf die eine große Eroberung, die ihm bisher nicht gelungen war: Jerusalem.

Die Stadt, ein eher kleiner Außenposten in einem Gebiet mit Quellen, lag auf einem strategisch wichtigen Höhenzug, auf dem drei Kontinente zusammenstießen – eine geografische Sünde, für die sie über Jahrhunderte hinweg leiden sollte. Belagert, geplündert, erobert, zurückerobert und beherrscht war Jerusalem von Jebusiten, Ägyptern, Assyriern, Babyloniern, Persern, Griechen, Römern, Byzantinern und natürlich Juden worden. Als Umar al-Chattab, ein enger Vertrauter Mohammeds, Jerusalem 639 mit einem kleinen Heer aus arabischen Kameltreibern aus dem Hedschas und dem Jemen eroberte, war die Stadt überwiegend christlich. Viereinhalb Jahrhunderte später entsandte Papst Urban II. eine Streitmacht aus mehreren Tausend europäischen Christen, die Jerusalem von den Moslems, die er als »Gott fremd« bezeichnete, zurückerobern sollte. Die später als Kreuzfahrer bekannten christlichen Soldaten stürmten Jerusalem am 15. Juli 1099 und schlachteten seine Einwohner ab, darunter dreitausend Frauen, Männer und Kinder, die in der großen Al-Aqsa-Moschee Zuflucht gesucht hatten.

Es war Saladin, der Sohn eines kurdischen Glücksritters aus Tikrit, der diese Schmach rächen würde. Nachdem er die von Durst gepeinigten Kreuzfahrer in der Schlacht von Hattis bei

Tiberias gedemütigt hatte – Saladin hackte Renaud de Châtillon persönlich einen Arm ab –, zogen die Moslems in Jerusalem ein, das sich ergeben hatte. Saladin stürzte das auf dem Felsendom errichtete große Kreuz, ließ seine Höfe mit Rosenwasser aus Damaskus besprengen, um die letzten üblen Spuren der Ungläubigen zu beseitigen, und verkaufte Tausende von Christen in die Sklaverei oder den Harem. Unter islamischer Herrschaft stand Jerusalem bis 1917, als die Briten es den ottomanischen Türken abnahmen. Und als das Ottomanische Reich 1924 zusammenbrach, endete auch das letzte moslemische Kalifat.

Aber nun hatte die Terrormiliz IS ein neues Kalifat ausgerufen. Gegenwärtig umfasste es nur Teile des westlichen Iraks und des östlichen Syriens mit Rakka als Hauptstadt. Saladin, der neue Saladin, war der IS-Chef für Auslandseinsätze – zumindest glaubten das Farid Barakat und der jordanische Geheimdienst. Leider wusste der GID sonst fast nichts über Saladin, nicht einmal seinen richtigen Namen.

»Ist er ein Iraker?«

»Das ist denkbar. Oder er könnte ein Tunesier, ein Saudi, ein Ägypter, ein Engländer oder sonst irgendeiner der Fantasten sein, die nach Syrien geströmt sind, um in ihrem neuen islamischen Paradies zu leben.«

»Aber das glaubt der GID bestimmt nicht wirklich.«

»Nein, das glauben wir nicht«, gab Farid zu. »Wir vermuten, dass er ein ehemaliger irakischer Offizier ist. Wer weiß?

Vielleicht stammt er aus Tikrit wie Saladin.«

»Und Saddam.«

»Ah, richtig, wir wollen Saddam nicht vergessen.« Farid blies eine Rauchfahne in Richtung Decke. »Wir hatten unsere Probleme mit Saddam, aber wir haben die Amerikaner gewarnt, dass sie den Tag bereuen würden, an dem sie ihn gestürzt haben. Natürlich haben sie nicht auf uns gehört. Auch nicht, als wir sie gebeten haben, etwas wegen Syrien zu unternehmen. Nicht unser Problem, haben sie gesagt. Wir wollen den Nahen Osten nur noch im Rückspiegel sehen. Keine amerikanischen Kriege in moslemischen Staaten mehr. Aber sehen Sie sich die jetzige Lage an: eine Viertelmillion Tote, Hunderttausende auf der Flucht nach Europa, Russland und der Iran verbündet, um den Nahen Osten zu beherrschen.« Er schüttelte resigniert den Kopf. »Habe ich irgendwas vergessen?«

»Sie haben Saladin vergessen«, sagte Gabriel.

»Was wollen Sie gegen ihn unternehmen?«

»Wir könnten natürlich nichts tun und hoffen, dass er von selbst verschwindet.«

»Hoffen hat seinen Aufstieg erst ermöglicht«, sagte Farid. »Hoffnung und Überheblichkeit.«

»Deshalb sollten wir ihn möglichst bald aus dem Verkehr ziehen.«

»Aber was ist mit den Amerikanern?«

»Was soll mit ihnen sein?«, fragte Gabriel.

»Sie werden mitmachen wollen.«

»Das dürfen sie nicht, zumindest noch nicht gleich.«

»Ihre Technologie könnte nützlich sein.«

»Unsere ist auch nicht schlecht.«

»Nicht so gut wie die der Amerikaner«, sagte Farid. »Denen *gehören* Computer, Mobiltelefone, Satelliten.«

»Alles das bedeutet nichts, solange man nicht weiß, wie die Zielperson wirklich heißt.«

»Da haben Sie recht. Wir arbeiten also zusammen? Der Dienst und die GID?«

»Und die Franzosen«, fügte Gabriel hinzu.

»Wer schmeißt den Laden?«

Als Gabriel keine Antwort gab, runzelte Farid die Stirn. Der Jordanier hasste Diktate. Andererseits hatte er keine Lust, sich mit dem Mann zu streiten, der den Dienst voraussichtlich noch sehr lange leiten würde.

»Ich lasse mich nicht wie einen Domestiken behandeln. Ist das klar? Das tun die Amerikaner oft genug. Die halten uns allzu häufig für eine Filiale von Langley.«

»Das würde mir nicht im Traum einfallen, Farid.«

»Sehr gut.« Der Jordanier lächelte zuvorkommend. »Erzählen Sie mir also, wie der GID zu Diensten sein kann.«

»Sie können damit anfangen, dass Sie mir alles geben, was Sie über Jalal Nasser haben.«

»Und dann?«

»Dann lassen Sie die Hände von ihm. Jalal gehört mir.«

»Sie können ihn haben. Aber keine Kollateralschäden, verstanden?« Farid tätschelte Gabriels Handrücken. »Seine Majestät mag keine Kollateralschäden. Und ich auch nicht.«

Bei seiner Rückkehr zum King Saul Boulevard traf Gabriel Uzi Navot in seinem Büro an, in dem er lustlos sein aus gekochtem weißem Fisch und grau-grünem Gemüse bestehendes Mittagessen zu sich nahm. Statt mit Messer und Gabel aß er mit lackierten Essstäbchen, die ihn langsamer essen ließen und die Mahlzeit theoretisch wohlschmeckender machten. Diese Demütigung hatte ihm seine anspruchsvolle Frau Bella aufgezwungen. Bella führte Buch über jeden Bissen, den ihr Mann zu sich nahm, und überwachte sein Gewicht wie eine Geologin, die einen grollenden Vulkan beobachtet. Navot musste sich jeden Morgen und Abend auf Bellas präzise Personenwaage stellen. Sie trug die Fluktuationen in ein in Leder gebundenes Logbuch ein und belohnte oder strafte ihn entsprechend. War Navot lange genug brav gewesen, genehmigte sie ihm ein Bœuf Stroganoff, Gulasch, Schnitzel oder ein anderes der schweren osteuropäischen Gerichte, nach denen er sich verzehrte. Und wenn er unartig gewesen war, gab es gekochten Fisch mit Essstäbchen. Heute zahlte er offenbar wieder den Preis für einen diätischen Sündenfall.

»Du scheinst dich auf Anhieb mit Farid verstanden zu haben«, sagte er, nachdem Gabriel von seinem Besuch in Amman berichtet hatte. »Mir hat er nie etwas anderes als Pralinen und Baklava angeboten. Bella merkt immer, wenn ich bei ihm war. Das ist den Trip selten wert.«

»Ich habe versucht, ihm die Perlen zurückzugeben, aber er wollte nichts davon hören.«

»Vergiss nicht, die Personalabteilung davon zu informieren. Gott weiß, dass du völlig unbestechlich bist, aber wir wollen nicht, dass jemand falsche Ideen von deiner neuen Liebesaffäre mit dem GID bekommt.«

Navot schob seinen Teller weg, auf dem nichts Essbares mehr lag. Gabriel war überrascht, dass er nicht auch die Essstäbchen mitsamt ihrer Papierhülse verzehrt hatte.

»Glaubst du wirklich, dass Farid seine Hand von Jalal Nasser abzieht?«

»Niemals!«

»Dann hat der jordanische Geheimdienst einen Sitz in der ersten Reihe, wenn unser Unternehmen anläuft.«

»Mit eingeschränkter Sicht.«

Navot grinste. »Was hast du vor?«

»Ich werde Saladins Netzwerk unterwandern. Ich werde feststellen, wer er wirklich ist und von wo aus er operiert. Und dann erledige ich ihn mit einer gewaltigen Bombe.«

»Das bedeutet, einen Agenten nach Syrien zu schicken.«

»Ja, Uzi, dort ist der IS.«

»Das neue Kalifat ist ein verbotenes Königreich. Schickst du einen Agenten hin, kann er wirklich von Glück sagen, wenn er dort heil wieder rauskommt.«

»*Sie*«, sagte Gabriel. »Saladin hat offenbar eine Vorliebe für Frauen.«

Navot schüttelte ernst den Kopf. »Nein, das ist zu gefährlich.«

»Untätigkeit ist zu gefährlich, Uzi.«

Nach feindseligem Schweigen fragte Navot: »Eine von uns oder eine von ihnen?«

»Von uns.«

»Sprachen?«

»Französisch und Arabisch. Und ich will eine Frau, die etwas zu bieten hat. Loser hat der IS schon mehr als genug.« Gabriel machte eine Pause, dann fragte er: »Kennst du eine, die geeignet wäre, Uzi?«

»Schon möglich«, sagte Navot.

Zu den vielen Verbesserungen, die er in der Suite des Direktors hatte vornehmen lassen, gehörte eine Hightechvideowand, auf der Tag und Nacht Nachrichten aus aller Welt liefen. Im Augenblick zeigte sie Szenen menschlichen Elends, viele davon aus einem verwüsteten alten Land namens Syrien. Navot starrte die Videowand lange an, bevor er das Zahlenschloss seines Privatsafes öffnete. Er suchte darin herum, dann nahm er zwei Gegenstände heraus: ein Dossier und eine ungeöffnete Packung Wiener Butterkekse. Das Dossier gab er Gabriel, die Kekse behielt er für sich selbst. Als Gabriel wieder aufsah, waren sie verschwunden.

»Sie ist perfekt.«

»Ja«, bestätigte Navot. »Und wenn ihr etwas zustößt, ist's deine Schuld, nicht meine.«

16

JERUSALEM

Niemand konnte sich genau daran erinnern, wann alles angefangen hatte. Vielleicht mit dem arabischen Autofahrer, der in der Nähe einer jüdischen Siedlung im Westjordanland südlich von Jerusalem drei jüdische Jugendliche überfuhr. Oder mit dem arabischen Händler, der vor dem Damaskustor der Jerusalemer Altstadt zwei Jeschiwa-Studenten niederstach. Oder dem arabischen Angestellten eines Luxushotels, der einen Gast, einen Kongressabgeordneten aus Ohio, zu vergiften versuchte. Von den Worten und Taten des IS angefeuert und durch die gebrochenen Friedensversprechen frustriert, hatten viele junge Palästinenser ihre Sache buchstäblich selbst in die Hand genommen. Diese Gewalt auf niedriger Ebene war zutiefst persönlich und schwer zu stoppen. Ein Attentäter mit einem Sprengstoffgürtel war relativ leicht zu entdecken. Ein mit einem Messer oder einem Auto bewaffneter Araber war für die Sicherheitsdienste ein Albtraum, vor allem, wenn er zu sterben bereit war. Das Willkürliche solcher Anschläge verunsicherte die israelische Öffentlichkeit. Neue Meinungsumfragen zeigten, dass eine überwältigende Mehrheit fürchtete, sie könnte auf der Straße angegriffen werden. Viele hatten angefangen, Orte zu meiden, an denen sie Arabern begegnen konnten, was in einer Stadt wie Jerusalem schwierig war.

Verletzte und sterbende Anschlagsopfer wurden schnellstens ins Hadassah Medical Center eingeliefert, der führenden Einrichtung Israels für Notfallmedizin. Die Ärzte und Krankenschwestern der Klinik in der ehemaligen arabischen Enklave En Kerem versorgten routinemäßig die Opfer des ältesten Konflikts der Welt – verstümmelte Überlebende von Selbstmordanschlägen, im Kampf verwundete israelische Soldaten, von Sicherheitskräften niedergeschossene arabische Demonstranten. Sie unterschieden nicht zwischen Arabern und Juden, Opfern und Tätern; sie behandelten jeden, der eingeliefert wurde, darunter einige der gefährlichsten Feinde Israels. Es war nicht ungewöhnlich, in Hadassah hohe Hamas-Funktionäre zu sehen. Vor dem Bürgerkrieg hatte selbst die syrische Führung einflussreiche Kranke zur Behandlung nach En Kerem geschickt.

In En Kerem wurde nach christlicher Überlieferung Johannes der Täufer geboren. Kirchtürme ragten über den niedrigen alten Kalksteinhäusern der verschwundenen Araber auf, und ihr Glockenklang leitete einen Tag in den nächsten über. Zwischen dem alten Dorf und dem modernen Krankenhaus lag ein für Chef- und Oberärzte und Führungskräfte der Klinikverwaltung reservierter Parkplatz. Dr. med. Natalie Mizrahi durfte dort noch nicht parken; ihr Dauerparkplatz lag auf einem entfernten Nebenparkplatz am Rand einer tiefen Schlucht. Als sie um 8.30 Uhr ankam, musste sie wie meistens einige Minuten auf den Shuttlebus warten. Er setzte sie in der Nähe des Eingangs zur Notaufnahme ab. Im Augenblick schien alles ruhig zu sein. Auf dem Hof standen keine Krankenwagen, und im Zentrum für Notfallmedizin tat nur eine Krankenschwester für den Fall Dienst, dass ein Operationsteam zusammengestellt werden musste.

Im Aufenthaltsraum legte Natalie ihre Umhängetasche in ihren Schrank, zog einen weißen Arztkittel über ihre blaugrüne OP-Kleidung und hängte sich ein Stethoskop um den Hals. Ihre Schicht begann um neun Uhr und würde bis zum folgenden Morgen um neun Uhr dauern. Das Gesicht, das sie auf der Toilette im Spiegel betrachtete, wirkte ziemlich ausgeruht und wach – viel besser, als es in vierundzwanzig Stunden aussehen würde. Ihr Teint war dunkel, ihre Augen waren schwarz. Rabenschwarz war auch ihr Haar, das sie zu einem straffen Nackenknoten zusammengefasst hatte. Sie trug weder Make-up noch Parfüm, aber ihre kurz geschnittenen Fingernägel waren farblos lackiert. In ihrer lockeren OP-Kleidung steckte der schlanke, straffe Körper einer begeisterten Langläuferin. Heutzutage war Natalie jedoch aufs Laufband ihres Fitnessstudios beschränkt. Wie viele Jerusalemer fühlte sie sich allein in der Öffentlichkeit nicht mehr sicher.

Sie desinfizierte sich die Hände und brachte ihr Gesicht näher an den Spiegel heran, um es genauer zu betrachten. Sie hasste ihre Nase und fand ihren Mund zwar sinnlich, aber etwas zu groß. Ihre Augen, das wusste sie, waren das Verführerischste an ihr: groß, dunkel, intelligent, betörend, mit einer Spur Verrat und vielleicht einem verborgenen Reservoir an Schmerz. Nach zehn Berufsjahren fand sie sich nicht mehr schön, aber sie wusste aus Erfahrung, dass Männer sie sehr attraktiv fanden. Bisher war sie noch keinem begegnet, den sie hätte heiraten wollen. Ihr Liebesleben bestand aus einer Folge monogamer, aber letztlich unglücklicher Beziehungen – in Frankreich, wo sie sechsundzwanzig Jahre lang gelebt hatte, und in Israel, wohin sie mit ihren Eltern gezogen war, nachdem sie zu dem Schluss gelangt war, Marseille sei kein Pflaster mehr für Juden. Ihre Eltern wohnten in Netanja, in einem Apartment mit Blick aufs Mittelmeer. Ihre Integration in die israelische Gesellschaft war bestenfalls oberflächlich. Sie sahen französisches Fernsehen, lasen französische Zeitungen, kauften in französischen Geschäften ein, verbrachten die Nachmittage in französischen Cafés und sprachen nur Hebräisch, wenn es sich nicht vermeiden ließ. Obwohl Natalie fließend Hebräisch sprach, erinnerte ihr leichter Akzent an ihre Jugend in Marseille. Das Gleiche galt für ihr makelloses Arabisch. Auf den Märkten der Altstadt hörte sie manchmal Dinge, bei denen sich ihr die Nackenhaare sträubten.

Als sie den Aufenthaltsraum verließ, sah sie zwei weitere Ärzte ins Notfallzentrum hasten. In der Notaufnahme am Ende des kurzen Flurs waren nur zwei Kabinen belegt. Dr. Ajelet Malkin, die Schichtleiterin, saß hinter der Rundtheke in der Mitte des Raums und starrte auf einen PC-Bildschirm.

»Eben rechtzeitig«, sagte sie, ohne aufzusehen.

»Was liegt an?«

»Auf der Sultan Suleiman Street hat ein Palästinenser aus Ostjerusalem zwei Haredim mit einem Messer angegriffen. Einer der beiden wird vermutlich nicht überleben. Der Zustand des anderen ist auch ernst.«

»Ein neuer Tag, ein neuer Angriff.«

»Leider wird's noch schlimmer. Ein Passant hat eingegriffen und versucht, den Araber zu entwaffnen. Polizisten haben gesehen, dass zwei Männer sich um ein Messer stritten, und beide angeschossen.«

»Wie schlimm?«

»Den Helden hat's am schlimmsten erwischt. Er braucht eine Notoperation.«

»Und der Terrorist?«

»Der hat einen glatten Durchschuss. Er gehört ganz dir.«

Als Natalie über den Korridor lief, sah sie, wie der erste Patient ins Notfallzentrum gefahren wurde. Er trug den dunklen Anzug, die Kniestrümpfe und das weiße Hemd der ultraorthodoxen Haredim. Das Jackett war zerfetzt, das weiße Hemd blutbefleckt. Seine rotblonden Schläfenlocken hingen über den Rand der fahrbaren Krankentrage; sein Gesicht war aschfahl. Natalie sah ihn nur wenige Sekunden lang, aber ihr Instinkt sagte ihr, dass dieser Mann nicht mehr lange zu leben hatte.

Als Nächster wurde ein Israeli Mitte dreißig in Freizeitkleidung und mit aufgesetzter Sauerstoffmaske hereingerollt. Trotz einer Polizeikugel in der Brust atmete er noch, aber nur mit knapper Not. Ihm folgte das zweite Opfer des Messerstechers: ein Junge von vierzehn oder fünfzehn Jahren, der aus zahlreichen Wunden blutete. Und zuletzt kam der Verursacher all dieses Leids: der Palästinenser aus Ostjerusalem, der an diesem Morgen aufgewacht war und beschlossen hatte, zwei Menschen zu ermorden, weil sie Israelis und Juden waren. Er war Anfang zwanzig, vermutete Natalie, höchstens fünfundzwanzig. Er hatte eine Schusswunde unter dem linken Schlüsselbein und Schnittverletzungen und Hautabschürfungen im Gesicht. Vielleicht hatte der Held ein paar Treffer erzielt, als er versucht hatte, ihn zu entwaffnen. Oder vielleicht hatte die Polizei ihn bei der Festnahme hart angefasst. Vier Uniformierte mit knackenden Funkgeräten umringten die Krankentrage, auf der der mit Handschellen gefesselte Palästinenser festgeschnallt war. Die ebenfalls anwesenden Zivilisten kamen von dem israelischen Inlandsgeheimdienst Schabak, vermutete Natalie.

Einer der Schabak-Agenten stellte sich ihr als Joav vor. Sein Haar war kurz geschoren, eine Panoramasonnenbrille verdeckte seine Augen. Er schien enttäuscht zu sein, dass der Patient noch lebte.

»Wir müssen dabei sein, wenn Sie ihn versorgen. Er ist gefährlich.«

»Ich komme schon mit ihm zurecht.«

»Nicht mit diesem. Er will sterben.«

Die Sanitäter rollten den jungen Palästinenser in eine der Kabinen und betteten ihn mithilfe der Polizeibeamten von der blutigen Trage auf den Behandlungstisch um. Der Verletzte wehrte sich schwach, als die Uniformierten ihn an Händen und Füßen mit Kabelbindern an das Aluminiumgestell fesselten.

Auf Natalies Bitte verließen die Uniformierten die Kabine, aber der Schabak-Mann wollte unbedingt bleiben.

»Sie machen ihn nervös«, wandte Natalie ein. »Er muss ruhig sein, damit ich die Wunde fachgerecht säubern kann.«

»Wozu sollte er ruhig sein, während die drei anderen mit dem Tod ringen?«

»Darauf kommt es hier nicht an, nicht jetzt. Ich rufe Sie, falls ich Sie brauche.«

Der Schabak-Mann nahm außerhalb der Kabine Platz. Natalie zog den Vorhang zu und machte sich daran, die Schusswunde zu untersuchen.

»Wie heißen Sie?«, fragte sie auf Hebräisch, das viele Araber aus Ostjerusalem gut sprachen, vor allem, wenn sie im Westteil arbeiteten. Der verletzte Palästinenser zögerte, dann sagte er, sein Name sei Hamid.

»Nun, Hamid, heute ist Ihr Glückstag. Eine Handbreit tiefer, dann wären Sie jetzt vermutlich tot.«

»Ich will tot sein. Ich will ein *Schahid* sein.«

»Dann sind Sie hier am falschen Ort, fürchte ich.«

Natalie nahm eine gekröpfte Schere vom Instrumententablett. Der Palästinenser versuchte angstvoll, davor zurückzuweichen.

»Was ist los«, fragte Natalie. »Sie mögen wohl keine scharfen Schneiden?«

Der Palästinenser sah beschämt weg, sagte aber nichts.

Natalie wechselte ins Arabische über. »Keine Sorge, Hamid, ich tue Ihnen nichts«, sagte sie beruhigend.

Er wirkte überrascht. »Sie sprechen sehr gut Arabisch.«

»Warum auch nicht?«

»Sind Sie eine von uns?«

Natalie lächelte nur und machte sich daran, ihm vorsichtig das blutige Hemd vom Körper zu schneiden.

Die erste Einschätzung der Wunde des Patienten erwies sich als nicht korrekt. Es handelte sich nicht um einen Durchschuss; das Neunmillimeter-Geschoss steckte noch in der Nähe des Schlüsselbeins, das ungefähr acht Zentimeter neben dem Brustbein zertrümmert war. Natalie injizierte ein Lokalanästhetikum, wartete das Eintreten der Wirkung ab und machte sich dann rasch an die Arbeit. Sie desinfizierte die Wunde und holte mit einer sterilen Pinzette Knochensplitter und mehrere Fasern von Hamids Hemd heraus. Dann entfernte sie das verformte, aber noch intakte Neunmillimeter-Geschoss. Hamid wollte es als Andenken an den Anschlag behalten. Natalie ließ es stirnrunzelnd in den Abfallbehälter fallen, schloss die Wunde mit sechs sauberen Stichen und bedeckte sie mit einem schützenden Verband. Der linke Arm musste geschient werden, damit das Schlüsselbein zusammenheilen konnte, aber dazu hätte sie den Kabelbinder zerschneiden müssen. Natalie fand, das könne noch warten. Schnitt sie Hamid los, würde er versuchen, sich ganz befreien, und dabei den Knochen und das ihn umgebende Gewebe noch mehr schädigen.

Der Patient blieb noch eine Stunde in der Kabine, um sich auszuruhen und sich zu erholen. In dieser Zeit erlagen zwei der Angegriffenen ihren Verletzungen: der ältere Ultraorthodoxe und der Israeli in Freizeitkleidung, der irrtümlich angeschossen worden war. Als die Polizeibeamten den Täter abholen kamen, waren sie sichtlich verärgert. Normalerweise hätte Natalie einen Patienten mit einer Schusswunde zur Beobachtung über Nacht dabehalten, aber in diesem Fall war sie damit einverstanden, dass Polizei und Schabak ihn sofort mitnahmen. Sobald er von den Fesseln befreit war, legte sie seinen linken Arm in eine Schlinge, die sie am Körper fixierte. Dann entließ sie ihn ohne ein weiteres beruhigendes Wort auf Arabisch.

An diesem Nachmittag gab es ein weiteres Attentat: Ein

junger Araber aus Ostjerusalem ging auf dem belebten zentralen Busbahnhof in der Jaffa Street mit einem Küchenmesser auf Fahrgäste los. Diesmal überlebte der Angreifer nicht. Ein bewaffneter Zivilist erschoss ihn, aber da hatte er bereits zwei alte Frauen tödlich verletzt. Eine starb auf der Fahrt ins Hassadah, die andere im Notfallzentrum, während Natalie ihr einen Druckverband anlegte. Später sah sie auf dem Fernseher im Aufenthaltsraum, wie der Chef der Palästinensischen Autonomiebehörde seinem Volk erklärte, es sei Bürgerpflicht, so viele Juden zu töten wie nur möglich. »Schneidet ihnen die Kehle durch«, forderte er, »durchbohrt ihre bösen Herzen. Jeder für Jerusalem vergossene Tropfen Blut ist heilig.«

Der Abend brachte eine Atempause. Natalie und Ajelet aßen zusammen in einem Restaurant der glitzernden Ladenstraße des Krankenhauses. Sie schwatzten über Alltagsthemen, Männer, Filme, das Sexleben einer nymphomanischen Kollegin aus der Gynäkologie, nur nicht über die Schrecken des vergangenen Tages. Unterbrochen wurden sie durch eine weitere Krise: Vier nach einem Frontalzusammenstoß schwer Verletzte waren auf dem Weg ins Notfallzentrum. Natalie versorgte die Jüngste, eine in Kapstadt geborene Vierzehnjährige, die in Bet Schemesch in einer englischsprachigen Gemeinde lebte. Sie hatte zahlreiche Schnittwunden, aber keine Knochenbrüche oder inneren Verletzungen. Ihr Vater hatte jedoch weniger Glück gehabt. Natalie war dabei, als die Kleine die Mitteilung von seinem Tod erhielt.

Dann streckte sie sich erschöpft auf einer Liege im Aufenthaltsraum aus, um ein paar Stunden unruhig zu schlafen, und wurde in ihren Träumen von einer Horde vermummter Männer mit Messern verfolgt. Als sie hochschreckte und auf ihr Smartphone sah, war es gleich Viertel nach sieben. Sie stand auf, trank eine Tasse schwarzen Kaffee und machte einen halbherzigen Versuch, ihr Haar zu ordnen, bevor sie in die Notaufnahme zurückging, um zu sehen, welche Schrecken die beiden letzten Stunden ihrer Schicht bringen würden. Bis 8.55 Uhr blieb alles ruhig, aber dann wurde Ajelet ein weiteres Messerattentat gemeldet.

»Wie viele?«, fragte Natalie.

Ajelet hielt zwei Finger hoch.

»Wo?«

»Netanja.«

»Netanja? Weißt du das bestimmt?«

Ajelet nickte grimmig. Natalie wählte rasch die Nummer ihrer Eltern, ihr Vater meldete sich sofort, als habe er neben dem Telefon sitzend auf ihren Anruf geantwortet.

»Papa«, sagte sie und schloss erleichtert die Augen.

»Ja, natürlich. Was ist los, Chérie?«

Im Hintergrund lief französisches Frühstücksfernsehen. Sie wollte ihn auffordern, auf Kanal 1 umzuschalten, aber dann bremste sie sich gerade noch rechtzeitig. Ihre Eltern würden früh genug erfahren, dass ihr kleines französisches Refugium am Meer nicht länger sicher war.

»Und Maman?«, fragte Natalie. »Ihr geht's gut?«

»Sie sitzt hier neben mir. Möchtest du mit ihr reden?«

»Danke, nicht notwendig. Ich liebe dich, Papa.«

Natalie beendete das Gespräch. Inzwischen war es Punkt neun Uhr. Ajelet hatte ihren Arbeitsplatz dem nächsten Schichtleiter überlassen: Dr. Marc Geller, einem sommersprossigen rotblonden Schotten.

»Ich bleibe noch«, sagte Natalie.

Marc Geller zeigte in Richtung Ausgang. »Wir sehen uns in drei Tagen wieder.«

Natalie holte ihre Sachen aus dem Aufenthaltsraum und fuhr vor Erschöpfung benommen mit dem Shuttlebus zu dem

Nebenparkplatz. Ein bewaffneter Wachmann in einer Kakiweste begleitete sie zu ihrem Wagen. Das bedeutet es also, im 21. Jahrhundert ein Jude zu sein, dachte sie, als sie hinters Lenkrad glitt. Ihre durch zunehmenden Antisemitismus aus Frankreich vertriebenen Eltern waren mit ihr ins jüdische Heimatland gekommen, nur um sich einer Flut von brutalen Messerattacken von jungen Männern, die zu Hass erzogen und indoktriniert wurden, gegenüberzusehen. Gegenwärtig war Israel nicht sicher für Juden. Und wenn nicht Israel, welches Land sonst? Wir sind, dachte sie, als sie den Motor anließ, ein Volk am Rand des Abgrunds.

Ihr Apartment lag nicht weit von der Klinik entfernt in Rehavia, einem teuren Wohnviertel in einer zunehmend teuren Stadt. Sie kroch durch den Morgenverkehr auf der Ramban Street, bog nach links auf die Ibn Esra Street ab und fand dort einen Parkplatz. Ihr Apartmentgebäude stand um die Ecke in der Elcharisi Street, einer engen Gasse, die kaum breit genug für ein Auto war. Die Luft war kühl und duftete nach Pinien und Bougainvillea. Natalie ging rasch, denn selbst in Rehavia, einem ausschließlich jüdischen Viertel, fühlte sie sich nicht mehr sicher. Sie schloss die Haustür auf, betrat die Eingangshalle und lief die Treppe zu ihrer Wohnung hinauf. Als sie bei sich aufsperren wollte, begann ihr Handy zu klingeln. Bevor sie antwortete, sah sie aufs Display. Angezeigt war die Nummer ihrer Eltern in Netanja.

»Ist irgendwas passiert?«

»Nein, nichts«, sagte eine selbstsichere Männerstimme.

Natalie kontrollierte nochmals die Telefonnummer. »Wer sind Sie?«

»Keine Sorge«, sagte der Anrufer. »Ihren Eltern geht es gut.« »Sind Sie in ihrer Wohnung?«

»Nein.«

»Wie können Sie dann ihr Telefon benutzen?«

»Das tue ich nicht. Dies ist nur ein kleiner Trick, mit dem wir arbeiten, um nicht gleich auf Ihrer Mailbox zu landen.«

»Wir?«

»Mein Name ist Uzi Navot. Vielleicht haben Sie schon von mir gehört. Ich bin der Chef einer Organisation, die ...«

»Ich weiß, wer Sie sind.«

»Das ist gut. Wir wissen nämlich auch, wer Sie sind, Natalie.«

»Wieso rufen Sie mich an?«, fragte sie scharf.

»Sie reden wie eine von uns«, sagte er lachend.

»Eine Spionin?«

»Eine Israelin.«

»Ich *bin* eine Israelin.«

»Nicht mehr.«

»Was soll das heißen?«

»Hören Sie mir gut zu, Natalie. Ich möchte, dass Sie dieses Gespräch beenden und Ihre Wohnung betreten. Dort werden Sie von einer Frau erwartet. Keine Angst, sie arbeitet für mich. Sie hat sich erlaubt, einen Koffer für Sie zu packen.«

»Wozu?«

Am anderen Ende wurde aufgelegt. Natalie blieb noch einen Augenblick stehen und fragte sich, was sie tun sollte. Dann holte die den Schlüssel aus ihrer Umhängetasche, sperrte auf und trat ein.

17

JESREEL-TAL, ISRAEL

Die am Küchentisch sitzende Frau sah nicht gerade wie eine Geheimagentin aus. Sie war klein, kleiner als Natalie, und trug einen Gesichtsausdruck zur Schau, der irgendwo zwischen Langeweile und Kummer lag. Sie hatte sich eine Tasse Tee gemacht. Daneben lagen ihr Mobiltelefon und Natalies Reisepass, der in einem braunen Umschlag unter einigen Büchern in ihrer Nachttischschublade versteckt gewesen war. In diesem Umschlag hatten auch drei sehr persönliche, intime Briefe eines Mannes gesteckt, den Natalie während ihres Studiums an einer französischen Universität gekannt hatte. Sie hatte es immer bereut, sie nicht verbrannt zu haben, aber nie mehr als in diesem Augenblick.

»Aufmachen«, sagte die Frau mit einem Blick zu Natalies elegantem Trolley hinüber, an dem noch die Strichcodes von ihrer letzten Parisreise klebten. Air France statt El Al, die von französischen Juden im Exil bevorzugte Fluggesellschaft. Natalie zog den Reißverschluss auf und sah hinein. Der Koffer war hastig und nachlässig gepackt – eine Hose, zwei Blusen, ein Baumwollpullover, ein einziger Slip. Welche Frau, dachte sie, packt nur einen einzigen Slip ein?

»Wie lange bin ich weg?«

»Kommt darauf an.«

»Worauf?«

Die Frau trank schweigend einen Schluck Tee.

»Kein Make-up? Kein Deodorant? Kein Shampoo? Wohin reise ich, nach Syrien?«

Die Frau antwortete nicht gleich. Dann sagte sie: »Packen

Sie meinetwegen ein, was Sie wollen. Aber trödeln Sie nicht zu lange. Er möchte Sie dringend kennenlernen. Wir dürfen ihn nicht warten lassen.«

»Wen? Uzi Navot?«

»Nein«, sagte sie und lächelte erstmals. »Der Mann, der auf Sie wartet, ist weit wichtiger als Uzi Navot.«

»Ich muss in drei Tagen wieder zum Dienst.«

»Ja, das wissen wir. Um neun Uhr.« Sie streckte eine Hand aus. »Ihr Smartphone.«

»Aber …«

»Bitte«, sagte die Frau. »Wir vergeuden kostbare Zeit.«

Natalie legte ihr Handy auf den Küchentisch und ging ins Schlafzimmer. Der Inhalt des braunen Umschlags lag auf der Tagesdecke des Betts verstreut, alles bis auf die Briefe, die verschwunden zu sein schienen. Vor Natalies innerem Auge stand plötzlich ein Bild, wie in einem Raum versammelte Leute einander ganze Absätze laut vorlasen und dann in schallendes Gelächter ausbrachen. Sie suchte einige weitere Kleidungsstücke zusammen und packte ihren Kulturbeutel zum Aufhängen, auch mit ihren Antibabypillen und dem verschreibungspflichtigen Migränemittel, das sie manchmal brauchte. Dann ging sie in die Küche zurück.

»Wo sind meine Briefe?«

»Welche Briefe?«

»Die Briefe, die Sie aus meinem Schlafzimmer mitgenommen haben.«

»Ich habe nichts mitgenommen.«

»Wer sonst?«

»Kommen Sie«, sagte die Frau nur.

Auf dem Weg die Treppe hinunter, Koffer in einer Hand, Umhängetasche über der anderen Schulter, fiel Natalie auf, dass die Frau leicht hinkte. Ihr Wagen war auf der Ibn Esra Street direkt vor Natalies Haus geparkt. Sie fuhr gelassen, aber sehr schnell die judäischen Hügel in Richtung Tel Aviv hinunter, folgte dann aber dem Highway 6 durch die Küstenebene nach Norden. Eine Zeit lang hörten sie im Autoradio Nachrichten, in denen aber nur von neuen Anschlägen und einem bevorstehenden Krieg zwischen Juden und Moslems wegen des Tempelbergs die Rede war. Die Frau wehrte alle Fragen und Gesprächsversuche ab, sodass Natalie nichts anderes übrig blieb, als aus ihrem Fenster die Minarette anzustarren, die im Westjordanland gleich jenseits des Sicherheitszauns zum Westjordanland aufragten. Sie waren so nahe, dass man sich fast einbilden konnte, sie berühren zu können. Dass diese Dörfer so dicht an einer lebenswichtigen Straße standen, hatte Natalie schon früher an einer praktikablen Zweistaatenlösung zweifeln lassen. Französische und Schweizer Dörfer existierten auf beiden Seiten einer größtenteils unsichtbaren Grenze, aber die Schweiz strebte nicht danach, Frankreich von der Landkarte zu tilgen. Auch forderten die Schweizer ihre Söhne nicht auf, das Blut der französischen Ungläubigen zu vergießen.

Die Küstenebene blieb allmählich hinter ihnen zurück, und die Fernstraße stieg zum Karmel und dem grün-beigen Fleckenteppich von Galiläa an. Sie waren generell in Richtung Nazareth unterwegs, aber einige Kilometer vor der Stadt bog die Frau auf eine kleinere Straße ab und fuhr an den Sportanlagen einer Schule vorbei bis zu einem mit spitzen Stacheln besetzten massiven Gittertor. Das Tor glitt automatisch zur Seite, und sie rollten auf einer Allee mit sanften Kurven weiter. Natalie hatte eine geheime Einrichtung irgendwelcher Art erwartet. Stattdessen fand sie sich in einer kreisförmig angelegten stillen Kleinstadt wieder. An der Straße standen Bungalows, hinter denen fächerförmig unterteilte Weiden und bestellte Felder lagen.

»Wo sind wir?

»Nahaldal«, sagte die Frau knapp. »Das ist ein Moschaw. Sie kennen diesen Ausdruck? Moschaw?«

»Ich bin eine Immigrantin«, antwortete Natalie kühl, »keine Idiotin. Im Gegensatz zu einem Kibbuz ist ein Moschaw ein auf genossenschaftlicher Basis organisiertes Dorf.«

»Sehr gut.«

»Es stimmt, nicht wahr?«

»Was denn?«

»Sie halten uns wirklich für Idioten. Sie fordern uns zur *Alija* auf und behandeln uns dann, als gehörten wir nicht richtig zum Klub. Woher kommt das?«

»Das Leben in Israel ist nicht einfach. Wir sind von Natur aus misstrauisch gegenüber Leuten, die *freiwillig* herkommen. Manche von uns hatten keine andere Wahl. Manche von uns mussten hierbleiben.«

»Und das macht Sie überlegen?«

»Nein, das macht mich ein bisschen zynisch.« Die Frau fuhr langsam an den Bungalows unter Bäumen vorbei. »Nicht übel, was?«

»Nein«, sagte Natalie, »durchaus nicht.«

»Nahalal ist der älteste Moschaw Israels. Als 1921 die ersten Juden herkamen, war dies ein Sumpfgebiet voller Anophelesmücken.« Sie machte eine Pause. »Sie kennen diese Art? Die Anopheles verbreitet Malaria.«

»Ich bin Ärztin«, sagte Natalie resigniert.

Das schien die Frau wenig zu beeindrucken. »Sie haben den Sumpf trockengelegt und in fruchtbares Land verwandelt.« Sie schüttelte den Kopf. »Wir halten unser Leben für so schwierig, aber sie sind hier mit nichts angekommen und haben tatsächlich einen Staat aufgebaut.«

»*Darauf* haben sie wohl weniger geachtet?«, fragte Natalie

und nickte zu dem arabischen Dorf auf dem nächsten Hügel mit Blick übers Tal hinüber.

Die Frau musterte sie enttäuscht. »Sie glauben diesen ganzen Blödsinn doch nicht etwa?«

»Welchen Blödsinn meinen Sie?«

»Dass wir ihnen ihr Land gestohlen haben.«

»Wie würden Sie's sonst beschreiben?«

»Dieses Land hat der Jüdische Staatsfonds gekauft. Niemand hat irgendwas *gestohlen*. Aber wenn Sie sich unserer Geschichte schämen, hätten Sie vielleicht in Frankreich bleiben sollen.«

»Das ist keine Option mehr.«

»Sie stammen aus Marseille?«

»Ja.«

»Eine interessante Stadt, Marseille. Ein bisschen heruntergekommen, aber nett.«

»Sie waren mal dort?«

»Einmal«, sagte die Frau. »Ich bin hingeschickt worden, um einen Terroristen zu liquidieren.«

Sie bog in die Einfahrt eines modernen Bungalows ab. Auf der Veranda stand ein Mann, dessen Gesicht im Schatten der Bäume nicht genau zu erkennen war. Er trug ausgebleichte Jeans und eine Lederjacke. Die Frau parkte den Wagen und stellte den Motor ab.

»Ich beneide Sie, Natalie. Ich würde viel darum geben, jetzt an Ihrer Stelle zu sein, aber das kann ich nicht. Mir fehlen Ihre Talente.«

»Ich bin nur Ärztin. Wie soll ich Ihnen helfen können?«

»Das soll *er* ihnen erklären«, sagte die Frau mit einem Blick zu dem Mann auf der Veranda hinüber.

»Wer ist er?«

Die Frau lächelte nur und öffnete ihre Tür. »Machen Sie sich keine Gedanken wegen Ihres Koffers. Um den kümmert sich jemand.«

Das Erste, was Natalie beim Aussteigen auffiel, war der Geruch nach fruchtbarer Erde und frisch gemähtem Gras, der Geruch von Blüten und Pollen, von Tieren und frischem Mist. Ihre Kleidung, das fiel ihr jetzt auf, war für diese Umgebung völlig ungeeignet, vor allem die eleganten Ballerinas an ihren Füßen. Sie ärgerte sich darüber, dass die Frau ihr nicht gesagt hatte, dass ihr Ziel eine Kooperative im Jesreel-Tal war. Aber als sie über den dichten grünen Rasen gingen, bemerkte Natalie wieder das leichte Hinken, und alle Sünden waren vergessen. Der Mann auf der Veranda hatte sich noch nicht bewegt. Obwohl sein Gesicht im Schatten lag, ahnte Natalie, dass er sie mit der Intensität eines Porträtmalers beobachtete, der ein Sujet studiert. Zuletzt kam er die drei Stufen der Verandatreppe herunter, trat aus dem Schatten ins Licht. »Natalie«, sagte er und streckte ihr die Hand hin. »Hoffentlich war die Fahrt nicht zu anstrengend. Willkommen in Nahalal.«

Seine Schläfen waren aschefarben, seine Augen beunruhigend grün. Irgendwie kam ihr dieses gut aussehende Gesicht bekannt vor. Dann wusste Natalie plötzlich, wo sie es schon einmal gesehen hatte. Sie ließ seine Hand los und trat einen Schritt zurück.

»Sie sind …«

»Ja, der bin ich. Und ich bin offenbar quicklebendig, was bedeutet, dass Sie jetzt ein wichtiges Staatsgeheimnis wissen.«

»Ihr Nachruf in der *Haaretz* war ziemlich rührend.«

»Ja, das fand ich auch. Aber Sie dürfen nicht alles glauben, was in den Zeitungen steht. Sie werden merken, dass ungefähr siebzig Prozent aller geschichtlichen Ereignisse geheim sind. Und schwierige Dinge werden fast immer geheim erledigt.« Sein Lächeln verblasste, während die grünen Augen ihr Gesicht musterten. »Wie ich höre, hatten Sie eine anstrengende Nacht.«

»Die häufen sich in letzter Zeit.«

»Auch in Paris und Amsterdam hatten die Ärzte kürzlich lange Nächte.« Er legte den Kopf leicht schief. »Ich vermute, dass Sie die Meldungen über den Anschlag im Marais genau verfolgt haben.«

»Wie kommen Sie darauf?«

»Weil Sie Französin sind.«

»Ich bin jetzt Israelin.«

»Aber Sie haben auch nach der *Alija* Ihren französischen Pass behalten.«

Diese Feststellung klang wie ein Vorwurf. Natalie antwortete nicht darauf.

»Keine Sorge, Natalie, ich verurteile Sie nicht. Heutzutage ist's besser, ein Rettungsboot zu haben.« Er umfasste sein Kinn mit einer Hand. »Haben Sie's getan?«, fragte er plötzlich.

»Was getan?«

»Die Nachrichten aus Paris verfolgt.«

»Ich habe Madame Weinberg sehr bewundert. Ich habe sie sogar mal kennengelernt, als sie in Marseille war.«

»Dann haben wir etwas gemeinsam. Auch ich habe Hannah bewundert und hatte das Vergnügen, sie meine Freundin nennen zu dürfen. Sie war unserem Dienst gegenüber sehr großzügig. Sie hat uns geholfen, als wir Unterstützung brauchten, um eine große Gefahr für unsere Sicherheit zu eliminieren.«

»Ist sie deswegen tot?«

»Hannah Weinberg ist wegen eines Mannes tot, der sich Saladin nennt«, stellte er fest. Er nahm die Hand vom Kinn und nickte ihr zu. »Sie sind jetzt Mitglied eines sehr kleinen Klubs, Natalie. Nicht mal die amerikanische CIA kennt diesen Mann. Aber ich eile voraus, fürchte ich.« Er lächelte erneut und nahm ihren Arm. »Kommen Sie, wir wollen miteinander essen. Einander besser kennenlernen.«

Er führte sie über die Veranda in einen schattigen Garten,

in dem ein runder Tisch mit traditionellen israelischen Salaten und nahöstlichen Dips für vier Personen gedeckt war. Dort saß bereits ein großer, leicht mürrisch wirkender Mann mit kurzem grauem Haar und kleiner randloser Brille. Natalie erkannte ihn sofort. Sie hatte im Fernsehen gesehen, wie er in Krisensituationen in den Amtssitz des Ministerpräsidenten gehastet war.

»Natalie«, sagte Uzi Navot und stand zur Begrüßung langsam auf. »Sehr liebenswürdig von Ihnen, dass Sie unsere Einladung angenommen haben. Tut mir leid, dass wir Sie unangemeldet überfallen haben, aber so haben wir schon immer gearbeitet, und ich finde, dass die alten Methoden die besten sind.«

Nur wenige Schritte von dem Garten entfernt stand eine mit Wellblech beplankte große Scheune, an die sich Weiden mit Rindern und Pferden anschlossen. Ein mit Mais bepflanztes Tortenstück erstreckte sich in Richtung Berg Tabor, der seine flache Umgebung überragte.

»Diese Farm gehört einem Freund des Diensts«, erklärte ihr der angeblich tote Mann, der Gabriel Allon hieß. »Ich bin gleich dort drüben zur Welt gekommen.« Er zeigte auf eine Gruppe von Gebäuden in mittlerer Entfernung. »In Ramat David, das einige Jahre jünger als Nahalal ist. Dort haben vor allem Flüchtlinge aus Deutschland gelebt.«

»Zum Beispiel Ihre Eltern.«

»Sie haben meinen Nachruf offenbar aufmerksam gelesen.«

»Er war faszinierend. Aber sehr traurig.« Sie wandte sich ab und starrte übers Land hinaus. »Wozu bin ich hier?«

»Erst wollen wir zu Mittag essen. Danach reden wir.«

»Und wenn ich gehen möchte?«

»Dann gehen Sie.«

»Und wenn ich bleibe?«

»Ich kann Ihnen nur eines versprechen, Natalie. Ihr Leben wird nie mehr dasselbe sein.«

»Und wenn Sie an meiner Stelle wären? Was würden Sie tun?«

»Ich würde Sie wahrscheinlich auffordern, sich einen anderen zu suchen.«

»Nun«, sagte Natalie. »Wie sollte ich ein Angebot dieser Art ausschlagen können? Wollen wir essen? Ich bin ganz ausgehungert.«

18

NAHALAL, ISRAEL

Sie hatten sie aus ihrem Alltag entführt, ohne das geringste Aufsehen zu erwecken, und in ihre geheime Festung auf dem Land gebracht. Nun kam der schwierigere Teil – die Überprüfung, das Sondieren, die Inquisition. Durch dieses unangenehme Verfahren sollte festgestellt werden, ob Dr. med. Natalie Mizrahi, ehemals aus Marseille, jetzt aus Rehavia in Westjerusalem, charakterlich, intellektuell und politisch für den ihr zugedachten Auftrag geeignet war. Leider, sagte Gabriel sich, war dies ein Auftrag, den keine Frau, die bei klarem Verstand war, annehmen wollen würde.

Anwerbungen, sagte der große Ari Schamron, sind wie Verführungen. Und die meisten Verführungen, auch die durch hoch spezialisierte Geheimdienstler, setzen voraus, dass die Beteiligen sich einander offenbaren. Im Allgemeinen nimmt der Anwerber eine erfundene Persönlichkeit an, die er wie einen Anzug trägt und beliebig wechseln kann. Aber in diesem Ausnahmefall, hier im Tal seiner Kindheit, war die Seele, die Gabriel Natalie Mizrahi offenbarte, seine eigene.

»Lassen Sie mich ein paar Tatsachen feststellen«, begann er, als Natalie an dem gedeckten Tisch Platz genommen hatte. »Der Name, den sie nach meinem angeblichen Tod in den Zeitungen gelesen haben, ist mein richtiger Name. Er ist kein Pseudonym oder Deckname, sondern der Name, den ich seit meiner Geburt trage. Bedauerlicherweise waren auch viele weitere Details aus meinem Leben korrekt. Ich habe der Einheit angehört, die den Mord an unseren Sportlern in München gerächt hat. Ich habe den zweiten Mann der PLO in Tunis erschossen. Mein Sohn ist in Wien durch eine Autobombe umgekommen. Meine Frau ist dabei schwer verletzt worden.« Dass er wieder geheiratet hatte und noch mal Vater geworden war, erwähnte er nicht. Auch seine Selbstverpflichtung zu rückhaltloser Offenheit hatte ihre Grenzen.

Und ja, fuhr er fort, wobei er über die grün-beige Ebene in Richtung Berg Tabor zeigte, er sei wenige Jahre nach der Gründung des Staates Israel im Kibbuz Ramat David zur Welt gekommen. Seine Mutter war dort 1948 angekommen, nachdem sie Auschwitz halb verhungert überlebt hatte. In Ramat David hatte sie einen Münchner kennengelernt, einen Schriftsteller, einen Intellektuellen, der schon vor dem Krieg nach Palästina ausgewandert war. In Deutschland hatte er Grünberg geheißen, aber in Israel hatte er den hebräischen Namen Allon angenommen. Bei der Hochzeit nahmen sie sich vor, sechs Kinder zu haben – eines für jede Million Ermordeter –, aber Irene Allon konnte nur eines bekommen. Sie nannte ihr Kind Gabriel, den Boten Gottes, den Verteidiger Israels, den Ausleger der Visionen Davids. Und dann wandte sie sich prompt von ihm ab.

Die Siedlungen und Kibbuzim Israels waren Orte der Trauer, an denen die Toten unter den Lebenden weilten und die Lebenden ihr Bestes taten, um sich in einem fremden Land zurechtzufinden. In dem kleinen Haus aus Hohlblocksteinen der Allons brannten Kerzen neben den Fotos von Angehörigen, die im Feuer der Schoah ihr Leben verloren hatten. Dies war ihr einziger Grabstein. Sie waren Rauch im Wind, Asche in einem Fluss.

Die Allons mochten Hebräisch nicht besonders, deshalb sprachen sie zu Hause nur Deutsch. Das Deutsch von Gabriels Vater war bayrisch gefärbt; seine Mutter sprach wie eine geborene Berlinerin. Sie neigte zu Melancholie und plötzlichen Stimmungswechseln und litt nachts unter Albträumen. Sie lächelte oder lachte nur selten, konnte sich bei festlichen Anlässen nicht freuen und hatte keinen Spaß an leiblichen Genüssen. Sie trug selbst in glühender Sommerhitze lange Ärmel und klebte jeden Morgen ein frisches Pflaster über die auf ihrem linken Arm eintätowierte Häftlingsnummer, die sie als Zeichen ihrer jüdischen Schwäche, als ihr Emblem jüdischer Schande bezeichnete. Als Kind lernte Gabriel, in ihrer Nähe still zu sein, um keine Dämonen zu wecken. Er wagte es nur einmal, sie nach dem Krieg zu fragen. Nach einer hastigen, flüchtigen Schilderung ihrer Lagerhaft in Auschwitz verfiel sie in eine tiefe Depression und musste lange das Bett hüten. Danach wurden Krieg und Holocaust im Hause Allon nie mehr erwähnt. Gabriel wurde zu einem in sich gekehrten Einzelgänger. Wenn er nicht zeichnete oder malte, joggte er kilometerweit die Bewässerungsgräben entlang. Er entwickelte sich zu einem natürlichen Bewahrer von Geheimnissen, einem perfekten Spion.

»Ich wollte, meine Geschichte wäre einzigartig, Natalie, aber das ist sie leider nicht. Uzis Familie stammt aus Wien. Von seinen Angehörigen hat keiner überlebt. Dinas Vorfahren waren Ukrainer. Sie wurden in Babyn Jar ermordet. Wie meine Mutter war ihr Vater der einzige Überlebende, das letzte Kind. Bei seiner Ankunft in Israel hat er den Namen Sarid – der Übriggebliebene – angenommen. Und als später sein sechstes und letztes Kind geboren wurde, hat er es Dina genannt.«

»Gerächt.«

Gabriel nickte.

»Bisher«, sagte Natalie mit einem Blick zu Dina hinüber, »wusste ich nicht, dass sie einen Namen hat.«

»Dina erinnert mich manchmal an meine Mutter, deshalb liebe ich sie besonders. Auch sie trauert, das müssen Sie wissen, Natalie. Und sie nimmt ihre Arbeit sehr ernst. Das tun wir alle. Wir halten es für unsere ernste Pflicht, dafür zu sorgen, dass dergleichen nie wieder passiert.« Er lächelte, um zu versuchen, die trübe Stimmung aufzuhellen, die sich über den Tisch gesenkt hatte. »Sie müssen entschuldigen, Natalie, aber diese Szenerie hat viele alte Erinnerungen in mir wachgerufen. Ihre Kindheit war hoffentlich weniger schwierig als meine.«

Das war eine Aufforderung, ebenfalls etwas von sich selbst preiszugeben, eine Intimität, einen Quell heimlicher Schmerzen. Aber sie ging nicht darauf ein.

»Glückwunsch, Natalie. Sie haben gerade einen wichtigen Test bestanden. Erzählen Sie drei Geheimdienstlern nie etwas über sich selbst, außer einer von ihnen hält Ihnen eine Pistole an den Kopf.«

»Tun Sie das?«

»Du liebe Güte, nein. Außerdem wissen wir schon sehr viel über Sie. Wir wissen beispielsweise, dass Ihre Familie aus Algerien stammt. Sie ist 1962 nach dem Ende des Algerienkriegs nach Frankreich geflüchtet. Allerdings blieb ihr keine andere Wahl. Das neue Regime hat verkündet, nur Muslime könnten algerische Staatsbürger sein.« Er machte eine Pause, dann fragte er: »Können Sie sich vorstellen, was passiert wäre, wenn wir etwas Vergleichbares verfügt hätten? Was würden sie dann über uns sagen?«

Auch dazu äußerte Natalie sich nicht.

»Letztlich wurden über hunderttausend Juden zur Auswanderung gezwungen. Einige kamen nach Israel. Der Rest hat wie Ihre Familie für Frankreich optiert. Sie ist nach Marseille gegangen, wo Sie 1984 geboren wurden. Ihre Großeltern und Eltern haben außer Französisch algerisches Arabisch gesprochen, das auch Sie als Kind gelernt haben.« Er sah übers Tal hinweg zu dem Dorf auf dem Hügel hinüber. »Das ist noch etwas, das wir gemeinsam haben. Auch ich habe als Kind etwas Arabisch gelernt. Nur so konnte ich mit unseren Nachbarn vom Stamm Ismael reden.«

Viele Jahre lang, berichtete er weiter, sei das Leben für die Familie Mizrahi und die französischen Juden gut gewesen. Die Franzosen, die sich wegen des Holocausts schämten, hielten ihren traditionellen Antisemitismus in Schach. Aber dann setzten demografische Veränderungen ein. Die muslimische Bevölkerung Frankreichs wuchs explosiv und übertraf die kleine, verwundbare jüdische Gemeinschaft bald bei Weitem, was dem alten Hass neuen Auftrieb gab.

»Als Jugendliche in Algerien hatten Ihre Eltern diesen Film schon einmal gesehen und wollten den Schluss nicht abwarten. Also haben sie zum zweiten Mal in ihrem Leben ihre Habseligkeiten zusammengepackt und sind geflüchtet – dieses Mal nach Israel. Und Sie haben sich nach längerer Unschlüssigkeit zum Nachzug entschieden.«

»Gibt es sonst noch etwas, das Sie mir über mich erzählen möchten?«

»Entschuldigen Sie, Natalie, aber wir beobachten Sie schon längere Zeit. Das tun wir dauernd. Der Dienst hält ständig Ausschau nach begabten jungen Einwanderern und jüdischen Touristen in Israel. Die Diaspora«, fügte er lächelnd hinzu, »hat ihre Vorteile.«

»Wie das?«

»Zum Beispiel Sprachkenntnisse. Ich bin angeworben worden, weil ich Deutsch spreche. Nicht als mühsam angelernte Fremdsprache, sondern idiomatisches Deutsch mit dem Berliner Tonfall meiner Mutter.«

»Vermutlich konnten Sie auch schießen.«

»Nicht besonders gut. Meine IDF-Laufbahn war gelinde gesagt wenig bemerkenswert. Ich konnte viel besser malen als schießen. Aber das ist jetzt unwichtig«, fuhr er fort. »Was mich wirklich interessiert, ist die Frage, warum Sie gezögert haben, nach Israel zu kommen.«

»Für mich war Frankreich meine Heimat. Meine Karriere, mein *Leben* war in Frankreich.«

»Aber Sie sind trotzdem hergekommen.«

»Ja.«

»Weshalb?«

»Ich wollte nicht von meinen Eltern getrennt sein.«

»Sie sind ein gutes Kind?«

»Ich bin ein *Einzelkind*.«

»Genau wie ich.«

Sie schwieg.

»Wir mögen Leute mit gutem Charakter, Natalie. Uns interessieren keine Leute, die ihre Familien verlassen oder sich nicht um ihre Eltern kümmern. Wir beschäftigen sie, wenn's nicht anders geht, aber wir wollen sie nicht in unserer Mitte haben.«

»Woher wissen Sie, dass ich ...«

»Dass Sie einen guten Charakter haben? Weil wir Sie unauffällig aus weiter Ferne beobachtet haben. Keine Sorge, wir sind keine Voyeure, wenn es sich vermeiden lässt. Wir haben Ihnen ein Privatleben gelassen und wo immer möglich weggesehen.«

»Dazu hatten Sie kein Recht!«

»Tatsächlich«, sagte er, »waren wir sehr wohl berechtigt. Unsere lockeren Einsatzregeln lassen uns sehr viel Spielraum.«

»Gehört dazu auch, dass Sie fremder Leute Briefe lesen?«

»Das ist unsere Sache.«

»Ich verlange diese Briefe zurück!«

»Welche Briefe meinen Sie?«

Gabriel funkelte Uzi Navot an, der mit seinen breiten Schultern zuckte, als wollte er sagen, es sei möglich – und sogar wahrscheinlich –, dass aus Natalies Apartment bestimmte private Briefe entwendet worden seien.

»Ihr Eigentum«, sagte Gabriel, »erhalten Sie so schnell wie möglich zurück.«

»Wie rücksichtsvoll von Ihnen.« Ressentiments ließen ihre Stimme scharf klingen.

»Nicht zornig sein, Natalie. Das gehört alles mit zu dem Verfahren.«

»Aber ich habe mich nie darum beworben, für …«

»Für den Dienst zu arbeiten«, ergänzte Gabriel. »Wir nennen ihn nur *den Dienst*. Und keiner von uns hat sich selbst beworben. Man wird eingeladen mitzuarbeiten. So funktioniert das.«

»Aber wieso ich? Ich weiß nichts von Ihrer Welt, Ihrer Arbeit.«

»Ich will Ihnen ein kleines Geheimnis verraten, Natalie. Das trifft auf uns alle zu. Man macht keinen Masterabschluss als Geheimdienstler. Man ist clever, man ist erfinderisch, man besitzt bestimmte Eigenschaften und Fähigkeiten, und den Rest lernt man dazu. Unsere Ausbildung ist sehr hart. Niemand, nicht mal die Briten, bildet seine Spione so gut aus wie wir. Wenn wir mit Ihnen fertig sind, sind Sie nicht länger eine von uns. Dann sind Sie eine von *ihnen*.«

»Von wem?«

Gabriel sah erneut zu dem arabischen Dorf auf dem Hügel hinüber. »Erzählen Sie mir etwas, Natalie. In welcher Sprache träumen Sie?«

»Französisch.«

»Wie steht's mit Hebräisch?«

»Noch nicht.«

»Niemals?«

»Nein, niemals.«

»Das ist gut«, sagte Gabriel, ohne das Dorf aus den Augen zu lassen. »Vielleicht sollten wir dieses Gespräch auf Französisch fortsetzen.«

19

NAHALAL, ISRAEL

Aber bevor Gabriel weitermachte, gab er Natalie eine weitere Chance, das Interview abzubrechen. Sie konnte nach Jerusalem, zu ihrer Arbeit in der Klinik und ihrem gewohnten Alltag zurückkehren. Ihre Akte – ja, es gab ein Dossier über sie – würde geschreddert und verbrannt werden. Sie würden ihr nicht verübeln, dass sie ihnen den Rücken gekehrt hatte; sie würden sich nur vorwerfen, den Deal nicht zum Abschluss gebracht zu haben. Wenn überhaupt, würden sie nur gut von ihr reden. Sie würde die hoffnungsvolle Kandidatin bleiben, die ihnen entwischt war.

Das alles sagte er nicht auf Hebräisch, sondern auf Französisch. Und als sie nach nur kurzer Bedenkzeit antwortete, benutzte sie dieselbe Sprache, die Sprache ihrer Träume. Sie werde bleiben, sagte sie, aber nur, wenn sie erfahre, weshalb man gerade ihr die Mitgliedschaft in ihrem exklusiven Klub anbiete.

»Schwaja, schwaja«, sagte Gabriel. Das war ein arabischer Ausdruck, der in diesem Zusammenhang wenig bedeutete. Ohne Natalie Zeit zu lassen, Einwände zu erheben, erzählte er ihr von dem Mann, der sich Saladin nannte. Nicht von dem Sohn eines kurdischen Glücksritters, der die arabische Welt geeint und Jerusalem von den Kreuzrittern zurückerobert hatte, sondern von dem Saladin, der im Abstand von wenigen Tagen in Paris und Amsterdam das Blut von Ungläubigen und Abtrünnigen vergossen hatte. Auch wenn sie seinen richtigen Namen und seine Nationalität nicht kannten, war sein Kampfname sicher kein Zufall. Er suggerierte einen Mann mit Ehrgeiz, mit Geschichtskenntnissen, der davon träumte, die ara-

bische und islamische Welt mithilfe von Massenmorden unter der schwarzen Flagge des Islamischen Staats und des Kalifats zu vereinigen. Unabhängig von seinem Endziel war er zweifellos ein sehr geschickter Terrorist. Ohne dass die westlichen Geheimdienste etwas merkten, hatte er ein Netzwerk aufgebaut, das sorgfältig geplante Anschläge mit Autobomben durchführen konnte. Vielleicht würde er in diesem Stil weitermachen; vielleicht hatte er größere Pläne. Jedenfalls mussten sie sein Netzwerk zerstören.

»Und nichts killt ein Netzwerk schneller«, sagte Gabriel, »als seinen Führer auszuschalten.«

»Ausschalten?«, fragte Natalie.

Gabriel zuckte mit den Schultern.

»Ihn töten? Meinen Sie das?«

»Töten, beseitigen, eliminieren, liquidieren – suchen Sie sich ein Wort aus. Worte haben mir nie viel bedeutet. Ich habe den Auftrag, das Leben Unschuldiger zu retten.«

»Ich könnte niemals …«

»Jemanden umbringen? Keine Sorge, wir wollen Sie nicht als Auftragsmörderin anwerben. Für diese Art Arbeit haben wir genügend Männer in Schwarz.«

»Wie Sie.«

»Das liegt lange zurück. Heutzutage führe ich den Kampf gegen unsere Feinde bequem vom Büro aus. Ich bin nur noch ein Schreibtischheld.«

»In der *Haaretz* hat etwas anderes gestanden.«

»Auch die ehrenwerte *Haaretz* berichtet manchmal etwas Falsches.«

»Das tun auch Spione.«

»Sie finden Spionage verwerflich?«

»Nur wenn Spione Verwerfliches tun.«

»Zum Beispiel?«

»Folter«, antwortete sie.

»Wir foltern niemanden.«

»Was ist mit den Amerikanern?«

»Lassen wir die Amerikaner vorläufig aus dem Spiel. Aber ich frage mich«, fügte er hinzu, »ob moralische Bedenken Sie daran hindern würden, an einem Unternehmen mitzuwirken, das zu jemands Tod führen könnte.«

»Das wird Sie vielleicht schockieren«, sagte Natalie sarkastisch, »aber darüber habe ich noch nie nachgedacht.«

»Sie sind Ärztin, Natalie. Sie sind dafür ausgebildet, Leben zu retten. Sie haben einen Eid abgelegt. Keinem Kranken schaden. Beispielsweise haben Sie erst gestern einen Mann behandelt, der zwei Menschen ermordet hatte. Das muss schwierig gewesen sein.«

»Keineswegs.«

»Warum nicht?«

»Weil das mein Beruf ist.«

»Sie haben meine Frage noch nicht beantwortet.«

»Die Antwort lautet: nein«, sagte sie. »Ich hätte keine moralischen Bedenken, an einem Unternehmen mitzuwirken, das zum Tod des Mannes führt, der für die Anschläge in Paris und Amsterdam verantwortlich ist, solange dabei keine Unbeteiligten getötet werden.«

»Für mich klingt das, als sprächen Sie von dem amerikanischen Drohnenprogramm, Natalie.«

»Israel fliegt auch Luftangriffe.«

»Und einige von uns sind mit dieser Strategie nicht einverstanden. Wir bevorzugen Spezialunternehmen gegenüber Luftangriffen. Aber unsere Politiker sind in die Idee der sogenannten *sauberen* Kriegführung vernarrt. Drohnen machen sie möglich.«

»Nicht für die Opfer der Angriffe.«

»Ja, das stimmt. Es hat schon viel zu viele unschuldige Opfer gegeben. Aber die vermeidet man am besten durch gute Aufklärung.« Er machte eine Pause, dann fügte er hinzu: »Womit wir wieder bei Ihnen wären.«

»Was soll ich für Sie tun?«

Gabriel lächelte. *Schwaja, schwaja …*

Sie hatte ihr Essen bisher nicht angerührt, das hatte keiner von ihnen getan, deshalb bestand Gabriel darauf, dass sie aßen, bevor sie weitersprachen. Er selbst hielt sich jedoch nicht daran, weil er mittags selten etwas aß. Während die anderen sich an einem Büfett bedienten, das ein dem Dienst nahestehender Caterer aus Tel Aviv geliefert hatte, erzählte er von seiner Kindheit in dieser Gegend – von arabischen Überfällen von den Hügeln des Westjordanlands, israelischen Vergeltungsmaßnahmen, dem Sechstagekrieg, in dem sein Vater gefallen war, und dem Jom-Kippur-Krieg, der ihm den Glauben an die Unbesiegbarkeit Israels geraubt hatte. Die Gründergeneration hatte geglaubt, ein jüdischer Staat im historischen Land Palästina werde dem Nahen Osten Fortschritt und Stabilität bringen. Aber rings um Israel, in den Frontstaaten und der arabischen Peripherie, herrschten weiterhin Zorn und Ressentiments, und ihre Bevölkerung stagnierte unter dem Daumen von Diktatoren und Monarchen. Während der Rest der Welt voranschritt, blieb die arabische Welt trotz ihrer Ölmilliarden zurück. Während arabische Rundfunksender gegen Israel hetzten, hungerten arabische Kinder und gingen barfuß. Arabische Zeitungen druckten Hasstiraden, die viele Araber nicht lesen konnten. Arabische Herrscher wurden märchenhaft reich, während ihren Völkern nur Demütigungen und Ressentiments blieben – und der Islam.

»Ist ihr Versagen irgendwie meine Schuld?«, fragte Gabriel rhetorisch, und niemand antwortete. »Ist's dazu gekommen, weil ich in diesem Tal aufgewachsen bin? Hassen sie mich, weil ich es trockengelegt, die Mücken ausgerottet und das Land zu neuer Blüte erweckt habe? Wären die Araber frei, wohlhabend und demokratisch regiert, wenn wir nicht hier wären?«

Für kurze Zeit, fuhr er fort, sei ein Frieden scheinbar greifbar nahe gewesen. Es hatte einen historischen Händedruck auf dem Südrasen des Weißen Hauses gegeben. Arafat etablierte sich in Ramallah, die Israelis bewiesen plötzlich Gelassenheit. Aber gleichzeitig baute der Sohn eines milliardenschweren saudischen Bauunternehmers eine Organisation auf, die er al-Qaida oder »Fundament« nannte. Trotz seines islamischen Eifers war Osama bin Ladens Schöpfung ein höchst bürokratisches Unternehmen. Seine Vorschriften und Arbeitsrichtlinien entsprachen denen jeder modernen Firma. Sie regelten alles von Urlaubsansprüchen über Krankenversorgung und Flugreisen bis hin zu Einrichtungsbeihilfen. Sogar Invalidenrenten und die Voraussetzungen, unter denen Mitglieder ausgeschlossen werden konnten, waren geregelt. Wer in eines von bin Ladens Ausbildungslager in Afghanistan aufgenommen werden wollte, musste einen langen Fragebogen ausfüllen. Kein Winkel des Vorlebens eines potenziellen Kämpfers blieb unausgeleuchtet.

»Aber der IS ist anders. Ja, auch er hat einen Fragebogen, der aber weit weniger gründlich als der von al-Qaida verwendete ist. Und das aus gutem Grund. Sehen Sie, Natalie, ein Kalifat ohne Volk ist kein Kalifat. Es ist ein leeres Wüstengebiet zwischen Aleppo und dem irakischen Sunnitendreieck.« Gabriel machte eine Pause, dann sagte er: »Dies ist der Punkt, an dem Sie ins Spiel kommen.«

»Das kann nicht Ihr Ernst sein!«

Seine ausdruckslose Miene zeigte, dass das sehr wohl sein Ernst war.

»Ich soll mich dem Islamischen Staat anschließen?«, fragte sie ungläubig.

»Nein«, sagte er. »Sie werden *aufgefordert* werden, sich ihm anzuschließen.«

»Von wem?«

»Natürlich von Saladin.«

Danach herrschte zunächst Schweigen. Natalie betrachtete ein Gesicht nach dem anderen: das traurige Gesicht der rächenden Überlebenden, das bekannte Gesicht des Geheimdienstchefs, das Gesicht des vermeintlich Toten. An ihn wandte sie sich mit ihrer Antwort.

»Das kann ich nicht!«

»Warum nicht?«

»Weil ich Jüdin bin und mich als nichts anderes ausgeben kann, nur weil ich eine andere Sprache spreche.«

»Das tun Sie die ganze Zeit, Natalie. Im Hadassah weist man Ihnen Palästinenser zu, weil man glaubt, Sie gehörten zu ihnen. Das glauben auch die arabischen Straßenhändler in der Altstadt.«

»Diese Araber gehören nicht dem IS an.«

»Manche schon. Aber das ist in diesem Zusammenhang unwichtig. Sie besitzen viele natürliche Vorzüge, Natalie. Aus geheimdienstlicher Sicht sind Sie geradezu ein Geschenk Gottes. Unsere Ausbildung wird ein Meisterwerk aus Ihnen machen. Wir bilden schon lange aus und verstehen uns sehr gut darauf. Wir können einen jungen Juden aus einem Kibbuz holen und in einen Araber aus Jenin verwandeln. Und jemanden wie Sie können wir erst recht in eine palästinensische Ärztin aus Paris verwandeln, die einen Schlag gegen den Westen führen will.«

»Wieso sollte sie das tun wollen?«

»Weil sie wie Dina trauert. Sie dürstet nach Rache. Sie ist eine Schwarze Witwe.«

Danach herrschte lange Schweigen. Als Natalie wieder sprach, klang ihre Stimme klinisch nüchtern.

»Ihre junge Frau ist also Französin?«

»Sie hat einen französischen Pass, sie ist in Frankreich aufgewachsen und hat dort studiert, aber sie ist palästinensischer Abstammung.«

»Das Unternehmen findet also in Paris statt?«

»Es beginnt dort«, antwortete er zurückhaltend, »aber wenn die erste Phase Erfolg hat, verlagert es sich notwendigerweise.«

»Wohin?«

Er sagte nichts.

»Nach Syrien?«

»Leider ist der IS dort«, sagte Gabriel.

»Und Sie wissen, was Ihre Ärztin aus Paris zu erwarten hat, wenn der IS rausbekommt, dass sie in Wirklichkeit eine Jüdin aus Marseille ist?«

»Uns ist bewusst, dass …«

»Sie säbeln ihr den Kopf ab. Und dann stellen sie das Video ins Netz, damit es die ganze Welt sehen kann.«

»Sie werden es nie erfahren.«

»Aber ich wüsste es«, sagte sie. »Ich bin anders als Sie. Ich kann keine Geheimnisse bewahren. Ich hätte ein schlechtes Gewissen. Ich könnte das niemals durchziehen.«

»Sie unterschätzen sich.«

»Tut mir leid, aber Sie haben sich die Falsche ausgesucht.« Nach kurzer Pause fügte Natalie hinzu: »Suchen Sie sich eine andere.«

»Ist das Ihr Ernst?«

»Mein voller Ernst.« Sie legte ihre Serviette weg, stand auf und streckte ihm die Hand hin. »Nichts für ungut?«

»Aber natürlich.« Gabriel stand ebenfalls auf und ergriff widerstrebend die hingestreckte Hand. »War mir ein Vergnügen, fast mit Ihnen zusammengearbeitet zu haben, Natalie. Bitte erzählen Sie niemandem von diesem Gespräch, auch keinem Partner.«

»Ich gebe Ihnen mein Wort.«

»Gut.« Er ließ ihre Hand los. »Dina bringt Sie nach Jerusalem zurück.«

20

NAHALAL, ISRAEL

Natalie folgte ihr durch den schattigen Garten und die Fenstertür, die ins Wohnzimmer des Bungalows führte. Es war spärlich möbliert, mehr Büro als Wohnraum, und an seinen weißen Wänden hingen gerahmte Schwarz-Weiß-Fotos, die palästinensisches Elend zeigten: der lange staubige Marsch ins Exil, die primitiven Lager, die verwitterten Gesichter der Alten, die von dem verlorenen Paradies träumten.

»Hier hätten wir Sie ausgebildet«, erklärte Dina ihr. »Hier hätten wir Sie in eine von ihnen verwandelt.«

»Wo sind meine Sachen?«

»Oben«, sagte Dina. »In Ihrem Zimmer.«

Weitere Fotos hingen im Treppenhaus, und auf dem Nachttisch des behaglichen kleinen Schlafzimmers lag ein Gedichtband von Mahmud Darwisch, dem offiziellen Poeten des palästinensischen Nationalismus. Natalies Koffer lag leer am Fußende des Betts.

»Wir haben uns erlaubt, für Sie auszupacken«, erläuterte Dina.

»Vermutlich gibt ihm niemals jemand einen Korb.«

»Sie sind die Erste.«

Natalie beobachtete, wie sie leicht hinkend den Raum durchquerte und die obere Kommodenschublade aufzog.

Auch Dina trauert, das müssen Sie wissen, Natalie. Und sie nimmt ihre Arbeit sehr ernst.

»Was ist passiert?«, fragte sie halblaut.

»Sie haben Nein gesagt, und jetzt fahre ich Sie wieder zurück.«

»Mit Ihrem Bein.«

»Das ist nicht wichtig.«

»Für mich schon.«

»Weil Sie Ärztin sind?« Dina nahm Unterwäsche aus der Schublade und warf sie in den Koffer. »Ich bin Mitarbeiterin des israelischen Geheimdiensts. Sie haben kein Recht darauf, zu erfahren, was mit meinem Bein passiert ist. Sie *dürfen* es nicht wissen. Das ist geheim. *Ich* bin geheim.«

Natalie setzte sich aufs Bett, während Dina ihre übrigen Sachen aus dem Kleiderschrank nahm.

»Ein Bombenanschlag«, sagte Dina zuletzt. »Dizengoff Street in Tel Aviv. Bus Nummer fünf.« Sie schloss die Schranktür energischer als nötig. »Wissen Sie davon?«

Natalie nickte. Das war im Oktober 1994 gewesen, lange bevor sie mit ihren Eltern nach Israel gekommen war, aber sie hatte den kleinen grauen Gedenkstein am Fuß eines der Paternosterbäume gesehen und durch Zufall einmal in dem malerischen Café gleich daneben gegessen.

»Waren Sie *in* dem Bus?«

»Nein, ich habe auf dem Gehsteig gestanden. Aber meine Mutter und meine beiden Schwestern waren drin. Und ich habe *ihn* gesehen, bevor die Bombe detoniert ist.«

»Wen?«

»Abdel Rahim al-Souwi«, antwortete Dina, als lese sie den Namen aus einem ihrer dicken Dossiers vor. »Er hat links hinter dem Fahrer gesessen. Vor sich hatte er eine Reisetasche mit zwanzig Kilogramm TNT und mit Rattengift versetzten Schrauben und Nägeln stehen. Gebaut hatte die Bombe Jahja Ajasch mit dem Spitznamen *der Ingenieur*. Es sei eine seiner besten gewesen, sagte er später. Das wusste ich damals natürlich nicht. Ich wusste gar nichts. Ich war nur ein Mädchen. Ich war unschuldig.«

»Und als die Sprengladung detoniert ist?«

»Die Wucht der Detonation hat den Bus hochgehoben und wieder auf die Straße geschmettert. Ich wurde zu Boden geschleudert. Um mich herum haben Leute geschrien, aber ich konnte nichts hören, weil meine Trommelfelle durchlöchert waren. Neben mir lag ein Bein, das ich für meines gehalten habe, bis sich zeigte, dass ich noch beide hatte. Den ersten Polizeibeamten am Tatort ist von dem Blut und dem Geruch nach verbranntem Fleisch schlecht geworden. Überall lagen Gliedmaßen, und an den Bäumen hingen Fleischfetzen. Auf mich ist Blut herabgetropft, während ich hilflos auf dem Asphalt lag. An diesem Morgen hat es auf der Dizengoff Street Blut geregnet.«

»Und Ihre Mutter und Ihre Schwestern?«

»Die waren sofort tot. Ich habe zugesehen, wie Rabbis ihre sterblichen Überreste mit Pinzetten eingesammelt und in Plastiktüten getan haben. Das haben wir begraben. Fetzen. *Überreste.*«

Natalie schwieg, denn dazu gab es nichts zu sagen.

»Deshalb müssen Sie entschuldigen«, fuhr Dina nach kurzer Pause fort, »dass ich Ihr Verhalten enttäuschend finde. Wir tun diese Arbeit nicht, weil wir *wollen*. Wir tun sie, weil wir *müssen*. Wir tun sie, weil uns keine andere Wahl bleibt. Nur so können wir in diesem Land überleben.«

»Ich wollte, ich könnte Ihnen helfen, aber das kann ich nicht.«

»Zu schade«, sagte Dina, »weil Sie perfekt wären. Und ja«, fügte sie hinzu, »ich würde alles dafür geben, jetzt an Ihrer Stelle zu sein. Ich habe ihnen zugehört, ich habe sie beobachtet, ich habe sie vernommen. Ich weiß mehr über sie als sie selbst. Aber ich war nie dabei, wenn sie ihre Anschlagpläne geschmiedet haben. Ich wäre gern mal im Auge des Sturms. Für diese eine Chance würde ich alles geben.«

»Sie würden nach Syrien gehen.«

»Sofort!«

»Was ist mit Ihrem Leben? Würden Sie dafür Ihr Leben opfern?«

»Wir schicken keine Selbstmordattentäter los. Wir sind nicht wie sie.«

»Aber Sie könnten nicht garantieren, dass mir nichts passiert.«

»Garantieren kann ich nur«, sagte Dina nachdrücklich, »dass Saladin weitere Anschläge plant, bei denen weitere Unschuldige sterben werden.«

Sie zog den Reißverschluss des Koffers zu und gab Natalie eine flache rechteckige Geschenkschachtel, deren Deckel arabisch beschriftet war.

»Was ist das – ein Abschiedsgeschenk?«

»Etwas, das für Ihre Umwandlung wichtig gewesen wäre. Machen Sie sie auf.«

Natalie nahm zögernd den Deckel ab. In der Schachtel lag ein etwa einen mal einen Meter großes königsblaues Seidentuch. Sie brauchte einen Augenblick, um zu erkennen, dass das ein Hidschab war.

»Arabische Kleidungsstücke tarnen sehr wirkungsvoll«, erklärte Dina ihr. »Ich will's Ihnen zeigen.« Sie nahm Natalie den Hidschab aus der Hand, legte ihn zu einem Dreieck zusammen und schlang ihn sich rasch um Kopf und Hals. »Na, wie sehe ich aus?«

»Wie eine Aschkenasin mit einem moslemischen Kopftuch.«

Dina nahm stirnrunzelnd den Hidschab ab und hielt ihn Natalie hin. »Jetzt Sie.«

»Ich will aber nicht.«

»Kommen Sie, ich helfe Ihnen.«

Bevor Natalie ausweichen konnte, lag das Dreieck aus königsblauer Seide auf ihrem Haar. Dina raffte den Stoff unter ihrem Kinn zusammen und fixierte ihn mit einer Sicherheitsnadel. Dann verknotete sie die nicht ganz gleich langen Enden in ihrem Nacken.

»Fertig«, sagte Dina und zupfte die Seide noch etwas zurecht. »Sehen Sie sich an.«

Über der Kommode hing ein ovaler Spiegel. Natalie starrte ihr Spiegelbild lange wie gebannt an. Zuletzt fragte sie: »Wie heiße ich?«

»Natalie«, antwortete Dina. »Sie heißen Natalie.«

»Nein«, sagte sie und starrte weiter die verschleierte Frau im Spiegel an. »Wie heißt *sie*?«

»Sie heißt Leila«, sagte Dina.

»Leila«, wiederholte sie. *»Leila ...«*

Auf der Rückfahrt aus Nahalal fiel Dina erstmals auf, dass Natalie schön war. Zuvor, in Jerusalem und bei Tisch mit den anderen, hatte sie keine Zeit gehabt, das zu konstatieren. Natalie war lediglich eine Zielperson gewesen. Natalie war ein Mittel zum Zweck, und dieser Zweck hieß Saladin. Aber als Dina jetzt wieder mit ihr im Auto saß und mit offenen Fenstern durch den warmen goldenen Spätnachmittag fuhr, hatte sie Zeit, immer wieder zu Natalie hinüberzusehen. Sie bewunderte den Schwung ihres Kiefers, die ausdrucksvollen dunklen Augen, die lange schmale Nase, die kleinen straffen Brüste und die zarten Knochen ihrer Handgelenke und Hände – Hände, die Leben retten konnten, sagte Dina sich, oder ein von einer Bombe zerfetztes Bein zusammenflicken. Natalies Schönheit war nicht von der Art, nach der sich Männer umdrehten oder die den Verkehr zum Anhalten bringen konnte. Sie war intelligent, würdevoll, beinahe fromm. Sie ließ sich tarnen, herabstufen. Und dadurch ist sie vielseitig einsetzbar, dachte Dina kalt.

Sie fragte sich nicht zum ersten Mal, weshalb Natalie ledig war und nicht mal einen festen Freund hatte. Die Prüfer des Diensts hatten nichts entdeckt, das sie für die Arbeit als Geheimagentin disqualifiziert hätte. Sie hatte keine Laster außer einer Schwäche für guten Weißwein und keine physischen oder psychischen Erkrankungen außer gelegentlicher Schlaflosigkeit, die eine Folge ihrer unregelmäßigen Schichtarbeit war. Auch Dina litt darunter, allerdings aus anderen Gründen. Wenn sie nachts endlich einschlief, sah sie im Traum Blut von Paternosterbäumen, und ihre Mutter, die mit deutlich sichtbaren Nähten aus ihren zerfetzten Teilen zusammengesetzt war, rief sie aus der offenen Tür des Busses Nummer fünf. Und die sah Abdel Rahim al-Souwi, der ihr mit seiner Reisetasche vor sich hinter dem Fahrer sitzend zulächelte. *Eine seiner besten Bomben, hat er später gesagt …* Ja, dachte Dina wieder, ich würde alles dafür geben, Natalies Platz einnehmen zu dürfen.

Aus dem Bungalow hatte Natalie nur den Hidschab mitgenommen, den sie jetzt wie einen Schal um den Hals trug. Sie sah in die Sonne, die jetzt tief über dem Karmel stand, und hörte aufmerksam die Rundfunknachrichten. Es hatte eine weitere Messerattacke mit einem weiteren Toten gegeben, diesmal bei den römischen Ruinen in Caesarea. Der Täter war ein israelischer Araber aus einem Dorf in dem als »das Dreieck« bekannten Winkel des Landes, der hauptsächlich von Palästinensern bewohnt war. Er würde von keinem der Ärzte im Hadassah eilig versorgt werden; ein israelischer Soldat hatte ihn erschossen. In Ramallah und Jericho herrschte Jubel. Ein weiterer Märtyrer, ein weiterer toter Jude. Allah ist groß. Bald wird Palästina wieder frei sein.

Fünfzehn Kilometer südlich von Caesarea lag Netanja. Neue Wohntürme, strahlend weiß und mit Balkonen, ragten aus den Dünen und Felsen entlang der Mittelmeerküste auf und verliehen der Stadt einen Hauch von Riviera-Eleganz. Weiter landeinwärts herrschte jedoch die kakifarbene Bauhaus-Sachlichkeit der israelischen Pionierzeit vor. Dina fand einen Parkplatz in der Nähe des Parkhotels, in dem ein Selbstmordattentäter der Hamas am Pessach 2002 dreißig Menschen ermordet hatte, und ging mit Natalie zum Unabhängigkeitsplatz weiter. Eine Schar kleiner Jungen spielte um den Brunnen herum Fangen und wurde dabei von Frauen mit Kopftüchern und knöchellangen Röcken beaufsichtigt. Wie die Kinder sprachen die Frauen Französisch. Das taten auch die Gäste in den Cafés. »Sehen Sie Ihre Eltern?«

»Dort drüben«, antwortete Natalie und zeigte quer über den Platz. »Sie sitzen im Chez Claude an ihrem gewohnten Tisch.« Das war eines der neuen Lokale, die wie Pilze aus dem Boden geschossen waren, als immer mehr französische Juden nach Netanja kamen. »Möchten Sie sie kennenlernen? Sie sind wirklich sehr nett.«

»Nein, gehen Sie lieber allein. Ich warte hier.«

Dina setzte sich auf den Brunnenrand und beobachtete, wie Natalie über die Esplanade ging, wobei die Zipfel des blauen Hidschabs wie Wimpel über ihre weiße Bluse herabhingen. Blau und weiß, sah Dina. Wie wundervoll israelisch. Ohne es zu merken, rieb sie sich ihr verletztes Bein. Es schmerzte zu den unmöglichsten Zeiten – wenn sie müde war, wenn sie unter Stress stand oder wenn sie, das dachte sie, als sie jetzt Natalie beobachtete, ihr Verhalten bedauerte.

Natalie ging geradewegs zu dem Café hinüber. Ihr Vater, hager, grauhaarig, von Meer und Sonne tief gebräunt, sah als Erster auf und war überrascht, als er seine Tochter in den Farben der israelischen Fahne über den gepflasterten Platz auf sich zukommen sah. Als er seiner Frau eine Hand auf den Arm legte und zu Natalie hinübernickte, erschien ein Lächeln auf ihrem auch im Alter noch attraktiven Gesicht. Natalies Gesicht, sagte Dina sich. Natalie in dreißig Jahren. Würde Israel weitere dreißig Jahre überleben? Oder Natalie?

Natalie wich vom geraden Weg ab, um einem Kind auszuweichen, einem Mädchen von sieben oder acht Jahren, das einem Ball nachlief. Dann begrüßte sie ihre Eltern auf französische Art mit einem Küsschen auf beide Wangen und setzte sich auf einen der beiden freien Stühle. Vielleicht nicht zufällig auf den, auf dem sie Dina den Rücken zukehrte. Dina beobachtete das Gesicht der alten Frau. Ihr Lächeln verschwand, als Natalie die Sätze aufsagte, die Gabriel ihr eingebläut hatte. *Ich muss eine Zeit lang verreisen. Es ist wichtig, dass ihr nicht versucht, mich zu erreichen. Sollte jemand nach mir fragen, arbeite ich an einem wichtigen Projekt und darf nicht gestört werden … Nein, ich darf euch nicht sagen, worum es sich handelt, aber jemand von einer Behörde kommt regelmäßig vorbei, um nach euch zu sehen … Nein, ich bin nicht in Gefahr.*

Der Ball, mit dem die Kleine spielte, rollte jetzt auf Dina zu. Sie stoppte ihn mit einem Fuß und kickte ihn zu dem Mädchen zurück – eine kleine freundliche Geste, die stechende Schmerzen durch ihr Bein schickte. Aber sie achtete nicht darauf, denn Natalie verabschiedete sich eben mit Küsschen links und Küsschen rechts von ihren Eltern. Als sie mit wehendem blauem Schal und von der untergehenden Sonne beschienen über den Platz zurückkam, lief ihr eine einzelne Träne übers Gesicht. Natalie war schön, stellte Dina fest, selbst wenn sie weinte. Sie stand auf und folgte ihr zu dem Auto zurück, das vor dem zerbombten Hotel parkte, in dem in einer Festnacht dreißig Menschen gestorben waren. Das tun wir eben, sagte Dina sich, als sie den Motor anließ. So sind wir eben. Das ist die einzige Methode, in diesem Land zu überleben. Das ist unsere Strafe dafür, dass wir überlebt haben.

TEIL ZWEI

EINE VON UNS

21

NAHALAL, ISRAEL

Am folgenden Morgen erfuhr die Personalabteilung im Hadassah Medical Center per E-Mail, Dr. med. Natalie Mizrahi habe einen längeren Erholungsurlaub angetreten. Die Mitteilung war nur dreißig Wörter lang und ein Meisterstück an bürokratischer Vernebelung. Sie enthielt keinen Grund für den überraschend angetretenen Urlaub und erwähnte auch kein Rückkehrdatum. Also blieb ihren Kollegen nichts anderes übrig, als über die Gründe für Natalies plötzliche Abwesenheit zu spekulieren, was sie gern taten, weil es von den vielen Anschlägen ablenkte. Es gab Gerüchte über eine schwere Krankheit, Gerüchte über einen Nervenzusammenbruch, Gerüchte über eine Rückkehr nach Frankreich. Wieso um Himmels willen, fragte ein Oberschlauer aus der Kardiologie, hätte jemand, der einen französischen Pass besaß, heutzutage freiwillig in Israel bleiben sollen? Ajelet Malkin, die sich für Natalies beste Freundin in der Klinik hielt, fand alle diese Theorien unzulänglich. Sie wusste, dass Natalie seelisch und körperlich gesund war, und hatte sie oft sagen gehört, wie froh sie sei, in Israel zu sein, wo sie als Jüdin leben könne, ohne fürchten zu müssen, beleidigt oder angegriffen zu werden. Außerdem hatte sie erst diese Woche vierundzwanzig Stunden mit ihr Dienst getan und beim Abendessen über alles Mögliche mit ihr geschwatzt, ohne dass Natalie ein Wort über Urlaubspläne verloren hätte. Sie witterte hinter ihrem Verschwinden etwas anderes. Wie viele Israelis hatte sie einen Verwandten, einen Onkel, mit Geheimdienstkontakten. Er kam und ging ohne Vorwarnung und sprach nie über seinen Job oder seine Reisen. Ajelet vermutete, ihre

Freundin, die drei Sprachen beherrschte, sei als Spionin rekrutiert worden. Oder vielleicht, dachte sie, war sie schon immer eine gewesen.

Auch wenn Ajelet zufällig etwas vermutete, das der Wahrheit ziemlich nahekam, hatte sie technisch gesehen nicht ganz recht, wie Natalie an ihrem ersten vollen Tag in Nahalal erfahren sollte. Sie würde keine Spionin werden. Spione, wurde ihr erklärt, waren menschliche Quellen, die angeworben wurden, um gegen den eigenen Geheimdienst, die eigene Regierung, die eigene Terrororganisation, das eigene Unternehmen zu *spionieren*. Manchmal spionierten sie für Geld, manchmal für Sex und Respekt und manchmal, weil sie durch einen dunklen Punkt in ihrer Vergangenheit erpressbar geworden waren. In Natalies Fall hatte es keinen Zwang, sondern nur Überzeugung gegeben. Ab diesem Augenblick war sie eine spezielle Mitarbeiterin des Diensts. In dieser Rolle unterlag sie denselben Vorschriften und Einschränkungen, die für alle Angehörigen des Diensts galten. Sie durfte keine Geheimnisse an ausländische Regierungen weitergeben. Sie durfte ohne Genehmigung nicht über ihre Arbeit schreiben. Sie durfte mit keinem Außenstehenden, auch nicht mit Angehörigen, über ihre Arbeit reden. Ihr Arbeitsverhältnis würde sofort beginnen und mit dem Abschluss ihres Auftrags enden. Wollte Natalie jedoch im Dienst bleiben, würde man eine Arbeit für sie finden. Auf ein Bankkonto, das auf ihren Namen lautete, würden eine halbe Million Neue Schekel eingezahlt werden; außerdem würde sie ihr bisheriges Klinikgehalt weiterbeziehen. Während ihrer Abwesenheit würde ein Kurier des Diensts sich um ihr Apartment kümmern. Sollte sie im Einsatz sterben, würden ihre Eltern zwei Millionen Neue Schekel erhalten.

Mit Papierkram, ersten Einweisungen und strengen Warnungen ging der erste Tag dahin. Am zweiten begann ihre eigentliche Ausbildung, bei der Natalie sich wie im Graduiertenstudium an einer Universität für eine einzige Studentin vorkam. Vormittags, gleich nach dem Frühstück, übte sie, ihre eigene Identität durch eine angenommene zu ersetzen – Basiswissen für Agenten. Nach einem leichten Mittagessen begann sie palästinensische Geschichte zu lernen, der islamische und dschihadistische Studien folgten. Niemand sprach sie jemals als Natalie an. Sie war Leila, kein Familienname, immer nur Leila. Die Ausbilder sprachen nur Arabisch mit ihr und nannten sich Abdul, Muhammed oder Ahmed. Ein Zweierteam trat als Abdul & Abdul auf, was Natalie zum Lachen reizte.

Die letzte Stunde Tageslicht gehörte ausschließlich Natalie. Mit dem Kopf voller islamischer und dschihadistischer Begriffe lief sie los, um auf den staubigen Straßen zwischen den Farmen zu joggen. Aber sie durfte nie allein joggen, sondern wurde stets von zwei Sicherheitsleuten in einem dunkelgrünen Geländewagen begleitet. Kam sie dann zurück, wartete Gabriel oft auf sie, um noch einen ein bis zwei Kilometer langen Abendspaziergang mit ihr zu machen. Für ein richtiges Gespräch konnte er nicht gut genug Arabisch, deshalb sprachen sie Französisch. Er redete mit ihr über ihre Ausbildung und ihre Studien, aber niemals über seine Kindheit in diesem Tal oder dessen bemerkenswerte Geschichte. Aus Leilas Sicht verkörperte es einen Akt des kolonialen Diebstahls und der Enteignung. »Sieh's dir an«, sagte er und zeigte auf das arabische Dorf auf dem Hügel. »Stell dir vor, wie ihnen zumute sein muss, wenn sie die Erfolge der Juden sehen. Stell dir ihren Zorn vor. Stell dir ihre Beschämung vor. Das ist auch dein Zorn, Leila, deine Beschämung.«

Als ihre Ausbildung fortschritt, lernte sie, mit welchen Methoden sich feststellen ließ, ob sie beschattet wurde. Oder ob in ihrer Wohnung oder ihrem Büro Wanzen angebracht waren. Oder ob jemand, den sie für ihren besten Freund oder ihren Geliebten hielt, in Wirklichkeit ihr ärgster Feind war. Das Zweierteam Abdul & Abdul riet ihr, ständig davon auszugehen, dass sie beschattet, beobachtet und belauscht werde. Aber das sei kein Problem, sagten sie, solange man bei seiner Legende bleibe. Eine gute Legende sei ein Schutzschirm. Ein typischer Agent des Diensts verbringe weit mehr Zeit damit, seine Legende zu untermauern, als tatsächlich Informationen zu beschaffen. Ihre Legende sei entscheidend, erklärten sie ihr.

In ihrer zweiten Woche auf der Farm wurden ihre Palästinastudien entschieden eindringlicher. Das gesamte zionistische Unternehmen basiere auf einem Mythos, lernte sie – auf dem Mythos, Palästina sei ein Land ohne Menschen gewesen, das auf Menschen ohne Land gewartet habe. Tatsächlich lebten dort im Jahr 1881, ein Jahr vor der Ankunft der ersten zionistischen Siedler, vierhundertfünfundsiebzigtausend Palästinenser. Die mehrheitlich moslemische Bevölkerung war in Judäa, Galiläa und anderen damals bewohnbaren Landstrichen konzentriert. Ungefähr ebenso viele Menschen wurden während der *Nakba*, der Katastrophe von Israels Gründung im Jahr 1948, ins Exil getrieben. Und eine weitere Welle flüchtete aus ihren Dörfern im Westjordanland, nachdem Israel es im Jahr 1967 erobert hatte. Die Vertriebenen schmachteten in Flüchtlingslagern – Chan Junis, Schatlila, Ain al-Hilweh, Jarmuk, Balata, Jenin Tulkarm und Dutzenden weiteren – und träumten von ihren Olivenhainen und Zitronenbäumen. Manche hatten sogar noch ihre Hausschlüssel. Diese nie verheilten Wunden waren die Ursache für alles arabische Leid. Die Kriege, die Leiden, der ausbleibende wirtschaftliche Fortschritt, der Despotismus … an allem war Israel schuld.

»Ich kann's nicht mehr hören«, ächzte Natalie.

»Wer hat das gesagt?«, fragte einer der Abduls, ein zaundürrer, blasser Mann, der von Tee und Zigaretten zu leben schien.

»War das Natalie oder Leila? Leila zweifelt diese Behauptungen nicht an. Leila weiß instinktiv, dass sie richtig sind. Leila hat sie mit der Muttermilch in sich aufgenommen. Leila hat sie von allen ihren Verwandten gehört. Leila glaubt, dass die Juden von Schweinen und Affen abstammen. Sie weiß, dass sie für ihre Matze das Blut von Palästinenserkindern verwenden. Sie hält sie für ein durch und durch böses Volk, für Ausgeburten des Teufels.«

Auch ihre Islamstudien wurden intensiver. Nach einem Crashkurs in Bezug auf Ritual und Glaubensgrundsätze konzentrierten Natalies Ausbilder sich auf die Themenfelder Islamismus und Dschihad. Sie las Sayyid Qutb, den ägyptischen Schriftsteller und Theoretiker der Muslimbruderschaft, der als Begründer des heutigen Islamismus gilt, und quälte sich durch die Schriften Ibn Taimiyas, des islamischen Theologen aus dem 13. Jahrhundert, den viele für den Urquell des modernen Islamismus hielten. Sie las nochmals bin Laden und Zawahri und hörte sich stundenlang Predigten eines jemenitisch-amerikanischen Geistlichen an, der bei einem Drohnenangriff umgekommen war. Sie sah sich Videos von Sprengfallen gegen US-Truppen im Iran an und surfte auf einigen der schrillsten islamischen Seiten, die ihre Ausbilder als Dschihadi-Porn charakterisierten. Bevor sie ihre Nachttischlampe ausknipste, las sie jeden Abend ein paar Zeilen von Mahmud Darwisch. *Wurzeln schlug ich vor der Geburt der Zeit …* Im Traum wandelte sie durch einen Garten Eden mit Olivenhainen und Zitronenbäumen.

Diese Ausbildungsmethode, die Ähnlichkeit mit einer Gehirnwäsche hatte, begann langsam zu wirken. Natalie schob ihre alte Identität, ihr früheres Leben beiseite und wurde Leila. Ihren Familiennamen wusste sie noch nicht; ihre »Legende«, wie sie sagten, würde sie erst später erhalten, nachdem das richtige Fundament gelegt war. In Worten und Taten wurde sie immer frommer, immer erkennbarer islamisch. Ging sie abends auf staubigen Feldwegen joggen, bedeckte sie ihre Arme und Beine. Und wenn ihre Ausbilder über Palästina oder den Islam sprachen, trug sie ihren Hidschab. Sie experimentierte mit verschiedenen Trageweisen, blieb dann aber bei einer einfachen Methode mit zwei Sicherheitsnadeln, die kein Haar sehen ließ. Obwohl sie sich mit dem Hidschab hübsch fand, gefiel ihr nicht, wie er die Blicke anderer auf Mund und Nase lenkte. Ein Gesichtsschleier hätte dieses Problem gelöst, aber der passte nicht zu Leilas Profil. Leila war eine gebildete Frau, eine Ärztin, die zwischen Ost und West, zwischen Gegenwart und Vergangenheit schwankte. Sie balancierte auf einem Hochseil, das zwischen dem Haus des Islams und dem Haus des Krieges gespannt war – jenem Teil der Welt, in dem der wahre Glaube noch nicht dominierte. Leila fühlte sich hin- und hergerissen. Sie war leicht zu beeindrucken.

Sie lernte die Grundlagen der Selbstverteidigung, erhielt aber keine Ausbildung mit der Waffe, weil auch die nicht zu Leilas Profil gepasst hätte. In der dritten Woche ihres Aufenthalts auf der Farm verkleideten sie Natalie von Kopf bis Fuß als Muslimin und machten unter schwerer Bewachung mit ihr eine Testfahrt nach Tajibe, der größten arabischen Stadt im sogenannten Dreieck. Als Nächstes besuchte sie Ramallah, den Sitz der palästinensischen Selbstverwaltung im Westjordanland, und einige Tage später, an einem warmen Freitag Mitte Mai, nahm sie am Freitagsgebet in der Al-Aksa-Moschee in der Jerusalemer Altstadt teil. Das war ein spannungsreicher Tag – die Israelis ließen keine jungen Männer auf den Tempelberg –, was anschließend zu gewalttätigen Protesten führte. Natalie wurde für kurze Zeit von ihren Leibwächtern getrennt, die sie schließlich wegen Tränengas würgend hinten in ihr Auto zerrten und mit ihr auf die Farm zurückrasten.

»Was hast du dabei empfunden?«, fragte Gabriel, als sie in der Abendkühle spazieren gingen. Unterdessen joggte Natalie nicht mehr, denn auch das passte nicht zu Leilas Profil.

»Ich war wütend«, antwortete sie, ohne zu zögern.

»Auf wen?«

»Natürlich auf die Israelis.«

»Gut«, sagte er. »Deswegen habe ich's gemacht.«

»Was gemacht?«

»Für dich eine Demonstration in der Altstadt provoziert.«

»Das konntest du?«

»Glaub mir, Natalie, das war nicht allzu schwierig.«

Am folgenden Tag und dann noch fünf Tage lang kam Gabriel nicht mehr nach Nahalal. Erst später erfuhr Natalie, dass er in Paris und Amman gewesen war, um ihren Einsatz vorzubereiten – operative Vorarbeit, wie er das nannte. Als er endlich auf die Farm zurückkehrte, war es mittags an einem warmen, windigen Donnerstag, während Natalie sich mit speziellen Eigenschaften ihres neuen Smartphones vertraut machte. Er teilte ihr mit, sie würden einen weiteren Ausflug machen, diesmal nur zu zweit, und wies sie an, sich als Leila zu kleiden. Sie wählte einen grünen Hidschab mit bestickten Rändern, eine weite weiße Bluse, die Brüste und Hüften verschwinden ließ, und eine lange Hose, die ihre Füße bis auf den Spann verdeckte. Ihre Pumps waren von Bruno Magli. Leila hatte offenbar eine Vorliebe für italienische Schuhe.

»Wohin fahren wir?«

»Norden«, sagte er nur.

»Keine Leibwächter?«

»Nicht heute«, antwortete er. »Heute habe ich Zeit.«

Das Auto war ein gewöhnlicher koreanischer Kompaktwagen, den er sehr schnell und mit untypischem Einsatz fuhr.

»Das scheint dir Spaß zu machen«, kommentierte Natalie.

»Ich habe schon lange nicht mehr am Steuer eines Autos gesessen. Vom Rücksitz eines gepanzerten SUVs aus sieht die Welt anders aus.«

»Wie denn?«

»Das ist leider geheim.«

»Aber ich bin jetzt eine von euch.«

»Noch nicht ganz«, antwortete er. »Aber du bist auf dem Weg dorthin.«

Das waren die letzten Worte, die Gabriel einige Minuten lang sprach. Natalie setzte ihre elegante Sonnenbrille auf und beobachtete, wie draußen eine Landschaft in Sepiatönen vorbeiglitt. Einige Kilometer nördlich lag Lochamej haGeta'ot – »Gettokämpfer« –, ein von Überlebenden des Warschauer Gettoaufstands gegründeter Kibbuz: eine landwirtschaftliche Siedlung mit hübschen Häusern, grünen Rasenflächen und mit Zypressen bestandenen Straßen. Ein Mann – unverkennbar ein Israeli – am Steuer eines Autos mit einer Frau im Hidschab als einziger Beifahrerin zog hier nur wenige neugierige Blicke auf sich.

»Was ist das?«, fragte Natalie und deutete auf einen kegelförmigen weißen Bau, der über den Hausdächern aufragte.

»Das Kindermuseum Jad LaJeled. Eine Gedenkstätte für die im Holocaust ermordeten Kinder.« Seine Stimme klang merkwürdig unbeteiligt. »Aber wir sind nicht ihretwegen hier. Wir wollen etwas viel Wichtigeres besichtigen.«

»Was denn?«

»Deine Heimat.«

Er fuhr zu einem Einkaufszentrum am Nordrand des Kibbuz und parkte in der entferntesten Ecke.

»Wie reizend«, sagte Natalie.

»Wir sind noch nicht da.« Gabriel zeigte auf einen Streifen Brachland zwischen dem Parkplatz und dem Highway 4. »Deine Heimat liegt dort draußen, Leila. Deine Heimat, die dir die Juden gestohlen haben.«

Er stieg aus, ohne ein weiteres Wort zu sagen, und führte Natalie über einen unbefestigten Weg auf ein verunkrautetes Feld mit Feigenkakteen und zerbröselnden Hohlblocksteinen. »Willkommen in Sumayrijya, Leila.« Er wandte sich ihr zu. »Sag es bitte für mich. Sag es wie das schönste Wort, das du jemals gehört hast. Sprich es aus wie den Namen deiner Mutter.«

»Sumayrijya«, wiederholte sie.

»Sehr gut.« Er wandte sich ab und beobachtete den Verkehr auf dem Highway. »Im Mai 1948 haben hier achthundert Menschen gelebt, ausschließlich Moslems.« Er zeigte auf die Bogen eines größtenteils intakten Aquädukts am Rand eines Sojafelds. »Das hat ihnen gehört. Es hat Wasser herangeführt und die Felder bewässert, auf denen die süßesten Bananen und Melonen Galiläas wuchsen. Sie haben ihre Toten dort drüben begraben …« Er deutete mit weit ausholender Armbewegung nach links. »Und sie haben hier gebetet …« Seine Hand ruhte auf den Überresten eines Torbogens. »… hier in der Moschee. Sie waren deine Vorfahren, Leila. Dies ist, wer du bist.«

»Wurzeln schlug ich vor der Geburt der Zeit …«

»Ah, du hast deinen Darwisch gelesen.« Er ging über Unkraut und Trümmer weiter in Richtung Highway. Als er dann wieder sprach, musste er lauter reden, um das Rauschen des Verkehrs zu übertönen. »Dein Haus hat hier drüben gestanden. Deine Vorfahren hießen Hadawi. Das ist auch dein Name. Du bist Leila Hadawi. Du bist in Frankreich geboren, hast dort studiert, bist dort Ärztin. Aber wenn jemand fragt, wo du herkommst, antwortest du Sumayrijya.«

»Was ist hier passiert?«

»Hier ist al-Nakba passiert. Genauer gesagt, das Unternehmen Ben-Ami.« Gabriel sah sich kurz um. »Haben deine Ausbilder dir von Ben-Ami erzählt?«

»Das war ein Unternehmen der Haganah im Frühjahr 1948 mit dem Ziel, die Küstenstraße zwischen Akko und der libanesischen Grenze zu besetzen und Westgaliläa gegen den Einmarsch regulärer arabischer Streitkräfte zu befestigen.«

»Zionistische Lügen!«, knurrte er. »Ben-Ami hatte nur einen einzigen Zweck: die arabischen Dörfer in Westgaliläa zu besetzen und ihre Einwohner ins Exil zu treiben.«

»Ist das die Wahrheit?«

»Ob es wahr ist, spielt keine Rolle. Es ist, was Leila glaubt. Es ist, was sie *weiß*. Dein Großvater Daoud Hadawi war in jener Nacht hier, musst du wissen, Leila, als der Haganah-Konvoi mit Zionisten aus Akko die Straße heraufgekommen ist. Die Einwohner von Sumayrijya hatten gehört, was in einigen der anderen von Juden besetzten Dörfern passiert war, deshalb sind sie sofort geflüchtet. Einige wenige sind damals zurückgeblieben, aber die meisten sind in den Libanon geflüchtet und haben dort darauf gewartet, dass die arabischen Armeen Palästina zurückerobern würden. Und als die arabischen Armeen in die Flucht geschlagen wurden, wurden die Einwohner Sumayrijyas Flüchtlinge im Exil. Die Familie Hadawi lebte in Ain al-Hilweh, dem größten Flüchtlingslager im Libanon. Offene Abwasserkanäle, Häuser aus Hohlblocksteinen ... die Hölle auf Erden.«

Gabriel führte sie an den Ruinen kleiner Häuser vorbei – die von der Haganah gleich nach der Einnahme Sumayrijyas gesprengt worden waren – und machte am Rand eines Obstgartens halt.

»Er hat den Einwohnern Sumayrijyas gehört. Jetzt gehört er dem Kibbuz. Vor vielen Jahren hat es Schwierigkeiten mit dem

Bewässerungssystem gegeben, bis ein alter Araber aufgekreuzt ist, der etwas Hebräisch konnte, und den Siedlern geduldig erklärt hat, was sie tun mussten. Die Kibbuzniks waren verblüfft und wollten wissen, woher seine Kenntnisse stammten. Und weißt du, was der Araber geantwortet hat?«

»Dies sei sein Obstgarten gewesen.«

»Nein, Leila, es war *dein* Obstgarten.«

Gabriel verstummte, sodass nur noch der Wind im Unkraut und der Verkehrslärm vom Highway herüber zu hören waren. Er starrte die vor seinen Füßen liegenden Trümmer eines Hauses an, die Ruinen eines Lebens, und wirkte dabei zornig. Ob sein Zorn echt war oder nur Leila beeindrucken sollte, wusste Natalie nicht.

»Wieso habt ihr Sumayrijya als meinen Heimatort ausgewählt?«, fragte sie.

»Das war nicht meine Entscheidung«, antwortete er distanziert. »Der Ort hat mich gewählt.«

»Wie das?«

»Ich habe eine Frau von hier gekannt, eine Frau wie dich.«

»War sie wie Natalie oder wie Leila?«

»Es gibt keine Natalie«, sagte er zu der Verschleierten neben sich. »Nicht mehr.«

22

NAHALAL, ISRAEL

Als Natalie nach Nahalal zurückkam, war der Gedichtband von Darwisch von ihrem Nachttisch verschwunden. An seiner Stelle lag ein gebundenes Briefing-Buch, dick wie ein Manuskript und mit französischem Text. Es enthielt die Fortsetzung der Geschichte, die Gabriel ihr auf den Trümmern von Sumayrijya zu erzählen begonnen hatte: die Geschichte einer erfolgreichen jungen Frau, einer in Frankreich geborenen Ärztin palästinensischer Abstammung. Ihr Vater hatte das unstete Leben vieler staatenloser gebildeter Palästinenser geführt. Nach dem Ingenieurstudium an der Universität Bagdad hatte er im Irak, in Jordanien, Libyen und Kuweit gearbeitet, bevor er zuletzt nach Frankreich gegangen war. Dort hatte er eine aus Nablus stammende Palästinenserin geheiratet, die in Teilzeit für eine UN-Flüchtlingsagentur dolmetschte und bei einem kleinen französischen Verlag arbeitete. Sie bekamen zwei Kinder: einen Sohn, der mit zweiundzwanzig Jahren bei einem Verkehrsunfall in der Schweiz starb, und eine Tochter, die sie nach Leila Chalid benannten, der berühmten Freiheitskämpferin vom Schwarzen September, die als erste Frau ein Passagierflugzeug entführt hatte. Leilas dreiunddreißigjähriges Leben wurde mit allen detaillierten Bekenntnissen moderner Memoiren ausgebreitet. Natalie musste zugeben, dass dies eine interessante Lektüre war. In der Schule wurde sie gemobbt, weil sie Araberin und Moslemin war. Später hatte sie kurz mit Drogen experimentiert. Und es gab eine ausführliche Schilderung ihrer ersten sexuellen Erfahrungen mit einem jungen Franzosen namens Henri, der der armen Leila das Herz gebrochen hatte.

Daneben war ein Foto eingeklebt, das zwei Teenager zeigte: einen französisch aussehenden Jungen und ein arabisch aussehendes Mädchen, die eng umschlungen am Geländer der Pariser Pont Marie posierten.

Natalie stellte fest, dass sie als französische Jüdin mit der Palästinenserin, die sie bald werden würde, viel gemeinsam hatte. Beide waren wegen ihrer Abstammung und ihres Glaubens in der Schule gehänselt worden, beide hatten früh unglückliche sexuelle Erfahrungen mit französischen Jungen gemacht, und beide hatten im Herbst 2003 ein Medizinstudium begonnen: Natalie an der Universität Montpellier, einer der ältesten medizinischen Fakultäten der Welt, und Leila an der Université Paris-Sud. In Frankreich und dem Nahen Osten gab es damals große Spannungen. Früher in diesem Jahr waren die Amerikaner im Irak eingefallen und hatten dadurch die arabische Welt und die in Westeuropa lebenden Moslems gegen sich aufgebracht. Außerdem tobte im Westjordanland und im Gazastreifen die zweite Intifada. Moslems schienen von allen Seiten unter Beschuss zu stehen. Leila gehörte zu den Tausenden, die in Paris gegen den Irakkrieg und das Vorgehen der Israelis in den besetzten Gebieten demonstrierten. Je mehr sie sich für Politik interessierte, desto frommer wurde sie auch. Sie beschloss, den Hidschab zu tragen, was ihre Mutter schockierte. Aber schon wenige Wochen später folgte Leilas Mutter ihrem Beispiel.

Im fünften Semester ihres Medizinstudiums lernte Leila den jordanischen Palästinenser Ziad al-Masri kennen, der an ihrer Universität Elektrotechnik studierte. Anfangs betrachtete sie ihn nur als angenehme Abwechslung von Pflichtfächern wie Pharmakologie, Bakteriologie, Virologie und Parasitologie. Bald wurde ihr jedoch klar, dass sie unsterblich verliebt war. Ziad war politisch aktiver als Leila und gläubiger als sie. Er verkehrte mit radikalen Moslems, gehörte der extremistischen Gruppierung Hizb ut-Tahrir an und besuchte eine Moschee, in der ein saudi-arabischer Iman regelmäßig den Dschihad predigte. So war es nur logisch, dass Ziads Aktivitäten die Aufmerksamkeit der französischen Sicherheitsdienste erregten, die ihn zweimal zu Vernehmungen vorluden. Das bestärkte Ziad nur in seinen Überzeugungen, und obwohl Leila ihn davon abzubringen versuchte, beschloss er, sich im Irak dem islamischen Widerstand anzuschließen. Er gelangte nur bis nach Jordanien, wo er verhaftet und in das als »Fingernagelfabrik« bekannte berüchtigte Gefängnis eingeliefert wurde. Einen Monat später war er tot. Der gefürchtete Geheimdienst Muchabarat machte sich nicht einmal die Mühe, seine Angehörigen zu benachrichtigen.

Der Briefing-Band stammte von keinem einzelnen Autor, sondern von einem Kollektiv aus drei erfahrenen Geheimdienstoffizieren aus drei kompetenten Diensten. Der Plot war wasserdicht, die Personen der Handlung gut gezeichnet. Kein Leser hätte etwas daran aussetzen können; kein Kritiker hätte den Wahrheitsgehalt der Story angezweifelt. Diskussionswürdig waren vielleicht die zahlreichen Details aus Leilas Kindheit und Jugend, aber die Autoren waren bewusst so ausführlich gewesen. Sie hatten eine Erinnerungsbasis schaffen wollen, aus der sie beliebig schöpfen konnte, wenn es nötig werden sollte.

Diese scheinbar nebensächlichen Details – die Namen, die Orte, die Schulen, die sie besucht hatte, der genaue Plan der elterlichen Wohnung in Paris, die Ferien in den Alpen und an der See – füllten Natalies letzte Tage auf der Farm in Nahalal aus. Sehr wichtig war natürlich auch Ziad, Leilas Liebhaber und gefallener Gotteskrieger. Natalie musste auch sein Leben kennen, denn Ziad hatte Leila viel über seine Kindheit und Jugend in Jordanien erzählt. Dina fungierte als ihre hauptsächliche Tutorin, die auch den Lernfortschritt kontrollierte. Sie sprach von Ziads Begeisterung für den Dschihad und seinen Hass auf Israel und Amerika, als seien das nachahmenswerte Tugenden. Aber vor allem schreie sein Tod nach Rache.

Natalies Medizinstudium erwies sich als nützlich, weil es sie gelehrt hatte, große Datenmengen rasch zu erfassen und abzuspeichern. Sie wurde ständig ausgefragt, häufig gelobt und scharf getadelt, wenn sie zögerte oder den kleinsten Fehler machte. Dina warnte sie oft, bald würden andere diese Fragen stellen.

Während der Ausbildung wurde sie gelegentlich von Agenten beobachtet, die im Hintergrund sitzend zuhörten, ohne jemals das Wort zu ergreifen. Einer davon war ein verwegen aussehender Mann mit Bürstenhaarschnitt und pockennarbigem Gesicht. Ihm folgte ein Kahlkopf, der ein Tweedsakko trug und Dekan in Oxford hätte sein können. Der dritte Mann war eine zierliche kleine Gestalt mit schütterem weißem Haar, an dessen Gesicht Natalie sich nie recht erinnern konnte. Und zuletzt kam ein großer, schlaksiger Mann mit auffällig blassem Teint und gletscherblauen Augen. Als Natalie Dina nach seinem Namen fragte, traf sie ein vorwurfsvoller Blick. »Leila würde sich nie für einen Ungläubigen interessieren«, tadelte sie ihre Schülerin, »und erst recht für keinen Juden. Leila hält die Erinnerung an Ziad hoch. Keiner wird ihn jemals ersetzen können.«

Er kam noch zweimal nach Nahalal, beide Male von dem zierlichen Mann mit dem wenig einprägsamen Gesicht begleitet. Die beiden hörten aufmerksam zu, als Dina Natalie nach Einzelheiten von Leilas Beziehung zu Ziad befragte: in welchem Lokal sie beim ersten Rendezvous gewesen waren, was sie dort gegessen hatten, ihr erster Kuss, ihre letzte E-Mail. Die hatte Ziad aus einem Internetcafé in Amman geschickt, während er auf einen Cousin wartete, der ihn über die Grenze in den Irak bringen würde. Am folgenden Morgen war er verhaftet worden. Sie hatten nie wieder miteinander gesprochen.

»Weißt du noch, was er geschrieben hat?«, fragte Dina.

»Er hatte das Gefühl, beobachtet zu werden.«

»Und was hast du geantwortet?«

»Dass ich um seine Sicherheit besorgt bin. Dass er das nächste Flugzeug nach Paris nehmen solle.«

»Nein, Leila, ich meine den exakten Wortlaut. Dies sind eure letzten E-Mails«, fügte Dina hinzu und schwenkte einen Zettel, auf dem sie angeblich standen. »Du erinnerst dich doch sicher, was du Ziad geschrieben hast, bevor er dann verhaftet wurde.«

»Ich habe geschrieben, ich sei krank vor Sorge um ihn. Ich habe ihn angefleht, Amman schnellstens zu verlassen.«

»Aber das war nicht alles. Du hast ihm mitgeteilt, er könne bei einer Verwandten von dir bleiben, richtig?«

»Ja.«

»Wer war diese Verwandte?«

»Meine Tante.«

»Die Schwester deiner Mutter?«

»Korrekt.«

»Sie wohnt in Amman?«

»In Zarqa.«

»Im Lager oder in der Stadt?«

»In der Stadt.«

»Hattest du ihr gesagt, dass Zaid nach Amman kommt?«

»Nein.«

»Hast du's deinen Eltern gesagt?«

»Nein.«

»Oder der französischen Polizei?«

»Nein.«

»Und was ist mit Ihrem Kontaktmann beim jordanischen Geheimdienst? Haben Sie den informiert, Leila?«

»Was?«

»Antworte!«, fauchte Dina.

»Ich habe keinen Kontaktmann beim jordanischen Geheimdienst.«

»Hast du Ziad an die Jordanier verraten?«

»Nein.«

»Bist du an seinem Tod schuld?«

»Nein.«

»Und bei eurem ersten Rendezvous?«, fragte Dina, die plötzlich das Thema wechselte. »Hast du zum Essen Wein getrunken?«

»Nein.«

»Warum nicht?«

»Wein ist *haram*«, antwortete Natalie.

Als sie an diesem Abend in ihr Zimmer zurückkam, lag der Gedichtband von Darwisch wieder auf ihrem Nachttisch. Sie würde Nahalal bald verlassen, vermutete sie. Das war nur noch eine Frage der Zeit.

Später am selben Tag beschäftigte die Frage nach dem Termin auch Gabriel und Uzi Navot bei einer abendlichen Besprechung am King Saul Boulevard. Zwischen ihnen auf Navots Konferenztisch ausgebreitet lagen die schriftlichen Beurteilungen der Ausbilder, Ärzte und Psychologen, die mit dem Fall beschäftigt gewesen waren. Alle konstatierten, Natalie Mizrahi sei geistig und körperlich gesund und dem Auftrag, für den sie angeworben worden war, mehr als nur gewachsen. Keine dieser Beurteilungen war jedoch so wichtig wie die Ansichten des Direktors und des zu seinem Nachfolger bestimmten Mannes. Beide waren erfahrene Feldagenten, die jahrelang unter falschen Identitäten gelebt hatten. Und allein sie würden die Verantwortung tragen, falls irgendetwas schiefging.

»Sie soll nur nach Frankreich«, sagte Navot eben.

»Klar«, sagte Gabriel. »In Frankreich passiert nie was.«

Danach herrschte Schweigen.

»Also?«, fragte Navot zuletzt.

»Ich möchte sie noch einmal auf die Probe stellen.«

»Sie ist getestet worden. Und sie hat alle Tests glänzend bestanden.«

»Wir müssen sie aus ihrer Komfortzone rausholen.«

»Etwa mit Gewalt?«

»Durch einen Praxistest«, schlug Gabriel vor.

»Wie realistisch?«

»Realistisch genug, um Mängel aufzudecken.«

»Wer soll ihn durchführen?«

»Jaakov.«

»Jaakov würde mir Angst machen.«

»Das ist der Sinn der Sache, Uzi.«

»Wie bald soll der Test steigen?«

Gabriel sah auf seine Armbanduhr. Navot griff nach dem Telefonhörer.

Sie holten sie in der Stunde vor Tagesanbruch ab, als sie von den Zitronenhainen Sumayrijyas träumte. Sie waren zu dritt – oder zu viert. Natalie war sich ihrer Sache nicht sicher, denn im Zimmer war es dunkel, und die Männer trugen Schwarz. Sie zogen ihr eine Kapuze über den Kopf und stießen sie die Treppe hinunter. Draußen war das Gras des Gartens feucht unter ihren bloßen Füßen, und in der kalten Nachtluft hingen Erd- und Stallgerüche. Sie wurde in ein Auto geschoben und musste auf dem Rücksitz zwischen zwei Kerlen eingeklemmt sitzen. In ihrer Angst rief sie Gabriels Namen, ohne jedoch eine Antwort zu bekommen. Auch Dina reagierte nicht auf ihre

Hilferufe. »Wohin bringt ihr mich?«, fragte sie die Männer – zu ihrer eigenen Überraschung auf Arabisch.

Wie viele Ärzte besaß sie ein gutes Zeitgefühl. Die Fahrt in halsbrecherischem Tempo dauerte zwischen fünfundzwanzig und dreißig Minuten. Niemand sprach mit ihr, auch nicht, als sie auf Arabisch ankündigte, sie werde sich gleich übergeben müssen. Dann wurde der Wagen endlich langsamer und kam ruckartig zum Stehen. Diesmal spürte sie einen unbefestigten Weg unter ihren schmerzenden Füßen, und die nach Pinien duftende Luft war merklich kühler. Sie wurde über eine Schwelle in irgendein Gebäude gestoßen und musste auf einem Stuhl Platz nehmen. Ihre Hände lagen vor ihr auf einem Tisch. Auf der Haut spürte sie die Wärme starker Lampen.

Natalie saß schweigend da, zitterte leicht und glaubte, hinter den Lampen jemanden zu spüren. Zuletzt befahl eine Männerstimme auf Arabisch: »Nimm ihr die Kapuze ab!«

Das geschah so schwungvoll, als sei Natalie eine wertvolle Beute, die es zu präsentieren gelte. Sie blinzelte mehrmals, bis ihre Augen sich an die Helligkeit gewöhnt hatten. Dann konzentrierte sie sich auf den Mann, der ihr am Tisch gegenübersaß. Er war ganz in Schwarz gekleidet und trug eine schwarze Keffiah, die nur seine Augen sehen ließ, die ebenfalls schwarz waren. Die Männer links und rechts neben ihm waren wie er gekleidet.

»Sag mir deinen Namen!«, verlangte der Araber scharf.

»Ich heiße Leila Hadawi.«

»Nicht den Namen, den die Zionisten dir gegeben haben«, knurrte er. »Deinen richtigen Namen. Deinen jüdischen Namen.«

»Das ist mein richtiger Name. Ich bin Leila Hadawi. Ich bin in Frankreich aufgewachsen, aber ich stamme aus Sumayrijya.«

Aber davon wollte er nichts hören – nichts von ihrem Namen, ihrer angeblichen Abstammung, ihrem Glauben und ihrer Kindheit und Jugend in Frankreich … zumindest nicht vollständig. Vor sich hatte er ein Dossier liegen, das angeblich vom Sicherheitsdienst seiner Organisation stammte, von der er nur sagte, ihre Mitglieder eiferten den ersten Anhängern des Propheten nach, Friede sei mit ihm. Dieses Dossier bewies angeblich, dass sie in Wirklichkeit die Jüdin Natalie Mizrahi war, die der israelische Geheimdienst auf der Farm in Nahalal als Agentin ausgebildet hatte. Sie erklärte ihm hitzig, sie habe *niemals* einen Fuß auf israelischen Boden gesetzt, werde das auch in Zukunft nicht tun und habe nur eine Ausbildung erhalten: an der Université Paris-Sud, wo sie Medizin studiert habe.

»Lügen«, sagte der Mann in Schwarz.

Also bleibe nichts anderes übrig, fügte er hinzu, als ganz von vorn zu beginnen. Bei diesem rigorosen Verhör verlor Natalie alles Zeitgefühl. Sie wusste nicht mehr, ob Stunden oder Tage vergangen waren, seit man sie aus dem Schlaf gerissen hatte. Sie hatte Kopfschmerzen von Koffeinmangel, und die gleißend hellen Lampen waren unerträglich. Trotzdem beantwortete sie alle Fragen flüssig, ohne im Geringsten zu zögern. Sie sagte nichts auf, was sie gelernt hatte, sondern erinnerte sich an Dinge, die sie *wusste*. Sie war nicht länger Natalie. Sie war Leila. Leila aus Sumayrijya. Leila, die Ziad liebte. Leila, die nach Rache dürstete.

Schließlich klappte der Mann ihr gegenüber das Dossier zu. Er sah nach links, sah nach rechts und nahm dann seine Keffiah ab, sodass sein pockennarbiges Gesicht zum Vorschein kam. Auch die beiden anderen gaben sich nun zu erkennen. Links saß der kleine Mann mit dem Allerweltsgesicht und dem schütteren weißen Haar, rechts der Hagere mit dem blassen Teint und den gletscherblauen Augen. Alle drei lächelten, aber

Natalie brach plötzlich in Tränen aus. Gabriel trat leise von hinten an sie heran und legte eine Hand auf ihre bebende Schulter. »Schon gut, Leila«, sagte er sanft. »Jetzt ist alles vorbei.«

Aber sie wusste, dass nichts vorbei war. Dies war erst der Anfang.

In Tel Aviv und seinen Vororten gibt es eine Anzahl sicherer Häuser des Diensts, die Absprungpunkte genannt werden. Dort verbringen Agenten aus Zweckmäßigkeit und alter Tradition ihre letzte Nacht, bevor sie Israel zu Auslandseinsätzen verlassen. Drei Tage nach Natalies Scheinverhör fuhr sie mit Dina zu einem Luxusapartment mit Meeresblick. Ihre in Frankreich gekaufte neue Garderobe lag ordentlich zusammengelegt auf dem Bett für sie bereit. Daneben lagen ein französischer Pass, ein französischer Führerschein und französische Bank- und Kreditkarten – alle auf den Namen Leila Hadawi lautend. Ein Umschlag enthielt mehrere Fotos der Wohnung, die sie in der für ihren hohen Migrantenanteil bekannten Pariser Banlieue Aubervilliers beziehen würde.

»Ich hatte auf eine hübsche Garçonnière auf der Rive Gauche gehofft.«

»Das glaube ich. Aber wer angeln will«, sagte Dina, »sollte dorthin gehen, wo die Fische sind.«

Natalie äußerte nur einen Wunsch: Sie wollte die Nacht mit ihren Eltern verbringen. Ihre Bitte wurde abgelehnt. Der Dienst hatte zu viel Zeit und Mühe aufgewendet, um sie in Leila Hadawi zu verwandeln. Sie jetzt noch mal ihrem früheren Leben auszusetzen – selbst nur für ein paar Stunden –, galt als viel zu riskant. Erfahrene Feldagenten konnten sich frei zwischen dem richtigen Leben und ihrem Leben im Auftrag des Diensts bewegen. Aber frisch angeworbene Rekruten wie

Natalie glichen oft empfindlichen Blumen, die unter direkter Sonneneinstrahlung rasch welkten.

Und so verbrachte sie diesen Abend, ihren letzten in Israel, nur in Gesellschaft der melancholischen Frau, die sie aus ihrem geordneten früheren Leben gerissen hatte. Um Beschäftigung zu haben, packte sie ihren Koffer dreimal neu. Dann, nach einem ins Haus gelieferten Abendessen aus Lamm mit Reis, stellte sie den Fernseher an und sah sich eine Folge einer ägyptischen Seifenoper an, die sie in Nahalal lieben gelernt hatte. Anschließend saß sie auf dem Balkon und beobachtete die Fußgänger und die Radfahrer und die Skateboarder, die in der kühlen, windigen Nacht auf der Promenade unter ihr vorbeiglitten. Ein bemerkenswerter Anblick, die Verwirklichung eines Traums der frühen Zionisten, aber Natalie betrachtete all diese zufriedenen Juden jetzt mit Leilas von Ressentiments geprägtem Blick. Sie waren Besatzer, die Kinder und Enkel der Kolonialisten, die einem schwächeren Volk sein Land gestohlen hatten. Sie mussten besiegt und vertrieben werden, genau wie sie Leilas Vorfahren an einem Abend im Mai 1948 aus Sumayrijya vertrieben hatten.

Ihre Wut nahm sie mit ins Bett. Falls sie in dieser Nacht schlief, hatte sie keine Erinnerung daran, sondern war morgens übermüdet und nervös. Sie zog Leilas Sachen an und bedeckte ihr Haar mit Leilas liebsten smaragdgrünen Hidschab. Unten wartete ein Taxi. Kein echtes Taxi, sondern ein Taxi des Diensts, das von einem der Agenten gefahren wurde, der sie in Nahalal beim Joggen begleitet hatte. Er brachte sie direkt zum Ben Gurion Airport, auf dem sie gründlich durchsucht und ausgefragt wurde, bevor sie zu ihrem Gate weitergehen durfte. Aber Leila nahm diese Behandlung gelassen hin. Als verschleierte Moslemin war sie daran gewöhnt, überall besonders scharf kontrolliert zu werden.

Im Terminal ging sie zu ihrem Gate, ohne auf die feindseligen Blicke vieler Israelis zu achten, und als ihr Flug aufgerufen wurde, stellte sie sich geduldig an und ging an Bord. Ihr Sitznachbar war der blasse Mann mit den gletscherblauen Augen; durch den Gang von ihnen getrennt saßen ihr pockennarbiger Vernehmer und sein Komplize mit dem schütteren weißen Haar. Keiner von ihnen achtete auf die allein reisende verschleierte Frau. Sie fühlte sich plötzlich erschöpft und erklärte der Stewardess bescheiden, sie wolle nicht gestört werden. Als Israel dann unter ihr zurückblieb, schloss sie die Augen und träumte von Sumayrijya.

23

AUBERVILLIERS, FRANKREICH

Zehn Tage später wurde in der Banlieue Aubervilliers nördlich von Paris ohne großen Rummel die Clinique Jacques Chirac eröffnet. Der Gesundheitsminister nahm ebenso daran teil wie ein an der Elfenbeinküste geborener Fußballstar, der bei leichtem Nieselregen unter dem Applaus einiger weniger Aktivisten das trikolore Band zerschnitt. Das französische Fernsehen brachte in den Nachrichten ein kurzes Feature über die Eröffnung. Unter der Überschrift *Ein hoffnungsvoller Beginn* brachte die Tageszeitung *Le Monde* am folgenden Morgen einen Kurzbericht.

Die neue Klinik sollte das Leben der Bürger einer unruhigen Banlieue verbessern, in der Kriminalität und Arbeitslosigkeit hoch und staatliche Hilfen eher rar waren. Offiziell unterstand der Klinikbetrieb dem Gesundheitsministerium, aber in Wirklichkeit gab es eine geheime Zusammenarbeit zwischen dem Ministerium und Paul Rousseaus Alphagruppe. Roland Girard, der nominelle Klinikdirektor, kam ebenso aus der Alphagruppe wie die gut aussehende Rezeptionistin. Aber die sechs Krankenschwestern und zwei der drei Ärzte wussten nichts von der Persönlichkeitsspaltung der Klinikleitung. Alle waren vor ihrer Einstellung insgeheim einer rigorosen Überprüfung unterzogen worden. Keiner von ihnen hatte Dr. med. Leila Hadawi jemals gesehen. Sie hatten nicht gemeinsam mit ihr studiert, waren nie ihre Kollegen gewesen.

Die Klinik stand in der Avenue Victor Hugo zwischen einem Tag und Nacht geöffneten Waschsalon und einem *Tabac*, in dem Mitglieder einer marokkanischen Drogenbande verkehrten. Über dem schlichten Eingang im Schatten von Platanen stand ein dreistöckiges geschmackvoll restauriertes Gebäude mit beiger Fassade und heruntergelassenen Jalousien. Aber jenseits der Avenue ragten die riesigen grauen Steintürme der Cités auf, der Blocks mit Sozialwohnungen für Arme und im Ausland Geborene, vor allem aus Afrika und den ehemaligen französischen Besitzungen im Maghreb. Dies war ein Teil Frankreichs, den Dichter und Reiseschriftsteller selten besuchten: das von Kriminalität, Ressentiments von Einwanderern und zunehmend von radikalem Islamismus geprägte Frankreich. Die Hälfte der Einwohnerschaft – drei Viertel der Jüngeren – war außerhalb Frankreichs geboren. Entfremdet und marginalisiert waren sie eine leichte Beute für IS-Werber.

Am ersten Tag nach ihrer Eröffnung zog die Klink milde, wenn auch skeptische Neugier auf sich. Aber schon am nächsten Morgen erlebte sie einen stetigen Strom von Patienten. Für viele war dies ihr erster Arztbesuch seit Langem. Und für einige wenige, vor allem für Neuankömmlinge aus dem Inneren Marokkos und Algeriens war dies der erste Arztbesuch überhaupt. So war es nicht überraschend, dass die meisten zu der Internistin tendierten, die sittsam gekleidet war, einen Hidschab trug und in ihrer Muttersprache mit ihnen reden konnte.

Sie behandelte ihre Halsentzündungen, ihren chronischen Husten und all die übrigen Krankheiten, die sie aus der Dritten Welt in die Erste mitgebracht hatten. Und sie erklärte einer vierundvierzigjährigen Mutter, ihre starken Kopfschmerzen kämen von einem Gehirntumor, und einem Sechzigjährigen, als Kettenraucher habe er Lungenkrebs im letzten Stadium. Und wenn Menschen zu krank waren, um in die Klinik zu kommen, machte sie Hausbesuche in den beengten Sozialwohnungen. In nach Pisse stinkenden Treppenhäusern und auf verwahrlosten Höfen, auf denen kleine Zyklone Müll aufwirbelten, beobachteten die Jungen und die Jugendlichen von Aubervilliers sie wachsam. Redeten sie einmal mit ihr, was selten vorkam, sprachen sie höflich und respektvoll. Aber den Mädchen und Frauen war es gestattet, sie nach Herzenslust auszufragen. Die Wohnsiedlungen glichen geschwätzigen arabischen Dörfern mit strenger sexueller Segregation, und Dr. Leila Hadawi war neu und interessant. Sie wollten wissen, woher sie stammte, fragten nach ihrer Familie, interessierten sich für ihren Werdegang. Vor allem waren sie neugierig, weshalb sie im reifen Alter von vierunddreißig Jahren noch ledig war. Ihre Antwort bestand stets nur aus einem wehmütigen Lächeln. Das ließ auf eine unerwiderte Liebe schließen – oder vielleicht auf eine, die im gewalttätigen Chaos des Nahen Ostens untergegangen war.

Im Gegensatz zu dem übrigen Klinikpersonal lebte sie in der Gemeinde, in der sie arbeitete, jedoch nicht in einer der gefährlichen Wohnsiedlungen, sondern in einem behaglichen kleinen Apartment in einem Viertel mit einheimischer Arbeiterbevölkerung. Auf der anderen Straßenseite gab es ein malerisches Café, vor dem sie oft bei einer Tasse Kaffee saß. Niemals mit Wein oder Bier, denn Wein und Bier waren *haram*. Ihr Hidschab irritierte manche ihrer Mitbürger, das zeigten der Tonfall des Obers und die feindseligen Blicke mancher Passanten. Sie war die Außenseiterin, die Fremde. Das nährte ihre Ressentiments gegen das Geburtsland und ihre stille Wut, denn Dr. Leila Hadawi, eine Angestellte des staatlichen Gesundheitswesens, war nicht die Frau, die sie zu sein schien. Sie war durch die Kriege im Irak und in Syrien und durch die Besetzung Palästinas durch die Juden radikalisiert worden. Dazu hatte auch der Tod ihrer großen Liebe Ziad al-Masri in den Kerkern des jordanischen Muchabarat beigetragen. Sie war eine Schwarze Witwe, eine tickende Zeitbombe. Aber das gestand sie niemandem außer ihrem Computer, mit dem sie alle ihre Geheimnisse teilte.

In den letzten Tagen ihres Aufenthalts auf der Farm in Nahalal, an die sie sich trotz aller Mühe nicht mehr recht erinnern konnte, hatte sie eine Liste mit Webseiten bekommen. Manche dieser Seiten waren im gewöhnlichen Internet zu finden, andere stammten aus der Gosse des Darknets. Alle behandelten ausschließlich islamische und dschihadistische Themen. Sie las Blogs, besuchte Chaträume für moslemische Frauen, lauschte den Predigten extremistischer Imame und sah sich Videos an, die niemand, kein Gläubiger und kein Ungläubiger, sich jemals hätte ansehen sollen. Bombenanschläge, Enthauptungen, Verbrennungen, Kreuzigungen: ein blutiger Tag im Leben des IS. Leila fand die Bilder nicht anstößig, aber obwohl Natalie Blut zu sehen gewöhnt war, bewirkten einige, dass sie ins Bad stürzte, um sich heftig zu übergeben. Sie benutzte die bei Dschihadisten beliebte Anonymisierungstechnik Onion Routing, die ihr gestattete, das virtuelle Kalifat unentdeckt zu durchstreifen. Dabei nannte sie sich Umm Ziad. Das war ihr Pseudonym, ihr Kampfname.

Es dauerte nicht lange, bis Dr. Leila Hadawi Aufmerksamkeit erregte. Sie hatte keinen Mangel an Cyber-Verehrern. In Hamburg gab es eine Frau, die einen Cousin im heiratsfähigen Alter hatte. Es gab einen ägyptischen Geistlichen, der sie in eine lange Diskussion über Glaubensabfall verwickelte. Und dann gab es einen besonders widerwärtigen Blogger, der an ihre virtuelle Tür klopfte, als sie sich die Enthauptung eines gefangenen Christen ansah. Dieser Blogger war ein IS-Werber, der sie aufforderte, nach Syrien zu gehen und beim Aufbau des Kalifats mitzuhelfen.

NICHTS LIEBER ALS DAS, tippte Leila, ABER MEINE ARBEIT IST HIER IN FRANKREICH. ICH BETREUE UNSERE BRÜDER UND SCHWESTERN IM LAND DER KUFAR. MEINE PATIENTEN BRAUCHEN MICH.

DU BIST ÄRTZIN?

JA.

IM KALIFAT BRAUCHEN WIR ÄRZTE. AUCH FRAUEN.

Dieser Dialog wirkte elektrisierend, ließ ihre Finger leicht über die Tastatur gleiten und erzeugte eine Art Schwindel, der dem ersten Anflug einer aufkeimenden Leidenschaft ähnlich war. Sie meldete den Kontakt nicht; das war nicht nötig. Ihr Computer und ihr Telefon wurden ständig überwacht. Sie wurde auch beschattet. Manchmal entdeckte Leila sie auf den Straßen von Aubervilliers: den Pockennarbigen, der sie im Land der Juden einem letzten Verhör unterzogen hatte, den Alten mit dem Allerweltsgesicht oder den auffällig Blassen mit den gletscherblauen Augen. Sie ignorierte sie, wie sie es gelernt hatte, und kümmerte sich um ihren eigenen Kram. Sie behandelte ihre Patienten, schwatzte mit den Frauen in den Wohnsiedlungen, senkte in Anwesenheit von Männern züchtig den Blick und surfte nachts allein in ihrem Apartment – hinter ihrer schützenden Software und ihrem vagen Pseudonym verborgen – im Reich des extremistischen Islams. Sie war eine Schwarze Witwe, eine tickende Zeitbombe.

Nur etwa dreißig Kilometer liegen zwischen der Banlieue Aubervilliers und Seraincourt, aber sie sind Welten voneinander entfernt. In dem Dorf gibt es keine Halal-Märkte oder Moscheen, keine turmhohen Wohnblöcke voller Migranten aus gefährlichen Ländern, und Französisch ist die einzige Sprache, die man auf den schmalen Straßen oder in der Brasserie neben der alten Kirche am Dorfplatz hört. Seraincourt entspricht dem idealisierten Bild, das Ausländer von Frankreich haben, wie es einst war und nun nicht mehr ist.

Gleich außerhalb des Dorfs, in einem Flusstal mit gepflegten

Bauernhöfen und aufgeräumten Wäldern, stand das Château Treville. Hinter seiner dreieinhalb Meter hohen Mauer, die vor neugierigen Blicken schützte, lagen ein geheizter Pool, zwei Tennisplätze, vierzehn antik möblierte Schlafzimmer und ein acht Hektar großer Park, in dem man sorglos spazieren gehen konnte, wenn man wollte. Die Hausverwaltung, eine Abteilung des Diensts, die sichere Liegenschaften beschaffte und verwaltete, hatte einen guten Draht zu dem Schlossherrn. Der Mietvertrag – für sechs Monate, die verlängert werden konnten – wurde per Fax und mit der Überweisung von einigen Zehntausend Euro auf ein Schweizer Bankkonto geschlossen. Das Team zog am selben Tag ein, an dem Dr. Leila Hadawi ihr bescheidenes kleines Apartment in Aubervilliers bezog. Die meisten stellten allerdings nur ihr Gepäck ab und waren sofort wieder im Einsatz.

Sie hatten schon oft in Frankreich gearbeitet, auch aus dieser ländlichen Idylle, aber niemals mit Wissen und Einverständnis des französischen Geheimdiensts. Weil sie davon ausgingen, dass die DGSI sie ständig beobachtete und jedes Wort belauschte, verhielten sie sich entsprechend. Innerhalb des Châteaus sprachen sie mit Insider-Kürzeln durchsetztes dialektgefärbtes Hebräisch, das schwierig zu übersetzen war. Und wenn sie auf den Straßen von Aubervilliers über Natalie wachten, taten sie ihr Bestes, um ihren französischen Verbündeten, die sie sicher auch beschatteten, keine Familiengeheimnisse zu verraten. Rousseau mietete ein Apartment direkt gegenüber von Natalies Wohnung an, aus der französisch-israelische Teams sie ständig beobachteten. Anfangs war die Atmosphäre frostig, aber die Stimmung besserte sich, als die Teams länger zusammen waren. Schließlich war dies ihr gemeinsamer Kampf. Alle früheren Sünden waren vergeben und vergessen. Jetzt war Höflichkeit angesagt.

Der einzige Angehörige des Teams, der den Beobachtungsposten niemals betrat und sich nicht mal auf den Straßen von Aubervilliers blicken ließ, war sein Gründer und *Spiritus Rector*. Seine Bewegungen ließen sich nicht vorhersagen: heute Paris, morgen Brüssel oder London, Amman, wenn er sich mit Farid Barakat beraten musste, oder Jerusalem, wenn er Sehnsucht nach seiner Familie hatte. Hielt er sich im Château Treville auf, beriet er sich bis tief in die Nacht hinein mit Eli Lavon, seinem ältesten Freund und Waffenbruder aus dem Unternehmen *Zorn Gottes*, und studierte die Überwachungsberichte auf verdächtige Anzeichen hin. Natalie war sein Meisterwerk. Er hatte sie angeworben, ausgebildet und in einer Galerie des religiösen Wahns ausgestellt, damit die Monster sie sehen konnten. Die Ausstellungsperiode näherte sich ihrem Ende. Als Nächstes stand der Verkauf an. Die Auktion würde ein Schwindel sein, denn Gabriel hatte nicht die Absicht, sie einem anderen als Saladin zu verkaufen.

Und so fand Gabriel sich exakt zwei Monate nach der Eröffnung der Clinique Jacques Chirac in Paul Rousseaus Dienstzimmer in der Rue de Grenelle wieder. Die erste Phase des Unternehmens, erklärte Gabriel, indem er blauen Pfeifenrauch wegwedelte, sei vorüber. Nun werde es Zeit, die Agentin ins Spiel zu bringen. Nach den Regeln der französisch-israelischen Übereinkunft sollte diese Entscheidung gemeinsam getroffen werden. Aber die Agentin gehörte Gabriel, deshalb war dies seine Entscheidung. Er verbrachte diesen Abend mit seinem Team in dem sicheren Haus in Seraincourt, bevor er am folgenden Morgen mit Michail an seiner Seite und Eli Lavon als Bewacher am Gare du Nord in den Zug nach Brüssel stieg. Rousseau versuchte nicht, das Trio beschatten zu lassen. Dies war ein Teil des Unternehmens, von dem er lieber nichts wissen wollte. Dies war der Teil, der leicht in Gewalt ausarten konnte.

24

RUE DU LOMBARD, BRÜSSEL

Von einem seiner vielen Besuche in der GID-Zentrale in Amman hatte Gabriel mehrere USB-Sticks mitgebracht. Auf einem davon war der Inhalt von Jalal Nassers Laptop gespeichert, den der jordanische Geheimdienst bei seinen Besuchen in der alten Heimat oder heimlichen Durchsuchungen seiner Wohnung im Stadtteil Bethnal Green in East London heruntergeladen hatte. Obwohl der GID nichts Verdächtiges gefunden hatte – keine Kontakte zu bekannten Dschihadisten, keine Aufrufe dschihadistischer Webseiten in seinem Browserverlauf –, hatte Farid Barakat sich damit einverstanden erklärt, dass der Dienst das Material nochmals überprüfte. Die Cyberdetektive am King Saul Boulevard hatten keine Stunde gebraucht, um in einer harmlos wirkenden Gaming App eine clevere Falltür zu entdecken. Sie führte zu einem kompliziert verschlüsselten Ordner mit Namen, Telefonnummern, E-Mail-Adressen und Fotos von potenziellen Anschlagszielen, zu denen das Weinberg-Zentrum in Paris gehörte. Es gab sogar einen Schnappschuss, der Hannah Weinberg beim Verlassen ihres Hauses in der Rue Pavée zeigte. Um Farids übersteigertes Selbstwertgefühl nicht zu verletzen, brachte Gabriel seinem wertvollen Partner diese Nachricht schonend bei.

»Manchmal«, sagte Gabriel, »ist's nützlich, die Perspektive zu wechseln.«

»Oder einen cleveren jüdischen Jungen einzusetzen, der am Caltech promoviert hat«, sagte Farid.

»Das auch.«

Zu den Personen, für die in dieser geheimen Schatzkammer besonders viel Platz reserviert war, gehörte Nabil Awad, gebürtig in der nordjordanischen Stadt Irbid, jetzt wohnhaft im Brüsseler Stadtteil Molenbeek-Saint-Jean. Molenbeek liegt unmittelbar westlich der eleganten Brüsseler Altstadt, von dieser durch den Charleroi-Kanal getrennt. Früher hatten dort katholische Wallonen und protestantische Flamen gelebt und in den vielen Fabriken und Lagerhäusern des Viertels gearbeitet. Die Fabriken waren ebenso Geschichte wie die ursprüngliche Einwohnerschaft. Molenbeek war jetzt eine moslemische Gemeinde mit hunderttausend Einwohnern, in der der Gebetsruf der Muezzins fünfmal täglich von zweiundzwanzig Minaretten erklang. Nabil Awad lebte in der Rue Ransfort, einer engen Straße zwischen heruntergekommenen Klinkerbauten aus dem 19. Jahrhundert, die in überfüllte Wohnungen aufgeteilt worden waren. Er arbeitete in Teilzeit in einem Copyshop in der Innenstadt, aber wie bei vielen jungen Männern in Molenbeek war seine Hauptbeschäftigung der radikale Islam. In Sicherheitskreisen war Molenbeek als die Dschihad-Hauptstadt Europas bekannt.

Dieses Viertel war nicht der rechte Ort für einen Mann von Geschmack wie Farid Barakat. Das galt natürlich auch für das Zweisternehotel in der Rue du Lombard – sechzig Euro pro Nacht –, in dem er sich mit Gabriel traf. Allerdings hatte er seine Kleidung dem Anlass angepasst: italienischer Blazer, graue Flanellhose, weißes Hemd mit Manschetten, keine Krawatte. In dem engen kleinen Zimmer im zweiten Stock des Hotels betrachtete er den Wasserkocher, als sehe er solch ein Gerät zum ersten Mal. Gabriel füllte ihn im Bad mit Wasser und trat dann zu Farid ans Fenster. Genau gegenüber dem Hotel lag der Shop der Firma XTC Printing & Copying im Erdgeschoss eines modernen sechsstöckigen Bürogebäudes.

»Wann ist er gekommen?«, fragte der Jordanier.

»Punkt zehn Uhr.«

»Ein vorbildlicher Angestellter.«

»Sieht ganz so aus.«

Die dunklen Augen des Jordaniers suchten die Straße ab wie ein Falke nach Beute.

»Sparen Sie sich die Mühe, Farid. Sie finden sie nie.«

»Darf ich's mal versuchen?«

»Bitte sehr!«

»Der blaue Lieferwagen, die beiden Männer in dem an der Kreuzung geparkten Auto, die junge Frau am Fensterplatz in dem Café.«

»Falsch, falsch und falsch.«

»Wer sind die beiden Männer in dem Auto?«

»Sie warten auf ihren Freund, der rasch in die Apotheke gegangen ist.«

»Oder vielleicht sind das unsere belgischen Kollegen.«

»Die Sûreté braucht uns am wenigsten Sorgen zu machen. Leider«, fügte Gabriel düster hinzu, »gilt das auch für die in Molenbeek lebenden Terroristen.«

»Als ob ich das nicht wüsste«, murmelte Farid. »Die Belgier produzieren mehr Terroristen als wir in Jordanien.«

»Und das will was heißen!«

»Wissen Sie«, sagte Farid, »wir hätten dieses Problem nicht, wenn es euch Israelis nicht gäbe. Sie haben die natürliche Ordnung im Nahen Osten auf den Kopf gestellt, und dafür müssen wir heute alle büßen.«

Gabriel starrte auf die Straße hinunter. »Vielleicht war das doch keine gute Idee«, sagte er ruhig.

»Sie meinen unsere Zusammenarbeit?«

Gabriel nickte.

»Sie brauchen jeden Freund, den Sie finden können, *Habibi*. Sie sollten sich glücklich schätzen.«

Das Wasser kochte, und das Gerät schaltete sich mit lautem Klicken aus.

»Darf ich Sie bitten, den Tee aufzugießen?«, fragte der Jordanier. »In der Küche bin ich hilflos, fürchte ich.«

»Klar doch, Farid. Schließlich habe ich nichts Besseres zu tun.«

»Bitte mit Zucker. Viel Zucker.«

Gabriel goss heißes Wasser in einen Becher, hängte einen alten Teebeutel hinein und fügte drei Stück Zucker hinzu. Der Jordanier blies verstohlen auf den Tee, bevor er den Becher an die Lippen hob.

»Wie ist er?«, fragte Gabriel.

»Ambrosia.« Farid wollte sich eine Zigarette anzünden, verzichtete aber darauf, als Gabriel auf das Schild *Défense de fumer!* deutete. »Hätten Sie kein Raucherzimmer nehmen können?«

»Die waren alle belegt.«

Farid legte die Zigarette in sein goldenes Etui zurück, das er wieder einsteckte. »Vielleicht haben Sie recht«, sagte er stirnrunzelnd. »Vielleicht war das doch keine gute Idee.«

Sie sahen ihn um elf Uhr, als er den Copyshop verließ, um vier Pappbecher Kaffee für seine Kollegen zu holen, und noch mal gegen dreizehn Uhr, als er in einem Schnellimbiss um die Ecke einen Döner aß. Um achtzehn Uhr beobachteten sie, wie er den Shop für diesen Tag verließ, diesmal von dem sanftmütigsten kleinen Mann in ganz Brüssel und einem Paar – einem großen Mann in Tweed und einer orientalischen Schönheit mit breiten Hüften – beschattet, das kaum die Hände voneinander lassen konnte. Obwohl er nichts davon ahnte, war sein bisheriges Leben fast beendet. Bald, sagte Gabriel sich, würde er nur noch im Cyberspace existieren. Als virtuelle Person, Einsen und Nullen, digitaler Staub. Aber nur, wenn es ihnen gelang, ihn von seinen Freunden und der belgischen Polizei unbemerkt zu entführen und spurlos verschwinden zu lassen. In einer Großstadt wie Brüssel mit ihrem Straßenlabyrinth und hoher Einwohnerdichte würde das nicht einfach sein. Aber wie der große Ari Schamron einmal gesagt hatte, ist nichts Lohnendes jemals einfach.

Sechs Brücken überspannen den Charleroi-Kanal, der die Brüsseler Innenstadt von Molenbeek trennt. Überquert man eine davon, verlässt man den Westen und betritt die islamische Welt. Wie gewöhnlich benutzte Nadil Awad einen über und über mit Graffiti besprühten Fußgängersteig, auf den nur wenige Belgier jemals einen Fuß zu setzen wagten. Auf dem heruntergekommenen Kai am jenseitigen Kanalufer parkte ein ehemals weißer klappriger Lieferwagen mit Schiebetüren. Nabil Awad schien ihn nicht zu bemerken; er hatte nur Augen für einen schlaksigen Mann, kein Araber, der den erbsengrün veralgten Kanal entlangging. Westliche Gesichter waren um diese Tageszeit in Molenbeek selten zu sehen, und noch seltener kam es vor, dass jemand sich allein über den Kanal wagte, ohne zu seinem Schutz ein paar Freunde mitzubringen.

Nabil Awad, der stets wachsam war, blieb neben dem Lieferwagen stehen, um den Mann vorbeizulassen, was ein Fehler war. Denn im nächsten Augenblick glitt die gut geölte Seitentür auf, und zwei kräftige Hände rissen ihn in den Laderaum. Der Mann mit dem westlichen Gesicht stieg vorn rechts ein, und der Wagen fuhr an. Während er durch die als Molenbeek bekannte moslemische Stadt rollte – vorbei an Männern in Sandalen und verschleierten Frauen, an Halal-Märkten und Dönerbuden –, kämpfte der Mann im Laderaum, jetzt gefesselt und geknebelt, um sein Leben. Aber vergebens – sein bisheriges Leben war zu Ende.

Um 18.30 Uhr an diesem Abend verließen zwei Männer mittleren Alters, einer ein elegant gekleideter Araber mit einem Raubvogelgesicht, der andere vage jüdisch aussehend, das

Hotel in der Rue du Lombard und stiegen in eine Limousine, die scheinbar aus dem Nichts aufgetaucht war. Als ein nach oben geschicktes Zimmermädchen wenige Minuten später das Zimmer betrat, erwartete es, nach der überstürzten Abreise zweier verdächtiger Männer das übliche Chaos vorzufinden. Stattdessen war das Zimmer tadellos ordentlich bis auf zwei Becher auf der Fensterbank – einer mit Teeresten, der andere voller Kippen, ein klarer Verstoß gegen das im Hotel geltende Rauchverbot. Der Hoteldirektor war wütend, aber nicht überrascht. Schließlich war Brüssel die kriminellste Stadt Westeuropas. Der Direktor setzte hundert Euro Reinigungsgebühr auf die Rechnung und motzte sie mit angeblich beim Zimmerservice bestellten Speisen und Getränken auf. Er war sich sicher, dass es keine Beschwerden geben würde.

25

NORDFRANKREICH

Paul Rousseaus Beteiligung an den nun folgenden Ereignissen beschränkte sich darauf, nahe der Grenze zu Belgien ein sicheres Haus, dessen Kosten er tief in seinem Budget versteckte, zur Verfügung zu stellen. Er warnte Gabriel und Farid Barakat ausdrücklich davor, im Umgang mit dem Gefangenen irgendwelche Methoden anzuwenden, die auch nur entfernt als Folter ausgelegt werden konnten. Trotzdem lehnte Rousseau sich damit gefährlich weit aus dem Fenster. Nach französischem Recht war es illegal, einen Belgier aus Belgien zu entführen, selbst wenn dieser Belgier unter Verdacht stand, an einem Terroranschlag in Frankreich beteiligt gewesen zu sein. Sollte dieses Unternehmen jemals bekannt werden, würde Rousseau todsicher in dem Skandal untergehen. Aber das war er zu riskieren bereit. Seine Kollegen von der belgischen Sûreté betrachtete er als unfähige Trottel, die zugelassen hatten, dass der IS sich im Herzen Europas etablierte. Und die Sûreté hatte es oftmals unterlassen, wichtige Informationen über in Frankreich geplante Anschläge weiterzugeben. Aus Rousseaus Sicht war dies nur eine Retourkutsche.

Das sichere Haus war ein kleines, einsam gelegenes Bauernhaus unweit von Lille. Davon wusste Nabil Arwad nichts, denn er hatte während der Fahrt eine Augenbinde und Ohrenstöpsel getragen. Das kleine Wohnzimmer war für seine Ankunft vorbereitet – ein Metalltisch, zwei Holzstühle, eine gleißend helle Lampe, sonst nichts. Michail und Jaakov fesselten Nabil Awad mit Gewebeband an einen Stuhl und nahmen ihm auf ein Zeichen Farid Barakats hin die Augenbinde ab. Der junge Jordanier zuckte heftig zusammen, als er den gefürchteten Muchabarat-Chef vor sich am Tisch sitzen sah. Für jemanden wie Nabil Awad, einen Jordanier bescheidener Herkunft, war dies eine denkbar schlimme Konstellation. Sie bedeutete, dass er mit seinem Leben abschließen konnte.

Das nun folgende Schweigen dauerte mehrere Minuten lang und machte selbst Gabriel nervös, der mit Eli Lavon neben sich in einer dunklen Ecke des Raums saß. Nabil Awad zitterte bereits vor Angst. Das war eine spezielle Eigenschaft der Jordanier, dachte Gabriel. Sie brauchten nicht zu foltern; ihr Ruf eilte ihnen voraus. Deshalb konnten sie sich ihren ägyptischen Kollegen überlegen fühlen. Die Ägypter hängten ihre Gefangenen an Haken auf, bevor sie sich auch nur die Mühe machten, Hallo zu sagen.

Mit einem weiteren Nicken wies Farid Michail an, dem Gefangenen eine schwarze Haube überzustülpen. Die Jordanier, das wusste Gabriel, hielten viel vom Entzug von Sinnesreizen. Ein Mann, der nichts mehr hört und sieht, wird sehr rasch desorientiert, manchmal innerhalb von Minuten. Er wird ängstlich und deprimiert, er hört Stimmen und hat Halluzinationen. Bald gerät er in eine Art Wahnzustand, in dem er jeder Einflüsterung zugänglich ist. Sein Fleisch schmilzt von den Knochen. Sein rechter Arm fehlt plötzlich. Sein vor Jahren gestorbener Vater sitzt neben ihm, beobachtet seine Demütigung. Und alles das lässt sich ohne Schläge, ohne Stromstöße, ohne Wasser erreichen. Dazu braucht man nur etwas Zeit.

Aber die Zeit arbeitet nicht unbedingt für uns, sagte Gabriel sich. Nabil Awad befand sich im Augenblick auf einer weiteren Brücke, die aus seinem alten Leben in das neue hinüberführte, das er bald auf Farid Barakats Geheiß führen würde. Diese Brücke musste er rasch überqueren, ohne dass die übrigen Mitglieder seines Netzwerks davon erfuhren. Sonst konnte diese

Phase des Unternehmens – die das Potenzial besaß, alle bisherigen Bemühungen zunichtezumachen – mit kolossaler Vergeudung von Zeit, Arbeit und wertvollen Ressourcen enden. Vorerst war Gabriel hier jedoch nur Zuschauer. Die Leitung seines Unternehmens lag in den Händen eines ehemaligen Feindes.

Dann sprach Farid endlich, stellte in seinem volltönenden Bariton, der scheinbar die Wände des kleinen Bauernhauses erzittern ließ, eine kurze Frage. Seine Stimme klang nicht bedrohlich, denn das war unnötig. Sie sagte, er sei mächtig, privilegiert und reich. Sie sagte, er sei ein Verwandter Seiner Majestät, somit ein Nachkomme des Propheten selbst, Friede sei mit ihm. Sie sagte, *er*, Nabil Awad, sei nichts. Und sollte ich beschließen, dir das Leben zu nehmen, tue ich das, ohne mit einer Wimper zu zucken. Und danach genieße ich eine schöne Tasse Tee.

»Wer ist er?«, fragte Farid nur.

»Wer?«, lautete die mit schwacher, bedrückter Stimme gestellte Gegenfrage.

»Saladin«, antwortete Farid.

»Er hat Jerusalem von den Kreuzrittern …«

»Nein, nein«, unterbrach Farid ihn, »nicht *dieser* Saladin. Ich meine den Saladin, der euch die Bombenanschläge in Paris und Amsterdam befohlen hat.«

»Mit denen hatte ich nichts zu tun! Nichts! Das kann ich beschwören!«

»Jalal hat mir etwas anderes erzählt.«

»Wer ist Jalal?«

»Jalal Nasser, dein Freund aus London.«

»Ich kenne niemand, der so heißt.«

»Natürlich kennst du ihn, *Habibi*. Jalal hat mir schon alles erzählt. Er hat gesagt, du seist der operative Planer für Paris *und* Amsterdam gewesen. Er hat gesagt, du seist Saladins vertrauenswürdiger Statthalter in Westeuropa.«

»Das ist nicht wahr!«

»Welcher Teil davon?«

»Ich kenne keinen Jalal Nasser, und ich bin kein operativer Planer. Ich arbeite in einem Copyshop. Ich bin ein Niemand. Bitte, Sie müssen mir glauben!«

»Ist das dein Ernst, *Habibi*?«, fragte Farid hörbar enttäuscht. »Weißt du bestimmt, dass das die richtige Antwort ist?«

Unter der Haube herrschte Schweigen. Farid wies Michail und Jaakov mit einem Blick an, den Gefangenen hinauszuschaffen. Auf seinem Beobachtungsposten in einer Ecke des Raums sah Gabriel zu, wie seine bewährten Agenten Farids Befehl ausführten. Vorläufig war dies allein das Unternehmen des Jordaniers. Als bloßer Zuschauer war Gabriel zur Untätigkeit verdammt.

Ein Kellerraum diente als Haftzelle. Er war klein und kalt und feucht und stank nach Schimmel. Michail und Jaakov ketteten Nabil Awad an ein Feldbett und schlossen die ausbruchsicher verstärkte, schalldichte Tür ab. In einem Drahtkäfig an der Decke brannte eine starke Glühbirne. Nabil Awad, für den die Sonne untergegangen war, bekam davon jedoch nichts mit. Unter der schwarzen Haube, die seine Augen bedeckte, herrschte ständig Nacht.

Es dauerte nicht lange, bis Dunkelheit und Stille und Angst sich in Nabil Awads Gehirn bohrten. Farid beobachtete ihn auf dem Monitor einer Kamera in der provisorischen Zelle. Er achtete auf die verräterischen Anzeichen – das Zappeln, die Unruhe, das Zucken –, die auf das Einsetzen emotionaler Konfusion und Verzweiflung hindeuteten. Da er in den berüchtigten Kellern der GID-Zentrale persönlich unzählige Verhöre geleitet hatte, wusste er, wann er Fragen stellen und wann er Dunkelheit und Stille für sich arbeiten lassen musste. Manche der von Farid verhörten Terroristen hatten selbst unter brutalen Foltern hartnäckig geschwiegen, aber Nabil Awad schätzte er schwächer ein. Es musste einen Grund dafür geben, dass er in Europa war, statt im Kalifat zu kämpfen und zu morden und Köpfe abzuschneiden. Als Terrorist war Awad keine Kämpfernatur. Er war nur ein Rädchen in dem großen Getriebe – und genau deshalb brauchten sie ihn.

Nach zwei Stunden ließ Farid den Gefangenen wieder aus dem Keller heraufholen und stellte ihm drei Fragen: Welche Rolle hast du bei den Anschlägen in Paris und Amsterdam gespielt? Wie kommunizierst du mit Jalal Nasser? Wer ist Saladin? Der junge Jordanier beteuerte erneut, nichts von den Anschlägen oder Jalal Nasser oder dem geheimnisvollen Unbekannten zu wissen, der sich Saladin nannte. Er bezeichnete sich als treuen jordanischen Untertanen. Er behauptete, Terrorismus und den Dschihad abzulehnen. Angeblich ging er nur sehr selten in die Moschee. Er mochte Mädchen, rauchte Zigaretten und trank Alkohol. Er arbeitete in einem Copyshop. Er war ein Nichts.

»Ist das dein Ernst, *Habibi*?«, fragte Farid, bevor er ihn in seine Zelle zurückbringen ließ. »Weißt du bestimmt, dass das die richtige Antwort ist?«

Und so ging es die ganze Nacht lang weiter: alle zwei Stunden, manchmal eine Viertelstunde früher oder später, damit Nabil Awads innere Uhr sich keinesfalls darauf einstellen konnte. Der junge Jordanier wurde von Mal zu Mal nervöser und desorientierter. Die Fragen lauteten jedes Mal gleich: Welche Rolle hast du bei den Anschlägen in Paris und Amsterdam gespielt? Wie kommunizierst du mit Jalal Nasser? Wer ist Saladin? Auch seine Antworten blieben gleich. Er war ein Nichts, ein Niemand.

Und in dieser ganzen Zeit klingelte und leuchtete das Handy des Dschihadisten, weil von einem halben Dutzend Social-

Media-Feeds Nachrichten eingingen. Für das Smartphone zuständig war der Elektronikspezialist Mordechai, der seinen Speicher systematisch auswertete. Zwei Teams, eines in der GID-Zentrale, das andere am King Saul Boulevard, waren damit beschäftigt, seine Ausbeute zu analysieren. Gemeinsam gaben sie Antworten vor, die Mordechai über das Handy verschickte, damit Nabil Awads Freunde, seine Angehörigen und seine Mitläufer in der globalen dschihadistischen Bewegung ihn nicht vergaßen. Ein falscher Schritt, ein einziges falsches Wort konnte ihr ganzes Unternehmen scheitern lassen.

Das war ein Drahtseilakt – und ein bemerkenswertes Beispiel für die Zusammenarbeit zweier Dienste. Aber der weltweite Kampf gegen den islamischen Extremismus schmiedete seltsame Allianzen, darunter keine merkwürdiger als die zwischen Gabriel Allon und Farid Barakat. In ihrer Jugend hatten sie im arabisch-israelischen Konflikt auf unterschiedlichen Seiten gestanden, und ihre Staaten hatten einen schrecklichen Krieg geführt, in dem Farids Partei versucht hatte, möglichst viele Juden zu töten und die übrigen ins Meer zu werfen. Nun waren sie Verbündete in einem neuartigen Krieg gegen jene, die im Namen von Farids weit entferntem Vorfahren mordeten. Dies war ein langer Krieg, vielleicht ein Krieg ohne Ende.

In jener Nacht wurde der Krieg nicht im Jemen, in Pakistan oder Afghanistan, sondern in einem einsam gelegenen kleinen Bauernhaus bei Lille unweit der Grenze nach Belgien geführt. Er fand in Zweistundenintervallen statt – manchmal waren es zweieinviertel Stunden, manchmal weniger – und bestand aus jeweils drei Fragen. *Welche Rolle hast du bei den Anschlägen in Paris und Amsterdam gespielt? Wie kommunizierst du mit Jalal Nasser? Wer ist Saladin?*

»Ist das dein Ernst, *Habibi*? Weißt du bestimmt, dass das die richtige Antwort ist?«

»Ja, das weiß ich bestimmt.«

Aber er war sich seiner Sache keineswegs sicher, und seine Zuversicht schwächte sich bei jeder Befragung durch Farid Barakat weiter ab. Das Gleiche galt für seinen Widerstandswillen. Gegen Morgen sprach er mit einem imaginären Mithäftling, und am frühen Nachmittag konnte er die steile Treppe aus dem Keller nach oben nicht mehr allein bewältigen. Nun ließ Farid dem Gefangenen die Kapuze abnehmen und legte ihm als Erstes ein Foto hin, das eine mollige Fünfzigerin mit Hidschab zeigte. Weitere Fotos folgten: ein knorriger Alter, der eine schwarz-weiße Keffiah trug, ein Junge von ungefähr sechzehn Jahren und ein schönes Mädchen im selben Alter. Dies waren die Menschen, die den Preis für Nabil Awads Taten zahlen würden. Die Älteren würden in Schimpf und Schande sterben; die Jüngeren hatten keine Zukunft. Auch das war bei den Jordaniern anders, konstatierte Gabriel. Sie besaßen die Macht, Leben zu zerstören. Nicht nur das eines einzelnen Terroristen, sondern das Leben ganzer Generationen. Niemand wusste das besser als Nabil Awad, der bald in Farids starken Armen schluchzte. Farid versprach ihm, alles werde wieder gut. Aber zuvor, fügte er sanft hinzu, müssten sie sich ein wenig aussprechen.

26

NORDFRANKREICH

Das Ganze war eine nur allzu vertraute Geschichte von Enttäuschung und Unzufriedenheit, von unerfüllten Bedürfnissen, von gescheiterten Beziehungen und enttäuschten materiellen Hoffnungen, von Zorn auf Amerikaner und Juden, die Moslems nach allgemeiner Überzeugung misshandelten. Weltweit hätte jeder zweite Dschihadist dieselbe traurige Geschichte, die Gabriel nur allzu gut kannte, erzählen können. Ja, in der globalen dschihadistischen Bewegung gab es einige kluge Köpfe und junge Männer aus guten Familien, aber das Fußvolk, das Kanonenfutter bestand größtenteils aus radikalisierten Losern. Der politische Islam war ihre Erlösung, der IS ihr Paradies. Der IS gab den Orientierungslosen einen Daseinszweck und versprach den für die gerechte Sache gefallenen Märtyrern ein von endloser Kopulation erfülltes Leben nach dem Tode. Das war eine verlockende Botschaft, gegen die der Westen kein Mittel hatte.

Nabil Awads Version dieser Geschichte begann in Irbid, wo sein Vater einen Obststand auf dem Hauptmarkt hatte. Nabil war ein guter Schüler, der nach dem Gymnasium die Zulassung zum Londoner University College erhielt. Das war im Jahr 2011, in dem Syrien brannte und die britischen Moslems vor Wut schäumten. Sowie Nabil nicht mehr unter Aufsicht des jordanischen Muchabarats stand, nahm er rasch Kontakt zu Islamisten und Radikalen auf. Er betete in der Moschee East London und trat dem Londoner Ortsverband der Hizb ut-Tahir bei, einer sunnitischen Organisation, die lange vor der Gründung des IS eine Erneuerung des Kalifats anstrebte. Die Hizb, wie sie allgemein genannt wurde, war in über fünfzig Staaten aktiv und zählte über eine Million Mitglieder. Eins davon war ein Jordanier namens Jalal Nasser aus Amman, den Nabil Awad auf einer Hizb-Versammlung im Ostlondoner Viertel Tower Hamlets kennenlernte. Jalal Nasser hatte die rote Linie bereits überschritten – die Linie zwischen Islamismus und Dschihadismus, zwischen Politik und Terror. Im Lauf der Zeit nahm er Nabil Awad mit.

»Wann genau hast du ihn kennengelernt?«, fragte Farid.

»Das weiß ich nicht mehr.«

»Natürlich weißt du's, *Habibi.*«

»Das war im Frühjahr 2013.«

»Ich wusste, dass du dich daran erinnern würdest«, sagte Farid väterlich lächelnd. Er hatte Nabil Awad die Handfesseln abgenommen und ihm einen Becher mit sehr süßem Tee hingestellt, damit er bei Kräften blieb. Auch Farid trank Tee und rauchte dabei, was Nabil Awad als Salafist missbilligte. Gabriel war nicht länger anwesend, sondern verfolgte das von einer Videokamera übertragene Verhör gemeinsam mit seinem Team im Zimmer nebenan auf einem Laptop. Zwei weitere Teams verfolgten es ebenfalls – eines in der GID-Zentrale, das andere am King Saul Boulevard.

Farid stieß Nabil Arwad leicht an, um ihn aufzufordern, seine Beziehung zu Jalal Nasser näher zu erläutern, was der junge Mann prompt tat. Anfangs, sagte er, habe Jalal seinen jordanischen Landsmann misstrauisch beäugt. Er fürchtete, Nabil könnte ein Agent des GID oder des britischen Geheimdiensts MI5 sein. Aber im Lauf der Zeit, nach mehreren Sondierungsgesprächen, die fast in Verhöre ausgeartet waren, hatte er ihn ins Vertrauen gezogen. Er sagte, er sei vom IS nach Europa entsandt worden, um zu helfen, ein Netzwerk aufzubauen, das Anschläge gegen Ziele im Westen verüben konnte. Und er forderte Nabil auf, ihm dabei zu helfen.

»Wie?«

»Durch Anwerbung von Rekruten.«

»Rekruten für den IS?«

»Für das Netzwerk«, sagte Nabil Awad.

»In London?«

»Nein. Er wollte, dass ich nach Belgien gehe.«

»Wieso nach Belgien?«

»Weil Jalal in England allein zurechtkam und der Meinung war, Belgien sei ein lohnendes Gebiet.«

»Weil dort viele Glaubensbrüder leben?«

»Viele«, bestätigte Nadi Arwad. »Vor allem in Brüssel.«

»Konntest du Flämisch?

»Natürlich nicht.«

»Französisch?«

»Nein.«

»Aber du hast Französisch gelernt.«

»Sehr rasch.«

»Du bist ein cleverer Junge, nicht wahr, Nabil – zu clever, um deine Zeit mit diesem dschihadistischen Scheiß zu vergeuden. Du hättest dein Studium abschließen sollen. Vielleicht hätte dein Leben dann eine andere Wendung genommen.«

»In Jordanien?« Er schüttelte den Kopf. »Stammt man aus keiner prominenten Familie und hat keine Verbindungen zum Königshaus, hat man keine Chance. Was hätte ich tun sollen? Ein Taxi fahren? In einem westlichen Hotel als Kellner arbeiten und den Ungläubigen Alkohol servieren?«

»Lieber als Kellner arbeiten, als hier sitzen, Nadil.«

Der junge Jordanier schwieg. Farid Barakat schlug ein Dossier auf.

»Das war eine interessante Story«, sagte er, »aber Jalal erzählt sie ein bisschen anders, fürchte ich. Er sagt, dass *du* ihn angesprochen hast. Er sagt, dass *du* das Netzwerk in Europa aufgebaut hast.«

»Das ist nicht wahr!«

»Aber du siehst, welches Problem ich habe, *Habibi.* Er sagt das eine, und du behauptest das genaue Gegenteil.«

»Ich sage die Wahrheit, Jalal lügt!«

»Beweise es mir.«

»Wie?«

»Erzähl mir etwas über Jalal, das ich noch nicht weiß. Oder noch besser«, fügte Farid hinzu, als sei ihm das eben erst eingefallen, »zeig mir etwas auf deinem Handy oder deinem Computer.«

»Mein Computer steht in meinem Zimmer in Molenbeek.«

Farid tätschelte dem Gefangenen lächelnd die Hand. »Nicht mehr, *Habibi.*«

Seit Beginn des Krieges gegen den Terrorismus hatten al-Qaida und ihr mörderischer Abkömmling IS sich als bemerkenswert anpassungsfähig erwiesen. Nach ihrer Vertreibung aus Afghanistan hatten sie neue Betätigungsfelder im Jemen, im Irak, in Syrien und Libyen, auf der ägyptischen Sinaihalbinsel und im Brüsseler Stadtteil Molenbeek gefunden. Und um der Überwachung durch die NSA und anderer westlicher Abhördienste zu entgehen, hatten sie neue Kommunikationsmethoden entwickelt. Zu den innovativsten gehörte eine moderne 256-Bit-Verschlüsselung namens Mujahideen Secrets. Sobald Nabil Awad sich in Belgien etabliert hatte, benutzte er dieses Programm, um abhörsicher mit Jalal Nasser zu kommunizieren. Er tippte seine Mitteilungen einfach auf seinem Notebook, verschlüsselte sie mit Mujahideen Secrets und speicherte sie auf einem USB-Stick, den ein Kurier nach London mitnahm. Die Originalnachricht löschte Nadil dann. Trotzdem hatte Mordechai wenig Mühe, ihre digitalen Spuren auf der Festplatte des Notebooks zu entdecken. Indem er Nabils Passwort aus vierzehn

Zahlen und Buchstaben benutzte, ließ er die Dateien von den Toten auferstehen und verwandelte scheinbar wirren Buchstabensalat in Klartext. Eines der wiederhergestellten Dokumente betraf eine potenzielle Rekrutin, eine algerische Französin namens Safia Bourihane.

»Also hast du sie ins Netzwerk geholt?«, fragte Farid Barakat, als das Verhör weiterging.

»Nein«, antwortete der junge Jordanier. »Ich habe sie gefunden. Aber für die Rekrutierung war Jalal zuständig.«

»Wo bist du ihr begegnet?«

»Molenbeek.«

»Was hat sie dort gemacht?«

»Sie hat dort Verwandte – Cousins, glaube ich. Ihr Freund war gerade in Syrien gefallen.«

»Sie hat getrauert?«

»Sie war zornig.«

»Auf wen?«

»Natürlich auf die Amerikaner, aber vor allem auf die Franzosen. Ihr Freund ist bei einem französischen Luftangriff umgekommen.«

»Sie wollte ihn rächen?«

»Unbedingt.«

»Du hast selbst mit ihr gesprochen?«

»Niemals.«

»Wo hast du sie gesehen?«

»Auf einer Party in der Wohnung eines Freundes.«

»Was für eine Art Party?«

»Jedenfalls keine für gute Moslems.«

»Was hast du dort gemacht?«

»Gearbeitet.«

»Dich stört es nicht, wenn deine Rekruten Alkohol trinken?«

»Das tun die meisten. Aber«, fügte Nabil Awad hinzu, »Zarqawi war ein Trinker, bevor er die Schönheit des Islams entdeckt hat.«

»Wie ist's weitergegangen, nachdem du Jalal benachrichtigt hattest?«

»Er hat mich angewiesen, mehr über sie in Erfahrung zu bringen. Ich bin ein paar Tage nach Aulnay-sous-Bois gefahren, um sie zu beobachten.«

»Du kennst dich in Frankreich aus?«

»Frankreich gehört zu meinem Revier.«

»Und dir hat gefallen, was du gesehen hast?«

»Sogar sehr.«

»Also hast du Jalal eine weitere verschlüsselte Nachricht geschickt«, sagte Farid und hielt einen Ausdruck hoch.

»Ja.«

»Wie?«

»Per Kurier.«

»Wie heißt der Kurier?«

Der junge Mann rang sich ein schwaches Lächeln ab. »Das müssen Sie Jalal fragen«, sagte er. »Der kann's Ihnen sagen.«

Farid hielt ein Foto von Nabil Awads Mutter mit Hidschab hoch. »Wie heißt der Kurier?«

»Ich weiß nicht, wie er heißt. Wir haben uns nie persönlich getroffen.«

»Ihr habt einen toten Briefkasten benutzt?«

»Ja.«

»Wie verständigst du ihn, wenn du ihn brauchst?«

»Durch einen Post auf Twitter.«

»Der Kurier verfolgt deine Tweets?«

»Offenbar.«

»Und die toten Briefkästen?«

»Wir haben vier.«

»In Brüssel?«

»Und der näheren Umgebung.«

»Woher weiß der Kurier, dass er einen leeren soll?«

»Der Ort ist im Tweet enthalten.«

Im Zimmer nebenan beobachtete Gabriel, wie Farid Barakat dem Gefangenen einen Schreibblock mit Filzschreiber hinlegte. Nabil Awad griff rasch nach dem Stift wie ein Ertrinkender nach einer ihm in stürmischer See zugeworfenen Rettungsleine. Er schrieb auf Arabisch, hastig, ohne Pause. Er schrieb für seine Eltern, für seine Geschwister und für alle, die einmal den Namen Awad tragen würden. Aber vor allem, das wusste Gabriel, schrieb er für Farid Barakat. Farid hatte ihn besiegt. Nabil Awad gehörte jetzt ihnen. Sie hatten ihn in der Tasche.

Sobald der junge Mann zu Ende geschrieben hatte, verlangte Farid einen weiteren Namen. Den Namen des Mannes, der das Netzwerk steuerte, die Anschlagsziele genehmigte, die Attentäter ausbildete und die Bomben baute. Den wahren Namen des Mannes, der sich Saladin nannte. Nabil Awad beteuerte unter Tränen, ihn nicht zu wissen. Und weil Farid vielleicht selbst müde zu werden begann, entschied er sich dafür, ihm zu glauben.

»Aber du hast von ihm gehört?«

»Ja, natürlich.«

»Ist er Jordanier?«

»Das glaube ich nicht.«

»Syrer?«

»Schon möglich.«

»Iraker?«

»Am ehesten.«

»Warum?«

»Weil er ein richtiger Profi ist. Genau wie Sie«, fügte Nabil Awad rasch hinzu. »Er nimmt seine persönliche Sicherheit sehr ernst. Er will kein Star sein wie bin Laden. Er will nur Ungläubige ermorden. Nur die Leute in der Führungsspitze wissen, wie er wirklich heißt und wo er herkommt.«

Unterdessen war es wieder Nacht geworden. Sie steckten Nabil Awad – mit Handfesseln und schwarzer Haube – erneut in den ehemals weißen Lieferwagen und fuhren ihn zum Pariser Flughafen Le Bourget, auf dem eine Gulfstream IV des jordanischen Königs wartete. Nabil Awad ging an Bord, ohne sich zu sträuben, und fand sich keine sechs Stunden später in einer Zelle tief im Innersten der GID-Zentrale in Amman wieder. Im Paralleluniversum des World Wide Webs war er jedoch weiterhin ein völlig freier Mann. Freunden, die ihm in sozialen Medien folgten, und dem Inhaber des Copyshops teilte er mit, er habe überstürzt nach Jordanien zurückkehren müssen, weil sein Vater schwer erkrankt sei. Sein Vater konnte dem nicht widersprechen, weil er sich mit der gesamten Familie in den Fängen des GID befand.

In den folgenden zweiundsiebzig Stunden gingen auf Nabil Awads zahlreiche besorgte Nachrichten und Genesungswünsche ein. Zwei Teams von Analysten, eines in der GID-Zentrale, das andere am King Saul Boulevard, suchten jede Antwort, jede E-Mail und jede SMS nach verdächtigen Indizien ab. Und sie verfassten mehrere Tweets, aus denen hervorging, dass der Zustand des Patienten sich offenbar verschlechterte. Mit Gottes Hilfe würde er noch mal davonkommen, aber im Augenblick stand es nicht gut um ihn.

Für Uneingeweihte waren Nabil Awads Posts in den sozialen Medien völlig angemessen für den ältesten Sohn eines Mannes, der plötzlich schwer erkrankt war. Eine Nachricht zeichnete sich jedoch durch etwas eigenwilligen Satzbau und eine Wortwahl aus, die für *einen* Leser etwas ganz Bestimmtes bedeutete. Sie besagte, dass unter einem Ginsterbusch am Rand eines Brachfelds am Brüsseler Stadtrand eine leere belgische Bierdose vergraben war. In dieser Dose steckte in Schutzfolie gewickelt ein USB-Stick mit einem einzelnen verschlüsselten Dokument. Es handelte von einer palästinensischen Ärztin namens Leila Hadawi.

27

SERAINCOURT, FRANKREICH

Und so begann das große Warten, wie alle es nannten, die diese ungefähr zweiundsiebzig Stunden lange Schreckenszeit durchlitten, in der die verschlüsselte Nachricht in dem Brüsseler Vorort Dilbeek unberührt in ihrem kleinen Sarkophag aus Aluminium am Fuß eines Hochspannungsmasts an der Kerselaarstraat lag. Die Akteure des sich langsam entfaltenden Dramas waren weit verteilt. Ihr Feld reichte von Bethnal Green in East London über eine von Einwanderern bewohnte Pariser Banlieue bis zu einer Haftzelle in den Tiefen der GID-Zentrale in Amman, in der ein Dschihadist sein virtuelles Cyberleben weiterführte. Dafür gab es Präzedenzfälle: Im Zweiten Weltkrieg hatte der britische Geheimdienst ein ganzes Netz aus gefangenen deutschen Spionen am Leben erhalten und so die deutsche Abwehr mit falschen und irreführenden Informationen gefüttert. Nach eigenem Selbstverständnis trugen die Israelis und Jordanier nun die Fackel weiter.

Der einzige Ort, an dem sich kein Mitglied der beiden Teams aufhielt, war Dilbeek. Die unmittelbar westlich der E19 gelegene Kleinstadt war in Teilen noch entschieden ländlich und von kleinen Bauernhöfen umgeben. »Mit anderen Worten«, stellte Eli Lavon fest, der den toten Briefkasten am Morgen nach Nabil Awads Vernehmung begutachtet hatte, »der Albtraum jedes Spions.« Eine feste Beobachtungsstelle kam nicht infrage. Der Briefkasten ließ sich auch nicht aus einem Café oder einem geparkten Wagen überwachen. In diesem Abschnitt der Kerselaarstraat herrschte Parkverbot, und die einzigen Cafés gab es in der Ortsmitte.

Die Lösung bestand darin, in dem mit Unkraut überwucherten Brachfeld auf der anderen Straßenseite eine Minikamera zu installieren. Mordechai überwachte ihr verschlüsseltes Signal von einem Hotelzimmer in Brüssel aus und speiste die Bilder ins Netz ein, das die übrigen Teammitglieder daran teilhaben ließ. In London, Tel Aviv, Amman und Paris saßen erfahrene, hoch motivierte Geheimdienstler vor ihren Bildschirmen und beobachteten Ginsterbüsche am Fuß eines Hochspannungsmasts aus Beton. Gelegentlich kam ein Auto, ein Radfahrer oder ein joggender Rentner vorbei, aber die meiste Zeit hätte das Videobild ein Standfoto sein können. Gabriel verfolgte die Übertragung aus dem improvisierten Lageraum im Château Treville. Er nannte das Bild *Dose unter Strommast*, hatte das Gefühl, nie etwas Scheußlicheres geschaffen zu haben, und bereute, keinen der drei anderen toten Briefkästen gewählt zu haben. Die waren allerdings kaum besser. Jalal Nasser hatte sich bei ihrer Auswahl offensichtlich nicht von ästhetischen Gesichtspunkten leiten lassen.

In der Wartezeit gab es durchaus auch heitere Augenblicke. Zum Beispiel durch den Belgischen Schäferhund, eine riesenhafte, wolfsähnliche Bestie, der täglich sein Geschäft in den Ginsterbüschen verrichtete. Und durch den Rentner mit dem Metalldetektor, der die Bierdose ortete – und sie enttäuscht liegen ließ. Und durch das vier Stunden lang wütende sintflutartige Gewitter, das die Dose mitsamt Inhalt wegzuschwemmen drohte. Anschließend wollte Gabriel den USB-Stick von Mordechai überprüfen lassen, aber Mordechai überzeugte ihn davon, dass das nicht nötig war. Er hatte Nabil Awads Methode kopiert und ihn in zwei wasserdichte Zip-lock-Beutel gesteckt. Außerdem wäre eine Überprüfung viel zu riskant gewesen, weil der Kurier in exakt diesem Augenblick aufkreuzen konnte. Und, so fügte er hinzu, vielleicht waren sie nicht die

Einzigen, die den toten Briefkasten überwachten.

Jalal Nasser, als Saladins Statthalter in Europa die Zielperson dieses Unternehmens, lieferte keinerlei Hinweis auf seine Absichten. Unterdessen war es Frühsommer, und Jalal brauchte nicht mehr regelmäßig ins King's College zu gehen, wo er ein einziges Seminar über die Auswirkungen des westlichen Imperialismus auf die arabische Wirtschaft belegt hatte, sondern konnte sich ganz dem Dschihadismus und Terrorismus widmen. Er trank in einem Café in der Bethnal Green Road in aller Ruhe seinen Morgenkaffee, machte Einkäufe auf der Oxford Street, besuchte die National Gallery, die anstößige Kunst ausstellte, und sah sich einen amerikanischen Actionfilm an. Er ging sogar in ein Musical – ausgerechnet *Jersey Boys* –, sodass die Londoner Teams sich fragten, ob er einen Bombenanschlag plante. Er schien nicht unter britischer Beobachtung zu stehen, aber im orwellschen London konnten Eindrücke täuschen. Der MI5 brauchte verdächtige Terroristen nicht wie früher von Agenten beschatten lassen. Die Objektive der vielen Überwachungskameras blinzelten nie.

Seine Junggesellenwohnung in der Chilton Street war heimlich durchsucht und komplett verwanzt worden. Sie beobachteten, wie er aß, wie er schlief und wie er betete; sie sahen ihm wie neugierige Kinder schweigend über die Schulter, wenn er bis tief in die Nacht am Computer saß. Er hatte nicht nur einen, sondern zwei Laptops, von denen einer mit dem Internet verbunden war, während der andere keine Verbindung zum Cyberuniversum hatte – zumindest glaubte sein Besitzer das. Ob er irgendwie mit Elementen von Saladins Netzwerk kommunizierte, ließ sich nicht ohne Weiteres feststellen. Jalal Nasser mochte ein überzeugter Dschihadist sein, aber nach außen hin war er ein vorbildlicher Gast Großbritanniens und ein treuer Untertan des haschemitischen Königreichs Jordanien.

Aber wusste er von dem USB-Stick, der im idyllischen Dilbeek westlich von Brüssel am Fuß eines Hochspannungsmasts lag? Und wusste er, dass der Mann, der ihn angeblich dort versteckt hatte, sich jetzt in Jordanien um seinen schwer erkrankten Vater kümmerte? Und fand er dieses Zusammentreffen zweier Ereignisse – die Nachricht im toten Briefkasten und die plötzliche Abreise seines Vertrauten – verdächtig zufällig? Davon war Gabriel überzeugt. Den Beweis lieferte seiner Ansicht nach die Tatsache, dass kein Kurier kam, um den toten Briefkasten zu leeren. Deshalb verschlechterte sich seine Stimmung von Stunde zu Stunde. Er streifte durch die vielen Räume im Château Treville, war oft im Park unterwegs und studierte alle eingehenden Berichte. Hauptsächlich hockte er jedoch vor seinem Computer und beobachtete den toten Briefkasten im Ginster.

Am Spätnachmittag des dritten Tages erreichte die Gewitterfront, die Dilbeek unter Wasser gesetzt hatte, die Banlieues im Pariser Norden. Eli Lavon, der auf den Straßen von Aubervilliers unterwegs gewesen war, kam klatschnass ins Château Treville zurück. Gabriel stand wie versteinert vor seinem Laptop, aber seine grünen Augen leuchteten hell.

»Nun?«, fragte Lavon.

Gabriel beugte sich hinunter, gab ein paar Tastenbefehle ein und ließ eine Videosequenz ablaufen. Sekunden später flitzte ein Motorradfahrer als verschwommener schwarzer Schatten von rechts nach links über den Bildschirm.

»Weißt du, wie viele Motorradfahrer dort heute vorbeigekommen sind?«, fragte Lavon.

»Neunzehn«, antwortete Gabriel. »Aber nur einer hat das hier gemacht.«

Er spielte die Aufnahme in Zeitlupe ab und hielt sie zwischendurch an. In dem Augenblick, in dem das Bild stehen blieb, war das Visier des Schutzhelms des Bikers direkt auf den Fuß des Strommasts gerichtet.

»Vielleicht ist ihm etwas aufgefallen«, sagte Lavon.

»Was denn?«

»Eine Bierdose mit einem USB-Stick als Inhalt.«

Gabriel lächelte erstmals seit drei Tagen wieder. Er ließ den kleinen Film nochmals ablaufen, dann schaltete er wieder die Liveübertragung ein. Dose unter Strommast, dachte er. Plötzlich erschien sie ihm schöner als alles, was er jemals gesehen hatte.

Zum zweiten Mal sahen sie an diesem Abend gegen neunzehn Uhr und später noch mal um 20.20 Uhr nach, als die Abenddämmerung das Bild verdüsterte, sodass es wie ein Gemälde erschien, das allmählich unter Schmutz und vergilbtem Firnis verschwindet. Beide Male flitzte er von rechts nach links über den Bildschirm. Und beide Male war in Zeitlupe zu sehen, dass er rasch zu dem Ginster am Fuß des Betonmasts hinübersah. Als er zum dritten Mal zurückkam, war es längst Nacht. Diesmal hielt er, bockte sein Motorrad auf und schaltete das Licht aus. Mordechai stellte die Kamera auf Infrarot um, sodass Gabriel und Eli Lavon beobachten konnten, wie eine gelb-rote Menschengestalt in den Ginsterbüschen am Rand der Kerselaarstraat verschwand und gleich wieder daraus zum Vorschein kam.

Der USB-Stick war mit dem Modell identisch, das Nabil Awad bisher verwendet hatte – jedoch mit einer Ausnahme: Diese Spezialausführung enthielt einen GPS-Tracker, mit dem das Team seine Bewegungen verfolgen konnte. Von Dilbeek aus gelangte der USB-Stick in die Brüsseler Innenstadt, wo der Kurier eine ruhige Nacht in einem ziemlich guten Hotel verbrachte. Am folgenden Morgen um 8.52 Uhr bestieg er in

Brüssel-Mitte den Eurostar nach London, und um zehn Uhr ging er durch den Londoner Bahnhof St. Pancras International. Jaakov Rossman gelang es, den Mann in der Bahnhofshalle zu fotografieren. Später wurde er als ein Ägypter identifiziert, der in der Edgware Road wohnte und als Produktionsassistent bei dem arabischen Fernsehsender Al-Dschasira arbeitete.

Der USB-Stick legte die Strecke nach East London zu Fuß zurück und wechselte auf dem Pflaster der Brick Lane bald mit bewundernswerter Diskretion den Besitzer. Kurze Zeit später wurde er in einer Junggesellenwohnung in der Chilton Street an einen Computer angesteckt, der keine Verbindung zum Internet hatte – zumindest glaubte das sein Besitzer. Damit begann das nächste große Warten darauf, dass Jalal Nasser, Saladins Stellvertreter in Europa, nach Paris kommen würde, um seine neue Rekrutin kennenzulernen.

28

PARIS

Bewusst nahm Natalie ihn erstmals am Samstag gegen 14.30 Uhr wahr, als sie durch den Jardin de Luxembourg ging. In diesem Augenblick wurde ihr klar, dass sie ihn schon mehrmals gesehen hatte – unter anderem erst am vorigen Nachmittag in dem Café gegenüber ihrer Wohnung in Aubervilliers. Im Schatten eines Pernod-Schirms sitzend, hatte er an einem Glas Weißwein genippt, in einem zerlesenen Taschenbuch geblättert und sie ungeniert angestarrt. Sie hatte seine Aufmerksamkeit für sinnliche Begierde gehalten und war früher gegangen als geplant. Nachträglich vermutete sie, dass ihre Reaktion einen positiven Eindruck gemacht hatte.

Aber erst an diesem milden sonnigen Samstag war Natalie sich ganz sicher, dass der Mann sie beschattete. Eigentlich hatte sie heute dienstfrei, aber wegen einer in den Cités grassierenden Streptokokken-Infektion hatte sie vormittags in die Klink kommen müssen. Mittags war sie gegangen und mit der RER-Linie B in die Stadt gefahren. Und bei einem angeblichen Schaufensterbummel in der Rue Vavin hatte sie ihn auf der anderen Straßenseite entdeckt, wo er vorgab, sich ebenfalls für die Auslagen zu interessieren. Wenige Minuten später benutzte sie auf einem Weg im Jardin de Luxembourg eine andere Methode, die sie in Nahalal gelernt hatte: Sie blieb abrupt stehen, machte kehrt und ging hastig in Gegenrichtung weiter. Und da war er wieder. Obwohl sie mit gesenktem Kopf an ihm vorbeiging, glaubte sie, seinen Blick auf sich zu spüren. Zwanzig Schritte hinter ihm begegnete ihr der wie ein ältlicher Revolutionsdichter gekleidete Mann mit dem Allerweltsgesicht, den sie als Freund Gabriels kannte. Und in einigem Abstand hinter ihm folgten zwei DGSI-Beschatter. Natalie ging rasch in die Rue Vavin zurück und betrat die Boutique, in der sie vor einigen Minuten gewesen war. Im nächsten Augenblick klingelte ihr Handy.

»Hast du vergessen, dass wir heute zum Kaffee verabredet sind?«

Natalie erkannte die Stimme. »Nein, natürlich nicht«, antwortete sie. »Ich habe mich nur ein bisschen verspätet. Wo bist du?«

»Im Café de Flore. Es …«

»Ich weiß, wo es ist«, sagte Natalie mit einem Anflug von französischer Überheblichkeit. »Bin schon unterwegs.«

Am anderen Ende wurde aufgelegt. Natalie ließ das Handy in ihre Umhängetasche fallen und trat wieder auf die Straße hinaus. Ihr Beschatter war nirgends zu sehen, aber auf der anderen Straßenseite wartete einer der französischen Überwacher. Er folgte ihr durchs Quartier Luxembourg zum Boulevard Saint-Germain, auf dem Dina Sarid ihr von einem Tisch vor einem der berühmtesten Pariser Cafés zuwinkte. Sie trug zu einem modisch gemusterten Hidschab eine riesige Filmstarsonnenbrille.

»Auch in dieser Aufmachung«, sagte Natalie leise, als sie Dina auf die Wange küsste, »siehst du wie eine Aschkenasin mit einem moslemischen Kopftuch aus.«

»Der Oberkellner ist anderer Meinung. Ich hatte Mühe, einen Tisch zu bekommen.«

Natalie griff nach der Getränkekarte. »Ich glaube, ich werde beschattet.«

»Das wirst du.«

»Wann wolltest du mir das sagen?«

Dina lächelte nur.

»Ist er der Mann, auf den wir's abgesehen haben?«

»Das ist er.«

»Wie soll ich mich verhalten?«

»Spröde. Und denk daran«, fügte Dina hinzu, »beim ersten Date wird nicht geküsst.«

Natalie schlug seufzend die Karte auf. »Ich brauche einen Drink.«

29

AUBERVILLIERS

»Leila? Sind Sie's wirklich? Ich bin's, Jalal. Jalal Nasser aus London. Sie erinnern sich an mich? Wir haben uns vor ein paar Wochen kennengelernt. Darf ich Ihnen Gesellschaft leisten? Ich wollte auch gerade einen Kaffee trinken.«

Das alles sagte er in gebildet klingendem jordanischem Arabisch, während er sich in dem Café gegenüber ihrer Wohnung über Natalies Tisch beugte. Straße und Gehsteig waren an diesem sonnigen, fast wolkenlosen Sonntagvormittag so wenig belebt, dass sie seine Annäherung schon aus weiter Entfernung hatte beobachten können. Auf Höhe ihres Tischs war er abrupt stehen geblieben – wie Natalie am Vortag im Jardin de Luxembourg – und hatte kehrtgemacht, als habe ihm jemand auf die Schulter getippt. Er hatte sich ihr langsam genähert und so positioniert, dass sein Schatten über Natalies aufgeschlagene Zeitung fiel. Sie hob den Kopf, legte eine Hand über die Augen und betrachtete ihn kühl, als sehe sie ihn zum ersten Mal. Sein leicht gelocktes Haar war gut geschnitten, seine Kinnlinie markant und kräftig, sein Lächeln zurückhaltend, aber warm. Frauen fanden ihn attraktiv, das wusste er.

»Sie stehen mir in der Sonne«, sagte sie.

Er griff nach der Rückenlehne eines freien Stuhls. »Darf ich?«

Bevor Natalie etwas einwenden konnte, zog er den Stuhl heraus und nahm wie selbstverständlich darauf Platz. Nun ist's so weit, dachte sie. All die Vorbereitungen, die ganze Ausbildung … und nun sitzt der Mann vor mir, der mich zu Saladin bringen soll. Sie merkte plötzlich, dass ihr Herz wie eine

Glocke dröhnte. Ihr Unbehagen musste sichtbar sein, denn er legte eine Hand auf den Ärmel ihrer sittsamen Seidenbluse. Als sie ihn anfunkelte, nahm er sie rasch wieder weg.

»Verzeihung. Ich möchte nicht, dass Sie nervös sind.«

Aber ich bin nicht nervös, sagte sie sich. Wieso hätte sie das sein sollen? Sie saß in ihrem gewohnten Café gegenüber ihrer Wohnung. Sie war eine angesehene Bürgerin, eine Heilerin, die sich um die Bewohner der *Cités* kümmerte und in ihrer Muttersprache mit ihnen redete, wenn auch mit deutlich palästinensischem Akzent. Sie war Dr. med. Leila Hadawi, Absolventin der Universität Paris-Sud, staatlich approbierte Ärztin. Sie war Leila aus Sumayrijya, Leila, die Ziad liebte. Und der gut aussehende Mann, der sie beim Sonntagskaffee störte und es gewagt hatte, ihren Arm zu berühren, war nicht weiter wichtig.

»Sorry«, sagte sie und faltete geistesabwesend ihre Zeitung zusammen, »aber ich habe Ihren Namen nicht verstanden.«

»Jalal«, wiederholte er. »Jalal Nasser.«

»Jalal aus London?«

»Ja.«

»Und wir kennen uns, sagen Sie?«

»Flüchtig.«

»Das würde erklären, weshalb ich mich nicht an Sie erinnere.«

»Möglicherweise.«

»Und wo genau haben wir uns kennengelernt?«

»Vor zwei Monaten auf der Place de la République. Oder vor einem Vierteljahr. Bei der großen Demo gegen …«

»Ich erinnere mich.« Sie kniff nachdenklich die Augen zusammen. »Aber ich erinnere mich nicht an *Sie*.«

»Wir haben anschließend kurz miteinander gesprochen. Ich habe Ihnen gesagt, dass ich Ihr Engagement und Ihre Leidenschaft für die palästinensische Sache bewundere. Ich habe gesagt, dass ich mich darüber gern länger mit Ihnen unterhalten würde. Ich habe meine Telefonnummer hinten auf eine Broschüre geschrieben und sie Ihnen gegeben.«

»Wenn Sie meinen …« Sie sah scheinbar gelangweilt über die Straße. »Baggern Sie mit dieser alten Masche alle Frauen an, die sie allein in einem Café sitzen sehen?«

»Werfen Sie mir vor, alles nur erfunden zu haben?«

»Schon möglich.«

»Woher weiß ich, dass Sie auf der Place de la République demonstriert haben, wenn ich nicht dort war?«

»Das ist mir noch nicht ganz klar.«

»Ich weiß, dass Sie dort waren«, sagte er, »weil ich auch dort war.«

»Wenn Sie meinen.«

Er hielt den Ober auf und bestellte einen Café crème. Natalie wandte sich ihm zu und lächelte.

»Was ist so witzig?«

»Ihr Französisch ist grässlich.«

»Ich lebe in London.«

»Das haben Sie schon gesagt.«

»Ich studiere am King's College«, erläuterte er.

»Sind Sie für einen Studenten nicht schon etwas alt?«

»Das sagt mein Vater auch.«

»Ihr Vater scheint ein kluger Mann zu sein. Lebt er auch in London?«

»Amman.« Er machte eine Pause, während der Ober seinen Kaffee servierte. Dann fragte er beiläufig: »Ihre Mutter stammt auch aus Jordanien, nicht wahr?«

Diesmal schwieg Leila. Das war ein aus Misstrauen geborenes Schweigen, das Schweigen des Exils. »Woher wissen Sie, dass meine Mutter aus Jordanien ist?«, fragte sie zuletzt.

»Das haben Sie mir erzählt.«

»Wann?«

»Natürlich nach der Demo. Sie haben mir erzählt, dass die Familie Ihrer Mutter aus Nablus stammt. Sie ist nach Jordanien geflüchtet und musste im Flüchtlingslager Zarqa leben. Übrigens kenne ich dieses Lager. Ich habe dort viele Freunde. Ich habe in der dortigen Moschee gebetet. Kennen Sie die Moschee im Lager Zarqa?«

»Sie meinen die Moschee al-Falah?«

»Ja, genau die.«

»Die kenne ich gut«, sagte sie. »Aber ich weiß bestimmt, dass ich Ihnen das alles nie erzählt habe.«

»Woher sollte ich von Ihrer Mutter wissen, wenn Sie's mir nicht erzählt haben?«

Leila schwieg wieder.

»Sie haben mir auch von Ihrem Vater erzählt.«

»Ausgeschlossen!«

Er ignorierte ihren Einwand. »Er war nicht aus Nablus wie Ihre Mutter. Er war aus Westgaliäa.« Er machte eine Pause, dann fügte er hinzu: »Aus Sumayrijya.«

Ihre Miene verfinsterte sich, und sie nahm Zuflucht zu kleinen Gesten, die Vernehmer als Ersatzhandlungen bezeichnen. Sie zupfte ihren Hidschab zurecht, tippte mit einem Fingernagel an ihre Kaffeetasse, blickte nervös über die Straße – nur um den Mann ihr gegenüber, der sie zu Saladin bringen würde, nicht ansehen zu müssen.

»Ich weiß nicht, wer Sie sind«, sagte sie zuletzt, »aber ich habe Ihnen nie von meinen Eltern erzählt. Und ich weiß ziemlich sicher, dass wir uns nie begegnet sind.«

»Niemals?«

»Nein.«

»Woher weiß ich dann diese Dinge über Sie?«

»Vielleicht sind Sie von der DGSI?«

»Ich? Vom französischen Geheimdienst? Mein Französisch ist grässlich. Das haben Sie selbst gesagt.«

»Dann sind Sie vielleicht ein Amerikaner. Oder ein Israeli«, fügte sie hinzu.

»Sie sind paranoid.«

»Weil ich eine Palästinenserin bin. Und wenn Sie mir nicht sagen, wer Sie wirklich sind und was Sie wollen, gehe ich. Und es könnte sehr leicht passieren, dass ich mich an den nächsten Polizisten wende und ihm von einem seltsamen Mann erzähle, der Dinge über mich weiß, die er nicht wissen dürfte.«

»Für Moslems ist es nie eine gute Idee, sich an die französische Polizei zu wenden, Leila. Damit riskieren Sie, dass eine Akte S über Sie angelegt wird. Und das kann dazu führen, dass die Behörden Dinge erfahren, die Ihnen beruflich schaden können.«

Sie schob einen Fünfer unter ihre Untertasse und wollte aufstehen, aber er legte ihr wieder eine Hand auf den Arm – nicht sanft, sondern mit erschreckend festem Griff. Gleichzeitig lächelte er dabei für den Ober und die Passanten, Einheimischen und Migranten, die in der Sonne an ihrem Tisch vorbeigingen.

»Wer sind Sie?«, murmelte sie mit zusammengebissenen Zähnen.

»Jalal Nasser.«

»Jalal aus London?«

»Korrekt.«

»Sind wir uns schon mal begegnet?«

»Nein.«

»Sie haben mich belogen.«

»Das musste ich.«

»Wozu sind Sie hier?«

»Jemand hat mich zu kommen gebeten.«

»Wer?«

»Sie natürlich.« Er lockerte seinen Griff. »Kein Grund zur Nervosität, Leila«, sagte er ruhig. »Ich tue Ihnen nichts. Ich bin nur hier, um zu helfen. Ich werde Ihnen die Chance geben, auf die Sie gewartet haben. Ich werde Ihre Träume wahr machen.«

Paul Rousseaus Beobachtungsposten befand sich direkt über dem Café, und der steile Blickwinkel der Überwachungskamera ließ Natalie und Jalal wie Darsteller in einem französischen Avantgardefilm aussehen. Den Ton lieferte Natalies Handy, was bedeutete, dass er bei der Liveübertragung ärgerliche zwei Sekunden später ankam. Aber Mordechai stellte später in dem sicheren Haus in Seraincourt eine synchronisierte Fassung her, die Gabriel sich gemeinsam mit Eli Lavon dreimal ansah. Dann stellte er als Uhrzeit 11:17:38 ein und drückte auf PLAY.

»Wozu sind Sie hier?«

»Jemand hat mich zu kommen gebeten.«

»Wer?«

»Sie natürlich.«

Gabriel drückte auf PAUSE.

»Sehr gut gemacht«, sagte Eli Lavon.

»Er oder sie?«

»Beide, würde ich sagen.«

Gabriel drückte auf PLAY. *»Ich werde Ihnen die Chance geben, auf die Sie gewartet haben. Ich werde Ihre Träume wahr machen.«*

»Wer hat Ihnen von meinen Träumen erzählt?«

»Mein Freund Nabil. Vielleicht erinnern Sie sich an ihn.«

»Sehr gut.«

»Nabil hat mir von dem Gespräch erzählt, das er nach der Großdemo auf der Place de la République mit Ihnen geführt hat.«

»Wieso hat er das getan?«

»Weil Nabil und ich für dieselbe Organisation arbeiten.«

»Welche Organisation?«

»Das darf ich nicht sagen. Nicht hier. Nicht jetzt.«

Gabriel drückte auf PAUSE. »Warum *nicht* hier?«, fragte er. »Warum *nicht* jetzt?«

»Du hast wohl nicht wirklich geglaubt, dass er versuchen würde, sie in einem Café anzuwerben?«

Gabriel runzelte die Stirn und drückte auf PLAY.

»Vielleicht können wir uns irgendwo treffen, wo wir ungestört länger miteinander reden können.«

»Vielleicht.«

»Hätten Sie heute Abend Zeit?«

»Schon möglich.«

»Kennen Sie La Courneuve?«

»Natürlich.«

»Können wir uns dort treffen?«

»Das ist nicht weit. Ich kann zu Fuß hingehen.«

»An der Avenue Leclerc steht eine große Wohnanlage.«

»Die kenne ich.«

»Seien Sie um neun Uhr vor der Apotheke. Bringen Sie kein Handy oder andere elektronische Geräte mit. Ziehen Sie sich warm an.«

Gabriel drückte auf PAUSE. »Klingt ganz nach einer Motorradfahrt, finde ich.«

»Brillant«, sagte Lavon.

»Jalal oder ich?«

Danach entstand eine Pause, bis Lavon wieder das Wort ergriff.

»Was macht dir Sorgen? Was befürchtest du?«

»Ich befürchte, dass er mit ihr an einen abgelegenen Ort fahren, sie brutal verhören und ihr dann den Kopf absäbeln wird. Ansonsten habe ich keinerlei Sorgen.«

Wieder Schweigen, diesmal noch länger.

»Was hast du also vor?«, fragte Lavon schließlich.

Gabriel starrte den Bildschirm an. Eine Hand umfasste sein Kinn, sein Kopf war leicht zur Seite geneigt. Dann änderte er die Uhrzeit und drückte wieder auf PLAY.

»Leila? Sind Sie's wirklich? Ich bin's, Jalal. Jalal Nasser aus London …«

30

LA COURNEUVE, PARIS

An diesem Abend war der fast wolkenlose Himmel nur noch eine schöne Erinnerung. Ein kühler, feuchter Wind zupfte an Natalies Hidschab, als sie auf der Avenue Leclerc unterwegs war. Und über ihrem Kopf verdeckte eine geschlossene Wolkendecke den Mond und die Sterne. Solch unfreundliches Wetter schien für die nördlichen Banlieues charakteristisch zu sein – eine Auswirkung der vorherrschenden Westwinde, die das dortige Klima entschieden rauer machten als in den innerstädtischen Arrondissements. Es verstärkte nur den Eindruck einer negativen Utopie des Elends, der wie ein graues Leichentuch über den turmhohen Betonburgen der *Cités* hing.

Vor Natalie ragte jetzt eine der größten Wohnanlagen des gesamten Departments auf: zwei enorme Betonklötze im brutalen Stil, einer hoch und rechteckig wie ein riesiges Kartenspiel, der andere niedriger und länger, als solle er eine Art Gegengewicht bilden. Zwischen den beiden Gebäuden lag eine mit vielen jungen Bäumen bepflanzte breite Esplanade. Eine Gruppe verhüllter Frauen, manche mit dem Gesichtsschleier Nikab, unterhielt sich auf Arabisch, während ganz in der Nähe vier Jugendliche offen einen Joint herumgehen ließen, weil sie genau wussten, wie unwahrscheinlich das Auftauchen einer französischen Polizeistreife war. Natalie huschte an den Frauen vorbei, erwiderte ihren halblauten Friedensgruß und hielt auf die Geschäfte im Eingangsbereich des Wohnturms zu. Ein Supermarkt, ein Friseur, ein kleines Schnellrestaurant, ein Optiker, eine Apotheke – alles Lebensnotwendige an einem Ort vereint. Das war das Ziel der Zentralplaner gewesen: eine autarke Utopie für die

Arbeiterklasse. Nur wenige Bewohner der Banlieues wagten sich nach Paris hinein, wenn sie nicht zu den Glücklichen gehörten, die dort einen Job hatten. Aber selbst die behaupteten im Scherz, für die nur zehnminütige RER-Fahrt brauche man einen Reisepass und eine Impfbescheinigung.

Natalie erreichte die Apotheke. Auf den zwei davorstehenden Betonbänken saßen einige Afrikaner in traditionellen langen Gewändern. Vermutlich war es wenige Minuten vor neun Uhr, aber sie war sich nicht ganz sicher, denn sie hatte weisungsgemäß keine elektronischen Geräte bei sich, nicht einmal ihre Quarzuhr. Einer der Afrikaner, ein großer hagerer Mann mit ebenholzschwarzer Haut, bot Natalie seinen Platz an, aber sie bedeutete ihm höflich lächelnd, sie stehe lieber. Sie beobachtete den Abendverkehr auf der Avenue, die auf Arabisch schwatzenden verschleierten Frauen und die nun bekifften Jugendlichen, die sie feindselig anstarrten, als könnten sie die Wahrheit unter ihrem Hidschab erkennen. Sie atmete mehrmals tief durch, um ihr rasendes Herz zu beruhigen. Ich bin in Frankreich, sagte sie sich, hier kann mir nichts passieren.

Mehrere Minuten verstrichen, in denen Natalie sich fragte, ob Jalal Nasser beschlossen hatte, sie zu versetzen. Hinter ihr ging die Tür der Apotheke auf, dann trat ein nordafrikanisch aussehender Franzose ins Freie. Natalie erkannte ihn als einen ihrer DGSI-Beschatter. Er ging wortlos an ihr vorbei und stieg hinten in einen verbeulten Renault ein. Aus dieser Richtung kam jetzt ein zweisitziger schwarzer Motorroller näher. Er hielt zwei Meter von Natalie entfernt vor der Apotheke. Der Fahrer klappte sein Helmvisier hoch und lächelte sie an.

»Sie kommen zu spät«, sagte Natalie irritiert.

»Tatsächlich«, antwortete Jalal Nasser, »waren Sie zu früh dran.«

»Woher wissen Sie das?«

»Weil ich Ihnen gefolgt bin.«

Aus dem Topcase hinter dem Sitz nahm er einen zweiten Helm. Natalie griff zögernd danach. Dies war in ihrer Ausbildung auf der Farm in Nahalal nicht durchgenommen worden – wie man einen Helm über einem Hidschab trug. Sie setzte ihn sorgfältig auf, schloss den Kinnriemen und stieg hinten auf. Der Motorroller fuhr sofort an. Während sie durch die Schluchten zwischen den *Cités* rasten, schlang Natalie die Arme um Jalal Nassers Taille und klammerte sich mit verzweifelter Kraft fest. Ich bin in Frankreich, sagte sie sich beruhigend. Hier kann mir nichts passieren. Dann erkannte sie ihren Irrtum. Sie war nicht in Frankreich, nicht mehr.

Früher an diesem Nachmittag hatte es im eleganten Salon des Château Treville eine hitzige Debatte darüber gegeben, welche Überwachungsstufe der abendliche Treff erforderte. Gabriel, auf dem vielleicht schon die Verantwortung des zukünftigen Direktors lastete, hatte seine Agentin möglichst eng beschatten und elektronisch beobachten lassen wollen. Nur Eli Lavon hatte den Mut gehabt, die entgegengesetzte Ansicht zu vertreten. Lavon kannte sich mit Überwachungen und ihren Tücken aus. Jalal Nasser hatte offenbar vor, mit seiner potenziellen Rekrutin eine Rundfahrt zu machen, um etwaige Beschatter entdecken zu können, bevor er ihr seine dschihadistische Seele offenbarte. Und falls er entdeckte, dass sie überwacht wurden, war das Unternehmen von Anfang an gescheitert. Und es sei unmöglich, sagte Lavon, Natalie einen GPS-Tracker mitzugeben, denn die technisch versierten IS- und al-Qaida-Leute wüssten solche Geräte zu finden.

Daraus entwickelte sich eine freundschaftliche, aber erregte Debatte. Stimmen wurden erhoben, leichte Beleidigungen ausgetauscht und vor lauter Frustration ein Stück Obst – ausgerechnet eine Banane – geworfen. Letzten Endes setzte Lavon sich durch, weil Gabriel aus langer operativer Erfahrung wusste, dass sein alter Freund recht hatte. Auch wenn er in der Niederlage großmütig blieb, machte er sich nicht weniger Sorgen um seine Agentin, die er schutzlos zu diesem Treff schicken sollte. Trotz seines harmlosen Aussehens war Jalal Nasser ein skrupelloser, zu allem entschlossener Killer, der als Projektmanager für zwei verheerende Terroranschläge fungiert hatte. Und Natalie war bei aller Intelligenz und trotz ihrer Ausbildung nur eine Jüdin, die zufällig fließend Arabisch sprach.

Und so kam es, dass Natalie nur von französischen Augen und nur aus der Ferne beobachtet wurde, als sie an diesem Abend um 21.02 Uhr hinter Jalal Nasser auf den schwarzen Piaggio-Motorroller stieg. Der verbeulte Renault folgte den beiden eine Zeit lang und wurde bald durch einen Citroën ersetzt. Dann blieb auch der Citroën zurück, sodass die weitere Überwachung den Kameras überlassen blieb. Sie verfolgten ihre Fahrt nach Norden, an den Flughäfen Le Bourget und Charles de Gaulle vorbei, und nach Osten durch die Dörfer Thieux und Juilly. Aber um 21.20 Uhr rief Paul Rousseau an, um Gabriel zu berichten, Natalie sei von ihren Radarschirmen verschwunden.

Ab diesem Zeitpunkt richteten Gabriel und sein Team sich auf ein weiteres langes Warten ein. Oded und Mordechai spielten wie wild Tischtennis; Eli Lavon und Michail saßen sich am Schachbrett gegenüber; Jossi und Rimona sahen sich im Fernsehen einen amerikanischen Film an. Nur Gabriel und Dina weigerten sich, durch triviale Beschäftigungen Ablenkung zu suchen. Gabriel marschierte krank vor Sorge allein in dem unbeleuchteten Park auf und ab, während Dina in dem improvisierten Lageraum saß und einen leeren Bildschirm anstarrte. Dina trauerte. Dina hätte alles dafür gegeben, jetzt an Natalies Stelle zu sein.

Nachdem sie die letzten Pariser Außenbezirke hinter sich gelassen hatten, fuhren sie scheinbar ziel- und zwecklos eine Stunde lang über verschlafenes Bauernland und durch malerische Dörfer weiter. Oder vielleicht sogar zwei Stunden lang? Das wusste Natalie nicht bestimmt. Ihre Sicht der Welt war eingeschränkt. Für sie gab es nur Jalals breite Schultern, die Rückseite von Jalals Helm und Jalals schlanke Taille, die sie mit schlechtem Gewissen umfasste, weil sie dabei an Ziad dachte, den sie liebte. Eine Zeit lang versuchte sie, sich zu orientieren, indem sie auf Ortsschilder und Straßennummern achtete. Irgendwann gab sie jedoch auf und sah lieber zum Himmel auf. Am schwarzen Firmament funkelten Sterne, und ein tief stehender Mond schien auf der Fahrt mit ihnen Schritt zu halten. Natalie war wieder in Frankreich, vermutete sie.

Schließlich erreichten sie die Außenbezirke einer mittleren Kleinstadt. Natalie erkannte Senlis, die alte französische Residenz der französischen Könige am Forêt de Chantilly. Jalal fuhr in raschem Tempo durch die gepflasterten Gassen der mittelalterlichen Altstadt und parkte auf einem kleinen Hof. Auf zwei Seiten ragten hohe graue Natursteinmauern auf, und die dritte Seite bildete ein anscheinend unbewohntes düsteres einstöckiges Gebäude, dessen Fensterläden geschlossen waren. Irgendwo schlug eine Kirchenglocke laut die Stunde, aber ansonsten war es in dem Städtchen unheimlich still. Jalal stieg ab, nahm seinen Helm ab. Natalie folgte seinem Beispiel.

»Den Hidschab auch«, murmelte er auf Arabisch.

»Warum?«

»Weil dies kein Ort für Leute wie uns ist.«

Natalie zog die Nadeln aus ihrem Hidschab und stopfte das Tuch in den Helm. Jalals Miene war schwer zu deuten, als er sie im Halbdunkel musterte.

»Irgendwas nicht in Ordnung?«

»Du bist nur …«

»Nur was?«

»Schöner, als ich dachte.« Er legte ihre Helme in das Topcase und sperrte es ab. Dann zog er ein Kästchen von der Größe eines altmodischen Pagers aus der Tasche. »Du hast dich an meine Anweisungen wegen Handys und elektronischer Geräte gehalten?«

»Natürlich.«

»Auch keine Kreditkarten?«

»Keine.«

»Kann ich mal nachsehen?«

Er führte das kleine Gerät methodisch über ihren Körper, die Arme und Beine entlang, über ihre Schultern, Brüste und Hüften, den Rücken hinunter.

»Habe ich bestanden?«

Er steckte das Kästchen wortlos wieder ein.

»Heißt du wirklich Jalal Nasser?«

»Ist das wichtig?«

»Für mich schon.«

»Ja, ich heiße Jalal.«

»Und deine Organisation?«

»Wir kämpfen für die Wiedererrichtung des Kalifats im moslemischen Nahen Osten und die Herrschaft des Islams über die restliche Welt.«

»Du bist vom IS.«

Ohne zu antworten, setzte er sich in Bewegung und führte sie auf der leeren Gasse in Richtung Glockenläuten.

»Häng dich bei mir ein«, wies er sie halblaut an. »Sprich Französisch mit mir.«

»Worüber?«

»Irgendwas. Darauf kommt's nicht an.«

Sie hängte sich bei ihm ein und erzählte von ihrem Tag in der

Klinik. Er nickte gelegentlich, immer an den falschen Stellen, versuchte aber nicht, sie in seinem grässlichen Französisch anzusprechen. Zuletzt fragte er auf Arabisch: »Wer war die Frau, mit der du gestern Nachmittag Kaffee getrunken hast?«

»Wie bitte?«

»Die Frau im Café de Flore, die mit dem Kopftuch. Wer ist sie?«

»Wie lange beobachtest du mich schon?«

»Bitte beantworte meine Frage.«

»Sie heißt Mona.«

»Mona wie?«

»Mona el-Baz. Wir haben miteinander Medizin studiert. Sie lebt jetzt in Frankreich.«

»Ist sie auch Palästinenserin?«

»Nein, Ägypterin.«

»Sie sieht nicht wie eine Ägypterin aus, finde ich.«

»Sie stammt aus einer sehr alten Familie, sehr aristokratisch.«

»Ich möchte sie kennenlernen.«

»Wozu?«

»Vielleicht könnte sie unserer Sache nützen.«

»Spar dir die Mühe. Mona denkt nicht wie wir.«

Jalal wirkte schockiert. »Wieso gibst du dich dann mit ihr ab?«

»Wieso studierst du am King's College und wohnst im Land der *Kufar*?«

Auf der Straße gelangten sie zum Rand eines Platzes. Die Tische eines kleinen Restaurants liefen bis aufs Pflaster über, und am anderen Platzrand ragten die Türme und Strebepfeiler der gotischen Kathedrale Notre-Dame auf.

»Und das Kleidergeschäft in der Rue de Vavin?«, fragte er, während die Glocken weiter läuteten. »Warum bist du dorthin zurückgegangen?«

»Ich hatte meine Kreditkarte vergessen.«

»Du warst abgelenkt?«

»Nicht unbedingt.«

»Nervös?«

»Weshalb hätte ich das sein sollen?«

»Wusstest du, dass ich dich beschatte?«

»Hast du's getan?«

Er wurde abgelenkt, weil an einem Tisch des Restaurants laut gelacht wurde. Als die Glocken verstummten, ergriff er Natalies Hand und führte sie über den Platz.

»Wie gut kennst du den Koran und die *Hadithe*?«, fragte er plötzlich.

Sie war für diesen Themenwechsel dankbar, denn er suggerierte, dass Jalal keine Zweifel an ihrer Authentizität hatte. Deshalb hütete sie sich davor, zu gestehen, dass sie den Koran erst in einem Bauernhaus im Jesreel-Tal zu studieren begonnen hatte. Stattdessen erzählte sie ihm, sie stamme aus einer wenig gläubigen Familie und habe die Schönheit des Korans erst während ihres Studiums entdeckt.

»Du weißt, wer der Mahdi ist?«, fragte er weiter. »Den man den Erlöser nennt?«

»Ja, natürlich. Der *Hadith* sagt, dass er als gewöhnlicher Mann auftreten wird. ›Sein Name wird mein Name sein‹, zitierte sie aus der Überlieferung, ›und seines Vaters Name meines Vaters Name.‹ Er wird einer von uns sein.«

»Sehr gut! Bitte weiter.«

»Der Mahdi wird bis zum Tag des Gerichts über die Erde herrschen. Er wird die Welt mit Gerechtigkeit und Recht erfüllen, wie sie vorher mit Ungerechtigkeit und Unrecht erfüllt war. Nach seinem Erscheinen wird es keine Christen mehr geben.« Sie machte eine Pause, dann fügte sie hinzu: »Und keine Juden.«

»Und auch kein Israel.«

»Inschallah«, hörte Natalie sich leise sagen.

»Ja, so Gott will.« Jalal blieb mitten auf dem Platz stehen und starrte die dunkle Südseite der alten Kathedrale missbilligend an. »Auch sie wird bald wie das Kolosseum in Rom und der Parthenon in Athen aussehen. Unsere moslemischen Fremdenführer werden erklären, was hier vor sich ging. Hier haben die *Kufar* gebetet, werden sie sagen. Hier haben sie ihre Kinder getauft. Hier haben ihre Priester die Zauberformeln gemurmelt, die Brot und Wein in Fleisch und Blut unseres Propheten Isa bin Maryam verwandelt haben. Das Ende ist nahe, Leila. Die Uhr tickt.«

»Ihr wollt sie vernichten?«

»Das brauchen wir nicht zu tun. Sie werden sich selbst vernichten, indem sie in die Länder des Kalifats einfallen. In der Nähe des nordsyrischen Dorfs Dabiq wird es zur Entscheidungsschlacht zwischen den Heeren Roms und den Heeren des Islams kommen. Der *Hadith* sagt uns, dass die schwarzen Fahnen aus Osten kommen werden, geführt von mächtigen Männern mit langen Haaren und Bärten, die sich nach ihren Heimatstädten nennen. Männer wie Zarqawi und Baghdadi.« Er wandte sich ihr zu, betrachtete sie sekundenlang schweigend. »Und auch du wirst uns siegen helfen.«

»Ich bin keine Soldatin. Ich kann nicht kämpfen.«

»Wir gestatten unseren Frauen nicht zu kämpfen, Leila, zumindest nicht auf dem Schlachtfeld. Aber das bedeutet nicht, dass du keine Kämpferin sein kannst.«

Ein großer Krähenschwarm flog mit rauem Krächzen vom Strebewerk der Kathedrale auf. Die durch den Nachthimmel flatternden schwarzen Vögel erschienen Natalie wie die schwarzen Fahnen der mächtigen Männer aus dem Osten. Dann folgte sie Jalal durch ein Portal ins südliche Kirchenschiff. Eine ältliche Beschließerin, eine graue, ausgezehrte Frau von etwa siebzig Jahren, sagte ihnen, die Kathedrale schließe in zehn Minuten. Natalie nahm die angebotene Broschüre mit und gesellte sich in der Vierung zu Jalal. Er starrte das Hauptschiff entlang nach Westen. Natalie sah in Gegenrichtung zum Chor mit dem Hauptaltar hinüber. Die tagsüber leuchtend farbigen Glasfenster waren im Dunkel nicht zu sehen. Außer den beiden war niemand in der Kathedrale, nur die ältliche Beschließerin.

»Die Organisation, für die ich arbeite«, erklärte Jalal ihr in sanftem Arabisch, das zwischen den Pfeilern verhallte, »ist für die Außenwirkung des islamischen Staats zuständig. Unser Ziel ist es, die Amerikaner und ihre europäischen Verbündeten durch bewusst verübte Gräueltaten in einen Landkrieg in Syrien zu verwickeln. Die Anschläge in Paris und Amsterdam hat unser Netzwerk verübt. Wir haben weitere Anschläge geplant – einige schon für die nächsten Tage.«

Das alles sagte er, während er das Mittelschiff der Kathedrale entlangblickte. Natalie richtete ihre Frage an die Apsis.

»Was hat das alles mit mir zu tun?«

»Ich möchte, dass du für uns arbeitest.«

»An Dingen wie in Paris oder Amsterdam könnte ich mich niemals beteiligen.«

»Aber meinem Freund Nabil hast du etwas anderes erzählt. Zu ihm hast du gesagt, dass du die *Kufar* wissen lassen willst, was Angst ist. Du hast gesagt, dass du sie für ihre Unterstützung Israels bestrafen willst.« Er wandte sich ihr zu, sah ihr direkt in die Augen. »Du hast gesagt, dass du ihnen heimzahlen willst, was sie Ziad angetan haben.«

»Dann hat Nabil dir wohl also auch von Ziad erzählt?«

Jalal nahm ihr die Broschüre aus der Hand, warf einen kurzen Blick hinein und setzte sich dann in Richtung Westfassade in Bewegung. »Weißt du«, sagte er dabei, »ich glaube, dass ich ihm sogar einmal begegnet bin.«

»Wirklich? Wo denn?«

»Bei einer Besprechung mit einigen Brüdern in Amman. Aus Sicherheitsgründen haben wir Decknamen verwendet.« Er blieb stehen und sah zur Decke auf. »Du hast Angst. Das merkt man dir an.«

»Ja«, bestätigte sie. »Ich habe Angst.«

»Warum?«

»Weil das nicht mein Ernst war. Alles nur Gerede.«

»Du bist eine Salon-Dschihadistin, Leila? Du trägst lieber Schilder auf Demos und skandierst Parolen?«

»Nein. Ich habe mir nur nie vorstellen können, einmal in diese Lage zu geraten.«

»Dies ist nicht das Internet, Leila. Dies ist die Realität.«

»Davor habe ich eben Angst.«

Vom Seitenportal aus signalisierte ihnen die alte Frau, sie müsse jetzt schließen. Jalal senkte den Blick, sah wieder Natalie ins Gesicht.

»Und wenn ich Ja sage?«, fragte sie mit gepresster Stimme.

»Dann musst du zur Ausbildung ins Kalifat reisen. Das arrangieren wir alles.«

»Ich kann nicht lange weg.«

»Wir brauchen nur ein paar Wochen.«

»Was ist, wenn die Behörden davon erfahren?«

»Glaub mir, Leila, sie erfahren nichts. Wir haben unsere Routen. Und gefälschte Pässe. Deine Auszeit in Syrien bleibt unser kleines Geheimnis.«

»Und dann?«

»Du kehrst nach Frankreich und zu deiner Arbeit in der Klinik zurück. Und du wartest.«

»Worauf?«

Er legte ihr beide Hände auf die Schultern. »Weißt du, Leila, du kannst von Glück sagen: Du wirst etwas unglaublich Wichtiges tun. Ich beneide dich.«

Sie musste unwillkürlich lächeln. »Das hat meine Freundin Mona auch zu mir gesagt.«

»In welchem Zusammenhang?«

»Nur wegen einer Bagatelle«, sagte Natalie. »Nicht weiter wichtig.«

31

AUBERVILLIERS

In dieser Nacht fand Natalie keinen Schlaf. Zunächst lag sie lange wach, während sie sich jedes Wort einprägte, das Jalal Nasser gesagt hatte. Anschließend wälzte sie sich schlaflos im Bett, während ihr Verstand sich hektisch mit dem beschäftigte, was vor ihr liegen mochte. Um sich abzulenken, sah sie sich im französischen Fernsehen einen langweiligen Dokumentarfilm an, und als das nichts half, klappte sie ihr Notebook auf und surfte im Internet. Aber nicht mehr auf den dschihadistischen Seiten, vor denen Jalal sie gewarnt hatte. Natalie war jetzt eine Dienerin zweier Herren, eine Frau mit zwei Liebhabern. Als sie dann endlich einschlief, war es Jalal, der sie im Traum besuchte. Er schnallte einen Sprengstoffgürtel um ihren nackten Leib und küsste sie sanft. *Leila, du kannst von Glück sagen, flüsterte er: Du wirst etwas unglaublich Wichtiges tun.*

Sie wachte benommen auf, war durcheinander und hatte eine Migräne, die sich weder mit Koffein noch Tabletten lindern ließ. Ein gnädiges Schicksal hätte ihr einen ruhigen Tag in der Klinik bescheren können, aber ein endloser Strom kranker Menschen zwang sie dazu, bis achtzehn Uhr abends von einem Untersuchungszimmer ins nächste zu hasten. Bei Dienstschluss lud Roland Girard, der nominelle Klinikdirektor, sie zu einem Kaffee ein. Nachdem sie auf dem Beifahrersitz seines Peugeots Platz genommen hatte, sprach er eine Dreiviertelstunde lang kein Wort mehr, während er auf verschlungenen Wegen in Richtung Innenstadt fuhr. Als sie am Musée d'Orsay vorbeifuhren, piepste sein Smartphone wegen einer eingehenden Nachricht. Sobald er sie gelesen hatte, überquerte er die Seine und fuhr im

7. Arrondissement in der Rue de Grenelle durch ein Sicherheitstor auf den Hof eines stattlichen cremeweißen Gebäudes. Im Vorbeifahren erhaschte Natalie einen Blick auf ein Messingschild mit der Aufschrift SOCIÉTÉ INTERNATIONALE POUR LA LITTÉRATURE FRANÇAISE.

»Ein Balzac-Abend?«

Er stellte den Motor ab und führte sie hinein. Im Foyer sah sie den nordafrikanisch aussehenden Franzosen, der in La Courneuve aus der Apotheke gekommen war, und auf der Treppe begegnete ihr ein Stammgast aus dem Café gegenüber ihrer Wohnung. Die Atmosphäre im obersten Stockwerk des Gebäudes erinnerte an eine Bank nach Büroschluss. Eine streng aussehende Rezeptionistin saß an einem aufgeräumten Schreibtisch, und im Büro nebenan starrte ein Mann in einem eleganten Anzug seinen Computer wie einen unkooperativen Zeugen an. In dem durch Glaswände abgetrennten Konferenzraum warteten zwei Männer auf sie. Einer rauchte Pfeife und trug einen verknitterten Blazer. Der andere war Gabriel.

»Leila«, sagte er förmlich. »Wie schön, dich wiederzusehen. Du siehst gut aus. Etwas müde, aber gut.«

»Es war eine lange Nacht.«

»Für uns alle. Wir waren erleichtert, als der Motorroller vor deinem Haus vorgefahren ist.« Gabriel kam langsam hinter dem Tisch hervor. »Dein Treff mit Jalal ist gut verlaufen?«

»Ziemlich gut.«

»Er hat Pläne für dich?«

»Ich denke schon.«

»Wegen seiner Sicherheitsvorkehrungen konnten wir euer Gespräch nicht aufnehmen. Deshalb ist's wichtig, dass du uns alles erzählst, was er gestern Abend gesagt hat – und genau, *wie* er's gesagt hat. Kannst du das, Leila?«

Sie nickte.

»Gut«, sagte Gabriel und lächelte zum ersten Mal. »Setz dich bitte und fang ganz von vorn an. Was waren seine ersten Worte, als ihr euch vor der Apotheke getroffen habt? Hat er unterwegs gesprochen? Wohin ist er mit dir gefahren? Auf welcher Route? Erzähl uns alles, woran du dich erinnerst. Jedes kleinste Detail ist wichtig.«

Sie nahm auf dem zugewiesenen Stuhl Platz, zupfte ihren Hidschab zurecht und begann zu sprechen. Nach einigen Augenblicken streckte Gabriel eine Hand aus und legte sie auf ihre, um sie am Weitersprechen zu hindern.

»Habe ich etwas Falsches gesagt?«, fragte sie.

»Du machst deine Sache wunderbar, Leila. Aber fang bitte noch mal von vorn an. Und diesmal«, fügte er hinzu, »wär's nützlich, wenn du statt Arabisch Französisch sprechen würdest.«

An diesem Punkt stießen sie auf ihr erstes schwerwiegendes operatives Dilemma, denn Jalal Nasser, Saladins Statthalter in Europa, hatte seiner potenziellen Rekrutin in der ehrwürdigen Kathedrale Notre-Dame in Senlis erzählt, weitere Anschläge seien schon in nächster Zeit geplant. Paul Rousseau erklärte, sie seien verpflichtet, das seinem Minister zu melden – vielleicht auch sogar den Briten. Dieses Unternehmen habe den Zweck, sagte er, das Netzwerk aufzurollen. In Zusammenarbeit mit MI5 konnten sie Jalal Nasser verhaften lassen, ihn verhören, alles über seine zukünftigen Pläne erfahren und seine Agenten aus dem Verkehr ziehen.

»Einfach Schluss machen?«, fragte Gabriel. »Gute Arbeit geleistet?«

»Das stimmt zufällig.«

»Und was ist, wenn Nasser bei dem gewaltlosen Verhör, das ihn in London erwartet, nicht zusammenklappt und auspackt?

Wenn er weder seine Pläne noch die Namen seiner Agenten preisgibt? Was ist, wenn es parallele Netzwerke und Zellen gibt, sodass die anderen überleben, wenn eines aufgerollt wird?« Er machte eine Pause, dann fügte er hinzu: »Und was ist mit Saladin?«

Rousseau gestand ihm zu, dass seine Bedenken gerechtfertigt waren. Aber in der Frage, ob er die Bedrohung einer höheren Stelle – nämlich seinem Direktor und seinem Minister – melden müsse, blieb er unnachgiebig. Und so kam es, dass Gabriel Allon, der Mann, der ungestraft auf französischem Boden operiert und von Paris bis Marseille eine Spur aus Leichen hinterlassen hatte, an diesem Abend um 20.30 Uhr mit dem Chef der Alphagruppe an seiner Seite das Innenministerium betrat. In seinem prunkvollen Amtszimmer erwartete ihn der Minister mit dem DGSI-Direktor und Alain Lambert, Assistent des Ministers, Vorkoster und Mädchen für alles. Er schüttelte Gabriel die Hand, als habe er Angst, sich mit irgendetwas anzustecken. Lambert wich Gabriels Blick aus.

»Wie ernst nehmen Sie die Drohung mit weiteren Anschlägen?«, fragte der Minister, als Rousseau seinen Bericht erstattet hatte.

»So ernst wie nur möglich«, antwortete der Chef der Alphagruppe.

»Ist der nächste Anschlag in Frankreich geplant?«

»Das wissen wir nicht.«

»Was *wissen* Sie also?«

»Unsere Agentin ist angeworben worden und soll zur Ausbildung nach Syrien reisen.«

»Unsere Agentin?« Der Minister schüttelte den Kopf. »Nein, Paul, sie ist nicht *unsere* Agentin.« Er nickte zu Gabriel hinüber. »Sie ist seine.«

Danach herrschte zunächst Schweigen.

»Ist sie weiter bereit, mitzumachen?«, fragte der Minister nach kurzer Pause.

»Das ist sie.«

»Und Sie, Monsieur Allon? Sind Sie weiter bereit, sie hinzuschicken?«

»Ort und Zeitpunkt eines bevorstehenden Anschlags erfährt man am besten, indem man einen Agenten in das Unternehmen einschleust.«

»Das soll also Ja heißen?«

Gabriel nickte ernst. Der Minister dachte angelegentlich nach.

»Wie umfassend überwachen Sie diesen Mann Nasser?«, fragte er dann.

»Physisch und elektronisch.«

»Aber er verschlüsselt seine Nachrichten?«

»Korrekt.«

»Er könnte also einen Anschlag befehlen, und wir würden völlig im Dunkeln tappen?«

»Möglicherweise«, sagte Gabriel vorsichtig.

»Und die Briten? Die ahnen nichts von seinen Aktivitäten?«

»So sieht's aus.«

»Ich will Sie keineswegs belehren, wie Sie Ihre Arbeit tun sollen, Monsieur Allon, aber wenn ich eine Agentin hätte, die nach Syrien gehen soll, möchte ich nicht der Mann sein, der sie dorthin geschickt hat, damit die Briten sie verhaften können.«

Gabriel widersprach dem Minister nicht, denn genau dieser Gedanke beschäftigte ihn schon einige Zeit. Und deshalb fuhr er am folgenden Morgen mit dem Eurostar nach London, um Graham Seymour, dem Direktor des britischen Auslandsgeheimdiensts MI6, mitzuteilen, dass der Dienst heimlich einen hochrangigen IS-Agenten beobachtet hatte, der in East London im Stadtteil Bethnal Green lebte. Seymour war erwartungsgemäß ebenso entsetzt wie die MI5-Direktorin Amanda Wallace, die dieses Geständnis eine Stunde später jenseits des Flusses im Thames House hörte. Zur Buße dafür war Gabriel gezwungen, die Briten als nicht stimmberechtigte Partner an seinem Unternehmen zu beteiligen. Jetzt brauche ich nur noch die Amerikaner, sagte er sich, dann ist die Katastrophe komplett.

Die als Dr. Leila Hadawi bekannte Frau ahnte nichts von den um sie herum tobenden Geheimdienstfehden. Sie behandelte ihre Klinikpatienten, verbrachte einen Teil ihrer Freizeit in dem Café gegenüber ihrer Wohnung und fuhr gelegentlich zum Shoppen oder Spazierengehen in die Stadt. Weil sie Anweisung bekommen hatte, das nicht zu tun, sah sie sich kein extremes Material im Internet mehr an. Sie sprach auch niemals mit Freunden oder Kollegen über ihre politischen Überzeugungen. Hauptsächlich sprach sie von ihrem Jahresurlaub, den sie mit einer alten Studienfreundin in Griechenland verbringen wollte. Ein Einschreibbrief mit ihren Flugtickets und Hotelgutscheinen traf wenige Tage vor ihrer geplanten Abreise ein. Die Sendung kam von dem Reisebüro Faruk Ghazi in London. Dr. Hadawi brauchte nichts zu zahlen.

Das Eintreffen dieser Unterlagen veranlasste bei Gabriel und dem Rest seines Teams die allgemeine Mobilmachung. Sie trafen ihrerseits Reisevorbereitungen – oder vielmehr arrangierte der King Saul Boulevard alles für sie –, und früh am folgenden Morgen begaben die ersten Agenten sich unauffällig auf ihre Alarmstationen. In Seraincourt blieb nur Eli Lavon bei Gabriel zurück – eine Entscheidung, die er später bereute, weil sein alter Freund krank vor Sorge war. Er wachte über Natalie wie ein Vater über ein krankes Kind und achtete auf Anzeichen für Stress, Stimmungsschwankungen und Verhaltensänderungen. Falls sie Angst hatte, ließ sie sich nichts anmerken, nicht mal am letzten Abend, als Gabriel sie heimlich zu einer letzten Einsatzbesprechung in Paul Rousseaus Schlupfwinkel in der Rue de Grenelle mitnahm. Als er ihr eine letzte Chance gab, ihren Entschluss zu überdenken, lächelte sie nur. Dann schrieb sie für den Fall ihres Todes einen Abschiedsbrief an ihre Eltern. Bezeichnenderweise weigerte Gabriel sich nicht, ihn entgegenzunehmen. Den zugeklebten Umschlag steckte er in die Innentasche seines Sakkos. Und dort würde er bis zu dem Tag bleiben, an dem sie Syrien wieder verließ.

Der IS versorgte die meisten seiner europäischen Rekruten mit einer detaillierten Packliste für ihren Trip. Dr. Leila Hadawi war jedoch keine gewöhnliche Rekrutin, deshalb packte sie mit Blick auf mögliche Täuschungen luftige Sommerfähnchen, wie sie europäische Flittchen trugen, knappe Bikinis, erotische Unterwäsche ein. Früh am Morgen kleidete sie sich sittsam, steckte ihren Hidschab sorgfältig fest und zog ihren Rollkoffer durch die stillen Straßen der Banlieue hinter sich bis zum RER-Bahnhof La Courneuve Aubervilliers. Die Fahrt zum Flughafen Charles de Gaulle dauerte knapp eine halbe Stunde. Sie passierte ungewöhnlich scharfe Sicherheitskontrollen und ging an Bord einer Air-France-Maschine nach Athen. Auf der anderen Seite des Ganges saß der kleine Mann mit dem Allerweltsgesicht, diesmal im eleganten Anzug wie ein Vorstandsmitglied eines Konzerns. Während Frankreich unter ihr zurückblieb, sah Natalie lächelnd aus dem Fenster. Sie war nicht allein. Noch nicht.

Wie es der Zufall wollte, war Natalies Abreisetag im Nahen Osten selbst nach den blutigen Normen dieser Region ein besonders gewalttätiger Tag. Es gab Enthauptungen und Verbrennungen in Syrien, eine Serie gleichzeitig verübter Selbstmordanschläge in Bagdad, einen Überfall der Taliban in Kabul, neue

Kämpfe im Jemen und einen mit Sturmgewehren und Handgranaten geführten Angriff auf westliche Touristen in einem tunesischen Strandhotel. So war es verständlich, dass ein relativ unbedeutendes Scharmützel zwischen islamischen Kämpfern und der jordanischen Polizei weitgehend unbeachtet blieb. Der Vorfall ereignete sich gegen 10.15 Uhr außerhalb des Dorfs Ramtha unmittelbar an der Grenze nach Syrien. Alle vier Angreifer wurden bei dem Überfall auf die dortige Polizeistation erschossen. Einer der Kämpfer wurde später als der vierundzwanzigjährige Nabil Awad identifiziert, ein gebürtiger Jordanier, der im Brüsseler Stadtteil Molenbeek gelebt hatte. In einem in den sozialen Medien verbreiteten Statement bestätigte der IS, als Mitglied seiner Organisation habe Awad eine sehr wichtige Rolle bei der Vorbereitung der Anschläge in Paris und Brüssel gespielt. Er erklärte ihn zum Märtyrer und schwor, seinen Tod mit »Strömen von Blut« zu rächen. Der Endkampf, hieß es, werde bei Dabiq stattfinden.

32

SANTORIN, GRIECHENLAND

Zehn Minuten nachdem Dr. Leila Hadawi die Passkontrolle auf dem Athener Flughafen passiert hatte, legte sie auf der Damentoilette ihren Hidschab ab. Sie vertauschte auch ihre sittsame Kleidung gegen eine knappe weiße Caprihose, eine ärmellose Bluse und flache goldene Sandalen, die ihre frisch lackierten Fußnägel sehen ließen. Während sie darauf wartete, dass ihr Anschlussflug aufgerufen wurde, zog sie sich in die Flughafenbar zurück und trank erstmals seit ihrer Anwerbung wieder Alkohol: zwei Gläser eines trockenen griechischen Weißweins. Als sie um 15.15 Uhr an Bord ihrer Maschine nach Santorin ging, empfand sie keine Angst. Wegen ISIS war Syrien ein vom Krieg zerrissenes Gebiet auf der Landkarte. Isis war die Gattin des Gottes Osiris, Freund der Sünder und Sklaven, Richter über die Toten.

Leila Hadawi war noch nie auf Santorin gewesen, und das traf auch auf die Frau zu, die in die Identität der guten Ärztin geschlüpft war. Ihr erster Blick aus der Luft auf die Insel mit ihren dämonisch am Rand einer Kaldera, eines vollgelaufenen Vulkankraters aufragenden Gipfeln, verschlug ihr fast den Atem. Und als sie auf dem Flughafen den ausgebleichten Beton des Vorfelds betrat, fühlte sich die Sonnenwärme auf ihren bloßen Armen wie der erste Kuss eines Liebhabers an. Sie nahm ein Taxi nach Thira und ging durch eine Fußgängerzone zum Panorama Boutique Hotel. Als sie die Hotelhalle betrat, bekam sie mit, wie ein großer, sonnenverbrannter Engländer den Portier anschrie, während seine Frau, eine Blondine mit Rubensfigur, peinlich berührt zuhörte. Natalie lächelte. Sie war nicht allein. Noch nicht.

Hinter der Rezeption stand eine junge Griechin. Natalie ging zu ihr und nannte ihren Namen. »Sie sind für zehn Nächte in einem Doppelzimmer gebucht«, sagte die Rezeptionistin, als sie den Namen eingetippt hatte. »Ihrer Reservierung nach mit einer weiteren Dame, Miss Schirasi.«

»Die ist leider aufgehalten worden.«

»Probleme mit ihrem Flug?«

»Ein Notfall in der Familie.«

»Hoffentlich nichts Ernsthaftes.«

»Nicht allzu.«

»Bitte Ihren Pass.«

Während Natalie ihren abgewetzten französischen Reisepass vorlegte, stürmten Jossi Gawisch und Rimona Stern, die unter falschen Namen und falscher Flagge segelten, aus der Hotelhalle. Selbst Natalie begrüßte die plötzlich eingetretene Stille.

»Ihr Zimmer gefällt ihnen nicht«, erklärte die Rezeptionistin ihr.

»Das habe ich mitbekommen.«

»Ihres ist wundervoll, glauben Sie mir.«

Natalie ließ sich die Schlüsselkarte geben, lehnte es dankend ab, sich mit dem Koffer helfen zu lassen, und fuhr in ihr Zimmer hinauf. Es war mit zwei Einzelbetten möbliert und hatte einen kleinen Balkon mit Blick auf den Vulkankrater, in dem zwei glänzend weiße Kreuzfahrtschiffe wie Spielzeugschiffe auf dem leuchtend blauen Meer schwammen. Ein letztes bisschen Luxus, dachte sie, auf Kosten der reichsten Terrororganisation der Welt.

Sie packte den Koffer aus und räumte ihre Sachen wie für einen längeren Aufenthalt ein. Als sie damit fertig war, stand die Sonne tief über dem Horizont, sodass ihre orangeroten Strahlen das Zimmer in feuriges Licht tauchten. Nachdem sie ihren Pass in den Zimmersafe gelegt hatte, fuhr sie nach unten in die Terrassenbar, die mit anderen Urlaubern, hauptsächlich Briten, gut besetzt war. Zwischen ihnen saßen Jossi und Rimona, jetzt wieder entschieden besser gelaunt.

Natalie fand einen freien Tisch und bestellte bei der genervten Bedienung ein Glas Weißwein. Die Bar füllte sich allmählich mit weiteren Urlaubern, zu denen auch ein großer, schlaksiger Mann mit gletscherblauen Augen gehörte. Sie hoffte, er werde sich zu ihr setzen, aber er blieb lieber an der Bar, um die Terrasse im Auge behalten zu können, und gab vor, mit einer jungen Frau aus Bristol zu flirten. Dabei hörte Natalie erstmals seine Stimme und wunderte sich über seinen deutlichen russischen Akzent. Angesichts der Demografie des modernen Israels war sein Akzent vermutlich sogar echt.

Dann ging die Sonne hinter den Gipfeln der Insel Thirasia unter. Der Himmel wurde dunkel, das Meer schwarz. Natalie sah zu dem Mann hinüber, der mit russischem Akzent sprach, aber er war gerade anderweitig beschäftigt, deshalb wandte sie sich wieder ab und starrte ins Nichts. Jemand kommt und holt dich ab, hatte es geheißen. Aber in diesem Augenblick, an diesem Ort wollte Natalie nur den Mann an der Bar.

An den folgenden drei Tagen benahm Dr. Leila Hadawi sich wie eine normale, wenn auch einsame Touristin. Sie frühstückte allein im Speisesaal des Hotels, sonnte sich in Perissa Beach auf dem schwarzen Kiesstrand, wanderte den Kraterrand entlang, besichtigte die archäologischen und geologischen Schätze der Insel und trank bei Sonnenuntergang ihren Wein auf der Terrasse. Auf einer so kleinen Insel war es nur natürlich, dass sie manchmal weit vom Hotel entfernt anderen Hotelgästen begegnete. Sie verbrachte einen unangenehmen Vormittag am Strand in Hörweite des Engländers mit beginnender Glatze und seiner fülligen Frau, und bei der Besichtigung der Ausgrabungsstätte Akrotiri begegnete sie zufällig dem blassen Russen, der sie geflissentlich ignorierte. Und am folgenden Nachmittag, ihrem vierten Tag auf der Insel, sah sie beim Shoppen in Thira die hübsche junge Frau aus Bristol. Als Dr. Leila Hadawi aus einer Boutique für Bademoden kam, stand die Engländerin draußen auf der schmalen Straße.

»Sie wohnen in meinem Hotel«, sagte sie.

»Ja, das stimmt, glaube ich.«

»Ich bin Miranda Ward.«

Dr. Hadawi gab ihr die Hand und nannte ihren Namen.

»Was für ein hübscher Name. Wollen wir irgendwo etwas trinken?«

»Ich wollte gerade ins Hotel zurück.«

»Ich kann die Leute in der Bar dort nicht mehr aushalten. Zu viele verdammte Engländer! Vor allem dieser Glatzkopf und seine dicke Frau. Gott, was für Langweiler! Wenn sie sich noch mal über den Service beschweren, schneide ich mir die Pulsadern auf.«

»Gut, gehen wir eben woandershin.«

»Ja, das machen wir.«

»Aber wohin?«

»Kennen Sie das Tango?«

»Ich glaube nicht.«

»Kommen Sie, es ist nicht weit.«

Die junge Engländerin legte ihr eine Hand auf den Arm, als fürchte sie, sie zu verlieren, und führte sie die im Schatten liegende Straße entlang. Sie war mager und blond und sommersprossig und roch nach Kirschendrops und Kokosnuss. Ihre Sandalen klatschten aufs Pflaster wie eine Handfläche, die ins Gesicht eines Ungläubigen schlägt.

»Sie sind Französin«, sagte sie als Nächstes in anklagendem Tonfall.

»Ja.«

»*Französische* Französin?«

»Meine Familie stammt aus Palästina.«

»Aha. Jammerschade.«

»Wie das?«

»Die ganze Sache mit den Flüchtlingen. Und diese Israelis! Schreckliche Leute.«

Dr. Hadawi lächelte, sagte aber nichts.

»Sie sind allein hier?«, fragte Miranda Ward.

»Das war nicht geplant, aber es scheint sich so ergeben zu haben.«

»Was ist passiert?«

»Meine Freundin musste in letzter Minute absagen.«

»Bei mir war's mein Freund. Er hat mich wegen einer anderen sitzen lassen.«

»Ihr Freund ist ein Idiot.«

»Aber ein schöner Mann. Da sind wir.«

Das Tango wachte im Allgemeinen erst spätabends auf. Sie gingen durch das höhlenartige Lokal auf die Terrasse hinaus. Natalie bestellte ein Glas des einheimischen Weißweins, Miranda Ward einen Wodka-Martini. Sie kostete vorsichtig einen Schluck, verzog das Gesicht und stellte den Drink auf den Tisch zurück.

»Schmeckt er nicht?«, fragte Natalie.

»Tatsächlich trinke ich nie Alkohol.«

»Wirklich? Warum haben Sie mich dann auf einen Drink eingeladen?«

»Ich musste unter vier Augen mit Ihnen reden.« Sie blickte übers dunkler werdende Meer hinaus. »Hier ist's schön, aber schrecklich langweilig. Was halten Sie davon, wenn wir eine kleine Reise machen, nur wir zwei? Die wird abenteuerlich, das verspreche ich Ihnen.«

»Wohin?«

Miranda Ward hob lächelnd ihr Glas an die Lippen. »Früher habe ich dieses Zeug geliebt. Jetzt schmeckt es wie verdammter Nagellack.«

Sie kehrten gemeinsam ins Panorama zurück und informierten die Rezeption von ihrem geplanten Abstecher in die Türkei. Nein, sie brauchten keine Hilfe, um eine Passage auf der Fähre zu buchen; das hatten andere für sie erledigt. Ja, sie wollten ihre Zimmer behalten, weil sie nur einen Kurztrip planten. Anschließend fuhr Dr. Hadawi in ihr Zimmer hinauf, um zu packen. Danach schrieb sie ihrem »Vater« eine SMS, damit er über ihre Pläne auf dem Laufenden war. Er riet ihr, besonders vorsichtig zu sein. Wenig später ging eine zweite SMS von ihm ein.

GEHT'S DIR GUT?

Natalie zögerte, bevor sie ihre Antwort tippte.

EINSAM, ABER GUT.

BRAUCHST DU GESELLSCHAFT?

Wieder ein Zögern, dann zwei kurze Anschläge.

JA.

Diesmal kam keine Antwort. Natalie ging auf die Terrasse hinunter und erwartete, dort Miranda Ward zu treffen, die aber nirgends zu sehen war. Der große blasse Russe, der an seinem gewohnten Platz an der Bar saß, hatte bereits ein neues Opfer gefunden. Natalie setzte sich mit dem Rücken zu ihm und trank ein Glas Weißwein, das voraussichtlich für viele Wochen ihr letztes sein würde. Als sie ausgetrunken hatte, brachte die Bedienung ihr ein weiteres Glas.

»Das habe ich nicht bestellt.«

»Es ist von ihm.« Die Bedienung nickte zur Bar hinüber. Dann legte sie Natalie einen kleinen zusammengefalteten Zettel hin. »Der ist auch von ihm. Heute scheint nicht Ihr bester Abend zu sein.«

Als die Bedienung gegangen war, las Natalie die kurze Mitteilung. Sie lächelte, trank langsam den Wein, steckte den Zettel in ihre Umhängetasche und ging, ohne das Scheusal an der Bar eines Blickes zu würdigen. In ihrem Zimmer duschte sie rasch, hängte das Schild DO NOT DISTURB außen an die Türklinke und knipste das Licht aus. Dann saß sie allein in der Dunkelheit und wartete auf das Klopfen an ihrer Tür. Es kam um zwanzig nach zehn. Als sie die Sicherheitskette aushakte, schlüpfte er lautlos wie ein Dieb bei Nacht herein. »Bitte«, flüsterte sie in seine Arme sinkend. »Sagen Sie ihm, dass ich nach Hause will. Sagen Sie ihm, dass ich nicht fahren kann. Sagen Sie ihm, dass ich mich zu Tode ängstige.«

33

SANTORIN

»Wie heißen Sie wirklich?«, fragte Natalie.

»Für die Direktion des Hotels Panorama bin ich Michail Danilow.«

»Ist das Ihr richtiger Name?«

»Ähnlich genug.« Er stand an der Balkontür. Ein blasser Mond beschien sein blasses Gesicht. »Und Sie, Dr. Hadawi, dürften keinen Mann wie mich in Ihr Zimmer einladen.«

»Ich habe nichts dergleichen getan, Mr. Danilow. Ich habe gesagt, dass ich Gesellschaft brauche. Man hätte mir auch die Frau schicken können.«

»Sie haben noch Glück gehabt. Empathie ist nicht Ihre Stärke.« Er drehte sich halb nach ihr um, erwiderte ihren Blick. »Vor einem großen Unternehmen sind wir alle nervös – vor allem, wenn wir an Orten operieren sollen, an denen es keine Botschaft gibt, in die man notfalls flüchten kann. Aber wir vertrauen auf unseren Auftrag und unsere Planung und ziehen los. Das ist unser Job.«

»Ich bin nicht wie Sie.«

»Tatsächlich sind Sie mir ähnlicher, als Sie ahnen.«

»Welche Art Aufträge übernehmen Sie?«

»Die Art, über die wir nie reden.«

»Sie ermorden Leute?«

»Ich eliminiere Gefahren für unsere Sicherheit. Und in der Nacht vor einem großen Unternehmen habe ich immer Angst, dass diesmal ich eliminiert werden könnte.«

»Aber Sie gehen trotzdem.«

Er wich ihrem Blick aus, wechselte das Thema. »Also nimmt die hübsche Miss Ward Sie auf die andere Seite mit.«

»Sie klingen nicht überrascht.«

»Das bin ich nicht. Hat sie Ihnen die Route erklärt?«

»Von Santorin über Kos nach Bodrum.«

»Zwei junge Urlauberinnen, sehr professionell.« Er wandte sich wieder ab und sprach in die Nacht hinaus. »Er scheint sehr viel von Ihnen zu halten.«

»Wer?«

»Saladin.«

Draußen auf dem Flur waren laute Stimmen zu hören. Engländer, betrunken. Als wieder Stille herrschte, sah er aufs Leuchtzifferblatt seiner Armbanduhr.

»Die Fähre nach Kos läuft früh aus. Sie sollten versuchen, etwas zu schlafen.«

»Schlafen? Ist das Ihr Ernst?«

»Aber das wäre wichtig. Morgen steht Ihnen ein langer Tag bevor.«

Er ließ die Jalousien herunter, sodass der Raum in fast völligem Dunkel lag, und wollte zur Tür.

»Bitte geh nicht«, flüsterte Natalie. »Ich will nicht allein sein.«

Nach kurzem Zögern ließ er sich aufs Bett sinken, sodass er mit dem Rücken am Kopfende lehnte, und streckte seine langen Beine vor sich aus. Natalie kuschelte sich in der Dunkelheit auf ihrem Kopfkissen neben ihn. Er zog eine dünne Decke über sie, strich ihr die Haare aus dem Gesicht.

»Mach die Augen zu.«

»Die sind zu.«

»Nein, das sind sie nicht.«

»Du kannst im Dunkeln sehen?«

»Sogar sehr gut.«

»Zieh wenigstens deine Schuhe aus.«

»Ich schlafe lieber mit Schuhen.«

»Soll das ein Witz sein?«

Sein Schweigen sagte ihr, dass das keiner sein sollte. Sie lachte leise und fragte ihn erneut nach seinem Namen. Diesmal antwortete er wahrheitsgemäß. Er heiße Michail Abramow, sagte er.

»Wann bist du nach Israel gekommen?«

»In meiner Jugend.«

»Wieso ist deine Familie aus Russland weggegangen?«

»Aus demselben Grund wie ihr aus Frankreich.«

»Vielleicht sind wir doch nicht so verschieden.«

»Hab ich doch gesagt.«

»Du bist ledig, nicht wahr? Ich möchte niemals …«

»Ich bin unverheiratet.«

»Feste Freundin?«

»Nicht mehr.«

»Was ist passiert?«

»In dieser Branche ist's nicht leicht, eine Beziehung zu haben. Das wirst du bald genug merken.«

»Ich habe nicht vor, beim Dienst zu bleiben, wenn diese Sache vorbei ist.«

»Wie du meinst.«

Er legte eine Hand zwischen ihre Schulterblätter und knetete mit sanftem Druck ihr Rückgrat hinunter.

»Ah, das tut gut. Hat dir schon mal jemand gesagt, wie entspannend das ist?«

»Mach die Augen zu.«

Das tat sie. Aber nicht etwa, weil sie plötzlich schläfrig gewesen wäre; seine Berührung hatte einen Stromstoß durch ihren Körper geschickt. Sie legte einen Arm über seine Oberschenkel. Die Finger machten kurz halt, dann erforschten sie weiter ihr Rückgrat.

»Glaubst du, dass wir uns mal auf einen Drink treffen können, wenn dies vorüber ist?«, fragte sie. »Oder ist das verboten?«

»Mach die Augen zu«, sagte er nur.

Die Finger an ihrem Rückgrat glitten noch etwas tiefer. Natalie legte eine Hand flach auf seinen Oberschenkel, übte leichten Druck aus.

»Nicht«, sagte er. Dann fügte er hinzu: »Nicht jetzt.«

Sie zog die Hand weg und legte sie unters Kinn, während seine Finger weiter sanft ihr Rückgrat kneteten. Schlaf wollte sie überwältigen. Aber sie kämpfte dagegen an.

»Sag ihm, dass ich nicht weitermachen kann«, murmelte sie benommen. »Sag ihm, dass ich nach Hause will.«

»Schlaf, Leila«, sagte er nur, und sie schlief. Und als sie morgens erwachte, war er fort.

Die Würfelzuckerhäuser von Thira lagen noch im rosa Morgenlicht, als Natalie und Miranda Ward – beide mit einem Rollkoffer – kurz nach sieben Uhr auf die stille Straße hinaustraten. Sie gingen zum nächsten Taxistand und nahmen einen Wagen, der sie zu dem zehn Kilometer entfernten Fährhafen Athinios brachte. Die Überfahrt zu der östlich gelegenen Insel Kos dauerte viereinhalb Stunden, die sie auf dem sonnigen Oberdeck und im Schiffscafé verbrachten. Gegen alle Vorschriften hielt Natalie Ausschau nach einem bekannten Gesicht unter den Passagieren, weil sie hoffte, irgendwo Michail entdecken zu können. Aber sie erkannte niemanden. Sie schien jetzt wirklich allein zu sein.

Auf Kos mussten sie eine Stunde auf die nächste Fähre zum türkischen Hafen Bodrum warten. Die zweite Etappe war kürzer, kaum eine Stunde, aber dafür gab es an beiden Enden strenge Passkontrollen. Miranda Ward gab Natalie einen belgischen Reisepass und wies sie an, ihren französischen Pass tief in ihrem Koffer zu verstecken. Das Foto in dem anderen Reisepass zeigte eine ungefähr dreißig Jahre alte Frau marokkanischer Abstammung. Schwarzes Haar, dunkle Augen, nicht ideal, aber ähnlich genug.

»Wer ist sie?«, fragte Natalie.

»Sie ist du«, antwortete Miranda Ward.

Das schienen auch der griechische Grenzpolizist auf Kos und sein türkischer Kollege in Bodrum zu denken. Nach einem kurzen Blick auf ihr Gesicht stempelte der Türke den Pass und gestattete Natalie stirnrunzelnd, türkischen Boden zu betreten. Miranda folgte wenige Sekunden später, und sie gingen nebeneinander zu dem chaotisch lauten Parkplatz hinüber, auf dem eine Taxischlange in der glühenden Sonne schmorte. Irgendwo wurde gehupt, dann winkte der Fahrer eines staubigen beigefarbenen Mercedes sie zu sich heran. Die beiden hievten ihr Gepäck in den Kofferraum und stiegen ein: Miranda rechts vorn, Natalie hinten. Sie zog ihren liebsten grünen Hidschab aus ihrer Umhängetasche und befestigte ihn sorgfältig. Sie war Leila aus Sumayrijya. Leila, die Ziad liebte. Leila, die nach Rache dürstete.

Im Gegensatz zu ihrer Annahme hatte Natalie die Überfahrt von Santorin nach Bodrum nicht allein gemacht. Auf der ersten Etappe hatte Jaakov Rossman sie begleitet; auf der zweiten Oded. Als sie hinten in den Mercedes stieg, hatte er sogar ein Foto von ihr gemacht, das er an den King Saul Boulevard und in das sichere Haus in Seraincourt schickte.

Zehn Minuten nach seiner Abfahrt vom Fährhafen war der Wagen von einem israelischen Spionagesatelliten Ofek 10 überwacht auf der Fernstraße D330 nach Nordosten unterwegs. Am folgenden Morgen kurz nach zwei Uhr erreichte der Mercedes die türkische Grenzstadt Kilis, wo die IR-Kameras des Satelliten beobachteten, wie zwei Frauen ein kleines Haus betraten. Sie blieben nicht lange darin – genau gesagt zwei Stunden und zwölf Minuten. Dann überquerten sie die unbefestigte Grenze begleitet von vier Männern zu Fuß und stiegen in der syrischen Stadt Azaz in einen anderen Wagen. Er brachte sie nach Süden, nach Rakka, der inoffiziellen Hauptstadt des Kalifats. Dort verschwanden sie schwarz gekleidet in einem Apartmentgebäude am Al-Raschid-Park.

In Paris war es inzwischen fast vier Uhr. Gabriel, der kein Auge zugetan hatte, setzte sich ans Steuer eines Mietwagens und fuhr zum Flughafen Charles de Gaulle, um nach Washington zu fliegen. Es wurde Zeit, mit Langley zu reden, um die Katastrophe komplett zu machen.

34

N STREET, GEORGETOWN, WASHINGTON, D.C.

»Rakka? Scheiße, sind Sie übergeschnappt?«

Für Adrian Carter war Fluchen ganz uncharakteristisch, vor allem mit Ausdrücken aus der Fäkalsprache. Er war der Sohn eines Geistlichen der Episkopalkirche aus New England. Fluchen war für ihn etwas, zu dem geistig Unterlegene ihre Zuflucht nahmen, und wer in seiner Gegenwart fluchte, selbst mächtige Politiker, wurde selten wieder in sein Büro im sechsten Stock der CIA-Zentrale in Langley eingeladen. Dort leitete Carter die Operationsabteilung – mit der längsten Amtszeit in der Geschichte der Central Intelligence Agency. Nach dem 11. September 2001 hatte Carters Reich für kurze Zeit National Clandestine Service geheißen. Aber sein neuer Direktor, der sechste in zehn Jahren, hatte beschlossen, den alten Namen wieder einzuführen. Das machte die Agency, wenn sie einen Fehler gemacht hatte: Sie tauschte Schilder aus und stellte Schreibtische um. Viele der größten Misserfolge der Agency – von dem nicht vorhergesehenen Zusammenbruch der Sowjetunion bis hin zu der falschen Behauptung, Saddam Hussein besitze Massenvernichtungswaffen – trugen Carters Fingerabdrücke, aber irgendwie hatte er alles überdauert. Er war der Mann, der zu viel wusste. Ihm konnte niemand etwas anhaben.

Wie Paul Rousseau sah er nicht wie der Prototyp eines Meisterspions aus. Mit seinem zerzausten Haar, dem außer Mode gekommenen Schnauzer und seiner leisen, ruhigen Stimme hätte man ihn für einen Psychotherapeuten halten können, der seine Tage damit verbrachte, sich Geständnisse von Affären und Unzulänglichkeiten anzuhören. Seine harmlose Erscheinung und seine Sprachbegabung hatten sich im Feld, wo er sich auf mehreren Posten ausgezeichnet hatte, und in der Zentrale als Pluspunkte erwiesen. Gegner wie Verbündete tendierten dazu, Carter zu unterschätzen – ein Fehler, den Gabriel nie gemacht hatte. Er hatte bei mehreren hochwichtigen Unternehmen eng mit Carter zusammengearbeitet – auch bei dem, in dem Hannah Weinberg eine kleine Rolle gespielt hatte –, aber das Atomabkommen der USA mit dem Iran hatte das Wesen ihrer Beziehung verändert. Wo Langley und der Dienst einst Hand in Hand zusammengearbeitet hatten, um die iranischen Atompläne zu sabotieren, verpflichtete der Deal die Vereinigten Staaten nun, die verbliebene Atomindustrie Teherans zu schützen. Gabriel war entschlossen, den Iran auszuspionieren, um sicherzustellen, dass er nicht gegen den Vertrag verstieß. Und wenn er Beweise dafür fand, dass die Mullahs weiter Uran anreicherten oder Trägersysteme bauten, würde er dem Ministerpräsidenten einen Präventivschlag empfehlen. Und keinesfalls würde er sich vorher mit seinem guten Freund und Verbündeten Adrian Carter beraten.

»Ist er einer von ihnen«, fragte Carter jetzt, »oder einer von euch?«

»Sie«, sagte Gabriel. »Und sie ist eine von uns.«

Carter fluchte nochmals halblaut. »Vielleicht sind Sie wirklich übergeschnappt.«

Aus einer Pumpkanne auf dem Sideboard nahm er sich eine Tasse Kaffee. Die beiden waren im Wohnzimmer eines stattlichen Klinkerhauses in der N Street in Georgetown, dem Kronjuwel der vielen über die Metropolregion Washington verteilten sicheren CIA-Häuser. Nach dem 11. September, als die Beziehungen zwischen Langley und dem Dienst glänzend gewesen waren, war Gabriel hier oft Gast gewesen. Er hatte dort Unternehmen geplant, Rekruten angeworben und sich früh in der ersten Amtszeit des US-Präsidenten einmal bereit erklärt, einen Terroristen aufzuspüren und zu liquidieren, der einen amerikanischen Pass in der Tasche hatte. So gut waren ihre Beziehungen gewesen. Gabriel hatte bereitwillig »schwarze« CIA-Unternehmen übernommen, die Carter aus politischen Gründen nicht durchführen durfte. Aber nun würde Gabriel bald Direktor seines Diensts werden, was bedeutete, dass er protokollarisch über Carter stehen würde. Insgeheim hatte er Carter in Verdacht, selbst CIA-Direktor werden zu wollen. Aber das ließ seine Vergangenheit nicht zu. In den Monaten nach dem 11. September hatte er Terroristen in Geheimgefängnisse gesperrt, sie in anderen Staaten foltern lassen und Verhörmethoden gebilligt, wie Gabriel sie erst vor Kurzem in einem Bauernhaus in Nordfrankreich erlebt hatte. Kurz gesagt hatte Carter die nötige Schmutzarbeit erledigt, um ein weiteres al-Qaida-Spektakel auf amerikanischem Boden zu verhindern. Und als Buße dafür würde er auf ewig an die Türen unfähigerer Männer klopfen müssen.

»Mir war nicht klar, dass der Dienst gegen den IS vorgeht«, sagte er gerade.

»Irgendjemand muss es machen, Adrian. Warum nicht gleich wir?«

Über die Schulter hinweg musterte Carter ihn stirnrunzelnd. Er unterließ es bewusst, Gabriel einen Kaffee anzubieten.

»Als ich letztes Mal mit Uzi über Syrien gesprochen habe, war er ganz zufrieden damit, zuzusehen, wie die Verrückten sich die Köpfe einschlagen. Der Feind meines Feindes ist mein Freund – ist das in eurer reizenden Gegend nicht die goldene Regel? Solange das Regime, die Iraner, die Hisbollah und die sunnitischen Dschihadisten sich gegenseitig umbringen, war der Dienst immer mit einem Platz im Parkett zufrieden. Stellen Sie sich also nicht hin und jammern, dass ich untätig bin und nichts gegen den IS unternehme.«

»Uzi ist nicht mehr lange Direktor.«

»So heißt's gerüchteweise«, bestätigte Carter. »Tatsächlich haben wir den Wechsel schon vor Monaten erwartet und waren überrascht, von Uzi zu erfahren, dass er noch unbestimmt lange im Amt bleiben würde. Einige Zeit haben wir uns gefragt, ob die Meldungen über den unzeitigen Tod von Uzis Nachfolger wahr sein könnten. Jetzt wissen wir genau, warum Uzi noch Direktor ist: Sein Nachfolger will versuchen, eine eigene Agentin in das globale IS-Terrornetzwerk einzuschleusen – ein nobles, aber unglaublich gefährliches Ziel.«

Gabriel äußerte sich nicht dazu.

»Um es festzuhalten«, sagte Carter, »ich war sehr erleichtert, als feststand, dass Ihr Ableben vorzeitig gemeldet worden war. Vielleicht erfahre ich mal, was Sie dazu bewogen hat.«

»Vielleicht irgendwann. Und ja«, fügte Gabriel hinzu, »ich nehme gern einen Kaffee.«

Carter goss eine zweite Tasse ein. »Ich dachte, Sie hätten nach Ihrem letzten Unternehmen die Nase voll von Syrien. Wie viel hat es Sie gekostet? Acht Milliarden Dollar, richtig?«

»Acht Komma zwei«, antwortete Gabriel. »Aber wer zählt das schon?«

»Ein stolzer Preis für ein einziges Menschenleben.«

»Der beste Deal meines Lebens. Und Sie hätten an meiner Stelle nicht anders gehandelt.«

»Ich *war* aber nicht an Ihrer Stelle«, sagte Carter, »weil Sie uns auch von dieser Sache nichts erzählt hatten.«

»Und Sie haben uns nicht erzählt, dass eure Regierung heimlich mit den Iranern verhandelt, stimmt's, Adrian? Nachdem wir gemeinsam alles getan haben, um ihr Atomprogramm zu sabotieren, haben Sie mich reingelegt.«

»Ich habe Sie nicht reingelegt, das war mein Präsident. Ich mache keine Politik, ich stehle Geheimnisse und erstelle

Analysen. Tatsächlich«, fügte Carter nach einer nachdenklichen Pause hinzu, »mache ich das kaum noch. Überwiegend liquidiere ich Terroristen.«

»Aber nicht genug davon.«

»Damit meinen Sie vermutlich unsere Politik in Bezug auf den IS.«

»Wenn davon die Rede sein kann. Erst habt ihr den heraufziehenden Sturm nicht bemerkt. Und dann habt ihr euch geweigert, Schirm und Regenmantel mitzunehmen.«

»Wir waren nicht die Einzigen, die den Aufstieg des IS übersehen haben. Der Dienst hat auch nicht davor gewarnt.«

»Wir waren damals vorrangig mit dem Iran beschäftigt. Sie erinnern sich an den Iran, nicht wahr, Adrian?«

Carter antwortete nicht gleich. »Lassen wir das«, sagte er dann. »Wir haben gemeinsam zu viel geleistet, um uns durch einen Politiker entzweien zu lassen.«

Das war ein Olivenzweig. Gabriel akzeptierte ihn mit einem Nicken.

»Sie haben recht«, fuhr Carter fort. »Zur IS-Party sind wir zu spät gekommen. Wahr ist auch, dass wir selbst nach unserer Ankunft das Büfett und die Punschschale gemieden haben. Nach vielen Jahren auf solchen Feten waren wir einfach partymüde. Unser Präsident hat klargemacht, dass die letzte im Irak schrecklich langweilig war. Mit amerikanischem Blut und Geld teuer bezahlt. Und er hat kein Interesse daran, in Syrien eine weitere zu geben, die den allgemeinen Ansichten zuwiderlaufen würde.«

»Welche Ansichten sind das?«

»Dass wir auf den 11. September überreagiert haben. Dass der Terrorismus keine Bedrohung, sondern bloß lästig sei. Dass wir einen weiteren Anschlag überleben könnten, auch wenn er unsere Wirtschaft und unser Transportsystem fast lahmlegen würde, und gestärkt daraus hervorgehen würden. Und vergessen wir nicht«, fügte Carter hinzu, »die unglückliche Bemerkung des Präsidenten, der IS sei nur das Juniorteam. Präsidenten hören nicht gern, dass sie falschgelegen haben.«

»Spione übrigens auch nicht.«

»Ich mache keine Politik«, wiederholte Carter. »Ich beschaffe Nachrichten. Und im Augenblick ergeben sie ein düsteres Bild von dem, was uns gegenübersteht. Die Anschläge in Paris und Amsterdam waren nur eine Vorschau auf kommende Attraktionen. Der Film kommt demnächst in alle Kinos, fürchte ich, auch hier in Amerika.«

»Wenn ich raten dürfte«, sagte Gabriel, »wird er ein Kassenschlager.«

»Die engsten Berater des Präsidenten sind der gleichen Meinung. Sie sind in großer Sorge, so spät in seiner zweiten Amtszeit könnte eine Anschlagserie hier in Amerika sein politisches Vermächtnis unauslöschlich beflecken. Sie haben die Agency unmissverständlich angewiesen, die Bestie im Zaum zu halten, bis der Präsident zum letzten Mal an Bord von Marine One geht.«

»Dann sollten Sie handeln, Adrian, denn die Bestie steht bereits am Tor.«

»Darüber sind wir uns im Klaren. Aber leider ist die Bestie gegen unsere Überlegenheit im Cyberspace weitgehend immun, und wir besitzen keine nennenswerten Quellen im IS selbst.« Carter machte eine Pause, dann fügte er hinzu: »Jedenfalls bisher nicht.«

Gabriel äußerte sich nicht dazu.

»Wieso haben Sie uns nicht gesagt, dass Sie den IS unterwandern wollen?«

»Weil das unser Unternehmen ist.«

»Sie arbeiten allein?«

»Wir haben Partner.«

»Wo?«

»In Westeuropa und der Region.«

»Die Franzosen und die Jordanier?«

»Die Briten haben sich auch reingedrängt.«

»Ja, mit denen kann man viel Spaß haben.« Carter runzelte die Stirn, bevor er fragte: »Warum kommen Sie also jetzt zu uns?«

»Weil ich verhindern möchte, dass Sie ein bestimmtes Apartmentgebäude am Al-Raschid-Park in Rakka mit Bomben oder Raketen angreifen.«

»Das kostet Sie etwas.«

»Wie viel?«

Carter lächelte. »Ich freue mich, dass Sie mal wieder hier sind, Gabriel. Ihr letzter Besuch liegt schon viel zu lange zurück.«

35

N STREET, GEORGETOWN

In Washington herrschte Hochsommer, jene ungastliche Zeit des Jahres, in denen die meisten wohlhabenden Einwohner von Georgetown aus ihrem Städtchen in ihre Ferienhäuser in Maine oder Martha's Vineyard oder in Bergregionen wie Sun Valley und Aspen flüchten. Aus gutem Grund, fand Gabriel, denn die Hitze war wirklich tropisch. Wie so oft fragte er sich, was die Gründerväter der USA bewogen haben mochte, ihre Hauptstadt freiwillig in einem Malariasumpf zu erbauen. Jerusalem hatte den Juden keine andere Wahl gelassen. Die Amerikaner hatten ihre Misere selbst verschuldet.

»Warum sind wir zu Fuß unterwegs, Adrian? Warum können wir nicht wie alle anderen in einem klimatisierten Raum sitzen und Mint Juleps trinken?«

»Ich will mir die Beine vertreten. Außerdem müssten Sie Hitze gewöhnt sein, denke ich. Dies ist nichts im Vergleich zum Jeesreel-Tal.«

»Dass ich Cornwall liebe, hat einen Grund. Dort ist's nicht heiß.«

»Warten Sie's nur ab. Langley sagt voraus, dass Südengland wegen der globalen Erwärmung eines Tages zum größten Produzenten erstklassiger Weine aufsteigen wird.«

»Wenn Langley das glaubt«, sagte Gabriel, »dann trifft es bestimmt nicht ein.«

Inzwischen hatten sie den Campus der Georgetown University erreicht, die Ausbildungsstätte zukünftiger US-Diplomaten und Ruhesitz vieler altgedienter Spione war. Unterwegs hatte Gabriel Carter viel erzählt: von seiner unwahrscheinlichen Partnerschaft mit Paul Rousseau und Farid Barakat, von einem IS-Projektmanager in London namens Jalal Nasser und von einem IS-Talentscout in Brüssel namens Nabil Awad. Als sie jetzt die Thirty-seventh Street entlanggingen und versuchten, möglichst in den spärlichen Schatten zu bleiben, erzählte Gabriel Carter den Rest – dass sein Team und er dafür gesorgt hatte, dass Nabil Awad spurlos von den Straßen von Molebeek verschwand, dass sie ihn in der Tradition der großen Täuscher des Weltkriegs für den IS am Leben erhalten und dazu benutzt hatten, Jalal Nasser den Namen einer vielversprechenden Rekrutin, einer Frau aus einer Banlieue im Norden von Paris, zuzuspielen. Der IS hatte sie zu einer All-inclusive-Reise nach Santorin eingeladen und von dort aus in die Türkei und heimlich über die syrische Grenze gebracht. Den Namen dieser Frau erwähnte Gabriel nicht – weder ihren Decknamen noch ihren wahren Namen –, und Carter besaß genügend professionelle Höflichkeit, um nicht danach zu fragen.

»Ihre Agentin ist Jüdin?«

»Aber man sieht's ihr nicht an.«

»Gott helfe Ihnen, Gabriel.«

»Das tut er meistens.«

Carter lächelte. »Sie hat sich online wohl nicht zufällig Umm Ziad genannt?«

Gabriel gab keine Antwort.

»Ich nehme an, dass das Ja heißen soll.«

»Woher wissen Sie das?«

»Turbulence«, sagte Carter.

Diesen Decknamen kannte Gabriel. *Turbulence* war ein ultrageheimes Überwachungsprogramm der NSA, das das Internet unaufhörlich nach militanten Webseiten und dschihadistischen Chaträumen absuchte.

»Die NSA hat sie schon bald nach ihrem Auftauchen im Web als potenzielle Extremistin identifiziert«, erläuterte Carter.

»Die Kollegen haben versucht, ihren Computer mit einer Überwachungssoftware zu infizieren, aber er war gegen alle Angriffe immun. Sie konnte nicht mal rauskriegen, von wo aus sie operiert. Jetzt wissen wir, weshalb.« Er zog die Augenbrauen hoch. »Wer ist übrigens Ziad?«

»Der tote Freund.«

»Hübsche Idee.«

»Sie ist eine Schwarze Witwe?«

Gabriel nickte.

Sie bogen um die Ecke zur P Street und gingen eine hohe Klostermauer entlang. Auf den mit Klinkersteinen gepflasterten Gehsteigen waren außer ihnen nur Carters Personenschützer unterwegs. Zwei Leibwächter gingen vor ihnen her, zwei weitere folgten ihnen.

»Sie hören bestimmt gern«, sagte Carter, »dass Ihr neuer Freund Farid Barakat mir in unserem letzten Gespräch kein Sterbenswörtchen von allem erzählt hat. Auch Saladin hat er mit keiner Silbe erwähnt.« Er machte eine Pause, bevor er hinzufügte: »Für zehn Millionen Dollar auf ein Schweizer Bankkonto bekommt man heutzutage nicht mehr viel Loyalität zu kaufen, fürchte ich.«

»Existiert er?«

»Saladin? Ganz ohne Frage – oder jemand wie er. Und er ist todsicher kein Syrer.«

»Ist er einer von uns?«

»Ein Geheimdienstprofi?«

»Ja.«

»Wir denken, er könnte ein ehemaliger irakischer Geheimdienstler sein.«

»Das hat Nabil Awad auch geglaubt.«

»Er ruhe in Frieden.« Carter runzelte die Stirn. »Ist er wirklich tot – oder war diese Schießerei auch nur eine List?«

Gabriel bedeutete ihm schulterzuckend, Ersteres sei der Fall.

»Freut mich, dass jemand sich noch darauf versteht, mit harten Bandagen zu kämpfen. Sage ich auch nur ein unfreundliches Wort zu einem Terroristen, werde ich angeklagt. Terroristen und ihre Kinder mit Drohnen zu liquidieren ist allerdings in Ordnung.«

»Wissen Sie, Adrian, ein lebender Terrorist ist manchmal besser als ein toter. Ein lebender Terrorist kann einem alles Mögliche erzählen – zum Beispiel Ort und Zeit des nächsten Anschlags.«

»Mein Präsident ist anderer Meinung. Er glaubt, dass eingesperrte Terroristen nur weitere züchten.«

»Erfolg züchtet Terroristen, Adrian. Und nichts wäre ein so großer Erfolg wie ein Anschlag hier in Amerika.«

»Womit wir wieder beim ursprünglichen Thema wären«, sagte Carter und tupfte sich Schweißperlen von der Stirn. »Ich sorge dafür, dass das Pentagon dieses Ziel bei etwaigen Luftangriffen in Syrien ausspart. Im Gegenzug teilen Sie alles mit uns, was Ihre Agentin während ihres Urlaubs im Kalifat in Erfahrung bringt.«

»Abgemacht«, sagte Gabriel.

»Das französische Militär ist wohl auch mit an Bord?«

»Und das britische«, sagte Gabriel.

»Ich weiß nicht, was ich davon halten soll, dass ich das als Letzter erfahre.«

»Willkommen in der postamerikanischen Welt.«

Carter sagte nichts.

»Keine Luftangriffe auf dieses Gebäude«, sagte Gabriel ruhig. »Und keine auf Ausbildungslager, bis sie wieder draußen ist.«

»Wann rechnen Sie damit?«

»Ende August, falls Saladin nichts anderes vorhat.«

»Na, hoffentlich haben wir Glück.«

Sie waren wieder vor dem sicheren Haus in der N Street angelangt. Carter blieb vor der sanft geschwungenen Treppe zur Haustür hinauf stehen.

»Wie geht's den Zwillingen?«, fragte er plötzlich.

»Weiß ich nicht genau.«

»Verpassen Sie nichts bei ihnen. Sie sind zu alt, um noch mal Vater zu werden.«

Gabriel lächelte.

»Wissen Sie«, sagte Carter, »ich habe Sie zwölf Stunden lang echt für tot gehalten. Das war ein verdammt lausiger Trick von Ihnen.«

»Ich hatte keine andere Wahl.«

»Klar doch«, sagte Carter. »Aber lassen Sie mich nächstes Mal nicht im Dunkeln tappen. Ich bin nicht der Feind. Ich bin hier, um zu helfen.«

36

RAKKA, SYRIEN

Sie machte Jalal Nasser von Anfang an klar, dass sie nur für bestimmte Zeit in Syrien bleiben werde. Spätestens am 30. August, ihrem ersten Arbeitstag nach dem Urlaub, musste sie wieder in der Klinik sein. Kam sie nicht rechtzeitig zurück, würden ihre Angehörigen und Kollegen das Schlimmste vermuten. Schließlich war sie politisch aktiv, hatte Spuren im Internet hinterlassen und hatte ihren Liebsten im Dschihad verloren. Zweifellos würde jemand zur Polizei gehen, die Polizei würde die DGSI informieren, und der Geheimdienst würde ihren Namen auf die lange Liste europäischer Muslime setzen, die sich dem IS angeschlossen hatten. Es würde Presseberichte geben, Zeitungsartikel über eine hochgebildete Frau, eine Ärztin, die dem Todeskult des IS verfallen war. Sollte dieser Fall eintreten, bliebe ihr nichts anderes übrig, als in Syrien zu bleiben, was jedoch nicht ihr Wunsch sei – zumindest vorläufig nicht. Erst wolle sie Ziads Tod rächen, indem sie einen Schlag gegen den Westen führe. Danach, *inschallah*, werde sie nach Syrien zurückkehren, einen Kämpfer heiraten und viele Kinder fürs Kalifat gebären.

Jalal Nasser hatte gesagt, das entspreche genau seinen Absichten. Deshalb war Natalie überrascht, als nach ihrer Ankunft in Rakka drei Tage und Nächte vergingen, ohne dass jemand sie abholte. Miranda Ward, ihre Reisegefährtin, blieb in dem Apartment am Al-Raschid-Park bei ihr, um als Führerin und Aufpasserin zu fungieren. Für Miranda war dies nicht der erste Besuch in der inoffiziellen Hauptstadt des Kalifats. Sie war ein Sherpa auf dem Schleichpfad, über den britische Muslime aus East London und den Midlands nach Syrien und in den IS geschleust wurden. Sie war der Köder, die Täuschung, das hübsche offene Gesicht. Sie hatte Männer und Frauen begleitet, sich als ihre Liebhaberin oder Freundin ausgegeben. Miranda war, wie sie gelegentlich lachend behauptete, »bi-dschihadistisch«.

Das Apartment war keine richtige Wohnung, sondern bestand aus einem kahlen kleinen Raum mit einem Waschbecken an der Wand und ein paar Wolldecken auf dem nackten Fußboden. Es hatte ein einziges Fenster, durch das massenhaft Staubpartikel wie durch Osmose hereinwehten. Die Decken stanken nach Wüstentieren, nach Ziegen und Kamelen. Manchmal leckte ein dünner Wasserfaden aus dem Hahn, aber die meiste Zeit blieb er trocken. Wasser bekamen sie von einem IS-Tankwagen unten auf der Straße, und wenn er ausblieb, holten sie Wasser aus dem Euphrat. Rakka war in die Vergangenheit zurückgefallen. Geistig und materiell herrschte hier tiefes Mittelalter.

Es gab keinen Strom – jeden Tag höchstens für ein paar Minuten – und kein Gas für Kochzwecke. Allerdings gab es auch nicht viel zu essen. In einem Land, in dem Brot ein Grundnahrungsmittel war, herrschte Brotknappheit. Jeder Tag begann mit der Aufgabe, ein oder zwei kostbare Laibe aufzutreiben. Die amtliche Währung des Kalifats war der IS-Dinar, aber auf den Märkten wurde im Allgemeinen mit altem syrischen Pfund oder US-Dollar gezahlt. Selbst der IS trieb Handel in der Währung des Feindes. Auf Jalal Nassers Vorschlag hatte Natalie aus Frankreich mehrere Hundert Dollar mitgebracht. Dieses Geld öffnete viele Türen zu Lagerräumen mit Reis, Bohnen, Oliven und sogar etwas Fleisch. Für alle, die bereit waren, dem Zorn der *Husbah*-Wächter, der gefürchteten Scharia-Polizei, zu trotzen, gab es auf dem schwarzen Markt auch Alkohol und Zigaretten. Die Strafe für Rauchen oder Trinken war schwer: Auspeitschung, Kreuzigung oder Enthauptung. Natalie sah einmal, wie die Sittenwächter einen Mann auspeitschten, weil er geflucht hatte. Fluchen war *haram*.

Die Zustände auf den Straßen von Rakka glichen einem Tollhaus. Da aufgrund des fehlenden Stroms keine Ampeln funktionierten, regelten IS-Verkehrspolizisten den Verkehr an den Kreuzungen. Sie hatten Pistolen, aber keine Trillerpfeifen, weil Pfeifen *haram* waren. Fotos von Models in Schaufenstern waren retuschiert, damit sie den strikten IS-Anstandsregeln entsprachen. Ihre Gesichter waren geschwärzt, weil es *haram* war, Menschen oder Tiere – Gottes Schöpfungen – abzubilden und an die Wand zu hängen. Auch die Statue zweier Bauern auf dem berühmten Glockenturm von Rakka war retuschiert worden – ihre Köpfe fehlten. Der Naeem-Platz, einst von Rakkas Kindern geliebt, war jetzt voller abgeschlagener Köpfe, echter Menschenköpfe. Sie starrten traurig von den Spitzen eines Eisenzauns herab, syrische Soldaten, kurdische Kämpfer, Verräter, Saboteure, frühere Geiseln. Als Vergeltung bombardierte die syrische Luftwaffe den Platz häufig. So sah das Leben im islamischen Kalifat aus: In einem Park, in dem früher Kinder gespielt hatten, fielen Bomben auf die Köpfe von Enthaupteten.

Dies war eine schwarze Welt, schwarz im Geist, schwarz in der Farbe. Schwarze Fahnen wehten an allen Gebäuden und Lampenmasten, Männer in schwarzen Ninja-Outfits patrouillierten auf den Straßen, Frauen in schwarzen Abajas huschten wie schwarze Gespenster über die Märkte. Natalie hatte ihre Abaja kurz nach der türkisch-syrischen Grenze erhalten. Sie war ein schweres, kratziges Übergewand, das ihr passte wie ein Überwurf einem Möbelstück. Auch darunter trug sie nur Schwarz, denn alle anderen Farben, sogar Braun, waren *haram* und konnten einem Peitschenhiebe der Sittenwächter einbringen. Der Gesichtsschleier machte sie fast ganz unkenntlich, und Natalie sah die Welt durch ihn in einem schmutzigen Dunkel. In der Mittagshitze fühlte sie sich wie in ihrem eigenen Backofen gefangen, eine langsam röstende IS-Delikatesse. Theoretisch brachte eine Abaja die Gefahr mit sich, sich für unsichtbar zu halten. Aber darauf fiel sie nicht herein. Sie wusste, dass sie ständig überwacht wurde.

Der IS war nicht der Einzige, der die Stadtlandschaft von Rakka veränderte. Die syrische Luftwaffe und ihre russischen Komplizen bombardierten tagsüber, die Amerikaner und ihre Koalitionspartner nachts. Die Schäden waren unübersehbar: zerstörte Wohngebäude, ausgebrannte Personen- und Lastwagen, rauchgeschwärzte Panzer und Schützenpanzer. Als Reaktion auf die Luftangriffe war der IS dazu übergegangen, seine Waffen und Kämpfer inmitten der Zivilbevölkerung zu verstecken. Im Erdgeschoss von Natalies Gebäude lagerten Gewehrmunition, Artilleriegranaten, Panzerabwehrraketen und Waffen aller Art. Im ersten und zweiten Stock waren bärtige IS-Kämpfer in Schwarz einquartiert. Einige wenige stammten aus Syrien, aber die meisten waren Saudis, Ägypter, Tunesier oder wilde islamische Krieger aus dem Kaukasus, die sich freuten, wieder gegen Russen kämpfen zu können. Dazu kamen viele Europäer, auch drei Franzosen. Sie wussten von Natalies Anwesenheit, versuchten aber nicht, mit ihr zu sprechen. Sie war off limits. Sie war Saladins Rekrutin.

Die Syrer und Russen schreckten nicht vor Bombenangriffen auf zivile Ziele zurück, aber die Amerikaner waren wählerischer. Alle waren sich darüber einig, dass ihre Angriffe in letzter Zeit nachgelassen hatten. Den Grund dafür kannte niemand, aber vor allem die ausländischen Kämpfer prahlten, das dekadente, ungläubige Amerika habe die Lust am Kampf verloren. Keiner ahnte, dass der Grund für das Nachlassen der

US-Luftangriffe unter ihnen lebte: in einem Zimmer mit einem einzigen Fenster zum Al-Raschid-Park hinaus, mit Wolldecken, die nach Kamel und Ziege stanken.

Schon vor dem Aufstand war das syrische Gesundheitswesen erbärmlich schlecht gewesen, aber im Chaos des Bürgerkriegs existierte es jetzt fast nicht mehr. Das staatliche Krankenhaus in Rakka lag in Trümmern, hatte weder Medikamente noch medizinische Geräte und war voller verwundeter IS-Kämpfer. Der Rest der glücklosen Einwohnerschaft wurde in kleinen, im gesamten Stadtgebiet verteilten Kliniken »behandelt«. Auf eine stieß Natalie, als sie an ihrem zweiten Tag in Rakka auf der Suche nach Brot war, und fand sie voller Opfer eines russischen Luftangriffs, viele tot, manche im Sterben liegend. Es gab keinen Arzt, nur Sanitäter und IS-»Krankenschwestern« mit rudimentärer Ausbildung. Natalie stellte sich als Ärztin vor und begann sofort, die Verletzten mit dem zu behandeln, was sie vorfand. Das tat sie in ihrer hinderlichen, unhygienischen Abaja, weil ein knurrender Sittenwächter ihr Prügel androhte, wenn sie sie ablegte. Als sie an diesem Abend endlich in die Wohnung zurückkehrte, wusch sie sich mit Euphratwasser das Blut von der Abaja. Rakka war ins Mittelalter zurückgefallen.

In der Wohnung trugen sie keine Abajas, nur ihre Hidschabs. Mirandas schmeichelte ihr, rahmte ihre zarten keltischen Züge ein und betonte ihre meergrünen Augen. Beim Abendessen an diesem Tag erzählte sie Natalie von ihrer Bekehrung zum Islam. Wegen einer alkoholkranken Mutter und einem arbeitsscheuen, sexuell aggressiven Vater hatte sie eine entschieden unglückliche Kindheit gehabt. Mit dreizehn hatte sie angefangen zu trinken und Drogen zu nehmen. Sie war zweimal schwanger geworden, hatte beide Male abgetrieben. »Ich war fix und fertig«, sagte sie. »Ich hab mich mit lauter Scheiß ruiniert.«

Dann hatte sie eines Tages in Bristol bekifft und betrunken vor einer islamischen Buchhandlung gestanden. Ein Muslim sah sie durchs Schaufenster starren und bat sie herein. Sie weigerte sich einzutreten, nahm aber das angebotene kostenlose Buch mit.

»Ich wollte's eigentlich in den nächsten Abfallkorb schmeißen. Ich bin froh, dass ich's nicht getan hab. Es hat mein Leben verändert.«

Sie hörte auf zu trinken, Drogen zu nehmen und mit Jungen zu schlafen, die sie kaum kannte. Dann trat sie zum Islam über, nahm den Schleier und fing an, fünfmal täglich zu beten. Ihre Eltern, ehemalige Mitglieder der Church of England, Ungläubige, wollten keine Muslimin als Tochter. Miranda, die mit nur einem Koffer und hundert Pfund in der Tasche fortgeschickt wurde, gelangte nach East London, wo sie in den Tower Hamlets von einer Gruppe von Moslems aufgenommen wurde. Dort lernte sie einen Jordanier namens Jalal Nasser kennen, der ihr die Schönheit des Dschihads und des Märtyrertums näherbrachte. Sie trat in den IS ein, reiste heimlich zur Ausbildung nach Syrien und kehrte unentdeckt nach Großbritannien zurück. Sie sprach ehrfürchtig von Jalal, war vielleicht ein bisschen in ihn verliebt. »Nimmt er sich jemals Frauen«, sagte er, »bin ich hoffentlich eine von ihnen. Im Augenblick ist er zu beschäftigt, um auf Brautschau zu gehen. Er ist mit Saladin verheiratet.«

Natalie kannte diesen Namen, Dr. Hadawi nicht. Sie reagierte entsprechend.

»Mit wem?«, fragte sie vorsichtig.

»Saladin. Er steht an der Spitze des Netzwerks.«

»Du kennst ihn persönlich?«

»Saladin?« Sie lächelte verträumt und schüttelte den Kopf. »Ich stehe in der Befehlskette viel zu weit unten. Nur die höchsten Führer wissen, wer er wirklich ist. Aber wer weiß? Vielleicht lernst du ihn kennen.«

»Wie kommst du darauf?«

»Weil sie Großes mit dir vorhaben.«

»Hat Jalal dir das erzählt?«

»Oh, das war nicht nötig.«

Aber Natalie war nicht überzeugt. Tatsächlich schien eher das Gegenteil der Fall zu sein, als habe man sie vergessen. In dieser und der folgenden Nacht lag sie wach auf ihrer Decke und starrte das durch das einzelne Fenster sichtbare Stück Himmel an. Die Sterne über der in völliger Dunkelheit liegenden Stadt glitzerten hell. Natalie stellte sich vor, wie ein Spionagesatellit Ofek 10 auf sie herabblickte und ihr überallhin folgte, während sie durch die Straßen der schwarzen Stadt huschte.

In der dritten Nacht kurz vor Tagesanbruch, nicht lange nach einem US-Luftangriff im Norden, hörte sie zuletzt Schritte auf dem Flur vor ihrem Zimmer. Vier krachende Schläge ließen die Tür erzittern, dann flog sie auf wie von einer Autobombe aufgesprengt. Natalie warf augenblicklich ihre Abaja über, bevor der Lichtstrahl einer Stablampe ihr Gesicht erfasste. Die Männer nahmen nur sie mit, ließen Miranda zurück. Unten auf der Straße wartete ein staubiges, verbeultes SUV. Sie stießen sie auf den Rücksitz, diese bärtigen, schwarz gekleideten, wilden islamischen Krieger, und das SUV raste davon. Sie starrte durch die getönten Scheiben, durch den getönten Schleier ihrer Abaja auf den Wahnsinn auf den Straßen – auf die abgeschlagenen Köpfe auf Eisenstangen, auf Gekreuzigte, an denen sie vorbeirasten, auf die Fotos von gesichtslosen Frauen in Schaufenstern. Ich bin Dr. Leila Hadawi sagte sie sich. Ich bin Leila, die Ziad liebt, Leila aus Sumayrijya. Und ich werde bald sterben.

37

IM OSTEN SYRIENS

Auf einer von Öl schwarzen schnurgeraden Straße fuhren sie der aufgehenden Sonne entgegen nach Osten. Der Verkehr war schwach – ein Sattelschlepper, der Fracht aus der Provinz Anbar in den Irak brachte, ein Bauer, der mit Gemüse zum Markt in Raqqa unterwegs war, ein Tieflader mit siegestrunkenen Ninjas, die nachts im Norden gekämpft hatten. Der morgendliche Stoßverkehr im Kalifat, dachte Natalie. Von Zeit zu Zeit passierten sie ausgebrannte Panzer oder Schützenpanzer. In der leeren Landschaft sahen diese Wracks wie Kadaver von Insekten aus, die unter dem Brennglas eines Kindes verschmort waren. Ein japanischer Pick-up brannte noch, als sie daran vorbeifuhren, und auf seiner Ladefläche klammerte ein verkohlter Schütze sich weiter an sein gen Himmel gerichtetes MG Kaliber 50. »Allahu akbar«, murmelte ihr Fahrer, und Natalie antwortete unter ihrer schwarzen Abaja hervor: »Allahu akbar.«

Orientieren konnte sie sich lediglich nach dem Sonnenstand, dem SUV-Tachometer und der Borduhr. Die Sonne zeigte ihr, dass sie von Rakka aus stetig nach Osten fuhren. Uhr und Tachometer zeigten an, dass sie eineinviertel Stunden lang mit fast hundertvierzig Stundenkilometern unterwegs waren. Rakka lag ungefähr hundertsechzig Kilometer weit von der irakischen Grenze entfernt – von der ehemaligen Grenze, korrigierte sie sich rasch. Diese Grenze existierte nicht mehr; die von ungläubigen Diplomaten in London und Paris auf einer Landkarte gezogenen Linien waren ausradiert worden. Selbst die alten syrischen Wegweiser waren abgebaut worden. »Allahu akbar«, sagte ihr Fahrer, als sie an einem weiteren brennenden Fahrzeugwrack vorbeifuhren. Und Natalie, die unter ihrer Abaja schmorte, wiederholte gehorsam: »Allahu akbar.«

So rasten sie etwa zwanzig Minuten weiter, wobei die Umgebung mit jedem Kilometer kahler und trostloser wurde. Es war noch früh – laut Borduhr 7.20 Uhr –, aber schon so heiß, dass Natalie die Scheibe ihres Fensters kaum noch berühren konnte. Schließlich erreichten sie ein kleines Dorf aus ausgebleichten Steinhäusern. Die Hauptstraße war breit genug für Durchgangsverkehr, aber hinter ihr lag ein Labyrinth aus engen Gassen, auf denen einige wenige Dorfbewohner – verschleierte Frauen, Männer in Dischdasch und Keffiah, barfüßige Kinder – träge durch die Hitze schlichen. An der Hauptstraße gab es einen Markt und ein kleines Café, in dem ein paar verdorrte ältere Männer sich die Aufzeichnung einer Predigt Abu Bakr al-Baghdadis, des Kalifen persönlich, anhörten. Natalie suchte die Straße nach einem Hinweis auf dem Namen des Dorfs ab, konnte aber keinen entdecken. Sie befürchtete, die unsichtbare Grenze zum Irak überschritten zu haben.

Plötzlich bog ihr Fahrer nach rechts durch einen Torbogen ab und hielt auf dem Hof eines großen Hauses. Im Schatten der Dattelpalmen auf dem Hof lungerte ein halbes Dutzend IS-Kämpfer herum. Einer von ihnen, ein junger Mann Anfang zwanzig, dessen rötlicher Bart noch wachsen musste, öffnete Natalies Tür und führte sie hinein. Drinnen war es kühl, und von irgendwoher kamen die sanften, beruhigenden Stimmen schwatzender Frauen. In einem nur mit Teppichen und Kissen ausgestatteten Zimmer forderte der junge Mann mit dem schütteren rötlichen Bart Natalie auf, Platz zu nehmen. Er zog sich rasch zurück, und eine verschleierte Frau brachte ihr ein Glas Tee. Dann zog auch die Verschleierte sich zurück, und Natalie hatte das Zimmer für sich allein.

Sie hielt ihren Gesichtsschleier zur Seite und hob zögernd das Glas an die Lippen. Der stark gesüßte Tee ging in ihr Blut über wie eine Droge aus einer Nadel. Sie trank ihn langsam, um sich nicht den Mund zu verbrennen, und beobachtete dabei einen Schatten, der über den Teppich auf sie zuglitt. Als der Schatten ihren Knöchel erreichte, war die Verschleierte wieder da, um sich das Teeglas zu holen. Im nächsten Augenblick erzitterte der Raum von Motorenlärm, als draußen ein weiterer Geländewagen vorfuhr. Vier Türen wurden gleichzeitig aufgestoßen und zugeknallt. Vier Männer betraten das Haus.

Welcher der vier der Anführer war, war auf den ersten Blick zu erkennen. Er war einige Jahre älter als die anderen, bewegte sich ruhiger, wirkte gelassener. Die drei jüngeren Männer waren mit klobigen Sturmgewehren bewaffnet, die Natalie nicht identifizieren konnte, aber ihr Anführer hatte nur eine Pistole in einem Holster an der Hüfte. Gekleidet war er nach dem Vorbild Abu Musab al-Zarquawis: schwarzer Overall, weiße Sportschuhe, straff gebundene schwarze Keffiah. Sein wild wuchernder Bart war grau meliert und feucht von Schweiß. Wie bin Ladens Augen waren seine braunen Augen eigenartig sanft. Seine rechte Hand war unversehrt, aber von der Linken waren nur Daumen und Zeigefinger übrig, das Markenzeichen eines Bombenbauers. Jetzt starrte er einige Minuten lang die bewegungslos vor ihm auf dem Teppich hockende schwarze Gestalt an. Als er sie endlich ansprach, hörte sie Arabisch mit irakischem Akzent.

»Nimm deinen Schleier ab.«

Natalie reagierte nicht. Im Islamischen Staat durften Frauen keinem Mann, der kein Verwandter war, ihr Gesicht zeigen, selbst wenn der Mann ein wichtiger Iraker aus Saladins Netzwerk war.

»Das ist in Ordnung«, sagte er schließlich. »Es ist notwendig.«

Sie nahm langsam und bedächtig den Gesichtsschleier ab. Dabei starrte sie weiter auf den Teppich.

»Sieh mich an!«, befahl er dann. Natalie hob gehorsam den Kopf. Er betrachtete sie lange, bevor er ihr Kinn zwischen Daumen und Zeigefinger seiner verkrüppelten Hand nahm und das Gesicht zur Seite drehte, um es im Profil zu mustern. Sein Blick war kritisch, als begutachte er ein zum Verkauf stehendes Pferd.

»Du bist Palästinenserin?«

Sie nickte stumm.

»Du siehst wie eine Jüdin aus, aber ich gebe zu, dass für mich alle Palästinenser wie Juden aussehen.« Das sagte er mit der Verachtung eines Wüstensohns für alle, die in Städten, in Sümpfen oder an Meeresküsten lebten. Er hielt weiter ihr Kinn umfasst. »Warst du jemals in Palästina?«

»Nein, niemals.«

»Aber du hast einen französischen Pass. Du hättest ganz leicht hinreisen können.«

»Für mich wäre es zu schmerzlich gewesen, das Land meiner Vorfahren unter zionistischer Herrschaft zu sehen.«

Ihre Antwort schien ihm zu gefallen. Er forderte sie mit einem Nicken auf, sich wieder zu verschleiern. Sie war dankbar für den Schutz dieses Kleidungsstücks, das ihr Gelegenheit gab, ihre Gedanken zu sammeln. Unter ihrem schwarzen Zelt versteckt und mit verdecktem Gesicht machte sie sich auf das vor ihr liegende Verhör gefasst. Die Leichtigkeit, mit der Leilas Story aus ihrem Unterbewusstsein in ihr Bewusstsein trat, überraschte sie. Ihre intensive Ausbildung hatte Erfolg gehabt. Sie schien sich an Ereignisse zu erinnern, die wirklich passiert waren. Natalie Mizrahi kam darin nicht vor; sie war tot und vergessen. Es war Leila Hadawi, die in dieses Dorf mitten in der Wüste gebracht worden war, und Leila Hadawi, die dem schärfsten Verhör ihres Lebens zuversichtlich entgegensah.

Dann kam die Verschleierte mit fünf Gläsern Tee zurück. Der Iraker ließ sich gegenüber Natalie nieder, und die drei anderen saßen mit quer über den Oberschenkeln liegenden Gewehren hinter ihm. Natalie erinnerte sich an einen Verurteilten in einem orangeroten Overall, leichenblass, der in Handfesseln vor einer ähnlichen Formation gesichtsloser Scharfrichter in Schwarz gesessen hatte. Unter dem Schutz ihrer Abaja tilgte sie dieses Schreckensbild aus ihren Gedanken. Dann merkte sie, dass sie schwitzte. Dünne Schweißfäden liefen ihr über den Rücken und zwischen ihren Brüsten hindurch. Aber sie durfte schwitzen, sagte sie sich. Für eine verwöhnte Pariserin war die Wüstenhitze ungewohnt, und das Zimmer war nicht länger kühl. Im vormittäglichen Sonnenglast erwärmte sich das Haus.

»Du bist Ärztin«, sagte der Iraner, der sein Teeglas zwischen Daumen und Zeigefinger hielt, wie er vor wenigen Augenblicken Natalies Kinn gehalten hatte. Ja, bestätigte sie und nahm unter ihrem Schleier mühsam einen Schluck Tee, sie sei Ärztin, habe an der Université Paris-Sud studiert und arbeite in der Clinique Jacques Chirac in der Pariser Banlieue Aubervilliers. Dann ergänzte sie, Aubervilliers sei ein mehrheitlich muslimischer Vorort, und sie behandle vor allem arabische Patienten aus Nordafrika.

»Ja, ich weiß«, sagte der Iraker ungeduldig. Offenbar kannte er ihre Biografie recht gut. »Wie ich höre, hast du gestern in einer Klinik in Rakka ein paar Stunden lang Patienten behandelt.«

»Vorgestern«, stellte sie richtig. Und deine Freunde und du haben mich anscheinend dabei beobachtet, dachte sie, während sie den Iraker durch die schwarze Gaze ihres Schleiers betrachtete.

»Du hättest schon vor Langem herkommen sollen«, fuhr er fort. »Ärzte werden im Kalifat dringend gebraucht.«

»Meine Arbeit ist in Paris.«

»Und nun bist du hier«, stellte er fest.

»Ich bin hier«, sagte sie vorsichtig, »weil ich zu kommen gebeten wurde.«

»Von Jalal.«

Sie gab keine Antwort. Der Iraker schlürfte nachdenklich seinen Tee.

»Jalal ist sehr gut darin, mir begeisterte Europäerinnen zu schicken, aber *ich* entscheide, ob sie's verdienen, in unsere Lager aufgenommen zu werden.« In seinem Tonfall klang das drohend, was bestimmt beabsichtigt war. »Willst du für den Islamischen Staat kämpfen?«

»Ja.«

»Warum nicht für Palästina?«

»Das tue ich.«

»Wie?«

»Indem ich für den Islamischen Staat kämpfe.«

Sein Blick wurde wärmer. »Zarqawi hat immer gesagt, dass die Straße nach Palästina über Amman führt. Als Erstes erobern wir den ganzen Irak und Syrien. Dann Jordanien. Und danach, inschallah, Jerusalem.«

»Wie Saladin«, erwiderte sie. Und sie fragte sich nicht zum ersten Mal, ob der Mann, der sich Saladin nannte, bereits vor ihr saß.

»Du hast seinen Namen gehört?«, fragte er. »Saladin?«

Sie nickte schweigend. Der Iraker sah sich um und verlangte murmelnd etwas von einem der drei hinter ihm Sitzenden. Der Mann gab ihm einen von einer Büroklammer zusammengehaltenen Stapel Blätter. Natalie vermutete, dass dies ihre IS-Personalakte war – ein Gedanke, der sie unter ihrer Abaja fast lächeln ließ. Der Iraker blätterte mit der Konzentration eines Bürokraten in dem Dossier. Natalie fragte sich, als was er gearbeitet haben mochte, bevor die US-Invasion im Irak dort den gesamten Alltag buchstäblich auf den Kopf gestellt hatte. War er ein kleiner Beamter in einem Ministerium gewesen? Ein Lehrer oder Bänker? Hatte er auf einem Markt Gemüse verkauft? Nein, sagte sie sich, er war kein armer Straßenhändler. Er ist garantiert ein ehemaliger irakischer Offizier. Oder vielleicht, dachte sie, während ihr Schweiß über den Rücken lief, war er bei Saddam Husseins gefürchteter Geheimpolizei.

»Du bist unverheiratet«, verkündete er plötzlich.

»Ja«, antwortete Natalie wahrheitsgemäß.

»Du warst mal verlobt?«

»Beinahe.«

»Mit Ziad al-Masri? Einem Bruder, der in jordanischer Haft ermordet wurde?«

Sie nickte langsam.

»Wo hast du ihn kennengelernt?«

»An der Uni Paris-Sud.«

»Und was hat er studiert?«

»Elektrotechnik.«

»Ja, ich weiß.« Er legte ihr Dossier vor sich auf den Teppich. »In Jordanien haben wir viele Unterstützer. Viele unserer Brüder waren mal jordanische Bürger. Aber keiner von ihnen«, fügte er hinzu, »hat jemals den Namen Ziad al-Masri gehört.«

»Ziad war in Jordanien nie aktiv«, antwortete sie weit ruhiger, als sie jemals für möglich gehalten hätte. »Er hat sich erst radikalisiert, als er nach Europa gegangen war.«

»Er war Mitglied der Hizb ut-Tahrir?«

»Nicht offiziell.«

»Das könnte erklären, wieso auch keiner der Bruder aus der Hizb ut-Tahrir jemals von ihm gehört hat.« Er musterte Natalie gelassen, während ihr weitere Schweißbäche über den Rücken liefen. »Du trinkst deinen Tee nicht«, stellte er dann fest.

»Weil du mich nervös machst.«

»Das war meine Absicht.« Diese Bemerkung ließ die drei hinter ihm sitzenden Männer leise auflachen. Er wartete, bis wieder Ruhe herrschte, bevor er fortfuhr. »Die Amerikaner und ihre Freunde in Europa haben uns lange nicht ernst genommen. Sie haben uns herabgesetzt, uns komische Namen gegeben. Aber nun erkennen sie, dass wir eine Gefahr für sie darstellen, und versuchen ihr Äußerstes, um uns zu unterwandern. Am schlimmsten sind die Briten. Schnappen sie einen britischen Muslim, der ins Kalifat reisen will, versuchen sie, ihn als Spion anzuwerben. Wir spüren sie immer sehr rasch auf. Manche drehen wir um und schicken sie als unsere Agenten zurück. Und manche«, sagte er schulterzuckend, »erledigen wir einfach.«

Er ließ zu, dass sich bedrohliches Schweigen über den heißen Raum herabsenkte. Zuletzt war es Natalie, die es brach.

»Ich wollte mich euch nicht anschließen«, stellte sie fest. »Ich bin dazu aufgefordert worden.«

»Nein, Jalal hat dich nach Syrien eingeladen, nicht ich. Aber *ich* entscheide, ob du bleiben kannst.« Er hob das Dossier wieder auf. »Ich möchte deine Geschichte von Anfang an hören, Leila. Das finde ich immer sehr nützlich.«

»Geboren bin ich in …«

»Nein«, unterbrach er sie. »Ich meine von Anfang an.«

Sie schwieg verwirrt. Der Iraker blätterte wieder in ihrem Dossier.

»Hier steht, dass deine Familie aus dem Dorf Sumayrijya stammt.«

»Die Familie meines Vaters«, sagte sie.

»Wo liegt es?«

»Es *hat* in Westgaliäa gelegen. Es existiert nicht mehr.«

»Erzähl mir davon«, verlangte er. »Erzähl mir alles.«

Unter ihrem Schleier schloss Natalie die Augen. Sie sah sich neben einem mittelgroßen Mann, an dessen Gesicht und Name sie sich nicht mehr erinnern konnte, über ein Brachfeld mit Dornenbüschen und den Trümmern zerstörter Häuser gehen. Er sprach jetzt mit ihr wie aus einem Brunnen, und seine Worte wurden ihre. In Sumayrijya bauten sie Bananen und Melonen an, die süßtesten Melonen in ganz Palästina. Sie bewässerten ihre Felder mit Wasser von einem uralten Aquädukt und bestatteten ihre Toten auf dem Friedhof unweit ihrer Moschee. Sumayrijya war das Paradies auf Erden, Sumayrijya war ein Garten Eden. Und dann kamen in einer Mainacht des Jahres 1948 die Juden mit einem Lkw-Konvoi mit grellen Scheinwerfern die Küstenstraße herauf, und Sumayrijya hörte auf zu existieren.

Im Operationszentrum am King Saul Boulevard steht ein für den Direktor reservierter Sessel, in dem sonst niemand sitzen darf. Niemand wagt auch nur, ihn zu berühren. An diesem gesamten spannenden Tag ächzte und bog er sich unter Uzi Navots massigem Körper. Gabriel harrte ständig an seiner Seite aus, manchmal auf dem Platz des stellvertretenden Direktors, manchmal mit einer Hand am Kinn, den Kopf leicht zur Seite geneigt nervös auf den Beinen.

Wie alle anderen im Operationszentrum hatten die beiden Männer nur Augen für den wandgroßen Hauptbildschirm. Er zeigte die Satellitenaufnahme eines großen Hauses nahe der syrisch-irakischen Grenze. Auf dem Innenhof des Hauses lungerten mehrere Männer im Schatten von Dattelpalmen herum.

Außerdem standen dort zwei Geländewagen. Einer hatte eine Frau aus der Innenstadt von Rakka hergebracht; mit dem anderen waren vier Männer aus dem irakischen Sunniten-Dreieck hergekommen. Die Koordinaten des Hauses hatte Gabriel Adrian Carter in der CIA-Zentrale übermittelt, und Carter hatte von einem geheimen Stützpunkt in der Türkei aus eine Drohne entsandt. Sie durchflog gelegentlich den Erfassungsbereich des Aufklärungssatelliten Ofek 10, kreiste in dreieinhalbtausend Meter Höhe träge über dem Ziel und wurde in einer anderen Wüste auf der anderen Seite der Welt von einem jungen Agenten in einem Trailer gesteuert.

Darüber hinaus hatte Adrian Carter weitere Ressourcen gegen das Ziel mobilisiert. Insbesondere hatte er die NSA angewiesen, möglichst viele Mobilfunkdaten aus dem Haus zu sammeln. Die NSA hatte nicht weniger als zwölf Handys identifiziert, von denen eines mit einem mutmaßlichen höhen IS-Kommandeur namens Abu Ahmed al-Tikriti, ehemals Oberst im irakischen Geheimdienst, in Verbindung gebracht worden war. Gabriel vermutete, dass seine Agentin jetzt von al-Tikriti verhört wurde. Bei dem Gedanken daran wurde ihm fast schlecht, aber er tröstete sich mit der Gewissheit, sie gut vorbereitet zu haben. Trotzdem hätte er jederzeit bereitwillig mit ihr getauscht. Vielleicht, dachte Gabriel, als er beobachtete, wie gelassen Uzi Navot in seinem Sessel saß, bin ich doch nicht für die Last der Verantwortung geschaffen.

Der Tag verstrich quälend langsam. Die beiden Geländewagen blieben auf dem Innenhof, die Dschihadis hockten weiter im Schatten der Palmen. Dann wurde es auf dem Hof dunkel, als die Sonne unterging, und in der Dunkelheit flammten Lagerfeuer auf. Der israelische Ofek 10 schaltete auf IR-Modus um. Kurz nach einundzwanzig Uhr entdeckte er mehrere menschliche Wärmesignaturen, die aus dem Haus kamen.

Vier von ihnen bestiegen einen der Geländewagen. Die fünfte Wärmesignatur, eine Frau, stieg in den anderen. Die Drohne verfolgte das erste SUV bis nach Mossul; der Ofek 10 beobachtete das zweite auf seiner Rückfahrt nach Rakka. Dort hielt es vor einem Apartmentgebäude am Al-Raschid-Park, und die einzelne Wärmesignatur, eine Frau, stieg hinten aus. Sie betrat das Gebäude kurz vor Mitternacht und kam damit außer Sicht.

In einem Raum im ersten Stock hielt ein hagerer, weißhaariger saudischer Geistlicher mehreren Dutzend gebannt zuhörender Kämpfer einen Vortrag darüber, welche Rolle sie dabei spielen würden – inschallah –, das Ende der Zeit zu bewirken. Dieser Tag sei nahe, erklärte er, näher, als sie dächten. Natalie, von dem anstrengenden Verhör ausgepumpt und vor Erschöpfung und in ihrer Abaja blind, sah keinen Grund, an den Worten des alten Predigers zu zweifeln.

Im Treppenhaus war es wie immer stockfinster. Beim Treppensteigen zählte sie halblaut auf Arabisch mit: vierzehn Stufen bis zum Treppenabsatz, dann noch mal vierzehn bis zum nächsten Stockwerk. Ihr Zimmer lag im fünften Stock, zwölf Schritte von der Treppe entfernt. Sie trat ein und schloss lautlos die Tür hinter sich. Mondschein, der durch das einzige Fenster einfiel, zeigte ihr eine zusammengerollte auf dem Boden schlafende Frauengestalt. Natalie legte seufzend ihre Abaja ab und machte sich ein Lager. Als ihr Kopf eben das Kissen berührte, bewegte die andere Frauengestalt sich und setzte sich auf. »Miranda?«, fragte Natalie, aber die einzige Antwort bestand daraus, dass ein Streichholz angerissen wurde. Seine Flamme berührte den Docht einer Öllampe. Warmes Licht erfüllte das Zimmer.

Auch Natalie setzte sich wieder auf und erwartete, schmale keltische Gesichtszüge zu sehen. Stattdessen starrte sie zu ihrer

Überraschung in ein großes, fast hypnotisch wirkendes Augenpaar, zwei Kaleidoskope aus Haselnuss und Kupfer. »Wer bist du?«, fragte sie auf Arabisch, aber ihre neue Mitbewohnerin antwortete auf Französisch. »Mein Name ist Safia Bourihane«, sagte sie und streckte die Hand aus. »Willkommen im Kalifat.«

38

PALMYRA, SYRIEN

Das Lager lag knapp außerhalb der alten Stadt Palmyra unweit des berüchtigten Gefängnisses Tadmur, in das der Vater des jetzigen Herrschers alle geworfen hatte, die sich ihm zu widersetzen wagten. Vor dem Bürgerkrieg war es ein Stützpunkt des syrischen Militärs im Gouvernement Homs gewesen, aber im Frühjahr 2015 hatte der Islamische Staat es fast kampflos und weitgehend unbeschädigt erobert. Die Terrororganisation hatte viele der berühmten Ruinen Palmyras geplündert und zerstört, aber das Lager war erhalten geblieben. Hinter der mit Bandstacheldraht gekrönten dreieinhalb Meter hohen Mauer lagen Unterkünfte für fünfhundert Mann, eine Kantine, Gemeinschafts- und Besprechungsräume, eine Turnhalle und ein Dieselaggregat, das in der Hitze des Tages Strom für Klimaanlagen und nachts für Beleuchtungszwecke lieferte. Die alten syrischen Beschriftungen waren alle entfernt, und an dem hohen zentralen Fahnenmast wehte und knatterte die schwarze IS-Fahne. Der frühere Name des Lagers wurde nie mehr benutzt. Seine Absolventen bezeichneten es als Camp Saladin.

In Begleitung von Safia Bourihane fuhr Natalie am folgenden Tag mit einem SUV dorthin. Seit dem Anschlag auf das Weinberg-Zentrum in Paris waren vier Monate vergangen; in dieser Zeit war Safia zu einer dschihadistischen Ikone geworden. Gedichte feierten sie, Straßen und Plätze trugen ihren Namen, junge Mädchen strebten danach, es ihr nachzutun. In einer Welt, die den Tod zelebrierte, unternahm der IS große Anstrengungen, um Safia am Leben zu erhalten. Sie pendelte – immer mit bewaffneter Begleitung – zwischen einer Kette von sicheren Häusern in Syrien und dem Irak. Bei ihrem einzigen Auftritt in einem IS-Propagandavideo war sie verschleiert gewesen. Sie benutzte kein Mobiltelefon, fasste keinen Computer an. Natalie fand die Tatsache beruhigend, dass sie zu Safia vorgelassen worden war. Anscheinend hatte ihre Vernehmung keine Verdachtsmomente gegen sie zutage gefördert. Sie gehörte jetzt zu ihnen.

Safia hatte sich an ihren Promistatus gewöhnt, das war offensichtlich. In Frankreich war sie eine Bürgerin zweiter Klasse mit beschränkten Karriereaussichten gewesen, aber in der verkehrten Welt des Kalifats war sie eine Berühmtheit. Sie beäugte Natalie unübersehbar misstrauisch, denn Natalie verkörperte eine potenzielle Gefahr für ihre Alleinstellung. Natalie ihrerseits gab sich damit zufrieden, die Rolle der lernbegierigen zukünftigen Terroristin zu spielen. Safia Bourihane war das Modell, auf dem Dr. Leila Hadawi basierte. Leila Hadawi bewunderte Safia, aber Natalie Mizrahi konnte ihre Gegenwart kaum ertragen und hätte ihr bereitwillig eine Giftspritze gegeben, wenn sich die Chance dazu geboten hätte. Inschallah, dachte sie, während das SUV durch die syrische Wüste raste.

Safias Arabisch war bestenfalls rudimentär. Daher verbrachten sie die Fahrt damit, sich ruhig auf Französisch zu unterhalten, beide unter dem privaten Zelt ihrer Abaja. Sie erzählten sich von ihrer Kindheit und stellten fest, dass sie sehr wenig gemeinsam hatten: Als Tochter gebildeter Palästinenser war Leila Hadawi ganz anders aufgewachsen als das Kind eines algerischen Arbeiterpaars aus den Banlieues. Der Islam bildete die einzige Brücke zwischen ihnen, aber Safia wusste fast nichts von den Prinzipien des Dschihads oder auch nur den Grundsätzen des islamischen Glaubens. Sie gab offen zu, dass sie sich nach dem Geschmack französischen Weins sehnte. Vor allem war sie neugierig, aus erster Hand zu erfahren, wie man sich in dem Land, das sie angegriffen hatte, an sie erinnerte – nicht in dem Frankreich der Großstädte und der Dörfer, sondern in den arabischen Banlieues. Natalie berichtete ihr wahrheitsgemäß, in den *Cités* von Aubervilliers spreche man liebevoll lobend von ihr. Das gefiel Safia. Eines Tages werde sie hoffentlich dorthin zurückkehren können, sagte sie.

»Nach Frankreich?«, fragte Natalie ungläubig.

»Ja, natürlich.«

»Aber du bist die meistgesuchte Frau des Landes. Das ist unmöglich!«

»Das kommt daher, dass in Frankreich noch die Franzosen regieren, aber Saladin sagt, dass es bald zum Kalifat gehören wird.«

»Du kennst ihn?«

»Saladin? Ja, ich bin ihm begegnet.«

»Wo denn?«, fragte Natalie beiläufig.

»Weiß ich nicht genau. Man hat mir vor der Fahrt die Augen verbunden.«

»Wie lange ist das schon her?«

»Das war ein paar Wochen nach meinem Unternehmen. Er wollte mir persönlich gratulieren.«

»Wie man hört, soll er Iraker sein.«

»Kann ich nicht sagen. Ich spreche nicht so gut Arabisch, dass ich einen Syrer von einem Iraker unterscheiden kann.

»Wie ist er so?«

»Riesengroß, stark, wundervolle Augen. Einfach alles, was man sich vorstellt. Inschallah lernst du ihn eines Tages auch kennen.«

Safias Ankunft im Lager gab Anlass zu Begrüßungssalven und lauten »Allahu akbar«-Rufen. Natalie, die neue Rekrutin, wurde kaum beachtet. Sie bekam ein Einzelzimmer zugewiesen – die ehemalige Unterkunft eines syrischen Leutnants – und nahm an diesem Tag nach dem Abendgebet ihre erste Mahlzeit in der gemeinsamen Kantine ein. Die Frauen aßen durch einen schwarzen Vorhang abgetrennt von den Männern. Das Essen war reichlich, aber schlecht zubereitet: Reis, Brot, undefinierbares gebratenes Geflügel und ein grau-braunes Haschee aus knorpeligem Fleisch. Obwohl die Frauen abgetrennt saßen, mussten sie bei den Mahlzeiten ihre Abajas tragen, was den Verzehr zu einer Herausforderung machte. Natalie aß heißhungrig Brot und Reis, aber ihre Ausbildung als Ärztin bestärkte sie darin, das Fleisch zu meiden. Die Frau links neben ihr war eine schweigsame Saudi-Araberin namens Buschra. Ihre rechte Nachbarin war Selma, eine geschwätzige Tunesierin. Selma war auf der Suche nach einem Ehemann ins Kalifat gekommen, aber ihr Mann war im Kampf gegen die Kurden gefallen, und nun wollte sie Rache. Sie wollte Selbstmordattentäterin werden. Sie war neunzehn.

Nach dem Abendessen gab es ein Programm. Ein Geistlicher predigte, ein Kämpfer trug ein selbst geschriebenes Gedicht vor. Danach wurde Safia von einem cleveren britischen Muslim aus der Werbe- und Marketingabteilung des IS auf der Bühne »interviewt«. In dieser Nacht bebte die Wüste von Luftangriffen der Koalition. Allein in ihrem Zimmer betete Natalie darum, verschont zu bleiben.

Ihre Ausbildung als Terroristin begann nach dem Frühstück am folgenden Morgen, als sie zur Schießausbildung in die Wüste gefahren wurde, um zu lernen, mit Sturmgewehren, Pistolen, Raketenwerfern und Handgranaten umzugehen. Selbst als ihre Ausbilder sie längst als kompetent beurteilten, fuhr sie jeden Morgen wieder dort hinaus. Diese Ausbilder waren keine wilden Dschihadis; sie waren ausschließlich Iraker, lauter ehemalige Soldaten und kampferprobte Veteranen des sunnitischen Aufstands. Sie hatten gegen die Amerikaner größtenteils unentschieden gekämpft und wünschten sich nichts mehr, als ihnen bei dem nordsyrischen Dorf Dabiq nochmals gegenübertreten zu können. Die Amerikaner und ihre Verbündeten – im Lexikon des IS die Heere Roms – mussten angestoßen und aufgestachelt und zu Wut provoziert werden. Dafür hatten die Männer aus dem Irak einen genauen Plan, und die Rekruten im Lager waren ihr Stock.

In der Mittagshitze zog Natalie sich in die klimatisierten Räume des Lagers zurück, um in Bombenbau und abhörsicherer Kommunikation unterrichtet zu werden. Für den Fall, dass sie später für einen Selbstmordanschlag ausgewählt werden würde, musste sie auch endlose Vorträge über die Freuden des Lebens nach dem Tod ertragen. Die irakischen Ausbilder fragten immer wieder, ob sie bereit sei, für das Kalifat zu sterben, und Natalie sagte jedes Mal, ohne zu zögern, Ja. Schon bald musste sie bei der Waffenausbildung einen schweren Sprengstoffgürtel tragen und lernte, wie man ihn scharf machte und mit einem in der Handfläche versteckten Zünder zur Detonation brachte. Als der Ausbilder sie erstmals aufforderte, den Zündknopf zu drücken, schwebte Natalies Daumen taub und erstarrt über dem Knopf. *»Jalla!«*, forderte er sie auf. »Keine Angst, er detoniert nicht echt.« Natalie schloss die Augen und drückte den Zünder. »Bumm!«, flüsterte der Ausbilder. »Und jetzt bist du auf den Weg ins Paradies.«

Mit Erlaubnis des Lagerkommandanten begann Natalie, im ehemaligen Krankenrevier des Stützpunkts Patienten zu betreuen. Anfangs scheuten die anderen Rekruten sich, sie aufzusuchen, weil sie von ihren irakischen Ausbildern nicht für verweichlicht gehalten werden wollten. Aber schon bald kam ein stetiger Strom von Patienten zu ihren »Behandlungszeiten«, die zwischen dem Ende des Bombenbaukurses und dem Nachmittagsgebet lagen. Ihre Beschwerden reichten von infizierten

Kriegswunden bis zu Keuchhusten, Diabetes und Stirnhöhlenentzündung. Obwohl Natalie nur wenig Verbandmaterial und kaum Medikamente hatte, versorgte sie alle ihre Patienten geduldig. Dabei erfuhr sie viel über die übrigen Rekruten im Lager: ihre Namen, ihre Herkunftsländer, die Umstände ihrer Reise ins Kalifat, den Status ihrer Reisepässe. Zu den Heilungssuchenden gehörte auch Safia Bourihane. Sie hatte leichtes Untergewicht, litt an milden Depressionen und brauchte eine Brille. Natalie widerstand der Versuchung, ihr eine Überdosis Morphium zu spritzen.

»Ich reise morgen früh ab«, verkündete Safia, als sie wieder in ihre Abaja schlüpfte.

»Wohin?«

»Das hat man mir nicht gesagt. Das sagen sie einem *nie*. Und du?«

Natalie zuckte mit den Schultern. »Ich muss in einer Woche wieder in Frankreich sein.«

»Du Glückliche.« Safia glitt wie ein Kind vom Untersuchungstisch und bewegte sich in Richtung Tür.

»Wie war's?«, fragte Natalie plötzlich.

Safia drehte sich um. Sogar hinter dem Moskitonetz der Abaja waren ihre Augen erstaunlich schön. »Wie war *was*?«

»Dein Unternehmen.« Natalie zögerte, dann fügte sie hinzu: »Juden zu töten.«

»Es war schön«, sagte Safia. »Ein wahr gewordener Traum.«

»Und wenn es ein Selbstmordanschlag gewesen wäre? Hättest du das auch gekonnt?«

Safia lächelte bedauernd. »Ich wollte, es wäre einer gewesen.«

39

PALMYRA

Der Lagerkommandant war ein Iraker namens Massud aus der Provinz Anbar. Sein linkes Auge hatte er im dritten Golfkrieg im Kampf gegen die Amerikaner verloren. Das rechte fixierte Natalie misstrauisch, als sie nach einem schlechten Abendessen in der Kantine bat, das Lager zu einem Spaziergang verlassen zu dürfen.

»Sie brauchen nicht zu versuchen, uns zu täuschen«, sagte er dann. »Wenn Sie wollen, können Sie das Lager jederzeit verlassen, Dr. Hadawi.«

»Ich will es keineswegs verlassen.«

»Sind Sie hier nicht zufrieden? Haben wir Sie nicht gut behandelt?«

»Doch, sehr gut.«

Der einäugige Massud dachte angelegentlich nach. »In der Stadt gibt es keine Telefonzellen, falls Sie das denken.«

»Das tue ich nicht.«

»Und auch kein Mobilfunknetz oder Internet.«

Natalie äußerte sich nicht dazu.

»Ich gebe Ihnen jemanden mit«, entschied Massud.

»Das ist nicht nötig.«

»Doch. Sie sind viel zu wertvoll, als dass wir Sie allein gehen lassen dürften.«

Der Begleiter, den Massud Natalie mitgab, war ein gut aussehender, gebildeter Kairoer namens Ismail, der sich nicht lange nach dem Staatsstreich, durch den die Muslimbruderschaft in Ägypten entmachtet worden war, frustriert dem IS angeschlossen hatte. Sie verließen das Lager wenige Minuten nach einundzwanzig Uhr. Der Mond stand tief über der Bergkette im Norden Palmyras, eine weiße Sonne an einem schwarzen Himmel, und strahlte die Berge im Süden wie ein Scheinwerfer an. Auf einem staubigen Fußweg folgte Natalie ihrem eigenen Schatten. Ismail, ganz in Schwarz und mit schräg vor der Brust getragenem Sturmgewehr, folgte ihr mit einigen Schritten Abstand. Auf beiden Seiten des Weges standen weite Gärten aus Dattelpalmen auf dem fruchtbaren Boden des Wadis al-Qubur, der aus der Quelle Efqa bewässert wurde. Diese Quelle und die dazugehörige Oase hatten frühzeitig Menschen angelockt – vermutlich schon im siebten Jahrtausend vor Christus. Im Lauf der Zeit entstand eine von Wällen umgebene Stadt mit zweihunderttausend Einwohnern, die Aramäisch sprachen und von den Karawanen auf der Seidenstraße reich wurden. Reiche entstanden und zerfielen, und im ersten Jahrhundert nach Christi annektierten die Römer Palmyra. Danach würde die alt-ehrwürdige Oasenstadt nie mehr dieselbe sein.

Die Wedel der Dattelpalmen bewegten sich in dem kühlen Wüstenwind. Schließlich blieben die Palmen zurück, und der Baaltempel, Mittelpunkt des religiösen Lebens im alten Palmyra, kam in Sicht. Natalie machte halt und starrte mit offenem Mund das auf dem Wüstenboden verstreute Chaos an. Die Tempelruine mit ihren monumentalen Säulen und Toren hatte zu den am besten erhaltenen Baudenkmälern Palmyras gehört. Jetzt lag die Ruine, von der nur noch ein einzelner Torbogen stand, selbst in Trümmern. Ismail der Ägypter betrachtete das Zerstörungswerk gelassen. »Schirk«, sagte er schulterzuckend, was seine Verachtung für Polytheismus ausdrückte. »Er musste zerstört werden.«

»Du warst dabei?«

»Ich habe mitgeholfen, die Sprengsätze anzubringen.«

»Alhamdulillah«, hörte sie sich sagen. *Gott sei Dank.*

Die Gesteinstrümmer leuchteten im Mondlicht. Natalie ging langsam durch die Trümmerlandschaft weiter, achtete darauf, sich keinen Knöchel zu verstauchen, und folgte der Prachtstraße, die vom Baaltempel zum Triumphbogen, zum Tetrapylon und dem Totentempel führte. Auch hier hatte der IS eine islamische Todesstrafe an der historischen Vergangenheit vollstreckt. Die Säulen waren gestürzt, die Torbögen gesprengt. Unabhängig von seinem späteren Schicksal hatte der IS im Nahen Osten unauslöschliche Spuren hinterlassen. Palmyra, vermutete Natalie, würde nie mehr wie früher sein.

»Warst du hier auch dabei?«

»Ich habe mitgeholfen«, gab Ismail lächelnd zu.

»Und die großen Pyramiden von Giseh?«, fragte sie suggestiv. »Zerstören wir die auch?«

»Inschallah«, flüsterte er.

Natalie bewegte sich in Richtung Baalschamin-Tempel weiter, aber als bald darauf ihre Glieder schwer wurden und sie tränenblind zu werden begann, kehrte sie um und ging mit Ismail im Schlepptau durch die Palmengärten zum Tor von Camp Saladin zurück. In dem großen Aufenthaltsraum sahen ein paar Rekruten sich ein neues IS-Werbevideo an, das die Freuden des Lebens im Kalifat zeigte – ein bärtiger junger Dschihadi, der in einem grün belaubten Park mit einem Kind spielte, natürlich ohne abgehauene Köpfe im Hintergrund. In der Kantine trank Natalie Tee mit Selma, ihrer Freundin aus Tunesien, und erzählte ihr mit großen Augen von den Wundern, die sie dicht außerhalb des Lagers gesehen hatte. Dann kehrte sie in ihr Zimmer zurück und fiel ins Bett. In ihren Träumen schritt sie durch die Ruinen einer großen römischen Stadt, eines arabischen Dorfs in Westgaliläa. Ihre Führerin war eine in Blut getränkte Frau mit Augen wie zwei Kaleidoskope aus Haselnuss und Kupfer.

Im letzten Traum schlief sie in ihrem eigenen Bett. Nicht in ihrem Bett in Jerusalem, sondern in ihrem Kinderzimmer in Frankreich. Dann wurde an die Tür gehämmert, und wenig später füllte sich das Zimmer mit mächtigen Männern mit langem Haar und Bärten, die sich nach ihren Heimatstädten nannten. Natalie schrak hoch und merkte, dass sie nicht mehr träumte. Der Raum war ihr Zimmer im Lager. Und die Männer waren real.

40

PROVINZ ANBAR, IRAK

Diesmal konnten ihr weder die Sonne noch Bordinstrumente zur Orientierung dienen, denn schon wenige Minuten nach der Abfahrt aus Palmyra hatte man ihr die Augen verbunden. Solange sie noch sehen konnte, hatte sie drei Kleinigkeiten beobachten können: Ihre Bewacher waren vier Männer; sie saß auf dem Rücksitz eines weiteren Geländewagens; das SUV war auf der ehemaligen syrischen Fernstraße M20 nach Osten unterwegs. Sie fragte ihre Bewacher, wohin sie gebracht werde, erhielt aber keine Antwort. Sie protestierte, sie habe in Palmyra nichts Unrechtes getan, sondern nur die zerstörten Tempelanlagen mit eigenen Augen sehen wollen, aber ihre Bewacher schwiegen weiter. Tatsächlich sprachen sie auf der gesamten Fahrt auch kein Wort untereinander. Um Unterhaltung zu haben, hörten sie sich eine langatmige Predigt des Kalifen an. Und als die Übertragung beendet war, schalteten sie auf eine Talkshow des poppigen IS-Senders al-Bayan um, der aus Mossul auf Mittelwelle sendete. Die Teilnehmer auf dem Podium diskutierten über eine kürzlich erlassene Fatwa, die sexuelle Beziehungen zwischen Männern und ihren Sklavinnen verbot. Anfangs kam der Sender aus Mossul nur schwach und mit atmosphärischen Störungen herein, aber je länger sie fuhren, desto besser wurde der Empfang.

Sie machten einmal halt, um aus einem Kanister nachzutanken, und ein zweites Mal, um einen IS-Kontrollpunkt zu passieren. Der Posten mit deutlichem irakischem Akzent sprach mit Natalies Bewachern ehrfürchtig, fast ängstlich. Durchs offene Autofenster hörte sie in der Ferne einen großen Tumult, gebrüllte Befehle, weinende Kinder, jammernde Frauen. »Jalla! Jalla!«, rief ein Mann. »Los, los, es ist nicht mehr weit!« Vor Natalies innerem Auge stand eine dünne Schlange zerlumpter Ungläubiger auf einem Tränenpfad, der zu einer Erschießungsgrube führte. Bald, dachte sie, werde ich mich zu ihnen gesellen.

Nach ungefähr einer weiteren halben Stunde hielt das SUV zum dritten Mal. Der Motor wurde abgestellt, und die Türen öffneten sich knarrend, um einen unangenehmen Schwall drückend schwülheißer Luft einzulassen. Natalie merkte, wie ihr unter ihrer schweren Abaja sofort der Schweiß ausbrach. Eine Hand ergriff ihr Handgelenk und zog sanft daran. Sie rutschte über den Sitz, schwang die Beine nach draußen und glitt tiefer, bis ihre Füße festen Boden berührten. Dabei hielt die fremde Hand weiter ihr Handgelenk umfasst – nicht bedrohlich, sondern nur führend.

Bei ihrem hastigen Abtransport aus dem Lager waren ihre Sandalen zurückgeblieben. Der nackte Erdboden unter ihren Füßen brannte. Eine Erinnerung, unwillkommen wie die Hitze, stieg in ihr auf. Sie war in Südfrankreich am Strand. Ihre Mutter forderte sie auf, die Halskette mit dem Davidsstern abzulegen, bevor andere sie sahen. Sie nahm sie ab, übergab sie und stürmte ins blaue Mittelmeer, bevor der heiße Sand ihr die Füße verbrennen konnte.

»Vorsicht«, sagte die erste Stimme, die Natalie seit dem Verlassen des Lagers ansprach. »Hier kommen Stufen.«

Die waren breit und glatt. Als Natalie die oberste Stufe erreichte, zog die Hand sie sanft vorwärts. Sie hatte das Gefühl, durch ein großes Haus zu gehen, durch kühle Säle, über sonnendurchglühte Höfe. Zuletzt erreichte sie eine zweite längere Treppe, diesmal mit zwölf statt sechs Stufen. Oben nahm sie die Gegenwart mehrerer Männer wahr und hörte das gedämpfte

Klirren schussbereit gehaltener Maschinenpistolen oder Sturmgewehre.

Nach einigen gemurmelten Worten wurde eine Tür geöffnet. Natalie trat exakt zehn Schritte vor. Dann drückte die Hand wieder ihr Handgelenk und zog es sanft nach unten. Sie sank gehorsam zu Boden, blieb mit gekreuzten Beinen auf dem Teppich sitzen und hielt die Hände im Schoß gefaltet. Die Augenbinde wurde ihr abgenommen. Durch die Maschen ihres Gesichtsschleiers sah sie vor sich einen Mann in gleicher Haltung sitzen. Sein Gesicht war ihr sofort vertraut: Er war der hohe IS-Führer, der sie vor ihrer Verlegung nach Palmyra verhört hatte. Diesmal wirkte er weniger gelassen. Seine schwarze Uniform war staubig, die braunen Augen waren müde und blutunterlaufen. Die Nacht, dachte sie, ist unfreundlich zu ihm gewesen.

Mit einer Handbewegung forderte er sie auf, ihren Schleier abzunehmen. Sie zögerte, gehorchte dann aber. Die braunen Augen bohrten sich lange in sie, während sie das Teppichmuster studierte. Zuletzt umfasste er ihr Kinn mit der Kralle seiner verkrüppelten Hand und hob ihr Gesicht zu sich hoch. »Dr. Hadawi«, sagte er ruhig. »Ich danke Ihnen sehr, dass Sie gekommen sind.«

Durch eine letzte Tür gelangte sie in einen weiteren Raum. Sein Fußboden war ebenso kahl und weiß wie die Wände. In die Kuppel der Zimmerdecke war ein »Ochsenauge« – eine kleine runde Öffnung – eingelassen, durch die ein gleißend heller Sonnenstrahl fiel. Sonst herrschten Schatten vor. In der hintersten Ecke bildeten vier schwer bewaffnete IS-Kämpfer mit gesenkten Köpfen einen lockeren Kreis wie Trauernde um ein offenes Grab. Ihre schwarzen Uniformen waren mit Staub bedeckt. Dies war kein kakigelber Wüstenstaub, sondern hellgrauer Beton, der durch gewaltige Hammerschläge vom Himmel pulverisiert worden war. Zu Füßen des Quartetts lag ein fünfter Mann: wie leblos auf einer Tragbahre, eine Hand quer über der Brust, die andere schlaff an seiner Seite. Die linke Hand war blutig, und der kahle Fußboden unter ihm wies Blutflecken auf. Das Gesicht war leichenblass. Oder kam das von dem grauen Staub? Quer durch den Raum war das nicht zu erkennen.

Der ranghohe IS-Führer ließ Natalie aufstehen und stieß sie leicht an. Sie ging durch den Sonnenstrahl, der unerwartet heiß war. In die Männer vor ihr kam Bewegung; sie machten ihr Platz in dem Trauerkreis. Sie blieb stehen und blickte auf den Mann auf der Bahre herab. Sein Gesicht war nicht staubig, sondern von starkem Blutverlust aschfahl. Er hatte zwei sichtbare Wunden, eine im oberen Brustbereich, die andere am rechten Oberschenkel – Wunden, die für einen gewöhnlichen Mann vielleicht tödlich gewesen wären. Aber nicht für ihn, so groß und kräftig war er gebaut.

Einfach alles, was man sich vorstellt …

»Wer ist er?«, fragte sie.

»Unwichtig«, sagte der Iraker. »Wichtig ist nur, dass er am Leben bleibt. Sie dürfen ihn nicht sterben lassen.«

Natalie raffte ihre Abaja zusammen, ging neben der Tragbahre in die Hocke und streckte eine Hand nach der Brustwunde aus. Sofort umklammerte einer der Kämpfer ihr Handgelenk. Dieser Griff war nicht sanft, sondern stahlhart wie ein Schraubstock. Sie funkelte den Mann an, schalt ihn wortlos dafür, dass er es wagte, eine Frau zu berühren, die keine Verwandte war, und fixierte dann den Kommandeur mit demselben Blick. Dieser nickte knapp, und sein Untergebener ließ ihr Handgelenk los. Natalie genoss ihren kleinen Sieg. Erstmals seit ihrer Ankunft in Syrien hatte sie das Gefühl, gewisse Macht zu besitzen. Im Augenblick sind sie mir ausgeliefert, sagte sie sich.

Sie streckte erneut eine Hand nach der Wunde aus, diesmal unbehindert, und tastete sie unter der zerfetzten schwarzen Uniform ab. Die Wunde hatte fast fünf Zentimeter Durchmesser und ausgefranste Ränder. Heißes, scharfkantiges Metall war mit hoher Geschwindigkeit in den Körper eingedrungen und hatte erschreckende Schäden hinterlassen – Knochenbrüche, zerfetztes Gewebe, aufgerissene Blutgefäße. Seine Atmung war flach und schwach. Dass er überhaupt noch atmete, grenzte an ein Wunder.

»Was ist passiert?«

Keine Antwort.

»Ich kann ihm nicht helfen, wenn ich nicht weiß, wie er verwundet worden ist.«

»Er war in einem Haus, das bombardiert wurde.«

»Bombardiert?«

»Bei einem Luftangriff.«

»Drohne?«

»Viel größer als eine Drohne.« Er sprach wie aus persönlicher Erfahrung. »Wir haben ihn unter den Trümmern gefunden. Er hat noch geatmet, war aber bewusstlos.«

»Hat er zwischendurch zu atmen aufgehört?«

»Nein.«

»Ist er zwischendurch wieder zu Bewusstsein gekommen?«

»Keinen Augenblick.«

Natalie tastete den Schädel unter dem dichten schwarzen Haar ab. Dass sie keine Schnittwunden oder Prellungen fand, besagte nichts; ein schweres Hirntrauma war trotzdem möglich. Sie zog erst das linke, dann das rechte Augenlid hoch. Die Pupillen reagierten, was ein gutes Zeichen war. Oder vielleicht nicht? Sie ließ das rechte Lid los.

»Wann ist das passiert?«

»Die Bombe hat kurz nach Mitternacht eingeschlagen.«

»Wie spät ist's jetzt?«

»Viertel nach zehn.«

Natalie untersuchte die klaffende Schenkelwunde. Ein komplizierter Fall, um das Mindeste zu sagen, dachte sie leidenschaftslos. Der Patient lag seit zehn Stunden im Koma. Er hatte zwei schwere offene Wunden, von den vermutlich vorliegenden Quetschungen und Knochenbrüchen, die Verschüttete meist hatten, ganz zu schweigen. Innere Blutungen waren unvermeidlich. Eine Sepsis kündigte sich bereits an. Wenn er eine Überlebenschance haben sollte, musste er schnellstens in ein zertifiziertes Traumazentrum gebracht werden, das erklärte sie dem Iraker mit der verkrüppelten Hand.

»Ausgeschlossen«, wehrte er ab.

»Er muss dringend auf eine Intensivstation.«

»Wir sind hier nicht in Paris, Dr. Hadawi.«

»Wo sind wir überhaupt?«

»Das darf ich Ihnen nicht sagen.«

»Warum nicht?«

»Aus Sicherheitsgründen«, erklärte er ihr.

»Sind wir im Irak?«

»Sie fragen zu viel.«

»Sind wir dort?«, fasste sie nach.

Sein Schweigen bestätigte ihre Annahme.

»In Ramadi gibt es ein Krankenhaus, nicht wahr?«

»Dort wäre er nicht sicher.«

»Was ist mit Falludscha?« Sie konnte kaum glauben, dass sie dieses Wort ausgesprochen hatte. *Falludscha …*

»Wir können ihn nicht verlegen«, sagte der Iraker. »Sicher ist er nur hier.«

»Bleibt er hier, stirbt er.«

»Nein, das tut er nicht«, sagte der Kommandeur. »Weil Sie ihn retten werden.«

»Womit?«

Einer der Kämpfer hielt ihr eine Schachtel mit aufgedrucktem Roten Halbmond hin.

»Das ist ein Erste-Hilfe-Kasten!«

»Mehr haben wir nicht.«

»Gibt es in der Nähe ein Krankenhaus oder eine Klinik?«

Der Iraker zögerte, dann sagte er: »Nach Mossul fährt man eine Stunde, aber die Amerikaner greifen den Straßenverkehr an.«

»Jemand muss versuchen durchzukommen.«

»Schreiben Sie mir auf, was Sie brauchen«, sagte er und zog einen schmuddeligen Notizblock aus der Brusttasche seiner schwarzen Uniform. »Ich schicke eine der Frauen los. Aber das kann einige Zeit dauern.«

Natalie ließ sich Notizblock und Kugelschreiber geben und schrieb ihre Wunschliste auf: Antibiotika, Blutplasma, Injektionsspritzen, chirurgische Instrumente, Latexhandschuhe, Nähmaterial, Stethoskop, Infusionslösungen, Absaugkatheter, Blutdruckmessgerät, Einweg-Gesichtsmasken, Desinfektionsmittel, Klammern und Tupfer, Venenkatheder, Schmerz- und Betäubungsmittel, Sedativa, Gaze, Pflaster, Verbandmull und Glasfaser-Hartverband, um Knochenbrüche fixieren zu können.

»Seine Blutgruppe wissen Sie nicht zufällig?«

»Blutgruppe?«

»Er braucht Blut. Sonst stirbt er.«

Der Kommandeur schüttelte den Kopf. Natalie gab ihm ihre Besorgungsliste. Dann öffnete sie die Schachtel und sah hinein. Mullbinden, Heilsalbe, Gazetupfer, Aspirin – hoffnungslos! Sie kniete neben dem Verletzten nieder und zog ein Lid hoch. Die Pupille reagierte noch.

»Ich muss wissen, wie er heißt«, sagte sie.

»Wozu?«

»Ich muss ihn beim richtigen Namen nennen, um ihn aus dem Koma zu holen.«

»Das geht leider nicht, Dr. Hadawi.«

»Wie soll ich ihn sonst nennen?«

Der Iraker blickte auf den hilflosen Sterbenden zu seinen Füßen herab. »Wenn Sie ihn irgendwas nennen wollen«, sagte er dann, »können Sie ihn Saladin nennen.«

41

PROVINZ ANBAR, IRAK

Bei der Arbeit als Ärztin in der Notaufnahme des Jerusalemer Hadassah Medical Center war Dr. Natalie Mizrahi regelmäßig, manchmal täglich, mit ethisch schwierigen Szenarien konfrontiert worden. Es gab die Schwerverletzten und die Sterbenden, die aufopfernd behandelt wurden, auch wenn sie keine Überlebenschancen mehr hatten. Und es gab die Mörder, die gescheiterten Selbstmordattentäter, die brutalen Messerstecher, deren Wunden sie ebenso gewissenhaft versorgte.

Ihre jetzige Situation war jedoch anders als alle früheren – und würde sich nie wiederholen, vermutete sie. Der Mann in dem kahlen Raum irgendwo in der Nähe von Mossul war der Anführer eines Terrornetzwerks, das in Paris und Amsterdam vernichtende Bombenanschläge ausgeführt hatte. Im Rahmen eines Unternehmens, das die Befehlsstruktur identifizieren und ausschalten sollte, war es Natalie gelungen, in dieses Netzwerk einzudringen. Und dank eines US-Luftangriffs lag das Leben des Kopfs der Terrororganisation nun in ihren erfahrenen Händen. Als Ärztin war sie moralisch verpflichtet, ihm das Leben zu retten. Aber als Bürgerin der zivilisierten Welt war sie versucht, ihn langsam sterben zu lassen und so den Auftrag auszuführen, für den sie angeworben worden war.

Aber was würden die IS-Kämpfer der Ärztin antun, die zugelassen hatte, dass der große Saladin starb, bevor er seinen selbst gestellten Auftrag, die muslimische Welt unter dem schwarzen Banner des Kalifats zu vereinigen, hatte ausführen können? Bestimmt würden sie ihr nicht für ihre Bemühungen danken, vermutete sie, und sie in Frieden ziehen lassen. Eher drohten ihr die Steinigung oder ein Messerstich. Sie war nicht als Selbstmordattentäterin nach Syrien gekommen und hatte nicht die Absicht, an diesem erbärmlichen Ort, unter den Händen dieser schwarz gekleideten Propheten der Apokalypse zu sterben. Darüber hinaus bot Saladins Notlage ihr eine einzigartige Gelegenheit – die Chance, ihn gesund zu pflegen, sich mit ihm anzufreunden, sein Vertrauen zu gewinnen und die todbringenden Geheimnisse zu stehlen, die in seinem Kopf steckten. Sie dürfen ihn nicht sterben lassen, hatte der Iraker gesagt. Aber warum nicht? Die Antwort lag auf der Hand, fand Natalie: Der Kommandeur wusste nicht, was Saladin wusste. Saladin durfte nicht sterben, weil die Ziele des Netzwerks mit ihm untergegangen wären.

Tatsächlich dauerte es dann nur eineinhalb Stunden, bis das von Natalie angeforderte Material eintraf. Die Frau, wer immer sie war, hatte es geschafft, fast alles zu besorgen, was Natalie brauchte. Mit Latexhandschuhen und einer Einweg-Gesichtsmaske angetan, stach sie rasch eine IV-Nadel in Saladins linken Arm und ließ den Iraker, der ihr besorgt über die Schulter sah, den Blutplasmabeutel hochhalten. Dann schnitt sie mit einer Verbandsschere Saladins blutgetränkte, schmutzige Uniform auf. Das Stethoskop war praktisch ein Museumsstück, aber es funktionierte gut. Der linke Lungenflügel klang normal, aber rechts herrschte Stille.

»Er hat einen Hämatopneumothorax.«

»Was heißt das?«

»Der rechte Lungenflügel ist kollabiert, weil er mit Luft und Blut gefüllt ist. Ich muss ihn umlagern.«

Der Kommandeur nickte einem seiner Kämpfer zu, der Natalie half, Saladin auf die rechte Seite zu drehen. Als Nächstes machte sie einen kleinen Einschritt zwischen der sechsten und der siebten Rippe, führte eine hämostatische Klammer ein und schob einen Tubus in den Brustraum. Luft entwich mit hörbarem Geräusch. Dann lief Saladins Blut durch den Tubus, tropfte auf den Fußboden.

»Er verblutet!«, rief der Iraker erschrocken.

»Ruhe«, fauchte Natalie, »sonst muss ich Sie wegschicken.«

Ein halber Liter Blut oder etwas mehr lief heraus, bevor der Strom zu einem Tröpfeln versiegte. Natalie klemmte den Tubus ab, damit keine Luft nachfließen konnte. Dann drehte sie Saladin wieder vorsichtig auf den Rücken und nahm sich erneut die Brustwunde vor.

Der Bombensplitter hatte ihm zwei Rippen gebrochen und den großen Brustmuskel schwer in Mitleidenschaft gezogen. Natalie spülte die Wunde mit Desinfektionslösung und benutzte eine gekröpfte Edelstahlpinzette, um Stofffetzen, Knochenstücke und den Metallsplitter herauszuholen. Dabei entstand eine neuerliche Blutung, die aber unbedeutend war. Mehr konnte sie jetzt nicht tun. Falls er überlebte, würden die Rippen zusammenheilen, aber der verletzte Brustmuskel würde voraussichtlich in Form und Funktion geschädigt bleiben. Natalie nähte die tieferen Gewebeschichten, ließ aber die Haut offen. Diese Wunde war etwa zwölf Stunden alt. Wurde sie jetzt geschlossen, blieb die Infektion im Körper und garantierte Sepsis und einen qualvoll langsamen Tod. Verlockend, fand sie, aber höchst unethisch. Sie bedeckte die Wunde mit Gaze, legte einen Mullverband an und wandte sich der Beinverletzung zu.

Auch hier hatte Saladin Glück gehabt. Der Bombensplitter hatte zwar Knochen und Gewebe, aber keine großen Blutgefäße beschädigt. Natalie blieb bei demselben Verfahren wie vorhin: Sie spülte die Wunde mit Desinfektionslösung, holte Stofffetzen, Knochenteile und den Metallsplitter heraus, nähte die tieferen Gewebeschichten und verband die offene Wunde.

Diese primitive Wundversorgung hatte insgesamt weniger als eine Stunde gedauert. Sie ergänzte die Tropflösung durch eine starke Dosis eines Antibiotikums und bedeckte den Verletzten mit einem sauberen weißen Laken. Den Lungentubus ließ sie an Ort und Stelle.

»Sieht wie ein Leichentuch aus«, meinte der Kommandeur finster.

»Noch nicht«, antwortete Natalie.

»Bekommt er auch ein Schmerzmittel?«

»Vorläufig«, sagte sie, »ist der Schmerz unser Verbündeter. Er wirkt stimulierend. Er hilft ihm, wieder zu Bewusstsein zu kommen.«

»Tut er das?«

»Welche Antwort möchten Sie hören?«

»Die Wahrheit.«

»Die Wahrheit ist«, sagte Natalie, »dass er wahrscheinlich sterben wird.«

»Stirbt er«, sagte der Iraner kalt, »leben auch *Sie* nicht mehr lange.«

Natalie sagte nichts. Der Kommandeur betrachtete den jetzt in Weiß gehüllten ehemals starken Mann. »Tun Sie, was Sie können, um ihn wiederzubeleben«, verlangte er. »Und wenn's nur für ein paar Augenblicke ist. Ich muss dringend mit ihm reden.«

Aber weshalb? fragte Natalie sich, als der Iraner ohne ein weiteres Wort den Raum verließ. Weil er nicht weiß, was Saladin weiß. Stirbt Saladin, geht das Netzwerk mit ihm unter.

Sobald seine Wunden versorgt waren, bedeckte Natalie sich pflichtbewusst wieder mit ihrer Abaja, damit der große Saladin nicht etwa aufwachte und eine unverschleierte Frau an seinem Hof sah. Sie verlangte eine Uhr, um das Aufwachen ihres

Patienten kontrollieren zu können, und bekam dazu die Seiko des Kommandeurs. Alle halbe Stunde maß sie Saladins Puls und Blutdruck und notierte sich den Verbrauch an Infusionslösung. Sein Puls blieb schwach und hektisch, aber der Blutdruck stieg stetig, was ein ermutigendes Zeichen war. Es deutete darauf hin, dass er keine inneren Blutungen hatte und dass die Infusionslösung mithalf, seine Blutmenge zu steigern. Trotzdem blieb er bewusstlos und reagierte nicht auf leichte Reize. Das lag vermutlich an dem gewaltigen Blutverlust und dem Schock, den er bei seiner Verwundung erlitten hatte, aber Natalie konnte ein Hirntrauma nicht ausschließen. Eine Computertomografie hätte gezeigt, ob eine Gehirnblutung oder -schwellung vorlag, aber der Kommandeur hatte unmissverständlich erklärt, Saladin dürfe nicht verlegt werden. Vermutlich spielte das keine Rolle, sagte Natalie sich. In einem Land, in dem Brot knapp war und Frauen Wasser aus dem Euphrat holten, gingen die Aussichten, einen funktionierenden Computertomografen zu finden, fast gegen null.

Zwei IS-Kämpfer waren ständig anwesend, und der Iraker kam ungefähr alle Stunde herein, um den bewegungslos Daliegenden anzustarren, als könne er ihn durch reine Gedankenkraft dazu bringen, wieder zu Bewusstsein zu kommen. Bei seinem dritten Besuch zupfte Natalie an Saladins Ohrläppchen und an seinem starken Bart, ohne jedoch eine Reaktion provozieren zu können.

»Muss das sein?«, fragte der Kommandeur.

»Ja«, sagte Natalie. »Es muss sein.«

Sie zwickte ihn in den Handrücken. Nichts.

»Versuchen Sie, mit ihm zu reden«, schlug sie vor. »Eine vertraute Stimme kann hilfreich sein.«

Der Iraker ging neben der Tragbahre in die Hocke und murmelte etwas in Saladins Ohr, das Natalie nicht mitbekam.

»Sie sollten lauter reden, damit er's verstehen kann. Ihn am besten sogar anschreien.«

»Saladin anschreien?« Der Uniformierte schüttelte den Kopf. »Saladin gegenüber erhebt man nicht mal die Stimme.«

Unterdessen war es später Nachmittag geworden. Der durch die Kuppel einfallende Sonnenstrahl war langsam durch den Raum gewandert und wärmte jetzt den Fußboden dort, wo Natalie saß. Sie stellte sich vor, Gott beobachte sie durch das Ochsenauge, urteile über sie. Sie stellte sich auch vor, Gabriel beobachte sie ebenfalls. Bestimmt hatte er sich auch in seinen wildesten operativen Träumen kein Szenario wie dieses vorstellen können. Sie stellte sich ihre Heimkehr vor, ein Treffen in einem sicheren Haus, eine straffe Nachbesprechung, bei der sie ihre Bemühungen, das Leben des gefährlichsten Terroristen der Welt zu retten, würde rechtfertigen müssen. Sie schob diesen Gedanken von sich weg, denn solche Vorstellungen waren gefährlich. Ich habe nie einen Mann namens Gabriel Allon gekannt, sagte sie sich, und das Urteil meines Gottes interessiert nicht. Für Leila Hadawi war nur Allahs Urteil wichtig, und Allah wäre sicher mit ihr einverstanden gewesen.

Im Haus gab es keinen Strom, daher lag es nach Sonnenuntergang in völliger Dunkelheit. Die IS-Kämpfer zündeten altmodische Kerosinlampen an und verteilten sie im Raum. Ihr Vorgesetzter lud Natalie ein, mit ihm zu essen. Das Essen war weit besser als in Palmyra, ein Couscous wie in einem guten Café auf der Rive Gauche. Aber das erzählte sie ihrem Tischgenossen lieber nicht. Er war finster gelaunt und kein sonderlich guter Gesellschafter.

»Sie dürfen mir Ihren Namen vermutlich nicht sagen?«, meinte Natalie.

»Nein«, antwortete er mit vollem Mund. »Das darf ich wirklich nicht.«

»Sie trauen mir nicht? Selbst jetzt nicht?«

»Vertrauen hat nichts damit zu tun. Werden Sie verhaftet, wenn Sie kommende Woche nach Paris zurückkehren, fragt der französische Geheimdienst Sie aus, mit wem Sie in Ihrem Urlaub im Kalifat zusammen waren. Und dann nennen Sie meinen Namen.«

»Ich würde niemals mit dem französischen Geheimdienst reden.«

»Jeder redet.« Der Kommandeur schien wieder aus eigener Erfahrung zu sprechen. »Außerdem«, sagte er, »haben wir Großes mit Ihnen vor.«

»Was denn?«

»Ihr Unternehmen.«

»Wann erfahre ich, worum es sich handelt?«

Er sagte nichts.

»Und wenn er stirbt?«, fragte sie mit einem Blick zu Saladin hinüber. »Findet das Unternehmen trotzdem statt?«

»Das geht Sie nichts an.« Er lud sich eine weitere Portion Couscous auf.

»Waren Sie dabei, als es passiert ist?«

»Wieso fragen Sie das?«

»Ich mache Konversation.«

»Im Kalifat kann Konversation gefährlich sein.«

»Vergessen Sie, dass ich gefragt habe.«

Das tat er nicht. »Ich bin kurz nach dem Angriff hingekommen«, sagte er. »Ich habe ihn selbst aus den Trümmern gezogen. Ich dachte, er sei tot.«

»Hat es weitere Opfer gegeben?«

»Viele.«

»Wenn ich sonst irgendwas …«

»Sie haben *einen* Patienten, nur diesen einen.« Der Iraker betrachtete wieder Saladin. »Wie lange kann er so durchhalten?«

»Er ist ein großer, kräftiger Mann, ansonsten gesund. Er könnte sehr lange durchhalten.«

»Könnten Sie noch mehr tun, um ihn wiederzubeleben? Ihm irgendeine Spritze geben?«

»Sie können nichts Besseres tun, als mit ihm zu reden. Sagen Sie laut seinen Namen. Aber nicht seinen Kampfnamen«, fügte sie hinzu. »Seinen wirklichen Namen, mit dem seine Mutter ihn gerufen hat.«

»Er hatte keine Mutter.«

Mit diesen Worten ging der Iraker hinaus. Eine Frau trug den Couscous ab und servierte Tee und Baklava, eine im syrischen Teil des Kalifats unbekannte Delikatesse. Alle halbe Stunde kontrollierte Natalie wieder Saladins Puls, Blutdruck und Lungenfunktion. Alle drei verbesserten sich langsam. Sein Herzschlag wurde langsamer und kräftiger, sein Blutdruck stieg, die rechte Lunge begann wieder zu arbeiten. Im Licht eines Gasfeuerzeugs kontrollierte sie auch seine Augen – erst das rechte, dann das linke Auge. Die Pupillen reagierten weiterhin. Unabhängig von seinem Zustand war sein Gehirn lebendig.

Um Mitternacht, ungefähr vierundzwanzig Stunden nach dem US-Luftangriff, sehnte Natalie sich verzweifelt nach ein paar Stunden Schlaf. Mondlicht, kalt und weiß, fiel durch das Ochsenauge – derselbe Mond, der die Ruinen von Palmyra beleuchtet hatte. Sie kontrollierte Puls, Blutdruck und Lungenfunktion. Alle drei erholten sich gut. Dann kontrollierte sie im bläulichen Licht der Gasflamme wieder die Augen. Erst das rechte, dann das linke Auge.

Beide blieben nach der Untersuchung offen.

»Wer sind Sie?«, fragte er mit sonorer, schockierend kräftiger Stimme.

Natalie musste sich erst sammeln, bevor sie antworten konnte. »Mein Name ist Dr. Leila Hadawi. Ich behandle Sie.«

»Was ist passiert?«

»Sie sind bei einem Luftangriff verwundet worden.«

»Wo bin ich hier?«

»Tut mir leid, das weiß ich nicht.«

Er wirkte einen Augenblick lang verwirrt. Dann begriff er. Erschöpft fragte er: »Wo ist Abu Ahmed?«

»Wer?«

Er hob müde die rechte Hand und bildete mit Daumen und Zeigefinger eine Hummerschere. Natalie musste unwillkürlich lächeln.

»Er ist hier, draußen im Vorraum. Er will Sie dringend sprechen.«

Saladin schloss die Augen. »Das kann ich mir denken.«

42

PROVINZ ANBAR, IRAK

»Sie sind mein Maimonides.«

»Wer?«

»Maimonides. Der Jude, der in Kairo Saladins Arzt war.«

Natalie äußerte sich nicht dazu.

»Das war als Kompliment gemeint. Ich verdanke Ihnen mein Leben.«

Saladin schloss die Augen. Es war später Morgen. Der durchs Ochsenauge einfallende Sonnenstrahl hatte eben erst seine langsame Runde über den kahlen Fußboden begonnen, und in dem Raum war es noch angenehm kühl. Nach dem Aufwachen aus der Bewusstlosigkeit hatte der Patient eine ruhige Nacht verbracht, was mit darauf zurückzuführen war, dass Natalie die Infusionslösung mit etwas Morphium versetzt hatte. Anfangs hatte er sich gegen die Droge gewehrt, aber Natalie hatte ihn davon überzeugt, dass er sie brauchte. »Ihre Wunden können nicht heilen, wenn Sie Schmerzen haben«, hatte sie ihn ausgeschimpft. »Um des Kalifats willen müssen Sie vernünftig sein.« Auch diesmal begriff sie nicht, wie ihr solche Worte über die Lippen kommen konnten.

Sie drückte das Stethoskop an seine Brust. Das kalte Metall ließ ihn leicht zusammenzucken.

»Lebe ich noch?«, fragte er scherzhaft.

»Bitte nicht reden. Wenn Sie reden, kann ich nicht richtig hören.«

Er sagte nichts mehr. Die rechte Lunge schien wieder normal zu funktionieren; sein Herz schlug gleichmäßig und kräftig. Sie wickelte die Blutdruckmanschette um seinen linken Oberarm und pumpte sie auf, indem sie den Gummiball rasch mehrmals drückte. Er fuhr sichtbar zusammen.

»Was haben Sie?«

»Nichts«, sagte er mit zusammengebissenen Zähnen.

»Haben Sie Schmerzen?«

»Nein, keine.«

»Sagen Sie mir die Wahrheit.«

»Am Oberarm«, sagte er nach kurzer Pause.

Natalie ließ den Druck ab, löste die Manschette und tastete den Arm sanft mit den Fingerspitzen ab. Schon am Vorabend war ihr eine leichte Schwellung aufgefallen, die auf einen Bruch hinzudeuten schien. Weil ihr Patient jetzt Fragen beantworten konnte, war sie sich ihrer Diagnose bald ziemlich sicher.

»Ich kann ihn nur immobilisieren.«

»Vielleicht sollten wir das tun.«

Natalie wickelte die Manschette um den rechten Arm.

»Schmerzen?«

»Nein.«

Sein Blutdruck war normal, eher niedrig. Natalie nahm die Manschette ab und wechselte die Verbände an Brust und Oberschenkel. Keine der beiden Wunden schien infiziert zu sein. Offenbar hatte Saladin die Wundversorgung in nicht steriler Umgebung auf wunderbare Weise ohne Sepsis überstanden. Verschlechterte sein Zustand sich nicht überraschend, würde er überleben.

Sie riss eine Packung Glasfaser-Hartverband auf und machte sich daran, den linken Arm zu fixieren. Saladin beobachtete sie aufmerksam.

»Sie brauchen Ihr Gesicht in meiner Gegenwart nicht zu verhüllen. Schließlich«, sagte er und berührte das weiße Laken, das seinen ansonsten nackten Körper bedeckte, »sind wir gut bekannt, Sie und ich. Ein Hidschab genügt.«

Natalie zögerte, dann nahm sie den schwarzen Schleier ab. Saladin musterte sie staunend.

»Sie sind sehr schön. Aber Abu Ahmed hat recht. Sie sehen wie eine Jüdin aus.«

»Soll das auch ein Kompliment sein?«

»Ich habe viele schöne Jüdinnen gekannt. Und jeder weiß, dass die besten Ärzte immer Juden sind.«

»Als arabische Ärztin«, sagte Natalie, »empfinde ich das als kränkend.«

»Sie sind keine Araberin, sondern Palästinenserin. Das macht einen Unterschied.«

»Auch das empfinde ich als kränkend.«

Sie schwieg, während sie ihm den Glasfaser-Hartverband am linken Oberarm anlegte. Orthopädie war nicht eben ihre Spezialität, aber andererseits war sie auch keine Fachärztin für Chirurgie.

»Es war falsch von mir«, sagte er, als er sie bei der Arbeit beobachtete, »Ihnen gegenüber Abu Ahmeds Namen zu erwähnen. Namen können Menschen den Tod bringen. Sie müssen Ihr Bestes tun, um ihn möglichst wieder zu vergessen.«

»Das habe ich schon getan.«

»Er sagt, dass Sie Französin sind.«

»Wer?«, fragte sie im Scherz, aber Saladin ging nicht darauf ein. »Ja«, sagte sie, »ich bin Französin.«

»Sie waren mit unserem Anschlag aufs Weinberg-Zentrum einverstanden?«

»Ich habe vor Freude geweint.«

»Die westliche Presse hat behauptet, das sei ein ›weiches‹ Ziel gewesen. Ich kann Ihnen versichern, dass das nicht der Fall war. Hannah Weinberg hatte enge Beziehungen zu einem israelischen Geheimagenten namens Gabriel Allon, und ihr sogenanntes Zentrum für das Studium des Antisemitismus war ein Tarnunternehmen des israelischen Geheimdiensts. Das war der Grund für unseren Anschlag.« Er verstummte, und Natalie spürte seinen Blick auf sich, während sie weiter seinen Arm verband. »Von diesem Gabriel Allon haben Sie vielleicht schon mal gehört«, sagte er dann. »Er ist ein Feind des palästinensischen Volkes.«

»Ich glaube, ich habe seinen Namen vor ein paar Monaten in der Zeitung gelesen«, antwortete sie. »Er ist bei einem Anschlag in London umgekommen, nicht wahr?«

»Gabriel Allon? Tot?« Er schüttelte langsam den Kopf. »Das glaube ich nicht.«

»Jetzt einen Augenblick nicht reden«, wies Natalie ihn an. »Ich muss Ihren Arm richtig versorgen, sonst haben Sie später Probleme damit.«

»Und mein Bein?«

»Das muss operiert werden – in einem richtigen Krankenhaus richtig operiert. Sonst bleibt es schwer geschädigt, fürchte ich.«

»Dann bin ich ein Krüppel, meinen Sie?«

»Ihre Bewegungsfähigkeit wird eingeschränkt sein, Sie werden am Stock gehen müssen und chronische Schmerzen haben.«

»Meine Bewegungsfähigkeit ist schon jetzt eingeschränkt.« Er lächelte über seinen eigenen Scherz. »Saladin soll gehinkt haben, der *wahre* Saladin. Das konnte ihn nicht aufhalten, und es wird auch mich nicht aufhalten.«

»Das glaube ich Ihnen«, sagte sie. »Kein gewöhnlicher Mann hätte mit so schweren Verletzungen überlebt. Offensichtlich wacht Allah über Sie. Er hat Großes mit Ihnen vor.«

»Und ich«, sagte Saladin, »habe Großes mit *Ihnen* vor.«

Natalie beendete schweigend ihre Arbeit. Sie war mit dem Ergebnis zufrieden. Das war auch Saladin.

»Vielleicht können Sie nach Abschluss Ihres Unternehmens ins Kalifat zurückkommen, um meine Leibärztin zu werden.«

»Ihr Maimonides?«

»Genau.«

»Das wäre mir eine Ehre«, hörte sie sich sagen.

»Aber das wäre nicht in Kairo. Wie Saladin habe ich immer Damaskus vorgezogen.«

»Was ist mit Bagdad?«

»Bagdad ist die Stadt der Rafiditen.«

Das war eine von Sunniten gebrauchte polemische Bezeichnung für bestimmte schiitische Gruppierungen. Natalie bereitete wortlos einen neuen Tropf vor.

»Womit versetzen Sie die Lösung?«, fragte er.

»Mit einem Schmerzmittel. Damit Sie in der Nachmittagshitze besser schlafen.«

»Ich habe keine Schmerzen. Und ich will nicht schlafen.«

Natalie verband den dünnen Schlauch mit dem Venenkatheder und öffnete das Klemmventil, um den Fluss in Gang zu bringen. Binnen weniger Sekunden trübte sich Saladins Blick, wurden seine Augen glanzlos. Er strengte sich an, sie offen zu halten.

»Abu Ahmed hat recht«, meinte er nachdenklich. »Sie sehen wie eine Jüdin aus.«

»Und Sie«, sagte Natalie, »brauchen jetzt Ruhe.«

Seine Lider schlossen sich wie Jalousien, und Saladin versank hilflos in Bewusstlosigkeit.

43

PROVINZ ANBAR, IRAK

Ihr Tagesablauf passte sich dem Rhythmus Saladins an. Sie schlief, wenn er schlief, und wachte auf, wenn er sich auf seinem Krankenlager bewegte. Sie überwachte seine Körperfunktionen, wechselte seine Verbände und gab ihm Morphium, obwohl er eigentlich keine Schmerzmittel wollte. Wenn die Droge in seinen Blutkreislauf gelangte, schwebte er sekundenlang in einem Trancezustand, in dem Worte aus seinem Mund kamen, wie Luft aus seiner verletzten Lunge geströmt war. Natalie hätte seine redselige Phase verlängern können, indem sie die Morphiumdosis verringerte; andererseits hätte sie ihn durch eine höhere Dosis über die Schwelle des Todes treiben können. Aber sie war nie mit ihrem Patienten allein. Ständig hielten zwei IS-Kämpfer Wache, und Abu Ahmed – der mit der Hummerschere und dem finsteren Naturell – war nie weit entfernt. Er beriet sich oft mit Saladin, aber worum es dabei ging, wusste Natalie nicht. Immer wenn staatliche oder terroristische Fragen diskutiert wurden, musste sie den Raum verlassen.

Weit durfte sie sich nicht bewegen – in ihr Zimmer nebenan, auf die Toilette, auf einen sonnigen Innenhof mit Fitnessgeräten, an denen sie auf Abu Ahmeds Drängen trainierte, um für ihr bevorstehendes Unternehmen in Form zu bleiben. Den Rest des Hauses bekam sie nie zu sehen, und sie erfuhr auch nie, wo sie war. Aber die Al-Bayan-Sendungen, die sie sich in dem Uraltradio anhörte, das man ihr hingestellt hatte, kamen ohne atmosphärische Störungen an. Alle sonstigen Sender waren verboten, damit sie nicht unislamischem Gedankengut oder gar, Gott behüte, Musik ausgesetzt wurde. Das Verbot,

Musik zu hören, machte ihr unerwartet schwer zu schaffen. Sie sehnte sich nach ein paar Takten Musik, nach einem von einem Kind geträllerten Liedchen, sogar nach wummerndem Beat aus einem vorbeifahrenden Auto. Ihr Zimmer wurde zu einer Haftzelle, mit dem verglichen das Lager in Palmyra ein Paradies gewesen war. Selbst Rakka war besser gewesen, denn dort hatte sie sich frei auf den Straßen bewegen dürfen. Trotz der abgeschlagenen Köpfe und der Gekreuzigten gab es dort wenigstens noch etwas Leben. Das Kalifat, dachte sie grimmig, verstand sich darauf, die Erwartungen seiner Untertanen zurückzuschrauben.

Und in dieser ganzen Zeit behielt sie eine imaginäre Uhr im Auge, blätterte die Seiten eines imaginären Kalenders um. Am Sonntagabend sollte sie von Athen nach Paris zurückfliegen und am Montagmorgen wieder zum Dienst in der Klinik in Aubervilliers erscheinen. Aber zuvor musste sie aus dem Kalifat in die Türkei und aus der Türkei nach Santorin gelangen. Weil Saladin und Abu Ahmed so oft von ihrer wichtigen Rolle bei einem bevorstehenden Unternehmen sprachen, fragte sie sich, ob die beiden etwas anderes mit ihr vorhatten. Saladin würde noch monatelang ärztlich betreut werden müssen. Und wer hätte sich besser um ihn kümmern können als die Frau, die ihm das Leben gerettet hatte?

Für ihn war sie sein Maimonides, und weil sie seinen wahren Namen nicht wusste, nannte sie ihn Saladin. Auch wenn sie weder Freunde noch Vertraute wurden, entwickelte sich eine Bindung zwischen ihnen. Mit ihm spielte Natalie dasselbe Spiel wie mit Abu Ahmed: Sie versuchte zu erraten, was er vor der US-Invasion im Irak gewesen war. Er war offenbar hochintelligent und besaß gute Geschichtskenntnisse. Bei einem ihrer Gespräche hatte er erzählt, er sei schon oft in Paris gewesen – den Grund dafür nannte er nicht –, und er sprach schlecht, aber mit großer Begeisterung Französisch. Englisch sprach er ebenfalls und weit besser. Natalie hatte den Eindruck, er sei auf einer englischen Privatschule oder Militärakademie gewesen. Sie versuchte, ihn sich ohne wilden Bart- und Haarwuchs vorzustellen. Sie kleidete ihn mit Anzug und Krawatte westlich ein, aber diese Aufmachung stand ihm nicht. Dann versuchte sie's mit einer Kakiuniform, die wesentlich besser zu ihm passte. Als sie ihn sich mit einem buschigen Schnauzer à la Saddam Hussein vorstellte, war das Bild komplett. Saladin, das wurde ihr jetzt klar, war ein ehemaliger Geheimdienstler oder Geheimpolizist. Aus diesem Grund war sie in seiner Gegenwart stets ängstlich.

Saladin war alles andere als ein Feuer speiender Dschihadist. Sein Islam war eher politisch als spirituell: ein Werkzeug, mit dem er die Landkarte des Nahen Ostens umgestalten wollte. Dominieren würde ein riesiger Sunniten-Staat, der sich von Bagdad aus über die Arabische Halbinsel, die Levante und Nordafrika erstreckte. Saladin war kein Eiferer, sparte sich Hasstiraden und zitierte nicht ständig den Koran oder Aussprüche des Propheten. Er war völlig vernünftig, was ihn umso beängstigender machte. Die Befreiung Jerusalems, sagte er, habe für ihn einen hohen Stellenwert. Sein Streben gehe danach, vor seinem Tod wenigstens einmal auf dem Tempelberg zu beten.

»Sie waren mal dort, Maimonides?«

»In Jerusalem? Nein, nie.«

»Ja, ich weiß. Abu Ahmed hat's mir erzählt.«

»Wer?«

Irgendwann erzählte er Natalie, er sei in einem kleinen, armen Dorf im irakischen Sunniten-Dreieck aufgewachsen – auch wenn er seinen Namen bewusst verschwieg. Er war in die irakische Armee eingetreten, was in einem Land mit allgemeiner

Wehrpflicht kaum überraschend war, und hatte in dem langen Krieg gegen die Iraner gekämpft, die er stets Perser oder Rafiditen nannte. Die Zeit zwischen dem Irankrieg und dem ersten Golfkrieg blieb ungewiss; er sprach von Staatsdienst, ohne sich näher zu erklären. Aber als er von dem zweiten Krieg mit den Amerikanern sprach, der den Irak, wie er ihn kannte, zerstört hatte, blitzten seine Augen zornig. Als die Amerikaner die irakische Armee auflösten und alle Mitglieder der Baath-Partei aus dem Staatsdienst entfernten, wurde er mit Tausenden von weiteren Männern – hauptsächlich sunnitische Iraker – auf die Straße gesetzt. Er ging in den Widerstand und schloss sich später der al-Qaida an, in der Abu Musab al-Zarqawi sein Freund wurde. Anders als Zarqawi, der seine Rolle als Topterrorist à la bin Laden genoss, zog Saladin es vor, sich bescheidener zu geben. Es war Saladin, nicht Zarqawi, der viele der spektakulärsten und tödlichsten al-Qaida-Anschläge im Irak geplant hatte. Aber bis heute, berichtete er stolz, kannten die Amerikaner und Jordanier seinen wahren Namen nicht.

»Sie, Maimonides, werden weniger Glück haben. Sie werden bald die meistgesuchte Frau der Welt sein. Jeder wird Ihren Namen kennen, vor allem die Amerikaner.«

Sie fragte nochmals nach dem Ziel, dem ihr Anschlag gelten sollte. Er verweigerte gereizt die Antwort. Aus Gründen operativer Sicherheit, erklärte er ihr, erführen Rekruten ihre Ziele immer erst im letzten Augenblick.

»Ihre Freundin Safia Bourihane hat ihr Ziel erst am Abend vor dem Einsatz erfahren. Aber *Sie* werden auf ein weit größeres Ziel angesetzt. Über Sie wird man eines Tages Bücher schreiben.«

»Ist das ein Selbstmordunternehmen?«

»Maimonides, bitte.«

»Ich muss es aber wissen.«

»Habe ich nicht gesagt, dass Sie meine Leibärztin werden sollen? Habe ich nicht gesagt, dass wir beide in Damaskus leben werden?«

Plötzlich übermüdet, schloss Saladin die Augen. Natalie fand seine Worte wenig überzeugend. In diesem Moment wusste sie, dass Dr. Leila Hadawi nicht ins Kalifat zurückkehren würde. Sie hatte Saladin das Leben gerettet – und trotzdem würde er sie schon bald ohne Zögern, ohne Schuldgefühle in den Tod schicken.

»Wie steht's mit Ihren Schmerzen?«, fragte sie.

»Ich spüre nichts.«

Sie setzte ihm einen Zeigefinger auf die Brust und drückte kräftig. Er riss die Augen auf.

»Sie scheinen doch Schmerzen zu haben.«

»Ein bisschen«, gab er zu.

Sie bereitete die nächste Dosis Morphium vor.

»Augenblick, Maimonides. Ich muss Ihnen noch etwas sagen.«

Sie machte eine Pause.

»In wenigen Stunden brechen Sie von hier zur Rückreise nach Frankreich auf. Dort nimmt später jemand Kontakt mit Ihnen auf und sagt Ihnen, was Sie zu tun haben.«

Natalie stellte die Infusionslösung fertig.

»Vielleicht«, sagte sie dabei, »sehen wir uns im Paradies wieder.«

»Inschallah, Maimonides.«

Sie verband den IV-Schlauch mit dem Venenkatheder und öffnete das Klemmventil, um den Fluss in Gang zu bringen. Binnen weniger Sekunden wurde sein Blick trübe und glanzlos; er befand sich in einem verwundbaren Zustand. Natalie war versucht, die Dosis zu verdoppeln und seinem Leben ein Ende zu setzen, aber zuletzt fehlte ihr doch der Mut dazu. Starb

Saladin jetzt, drohten ihr Steinigung oder ein Messerstich, das wusste sie.

Dann begann das starke Schmerzmittel zu wirken, und seine Augen schlossen sich. Natalie kontrollierte ein letztes Mal seine Vitalfunktionen, zog den Brusttubus heraus und verschloss die Wunde mit einigen Stichen. An diesem Abend wurde sie nach dem Essen mit verbundenen Augen hinten in einen Geländewagen gesetzt. Sie war zu müde, um ängstlich zu sein. Stattdessen schlief sie traumlos, und als sie wieder aufwachte, waren sie schon fast an der türkischen Grenze. Zwei Schmuggler brachten sie hinüber und fuhren sie zum Fährhafen Bodrum, in dem Miranda Ward sie erwartete. Sie nahmen die Fähre nach Santorin, wo sie sich für eine Nacht ein Zimmer im Hotel Panorama teilten. Erst als sie am folgenden Tag gegen Mittag in Athen ankamen, bekam Natalie von Miranda ihr Smartphone zurück. Sie schickte ihrem »Vater« eine SMS, um ihm mitzuteilen, sie habe einen wunderbaren Inselurlaub gehabt und sei nun auf der Heimreise. Dann ging sie allein an Bord einer Air-France-Maschine nach Paris.

TEIL DREI

DAS ENDE DER ZEIT

44

FLUGHAFEN CHARLES DE GAULLE, PARIS

Auf dem A4-Blatt stand der Name MORESBY. Christian Bouchard hatte ihn selbst ausgesucht. Er stammte aus einem Buch, das er einmal gelesen hatte – über reiche, naive Amerikaner, die sich unter die Araber Nordafrikas mischten. Für die Amerikaner war die Geschichte schlimm ausgegangen; es hatte sogar einen Toten gegeben. Der Roman hatte Bouchard nicht sonderlich gefallen, aber andererseits war er der Erste, der eingestand, kein großer Leser zu sein. Dieses Manko hatte Paul Rousseau, der angeblich sogar beim Zähneputzen las, anfangs nicht für ihn eingenommen. Rousseau drängte seinem wenig belesenen Stellvertreter immer wieder Gedichtbände und dicke Romane auf. Bouchard ließ sie bei sich im Wohnzimmer auf dem Couchtisch liegen, um die Freundinnen seiner Frau zu beeindrucken.

Das Blatt mit dem Namen hielt er in seiner feuchten rechten Hand. In der linken hielt er ein Mobiltelefon, über das seit Stunden ein stetiger Strom von Meldungen über eine gewisse Dr. med. Leila Hadawi, eine Französin palästinensischer Abstammung, einlief. Früher an diesem Nachmittag war Dr. Hadawi nach einem vierwöchigen Griechenlandurlaub in Athen an Bord von Flug AF 1533 gegangen. Sie hatte nach Frankreich zurückkehren können, ohne Fragen nach ihrer Reise beantworten zu müssen, und befand sich jetzt auf dem Weg zu Terminal 2F – zumindest besagten das die Meldungen. Bouchard würde sie glauben, wenn er Dr. Hadawi mit eigenen Augen sah. Der Israeli neben ihm – der große schlaksige Typ mit den gletscherblauen Augen, den der französische Teil des Teams als Michail kannte – schien ähnlich zu denken. Irgendetwas an ihm war Bouchard unheimlich. Man konnte ihn sich leicht mit schussbereiter Waffe in der Hand vor einem Todgeweihten stehend vorstellen.

»Da ist sie«, murmelte der Israeli, als spreche er mit seinen Schuhen, aber Bouchard erkannte sie nicht. Zur selben Zeit wie die Maschine aus Athen war eine aus Kairo angekommen, sodass es von Hidschabs wimmelte. »Farbe?«, fragte Bouchard, und Michail antwortete: »Burgunderrot.« Das war eines der wenigen französischen Wörter, die er beherrschte.

Der Blick des Franzosen glitt über die angekommenen Passagiere hinweg und entdeckte sie sofort: ein im Menschenstrom treibendes Blatt. Sie ging wenige Meter entfernt an ihnen vorbei, sah nur geradeaus, hielt den Kopf leicht erhoben und zog ihren kleinen Koffer hinter sich her. Dann schlüpfte sie durch die Automatiktür ins Freie und war wieder verschwunden.

Bouchard sah zu dem Israeli hinüber, der plötzlich lächelte. Seine Erleichterung war mit Händen greifbar, aber Bouchard entdeckte noch etwas anderes. Als Franzose verstand er sich auf Herzensdinge. Der Israeli liebte diese Frau, die soeben aus Syrien zurückgekehrt war. Dessen war Bouchard sich ganz sicher.

Natalie kehrte unauffällig in ihre Wohnung in der Banlieue Aubervilliers zurück und nahm ihr altes Leben wieder auf. Sie war Leila, bevor Jalal Nasser sie im Café gegenüber angesprochen hatte; sie war Leila, bevor eine hübsche junge Frau aus Bristol sie heimlich nach Syrien gebracht hatte. Sie hatte die Schrecken von Rakka oder die Tragödie von Palmyra nie erlebt; sie hatte niemals einem Mann namens Saladin Bombensplitter herausoperiert. Sie hatte in Griechenland, auf der zauberhaften Insel Santorin, Urlaub gemacht. Ja, er war so wundervoll gewesen, wie sie's erwartet hatte. Nein, sie würde vermutlich nicht wieder hinfahren. Einmal war eigentlich genug.

Für eine Frau, die aus dem Urlaub kam, war sie überraschend abgemagert, und auf ihrem Gesicht standen Zeichen von Stress und Überanstrengung. Ihre Müdigkeit klang jedoch nicht ab, denn selbst nach ihrer Rückkehr schlief sie unregelmäßig und schlecht. Auch ihr Appetit wollte sich nicht wieder einstellen. Sie zwang sich dazu, Croissants und Baguettes und Camembert und Pasta zu essen, und nahm rasch ein, zwei Kilogramm zu, ohne dass ihr Aussehen sich wesentlich verbesserte. Sie sah wie ein Radrennfahrer aus, der soeben die Tour de France beendet hat – oder wie eine Dschihadistin, die vier Wochen in syrischen und irakischen Ausbildungslagern verbracht hat.

Roland Girard, der nominelle Klinikdirektor, versuchte, ihr weniger Patienten zuzuweisen, aber davon wollte sie nichts hören. Nach einem Monat in der auf dem Kopf stehenden Welt des Kalifats sehnte sie sich nach einem Anschein von Normalität, selbst wenn dies Leilas Alltag, nicht ihrer war. Sie entdeckte, dass ihre Patienten, die Bewohner der *Cités*, die Bürger des anderen Frankreichs ihr gefehlt hatten. Und zum ersten Mal sah sie die arabische Welt, wie diese Menschen sie zweifellos sahen: als einen grausamen, erbarmungslosen Ort, einen Ort ohne Zukunft, einen Ort, von dem man flüchten musste. Die große Mehrheit der Migranten wollte nichts mehr, als in Frieden zu leben und für ihre Familie sorgen zu können. Aber eine kleine Minderheit – nach Prozenten klein, in absoluten Zahlen groß – war dem Sirenengesang des radikalen Islams erlegen. Manche waren bereit, ihre französischen Mitbürger im Namen des Kalifats abzuschlachten. Und manche hätten Dr. Hadawi, ohne im Geringsten zu zögern, die Kehle durchgeschnitten, wenn sie das Geheimnis gekannt hätten, das sie mit ihrem Hidschab tarnte.

Trotzdem war Natalie froh darüber, wieder nach Frankreich und in ihren eigenen Alltag zurückgekehrt zu sein. Aber sie fragte sich auch, weshalb sie nicht zu der Nachbesprechung beordert worden war, vor der ihr insgeheim graute. Sie beobachteten sie; sie konnte sie auf den Straßen der Banlieue und im Fenster des Apartments gegenüber sehen. Vermutlich waren sie einfach nur vorsichtig, denn sie waren sicher nicht die Einzigen, die sie seit ihrer Rückkehr beobachteten. Bestimmt, sagte sie sich, lässt auch Saladin mich überwachen.

Am ersten Freitagabend nach ihrer Rückkehr lud Roland Girard sie schließlich erneut zu einem Kaffee nach Dienstschluss ein. Statt wie vor ihrer Abreise nach Syrien in Richtung Innenstadt zu fahren, fuhr er mit ihr nach Norden aufs Land hinaus.

»Wollen Sie mir nicht die Augen verbinden?«, fragte sie.

»Pardon?«

Natalie behielt schweigend weiter Uhr und Tacho im Auge und dachte an eine mit Öl getränkte Straße, die schnurgerade nach Osten in die Wüste führte. Und an ihrem Ende stand ein großes Haus mit vielen Zimmern und Innenhöfen. Und in einem der Zimmer lag Saladin, verbunden und invalide.

»Tun Sie mir einen Gefallen, Roland?«

»Aber gern.«

»Stellen Sie etwas Musik an.«

»Was für Musik?«

»Unwichtig. Jede Art ist recht.«

Das schmiedeeiserne Tor war imposant, die Auffahrt lang und mit Kies bestreut. An ihrem Ende stand ein mit Efeu bewachsenes stattliches Herrenhaus, eigentlich ein kleines Schloss. Roland Girard hielt einige Meter vor dem Eingang. Er ließ den Motor laufen.

»Näher darf ich nicht heran. Für mich ist das natürlich enttäuschend. Ich hätte gern gewusst, wie alles war.«

Sie gab keine Antwort.

»Es war sehr tapfer von Ihnen, dass Sie sich dorthin gewagt haben.«

»An meiner Stelle hätten Sie das Gleiche getan.«

»Nicht in einer Million Jahre!«

In der Abenddämmerung ging das Licht über dem Eingang an, und die Haustür wurde geöffnet.

»Gehen Sie«, sagte Roland Girard. »Diese Leute haben lange darauf gewartet, Sie zu sehen.«

Auf der Schwelle stand jetzt Michail. Natalie stieg aus und näherte sich ihm langsam.

»Ich dachte schon, ihr hättet mich ganz vergessen.« Sie sah an ihm vorbei ins Innere des eleganten Hauses. »Wie hübsch. Viel besser als meine kleine Wohnung in Aubervilliers.«

»Oder dieses Loch am Al-Raschid-Park.«

»Ihr habt mich beobachtet?«

»So gut wir konnten. Wir wissen, dass man dich in ein Dorf an der Grenze zum Irak gebracht hat, in dem du bestimmt von einem Mann namens Abu Ahmed al-Tikriti verhört worden bist. Und wir wissen, dass du mehrere Tage lang in einem Ausbildungslager in Palmyra warst, wo du's geschafft hast, die Ruinen bei Mondschein zu besichtigen.« Er zögerte, bevor er fortfuhr. »Und wir wissen«, sagte er, »dass man dich in ein Dorf in der Nähe von Mossul gebracht hat, wo du den Rest deiner Zeit in einem großen Haus verbracht hast. Wir haben dich auf einem Innenhof auf und ab gehen gesehen.«

»Ihr hättet dieses Haus bombardieren sollen.«

Michail musterte sie zweifelnd. Dann trat er zur Seite und forderte sie mit einer Handbewegung zum Eintreten auf. Aber sie blieb noch stehen.

»Was ist los?«

»Ich fürchte, dass er enttäuscht von mir sein wird.«

»Ausgeschlossen.«

»Das wird sich zeigen«, sagte sie und ging hinein.

Sie umarmten sie, küssten sie auf die Wangen und hielten ihre Hände, als fürchteten sie, sie könnte ihnen entschweben und nie wiederkehren. Dina nahm Natalie den Hidschab ab; Gabriel drückte ihr ein Glas kalten Weißweins in die Hand: einen Sauvignon blanc aus Westgaliläa, den sie am liebsten trank.

»Den kann ich unmöglich trinken«, protestierte sie lachend. »Er ist *haram*.«

»Nicht heute Abend«, sagte er. »Heute Abend bist du wieder eine von uns.«

Es gab Essen, es gab Musik – und es gab tausend Fragen, die niemand zu stellen wagte; dafür würde später Zeit sein. Sie hatten eine Agentin in die Höhle des Löwen entsandt, und die Agentin war heil wieder zurückgekommen. Diesen Erfolg wollten sie genießen. Sie wollten das Leben feiern.

Nur Gabriel schien sich aus der allgemeinen Hochstimmung herauszuhalten. Er nahm weder Essen noch Wein zu sich, trank nur Kaffee. Hauptsächlich beobachtete er Natalie mit nervös machender Intensität. Sie erinnerte sich daran, was er ihr an ihrem ersten Tag auf der Farm im Jesreel-Tal über seine Mutter erzählt hatte, die selten gelächelt oder gelacht und es nie verstanden hatte, bei festlichen Anlässen vergnügt zu wirken. Vielleicht hatte er diese Unfähigkeit geerbt. Oder vielleicht weiß er, dachte Natalie, dass wir heute keinen Grund zum Feiern haben.

Schließlich ging die Party wie auf ein unsichtbares Signal hin zu Ende. Das Geschirr und die Weingläser wurden abgetragen. In einem der kleinen Salons stand ein Ohrenbackensessel für

Natalie bereit. Obwohl sie keine Kameras oder Mikrofone sah, war sie davon überzeugt, dass jedes Wort aufgezeichnet wurde. Gabriel zog es vor, stehen zu bleiben.

»Im Allgemeinen«, sagte er, »ziehe ich's vor, Nachbesprechungen mit dem Anfang zu beginnen. Aber heute Abend sollten wir vielleicht mit dem Ende anfangen.«

»Ja«, stimmte sie zu. »Vielleicht sollten wir das.«

»Wer hat sich in dem großen Haus in der Nähe von Mossul aufgehalten?«

»Saladin«, antwortete sie, ohne zu zögern.

»Wozu bist du dorthin gebracht worden?«

»Er brauchte medizinische Betreuung.«

»Und die hat er von dir bekommen?«

»Ja.«

»Warum?«

»Weil«, antwortete Natalie, »er sonst gestorben wäre.«

45

SERAINCOURT, NORDFRANKREICH

»Eines Tages«, sagte Gabriel, »wird jemand ein Buch über dich schreiben.«

»Komisch«, antwortete Natalie, »das hat Saladin mir auch erzählt.«

Sie waren auf einem kiesbestreuten Weg durch den Park des Châteaus unterwegs. Durch die Fenstertüren des kleinen Salons fiel etwas Licht, aber ansonsten war der Park unbeleuchtet. Von dem Gewitter, das während Natalies stundenlanger Befragung aufgezogen war und sich heftig entladen hatte, war der Kies unter ihren Füßen nass. Natalie fröstelte. In der kühlen Nachtluft lag schon eine Vorahnung des kommenden Herbsts.

»Du frierst«, sagte Gabriel. »Wir sollten wieder reingehen.«

»Noch nicht. Ich wollte dir etwas privat erzählen.«

Gabriel blieb stehen und wandte sich ihr zu.

»Er weiß, wer du bist.«

»Saladin?« Er lächelte. »Ich fühle mich geschmeichelt, aber das überrascht mich nicht. Ich habe in der arabischen Welt viele Anhänger.«

»Das ist leider noch nicht alles. Er weiß von deiner Verbindung mit Hannah Weinberg. Und er hat den Verdacht, dass du sehr wohl noch lebst.«

Diesmal tat er ihre Worte nicht mit einem Lächeln ab.

»Was bedeutet das?«, fragte Natalie.

»Es bedeutet, dass unsere Annahme, Saladin sei ein ehemaliger irakischer Geheimdienstoffizier, fast sicher korrekt ist. Und das bedeutet auch, dass er vermutlich gute Beziehungen zu bestimmten Kreisen in Saudi-Arabien hat. Wer weiß? Vielleicht unterstützen sie ihn sogar.«

»Aber der Islamische Staat will das Haus Saud stürzen und die Arabische Halbinsel dem Kalifat einverleiben.«

»Auf dem Papier.«

»Wozu sollten die Saudis den IS unterstützen?«

»Unsere größte Expertin für den IS bist jetzt du. Erklär's mir also.«

»Saudi-Arabien ist der klassische Fall eines ambivalenten Staats. Obwohl er den sunnitischen Extremismus bekämpft, fördert er ihn andererseits. Die Saudis gleichen einem Mann, der einen Tiger an den Ohren gepackt hält. Lässt der Mann den Tiger los, verschlingt die Bestie ihn.«

»Du hast bei den langen Vorträgen auf der Farm offenbar gut aufgepasst. Aber du hast einen wichtigen Faktor ausgelassen – den Iran. Die Saudis fürchten den Iran mehr als den IS. Der Iran ist schiitisch. Und der IS ist bei aller Dämonie wenigstens sunnitisch.«

»Und aus saudischer Sicht«, fuhr Natalie fort, »ist ein sunnitisches Kalifat weit besser als ein schiitischer Halbmond, der vom Iran bis zum Libanon reicht.«

»Genau.« Er lächelte wieder. »Du wirst mal eine erstklassige Geheimdienstlerin. Tatsächlich«, verbesserte er sich, »bist du schon eine.«

»Eine gute Geheimdienstlerin hätte einem Monster wie Saladin nicht das Leben gerettet.«

»Du hast richtig gehandelt.«

»Wirklich?«

»Wir sind nicht wie sie, Natalie. Wenn sie für Allah sterben wollen, sind wir gern bereit, ihnen das zu ermöglichen. Aber wir opfern uns dafür nicht selbst. Außerdem«, fügte er nach kurzer Pause hinzu, »hätte Abu Ahmed al-Tikriti seinen Platz eingenommen, wenn du Saladin ermordet hättest.«

»Wozu sich die Mühe machen, jemanden zu beseitigen, wenn immer ein anderer nachkommt?«

»Das ist eine Frage, mit der wir uns ständig auseinandersetzen.«

»Und die Antwort?«

»Was bleibt uns anderes übrig?«

»Vielleicht sollten wir dieses Haus bombardieren.«

»Schlechte Idee.«

»Wieso?«

»Das möchte ich von dir hören.«

Natalie überlegte sorgfältig, bevor sie antwortete. »Weil Abu Ahmed und die anderen vermuten würden, dass die Frau, die Saladin gerettet hat – die Frau, die er Maimonides genannt hat –, eine Spionin war, die ihrem Führungsoffizier die Lage des Hauses beschrieben hat.«

»Sehr gut. Und verlass dich drauf, dass sie ihn verlegt haben, sobald du in der Türkei warst.«

»Ihr habt mich beobachtet?«

»Unser Satellit war ausschließlich dafür eingesetzt, dir zu folgen.«

»Ich habe al-Tikriti mehrmals mit einem Handy telefonieren gesehen.«

»Dieses Handy ist jetzt außer Betrieb. Ich werde die Amerikaner bitten, ihre Satelliten- und Mobilfunkdaten noch mal zu überprüfen. Vielleicht lassen sich daraus Saladins Bewegungen rekonstruieren, aber das ist wenig wahrscheinlich. Mit dieser Methode haben sie lange erfolglos versucht, al-Baghdadi aufzuspüren. In einem Fall wie diesem müssten wir wissen, wo Saladin sein *wird*, und nicht, wo er gewesen ist.« Mit hochgezogenen Augenbrauen fragte er: »Wär's möglich, dass er inzwischen seinen Wunden erlegen ist?«

»Möglich ist das immer. Aber er hatte eine sehr gute Ärztin, fürchte ich.«

»Weil sie eine Jüdin ist. Jeder weiß, dass Juden die besten Ärzte sind.«

Sie lächelte.

»Bist du anderer Meinung?«

»Nein. Aber Saladin hat genau das Gleiche gesagt.«

»Auch eine defekte Uhr geht zweimal am Tag richtig.«

Sie gingen eine Zeit lang schweigend weiter, hörten den Kies unter ihren Schritten knirschen, wurden von griechischen und römischen Göttern bewacht. Apollo leuchtete ihnen aus dem Dunkel entgegen. Einen Augenblick lang fühlte Natalie sich nach Palmyra zurückversetzt.

»Was nun?«, fragte sie schließlich.

»Wir warten auf Saladins Einsatzbefehl für dich. Und dann stoppen wir den nächsten Anschlag.«

»Was ist, wenn sie mich nicht ins Team aufnehmen?«

»Sie haben viel Zeit und Mühe in dich investiert. Fast so viel wie wir«, fügte er hinzu.

»Wie lange werden wir warten müssen?«

»Eine Woche, einen Monat ...« Er zuckte mit den Schultern. »Saladin treibt dieses Spiel schon sehr lange – genau genommen seit fast einem Jahrtausend. Er ist offenbar ein geduldiger Mann.«

»Ich kann nicht ewig als Leila Hadawi leben.«

Gabriel äußerte sich nicht dazu.

»Wie geht es meinen Eltern?«

»Sie sind besorgt, aber sonst geht's ihnen gut.«

»Wissen sie, dass ich in Syrien war?«

»Nein. Aber sie wissen, dass du in Sicherheit bist.«

»Du musst mir einen Wunsch erfüllen.

»Jeden«, sagte er. »Solange er vernünftig ist.«

»Ich möchte meine Eltern sehen.«

»Ausgeschlossen«, sagte er abwinkend.

»Bitte!«, drängte sie. »Nur für ein paar Minuten.«

»Ein paar Minuten?«

»Ja, mehr will ich nicht. Ich will nur die Stimme meiner Mutter hören. Ich will die Arme meines Vaters um mich spüren.«

Gabriel überlegte angelegentlich. »Das lässt sich arrangieren, denke ich.«

»Wirklich? Wie bald?«

»Jetzt«, sagte er.

Er zeigte zum Haus hinüber, auf den aus den Terrassentüren fallenden Lichtschein. Natalie warf sich herum, dann flitzte sie wie ein kleines Mädchen den dunklen Weg entlang. Sie ist schön, dachte Gabriel, selbst wenn sie weint.

46

PARIS – TIBERIAS, ISRAEL

Der September ging ebenso zu Ende, ohne dass der IS sich meldete, wie der gesamte Oktober, der in Paris sonniger und wärmer als gewöhnlich war – sehr zum Entzücken der Überwachungskünstler, den unbesungenen Helden dieses Unternehmens. Ab der ersten Novemberwoche wurde das Team jedoch von etwas erfasst, das sich zu einer regelrechten Panik auswuchs. Selbst Paul Rousseau, der sonst so Unerschütterliche, war außer sich, aber das musste man ihm nachsehen. Er hatte einen Direktor und einen Minister hinter sich, die ihn antrieben, und einen Präsidenten, der politisch zu schwach war, um einen weiteren Anschlag auf französischem Boden überstehen zu können. Der Präsident würde bald nach Washington reisen, um seinen Amtskollegen zu besuchen, und dafür war Rousseau ewig dankbar.

Natalie machte tapfer weiter, aber dass sie ihr Doppelleben in der trostlosen Banlieue allmählich satthatte, war unübersehbar. Das Team trat nicht mehr zusammen; die Kommunikation mit ihr beschränkte sich auf SMS-Nachrichten. Fragen nach ihrer Befindlichkeit wurden unweigerlich knapp beantwortet. Ihr ging es gut. Sie war gesund. Sie langweilte sich. Sie war einsam. An dienstfreien Tagen entkam sie der Banlieue mit dem RER-Zug und beanspruchte ihre Beschatter auf innerstädtischen Straßen bis zur Erschöpfung. Bei einem dieser Besuche wurde sie von einer dem Front National nahestehenden Französin angesprochen und wegen ihres Hidschabs beleidigt. Natalie ließ sich nichts gefallen, und im nächsten Augenblick standen sich die beiden Frauen an einer belebten Straßenecke kampfbereit gegenüber. Wäre nicht ein Polizist dazwischengegangen, hätte das Ganze in eine Prügelei ausarten können.

»Bewundernswerte Vorstellung«, sagte Paul Rousseau an diesem Abend in der Zentrale der Alphagruppe in der Rue de Grenelle zu Gabriel. »Hoffentlich hat Saladin zugesehen.«

»Ja«, sagte Gabriel. »Das wollen wir hoffen.«

Aber lebte er überhaupt noch? Und hatte er, falls er noch lebte, vielleicht das Vertrauen zu der Frau verloren, die ihn gerettet hatte? Das war ihre größte Angst: Saladins Unternehmen könnte bereits ohne Beteiligung von Dr. Leila Hadawi angelaufen sein. Unterdessen herrschte überall Alarmstufe Rot. Die europäischen Hauptstädte, auch Paris, befanden sich in höchster Alarmbereitschaft, und in Washington verkündete das Ministerium für Innere Sicherheit der Vereinigten Staaten, das Heimatschutzministerium, widerstrebend eine höhere Gefahrenstufe, obwohl der Präsident in der Öffentlichkeit versuchte, die Gefährdung möglichst herunterzuspielen. Die Tatsache, dass es immer wieder Warnungen gab, ohne dass ein Anschlag folgte, schien seine Theorie zu untermauern, die Organisation sei nicht imstande, einen spektakulären Terroranschlag auf amerikanischem Boden zu verüben. Ein Klimaschutzabkommen wurde unterzeichnet, ein berühmter Popstar brachte ein lange erwartetes neues Album heraus, der chinesische Aktienmarkt brach zusammen, und die Welt vergaß die Bedrohung durch den Islamischen Staat.

Die Welt wusste jedoch nicht, was Gabriel und Natalie und die übrigen Mitglieder des Teams wussten. Irgendwo in Syrien oder im Irak gab es einen Mann namens Saladin. Er war kein völlig Irrer; er war ein vernünftiger Mann, ein sunnitischer Nationalist, vermutlich ein ehemaliger Spion. Er hatte zwei schwere Wunden von Bombensplittern davongetragen: eine in der Brust, die andere im rechten Oberschenkel. Falls er gehen konnte, würde er einen Stock, vielleicht sogar Krücken brauchen. Seine Narben würden ihn leicht identifizierbar machen. Sein Ehrgeiz ebenso. Er wollte einen so schweren Anschlag verüben, dass der Westen sich gezwungen sehen würde, in das islamische Kalifat einzufallen. Die Heere Roms und die mächtigen Männer mit schwarzen Fahnen und langen Haaren und Bärten würden auf einer Ebene im Norden Syriens bei dem Dorf Dabiq aufeinanderprallen. Die Männer unter den schwarzen Fahnen würden siegen und so eine Kette apokalyptischer Ereignisse auslösen, die zur Wiederkehr des Mahdis führen und das Ende der Zeit bewirken würde.

Aber selbst in der heiligen Stadt Jerusalem, Saladins Endziel, ließ die Aufmerksamkeit nach. Seit Gabriel sein Amt als neuer Direktor des Diensts hätte übernehmen sollen, waren mehrere Monate verstrichen, und sogar der Ministerpräsident, der den Aufschub gebilligt hatte, begann ungeduldig zu werden. Einen Verbündeten hatte er in Ari Schamron, der sich von Anfang an gegen diese Verzögerung ausgesprochen hatte. Der frustrierte Schamron rief einen Journalisten an und erzählte ihm – natürlich anonym –, an der Spitze des Diensts stehe vielleicht schon binnen weniger Tage ein Wechsel bevor. Außerdem kündigte er an, der Ministerpräsident werde einen absoluten Überraschungskandidaten vorstellen. Das löste intensive Medienspekulationen aus. Viele Namen wurden genannt, aber Gabriel Allon wurde nur am Rande und bedauernd erwähnt. Gabriel war der Direktor, der nicht hatte sein sollen. Gabriel war tot.

Aber er war natürlich nicht tot. Er litt unter Jetlag, er war bekümmert, er hatte die Sorge, sein bis ins Detail geplantes und durchgeführtes Unternehmen könnte vergeblich gewesen sein, aber war höchst lebendig. An einem Freitagnachmittag Mitte November kam er nach mehreren Tagen in Paris nach Jerusalem zurück und hoffte, ein ruhiges Wochenende mit seiner Familie verbringen zu können. Aber Chiara teilte ihm wenige

Minuten nach seiner Ankunft mit, sie würden in Schamrons Villa in Tiberias zum Abendessen erwartet.

»Ausgeschlossen«, sagte Gabriel.

»Wir haben Sabbat«, erwiderte Chiara. Mehr sagte sie nicht. Sie war die Tochter des Oberrabbiners von Venedig. In ihrer Welt war »Sabbat« der höchste Trumpf. Weiterreden erübrigte sich. Die Diskussion war beendet.

»Ich bin zu müde. Ruf Gilah an und sag ihr, dass wir ein andermal kommen.«

»Ruf *du* sie an.«

Genau das tat er. Das Gespräch dauerte nicht lange, weniger als eine Minute.

»Was hat sie gesagt?«

»Dass wir Sabbat haben.«

»War das alles?«

»Nein. Ari geht es nicht gut.«

»Er war den ganzen Herbst krank. Du hast vor lauter Arbeit nichts davon mitgekriegt, und Gilah wollte dich nicht mit ihren Sorgen belästigen.«

»Was ist's diesmal?«

Sie zuckte mit den Schultern. »Dein Abba wird alt, Gabriel.«

Die Familie Allon zu transportieren war keine einfache Aufgabe. Die Kindersitze mussten hinten in Gabriels SUV installiert werden, und der Konvoi wurde um ein zusätzliches Fahrzeug vergrößert. Sie rasten bei dichtem Verkehr den Bab al-Wad hinunter, bretterten auf der Küstenebene nach Norden und röhrten dann durch Galiläa nach Westen. Schamrons honigfarbene Villa stand auf einem Felsvorsprung über dem See Genezareth. Unten an der Zufahrt stand ein Wachhäuschen, in dem Uniformierte am Schlagbaum Wache hielten. Dort kam man sich vor, als wolle man auf einen vorgeschobenen Stützpunkt in einem feindlichen Land.

Genau drei Minuten vor Sonnenuntergang kam die Kolonne vor dem Eingang der Villa zum Stehen. Gilah Schamron tippte auf der Schwelle stehend auf ihre Armbanduhr, um anzudeuten, sie müssten sich beeilen, wenn sie die Kerzen rechtzeitig anzünden wollten. Gabriel trug die Zwillinge hinein, und Chiara brachte das Essen mit, dessen Zubereitung sie den ganzen Nachmittag gekostet hatte. Auch Gilah hatte tagsüber ganze Mengen gekocht. So gab es von allem reichlich.

Chiaras Beschreibung von Schamrons schlechtem Gesundheitszustand hatte Gabriel das Schlimmste erwarten lassen, deshalb war er zutiefst erleichtert, als der Alte sich in überraschend guter Verfassung präsentierte. Eigentlich sah er sogar besser aus als bei ihrer letzten Begegnung. Zu seinem weißen Baumwollhemd trug er wie immer eine gebügelte Kakihose – und diesmal einen dünnen blauen Wollpullover gegen die Novemberkühle. Er war fast kahl, und seine blasse Haut wirkte durchsichtig, aber die blauen Augen hinter seiner hässlichen Nickelbrille strahlten, als Gabriel mit den Zwillingen auf den Armen hereinkam. Schamron hob seine leberfleckigen Hände – viel zu große Hände für einen so kleinen Mann –, und Gabriel überließ ihm, ohne zu zögern, Raphael. Der Alte hielt das Kind so vorsichtig, als sei es zerbrechlich, und flüsterte ihm mit seinem grässlichen polnischen Akzent Nonsens ins Ohr. Als Raphael hell auflachte, war Gabriel augenblicklich froh, hergekommen zu sein.

Er war in einem Haus ohne Religion aufgewachsen, aber wie immer, wenn sich der Kerzenschein in Gilahs Augen spiegelte, während sie den Segen des Anzündens sprach, konnte er sich auf der ganzen Welt nichts Schöneres vorstellen. Dann betete Schamron den *Kiddusch* in der jiddischen Intonation seiner Jugend, und das Mahl begann. Gabriel hatte noch keinen Bissen gegessen, als Schamron bereits versuchte, ihn über das Unternehmen auszuhorchen, aber Gilah brachte das Gespräch geschickt auf die Kinder. Chiara schilderte die neuesten Entwicklungen: Ernährungsumstellungen, Wachstum und Gewichtszunahme, erste Versuche zu sprechen und zu krabbeln. Diese Veränderungen hatte Gabriel in den langen Monaten, die sein Unternehmen nun schon dauerte, kaum mitbekommen. In einigen Wochen wollten sie sich erneut in Tiberias versammeln, um den ersten Geburtstag der Zwillinge zu feiern. Jetzt fragte er sich, ob Saladin zulassen würde, dass er mitfeierte.

Größtenteils bemühte er sich jedoch, das Unternehmen lange genug zu vergessen, um einen ruhigen Abend im Kreis seiner Familie genießen zu können. Er wagte nicht, sein Smartphone auszuschalten, aber er sah auch nicht nach, ob es neue Meldungen aus Paris gab. Das war nicht nötig. Er wusste, dass Natalie in Aubervilliers in wenigen Minuten aus der Klinik in der Avenue Victor Hugo kommen würde. Vielleicht würde sie in ihr Café gehen, um eine Kleinigkeit zu essen oder zu trinken, oder sich gleich zu einem weiteren einsamen Abend in ihre Wohnung zurückziehen. Bei diesem Gedanken hatte Gabriel ein schlechtes Gewissen: Auch Natalie hätte den Sabbat im Familienkreis feiern sollen, fand er. Er fragte sich, wie lange sie noch würde durchhalten können. Hoffentlich, bis Saladin sich wieder bei ihr meldete.

Beim Abendessen war Schamron schweigsam, denn Konversation war noch nie seine Stärke gewesen. Nach dem Kaffee zog er seine alte Bomberjacke aus braunem Leder an und nahm Gabriel auf die Terrasse mit. Von dort aus hatte man einen schönen Blick über den silbern glänzenden See Genezareth und die im Osten aufragenden schwarzen Golanhöhen. Hinter ihnen lag der Berg Arbel mit seiner alten Synagoge, der Höhlenfestung und der gleichnamigen Kleinstadt an seiner Südostflanke. Sie war aus dem arabischen Dorf Hittin entstanden, das lange zuvor – vor einem Jahrtausend – Hattin geheißen hatte. Kaum einen Steinwurf von Schamrons Terrasse entfernt hatte Saladin, der *wahre* Saladin, die Heere Roms vernichtend geschlagen.

Um die gefühlte Kälte aus der Abendluft zu nehmen, zündete Schamron zwei Gasstrahler an. Ohne auf Gabriels halbherzigen Protest zu achten, zündete er sich auch eine seiner türkischen Zigaretten an. Sie saßen in zwei Korbsesseln am Rand der Terrasse, Gabriel rechts von dem Alten, sein Handy auf dem Tischchen vor ihnen liegend. Über den Golanhöhen schwebte eine schmale Mondsichel, die ihr mildes Licht über die Ländereien des Kalifats ausgoss. Aus der offenen Terrassentür hinter ihnen drangen Gilahs und Chiaras Stimmen und zwischendurch glucksendes Babylachen ins Freie.

»Ist dir aufgefallen«, fragte Schamron, »wie sehr dein Sohn wie Daniel aussieht?«

»Das ist schwer zu übersehen.«

»Es ist schockierend.«

»Ja«, sagte Gabriel und sah den Mond an.

»Du kannst dich glücklich schätzen.«

»Meinst du?«

»Man bekommt nicht oft eine zweite Chance, glücklich zu werden.«

»Aber mit dem Glück«, sagte Gabriel, »kommen die Schuldgefühle.«

»Du hast keinen Grund, dich schuldig zu fühlen. *Ich* habe dich damals angeworben. Und ich habe dir gestattet, Frau und Kind nach Wien mitzunehmen. Wenn jemand sich schuldig fühlen sollte«, sagte Schamron ernst, »bin das ich. Und jeder Blick ins Gesicht deines Sohns erinnert mich an meine Schuld.«

»Und jedes Mal, wenn du diese alte Jacke anziehst.«

Schamron hatte sich die Jacke über der linken Brust aufgerissen, als er in der Nacht des Bombenanschlags in Wien hastig hinten in sein Auto gestiegen war. Er hatte den Riss nie flicken lassen – dies war Daniels Riss. Hinter ihnen waren die sanften Stimmen der Frauen und das Lachen eines Kindes zu hören. Ja, dachte Gabriel, ich bin glücklich. Aber trotzdem verging kein Tag, an dem er nicht seinen toten Sohn in den Armen hielt oder seine verletzte Frau aus dem brennenden Wagen zerrte. Glück war seine Strafe dafür, dass er überlebt hatte.

»Der Zeitungsartikel über den bevorstehenden Führungswechsel im Dienst hat mir Spaß gemacht.«

»Wirklich?« Schamron wechselte sichtlich erleichtert das Thema. »Das freut mich.«

»Er war schäbig, Ari, selbst für deine Begriffe.«

»Ich hatte nie den Ehrgeiz, fair zu kämpfen. Daher bin ich Spion, kein Soldat geworden.«

»Er war störend«, sagte Gabriel.

»Das war meine Absicht.«

»Weiß der Ministerpräsident, dass er von dir stammt?«

»Wer hat mich dazu aufgefordert, glaubst du?« Die Hand des Alten zitterte, als er seine Zigarette an die Lippen führte. »Mit dieser Situation«, sagte er verächtlich, »muss endlich Schluss sein.«

»Ich bin mitten in einem Unternehmen.«

»Man kann laufen und gleichzeitig Kaugummi kauen.«

»Was soll das heißen?«

»Ich habe als Direktor weiter Unternehmen durchgeführt«, sagte Schamron, »und das erwarte ich auch von dir.«

»Sobald Saladins Netzwerk Kontakt zu Natalie aufnimmt, befinden wir uns im Kriegszustand. Während ich versuche, den nächsten Anschlag zu verhindern, kann ich mir keine Sorgen wegen Personalfragen oder über VIP-Parkplätze machen.«

»*Falls* er Kontakt mit ihr aufnimmt.« Schamron drückte langsam seine Zigarette aus. Zweieinhalb Monate sind eine lange Zeit.«

»Zweieinhalb Monate sind nichts, das weißt du. Außerdem

passt das zum Profil des Netzwerks. Safia Bourihane war nach ihrer Rückkehr aus Syrien viele Monate lang abgetaucht. Sogar so wirkungsvoll, dass die Franzosen das Interesse an ihr verloren haben. Und genau das wollte Saladin erreichen.«

»Ich fürchte, der Ministerpräsident will nicht mehr viel länger warten. Und ich auch nicht.«

»Wirklich? Schön, dass du nach wie vor das Ohr des Ministerpräsidenten hast.«

»Wie kommst du darauf, ich könnte's verloren haben?« Schamron klappte sein altes Zippo-Feuerzeug auf. Er führte die Flamme ans Ende der nächsten Zigarette.

»Wie lange noch?«, fragte Gabriel.

»Nimmt Saladins Netzwerk nicht bis kommenden Freitag Kontakt mit Natalie auf, gibt der Ministerpräsident deine Ernennung live im Fernsehen bekannt. Und am Sonntag darauf nimmst du als Direktor des Diensts an deiner ersten Kabinettssitzung teil.«

»Wann wollte der Ministerpräsident mir das mitteilen?«

»Ich sag's dir jetzt«, antwortete Schamron.

»Wieso gerade jetzt? Warum soll ich den Job plötzlich so dringend übernehmen?«

»Politik«, sagte Schamron. »Die Koalition des Ministerpräsidenten droht zu zerbrechen. Sie braucht frischen Auftrieb, den er sich von dir verspricht.«

»Ich habe kein Interesse daran, den Ministerpräsidenten politisch zu retten, weder jetzt noch später.«

»Darf ich dir einen Rat geben, mein Sohn?«

»Wenn's sein muss.«

»Irgendwann machst auch du einen Fehler. Es wird einen Skandal oder ein operatives Desaster geben. Und dann brauchst du den Ministerpräsidenten, damit er dich rettet. Vergrätze ihn also nicht.«

»Desaster und Skandale werde ich hoffentlich weitgehend vermeiden können.«

»Bitte nicht! Denk daran, eine Karriere ohne Skandal …«

»… ist keine richtige Karriere.«

»Du hast mir offenbar zugehört.«

»Wort für Wort.«

Schamron richtete seinen wässrigen Blick auf die Golanhöhen. »Wo er wohl steckt?«

»Saladin?«

Der Alte nickte.

»Die Amerikaner glauben, dass er sich im Raum Mossul aufhält.«

»Ich frage nicht die Amerikaner, ich frage dich.«

»Keine Ahnung.«

»Solche Aussagen würde ich vermeiden, wenn du dem Ministerpräsidenten Bericht erstattest.«

»Ich werd's mir merken.«

Danach herrschte kurzes Schweigen.

»Ist's wahr, dass sie ihm das Leben gerettet hat?«

»Ja, leider.«

»Und als Lohn dafür schickt Saladin sie in den Tod.«

»Schön wär's.«

Dann leuchtete Gabriels Handy auf. Das Display erhellte sein Gesicht, als er die Nachricht las. Schamron sah ihn lächeln.

»Gute Nachrichten?«, fragte er.

»Sehr gute.«

»Was gibt's?«

»Sieht so aus, als wäre mir ein weiterer Aufschub gewährt worden.«

»Vom Ministerpräsidenten?«

»Nein«, sagte Gabriel und schaltete das Handy aus. »Von Saladin.«

47

AMMAN, JORDANIEN

Gabriel kehrte nur lange genug in die Narkis Street zurück, um einen kleinen Koffer zu packen. Dann stieg er hinten in sein SUV, das ihn in rasender Fahrt durchs Westjordanland zum Queen Alia Airport in Amman brachte, auf dem eine Gulfstream aus der Flotte Seiner Majestät startbereit stand. Farid Barakat fläzte sich mit gelockerter Krawatte in einem der Ledersessel und sah wie ein erfolgreicher Manager nach einem langen, aber lukrativen Tag aus. Die Maschine rollte zum Start, bevor Gabriel ihm gegenüber Platz genommen hatte, und war im nächsten Augenblick in der Luft. Sie stieg noch, als sie Jerusalem überflogen.

»Sehen Sie sich die Siedlungen an«, sagte Farid und deutete auf die langen Reihen gelber Straßenlampen, die sich von den alten Hügeln ausgehend ins Westjordanland hinunterzogen. »Jedes Jahr mehr und mehr. Wenn ihr so weiterbaut, ist Amman bald ein Vorort von Jerusalem.«

Gabriel hielt Ausschau nach etwas anderem: nach dem alten Apartmenthaus aus Kalkstein fast am Ende der Narkis Street, in dem seine Frau und seine Kinder friedlich schliefen, weil es Leute wie ihn gab.

»Vielleicht war dies ein Fehler«, sagte er ruhig.

»Würden Sie lieber mit El Al fliegen?«

»Dann könnte ich koscher essen und bräuchte mir keinen Vortrag über die Untaten Israels anzuhören.«

»Koscheres Essen haben wir nicht an Bord, fürchte ich.«

»Keine Sorge, Farid, ich habe schon gegessen.«

»Wie wär's mit einem Drink? Oder einem Film? Von Freunden in Hollywood bekommt Seine Majestät alle neuen amerikanischen Filme.«

»Ich denke, ich werde einfach schlafen.«

»Kluge Entscheidung.«

Farid knipste sein Licht aus, als die Gulfstream den israelischen Luftraum verließ, und schlief bald fest. Gabriel konnte in keinem Flugzeug schlafen – eine Tatsache, an der auch die Liegesessel der Gulfstream nichts ändern konnten. Er ließ sich von dem Steward einen Kaffee bringen und sah sich den chaotischen Film an, der vor seinem inneren Auge ablief. Sein Smartphone konnte ihn nicht unterhalten. An Bord gab es WLAN, aber Gabriel hatte sein Handy vor der jordanischen Grenze ausgeschaltet und den Akku herausgenommen. Im Allgemeinen war es besser, sich mit dem Mobiltelefon nicht im Netzwerk eines Monarchen einzuloggen – oder übrigens in einem israelischen Netzwerk.

Eine Stunde vor der Ostküste der Vereinigten Staaten wachte Farid so sanft auf, als habe ein unsichtbarer Butler ihn leicht an der Schulter berührt. Er stand auf und verschwand in der Kabine Seiner Majestät, in der er duschte, sich rasierte und einen frischen Anzug anzog. Der Steward servierte ihm ein üppiges englisches Frühstück. Farid nahm den Deckel der Teekanne ab und sog prüfend die Luft ein. Der Earl Grey hatte genau die richtige Stärke.

»Kein Frühstück für Sie«, fragte der Jordanier, als er sich einschenkte.

»Ich hatte einen Snack, während Sie geschlafen haben«, log Gabriel.

»Genieren Sie sich nicht, die Einrichtungen Seiner Majestät zu benutzen.«

»Danke, aber ich werde nur ein Handtuch als Souvenir klauen.«

Das Flugzeug setzte in stahlgrauem Morgenregen auf dem Dulles Airport auf und rollte zu einem abgelegenen Hangar. Dort standen drei schwarze SUVs und ein großes Team von CIA-Agenten bereit. Gabriel und Farid stiegen in eines der Fahrzeuge und waren bald in raschem Tempo auf der Dulles Access Road in Richtung Capital Beltway unterwegs. Der Liberty Crossing Intelligence Campus, Mittelpunkt des nach dem 11. September entstandenen Washingtoner Sicherheitsapparats, bedeckte in der Nähe der riesigen Autobahnkreuzung mehrere Hektar Land. Ihr Ziel lag jedoch einige Meilen weiter östlich an der Route 123: das George Bush Center for Intelligence, besser als CIA-Zentrale bekannt.

Nachdem sie die massiven Sicherheitskontrollen passiert hatten, fuhren sie in eine Tiefgarage und betraten einen reservierten Aufzug, der sie im Original Headquarters Building in den sechsten Stock hinaufbrachte. In dem mit Holz getäfelten Foyer warteten Sicherheitsbeamte, um ihnen ihre Mobiltelefone abzunehmen. Farid gab seines widerspruchslos ab, aber Gabriel weigerte sich. Nach kurzer hitziger Diskussion durfte er auch so weitergehen.

»Warum bin ich darauf bloß nie gekommen?«, murmelte Farid, als sie einen Korridor mit hochflorigem Teppichboden entlanggingen.

»Was erwarten diese Leute von mir? Das ich mein eigenes Handy verwanze?«

Sie wurden in einen Konferenzraum geleitet, dessen Fenster auf die Wälder am Potomac River hinausführten. Adrian Carter erwartete sie dort allein. Zu einem blauen Blazer trug er verknitterte Chinos: die Samstagmorgenkluft des Chefs der Operationsabteilung. Er war sichtlich wenig begeistert davon, seine beiden engsten Verbündeten aus dem Nahen Osten zu sehen.

»Dies ist kein Höflichkeitsbesuch, nehme ich an.«

»Leider nicht«, antwortete Gabriel.

»Was haben Sie für mich?«

»Ein Flugticket, eine Hotelreservierung und einen Mietwagen.«

»Was soll das heißen?«

»Das heißt, dass die Juniormannschaft kurz davorsteht, auf amerikanischem Boden einen gewaltigen Terroranschlag zu verüben.«

Carter wurde aschfahl. Er sagte nichts.

»Sie sind mir doch nicht böse, Adrian?«

»Das hängt davon ab.«

»Wovon?«

»Ob Sie mir helfen können, ihn zu stoppen.«

»Mit welchem Flug kommt sie an?«

»Air France null-fünf-vier.«

»Wann?«

»Dienstagnachmittag.«

»Nur wenige Stunden vor der Ankunft des französischen Präsidenten«, stellte Carter fest.

»Ich bezweifle, dass das ein Zufall ist.«

»Welches Hotel?«

»Key Bridge Marriott.«

»Mietwagen?«

»Hertz.«

»Das Anschlagsziel hat man ihr wohl nicht genannt?«

»Sorry, Adrian, aber das ist nicht Saladins Stil.«

»Das war eine Frage wert. Schließlich *hat* sie ihm das Leben gerettet.«

Gabriel runzelte die Stirn, sagte aber nichts.

»Vermutlich«, sagte Carter, »haben Sie vor, sie an Bord dieser Maschine gehen zu lassen.«

»Mit Ihrem Einverständnis«, antwortete Gabriel. »Und Sie wären gut beraten, sie ins Land zu lassen.«

»Sie unter Beobachtung stellen – ist das Ihr Vorschlag? Abwarten, bis die übrigen Mitglieder der Anschlagzelle Verbindung mit ihr aufnehmen? Alle miteinander aufrollen, bevor sie zuschlagen können?«

»Haben Sie eine bessere Idee?«

»Was ist, wenn sie nicht die einzige Attentäterin ist? Wenn es weitere Teams gibt? Weitere Ziele?«

»Sie sollten davon ausgehen, dass es weitere Teams und Ziele gibt, Adrian. Tatsächlich sogar viele. Saladin hat Natalie erklärt, sie werde an einer großen Sache beteiligt sein – groß genug, um die Vereinigten Staaten zu zwingen, Bodentruppen nach Syrien zu entsenden.«

»Was ist, wenn sie keine Verbindung zu ihr aufnehmen? Oder wenn sie Teil einer *zweiten* Anschlagswelle ist?«

»Entschuldigen Sie, dass ich Ihnen nicht den gesamten Plan als Geschenk verpackt überreiche, Adrian, aber so funktioniert die Sache im richtigen Leben nicht.«

Farid Barakat lächelte. Es kam nicht oft vor, dass man aus erster Hand Zeuge einer kleinen Auseinandersetzung zwischen den Amerikanern und den Israelis wurde.

»Wie viel weiß Jalal Nasser?«, fragte Carter.

»Soll ich anrufen und ihn fragen? Er würde uns bestimmt gern helfen.«

»Vielleicht wär's Zeit, ihn zu einem kleinen Plausch reinzuholen.«

Farid schüttelte ernst den Kopf. »Schlechte Idee.«

»Warum?«

»Weil er garantiert nicht alle Einzelheiten kennt. Außerdem«, fügte Farid hinzu, »würden wir mit Jalals Verhaftung Saladin signalisieren, dass sein Netzwerk kompromittiert ist.«

»Vielleicht sollten wir ihm genau das signalisieren.«

»Dann schlägt er wild um sich, Adrian. Mit allem, was er aufbieten kann.«

Carter atmete langsam aus. »Wer ist für die Überwachung in London zuständig?«

»Wir arbeiten mit den Briten zusammen.«

»Da will ich auch dabei sein.«

»Drei sind eine Demo, Adrian.«

»Das ist mir scheißegal.« Carter sah stirnrunzelnd auf seine Armbanduhr. Es war halb neun an einem Samstagmorgen. »Wieso scheinen solche Dinge sich immer am Wochenende zu entwickeln?« Als seine Besucher schwiegen, wandte er sich an Gabriel. »In ein paar Minuten werden einige Hundert CIA-Mitarbeiter erfahren, dass der Dienst eine Agentin im IS hat. Sind Sie darauf vorbereitet?«

»Sonst wäre ich nicht hier.«

»Sobald sie aus dem Flugzeug steigt, ist sie nicht mehr Ihre Agentin. Sie ist unsere Agentin, und dies ist *unser* Unternehmen. Ist das verstanden?«

»Vollkommen«, sagte Gabriel. »Aber passen Sie bei allem, was Sie tun, verdammt auf, dass ihr nichts zustößt.«

Carter griff nach dem Telefon und wählte. »Ich muss den Direktor sprechen. *Sofort.*«

48

ARLINGTON, VIRGINIA

Qassam el-Banna wachte vom Gebetsruf auf. Er hatte geträumt, wusste aber nicht mehr, wovon – seine Träume mieden ihn, wie ihn Zufriedenheit mied. Schon in seiner Kindheit, als kleiner Junge im ägyptischen Nildelta, war er von seiner zukünftigen Größe überzeugt gewesen. Er hatte fleißig gelernt, war von einer halbwegs angesehenen Universität an der US-Ostküste aufgenommen worden und hatte die Amerikaner mühsam davon überzeugen können, ihn nach dem Studium in ihrem Land arbeiten zu lassen. Aber all seine Mühe war nur mit einem bemerkenswert eintönigen Leben belohnt worden. Mit typisch amerikanischer Eintönigkeit aus Verkehrsstaus, Kreditkartenschulden, Fast Food und Wochenendausflügen zur Tysons Corner Mall, in der er seinen Sohn hastig an Schaufenstern mit Fotos von unverschleierten halb nackten Frauen vorbeischob. Für seine Misere hatte er lange Allah verantwortlich gemacht. Wieso hatte der ihm Visionen von Größe geschenkt, nur um ihn dann gewöhnlich zu machen? Dazu kam, dass Qassams törichter Ehrgeiz ihn jetzt dazu zwang, im Haus des Krieges, im Land der Ungläubigen zu leben. Nach langem Nachdenken war er zu dem Schluss gekommen, Allah habe ihn aus einem bestimmten Grund nach Amerika geschickt. Allah hatte Qassam el-Banna einen Pfad zur Größe vorgegeben. Und mit der Größe würde die Unsterblichkeit kommen.

Qassam griff nach seinem Handy auf dem Nachttisch und stoppte den blechern nasalen Ruf des Muezzins. Amina war nicht aufgewacht. Amina, das wusste er längst, wachte von nichts auf – weder von Kindergeschrei, Gewittern, Sirenengeheul noch dem Klappern der Tastatur seines Laptops. Auch Amina war enttäuscht, aber nicht von Allah, sondern von Qassam. Sie war mit Reality-TV-Visionen von einem Leben in Bel Air nach Amerika gekommen, nur um jetzt um die Ecke von einem 7-Eleven in der Carlin Springs Road zu wohnen. Sie schimpfte Qassam täglich dafür aus, dass er nicht mehr verdiente, und tröstete sich darüber hinweg, indem sie noch mehr Schulden machte. Ihre letzte Anschaffung war ein neues Luxusauto. Obwohl sie weiß Gott nicht kreditwürdig waren, hatte der Händler eine Finanzierung organisiert. So was gibt's nur in Amerika, dachte Qassam.

Er schlüpfte lautlos aus dem Bett, rollte einen kleinen Teppich aus und betete zum ersten Mal an diesem Tag. Dabei achtete er darauf, den Fußboden nur leicht mit der Stirn zu berühren, um nicht wie die gläubigen Männer in seinem Heimatdorf ein dunkel verhorntes Gebetszeichen – im Arabischen *Zabiba*, Rosine – auf der Stirn zu bekommen. An Qassam hatte der Islam keine sichtbaren Spuren hinterlassen. Er betete in keiner der Moscheen im Norden Virginias und ging möglichst wenig mit anderen Muslims um. Er versuchte sogar, seinen arabischen Namen herunterzuspielen. An seinem letzten Arbeitsplatz, einem kleinen IT-Beratungsunternehmen, war er als Q oder Q-Ban bekannt gewesen, was ihm wegen der vagen hispanischen oder Hip-Hop-Anklänge gefallen hatte. Er sei keiner dieser Muslime mit dem Kopf am Boden und dem Arsch in der Luft, erklärte er Kollegen mit leichtem Akzent beim Bier. Er sei nach Amerika gekommen, um alledem zu entfliehen. Ja, seine Frau trage einen Hidschab, aber das habe mehr mit Mode und Tradition als mit Glauben zu tun. Und ja, er habe seinen Sohn Mohamed getauft, aber das habe nichts mit dem Propheten zu tun. Zumindest das stimmte. Qassam el-Banna hatte seinen Sohn nach Mohamed Atta benannt, dem Anführer der Terroristen vom 11. September 2001. Wie Qassam war er ein Sohn des Nildeltas gewesen. Das war nicht die einzige Eigenschaft, die sie gemeinsam hatten.

Nach dem Morgengebet erhob Qassam sich und ging leise in die Küche hinunter, wo er ein Pad mit französisch geröstetem Kaffee in die Keurig schob. Anschließend machte er im Wohnzimmer zweihundert Liegestütze und fünfhundert Situps. Zwei Trainingseinheiten täglich hatten seinen Körper verändert. Er war nicht mehr der magere Junge aus dem Nildelta, sondern hatte den Körper eines Cage Fighters. Aber er war nicht nur äußerst trainiert, sondern auch ein Meister in Karate und brasilianischem Jiu-Jitsu. Qassam el-Banna, Q-Ban, war eine Killermaschine.

Er beendete seinen Work-out mit einigen tödlichen Schlägen in beiden Disziplinen und ging dann wieder nach oben. Amina und Mohamed schliefen noch. Das dritte Zimmer ihrer kleinen Maisonettewohnung nutzte Qassam als Arbeitszimmer. Es war ein Hackerparadies. Er trat ein, setzte sich an einen der drei Computer und fragte rasch ein Dutzend E-Mail-Accounts und Social-Media-Seiten ab. Ein paar Tastenbefehle brachten ihn an die Schwelle zum Darknet, jener unter der Oberfläche des Web verborgenen zwielichtigen Internetwelt, die nur für Nutzer mit den richtigen Protokollen, Ports und Passwörtern zugänglich ist – wenn sie die richtige Software haben. Dies alles hatte der IT-Profi Qassam natürlich im Überfluss.

Qassam gelangte leicht durch die erste Tür und stand bald vor einer zweiten. Das richtige Passwort verschaffte ihm Zutritt, dann entbot eine Textzeile ihm den Friedensgruß und fragte nach seinem Begehr. Er schrieb seine Antwort in das dafür vorgesehene Kästchen und bekam nach kurzem Warten eine bereitliegende Nachricht präsentiert.

»Alhamdulillah«, sagte er leise.

Sein Herz jagte – viel schneller als zuvor bei seinem energischen Work-out. Er musste das Passwort zweimal wiederholen, weil er sich in seiner Hast vertippte. Auf den ersten Blick schien die Nachricht – ein Durcheinander aus Linien, Buchstaben und Zahlen – keinen Sinn zu ergeben, aber das richtige Passwort wandelte sie in Klartext um. Qassam las ihn langsam und sorgfältig, denn die Nachricht ließ sich nicht drucken, speichern, kopieren oder erneut aufrufen. Auch die Wörter selbst waren verschlüsselt, aber er wusste genau, was sie bedeuteten. Allah hatte ihn endlich auf den Weg zu wahrer Größe gebracht. Und auf Größe, so glaubte er, musste Unsterblichkeit folgen.

Gabriel lehnte Carters Einladung ab, ihn ins Weiße Haus zu begleiten. Seine bisher einzige Begegnung mit dem Präsidenten war nicht sehr harmonisch verlaufen, und seine Anwesenheit im Westflügel wäre jetzt nur eine unwillkommene Ablenkung gewesen. Viel besser war es, Adrian berichten zu lassen, dass eine Gruppierung, die der Präsident einst als schwach und ineffektiv abgeschrieben hatte, im Begriff war, auf amerikanischem Boden Anschläge zu verüben. Aus dem Mund eines Israelis kommend, hätte diese Nachricht nur Skepsis ausgelöst, die sie nicht riskieren durften.

Carters Angebot, ihm das sichere Haus in der N Street, ein SUV und Personenschützer zur Verfügung zu stellen, nahm Gabriel jedoch dankend an. Von Langley aus fuhr er zu der weit entfernten israelischen Botschaft in Northwest Washington. Dort sprach er aus dem abhörsicheren Nachrichtenraum des Diensts mit seinen Teams in Paris und London, bevor er Paul Rousseau in dessen Büro in der Rue de Grenelle anrief. Rousseau kam eben aus dem Élysée-Palast, dem er dieselbe Nachricht wie Adrian Carter dem Weißen Haus überbracht hatte: Der Islamische Staat plante einen Anschlag auf amerikanischem Boden, vermutlich während des Staatsbesuchs des französischen Präsidenten.

»Was steht außer dem Gespräch mit dem Präsidenten im Weißen Haus und dem Staatsbankett auf seinem Terminplan?«

»Ein Cocktailempfang in unserer Botschaft.«

»Absagen.«

»Er weigert sich, seinen Terminplan zu ändern.«

»Wie mutig von ihm!«

»Das scheint er zu glauben.«

»Wie bald können Sie hier sein?«

»Ich komme am Montagabend mit dem Vorkommando. Wir wohnen im Four Seasons.«

»Abendessen?«

»Abgemacht.«

Von der Botschaft aus fuhr Gabriel in das sichere Haus, um ein paar Stunden dringend benötigten Schlaf zu bekommen. Am Spätnachmittag weckte ihn Carter.

»Wir haben grünes Licht«, sagte er nur.

»Haben Sie mit Mr. Big gesprochen?«

»Ein, zwei Minuten lang.«

»Wie hat er die Nachricht aufgenommen?«

»Ziemlich gefasst.«

»Ist mein Name erwähnt worden?«

»Oh ja.«

»Und?«

»Einen Gruß an Sie.«

»Ist das alles?«

»Wenigstens weiß er Ihren Namen. Mich nennt er weiter Andrew.«

Gabriel versuchte, noch mal einzuschlafen, aber das klappte nicht, deshalb duschte er, zog frische Sachen an und verließ in der Abenddämmerung mit seinen CIA-Personenschützern im Schlepp das sichere Haus. Ein heraufziehendes Gewitter lag in der Luft; kupferrote und goldene Blätter bedeckten die Gehwege aus Klinkersteinen. In einer Patisserie an der Wisconsin Avenue trank er einen Café crème und schlenderte dann durch die East Village von Georgetown zur M Street mit ihren unzähligen Shops, Restaurants und Hotels. Ja, sagte er sich, es wird weitere Teams und weitere Ziele geben. Und selbst wenn es ihnen gelang, Dr. Leila Hadawis Anschlag zu verhindern, war es wahrscheinlich, dass binnen weniger Tage wieder Amerikaner in ihrem eigenen Land sterben würden – wegen einer Ideologie und eines Glaubens aus einer Region, die die meisten von ihnen nicht auf der Landkarte hätten finden können. Mit Vernunft war dem Feind nicht beizukommen, und man konnte ihn nicht einfach abtun; auch ein amerikanischer Rückzug aus der islamischen Welt hätte ihn nicht besänftigt. Amerika könnte den Nahen Osten verlassen, dachte Gabriel, aber der Nahe Osten würde ihm nach Hause folgen.

Plötzlich öffnete der Himmel seine Schleusen, und ein Wolkenbruch ließ die Fußgänger auf der M Street Schutz suchend unter Dächer hasten. Gabriel beobachtete sie einen Augenblick lang, aber in seiner Vorstellung flüchteten sie vor etwas anderem – vor mächtigen Männern mit langen Haaren und Bärten, die sich nach ihren Heimatstädten nannten. Das vor ihm am Randstein haltende SUV holte ihn wieder in die Gegenwart. Er stieg mit klatschnasser Lederjacke ein und fuhr im Regen in die N Street zurück.

49

ALEXANDRIA, VIRGINIA

Derselbe Regen, der Georgetown unter Wasser setzte, prasselte auf Qassam el-Bannas bescheidenen koreanischen Viertürer herab, während er auf einem mit Bäumen bestandenen Abschnitt der Route 7 unterwegs war. Amina hatte er erzählt, er müsse zu einem Kunden. Das war eine Unwahrheit, aber nur eine kleine.

Dass Qassam bei seiner alten IT-Firma gekündigt hatte, lag über ein Jahr zurück. Seiner Frau und seinen Kollegen hatte er erzählt, er wolle sich selbstständig machen – ein wegen der starken Konkurrenz in Northern Virginia riskanter Schritt. Die wahren Gründe für seinen Wechsel lagen jedoch woanders. Qassam hatte seine Stelle aufgegeben, weil er etwas brauchte, das kostbarer war als Geld. Er brauchte Zeit. Er konnte nicht ständig Larry Blackburn, seinem damaligen Vorgesetzten, zu Diensten sein – Larry mit dem schlechten Mundgeruch, der heimlichen Tablettensucht und der Vorliebe für billige Nutten aus El Salvador. Qassam war jetzt einem Mann mit weit größeren Zielen verpflichtet. Seinen wahren Namen kannte er nicht, nur seinen Kampfnamen. Dieser Mann war der Iraker, den viele als Saladin kannten.

Wenig überraschend hatte Qassams Reise im Cyberspace begonnen, in dem er mit sorgfältig getarnter Identität seinen Heißhunger auf Blut und Bomben mit Dschihadisten-Pornos zu stillen versucht hatte – einen Hunger, der sich während der amerikanischen Besetzung des Iraks entwickelt hatte, als er noch studiert hatte. Eines Abends hatte er nach einem miserablen Tag in der Firma und einer albtraumhaften Heimfahrt an der Tür eines IS-Werbers geklopft und sich erkundigt, wie er nach Syrien gelangen könne, um dort zu kämpfen. Der IS-Vertreter hatte eigene Erkundigungen eingezogen und Qassam dazu überredet, in seinem Washingtoner Vorort zu bleiben. Ungefähr einen Monat später hatte Qassam gemerkt, dass er beschattet wurde. Anfangs hatte er befürchtet, vom FBI überwacht zu werden, aber dann war ihm klar geworden, dass er immer wieder denselben Mann sah. Zuletzt hatte dieser Mann ihn in einem Starbucks bei Seven Corners angesprochen und sich als ein in London lebender Jordanier vorgestellt. Er hieß Jalal Nasser.

Der wolkenbruchartige Regen hatte mehr Ähnlichkeit mit einem Sommergewitter als einem stetigen herbstlichen Landregen. Vielleicht stimmen die Weltuntergangsszenarien doch, dachte Qassam. Vielleicht ist die Erde nicht mehr zu retten. Er fuhr auf der Route 7 nach Alexandria weiter und dort in ein Gewerbegebiet an der Eisenhower Avenue. Zwischen einem Getriebedienst und einem Schießstand stand das Lagerhaus der Spedition Dominion Movers. Zwei ihrer Möbelwagen – Freightliner aus US-Produktion – parkten davor; zwei weitere standen seit einem halben Jahr in dem Lagerhaus. Dem Namen nach war Qassam el-Banna Besitzer der Spedition. Er hatte zwölf Mitarbeiter: sieben vor Kurzem Eingewanderte, fünf US-Bürger. Alle waren IS-Mitglieder.

Qassam verzichtete darauf, das Büro seiner Spedition zu betreten. Stattdessen aktivierte er die Stoppuhr seines Smartphones und wendete auf der Eisenhower Avenue. Sein koreanischer Viertürer war beweglich flink, aber diesmal fuhr er im langsamen, behäbigen Tempo eines voll beladenen Möbelwagens. Er folgte dem Eisenhower Avenue Connector zum Capital Beltway und der Ringautobahn im Uhrzeigersinn in Richtung Route 123 in Tysons. Kurz vor der Anderson Road sprang eine Verkehrsampel auf Gelb um. Normalerweise hätte Qassam das Gaspedal durchgetreten. Aber weil er sich vorstellte, er fahre einen beladenen Lkw, bremste er noch rechtzeitig und kam an der Haltelinie zum Stehen.

Als die Ampel wieder Grün zeigte, beschleunigte Qassam so zögerlich, dass der Fahrer hinter ihm ungeduldig blinkte und hupte. Ohne sich aus der Ruhe bringen zu lassen, fuhr er mit fünf Meilen unter der zulässigen Höchstgeschwindigkeit zur Lewisville Road weiter, auf die er abbog. Diese Stelle war weniger als eine Viertelmeile von der Kreuzung mit dem Tysons McLean Drive entfernt. Nach links führte die Straße leicht ansteigend in etwas, das der Campus einer Hightechfirma hätte sein können. Qassam bog rechts ab und hielt unter einem leuchtend gelben Verkehrsschild mit der warnenden Aufschrift VORSICHT, KINDER! Aber er hatte nur Augen für die Stoppuhr seines Smartphones: *24.23:45 … 24.23:46 … 24.23:47 … 24.23:48 …*

Als sie genau fünfundzwanzig Minuten anzeigte, flüsterte er grinsend: »Bumm!«

50

GEORGETOWN

Der Starkregen hielt übers Wochenende an und verwandelte Washington wieder in den Sumpf, der es einst gewesen war. Gabriel blieb größtenteils ein Gefangener des sicheren Hauses in der N Street. Er fuhr jeden Tag einmal in die israelische Botschaft, um sich vom King Saul Boulevard und seinen Feldteams Bericht erstatten zu lassen, und bekam täglich einen Anruf von Adrian Carter, der ihn über neue Entwicklungen informierte. Das FBI und verschiedene Dienststellen des Heimatschutzministeriums überwachten über tausend bekannte oder mutmaßliche IS-Mitglieder straff. »Und nicht einer von ihnen«, sagte Carter, »scheint in der Endphase von Vorbereitungen für einen Anschlag zu stecken.«

»Dabei gibt's nur ein Problem, Adrian.«

»Nämlich?«

»Das FBI beobachtet die falschen Leute.«

Am Montagnachmittag ließ der Regen nach, und abends waren durch die auflockernde Wolkendecke einige wenige Sterne zu sehen. Gabriel wollte zu Fuß ins Four Seasons gehen, in dem er mit Paul Rousseau zum Abendessen verabredet war, aber seine CIA-Personenschützer überredeten ihn dazu, sich mit dem SUV hinfahren zu lassen. Er ließ sich vor dem überdachten Hoteleingang absetzen und betrat die Hotelhalle mit nur einem Leibwächter hinter sich. An der Rezeption warteten mehrere übermüdete französische Beamte, deren Anzüge von ihrem Transatlantikflug verknittert waren, hinter einem großen, breitschultrigen, arabisch aussehenden Mann, der gekleidet war, als lasse er bei Farid Barakats Londoner Schneider anfertigen. Nur der Araber beachtete den schlanken Israeli in Begleitung eines amerikanischen Personenschützers. Ihre Blicke begegneten sich kurz. Dann wandte der große, arabisch aussehende Mann sich wieder der Rezeptionistin zu. Gabriel musterte im Vorbeigehen seinen Rücken. Er schien unbewaffnet zu sein. Neben seinem rechten Schuh stand ein lederner Aktenkoffer. Und an der Rezeption lehnte, ebenholzschwarz und auf Hochglanz poliert, ein eleganter Spazierstock mit goldenem Knauf.

Gabriel ging durch die Hotelhalle weiter und betrat das Restaurant. Die dortige Bar schienen Teilnehmer eines Kongresses von Schwerhörigen mit Beschlag belegt zu haben. Er nannte dem Maître d'hôtel einen Namen, der nicht sein eigener war, und wurde zu einem Tisch mit Blick auf den Rock Creek Parkway geleitet. Noch besser war der freie Blick auf die Hotelhalle, in der der große, elegant gekleidete Araber jetzt langsam zu den Aufzügen hinkte.

Er hatte eine Suite im obersten Stock des Hotels verlangt. Dieser Wunsch war ihm vor allem auch deswegen erfüllt worden, weil die Direktion ihn für einen entfernten Verwandten des saudi-arabischen Königs hielt. Er hatte die Suite kaum betreten, als diskret angeklopft wurde. Das war ein Page mit seinem Gepäck. Während der große Araber die Aussicht bewunderte, hängte der Page, ein Afrikaner, den Kleidersack in den Schrank und legte seinen Koffer auf den Ständer im Schlafzimmer. Dann folgte das übliche kurze Gespräch vor dem Trinkgeld, in dem der Page verschiedene weitere Dienstleistungen anbot, aber ein knisternder Zwanziger ließ den jungen Mann dankbar der Tür zustreben. Sie schloss sich leise, und der große Araber war wieder allein.

Sein Blick blieb auf den lebhaften Verkehr unten auf dem

Rock Creek Parkway gerichtet. Aber in Gedanken war er bei dem Mann, den er unten in der Hotelhalle gesehen hatte: den Mann mit grauen Schläfen und auffällig grünen Augen. Er war sich fast sicher, ihn schon mehrmals gesehen zu haben, nicht in Person, sondern auf Zeitungsfotos und in Fernsehnachrichten. Natürlich konnte er sich irren. Das war vielleicht sogar wahrscheinlich. Trotzdem hatte er aus langer Erfahrung gelernt, auf seine Instinkte zu vertrauen. Die waren in den langen Jahren, in denen er dem grausamsten Diktator der arabischen Welt gedient hatte, rasiermesserscharf geschärft worden. Und sie hatten ihm geholfen, den langen Kampf gegen die Amerikaner zu überleben, als viele Männer wie er von unheimlichen Waffen, die wie Blitze vom Himmel herabzuckten, liquidiert worden waren.

Er holte seinen Laptop aus dem Aktenkoffer und meldete sich beim WLAN des Hotels an. Weil das Four Seasons bei ausländischen Würdenträgern beliebt war, hörte die NSA hier bestimmt alle Nachrichtenverbindungen ab. Aber das spielte keine Rolle, denn die Festplatte seines PCs war ein unbeschriebenes Blatt. Er öffnete den Browser und tippte einen Namen in das Kästchen. Auf dem Bildschirm erschienen mehrere Fotos, darunter eines vom Londoner *Telegraph*, das einen Mann zeigte, der mit einer Pistole in der Hand auf einem Fußweg außerhalb von Westminster Abbey unterwegs war. Mit dem Foto verlinkt war ein Artikel der Journalistin Samantha Cooke über den gewaltsamen Tod dieses Mannes. Aber die Journalistin musste sich getäuscht haben, denn der Mann, über den sie geschrieben hatte, hatte soeben die Halle des Hotels Four Seasons in Washington durchquert.

Dann wurde erneut angeklopft, sanft, fast entschuldigend – der obligatorische Obstteller mit einem Briefchen an Mr. Omar al-Faruk, das ihm die Erfüllung aller seiner Wünsche versprach.

Im Augenblick hatte er nur einen Wunsch: einige Minuten ungestörter Einsamkeit. Er gab eine Adresse im Darknet ein, öffnete eine mit einem Passwort geschützte Tür und betrat einen virtuellen Raum, in dem alles verschlüsselt war. Dort wartete ein alter Freund auf ihn.

Der alte Freund fragte: WIE WAR DEIN TRIP?

Er schrieb: GUT, ABER DU ERRÄTST NIEMALS, WEN ICH VORHIN GESEHEN HABE.

WEN?

Al-Faruk schrieb den Vor- und Nachnamen – den Namen eines Erzengels, dann einen in Israel ziemlich häufigen Familiennamen. Diesmal kam die Antwort mit einigen Sekunden Verzögerung.

DAS IST KEIN THEMA FÜR SCHERZE!

ES WAR MEIN ERNST.

WAS HAT DAS ZU BEDEUTEN, GLAUBST DU?

In der Tat eine sehr gute Frage. Er meldete sich ab, fuhr den Computer herunter und hinkte langsam ans Fenster. Er hatte das Gefühl, in seinem rechten Oberschenkel stecke ein Dolch, und seine Brust pochte schmerzhaft. Während er den Verkehr auf dem Parkway beobachtete, schienen die Schmerzen sekundenlang nachzulassen. Dann verschwamm das Bild vor seinen Augen, und er sah sich auf einem Hügel hoch über dem See Genezareth im Sattel eines mächtigen arabischen Streitrosses sitzen und auf ein sonnendurchglühtes Dorf namens Hattin hinabblicken. Für ihn war diese Vision nichts Neues, er hatte sie oft. Meistens standen sich zwei gewaltige Heere – eines muslimisch, das andere aus Kreuzfahrern bestehend, das Heer Roms – kampfbereit gegenüber. Aber diesmal hatten sich nur zwei Ritter zum Zweikampf aufgestellt. Einer war ein Israeli namens Gabriel Allon. Und der andere war Saladin.

Paul Rousseau lebte noch nach Pariser Zeit, deshalb blieben sie nach dem Abendessen nicht mehr lange zusammen. Gabriel wünschte ihm an den Aufzügen eine gute Nacht und durchquerte mit seinem Leibwächter hinter sich die Hotelhalle. Die Rezeptionistin war dieselbe junge Frau wie bei seiner Ankunft.

»Kann ich Ihnen behilflich sein?«, fragte sie, als Gabriel vor ihr stehen blieb.

»Das hoffe ich sehr. Beim Hereinkommen habe ich gesehen, wie ein Gentleman eingecheckt hat. Groß, sehr elegant, am Stock gehend.«

»Mr. al-Faruk?«

»Ja, das ist er. Wir haben vor langer Zeit mal zusammengearbeitet.«

»Ich verstehe.«

»Wissen Sie, wie lange er bleiben wird?«

»Tut mir leid, aber ich darf Ihnen …«

Er hob abwehrend eine Hand. »Sie brauchen sich nicht zu entschuldigen. Ich verstehe, dass Sie sich an Ihre Vorschriften halten müssen.«

»Ich kann ihm gern eine Nachricht übermitteln.«

»Danke, nicht nötig. Ich rufe ihn morgen früh an. Aber sagen Sie ihm bitte nichts davon«, verlangte Gabriel mit verschwörerischer Miene. »Ich möchte ihn überraschen.«

Gabriel ging in die kalt gewordene Nacht hinaus. Er wartete, bis er hinten in seinem Suburban saß, bevor er Adrian Carter anrief. Carter war noch in seinem Büro in Langley.

»Ich möchte, dass Sie einen Mann namens al-Faruk, Vorname unbekannt, überprüfen lassen. Er ist ungefähr Mitte vierzig, vielleicht Anfang fünfzig. Mit welchem Pass er reist, weiß ich nicht.«

»Was *wissen* Sie über ihn?«

»Dass er im Four Seasons wohnt.«

»Habe ich irgendwas verpasst?«

»Ich spüre ein komisches Kribbeln im Nacken, Adrian. Stellen Sie fest, wer er ist.«

Die Verbindung brach ab. Gabriel steckte sein Handy wieder ein.

»Zurück in die N Street, Sir?«, fragte der Fahrer.

»Nein«, sagte Gabriel. »Bringen Sie mich zur Botschaft.«

51

AUBERVILLIERS

Der Wecker von Natalies Smartphone klingelte um 7.15 Uhr, was merkwürdig war, weil sie sich nicht daran erinnern konnte, ihn gestellt zu haben. Sie war sich im Gegenteil sicher, es nicht getan zu haben. Sie stellte ihn ab, indem sie irritiert aufs Display tippte, und versuchte, noch etwas länger zu schlafen, aber fünf Minuten später klingelte der Wecker erneut. »Also gut«, sagte sie zu der Stelle an der Zimmerdecke, wo sie die Kamera vermutete. »Du hast gewonnen. Ich stehe auf.«

Sie schlug die Decke zur Seite und schwang ihre Füße aus dem Bett. In der Küche bereitete sie einen ölig schwarzen Carte Noire als Grundlage für einen Caffè mocha zu, gab etwas Kakao dazu und füllte die große Schale mit heißer Milch auf. Draußen wich die Nacht nur zögernd von ihrer trübseligen Straße. Höchstwahrscheinlich war dies der letzte Pariser Morgen, den Dr. Leila Hadawi jemals sehen würde, denn wenn Saladin seinen Willen bekam, würde sie von ihrer plötzlichen, unerwarteten USA-Reise nicht nach Frankreich zurückkehren. Auch Natalies Rückkehr war ungewiss. Als sie jetzt mit der Kaffeeschale in den Händen an ihrem ungeputzten kleinen Fenster stand, wurde ihr klar, dass sie dies alles nicht vermissen würde. Ihr Leben in der Banlieue hatte sie nur in ihrer Überzeugung bestätigt, Juden hätten in Frankreich keine Zukunft. Israel war ihre Heimat – Israel und der Dienst. Gabriel hatte recht. Sie war jetzt eine von ihnen.

Da weder der IS noch der Dienst ihr mitgeteilt hatten, was sie einpacken sollte, packte sie instinktiv leicht. Ihre Abflugzeit von Charles de Gaulle war 13.45 Uhr. Sie fuhr mit einem

RER-Zug zum Flughafen und reihte sich gegen halb zwölf in die lange Schlange am Economy-Schalter ein. Nachdem sie eine gute halbe Stunde gewartet hatte, teilte ihr eine unfreundliche Französin mit, sie habe ein Upgrade in die Business Class bekommen.

»Wieso?«

»Möchten Sie lieber Economy fliegen?«

Die Frau legte Natalie ihre Bordkarte hin und gab ihr den Pass zurück. Von DGSI-Agenten überwacht, schlenderte sie durch zwei Duty-free-Shops, bevor sie sich auf den Weg zu ihrem Gate machte. Weil der Flug AF 054 in die USA führte, galten spezielle Sicherheitsvorkehrungen. Ihr Hidschab und ihr arabischer Name bewirkten, dass sie einige Minuten lang zusätzlich kontrolliert wurde, aber dann durfte sie doch in den Abflugbereich. Sie hielt Ausschau nach vertrauten Gesichtern, konnte aber keines entdecken. In einem kostenlos ausliegenden Exemplar der Tageszeitung *Le Monde* las sie von dem bevorstehenden Besuch des französischen Präsidenten in Washington – und auf einer Innenseite von einer neuen Welle von Messerangriffen in Israel. Sie brannte vor Hass und Wut. Sie jubelte innerlich.

Dann brachte eine Lautsprecherdurchsage sie wieder auf die Beine. Natalie hatte einen Fensterplatz rechts. Auch nachdem die Economy-Passagiere längst an Bord gekommen waren, blieb der Sitz neben ihr frei, sodass sie schon hoffte, die kommenden siebeneinhalb Stunden nicht neben einem völlig Unbekannten sitzen zu müssen. Diese Hoffnung zerstob, als ein Mann mit rabenschwarzem Haar und dunkel getönter Brille, der einen anthrazitgrauen Geschäftsanzug trug, sich in den Sitz neben ihr fallen ließ. Er schien nicht davon begeistert zu sein, neben einer Araberin mit Hidschab zu sitzen. Er starrte auf sein Smartphone. Natalie starrte auf ihres.

Wenige Sekunden später erschien auf ihrem Display eine Nachricht.

EINSAM?

Sie tippte: JA.

MÖCHTEST DU GESELLSCHAFT?

LIEBEND GERN.

SIEH NACH LINKS.

Das tat sie. Der Schwarzhaarige mit der dunkel getönten Brille starrte weiter auf sein Smartphone, aber jetzt lächelte er.

»Ist das eine gute Idee?«, fragte sie.

»Was denn?«, fragte Michail.

»Du und ich zusammen.«

»Das sage ich dir nach der Landung.«

»Was passiert dann?«

Bevor er antworten konnte, wies eine Lautsprecherdurchsage die Passagiere an, ihre Handys auszuschalten. Das taten auch Natalie und ihr Sitznachbar. Als der Airbus die Startbahn hinunterdonnerte, legte sie ihre Hand auf seine.

»Noch nicht«, flüsterte er.

»Wann?«, fragte sie und nahm die Hand weg.

»Bald«, sagte er. »Sehr bald.«

52

HUME, VIRGINIA

In Washington hatte der Dauerregen endlich aufgehört, und ein Schwall kalter, klarer Luft hatte die letzten Wolken vom Himmel gefegt. Im hellen Sonnenschein leuchteten die großen Marmormonumente elfenbeinweiß, und ein lebhafter Wind trieb abgefallene Blätter durch die Straßen von Georgetown. Nur der Potomac River trug noch Spuren der Sintflut mit sich. Von abfließendem Wasser angeschwollen und voller Baumstämme und anderem Treibgut strömte er braun und schwerfällig unter der Key Bridge hindurch, als Saladin nach Virginia unterwegs war. Er war wie ein Engländer für ein Wochenende auf dem Land gekleidet: Cordhose, dicker Rollkragenpullover, dunkelgrüne Barbour-Jacke. Er bog nach rechts auf den George Washington Parkway ab und fuhr nach Osten weiter.

Die Schnellstraße verlief ungefähr eine Viertelmeile weit am Wasser, bevor sie ansteigend aus der Schlucht herausführte. Das bunte Herbstlaub der Bäume leuchtete im hellen Sonnenschein, und jenseits des schlammigen Flusses herrschte reger Verkehr auf der Parallelstraße. Sogar Saladin musste zugeben, dass dies eine willkommene Abwechslung von der tristen Welt des Westiraks und des Kalifats war. Der bequeme Ledersitz der deutschen Luxuslimousine stützte und umfasste ihn wie ein weicher Handschuh. Diesen Wagen hatte ein Angehöriger des Netzwerks auf einem kleinen Parkplatz an der Kreuzung M Street und Wisconsin Avenue für ihn zurückgelassen – vom Hotel Four Seasons aus ein mehrere Straßenblocks langer schmerzhafter Spaziergang. Saladin war versucht, den Wagen einmal auszufahren und seine Fahrkünste auf der glatten, gut ausgebauten Schnellstraße zu erproben. Stattdessen hielt er sich pedantisch an die vorgeschriebene Höchstgeschwindigkeit, während andere Fahrer drängelten und obszöne Gesten machten, wenn sie dann links an ihm vorbeiröhrten. Amerikaner, dachte er – immer in Eile. Das war ihre größte Stärke und zugleich ihr Verderben. Wie töricht von ihnen, zu glauben, sie könnten mit den Fingern schnippen und so die politische Landschaft des Nahen Ostens verändern. Männer wie Saladin maßen die Zeit nicht in vierjährigen Wahlzyklen. Als Kind hatte er am Ufer eines der vier Flüsse gelebt, die im Garten Eden entsprangen. Seine Zivilisation hatte Tausende von Jahren lang in dem harten, erbarmungslosen Land Mesopotamien gelebt, bevor Amerika auch nur entdeckt worden war. Und es würde noch lange weiterleben, wenn das große amerikanische Experiment längst Geschichte war. Dessen war Saladin sich sicher. Alle großen Reiche zerfielen irgendwann. Nur der Islam war ewig.

Das Navi seines Wagens dirigierte Saladin auf den Capitol Beltway. Dort fuhr er nach Süden, querte die Dulles Access Road, fuhr an den Shoppingmalls von Tysons Corner vorbei und gelangte auf die Interstate 66, auf der er nach Westen in Richtung Shenandoah Mountains weiterfuhr. Die Fahrspuren nach Osten waren noch durch Berufsverkehr verstopft, aber vor Saladin war die Fahrbahn mehrere Wagenlängen weit leer –für Autofahrer im Großraum Washington eine Seltenheit. Wieder hielt er gewissenhaft die Höchstgeschwindigkeit ein, während der übrige Verkehr ihn überholte. Unter keinen Umständen durfte er von einem Verkehrspolizisten gestoppt werden; das hätte einen aufwendigen Plot gefährdet, der monatelange exakte Planung erfordert hatte. Paris und Amsterdam waren zwei Generalproben gewesen. Saladins wirkliches Ziel war Washington, denn nur die Amerikaner besaßen die Macht, die Folge von Ereignissen auszulösen, die er herbeizuführen versuchte. Nun war nur noch eine abschließende Besprechung aller Einzelheiten des Plans mit seinem wichtigsten Washingtoner Agenten erforderlich. Dieses Vorhaben war gefährlich – der Agent konnte sich unbemerkt verraten haben und unter Überwachung stehen –, aber Saladin wollte von ihm persönlich hören, dass alles an Ort und Stelle war.

Er kam an der Ausfahrt zu einer Stadt mit dem typisch amerikanisch klingenden Namen Gainesville vorbei. Der Verkehr nahm ab, das Gelände wurde hügliger, und die blauen Gipfel der Shenandoah Mountains schienen zum Greifen nahe. Er fuhr jetzt seit einer Dreiviertelstunde, und sein vom Gasgeben ermüdetes rechtes Bein begann schmerzhaft zu pochen. Um sich von den Schmerzen abzulenken, gestattete er sich, in Gedanken abzuschweifen. Sie befassten sich rasch mit dem Mann, den er am Abend zuvor in der Halle des Hotels Four Seasons gesehen hatte.

Gabriel Allon …

Natürlich konnte Allons Anwesenheit in Washington reiner Zufall sein – schließlich arbeitete der Israeli seit vielen Jahren eng mit den Amerikanern zusammen –, aber Saladin bezweifelte, dass das der Fall war. Dem Pariser Anschlag waren nicht nur mehrere Israelis zum Opfer gefallen, sondern auch Hannah Weinberg, eine Frau, die eine persönliche Freundin Allons und eine Agentin des israelischen Geheimdiensts gewesen war. Es war durchaus möglich, dass Allon an den Ermittlungen nach dem Anschlag beteiligt gewesen war. Vielleicht hatte er von der Existenz von Saladins Netzwerk erfahren. Und vielleicht hatte er auch erfahren, dass das Netzwerk kurz davorstand, einen Anschlag in Amerika auszuführen. *Aber wie?* Die Antwort auf diese Frage war recht einfach: Saladin musste davon ausgehen, dass es Allon gelungen war, sein Netzwerk zu unterwandern – schließlich ist das sein spezielles Talent, dachte der Iraker. Und wenn Allon von dem Netzwerk wusste, wussten auch die Amerikaner davon. Die meisten von Saladins Agenten waren durch das poröse amerikanische Visa- und Einreisesystem aus dem Ausland in die USA eingesickert. Aber mehrere Agenten, darunter der Mann, mit dem Saladin sich heute treffen wollte, lebten hier im Land und waren daher durch amerikanische Maßnahmen zur Terroristenbekämpfung mehr gefährdet. Sie waren für das Gelingen des Unternehmens entscheidend wichtig, aber zugleich auch die schwachen Glieder in der langen Kette seines Netzwerks.

Das Navi wies Saladin an, bei Ausfahrt 18 von der Interstate 66 abzufahren. Er folgte den Anweisungen und fand sich in einer Kleinstadt namens Markham wieder. Nein, dachte er, dies ist keine Kleinstadt, sondern eine winzige Ansammlung von Häusern mit geschlossenen Veranden, die auf überwucherte Rasenflächen hinausführen. Er fuhr auf der Leeds Manor Road weiter, an Pferdekoppeln und Scheunen vorbei, bis er eine weitere Kleinstadt namens Hume erreichte, die etwas größer als Markham war. Trotzdem gab es hier keine Geschäfte oder Supermärkte, nur eine Autowerkstatt, einen Country Inn und mehrere Kirchen, in denen die Ungläubigen ihre blasphemische Version von Gott anbeteten.

Das Navi war jetzt praktisch wertlos: Die Adresse, zu der Saladin wollte, war viel zu abgelegen. Er bog nach rechts auf die Hume Road ab und folgte ihr ungefähr einen Kilometer weit, bis er zu einem unbefestigten Weg kam. Dieser Weg, kaum mehr als eine Fahrspur, schlängelte sich über eine Pferdekoppel, einen bewaldeten Hügelrücken und in eine kleine Senke hinunter. Dort gab es einen schwarzen Teich mit spiegelglattem Wasser und ein A-förmiges Nurdachhaus aus Holz. Als Saladin den Motor abstellte, erinnerte ihn die Stille an die Stille der Wüste. Er öffnete den Kofferraum. In einem Geheimfach versteckt lagen eine Glock 19, Kaliber neun Millimeter, und ein wirksamer Schall- und Mündungsfeuerdämpfer, die ein Angehöriger von Saladins Netzwerk ganz legal in Virginia gekauft hatte.

Mit der Pistole in der linken Hand und seinem Stock in der rechten betrat Saladin vorsichtig das Cottage. Seine Einrichtung war rustikal und spartanisch. In der Küche brachte er Wasser – dem Geruch nach ungefiltert aus dem Teich – zum Kochen und machte sich mit einem uralten Teebeutel eine schwache Tasse Tee. Damit ging er ins Wohnzimmer hinüber, ließ sich auf die Couch sinken und blickte durch das dreieckige Panoramafenster nach draußen auf den Hügelrücken, über den er gekommen war. Wenige Minuten später erschien ein kleiner koreanischer Viertürer, der eine Staubfahne hinter sich herzog. Saladin versteckte die Pistole unter einem Sofakissen, in das GOD BLESS THIS HOUSE eingestickt war. Dann blies er auf seinen heißen Tee und wartete.

Saladin hatte den Agenten nie persönlich kennengelernt, aber er wusste, dass der Mann ein mit einer Green Card in die USA gelangter Ägypter namens Qassam el-Banna war: Größe eins sechsundsiebzig, Gewicht dreiundachtzig Kilo, dicht gelocktes schwarzes Haar, hellbraune Augen. Auf den Mann, der jetzt das Cottage betrat, passte diese Beschreibung. Er wirkte nervös. Saladin forderte ihn mit einem Nicken auf, Platz zu nehmen. Dann sagte er auf Arabisch: »Friede sei mit dir, Bruder Qassam.«

Der junge Ägypter fühlte sich sichtlich geschmeichelt. Mit sanfter Stimme erwiderte er den traditionellen Friedensgruß – jedoch ohne den Namen des Mannes, dem er galt.

»Weißt du, wer ich bin?«, fragte Saladin.

»Nein«, antwortete der Ägypter rasch. »Wir sind uns nie begegnet.«

»Aber du hast sicher von mir gehört.«

Der junge Ägypter wusste offenbar nicht, was er darauf antworten sollte, deshalb taktierte er vorsichtig. »Ich habe eine Nachricht mit der Aufforderung erhalten, zu einer Besprechung herzukommen. Aber mir ist nicht mitgeteilt worden, wer mich hier erwarten und was er besprechen wollen würde.«

»Ist dir jemand hierhergefolgt?«

»Nein.«

»Weißt du das bestimmt?«

Der Ägypter nickte nachdrücklich.

»Und die Spedition?«, fragte Saladin. »Damit gibt's hoffentlich keine Probleme?«

Eine kurze Pause, dann fragte der junge Mann: »Welche Spedition?«

Saladin bedachte ihn mit einem beruhigenden Lächeln. Es war überraschend charmant, das Lächeln eines Profis.

»Deine Vorsicht ist lobenswert, Qassam. Aber ich kann dir versichern, dass sie nicht nötig ist.«

Der Ägypter schwieg.

»Weißt du, wer ich bin?«, fragte Saladin noch mal.

»Ja, ich denke schon.«

»Dann beantworte meine Frage.«

»Mit der Spedition gibt's keine Probleme. Alles ist an Ort und Stelle.«

Saladin lächelte erneut. »Ich denke, das sollte ich selbst beurteilen.«

Er befragte den jungen Ägypter mit der Geduld eines erfahrenen Profis. Saladins Professionalismus hatte jedoch zwei Gesichter. Er war als Geheimdienstoffizier zum Topterroristen geworden. Seine speziellen Fähigkeiten hatte er im Ödland der Provinz Anbar erworben, in der er zahllose Sprengfallen und Selbstmordanschläge geplant hatte, wobei er jede Nacht in einem anderen Bett geschlafen hatte und ständig auf der Flucht vor den Drohnen und den F-16 gewesen war. Jetzt war er im Begriff, die amerikanische Hauptstadt aus dem Komfort des Hotels Four Seasons heraus anzugreifen. Die darin liegende Ironie des Schicksals fand Saladin exquisit. Auf diesen Augenblick war er besser vorbereitet als jeder andere Terrorist vor ihm. Er war Amerikas Schöpfung. Er war Amerikas Albtraum.

Kein Detail des Unternehmens war zu unbedeutend, um Saladins prüfendem Blick zu entgehen – die Primärziele, die Ausweichziele, die Waffen, die Autobomben, die Sprengstoffwesten. Der junge Ägypter beantwortete jede seiner Fragen vollständig und ohne im Geringsten zu zögern. Mit ihm hatten Jalal Nasser und Abu Ahmed al-Tikriti eine gute Wahl getroffen: Er hatte ein Gedächtnis wie eine Computerfestplatte. Die einzelnen Agenten kannten immer nur Teile des Gesamtplans, aber Qassam el-Banna wusste fast alles. Wäre er auf der Rückfahrt nach Arlington dem FBI in die Hände gefallen, wäre das eine Katastrophe gewesen. Schon allein aus diesem Grund würde er das einsame Cottage außerhalb von Hume nicht lebend verlassen.

»Kennen alle Agenten die ihnen zugewiesenen Ziele?«, fragte Saladin.

»Alle bis auf die palästinensische Ärztin.«

»Wann kommt sie an?«

»Ihre Maschine soll um halb fünf landen, aber sie kommt wohl ein paar Minuten früher.«

»Du hast dich informiert?«

Der junge Mann nickte. Er ist gut, dachte Saladin, so gut wie Mohamed Atta. Nur schade, dass er nie so berühmt werden würde. Von Atta wurde in Dschihadistenkreisen ehrfürchtig gesprochen, aber nur eine Handvoll Leute innerhalb der Bewegung würden jemals den Namen Qassam el-Banna kennen.

»In einem Punkt hat der Plan sich etwas geändert, fürchte ich«, sagte Saladin.

»In welchem?«

»In Bezug auf dich.«

»Was ist mit mir?«

»Ich möchte, dass du das Land noch heute verlässt und dich ins Kalifat begibst.«

»Aber wenn ich einen Last-minute-Flug buche, werden die Amerikaner …«

»Sie werden keinen Verdacht schöpfen«, sagte Saladin nachdrücklich. »Dein Bleiben wäre zu gefährlich, Bruder Qassam. Du weißt zu viel.«

Der Ägypter gab keine Antwort.

»Du hast deine Computer gesäubert?«

»Ja, natürlich.«

»Und deine Frau weiß nichts von deiner Arbeit?«

»Nichts.«

»Kommt sie mit?«

»Eher nicht.«

»Wie schade«, sagte Saladin. »Aber ich kann dir versichern, dass es im Kalifat keinen Mangel an schönen jungen Frauen gibt.«

»Ja, das habe ich gehört.«

Der junge Mann lächelte erstmals. Aber als Saladin das bestickte Sofakissen hochhob, sodass die Glock mit Schalldämpfer sichtbar wurde, verschwand das Lächeln schlagartig.

»Keine Sorge, Bruder Qassam«, sagte Saladin. »Das war nur eine Vorsichtsmaßnahme für den Fall, dass an deiner Stelle das FBI reingekommen wäre.« Er streckte eine Hand aus. »Hilf mir aufstehen. Ich bringe dich hinaus.«

Mit der Pistole in einer Hand und dem Stock in der anderen folgte Saladin Qassam el-Banna zu seinem Auto hinaus.

»Solltest du auf der Fahrt zum Flughafen aus irgendeinem Grund festgenommen werden …«

»Ich verrate nichts«, sagte der junge Ägypter tapfer, »auch nicht, wenn sie's mit Waterboarding versuchen.«

»Hast du das nicht gehört, Bruder Qassam? So was machen die Amerikaner nicht mehr.«

Qassam el-Banna setzte sich ans Steuer seines Kompaktwagens, schloss die Tür und ließ den Motor an. Saladin klopfte mit dem Stockknauf leicht ans linke Seitenfenster. Es wurde heruntergefahren. Der junge Mann sah fragend auf.

»Es gibt noch etwas«, sagte Saladin.

»Ja?«

Saladin zielte mit der Glock mit Schalldämpfer durch das offene Fenster und gab rasch nacheinander vier Schüsse ab. Dann griff er ins Wageninnere, wobei er darauf achtete, kein Blut an den Jackenärmel zu bekommen, drehte das Lenkrad und stellte den Wählhebel auf D. Sekunden später verschwand der Wagen in dem schwarzen Teich. Saladin wartete, bis keine Luftblasen mehr aufstiegen und die Wasserfläche wieder spiegelglatt war. Dann setzte er sich ans Steuer seiner Luxuslimousine und fuhr nach Washington zurück.

53

LIBERTY CROSSING, VIRGINIA

Im Gegensatz zu Saladin verbrachte Gabriel in dem sicheren Haus in der N Street einen stillen, wenn auch ruhelosen Vormittag, indem er beobachtete, wie ein winziges mundwassergrünes Flugzeug langsam übers Display seines Smartphones von Samsung kroch. Kurz nach 13.30 Uhr stieg er schließlich hinten in einen schwarzen Suburban ein und wurde über die Chain Bridge in die zu Virginia gehörende wohlhabende Enklave McLean gefahren. An der Route 123 sah er einen Wegweiser zum George Bush Center for Intelligence. Aber sein Fahrer raste an der Einfahrt vorbei, ohne langsamer zu werden.

»Sie haben die Abzweigung verpasst«, sagte Gabriel.

Der Fahrer lächelte nur, ohne etwas zu sagen. Er blieb auf der Route 123 und fuhr an den niedrigen innerstädtischen Einkaufszentren und Gewerbeparks von McLean vorbei, bevor er zuletzt auf die Lewinsville Road abbog. Nach einer weiteren Viertelmeile bog er auf den Tysons McLean Drive ab, auf dem er bis zum höchsten Punkt einer leichten Steigung blieb. Die Straße machte eine Links-, dann eine Rechtskurve, bevor sie an einer großen Kontrollstelle endete, an der ein Dutzend Wachleute, alle schwer bewaffnet, Dienst taten. Eine Liste auf einem Klemmbrett wurde eingesehen, ein Spürhund schnüffelte nach Sprengstoff. Dann fuhr der Suburban langsam zum Vorplatz eines großen Bürogebäudes weiter, das die Zentrale des National Counterterrorism Center war. Auf der anderen Seite des Vorplatzes stand das Dienstgebäude – mit der Zentrale durch eine praktische Hochbrücke verbunden –, in dem der Director for National Intelligence residierte. Für Gabriel war dieser Komplex ein Denkmal für ein grobes Versagen. Die Gemeinschaft der US-Geheimdienste, die größte und modernste ihrer Art, hatte es nicht geschafft, die Anschläge vom 11. September 2001 zu verhindern. Und zur Buße dafür war sie mit Geld, Liegenschaften und schönen Gebäuden belohnt worden.

Eine Mitarbeiterin der Zentrale – ungefähr dreißig, Hosenanzug, Pferdeschwanz – erwartete Gabriel im Foyer. Sie gab ihm seinen Besucherausweis, den er an die Brusttasche seines Jacketts klemmte, und begleitete ihn in das Operationszentrum, das Nervenzentrum des NCTC. Mit seinen riesigen Videowänden und nierenförmigen Arbeitstischen erinnerte es an das Nachrichtenstudio eines Fernsehsenders. Die Arbeitstische waren wie Möbel aus dem IKEA-Katalog in einem optimistischen hellen Kiefernholzton gehalten. An einem saßen bereits Adrian Carter, Farid Barakat und Paul Rousseau. Als Gabriel den ihm zugewiesenen Platz einnahm, legte Carter ihm ein Foto hin, das einen schwarzhaarigen Mann Mitte vierzig zeigte.

»Ist das der Kerl, den Sie gestern im Four Seasons gesehen haben?«

»Sieht ihm jedenfalls sehr ähnlich. Wer ist er?«

»Omar al-Faruk, saudischer Untertan, nicht ganz ein Mitglied des Herrscherhauses, aber beinahe.«

»Sagt wer?«

»Sagt unser Mann in Riad. Er hat ihn überprüft. Al-Faruk ist clean.«

»Wie überprüft? Von wem gegengecheckt?«

»Von den Saudis.«

»Nun«, sagte Gabriel zynisch, »dann ist ja alles klar.«

Carter sagte nichts.

»Lassen Sie ihn überwachen, Adrian.«

»Sie haben anscheinend nicht richtig zugehört. Kein Mitglied des Herrscherhauses, aber beinahe. Außerdem ist Saudi-

Arabien unser einziger Verbündeter im Kampf gegen den Islamischen Staat. Jeden Monat«, fuhr Carter mit einem Blick zu Farid Barakat hinüber fort, »stellen die Saudis dem jordanischen König einen fetten Scheck aus, um seine Maßnahmen gegen den IS zu finanzieren. Und wenn der Scheck mal einen Tag zu spät eintrifft, ruft der König in Riad an, um sich zu beschweren. Das stimmt doch, Farid?«

»Und jeden Monat«, antwortete der Jordanier, »unterstützen bestimmte reiche Saudis den IS mit finanziellen und sonstigen Hilfen. Aber die Saudis sind nicht die Einzigen. Katarrer und Emiratis tun das auch.«

Carter wirkte nicht überzeugt, als er sich jetzt wieder an Gabriel wandte. »Das FBI hat nicht die Ressourcen, um jeden zu überwachen, bei dessen Anblick Sie ein komisches Kribbeln im Nacken verspüren.«

»Dann lassen Sie uns ihn für Sie überwachen.«

»Das will ich nicht gehört haben.« Carters Handy zirpte. Er sah aufs Display, dann runzelte er die Stirn. »Ein Anruf aus dem Weißen Haus. Den muss ich allein entgegennehmen.«

Er verschwand in einem der Besprechungsräume am Rand des Operationszentrums, die wie Goldfischgläser aussahen, und schloss die Tür hinter sich. Gabriel sah zu einem der großen Bildschirme auf und beobachtete ein mundwassergrünes Flugzeug im Anflug auf die US-Ostküste.

»Wie gut sind Ihre Quellen in Saudi-Arabien?«, fragte er Farid Barakat halblaut.

»Besser als Ihre, mein Freund.«

»Dann tun Sie mir einen Gefallen.« Gabriel gab ihm das Foto. »Stellen Sie fest, wer dieses Arschloch wirklich ist.«

Farid knipste das Foto mit seinem Smartphone und schickte es an die GID-Zentrale in Amman. Gleichzeitig wies Gabriel den King Saul Boulevard an, einen gewissen Omar al-Faruk, Gast im Hotel Four Seasons, zu überwachen.

»Ihnen ist wohl klar«, murmelte Farid, »dass wir hier bloß Zuschauer sind?«

»Wenn alles vorbei ist, schicke ich Adrian einen schönen Früchtekorb.«

»Er darf keine Geschenke annehmen. Glauben Sie mir, mein Freund, ich hab's versucht.«

Gabriel lächelte unwillkürlich und sah wieder zu dem Bildschirm auf. Das mundwassergrüne Flugzeug war soeben in den amerikanischen Luftraum eingeflogen.

54

DULLES INTERNATIONAL AIRPORT

Dr. Leila Hadawi brauchte fast eine Stunde, um die eisige Empfangszeremonie der Passkontrolle auf dem Dulles Airport hinter sich zu bringen – vierzig Minuten in der langen, mäandernden Warteschlange, dann weitere zwanzig Minuten vor dem Pult eines Beamten der Einwanderungs- und Grenzschutzbehörde stehend. Der Beamte war ganz offensichtlich nicht in das Unternehmen eingeweiht. Er befragte Dr. Hadawi eingehend über ihre letzten Reisen – vor allem Griechenland interessierte ihn – und den Zweck ihres Besuchs in den Vereinigten Staaten. Ihre Antwort, sie wolle hier Freunde besuchen, hatte er schon oft gehört.

»Wo leben Ihre Freunde?«

»Falls Church.«

»Wie heißen sie?«

Sie nannte zwei arabische Namen.

»Wohnen Sie bei ihnen?«

»Nein.«

»Wo *wohnen* Sie also?«

Und so ging es weiter, bis sie zuletzt aufgefordert wurde, in die Kamera zu lächeln und ihre Finger auf das kühle Glas eines digitalen Scanners zu legen. Der Beamte gab ihr ihren Pass zurück und wünschte ihr unaufrichtig einen angenehmen Aufenthalt in den Vereinigten Staaten. Sie ging zur Gepäckrückgabe weiter, wo ihr Koffer auf einem ansonsten leeren Gepäckband einsam seine Runden drehte. Im Empfangsgebäude hielt sie Ausschau nach dem Schwarzhaarigen mit der getönten Brille, aber er war nirgends zu sehen. Das überraschte sie nicht. Auf dem Flug über den Atlantik hatte er ihr erklärt, dem Dienst bleibe nur eine untergeordnete Rolle, weil jetzt die Amerikaner zuständig seien und die operative Führung übernehmen würden.

»Und wenn ich ein Anschlagsziel zugewiesen bekomme?«, hatte sie gefragt.

»Schick uns eine SMS an die übliche Nummer.«

»Und wenn sie mir das Handy wegnehmen?«

»Mach einen Spaziergang. Tasche über der linken Schulter.«

»Was ist, wenn sie mich keinen machen lassen?«

Sie zog ihren Rollkoffer hinter sich her ins Freie, wo ihr ein bulliger Amerikaner mit militärischem Bürstenhaarschnitt beim Einsteigen in den Hertz-Shuttlebus half. Ihr Mietwagen, ein hellroter Chevrolet Impala, stand am angegebenen Platz. Sie legte ihren Koffer in den Kofferraum, setzte sich ans Steuer und ließ zögernd den Motor an. Die Schalter und Anzeigen des Instrumentenbretts erschienen ihr völlig fremd. Dann wurde ihr bewusst, dass sie seit dem Tag, an dem sie in Jerusalem in ihr Apartment zurückgekommen war und Dina Sarid an ihrem Küchentisch sitzend vorgefunden hatte, kein Auto mehr gefahren hatte. Was für ein Desaster es wäre, dachte sie, wenn ich bei einem selbst verschuldeten Unfall umkäme oder schwer verletzt würde. Sie tippte ihr Fahrtziel in ihr Smartphone ein und erfuhr, dass die nur vierundzwanzig Meilen weite Fahrt bei ungewöhnlich starkem Verkehr über eine Stunde dauern würde. Sie lächelte, denn sie war froh über diesen Aufschub. Sie nahm ihren Hidschab ab, legte ihn sorgfältig zusammengefaltet in ihre Umhängetasche. Dann stellte sie den Wahlhebel auf D und fuhr langsam in Richtung Ausfahrt davon.

Dass der Impala hellrot war, war kein Zufall; das FBI hatte bei der Buchung unauffällig interveniert. Außerdem hatten Techniker des Büros an dem Wagen einen Peilsender angebracht und sein Inneres verwanzt. So hörten die Analysten, die im

Operationszentrum des National Counterterrorism Center Dienst taten, Natalie leise auf Französisch vor sich hin singen, als sie auf der Dulles Access Road in Richtung Washington fuhr. Auf einem der riesigen Bildschirme verfolgten Kameras zur Verkehrsüberwachung sie auf der gesamten Strecke. Auf einem anderen blinkte der blaue Lichtpunkt des Peilsenders. Und ihr Smartphone sendete ebenfalls ein Signal. Ihre französische Mobilfunknummer stand in einem Kästchen neben dem blinkenden Punkt. Der Dienst hatte in Echtzeit Zugang zu allen ihren Telefongesprächen, SMS-Nachrichten und E-Mails. Und weil ihr Handy jetzt auf amerikanischem Boden in einem amerikanischen Netz eingebucht war, hatte auch das NCTC Zugriff darauf.

Der hellrote Wagen kam kaum hundert Meter vom Liberty Corner Campus entfernt vorbei und fuhr auf der Interstate 66 weiter in den Ortsteil Rosslyn von Arlington, Virginia, wo er auf den Parkplatz des Hotels Key Bridge Marriott abbog. Nach einem Intervall von dreißig Sekunden – genügend Zeit für eine Frau, ihr Haar zu ordnen und ihren Koffer aus dem Kofferraum zu holen – bewegte das farbig unterlegte Kästchen des Mobiltelefons sich auf den Hoteleingang zu. Es machte kurz an der Rezeption halt, wo die Handybesitzerin, eine Araberin Anfang dreißig, verschleiert, französischer Pass, der Hotelangestellten ihren Namen sagte. Eine Kreditkarte brauchte sie nicht vorzulegen; der IS hatte das Zimmer und alle Nebenkosten im Voraus bezahlt. Von der langen Reise ermüdet, nahm sie dankbar die Schlüsselkarte entgegen und durchquerte mit ihrem Rollkoffer langsam die Hotelhalle, um zu den Aufzügen zu gelangen.

Nachdem Natalie den Rufknopf gedrückt hatte, wurde sie auf eine attraktive Frau aufmerksam – Ende zwanzig, schulterlanges blondes Haar, nachgemachtes Louis-Vuitton-Gepäck –, die sie von ihrem Barhocker in der mit Chrom und Laminat gestylten Lounge beobachtete. Natalie, die sie für eine amerikanische Geheimagentin hielt, betrat die erste freie Kabine, ohne Blickkontakt mit der Frau aufzunehmen. Sie drückte den Knopf mit der Acht und blieb in einer Ecke der Kabine stehen, aber als die Tür sich schloss, erschien eine Hand im Türspalt. Diese Hand gehörte der attraktiven Blondine, die jetzt in der anderen Ecke stehen blieb, ohne Natalie anzusehen. Ihr schwerer Fliederduft war betäubend.

»Welche Etage?«, fragte Natalie auf Englisch.

»Acht ist gut.« Die Stimme mit französischem Akzent klang vage vertraut.

Sie sprachen nicht weiter miteinander, während der Aufzug sie langsam in die Höhe trug. Als die Tür sich im achten Stock öffnete, trat Natalie als Erste aus der Kabine. Sie blieb kurz stehen, um sich zu orientieren, und ging dann auf dem Korridor weiter. Die attraktive Blondine folgte ihr. Und als Natalie vor Zimmer 822 haltmachte, blieb die Frau ebenfalls stehen. Nun sah Natalie ihr erstmals in die Augen. Irgendwie gelang es ihr, sich ein Lächeln abzuringen.

Dies waren Safia Bourihanes Augen.

Schon vor Natalies Ankunft hatte das FBI zwei Agenten, einen Mann und eine Frau, in derselben Lounge im Hotel Key Bridge Marriott stationiert. Außerdem hatte es das Sicherheitssystem des Hotels gehackt, sodass das National Counterterrorism Center ungehindert auf rund dreihundert Überwachungskameras zugreifen konnte. Den Agenten und den Kameras war die attraktive Blondine aufgefallen, die zu Natalie in den Aufzug gestiegen war. Die Agenten versuchten nicht, ihnen zu folgen, aber für die Kameras galten keine Beschränkungen. Sie verfolgten die Frauen auf dem schwach beleuchteten Korridor bis zur Tür von Zimmer 822. Auch das Hotelzimmer war vom FBI mit vier Kameras und vier Mikrofonen präpariert worden. Alle Geräte beobachteten und horchten, als die beiden Frauen hereinkamen. Die Blondine murmelte etwas auf Französisch, das die Mikrofone nicht richtig aufnehmen konnten. Nur zehn Sekunden später verschwand das farbig unterlegte Kästchen mit Natalies Mobilfunknummer von der Videowand im NCTC.

»Das Netzwerk hat offenbar Verbindung mit ihr aufgenommen«, sagte Carter, während er beobachtete, wie die beiden Frauen sich in dem Zimmer einrichteten. »Nur schade, dass ihr Handy ausgefallen ist.«

»Aber nicht unerwartet.«

»Nein«, bestätigte Carter. »Darauf durften wir eigentlich nicht hoffen.«

Gabriel wollte das Video aus dem Aufzug nochmals sehen. Carter erteilte den Auftrag, sodass es wenige Sekunden später auf dem Bildschirm erschien.

»Hübsche Frau«, sagte Carter.

»Natalie oder die Blondine?«

»Tatsächlich beide, aber ich meine die Blondine. Glauben Sie, dass die Haarfarbe echt ist?«

»Niemals!«, antwortete Gabriel. Er verlangte eine Nahaufnahme des Gesichts der Blondine. Carter erteilte auch diesen Auftrag.

»Erkennen Sie sie?«

»Ja, leider«, sagte Gabriel mit einem Blick zu Paul Rousseau hinüber.

»Wer ist sie?«

»Jemand, der nicht in diesem Land sein dürfte«, sagte Gabriel düster ahnungsvoll. »Und wenn sie hier ist, sind es auch viele andere wie sie.«

55

ARLINGTON, VIRGINIA

Der französische Präsident und seine glamouröse Frau, ein ehemaliges Model, landeten um neunzehn Uhr auf der Joint Base Andrews. Die Autokolonne, die das Paar aus dem suburbanen Maryland zum Blair House brachte – dem im Federal Style erbauten Gästehaus des US-Präsidenten in der Pennsylvania Avenue gegenüber dem Weißen Haus –, war die längste, an die sich irgendjemand erinnern konnte. Die vielen Straßensperren blockierten die Brücken über den Potomac River und verwandelten die Innenstadt von Washington in einen Parkplatz für Zehntausende von Pendlern. Leider würden die Störungen des öffentlichen Lebens der Hauptstadt sogar noch schlimmer werden. Erst an diesem Morgen hatte die *Washington Post* gemeldet, die Sicherheitsvorkehrungen wegen des französischen Staatsbesuchs seien die umfangreichsten seit der letzten Amtseinführung des US-Präsidenten. Als Hauptgefahr, hatte die Zeitung berichtet, gelte ein Anschlag des Islamischen Staats. Aber selbst die ehrwürdige *Post* mit ihren vielen Quellen in den US-Geheimdiensten ahnte nicht, welches Damoklesschwert tatsächlich über der Stadt hing.

An diesem Abend konzentrierten die intensiven Bemühungen, einen Anschlag zu verhindern, sich auf ein Hotel am Fuß der Key Bridge in Arlington, Virginia. In einem Zimmer im achten Stock waren zwei Frauen, eine Agentin des israelischen Geheimdiensts, die andere eine Agentin des Mannes, der sich Saladin nannte. Im NCTC und dem restlichen US-Heimatschutzapparat hatte die Anwesenheit dieser zweiten Frau auf amerikanischem Boden sämtliche Alarmglocken schrillen lassen. Ein Dutzend verschiedener staatlicher Dienststellen bemühte sich verzweifelt festzustellen, wie sie's geschafft hatte einzureisen, und wie lange sie schon in den USA war. Das Weiße Haus war über die Situation informiert worden. Der Präsident sei außer sich vor Wut, hieß es.

Gegen 20.30 Uhr beschlossen die beiden Frauen, zum Abendessen in irgendein Restaurant zu fahren. Der Angestellte an der Rezeption riet ihnen von Georgetown ab – »Der Verkehr ist echt chaotisch« – und empfahl stattdessen das Grillrestaurant einer großen Kette im Arlingtoner Stadtteil Clarendon. Natalie fuhr mit ihrem hellroten Impala hin und stellte ihn auf einem öffentlichen Parkplatz am Wilson Boulevard ab. Das Grillrestaurant, das keine Reservierungen annahm, war wegen der Größe seiner Portionen und der Länge seiner Warteschlangen berühmt-berüchtigt. Auf einen Tisch hätten sie eine halbe Stunde warten müssen, aber in der Bar gab es einen kleinen runden Hightop mit Barhockern für sie. Die Speisekarte bestand aus zehn eng bedruckten laminierten Seiten in Spiralbindung. Safia Bourihane blätterte halbherzig und verständnislos darin.

»Wer kann bloß so viel essen?«, fragte sie auf Französisch, indem sie weiterblätterte.

»Amerikaner«, sagte Natalie mit einem Blick auf die wohlgenährte Klientel um sie herum. In dem Raum mit hoher Decke war es schrecklich laut. Deshalb war er der ideale Ort für ein vertrauliches Gespräch.

»Mir ist der Appetit vergangen, fürchte ich«, sagte Safia.

»Du solltest etwas essen.«

»Ich habe schon im Zug gegessen.«

»In welchem Zug?«

»Im Zug aus New York.«

»Wie lange warst du in New York?«

»Nur einen Tag. Ich bin aus Paris hingeflogen.«

»Nicht im Ernst!«

»Ich hab dir doch gesagt, dass ich eines Tages nach Paris zurückgehen würde.«

Safia lächelte. Blond gefärbt und in ihrem engen Kleid sah sie sehr französisch aus. Natalie stellte sich die Frau vor, die Safia hätte werden können, wenn der radikale Islam und der Islamische Staat nicht gewesen wären.

Eine Bedienung kam, um ihre Getränke aufzunehmen. Beide bestellten Tee. Natalie fand diese Störung ärgerlich. Safia schien in gesprächiger Laune zu sein.

»Wie hast du's geschafft, nach Frankreich zurückzukommen?«

»Was glaubst du?«

»Mit einem geliehenen Pass?«

Safia nickte.

»Wem hat er gehört?«

»Einer neuen Rekrutin. Größe und Gewicht haben gestimmt, und ihr Gesicht war ähnlich genug.«

»Womit bist du gereist?«

»Meistens mit Bus und Zug. Als ich wieder in der EU war, hat sich niemand mehr für meinen Pass interessiert.«

»Wie lange warst du in Frankreich?«

»Ungefähr zehn Tage.«

»Paris?«

»Nur zum Schluss.«

»Und vor Paris?«

»Da hat mich eine Zelle in Vaulx-en-Velin versteckt.«

»Bist du hier mit demselben Pass eingereist?«

Sie nickte.

»Ohne Probleme?«

»Überhaupt keine. Der Beamte von der Einwanderungsbehörde war sogar sehr nett zu mir.«

»Du hattest wohl dasselbe Kleid an?«

Ihr Tee kam, bevor Safia antworten konnte. Auch Natalie schlug jetzt ihre Speisekarte auf.

»Welcher Name steht in deinem Pass?«

»Wieso willst du das wissen?«

»Was passiert, wenn wir festgenommen werden? Wenn sie mich nach deinem Namen fragen und ich ihn nicht weiß?«

Safia schien ernstlich darüber nachzudenken. »Ich heiße Asma«, sagte sie zuletzt. »Asma Doumaz.«

»Wo ist Asma her?«

Safia zog die Mundwinkel nach unten und sagte: »Clichy-sous-Bois.«

»Tut mir leid, das zu hören.«

»Was willst du essen?«

»Ein Omelett.«

»Glaubst du, dass sie ein richtiges Omelett machen können?«

»Wir werden's sehen.«

»Und irgendwas als Vorspeise?«

»Ich habe an die Suppe gedacht.«

»Die klingt scheußlich. Iss lieber einen Salat.«

»Die sehen riesig aus.«

»Wir können uns einen teilen. Aber nimm keines dieser grässlichen Dressings. Verlang einfach nur Essig und Öl.«

Ihre Bedienung kam zurück. Natalie bestellte für sie beide.

»Du sprichst sehr gut Englisch«, sagte Safia missgünstig.

»Meine Eltern sprechen beide Englisch, und ich hab's in der Schule gelernt.«

»Ich hab in der Schule überhaupt nichts gelernt.« Safia sah zu dem Fernseher über der Bar auf, in dem CNN lief. »Wovon reden sie?«

»Von einem möglichen IS-Anschlag während des Besuchs des französischen Präsidenten.«

Safia schwieg.

»Hast du dein Ziel erfahren?«, fragte Natalie ruhig.

»Ja.«

»Ist's ein Selbstmordanschlag?«

Safia nickte, ohne den Blick vom Fernseher zu nehmen.

»Was ist mit mir?«

»Deines erfährst du auch bald.«

»Von wem?«

Safia zuckte unverbindlich mit den Schultern.

»Weißt du mein Ziel?«

»Nein.«

Natalie sah zu dem Fernseher auf.

»Was sagen sie jetzt?«, fragte Safia.

»Noch das Gleiche.«

»Sie sagen immer das Gleiche.«

Natalie glitt von ihrem Barhocker.

»Wo willst du hin?«

Natalie nickte zum Durchgang zu den Toiletten hinüber.

»Du warst, bevor wir weggefahren sind.«

»Das kommt von dem Tee.«

»Bleib nicht zu lange.«

Natalie nahm ihre Umhängetasche über die linke Schulter und schlängelte sich langsam durch die Bar, durch das Labyrinth aus hohen Tischen. Die Damentoilette war leer. Sie betrat eine der Kabinen, sperrte die Tür ab und begann, langsam zu zählen. Als sie bei fünfundvierzig angelangt war, hörte sie jemanden hereinkommen. Dann plätscherte Wasser ins Waschbecken, bevor der Händetrockner zu heulen begann. Diese Symphonie aus WC-Geräuschen ergänzte Natalie durch das laute Rauschen der Druckspülung. Als sie aus der Kabine kam, stand vor dem Spiegel eine Frau, die Make-up auftrug. Die Frau war Anfang dreißig. Sie trug enge Stretchjeans und einen ärmellosen Pullover, der ihrer kräftigen Figur nicht schmeichelte. Sie hatte die breiten Schultern und muskulösen Arme einer Skirennläuferin. Ihre Haut war trocken und großporig: die Haut einer Frau, die in der Wüste oder in großen Höhen gelebt hat.

Natalie trat ans zweite Waschbecken und drehte den Wasserhahn auf. Als sie in den Spiegel sah, starrte die Frau sie darin an.

»Wie geht's Ihnen, Leila?«

»Wer sind Sie?«

»Wer ich bin, ist unwichtig.«

»Nicht, wenn sie eine von ihnen sind. Dann ist's sehr wichtig.«

Die Frau tupfte ihre raue Gesichtshaut mit einer Puderquaste ab. »Ich bin Megan«, sagte sie zu ihrem Spiegelbild. »Megan vom FBI. Und Sie vergeuden kostbare Zeit.«

»Wissen Sie, wer meine Begleiterin ist?«

Die Frau nickte, steckte die Puderdose ein und begann, Lippenstift aufzutragen. »Wie ist sie ins Land gekommen?«

»Mit einem geborgten Reisepass.«

»Wo ist sie eingereist?«

Natalie sagte es ihr.

»Kennedy oder Newark?«

»Das weiß ich nicht.«

»Wie ist sie nach Washington gekommen?«

»Mit dem Zug.«

»Welcher Name steht in dem Pass?«

»Asma Doumaz.«

»Haben Sie Ihr Ziel schon erfahren?«

»Nein. Aber sie kennt ihres. Sie ist für einen Selbstmordanschlag eingeteilt.«

»Wissen Sie ihr Ziel?«

»Nein.«

»Sind Sie mit weiteren Mitgliedern der Angriffszellen zusammengekommen?«

»Nein.«

»Wo ist Ihr Handy?«

»Sie hat es mir abgenommen. Versuchen Sie nicht, mir irgendwelche Nachrichten zu schicken.«

»Verschwinden Sie.«

Natalie drehte das Wasser ab und huschte hinaus. Safia beobachtete, wie sie an ihren Tisch zurückkam. Dann sah sie zu der kräftig gebauten Frau mit dem Frischluftteint hinüber, die jetzt wieder an der Bar saß.

»Hat diese Frau versucht, mit dir zu reden?«

»Die?« Natalie schüttelte den Kopf. »Sie hat die ganze Zeit telefoniert.«

»Echt?« Safia machte den Salat geschickt mit Essig und Öl an. *»Bon appétit.«*

56

KEY BRIDGE MARRIOTT, ARLINGTON

Ihr Hotelzimmer war ein Einzelzimmer, das Bett kaum groß genug für zwei. Für eine Frau, die wusste, dass sie bald tot sein würde, schlief Safia ziemlich gut, auch wenn sie sich mitten in der Nacht aufsetzte und wie im Schlaf redend darüber referierte, wie man eine Sprengstoffweste richtig trug. Natalie hörte ihrem Gemurmel aufmerksam zu, weil sie auf einen Hinweis zu ihrem Anschlagsziel hoffte, aber Safia schlief bald wieder ein. Irgendwann nach drei Uhr morgens fand auch Natalie etwas Schlaf. Beim Aufwachen stellte sie fest, dass Safia sich wie ein Beuteltier an ihren Rücken klammerte. Draußen war das Wetter regnerisch trüb, und ein über Nacht aufgezogenes Tiefdruckgebiet hatte Natalie pochende Kopfschmerzen gebracht. Sie schluckte zwei Schmerztabletten und verfiel in angenehmen Halbschlaf, bis das Heulen von Triebwerken sie erneut weckte. Die Verkehrsmaschine schien dicht an ihrem Fenster vorbeizufliegen. Sie kurvte tief über dem Potomac ein und verschwand im Nebel, bevor sie den Aufsetzpunkt ihrer Landebahn auf dem Reagan National Airport erreichte.

Als Natalie sich umdrehte, sah sie Safia neben sich im Bett sitzen und auf ihr Mobiltelefon starren.

»Wie hast du geschlafen?«, fragte Safia, ohne den Blick vom Display zu nehmen.

»Gut. Du?«

»Nicht schlecht.« Safia schaltete das Handy aus. »Zieh dich an. Wir haben viel zu tun.«

Nachdem sie geduscht und sich angezogen hatten, fuhren sie zum Frühstück hinunter. Safia hatte keinen Appetit. Natalie allerdings auch nicht. Sie trank drei Tassen Kaffee gegen ihre Kopfschmerzen und zwang sich dazu, einen Becher griechischen Joghurt auszulöffeln. Das Restaurant war voller Touristen, aber an einem Ecktisch saßen auch zwei gut gekleidete Business-Typen. Einer der beiden Männer konnte den Blick nicht von Safia lassen. Der andere verfolgte die Fernsehnachrichten auf dem Wandbildschirm. Neben dem Logo des Senders stand in der rechten unteren Ecke LIVE. Der amerikanische Präsident und sein französischer Kollege saßen im Oval Office am Kamin. Der US-Präsident sprach. Der Franzose wirkte nicht besonders glücklich.

»Was sagt er?«, fragte Safia.

»Er spricht davon, wie Amerika im Nahen Osten mit seinen Freunden und Verbündeten zusammenarbeitet, um den IS zu besiegen.«

»Ist das sein Ernst?«

»Unser Präsident scheint es nicht zu glauben.«

Safias Blick begegnete dem ihres nicht eben heimlichen Bewunderers auf der anderen Seite des Restaurants. Sie sah rasch wieder weg.

»Wieso starrt dieser Mann mich an?«

»Er findet dich attraktiv.«

»Weißt du bestimmt, dass nicht mehr dran ist?«

Natalie nickte.

»Das ist lästig.«

»Ich weiß.«

»Ich wollte, ich könnte meinen Hidschab tragen.«

»Das würde nichts nützen.«

»Wieso nicht?«

»Weil du trotzdem schön wärst.« Natalie kratzte ihren Joghurtbecher aus. »Du solltest wirklich etwas essen.«

»Warum?«

Darauf wusste Natalie keine Antwort. »Was machen wir heute Morgen?«, fragte sie.

»Shopping.«

»Was brauchen wir?«

»Kleidung.«

»Ich habe alles, was ich brauche.«

»*Hübsche* Sachen.«

Safia sah zu dem Wandbildschirm hinüber, auf dem der Pressesprecher des Weißen Hauses die Reporter aus dem Oval Office geleitete. Dann stand sie wortlos auf und verließ das Restaurant. Natalie, die ihre Umhängetasche über der rechten Schulter trug, folgte ihr mit einigen Schritten Abstand. Draußen war der Regen zu einem kalten Nieseln geworden. Sie hasteten über den Parkplatz und stiegen in den Impala. Während Natalie den Motor anließ, zog Safia ihr Smartphone aus der Handtasche und gab bei Google Maps TYSONS CORNER ein. Als die blaue Route auf dem Display erschien, zeigte sie zum Lee Highway hinüber. »Dort rechts abbiegen.«

Im Operationszentrum des NCTC beobachteten Adrian Carter und Gabriel, wie der hellrote Impala in Richtung Westen auf die I-66 fuhr – mit einem Ford Explorer hinter sich, in dem zwei FBI-Agenten der Special Surveillance Group saßen. Auf der Videowand daneben blinkte das blaue Symbol des Peilsenders auf einem riesigen Stadtplan des Großraums Washington.

»Was haben Sie vor?«, fragte Gabriel.

»Das entscheide nicht ich. Nicht mal andeutungsweise.«

»Wer sonst?«

»Er«, sagte Carter und nickte zu der CNN-Liveübertragung aus dem Oval Office hinüber. »Er ist auf dem Weg nach unten in den Lageraum. Alle Chefs der nationalen Sicherheitsdienste sind schon dort.«

Im nächsten Augenblick klingelte das vor Carter stehende Telefon. Das folgende Gespräch war entschieden einseitig. »Verstanden«, sagte Carter nur. Dann legte er auf und starrte den blauen Leuchtpunkt an, der sich auf der I-66 nach Westen bewegte.

»Wie lautet die Entscheidung?«, fragte Gabriel.

»Wir lassen sie vorerst laufen.«

»Gute Entscheidung.«

»Vielleicht«, sagte Carter. »Oder vielleicht nicht.«

Natalie fuhr auf der I-66 bis zum Beltway und auf dem Beltway zur Shoppingmall Tysons Corner Center. Auf der begehrten ersten Ebene von Parkdeck B waren mehrere Plätze frei, aber Safia dirigierte Natalie stattdessen auf die zweite Ebene. »Dort«, sagte sie und zeigte auf eine abgelegene Ecke des Parkdecks. »Dort drüben parken.«

»Warum so weit von der Mall entfernt?«

»Tu einfach, was ich dir sage«, fauchte Safia.

Also parkte Natalie und stellte den Motor ab. Safia studierte das Instrumentenbrett, als ein Ford Explorer hinter ihnen vorbeifuhr. Er parkte am Ende derselben Reihe, und zwei typische Amerikaner Anfang dreißig stiegen aus und gingen in Richtung Mall davon. Safia schien sie gar nicht zu bemerken. Sie suchte weiter das Instrumentenbrett ab.

»Lässt der Kofferraum sich von innen entriegeln?«

»Hier«, sagte Natalie und zeigte auf einen Knopf über der Mittelkonsole.

»Lass die Türen offen.«

»Warum?«

»Weil ich's dir sage.«

Safia stieg wortlos aus. Sie gingen miteinander zum Treppenhaus und stiegen zum Eingang von Bloomingdale's in der Mall hinunter. Die beiden typischen Amerikaner gaben vor, sich für Wintermäntel zu interessieren. Safia folgte den Hinweisschildern zu Damenmoden und verbrachte die folgende halbe Stunde damit, von Boutique zu Boutique, von Kleiderständer zu Kleiderständer zu gehen. Natalie erklärte der Verkäuferin, ihre Freundin suche etwas Passendes für ein Geschäftsessen – Rock und Jackett, aber das Jackett dürfe nicht allzu figurbetont sein. Safia probierte mehrere Jacketts an, wies aber alle zurück.

»Zu eng«, sagte sie in stockendem Englisch und fuhr sich mit den Händen über ihren flachen Bauch und die sanft gerundeten Hüften. »Lockerer.«

»Hätte ich Ihre Figur«, sagte die Verkäuferin, »würde ich das Jackett so eng wie möglich kaufen.«

»Sie will einen guten Eindruck machen«, erklärte Natalie ihr.

»Sagen Sie ihr, dass sie's bei Macy's versuchen soll. Vielleicht hat sie dort mehr Glück.«

Dieser Tipp war gut. Binnen weniger Minuten fand Safia eine etwas längere Jacke von Tahari mit fünf Knöpfen, die sie für geeignet erklärte. Sie nahm gleich zwei davon: eine rote und eine graue, beide in Größe vierzig.

»Die sind viel zu groß für sie«, sagte die Verkäuferin. »Sie hat höchstens sechsunddreißig.«

Natalie zog wortlos ihre Kreditkarte durch das Lesegerät und kritzelte ihre Unterschrift auf den Touchscreen. Die Verkäuferin packte die beiden Jacken in eine weiße Tragetasche mit dem Logo von Macy's. Natalie ließ sich die Tasche geben und folgte Safia aus dem Laden.

»Wieso hast du zwei Jacken gekauft?«

»Eine ist für dich.«

Natalie wurde plötzlich fast schlecht. »Welche?«

»Natürlich die rote.«

»Rot hat mir noch nie gestanden.«

»Red keinen Unsinn.«

Draußen in der Mall sah Safia auf ihr Handy.

»Brauchst du irgendwas?«, fragte sie dann.

»Zum Beispiel?«

»Make-up? Etwas Schmuck?«

»Das musst *du* wissen.«

»Wie wär's mit einem Kaffee?«

Natalie hatte nicht viel Lust, einen Kaffee zu trinken, aber sie wollte auch nicht wieder von Safia zurechtgewiesen werden. Sie gingen nach nebenan zu Starbucks, bestellten zwei Caffè Latte und setzten sich damit an einen der Tische draußen in der Mall. Um sie herum unterhielten sich einige muslimische Frauen, alle verschleiert, halblaut auf Arabisch, und viele weitere Frauen in Hidschabs, manche in mittleren Jahren, andere noch Mädchen, gingen an ihrem Tisch vorbei. Natalie kam sich vor, als sei sie wieder in ihrer Banlieue. Sie sah zu Safia hinüber, die blicklos vor sich hin starrte und dabei ihr Smartphone umklammert hielt. Ihr Kaffee stand unberührt auf dem Tisch vor ihr.

»Ich muss auf die Toilette«, sagte Natalie.

»Geht nicht.«

»Warum nicht?«

»Weil's verboten ist.«

Safias Handy vibrierte. Sie las die Nachricht und stand abrupt auf.

»Jetzt können wir gehen.«

Sie gingen zum Parkdeck B zurück und stiegen die Treppe zur zweiten Ebene hinauf. Auch ihre abgelegene Ecke war jetzt zugeparkt. Als sie sich dem roten Impala näherten, ließ Natalie den Kofferraumdeckel mit ihrer Fernbedienung aufspringen, aber Safia knallte ihn rasch wieder zu.

»Leg die Tragetasche auf den Rücksitz.«

Natalie tat wie geheißen. Dann setzte sie sich ans Steuer und ließ den Motor an, während Safia bei Google Maps KEY BRIDGE MARRIOTT eingab. »Den Schildern nach zur Ausfahrt«, sagte sie. »Dann links abbiegen.«

Auf den Videowänden im NCTC erschienen die Statusmeldungen der FBI-Überwachungsteams wie Updates auf der Anzeigetafel *Abflüge* eines Flughafens. *ZIELPERSONEN KAUFEN KLEIDUNG BEI MACY'S… ZIELPERSONEN TRINKEN KAFFEE BEI STARBUCKS… ZIELPERSONEN VERLASSEN MALL… ERBITTEN WEITERE ANWEISUNGEN…* Der Präsident und sein mit ihm im Lageraum versammeltes National Security Team hatten ihre Entscheidung bekannt gegeben: Abhören, beobachten, warten! Lasst sie laufen!

»Gute Entscheidung«, sagte Gabriel.

»Vielleicht«, sagte Carter. »Oder vielleicht nicht.«

Um Viertel nach zwölf bog der rote Impala auf den Parkplatz des Key Bridge Marriott ab und glitt wieder in die Lücke, aus der er vor zwei Stunden herausgefahren war. Die Überwachungskameras des Hotels erzählten einen Teil der Story. Die Eilmeldungen der FBI-Agenten erzählten den Rest. Die Zielpersonen stiegen aus dem Fahrzeug. Zielperson eins, die israelische Agentin, nahm die Tragetasche von Macy's vom Rücksitz. Zielperson zwei, die Französin, hob zwei große Papiertragetaschen aus dem Kofferraum.

»Welche Tragetaschen aus dem Kofferraum?«, fragte Gabriel.

Carter schwieg.

»Wo sind die her?«

Carter stellte die Frage durchs Saalmikrofon. Sekunden später erschien die Antwort auf ihrem Bildschirm.

Die Tragetaschen waren von L. L. Bean.

»Scheiße«, sagten Gabriel und Carter wie aus einem Mund.

Natalie und Safia waren nie bei L. L. Bean gewesen.

57

WEISSES HAUS, WASHINGTON, D.C.

Viel später würde man sich daran erinnern, dass noch kein Gespräch des amerikanischen und des französischen Präsidenten so häufig unterbrochen worden war wie dieses. Dreimal wurde der US-Präsident in den Lageraum gerufen. Zweimal ging er allein und ließ seinen Amtskollegen und dessen engste Mitarbeiter im Oval Office zurück. Beim dritten Mal kam der französische Präsident mit. Schließlich hatten die Frauen in Zimmer 882 des Key Bridge Marriott französische Pässe, auch wenn beide nicht echt waren. Zuletzt schafften es die beiden Präsidenten doch, eine Stunde lang ungestört miteinander zu sprechen, bevor sie zur gemeinsamen Pressekonferenz in den East Room hinübergingen. Der US-Präsident machte die ganze Zeit ein grimmiges Gesicht, und seine Antworten waren untypisch weitschweifig und unkonzentriert. Ein Reporter sagte, der Präsident scheine von seinem französischen Kollegen irritiert zu sein. Nichts hätte weiter von der Wahrheit entfernt sein können.

Um fünfzehn Uhr verließ der französische Präsident das Weiße Haus und kehrte ins Blair House zurück. Gleichzeitig veröffentlichte das Heimatschutzministerium eine vage formulierte Warnung vor einem möglichen Terroranschlag auf amerikanischem Boden, vielleicht im Großraum Washington. Als das Bulletin nicht genug Beachtung fand – nur ein Kabelsender machte sich die Mühe, es zu verbreiten –, berief der Minister hastig eine Pressekonferenz ein, um die Warnung vor laufenden Kameras zu wiederholen. Seine sichtbare Angespanntheit machte klar, dass dies keine bloße Rückversicherung für alle Fälle war. Die Gefahr war real.

»Wird sich am Terminplan des Präsidenten etwas ändern?«, fragte ein Reporter.

»Gegenwärtig nicht«, lautete die kryptische Antwort des Ministers.

Danach zählte der Minister mehrere von der Regierung ergriffene Maßnahmen auf, die einen potenziellen Anschlag verhindern oder stoppen sollten. Unerwähnt ließ er allerdings die Situation jenseits des Potomac River, wo um 12.28 Uhr zwei Frauen – als Zielperson eins und zwei bekannt – von einem kurzen Shoppingtrip zum Tysons Corner Center in ihr Hotelzimmer zurückgekehrt waren. Zielperson eins hängte eine Tragetasche von Macy's in den Kleiderschrank, während Zielperson zwei verdächtige Pakete – Tragetaschen von L. L. Bean – auf dem Fußboden am Fenster ablegte. Die Mikrofone hörten, wie Zielperson eins dreimal nach dem Inhalt der Tragetaschen fragte. Zielperson zwei gab dreimal keine Antwort.

Der gesamte Nationale Sicherheitsrat der Vereinigten Staaten stellte sich verzweifelt dieselbe Frage. Wie die Taschen in den Kofferraum des Impalas gelangt waren, hatte sich mithilfe der zahlreichen Überwachungskameras im Tysons Corner Center ziemlich rasch feststellen lassen. Die Lieferung war um 11.37 Uhr auf der zweiten Ebene von Parkdeck B erfolgt. Ein Mann mit Hut und Mantel, Alter und Ethnie unbekannt, hatte das Parkhaus mit einer Tragetasche von L. L. Bean in jeder Hand zu Fuß betreten. Er hatte eine der unversperrten Türen des roten Impalas geöffnet, den Kofferraumdeckel entriegelt und die Taschen im Kofferraum deponiert. Dann hatte er das Parkhaus wieder zu Fuß verlassen und war zur Route 7 gegangen, auf der Überwachungskameras beobachtet hatten, wie er in einen in Delaware zugelassenen Nissan Altima stieg. Der Wagen war am Freitagnachmittag bei Hertz in der Union Station gemietet worden. Laut Auskunft von Hertz war die

Kundin eine Französin namens Asma Doumaz. Dieser Name war dem FBI unbekannt.

Alles dies gab keinen Aufschluss über den tatsächlichen Inhalt der Tragetaschen, obwohl die hochprofessionelle Liefermethode das Schlimmste befürchten ließ. Mindestens ein hoher FBI-Beamter, aber auch ein politischer Berater des Präsidenten plädierten für eine sofortige Razzia im Hotelzimmer der beiden Frauen. Kühlere Köpfe, zu denen der Präsident gehörte, setzten sich jedoch durch. Die Kameras und Mikrofone würden das FBI sofort alarmieren, falls die Zielpersonen Anstalten machten, operativ tätig zu werden. Bis dahin könnten die Überwachungsgeräte wertvolle Informationen sammeln, vielleicht über die Anschlagsziele und die Identität weiterer Attentäter. Als Vorsichtsmaßnahme brachte das FBI rings um das Hotel unauffällig SWAT- und Geiselbefreiungsteams in Stellung. Die Hoteldirektion erfuhr davon vorläufig nichts.

Was die Kamers und Mikrofone in Zimmer 882 aufnahmen, ging übers NCTC ans Weiße Haus und darüber hinaus. Die Primärkamera war in der Unterhaltungskonsole versteckt; sie überwachte die Zielpersonen wie damals der Teleschirm Winston Smith in seiner Wohnung in den Victory Mansions. Zielperson zwei lag halb nackt auf dem Bett und rauchte, was ein Verstoß gegen die Hausordnung und IS-Vorschriften war. Zielperson eins, eine überzeugte Nichtraucherin, hatte um Erlaubnis gebeten, inzwischen an die frische Luft gehen zu dürfen, aber Zielperson zwei hatte sie ihr verweigert. Ihr Zimmer zu verlassen sei *haram*, hatte sie gesagt.

»Sagt wer?«, fragte Zielperson eins.

»Sagt Saladin.«

Die Erwähnung des Chefplaners erweckte im NCTC und dem Weißen Haus Hoffnungen, Zielperson zwei werde bald wichtige Informationen preisgeben. Stattdessen zündete sie sich die nächste Zigarette an und schaltete mit der Fernbedienung den Fernseher ein. Hinter einem Rednerpult stand der Minister für Heimatschutz.

»Was sagt er?«

»Dass ein Anschlag bevorsteht.«

»Woher weiß er das?«

»Das sagt er nicht.«

Zielperson zwei rauchte weiter und checkte dabei ihr Mobiltelefon – ein Smartphone, das FBI und NSA bisher nicht hatten knacken können. Dann betrachtete sie mit zusammengekniffenen Augen das Fernsehbild. Die Pressekonferenz des Ministers für Heimatschutz war beendet. Ein Gremium aus Terrorismusexperten analysierte, was sich eben ereignet hatte.

»Was sagen sie?«

»Alle das Gleiche«, sagte Zielperson eins. »Dass es einen Anschlag geben wird.«

»Wissen sie von uns?«

»Dann hätten sie uns verhaftet.«

Zielperson zwei wirkte nicht überzeugt. Sie sah auf ihr Handy, checkte es fünfzehn Sekunden später nochmals, sah zehn Sekunden später erneut aufs Display. Offenbar erwartete sie einen Anruf aus dem Netzwerk. Er kam um 16.47 Uhr.

»Alhamdulillah«, flüsterte Zielperson zwei.

»Was gibt's?«

Zielperson zwei drückte ihre Zigarette aus und schaltete den Fernseher stumm. Im Operationszentrum im National Counterterrorism Center beobachteten und warteten mehrere Dutzend Analysten und Agenten. Ebenfalls anwesend waren der Chef einer französischen Antiterroreinheit, der jordanische GID-Direktor und der zukünftige Direktor des israelischen Geheimdiensts. Nur der Israeli wollte nicht sehen, was sich als

Nächstes ereignete. Er hockte auf seinem Platz an dem nierenförmigen Tisch, hatte die Ellbogen aufgestützt und bedeckte seine Augen mit den Händen, während er gespannt zuhörte.

»Im Namen des barmherzigen und gnädigen Gottes …«

Natalie nahm ihr Selbstmordvideo auf.

58

ALEXANDRIA, VIRGINIA

Für die Spedition Dominion Movers in Alexandria, Virginia, war dies ein ungewöhnlich ruhiger Tag – ein einziger kleiner Auftrag: eine alleinstehende Frau, die ihre schäbige Mietwohnung auf dem Capitol Hill gegen ein beengtes Cottage in North Arlington vertauschte, für siebenhunderttausend Dollar ein Schnäppchen. Dazu wurde nur ein Fahrzeug mit zwei Männern gebraucht. Einer der Männer war Jordanier, der andere stammte aus Tunesien. Beide gehörten dem IS an, waren in Syrien ausgebildet worden und hatten dort auch gekämpft. Die Kundin, eine Assistentin eines republikanischen Senators, ahnte davon natürlich nichts. Sie bot den Männern Kaffee und Plätzchen an und gab ihnen ein gutes Trinkgeld, als sie mit der Arbeit fertig waren.

Die beiden Männer verließen North Arlington kurz vor 17.30 Uhr und fuhren zur Spedition in der Eisenhower Avenue in Alexandria zurück. Wegen des starken Berufsverkehrs kamen sie dort erst um 18.15 Uhr an, einige Minuten später als erhofft. Sie stellten ihr Fahrzeug, einen Freightliner Baujahr 2011, vor dem Lagerhaus ab und betraten das Firmenbüro durch eine Glastür. Fatima, die junge Sekretärin und Telefonistin, war nicht da, und ihr Schreibtisch war leer. Sie war am Abend zuvor nach Frankfurt geflogen und jetzt in Istanbul. Am kommenden Morgen würde sie im Kalifat sein.

Die nächste Tür führte ins Lagerhaus. Dort standen zwei weitere Freightliner, beide mit dem Schriftzug *Dominion Movers*, und drei weiße Honda Pilot. In den Hondas lagerten außer einem Arsenal von Sturmgewehren AR-15 und Neunmillimeter-Glock-Pistolen eine Rucksackbombe und ein Sprengstoffgürtel. In jeden der Freightliner war eine Fünfhundertkilobombe mit Nitratsprengstoff und Heizöl eingebaut. Diese Autobomben waren exakte Kopien des gewaltigen Sprengsatzes, der im Februar 1996 den Londoner Bürogebäudekomplex Canary Wharf verwüstet hatte. Das war kein Zufall. Der Erbauer der damaligen Bombe, ein ehemaliger IRA-Terrorist namens Eamon Quinn, hatte dem IS den Bauplan für zwei Millionen Dollar verkauft.

Die übrigen Mitglieder der Anschlagszelle waren bereits da. Zwei von ihnen trugen gewöhnliche westliche Kleidung, aber die anderen, insgesamt elf Mann, trugen schwarze Kampfanzüge und weiße Sportschuhe, eine kleidungsmäßige Hommage an Abu Musab al-Zarqawi. Aus operativen Gründen behielten der Jordanier und der Tunesier ihre blauen Firmenoveralls an. Sie hatten noch eine letzte Lieferung zuzustellen.

Um sieben Uhr abends beteten alle fünfzehn Männer ein letztes Mal gemeinsam. Kurz danach fuhren die übrigen Mitglieder der Anschlagszelle weg, sodass nur der Jordanier und der Tunesier zurückblieben. Um 19.30 Uhr stiegen sie in die Fahrerhäuser der Freightliner. Der Tunesier war dazu ausgewählt worden, den ersten Lastwagen zu fahren. In vieler Beziehung war das der wichtigere Auftrag, denn wenn er scheiterte, konnte der zweite Truck sein Ziel nicht erreichen. Er hatte seinem Fahrzeug den Namen Buraq gegeben – nach dem himmlischen Reittier mit Flügeln und Menschenantlitz, das den Propheten Mohammed auf seiner Nachtreise von Mekka nach Jerusalem getragen hatte. In dieser Nacht würde der Tunesier eine ähnliche Reise tun, die – inschallah – im Paradies enden würde.

Sie begann jedoch in einem hässlichen Gewerbegebiet an der Eisenhower Avenue. Er folgte ihr zur Verbindungsstraße, auf der er bis zum Beltway blieb. Der Verkehr war dicht, aber doch so flüssig, dass alle Fahrzeuge fast die zulässige Höchstgeschwindigkeit erreichten. Der Tunesier blieb in der rechten Spur und sah in seine Außenspiegel. Genau wie geplant war der zweite Freightliner ungefähr eine Viertelmeile hinter ihm. Der Tunesier starrte wieder nach vorn und begann zu beten.

»Im Namen des barmherzigen und gnädigen Gottes ...«

Auch Saladin verrichtete das vorgeschriebene Abendgebet, jedoch mit weit weniger Eifer als die Männer im Lagerhaus, denn er hatte nicht die Absicht, in dieser Nacht als Märtyrer zu sterben. Nach dem Gebet zog er einen dunkelgrauen Anzug mit weißem Oberhemd und konservativ marineblauer Krawatte an. Sein Koffer war schon gepackt. Er schob ihn auf den Flur hinaus und hinkte am Stock gehend zu den Aufzügen. Unten holte er sich an der Rezeption seine quittierte Rechnung, bevor er durch die Drehtür hinausging. Der Wagen stand bereit. Er wies den Pagen an, sein Gepäck in den Kofferraum zu legen, dann setzte er sich ans Steuer.

Auf der anderen Straßenseite genau gegenüber dem Hotel Four Seasons stand ein gemieteter Buick Regal vor einem CVS-Drugstore. Eli Lavon saß auf dem Beifahrersitz; gefahren wurde der Wagen von Michail Abramow. Diese beiden hatten den langen Tag damit verbracht, den Haupteingang des Hotels zu beobachten, teils bequem aus dem Auto, manchmal vom Gehsteig oder einem Café aus, für kurze Zeit sogar aus der Hotelhalle. Von ihrer Zielperson, dem angeblichen saudischen Untertanen Omar al-Faruk hatten sie nichts zu sehen bekommen. Ein Anruf bei der Rezeption hatte jedoch bestätigt, dass Mr. al-Faruk, wer immer er war, tatsächlich ein Gast des Hauses war. Er hatte die Vermittlung jedoch angewiesen, keine Anrufe durchzustellen. Im Vorbeigehen hatten die beiden dann festgestellt, dass an seinem Türknopf ein Schild DO NOT DISTURB hing.

Michail, eher ein Mann der Tat als ein stiller Beobachter, trommelte ungeduldig mit den Fingern auf der Mittelkonsole, aber Lavon, ein mit Narben bedeckter Veteran vieler solcher Überwachungen, saß unbeweglich da wie ein steinerner Buddha. Seine braunen Augen blieben auf die Fassade des Hotels gerichtet, vor dem ein viertüriger schwarzer BMW darauf wartete, auf die M Street abbiegen zu können.

»Das ist unser Mann«, sagte er.

»Weißt du das bestimmt?«

»Todsicher.«

Der BMW umrundete eine Verkehrsinsel mit Büschen und niedrigen Bäumen und beschleunigte die M Street entlang.

»Das ist er wirklich«, bestätigte Michail.

»So was ahnt man aus Erfahrung.«

»Wohin ist er unterwegs, glaubst du?«

»Vielleicht sollten wir hinterherfahren und das feststellen.«

Saladin bog rechts auf die Wisconsin Avenue und dann gleich wieder links auf die Prospect Street ab. Auf ihrer Nordseite stand das Café Milano, eines der beliebtesten Restaurants in Georgetown. Direkt gegenüber lag einer der teuersten Parkplätze Washingtons. Saladin überließ seinen BMW einem Parkwächter, der ihn abstellen würde, und betrat das Restaurant. Hinter einer pultartigen Theke im Foyer standen der Maître d'hôtel und zwei Hostessen.

»Al-Faruk«, sagte Saladin. »Ich habe eine Reservierung für zwei.«

Eine der Hostessen sah auf den Monitor. »Acht Uhr?«

»Ja«, sagte er mit abgewandtem Blick.

»Sie sind etwas zu früh dran.«

»Das ist hoffentlich kein Problem.«

»Durchaus nicht. Ist Ihr Gast schon hier?«

»Noch nicht.«

»Ich kann Sie gleich zu Ihrem Tisch bringen, aber wenn Sie möchten, können Sie an der Bar warten.«

»Ich möchte lieber sitzen.«

Die Hostess geleitete Saladin zu einem der begehrten Tische im vorderen Teil des Restaurants, nur wenige Schritte von der Bar entfernt.

»Mein Gast ist eine junge Dame. Sie müsste in wenigen Minuten eintreffen.«

Die Hostess lächelte und zog sich zurück. Saladin nahm Platz und sah sich in dem Restaurant um. Die Gäste waren reich, prominent und mächtig. Zu seiner Überraschung erkannte er einige von ihnen, darunter den Mann am Nebentisch. Er war ein Kolumnist der *New York Times*, der die US-Invasion im Irak befürwortet hatte. Nein, das war ein zu schwaches Wort: Er hatte aggressiv dafür *geworben*. Saladin lächelte befriedigt. Qassam el-Banna hatte eine gute Wahl getroffen. Nur schade, dass er nicht lange genug gelebt hatte, um das Ergebnis seiner harten Arbeit zu sehen.

Ein Ober erschien und bot Saladin einen Cocktail an. Mit geübtem Selbstvertrauen bestellte er einen Wodka Martini und gab genau an, welche Wodkamarke er bevorzugte. Der Cocktail kam wenige Minuten später und wurde feierlich aus einem silbernen Shaker ins Glas gegossen. Saladin ließ ihn jedoch stehen, sodass sich außen am Glas durch Kondensation Wasserperlen bildeten. An der Bar kreischte ein Trio aus halb nackten Frauen vor Lachen, und am Nebentisch dozierte der Kolumnist über Syrien. Seiner Überzeugung nach ging von der als Islamischer Staat bekannten Mörderbande keine sonderliche Gefahr für die Vereinigten Staaten aus. Saladin lächelte und sah auf seine Uhr.

In der Prospect Street gab es keine freien Parkplätze, deshalb wendete Michail am Ende des Blocks und parkte illegal gegenüber einem Sandwichshop, dessen Kunden fast ausschließlich Studenten der Georgetown University waren. Das Café Milano war über hundert Meter entfernt, in der Ferne nur verschwommen sichtbar.

»So geht's nicht«, sagte Eli Lavon, der damit nur das Offenkundige aussprach. »Einer von uns muss reingehen und ihn im Auge behalten.«

»Geh du nur. Ich bleibe im Auto.«

»Nicht meine Art Lokal«, wehrte der Alte ab.

Michail stieg aus und machte sich zu Fuß auf den Weg zum Café Milano. Es war nicht das einzige Restaurant in dieser Straße. Außer dem Sandwichshop gab es ein Thai-Restaurant und ein elegantes Bistro. Michail ging an ihnen vorbei und die zwei Stufen zum Eingang des Café Milano hinunter. Der Maître d'hôtel lächelte ihn an wie einen lange erwarteten Gast.

»Ich treffe mich mit einem Freund an der Bar.«

Der Maître d'hôtel zeigte ihm mit einer Handbewegung, wohin er gehen musste. Ein Hocker war noch frei – in der Nähe eines Tischs, an dem ein gut gekleideter Mann, anscheinend ein Araber, allein saß. Allerdings war sein Tisch für zwei gedeckt, sodass er vermutlich nicht allein dinieren würde. Michail nahm auf dem freien Hocker Platz. Der war der Zielperson viel zu nahe, auch wenn er den Vorteil hatte, dass der Eingang von dort aus gut zu sehen war. Er bestellte ein Glas Bordeaux und angelte sein Handy aus der Tasche.

Dreißig Sekunden später erschien Michails Nachricht auf dem Display von Gabriels Mobiltelefon. Nun hatte er die Wahl: Er konnte die Information für sich behalten oder Adrian Carter gestehen, dass er ihn getäuscht hatte. Unter den gegenwärtigen

Umständen wählte er die zweite Möglichkeit. Carter nahm seine Mitteilung erstaunlich gelassen auf.

»Damit vergeuden Sie Ihre Zeit«, sagte er. »Und meine.«

»Dann haben Sie sicher nichts dagegen, wenn wir noch etwas bleiben, um zu sehen, mit wem er verabredet ist.«

»Sparen Sie sich die Mühe. Wir haben wichtigere Dinge zu tun, als uns Sorgen wegen eines reichen Saudis zu machen, der mit den Reichen und Schönen im Café Milano diniert.«

»Zum Beispiel?«

»Zum Beispiel *deswegen*.«

Carter nickte zu der Videowand hinüber, auf der Zielperson zwei, auch als Safia Bourihane bekannt, die Tragetaschen von L. L. Bean aufs Bett legte. Aus einer nahm sie vorsichtig eine mit Drähten und Sprengstoff gespickte schwarze Nylonweste und hielt sie sich an den Oberkörper. Dann begutachtete sie sich lächelnd im Spiegel, während sämtliche Terroristenjäger der Vereinigten Staaten ihr entsetzt zusahen.

»Game over«, sagte Gabriel. »Holt mein Mädchen dort raus.«

59

KEY BRIDGE MARRIOTT

Einen Augenblick lang herrschte Verwirrung wegen der Frage, wer welche Sprengstoffweste tragen sollte. Natalie kam das seltsam vor – schließlich sahen die Westen in jeder Beziehung identisch aus –, aber Safia ließ nicht locker. Sie bestand darauf, dass Natalie die Weste mit der neben dem Reißverschluss eingestickten kleinen roten Markierung anlegte. Natalie akzeptierte das widerspruchslos und trug sie vorsichtig ins Bad, als trage sie ein randvolles Gefäß mit kochend heißem Wasser. Sie hatte die Opfer solcher Sprengsätze behandelt, arme Teufel wie Dina Sarid, deren Gliedmaßen und innere Organe von Nägeln oder Stahlkugeln durchsiebt oder durch die unsichtbare Gewalt der Druckwelle zerfetzt worden waren. Und sie hatte makabre Storys über die Unglücklichen gehört, die sich zu einem Selbstmordattentat hatten überreden lassen. Ajelet Malkin, ihre Freundin aus dem Hadassah Medical Center, hatte eines Tages in ihrer Wohnung gesessen, als der Kopf eines Selbstmordattentäters wie eine Kokosnuss auf ihren Balkon gefallen war. Dort hatte er über eine Stunde lang gelegen und Ajelet vorwurfsvoll angestarrt, bis eine Polizeibeamtin ihn zuletzt in einem Asservatenbeutel abtransportiert hatte.

Natalie schnüffelte an dem Sprengstoff; er roch nach Marzipan. Mit dem locker in der rechten Hand gehaltenen Zündknopf schob sie ihren Arm vorsichtig durch den Ärmel des roten Jacketts von Tahari. Der linke Arm war noch schwieriger. Sie traute sich nicht, mit der rechten Hand nachzuhelfen, weil sie fürchtete, sie könnte aus Versehen den Zündknopf drücken und sich mit einem Teil des achten Stockwerks in die Luft jagen. Als Nächstes knöpfte sie die fünf Zierknöpfe des Jacketts nur mit der linken Hand zu, strich die Vorderseite glatt und nahm die Schultern zurück. Als sie ihr Spiegelbild begutachtete, musste sie eingestehen, dass Safia gut gewählt hatte. Der Schnitt des Jacketts tarnte die Sprengstoffweste perfekt. Selbst Natalie, deren Rücken unter dem Gewicht der Stahlkugeln ächzte, konnte keine Spur davon entdecken. Es gab nur den leichten Geruch, einen schwachen Duft nach Mandeln und Zucker.

Natalie sah sich im Bad um, achtete dabei besonders auf die Ränder des Spiegels und die Deckenlampe. Die Amerikaner beobachteten und belauschten sie sicher. Und Gabriel tat das bestimmt auch. Sie fragte sich nur, worauf sie noch warteten. Sie war nach Washington gekommen, um zu helfen, die Anschlagsziele und die übrigen Mitglieder der IS-Zellen zu identifizieren. Allerdings hatte sie bisher so gut wie nichts erfahren, weil Safia ihr ganz bewusst selbst grundlegende Informationen über das Unternehmen vorenthielt. Aber weshalb? Und warum hatte Safia darauf bestanden, dass sie die neben dem Reißverschluss rot gekennzeichnete Sprengstoffweste trug? Natalie sah sich erneut im Bad um. *Beobachtet ihr mich? Seht ihr, was hier vorgeht?* Offenbar wollten sie alles noch eine Zeit lang laufen lassen. Aber nicht zu lange, dachte sie. Die Amerikaner würden nicht zulassen, dass eine erwiesene Terroristin wie Safia, eine Schwarze Witwe mit Blut an den Händen, mit einer Sprengstoffweste am Körper auf den Straßen von Washington unterwegs war. Als Israeli wusste sie, dass solche Unternehmen von Natur aus riskant und unberechenbar waren. Safia würde durch einen Hirnstammtreffer aus einer großkalibrigen Waffe ausgeschaltet werden müssen, um sicherzustellen, dass sie nicht noch im Todeskampf ihren Zündknopf drücken konnte. Gelang ihr das, würden alle in ihrer Nähe zerfetzt werden.

Natalie begutachtete ihr Gesicht ein letztes Mal im Spiegel, als wolle sie sich die eigenen Züge einprägen – ihre Nase, die sie verabscheute, ihren Mund, den sie für ihr Gesicht zu groß fand, ihre dunklen, verführerischen Augen. Dann sah sie ganz unerwartet jemanden neben sich stehen: einen großen, schlanken Mann mit blassem Teint und gletscherblauen Augen. Er war für einen besonderen Anlass gekleidet, für eine Hochzeit, vielleicht für eine Beerdigung, und hielt eine Pistole in der Hand.

Tatsächlich sind Sie mir ähnlicher, als Sie ahnen …

Sie machte das Licht aus und ging wieder nach nebenan. Safia saß in ihrem grauen Jackett, unter dem sie die Sprengstoffweste trug, am Bettende und starrte blicklos auf den Fernsehschirm. Sie war kreidebleich, und ihr Haar hing schlaff und schwer herab. Die junge Frau, die im Namen des Islams ein Massaker an Unschuldigen verübt hatte, hatte unverkennbar Angst.

»Bist du bereit?«, fragte Natalie.

»Ich kann nicht«, flüsterte Safia mit gepresster Stimme, als drücke ihr eine Hand die Kehle zu.

»Natürlich kannst du. Du brauchst keine Angst zu haben.«

Zwischen den Fingern der linken Hand hielt Safia eine brennende Zigarette. Mit der rechten umklammerte sie ihren Zündknopf – zu krampfhaft, fand Natalie.

»Vielleicht sollte ich einen kleinen Wodka oder Whisky trinken«, sagte Safia jetzt. »Das hilft angeblich.«

»Willst du wirklich mit einer Alkoholfahne vor Gott treten?«

»Nein, lieber nicht.« Ihr Blick wanderte vom Bildschirm zu Natalies Gesicht. »Hast du keine Angst?«

»Ein bisschen.«

»Du wirkst nicht ängstlich. Du siehst im Gegenteil glücklich aus.«

»Auf dies habe ich lange gewartet.«

»Auf den Tod?«

»Auf meine Rache«, sagte Natalie.

»Ich dachte auch immer, ich wollte Rache. Ich dachte, ich wollte sterben …«

Die unsichtbare Hand drückte ihr wieder die Kehle zu. Sie schien nicht weitersprechen zu können. Natalie nahm ihr die Zigarette aus der schlaffen Hand, drückte sie aus und ließ die Kippe neben den zwölf anderen Zigaretten liegen, die Safia an diesem Nachmittag schon geraucht hatte.

»Müssen wir nicht los?«

»In ein paar Minuten.«

»Wohin fahren wir?«

Sie gab keine Antwort.

»Du musst mir das Ziel sagen, Safia.«

»Das erfährst du früh genug.«

Ihre Stimme war spröde brüchig wie trockenes Herbstlaub, ihr Gesicht leichenblass.

»Glaubst du, dass alles wahr ist?«, fragte sie. »Glaubst du, dass wir ins Paradies kommen, wenn unsere Sprengladungen detonieren?«

Wohin du kommst, weiß ich nicht, dachte Natalie, aber sicher nicht in Gottes liebevoll ausgebreitete Arme.

»Warum sollte's nicht wahr sein?«, fragte sie.

»Manchmal frage ich mich, ob das vielleicht nur …« Wieder versagte ihre Stimme.

»Nur was?«

»Ob das vielleicht nur etwas ist, das Männer wie Jalal und Saladin zu Frauen wie uns sagen, um Märtyrerinnen aus uns zu machen.«

»Saladin würde deine Weste selbst anlegen, wenn er hier wäre.«

»Meinst du wirklich?«

»Ich habe ihn kennengelernt, nachdem du aus dem Lager Palmyra weggegangen warst.«

»Ja, ich weiß. Er mag dich sehr gern.« Aus ihrem Tonfall war leichte Eifersucht herauszuhören. Anscheinend war sie doch imstande, außer Angst noch andere Gefühlsregungen zu empfinden. »Er hat mir erzählt, dass du ihm das Leben gerettet hast.«

»Ja, das stimmt.«

»Und jetzt schickt er dich in den Tod.«

Natalie sagte nichts.

»Und was ist mit den Leuten, die wir heute Nacht ermorden?«, fragte Safia. »Oder mit den Leuten, die ich in Paris ermordet habe?«

»Das waren Ungläubige.«

Der Zündknopf in Natalies Hand fühlte sich plötzlich heiß an, als halte sie ein glühendes Stück Holzkohle umklammert. Sie wünschte sich nichts mehr, als sich die Sprengstoffweste vom Leib reißen zu können. Sie sah sich mit wachsender Verzweiflung um.

Beobachtet ihr uns? Worauf wartet ihr noch?

»Ich habe diese Frau in Paris ermordet«, fuhr Safia fort. »Die Jüdin Weinberg. Sie wäre an ihren Verletzungen gestorben, aber ich habe sie trotzdem erschossen. Jetzt habe ich Angst davor …« Sie brachte den Satz nicht zu Ende.

»Wovor hast du Angst?«

»Dass ich ihr im Paradies wiederbegegnen könnte.«

Natalie fühlte sich außerstande, eine passende Lüge zu erfinden. Sie legte Safia eine Hand auf die Schulter – nur ganz leicht, um sie nicht zu erschrecken. »Müssen wir nicht gehen?«

Safia starrte dumpf auf ihr Mobiltelefon, als sei sie von ihrer Angst wie von Opium betäubt, und kam dann unsicher auf die Beine. Tatsächlich bewegte sie sich so unsicher, dass Natalie fürchtete, sie könnte versehentlich ihren Zündknopf drücken, während sie versuchte, das Gleichgewicht zu bewahren.

»Wie sehe ich aus?«, fragte sie.

Wie eine Frau, die weiß, dass sie nur noch Minuten zu leben hat, dachte Natalie.

»Schön, Safia. Du siehst immer schön aus.«

Darauf ging Safia zur Tür und öffnete sie, ohne zu zögern, aber Natalie gab vor, noch etwas auf dem zerwühlten Bett zu suchen. Sie hatte gehofft, sie würde den Knall einer großkalibrigen Waffe hören, die Safia auf den Weg ins Paradies brachte. Stattdessen hörte sie Safias Stimme. Die Angst war verflogen. Sie klang leicht irritiert.

»Worauf wartest du noch?«, fragte sie. »Komm jetzt!«

60

WEISSES HAUS

Das Staatsbankett sollte an diesem Abend um zwanzig Uhr beginnen. Der französische Präsident und seine Gattin trafen pünktlich unter dem Nord-Portikus ein, nachdem sie die Strecke vom Blair House unter den strengsten Sicherheitsvorkehrungen, die Washington jemals gesehen hatte, in Rekordzeit zurückgelegt hatten. Sie hasteten hinein, als versuchten sie, einem Wolkenbruch zu entkommen, und wurden von dem Präsidenten und der First Lady, beide in Abendkleidung, in der Eingangshalle erwartet. Der Gastgeber lächelte strahlend, aber sein Händedruck war klamm und nervös.

»Wir haben ein Problem«, sagte er im Blitzlichtgewitter der Fotografen halblaut.

»Problem?«

»Ich erklär's Ihnen gleich.«

Der Fototermin war kürzer als gewöhnlich, nur genau fünfzehn Sekunden. Dann führte der US-Präsident die kleine Gesellschaft zur Cross Hall hinüber. Die First Lady und ihr französisches Pendant gingen nach links in Richtung East Room weiter. Die beiden Spitzenpolitiker hielten rechts auf den Westflügel zu. Unten im Lageraum gab es nur noch Stehplätze: die Hauptakteure saßen auf ihren Plätzen, Stellvertreter und Assistenten drängten sich entlang der Wände. Auf einem der Großbildschirme waren zwei Frauen, eine blond, die andere schwarzhaarig, auf einem Hotelkorridor unterwegs. Der Präsident informierte seinen französischen Kollegen rasch über die neueste Entwicklung. Vor wenigen Minuten hatte Safia Bourihane zwei Sprengstoffwesten zum Vorschein gebracht. Eine überstürzte Räumung des Hotels war als zu riskant und zeitraubend verworfen worden. Auch eine Erstürmung des Hotelzimmers war ausgeschlossen worden.

»Was bleibt uns also noch?«, fragte der französische Präsident.

»In der Hotelhalle und draußen vor dem Hotel stehen getarnte SWAT- und Geiselrettungsteams bereit. Bietet sich ihnen Gelegenheit, Safia Bourihane auszuschalten, ohne dass Unbeteiligte zu Schaden kommen, bitten sie um Erlaubnis, schießen zu dürfen.«

»Wer genehmigt das?«

»Ich – und sonst niemand.« Der Präsident betrachtete seinen Amtskollegen nüchtern. »Ich brauche keine Erlaubnis von Ihnen, aber ich hätte gern Ihr Einverständnis.«

»Das haben Sie, Mr. President.« Der Franzose beobachtete, wie die beiden Frauen den Aufzug betraten. »Aber darf ich Ihnen einen Rat geben?«

»Natürlich.«

»Sagen Sie Ihren Scharfschützen, dass sie unbedingt treffen müssen.«

Als der Tunesier die Ausfahrt zur Route 123 erreichte, war der zweite Freightliner genau wie vorgesehen direkt hinter ihm. Er sah auf seine Armbanduhr. Es war 20.05 Uhr. Sie waren eine Minute zu früh dran – besser als eine Minute zu spät, aber nicht ideal. Die Uhr war Saladins Markenzeichen. Seiner Überzeugung nach war Pünktlichkeit bei Terroranschlägen, wie im Leben, alles.

Bei seinen sechs Probefahrten war der Tunesier genau wie jetzt sechsmal von der Verkehrsampel an der Lewinsville Road zeitweise aufgehalten worden. Als die Ampel auf Grün umsprang, fuhr er von dem zweiten Freightliner gefolgt in gemächlichem Tempo die Vorortstraße entlang. Direkt vor ihnen lag die Kreuzung mit dem Tysons McLean Drive. Der Tunesier sah nochmals auf die Uhr. Sie waren wieder in der Zeit. Er bog links ab, und der überladene Lastwagen quälte sich die leichte Steigung hinauf.

Dies war der Streckenabschnitt, den der Tunesier bisher nie gefahren war, obwohl der Jordanier und er ihn auf einem modernen Computersimulator geübt hatten. Die Straße verlief allmählich nach links, bog dann aber auf dem höchsten Punkt scharf rechts ab und führte zu einer stark gesicherten Kontrollstelle. Das gut ausgebildete und schwer bewaffnete Wachpersonal würde inzwischen von ihrer Annäherung wissen. Die Amerikaner waren schon früher mit Autobomben angegriffen worden – in der Beiruter Kaserne ihrer Marineinfanterie im Jahr 1983 und in den Khobar Towers in Saudi-Arabien im Jahr 1996 – und waren zweifellos auf einen derartigen Angriff auf diese wichtige Einrichtung, das Nervenzentrum ihrer Terroristenabwehr, vorbereitet. Pech für die Amerikaner war, dass Saladin ebenfalls Vorbereitungen getroffen hatte. Die Motorblöcke der Lastwagen waren mit Graugussplatten gepanzert, die Frontscheiben und Reifen schussfest. Außer durch einen Volltreffer mit einer Panzerabwehrrakete waren die Lastwagen nicht aufzuhalten.

Der Tunesier wartete, bis die erste leichte Linkskurve hinter ihm lag, bevor er das Gaspedal bis zum Bodenblech durchtrat. Auf der rechten Straßenseite dirigierten leuchtend orangerote Leitkegel ankommende Fahrzeuge auf eine relativ enge Spur. Der Tunesier versuchte gar nicht erst, zwischen ihnen zu bleiben, wodurch er den Amerikanern frühzeitig signalisierte, dass seine Absichten alles andere als harmlos waren.

Die scharfe Rechtskurve bewältigte er, ohne Gas wegzunehmen, auch wenn er einen Augenblick lang fürchtete, der topplastige Lastwagen könnte umkippen. Mehrere der amerikanischen Wachleute gestikulierten wild, er solle sofort anhalten. Einige andere zielten bereits auf ihn. Im nächsten Augenblick blendete ihn grellweißes Licht – Bogenlampen, vielleicht ein Laser. Dann fielen die ersten Schüsse, die wie Hagel an die Frontscheibe prasselten, aber von ihr abprallten. Der Tunesier umklammerte das Lenkrad mit der linken Hand und den Zündknopf mit der rechten.

»Im Namen des barmherzigen und gnädigen Gottes ...«

Im National Counterterrorism Center ahnten die Männer und Frauen im Operationszentrum nichts von der Lage am Haupttor der Einrichtung. Sie hatten nur Augen für die riesige Videowand in der Mitte des Raums, auf der zwei Frauen – eine blond, die andere schwarzhaarig: die Zielpersonen eins und zwei, wie sie bezeichnet wurden – soeben den Aufzug ihres Hotels drüben in Arlington betreten hatten. Das Video wurde von schräg links oben aufgenommen. Die Blondine, Zielperson zwei, schien vor Angst fast gelähmt zu sein, aber die Schwarzhaarige wirkte seltsam heiter. Sie starrte direkt ins Kameraobjektiv, als posiere sie für ein letztes Porträt. Gabriel starrte sie seinerseits an. Er war aufgestanden, umfasste sein Kinn mit einer Hand, hatte den Kopf leicht zur Seite geneigt. Adrian Carter stand mit je einem Telefonhörer am Ohr neben ihm. Farid Barakats manikürte Finger spielten nervös mit einer nicht angezündeten Zigarette, während seine pechschwarzen Augen starr den Bildschirm fixierten. Nur Paul Rousseau, der kein Blut sehen konnte, brachte es nicht über sich, die beiden Frauen zu beobachten. Er starrte den Teppichboden vor seinen Füßen an, als suche er einen verlorenen Wertgegenstand.

Draußen im Freien stand der hellrote Chevrolet Impala – von FBI-Agenten des Kriseninterventionsteams heimlich überwacht – auf dem Hotelparkplatz. Auf den Bildschirmen im NCTC blinkte der blaue Lichtpunkt des eingebauten Peilsenders wie eine Senderkennung. Die im Wagen versteckten Mikrofone übertrugen das gedämpfte Rauschen des auf dem North Fort Myer Drive vorbeifließenden Verkehrs.

Zwei SWAT-Agenten in Zivil unterhielten sich freundschaftlich gleich außerhalb der Drehtür. Zwei weitere warteten am Taxistand. Außerdem waren SWAT-Agenten im Hotel postiert: zwei in der mit Chrom und Laminat eingerichteten Hotelbar, zwei in der Nähe des Standplatzes des Portiers. Alle SWAT-Agenten waren mit Pistolen bewaffnet: Jeder führte verdeckt eine Springfield Kaliber .45 mit acht Schuss im Magazin und einem in der Kammer. Einer der Agenten am Standplatz des Portiers, ein Veteran des Irakkriegs, war der designierte Schütze. Er wollte sich der Zielperson zwei von hinten nähern. Erteilte der Präsident dann den Schießbefehl – und war kein Unbeteiligter gefährdet –, würde er tödliche Gewalt anwenden.

Alle acht Angehörigen des SWAT-Teams spannten unwillkürlich die Muskeln an, als die Aufzugtür aufging und zwei Frauen, die Zielpersonen eins und zwei, aus der Kabine traten. Eine neue Kamera folgte ihnen durch die Hotelhalle bis fast zur Drehtür. Dort blieb die Blondine abrupt stehen und legte der Schwarzhaarigen eine Hand auf den Arm, damit auch sie haltmachte. Die wechselten einige Worte, die im NCTC nicht zu hören waren, und die Blondine starrte auf ihr Smartphone. Dann passierte etwas, womit niemand gerechnet hatte – nicht die in und vor dem Hotel postierten FBI-Teams, nicht der Präsident und seine engsten Mitarbeiter im Lageraum, aber auch keiner der vier Spionagechefs, die diese Szene im NCTC-Operationszentrum beobachteten. Die beiden Frauen kehrten der Hotelhalle ohne Vorwarnung den Rücken zu und folgten einem zur Rückseite des Hotels führenden Korridor im Erdgeschoss.

»Sie gehen in die falsche Richtung«, sagte Carter.

»Nein, das tun sie nicht«, widersprach Gabriel. »Sie gehen dorthin, weil Saladin es ihnen befohlen hat.«

Carter sagte nichts.

»Weisen Sie die SWAT-Teams an, ihnen zu folgen. Sie sollen den Schuss riskieren.«

»Unmöglich!«, knurrte Carter. »Nicht im Hotel.«

»Tun Sie's, Adrian, denn eine zweite Chance bekommen wir nicht.«

In diesem Augenblick tauchte ein grellweißer Lichtblitz das Operationszentrum in gespenstisch fahles Licht. Fast gleichzeitig ließ ein Geräusch wie ein Überschallknall das ganze Gebäude heftig erzittern. Carter und Paul Rousseau waren momentan verwirrt; Gabriel und Farid Barakat, Männer aus dem Nahen Osten, waren es nicht. Als Gabriel eines der Fenster erreichte, stieg über der Kontrollstelle am Haupttor eine pilzförmige Rauch- und Feuerwolke auf. Sekunden später sah er einen großen Lastwagen auf den Innenhof zwischen dem NCTC und dem Dienstgebäude rasen, in dem der Director of National Intelligence residierte.

Gabriel warf sich herum und brüllte mit sich überschlagender Stimme wie verrückt eine Warnung, damit alle in Fensternähe in Deckung gingen. Ein kurzer Blick zur Videowand hinüber zeigte ihm, dass die beiden Frauen, die Zielpersonen eins und zwei, die Tiefgarage des Hotels Key Bridge Marriott betraten. Dann gab es eine zweite Detonation, und der Großbildschirm wurde wie alles andere schwarz.

Auch im Lageraum des Weißen Hauses wurden die Bildschirme schwarz. Die Videoverbindung zu dem NCTC-Direktor riss ebenfalls ab.

»Was ist passiert?«, fragte der Präsident scharf.

Die Antwort kam von dem Minister für Heimatschutz.

»Mit der Übertragung scheint's ein Problem zu geben.«

»Ich kann keinen Einsatz der SWAT-Teams befehlen, wenn ich nicht sehe, was dort abläuft.«

»Wir prüfen schon alles, Mr. President.«

Das taten auch alle anwesenden Hauptakteure, ihre Stellvertreter und deren Mitarbeiter. Dann war es der CIA-Direktor, der dem Präsidenten dreißig Sekunden später mitteilte, aus dem Gebiet am Tysons McLean Drive zwischen Route 123 und dem Beltway seien zwei gewaltige Knalle, vielleicht von Detonationen, gehört worden.

»Von wem gehört?«, fragte der Präsident.

»Die Detonationen waren noch in der CIA-Zentrale zu hören, Sir.«

»Eine Meile weit entfernt?«

»Eher zwei, Sir.«

Der Präsident starrte den schwarzen Großbildschirm an. »Was ist passiert?«, fragte er nochmals, aber aus seiner Umgebung kam keine Antwort. Stattdessen war das dumpfe Krachen einer weiteren Detonation zu hören – in solcher Nähe, dass sie das Weiße Haus erzittern ließ. »Verdammt, was war *das*?«

»Wird geprüft, Sir.«

»Schneller!«

Fünfzehn Sekunden später erhielt der Präsident seine Antwort. Sie kam von keinem der Hauptakteure im Lageraum, sondern von den Secret-Service-Agenten, die auf dem Dach des Weißen Hauses postiert waren. Aus dem Lincoln Memorial quoll dichter Rauch.

Amerika wurde angegriffen.

61

DAS LINCOLN MEMORIAL

Er war zu Fuß gekommen: ein einzelner Mann, schwarzhaarig, etwa eins fünfundsiebzig groß, der gegen die Abendkälte einem schweren, auffällig weiten Wollmantel trug und über einer Schulter einen Rucksack hängen hatte. Später würde das FBI ermitteln, dass ein SUV, ein in Virginia zugelassener Honda Pilot, ihn an der Ecke Twenty-third Street und Constitution abgesetzt hatte. Der Honda war auf der Twenty-third Street zur Virginia Avenue weitergefahren und dort links abgebogen. Der Mann in dem dicken Wintermantel war nach Süden ausgeschritten, um über den Westteil der Washington Mall zum Lincoln Memorial zu gelangen. Am Fuß der in die Gedenkstätte hinaufführenden Treppe hielten mehrere Beamte der U.S. Park Police Wache. Aber keiner von ihnen stoppte den Mann in dem übergroßen Wintermantel oder schien ihn auch nur zu bemerken.

Die im Stil eines dorischen Tempels erbaute Gedenkstätte war in warmes goldenes Licht getaucht, das aus dem Inneren des Gebäudes zu kommen schien. Der Mann mit dem Rucksack blieb einige Sekunden lang an der Stelle stehen, an der Dr. Martin Luther King seine berühmte »I have a dream«-Rede gehalten hatte, bevor er die letzten Stufen hinaufging und den Innenraum der Gedenkstätte betrat. Vor der fast sechs Meter hohen Statue des sitzenden Abraham Lincoln waren ungefähr zwanzig Touristen versammelt. Ebenso viele Menschen hielten sich in den Nebenräumen mit den in Stein gehauenen berühmten Reden Lincolns auf: seine zweite Antrittsrede und die Gettysburg-Rede. Der Mann in dem dicken Wintermantel stellte seinen Rucksack am Fuß einer der ionischen Säulen ab, zog sein Mobiltelefon heraus und begann, die Statue zu fotografieren. Seltsamerweise bewegte er dabei die Lippen.

Im Namen des barmherzigen und gnädigen Gottes …

Ein junges Paar bat den Mann in gebrochenem Englisch, es vor der Statue zu fotografieren. Er lehnte unwirsch ab, machte abrupt kehrt und hastete die Treppe zum Reflecting Pool hinunter. Zu spät wurde eine Polizeibeamtin, achtundzwanzig Jahre, zweifache Mutter, auf den herrenlosen Rucksack aufmerksam und forderte die Besucher auf, den Innenraum zu verlassen. Im nächsten Augenblick wurde sie von der waagrechten Kreissäge aus Stahlkugeln, die bei der Detonation des Rucksacks entstand, ebenso geköpft wie der Mann und die Frau, die sich hatten fotografieren lassen wollen. Der Attentäter wurde von der Druckwelle von den Beinen geholt. Ein ahnungsloser Tourist aus Oklahoma, neunundsechzig Jahre alt, ein Vietnamveteran, half dem Mörder wieder auf die Beine und wurde für seine gute Tat mit einem Herzschuss aus der Glock 19 belohnt, die der Mann unter seinem Wintermantel hervorzog. Dem Attentäter gelang es noch, sechs weitere Menschen zu töten, bevor er selbst von den Beamten der Park Police am Fuß der Treppe erschossen wurde. Insgesamt würden bei diesem Anschlag achtundzwanzig Menschen sterben.

Als die Rucksackbombe detonierte, hielt der Honda Pilot gerade vor dem Haupteingang des John F. Kennedy Center for the Performing Arts. Ein Mann stieg aus und betrat die Hall of States. Er trug den gleichen schweren Wintermantel wie der Attentäter im Lincoln Memorial, aber keinen Rucksack, weil er seinen Sprengsatz am Körper trug. Jetzt marschierte er am Besucherzentrum vorbei zu den Kartenschaltern, wo er seine Bombe zündete. Aus dem Honda waren inzwischen drei weitere Männer gesprungen, darunter auch der Fahrer, die mit Sturmgewehren AK-15 bewaffnet waren. Nachdem sie die Verletzten und Sterbenden in der Hall of States erledigt hatten, rückten sie auf alles schießend, was sich bewegte, methodisch vom Eisenhower Theater aus zum Opera House und zur Concert Hall vor. Insgesamt würden bei diesem Anschlag über dreihundert Menschen sterben.

Als die ersten Streifenwagen der Metropolitan Police eintrafen, hatten die drei noch lebenden Terroristen längst den Rock Creek und den Potomac Parkway zu Fuß überschritten und den Washington Harbor erreicht. Am Hafen zogen sie gnadenlos weitermordend von einem Restaurant zum anderen. Fiola Mare, Nick's Riverside Grill, Sequoia: In allen starben Gäste im Kugelhagel. Auch dort trafen sie auf keinen Widerstand der Metropolitan Police; die Amerikaner schienen überrumpelt worden zu sein. Oder vielleicht, dachte der Anführer des Trios, hat Saladin sie irregeführt. Die drei Männer luden ihre Sturmgewehre nach und trabten auf der Suche nach weiteren Opfern nach Georgetown hinein.

In diesem Chaos betraten die beiden Frauen – eine schwarzhaarig, die andere blond, als Zielpersonen eins und zwei bekannt – die rückwärtige Tiefgarage des Hotels Key Bridge Marriott. Dort stand ein zweiter Wagen, ein gemieteter Toyota Corolla, für sie bereit. Viel später würde festgestellt werden, dass der Leihwagen früher an diesem Tag von demselben Mann abgestellt worden war, der die Sprengstoffwesten ins Tysons Corner Center gebracht hatte.

Fürs Autofahren war im Allgemeinen Zielperson eins, die israelische Agentin, zuständig, aber diesmal war es Zielperson zwei, die Französin, die hinters Lenkrad glitt. Aus der Tiefgarage kommend, schoss sie an dem kleinen Blockhaus des Parkwächters vorbei, durchbrach die Schranke und raste zur Ausfahrt Lee Highway. Die auf dem Parkplatz postierten verdeckten SWAT-Teams schossen nicht auf die Französin, weil sie keinen Befehl des Präsidenten oder des FBI-Direktors dazu hatten. Selbst die FBI-Überwachungsteams waren vorübergehend gelähmt, weil sie keine Anweisungen aus dem NCTC erhielten. Kurz zuvor hatten die Beobachter über Funk etwas gehört, das wie eine Detonation geklungen hatte. Jetzt kam aus dem NCTC nur noch Schweigen.

An der Ausfahrt Lee Highway durfte nur rechts abgebogen werden. Trotzdem bog die Französin links ab. Sie wich dem Gegenverkehr aus, bog wieder links auf die North Lynn Street ab und raste dann über die Key Bridge in Richtung Georgetown. Den SWAT- und Überwachungsteams des FBI blieb nichts anderes übrig, als das gewagte Manöver der Französin zu wiederholen. Zwei Wagen schossen aus der Ausfahrt Lee Highway, zwei weitere auf den North Fort Myer Drive hinaus. Als sie die Key Bridge erreichten, bog der Corolla, in den kein Peilsender, auch keine Abhörmikrofone eingebaut waren, schon auf die M Street ab. Von den Höhen der Brücke aus konnten die FBI-Teams rote und blaue Blinkleuchten sehen, die nach Georgetown hineinrasten.

62

LIBERTY CROSSING, VIRGINIA

Gabriel öffnete ein Auge, dann langsam, unter Schmerzen, das andere. Er war bewusstlos gewesen, aber er wusste nicht, wie lange – nur wenige Sekunden, ein paar Minuten, eine Stunde oder länger. Nicht feststellen ließ sich auch, in welcher Lage sich sein Körper befand. Er lag unter Trümmerschutt begraben, das wusste er, aber er konnte nicht beurteilen, ob er ausgestreckt oder zusammengekrümmt war, auf dem Bauch oder dem Rücken lag, aufrecht oder auf dem Kopf stand. Er spürte keinen starken Druck im Kopf, was er für ein gutes Zeichen hielt, aber er fürchtete, das Gehör verloren zu haben. Die letzten Geräusche, an die er sich erinnern konnte, waren der Detonationsknall und das *Wusch-rumms!* des Vakuumeffekts. Die überschallschnelle Druckwelle schien seine inneren Organe durcheinandergeworfen zu haben. Sie schmerzten alle – seine Lunge, sein Herz, seine Leber, *alle*.

Die Trümmer gaben nach, als er sich mit den Händen gegen sie stemmte. Durch Staubwolken konnte er undeutlich das freigelegte Stahlskelett des Gebäudes mit abgerissenen Arterien aus Netzwerkkabeln und elektrischen Leitungen ausmachen. Funken regneten wie von einer riesigen Wunderkerze herab, und durch ein gezacktes Loch in der Decke konnte er die Deichsel des Großen Wagens erkennen. Der kalte Novemberwind ließ ihn frösteln. Ein Buchfink ließ sich in Reichweite nieder, studierte ihn leidenschaftslos und flog davon.

Gabriel räumte weiteren Schutt beiseite und setzte sich leise stöhnend auf. Einer der Nierentische lag quer über seinen Beinen, klemmte sie ein. Ganz in seiner Nähe lag eine Frau: bewegungslos, mit einer Staubschicht bedeckt. Ihr Gesicht war bis auf einige kleine Schnitte von fliegenden Glassplittern unverletzt. In ihren weit aufgerissenen Augen stand das blicklose Starren des Todes. Gabriel erkannte sie wieder: Sie war eine Analystin, die in seiner Nähe an einer Konsole gearbeitet hatte. Jill, nicht wahr? Oder hatte sie Jen geheißen? Ihr Job war es gewesen, die Passagierlisten von Flügen aus dem Ausland auf Verdächtige zu überprüfen. Sie war eine intelligente junge Frau gewesen, frisch vom College, vielleicht aus irgendeiner idyllischen Kleinstadt in Iowa oder Utah. Sie ist nach Washington gekommen, um mitzuhelfen, dass ihr Land sicher bleibt, dachte Gabriel, und nun ist sie tot.

Er legte eine Hand leicht auf ihr Gesicht und schloss ihr die Augen. Dann schob er den Tisch weg und rappelte sich unsicher auf. Sofort begann die zertrümmerte Welt des Operationszentrums zu kreiseln. Gabriel blieb mit auf die Knie gelegten Händen stehen, bis das Karussell zum Stillstand kam. Seine rechte Kopfseite war feucht und warm. Blut lief ihm ins Auge.

Gabriel wischte sich das Blut ab und kehrte an das Fenster zurück, durch das er den Lastwagen heranrasen gesehen hatte. Auf dieser Seite des Gebäudes gab es keine Leichen und nur ganz wenige Trümmer; alles war nach innen geblasen worden. Es gab auch keine Fenster oder Außenwände mehr. Die gesamte Südfassade des National Counterterrorism Center war wegrasiert worden. Er trat vorsichtig an den Rand des Abgrunds und sah in die Tiefe. Im Vorhof gähnte ein tiefer Krater, viel tiefer als der vor dem Weinberg Center in Paris, ein Meteoriteneinschlag. Der verglaste Skyway zwischen dem NCTC und dem Bürogebäude, in dem der Director of National Intelligence residierte, war ebenfalls weggeblasen. Das galt auch für die gesamte Nordfassade des Gebäudes. In seinen zertrümmerten Konferenzräumen und Büros brannte nicht mal mehr ein einziges Licht. Vom Abbruchrand eines der oberen Stockwerke winkte ihm ein Überlebender zu. Gabriel, der nicht wusste, was er sonst hätte tun sollen, winkte zurück.

Der Verkehr auf dem Beltway – weiße Scheinwerfer auf dem inneren Ring, rote Heckleuchten auf dem äußeren – war zum Stehen gekommen. Gabriel tastete sein Jackett ab und stellte fest, dass er sein Smartphone noch besaß. Er zog es heraus, schaltete es ein. Das Handy funktionierte noch. Aber als er Michails Nummer wählte und das Gerät ans Ohr hob, herrschte nur Schweigen. Oder vielleicht sprach Michail, und Gabriel konnte ihn nur nicht hören. Wie er jetzt merkte, hatte er nichts gehört, seit er wieder bei Bewusstsein war: kein Sirenengeheul, kein schmerzliches Stöhnen, keine Hilferufe, auch nicht die eigenen Schritte durch den Trümmerschutt. Seine Welt war stumm geworden. Er fragte sich, ob dieser Zustand anhalten würde, und dachte bedauernd an all die Geräusche, die er vielleicht nie mehr hören würde. Er würde nie mehr das fröhliche Geplapper seiner Kinder oder die geliebten Arien aus *La Bohème* hören. Auch nicht das leise Kratzen eines Pinsels der Serie 7 von Winsor & Newton auf einem Caravaggio. Aber am meisten würde ihm Chiaras Gesang fehlen. Gabriel scherzte manchmal, er habe sich in Chiara verliebt, als sie ihm erstmals Fettuccine mit Pilzen gekocht habe. Aber das stimmte nicht. Er hatte sein Herz an sie verloren, als er gehört hatte, wie sie ein kleines italienisches Liebeslied trällerte, während sie sich unbelauscht glaubte.

Gabriel trennte die Verbindung zu Michail und suchte sich einen Weg durch die Trümmer, die noch vor Kurzem die Operationszentrale gewesen waren. Er musste Saladin Anerkennung zollen; dieser Anschlag war ein Meisterwerk. Ehre, wem Ehre gebührte. Überall lagen Tote. Verletzte und benommene Überlebende, die Glück gehabt hatten, rappelten sich mühsam aus den Trümmern auf. Gabriel erreichte die Stelle, wo er bei der ersten Detonation gestanden hatte. Paul Rousseau blutete heftig aus mehreren Schnittwunden und hielt sich seinen offenbar gebrochenen Arm. Farid Barakat, der große Überlebenskünstler, schien nicht mal einen Kratzer davongetragen zu haben. Er wirkte nur leicht irritiert, als er Staub von seinem englischen Maßanzug klopfte. Adrian Carter stand weiter mit einem Telefonhörer am Ohr da. Er schien nicht gemerkt zu haben, dass das Spiralkabel gerissen war.

Gabriel nahm Carter sanft den Hörer aus der Hand und fragte ihn, ob Safia Bourihane tot sei. Als habe jemand eine Stummtaste gedrückt, konnte er weder den Klang der eigenen Stimme noch Carters Antwort hören. Er sah zu dem Großbildschirm hinüber, aber die Videowand war verschwunden. Und dann wurde ihm klar, dass auch Natalie verschwunden war.

63

GEORGETOWN

Safia wusste offenbar genau, wohin sie sollte. Nachdem sie rechts auf die M Street abgebogen war, fuhr sie bei Rot über die Ampel auf Höhe der Thirty-fourth und bog dann mit quietschenden Reifen auf die Bank Street ab, die als gepflasterte Gasse sanft ansteigend zur Prospect Street hinaufführte. Ohne das Stoppschild zu beachten, bog sie erst rechts und dann wieder links auf die Thirty-third ab. Diese Einbahnstraße mit jeweils vier Stoppschildern an allen Kreuzungen verlief in Süd-Nord-Richtung am Rand von West Village, einem Viertel von Georgetown. Safia raste über die N Street, ohne langsamer zu werden. Sie hielt das Lenkrad mit der linken Hand umklammert. Ihre rechte Hand, die mit dem Zündknopf, umfasste den Knauf des Schaltknüppels.

»Sind sie noch hinter uns?«

»Wer?«

»Die Amerikaner!«, kreischte Safia.

»Welche Amerikaner?«

»Die Amis, die uns im Hotel überwacht haben. Die uns ins Einkaufszentrum nachgefahren sind.«

»Uns ist niemand nachgefahren.«

»Natürlich haben sie uns beschattet! Und jetzt haben sie uns auf dem Hotelparkplatz aufgelauert. Aber er hat sie ausgetrickst.«

»Wer hat sie ausgetrickst?«

»Natürlich Saladin. Hörst du die Sirenen nicht? Der Angriff hat begonnen.«

Natalie konnte sie hören. Aus allen Richtungen heulten Sirenen.

»Alhamdulillah«, murmelte sie.

Vor ihnen betrat ein älterer Mann mit einem Bassett an der Leine den Fußgängerübergang an der O Street. Safia betätigte mit ihrer Zünderhand die Hupe, sodass Herr und Hund von der Straße hasteten. Natalie sah sich nach ihnen um. Beide schienen unverletzt zu sein. Weit hinter ihnen kam ein Wagen mit hoher Geschwindigkeit um die Ecke zur Prospect Street gerast.

»Wo haben wir sie angegriffen?«, fragte Natalie.

»Weiß ich nicht.«

»Was ist mein Ziel?«

»Das erfährst du gleich.«

»Welches hast du?«

»Unwichtig.« Nach einem Blick in den Rückspiegel wirkte Safia plötzlich besorgt. »Sie kommen!«

»Wer?«

»Die Amerikaner.«

Safia trat das Gaspedal durch und raste über die P Street. Am Volta Place bog sie erneut ab.

»In der Wisconsin Avenue liegt das Bistrot Lepic, ein französisches Restaurant. Auf der linken Seite, ungefähr einen Kilometer die Straße entlang. Mehrere Diplomaten der französischen Botschaft dinieren dort heute Abend mit Pariser Kollegen aus der Begleitung ihres Präsidenten. Das Lokal dürfte überfüllt sein. Geh möglichst weit ins Restaurant hinein, bevor du den Zündknopf drückst. Versucht man, dich am Eingang aufzuhalten, tust du's schon dort.«

»Bin ich allein, oder stoßen noch andere dazu?«

»Du bist allein. Wir gehören zur zweiten Angriffswelle.«

»Welches Ziel hast du?«

»Ich hab dir schon gesagt, dass das unwichtig ist.«

An der Wisconsin Avenue bremste Safia scharf.

»Steig aus.«

»Aber ...«

»Raus!« Safia hielt Natalie ihre rechte Faust, die mit dem Zündknopf, unters Gesicht. »Raus jetzt, sonst sprenge ich uns beide in die Luft!«

Natalie stieg aus und beobachtete, wie der Toyota auf der Wisconsin Avenue nach Süden davonraste. Dann sah sie sich auf dem Volta Place um. Hier herrschte kein Verkehr. Safia schien es geschafft zu haben, ihre Verfolger abzuhängen. Natalie war wieder einmal allein.

Von Unschlüssigkeit gelähmt, blieb sie noch einen Augenblick stehen und horchte auf das schrille Geheul der Sirenen. Alle schienen zu einem Punkt im Süden von Georgetown nahe dem Potomac River unterwegs zu sein. Schließlich setzte sie sich in Gegenrichtung in Bewegung, auf ihr Ziel zu, und begann, Ausschau nach einer Telefonzelle zu halten. Und sie fragte sich die ganze Zeit, weshalb Safia darauf bestanden hatte, dass sie die neben dem Reißverschluss rot gekennzeichnete Sprengstoffweste trug.

Fünf entscheidend wichtige Minuten sollten verstreichen, bevor das FBI den Wagen aufspürte. Er war an der Ecke Wisconsin Avenue und Prospect Street abgestellt – im Parkverbot und sehr schlecht geparkt. Das rechte Vorderrad stand auf dem Gehsteig, die Fahrertür war offen, die Scheinwerfer waren eingeschaltet, der Motor lief. Viel bedeutsamer war jedoch, dass Fahrerin und Beifahrerin, eine dunkelhaarig, die andere blond, die Zielpersonen eins und zwei, spurlos verschwunden waren.

64

CAFÉ MILANO, GEORGETOWN

Safia war leicht außer Atem, als sie das Café Milano betrat. Mit der heiteren Gelassenheit einer Märtyrerin durchquerte sie das Foyer und blieb am Pult des Maître d'hôtel stehen. »Al-Faruk«, sagte sie nur.

»Mr. al-Faruk ist bereits da. Wenn Sie bitte mitkommen wollen ...«

Safia folgte dem Maître d'hôtel in den Speisesaal und zu dem Tisch, an dem Saladin allein saß. Er stand auf – wegen seines verletzten Beins mühsam – und küsste sie leicht auf beide Wangen.

»Asma, Liebste«, sagte er in perfektem Englisch. »Du siehst wundervoll aus.«

Sie verstand nicht, was er sagte, deshalb lächelte sie nur und nahm Platz. Während Saladin sich auf seinen Stuhl zurücksinken ließ, sah er rasch zu dem am Ende der Bar sitzenden Mann hinüber. Der Schwarzhaarige mit Brille war kurz nach ihm hereingekommen. Dieser Mann, fand Saladin, hatte sich sehr für Safias Ankunft interessiert und hielt jetzt sein Smartphone ans Ohr gedrückt. Das konnte nur eines bedeuten: Saladins Anwesenheit in Washington war nicht unbemerkt geblieben.

Er hob den Kopf und sah zu dem Fernseher über der Bar hinüber, auf dem CNN lief. Das Netzwerk begann eben erst das Ausmaß der Katastrophe zu begreifen, die sich in Washington ereignet hatte. Es hatte Anschläge auf das National Counterterrorism Center, das Lincoln Memorial und das Kennedy Center gegeben. Das Netzwerk erhielt auch Meldungen, vorerst unbestätigt, über Bombenanschläge auf mehrere Restaurants im Washington-Harbor-Komplex. Die Gäste des Café Milano waren sichtlich nervös. Die meisten starrten auf ihre Handys, und zehn oder zwölf hatten sich an der Bar versammelt, um die Fernsehnachrichten zu verfolgen. Nicht jedoch der Schwarzhaarige mit Brille. Er tat sein Bestes, um Safia nicht anzustarren. Zeit, zu gehen, dachte Saladin.

Er legte seine Hand leicht auf Safias Arm und starrte in ihre hypnotischen Augen. Auf Arabisch fragte er: »Du hast sie wie angewiesen abgesetzt?«

Safia nickte.

»Die Amerikaner sind euch gefolgt?«

»Sie haben es versucht. Sie haben planlos gewirkt.«

»Aus gutem Grund«, sagte er mit einem Blick zum Fernseher hinüber.

»Es hat geklappt?«

»Besser als erwartet.«

Ein Ober trat an ihren Tisch. Saladin schickte ihn mit einer Handbewegung weg.

»Siehst du den Mann am Ende der Bar?«, fragte er ruhig.

»Den mit dem Mobiltelefon?«

Saladin nickte. »Hast du ihn schon mal gesehen?«

»Ich glaube nicht.«

»Er wird versuchen, dich zu stoppen. Aber du lässt es nicht zu.«

Einen Augenblick lang herrschte Schweigen. Saladin gönnte sich den Luxus, sich ein letztes Mal in dem Raum umzusehen. Dies war der Grund für seine riskante Reise nach Washington gewesen: Er wollte mit eigenen Augen Angst auf amerikanischen Gesichtern sehen. Viel zu lange hatten nur Muslime Angst gehabt. Jetzt würden auch die Amerikaner erfahren, was es bedeutete, Angst zu haben. Sie hatten Saladins Heimatland zerstört. An diesem Abend hatte Saladin angefangen, ihr Land zu zerstören.

Er sah zu Safia hinüber. »Bist du bereit?«

»Ja«, antwortete sie.

»Wenn ich gegangen bin, wartest du noch genau drei Minuten.« Er drückte ihre Hand aufmunternd sanft, dann lächelte er. »Keine Angst, meine Liebe. Du wirst überhaupt nichts spüren. Und dann siehst du Allahs Antlitz.«

»Friede sei mit dir«, sagte sie.

»Und mit dir.«

Damit stand Saladin auf, griff nach seinem Stock und hinkte an dem Schwarzhaarigen mit Brille vorbei ins Foyer hinaus.

»Alles in Ordnung, Mr. al-Faruk?«, fragte der Maître d'hôtel besorgt.

»Ich muss telefonieren und möchte Ihre anderen Gäste nicht stören.«

»Die sind schon verstört, fürchte ich.«

»Den Eindruck habe ich auch.«

Saladin trat in die Nacht hinaus. Auf dem Gehsteig aus roten Klinkersteinen blieb er einen Augenblick stehen, um das Sirenengeheul zu genießen. Am Randstein wartete sein schwarzer Lincoln Town Car. Saladin stieg hinten ein und wies den aus seiner Organisation stammenden Chauffeur an, fünfzig Meter weiterzufahren. In dem Restaurant saß eine Frau von über hundert Leuten umgeben allein an einem Tisch und starrte auf ihre Armbanduhr. Und obwohl sie's nicht merkte, bewegte sie dabei lautlos die Lippen.

65

WISCONSIN AVENUE, GEORGETOWN

Nachdem Natalie die Q Street überquert hatte, begegnete sie zwei Studentinnen aus Georgetown, die ziemlich verängstigt wirkten. Während ein Krankenwagen mit Sirenengeheul an ihnen vorbeiraste, erklärte sie den beiden, sie sei ausgeraubt worden und müsse ihren Freund anrufen, um Hilfe zu bekommen. Die Frauen sagten, die Universität habe alle Studenten alarmiert und angewiesen, in ihre Wohnheime zurückzukehren oder anderswo Schutz zu suchen. Aber als Natalie ihre Bitte wiederholte, gab eine der Frauen, die Größere der beiden, ihr ein iPhone. Natalie hielt das Gerät in der linken Hand und tippte mit der rechten, der mit dem Zündknopf, die Nummer ein, die sie nur im äußersten Notfall wählen sollte. Der Anruf kam in der Operationsabteilung am King Saul Boulevard an. Eine Männerstimme meldete sich in militärisch knappem Hebräisch.

»Ich muss sofort Gabriel sprechen«, sagte Natalie in derselben Sprache.

»Wer sind Sie?«

Sie zögerte, dann sprach sie erstmals seit vielen Monaten wieder ihren Taufnamen aus.

»Wo sind Sie?«

»Wisconsin Avenue in Georgetown.«

»Sind Sie in Sicherheit?«

»Ich denke schon, aber ich trage eine Sprengstoffweste.«

»Die kann präpariert sein. Versuchen Sie nicht, sie auszuziehen.«

»Verstanden.«

»Augenblick, bitte.«

Der Mann in der Operationsabteilung in Tel Aviv versuchte zweimal, den Anruf auf Gabriels Smartphone weiterzuleiten. Das misslang beide Male.

»Da scheint's ein Problem zu geben.«

»Wo ist er?«

»Im National Counterterrorism Center in Virginia.«

»Versuchen Sie's noch mal.«

Ein Streifenwaren raste mit Blinklicht und Sirene vorbei. Die beiden Studentinnen aus Georgetown wirkten zusehends ungeduldig.

»Augenblick noch«, sagte Natalie auf Englisch.

»Bitte beeilen Sie sich«, sagte die Handybesitzerin.

Der Mann in Tel Aviv versuchte wieder, Gabriels Mobiltelefon zu erreichen. Es klingelte mehrmals, bevor ein Mann sich auf Englisch meldete.

»Wer sind Sie?«, fragte Natalie.

»Ich bin Adrian Carter. Ich arbeite bei der CIA.«

»Wo ist Gabriel?«

»Er ist hier bei mir.«

»Ich muss ihn dringend sprechen.«

»Das ist leider nicht möglich.«

»Wieso nicht?«

»Sind Sie Natalie?«

»Ja.«

»Wo sind Sie?«

Sie sagte es ihm.

»Tragen Sie noch immer Ihre Weste?«

»Ja.«

»Rühren Sie sie nicht an.«

»Das tue ich nicht.«

»Können Sie dieses Handy behalten?«

»Nein.«

»Wir holen Sie so schnell wie möglich ab. Gehen Sie auf der Wisconsin Avenue nach Norden. Bleiben Sie auf der Westseite der Straße.«

»Es wird einen weiteren Anschlag gaben. Safia ist irgendwo in der Nähe.«

»Wir wissen genau, wo sie ist. Los jetzt!«

Am anderen Ende wurde aufgelegt. Natalie gab das iPhone zurück und ging auf der Wisconsin Avenue nach Norden weiter.

In der Ruine, die das National Counterterrorism Center gewesen war, schaffte Carter es, Gabriel mitzuteilen, Natalie sei in Sicherheit und werde demnächst vom FBI aufgelesen. Gabriel, der taub war und blutete, hatte keine Zeit, sich darüber zu freuen. Michail Abramow saß weiter im Café Milano, keine acht Meter von dem Tisch entfernt, an dem Safia Bourihane mit dem Daumen auf dem Zündknopf saß und ihre Uhr nicht mehr aus den Augen ließ. Carter hob das Telefon erneut ans Ohr und wies Michail an, sofort das Restaurant zu verlassen. Gabriel konnte noch immer nicht hören, was Carter sagte. Er konnte nur hoffen, dass Michail auf ihn hörte.

Wie Saladin sah Michail sich ein letztes Mal in dem eleganten Restaurant um, bevor er aufstand. Auch er sah sich von verängstigten Gesichtern umgeben und wusste wie Saladin, dass in wenigen Augenblicken viele Leute sterben würden. Saladin hätte den Anschlag stoppen können; Michail konnte es nicht. Selbst wenn er bewaffnet gewesen wäre, was er nicht war, hätte er kaum eine Chance gehabt, den Anschlag zu verhindern. Safias Daumen lag auf dem Zündknopf, und wenn sie gerade nicht auf ihre Armbanduhr starrte, behielt sie Michail scharf im Auge. Er konnte unmöglich irgendeine Art Warnung rufen.

Jede Warnung würde eine verzweifelte Flucht zum Ausgang auslösen, bei der noch mehr Menschen sterben mussten. Da war's besser, die Sprengladung hochgehen zu lassen. Sie sollte einfach detonieren, während die Gäste auf ihren Plätzen waren. So konnten einige Glückliche an den weiter entfernten Tischen überleben. Allen, die Safia am nächsten waren, weil sie einen der begehrten Mitteltische ergattert hatten, würde die grausame Erkenntnis erspart bleiben, dass ihr Tod unmittelbar bevorstand.

Michail glitt langsam von seinem Barhocker und stand auf. Er durfte nicht riskieren, das Restaurant durch den Hauptausgang zu verlassen; dabei wäre er zu dicht an Safias Tisch vorbeigekommen. Stattdessen bewegte er sich gelassen die Bar entlang in Richtung Toiletten. Die Tür der Herrentoilette war verriegelt. Er drehte das billige Schloss zurück, bis die Tür aufsprang, und ging hinein. Ein Mittdreißiger mit Gelfrisur bewunderte sich im Spiegel.

»Was ist dein Problem, Mann?«

»Das werden Sie gleich merken.«

Der Mann wollte gehen, aber Michail packte ihn am Arm, hielt ihn zurück.

»Nicht rausgehen! Dafür können Sie mir später danken.«

Michail schloss die Tür und zog den Mann mit sich zu Boden.

An seinem Beobachtungspunkt in der Prospect Street war Eli Lavon Zeuge einer Serie von Ereignissen geworden, die immer beunruhigender wurden. Alles begann mit Safia Bourihanes Ankunft im Café Milano, aus dem wenige Minuten später der als Omar al-Faruk bekannte hochgewachsene Araber ins Freie trat. Der Araber saß jetzt hinten in einem Lincoln Town Car, der hinter einem weißen Honda Pilot fünfzig Meter vom

Eingang des Café Milano entfernt parkte. Dazu kam, dass Lavon mehrmals vergeblich versucht hatte, Gabriel im NCTC anzurufen. Vom King Saul Boulevard und aus dem Autoradio hatte er dann erfahren, dass auf das NCTC ein Anschlag mit zwei Autobomben verübt worden war. Jetzt fürchtete Lavon, sein ältester Freund könnte tot sein, diesmal wirklich. Und er fürchtete, in wenigen Sekunden könnte auch Michail sterben.

Dann bekam Lavon vom King Saul Boulevard mitgeteilt, Gabriel sei bei dem Anschlag aufs NCTC leicht verletzt worden, aber ansonsten durchaus lebendig. Lavons Erleichterung hielt jedoch nicht lange an, denn im nächsten Augenblick ließ der Donnerschlag einer Detonation die Prospect Street erzittern. Der Lincoln Town Car fuhr gemächlich an und glitt an Lavons Fenster vorbei. Dann sprangen vier bewaffnete Männer aus dem Honda Pilot und rannten zum Eingang des in Trümmer gelegten Café Milano.

66

WISCONSIN AVENUE, GEORGETOWN

Natalie hörte die Detonation, kurz bevor sie die R Street erreichte, und wusste sofort, dass das Safia gewesen war. Sie drehte sich um, blickte die Wisconsin Avenue entlang, die eine elegante leichte Rechtskurve in Richtung M Street beschrieb, und sah Hunderte von Menschen von Panik erfasst nach Norden strömen. Das erinnerte sie an die Szenen in Washington nach den Terroranschlägen am 11. September 2001, als Zehntausende von Menschen ihre Büros in der mächtigsten Stadt der Welt verlassen und zu gehen begonnen hatten. Nun wurde Washington erneut angegriffen. Diesmal setzten die Terroristen keine Flugzeuge als Waffen ein, sondern hatten nur Sprengstoffe und Schusswaffen. Aber das Ergebnis schien weit Furcht einflößender zu sein.

Natalie kehrte um und schloss sich dem Exodus nach Norden an. Sie wurde allmählich müde wegen des Gewichts der Sprengstoffweste – und unter der Last des eigenen Versagens. Sie hatte ausgerechnet dem Monster, das dieses Gemetzel geplant und organisiert hatte, das Leben gerettet, und war nach ihrer Ankunft in Amerika nicht imstande gewesen, die geringsten Informationen über die Anschlagsziele, die anderen Terroristen oder den Zeitpunkt des geplanten Angriffs zu beschaffen. Sie war aus einem bestimmten Grund im Ungewissen gehalten worden, davon war sie überzeugt.

Plötzlich waren aus derselben Richtung wie die Detonation rasch nacheinander einzelne Schüsse zu hören. Natalie hastete über die R Street, ging nach Norden weiter und blieb auf der Westseite der Straße, wie der Mann namens Adrian Carter sie angewiesen hatte. *Wir holen Sie so schnell wie möglich ab,* hatte er gesagt. Aber er hatte nicht gesagt, wie. Auf einmal war sie froh darüber, dass sie die rote Jacke trug. Sie würde sie vielleicht nicht erkennen, aber wenigstens selbst gesehen werden.

Nördlich der R Street verlief die Wisconsin Avenue einige Blocks weit durch eine leichte Senke, bevor sie in Richtung Burleith und Glover Park wieder anstieg. Vor sich sah Natalie eine blau-gelb gestreifte Markise mit dem Schriftzug BISTROT LEPIC & WINE BAR. Dies war das Restaurant, in das Safia sie beordert hatte; dort hätte sie ihr Attentat verüben sollen. Sie blieb stehen und sah durch eines der Fenster. Ein reizendes Lokal – übersichtlich, warm, einladend, sehr pariserisch. Safia hatte behauptet, es werde übervoll sein, aber das stimmte nicht. Und die Gäste an den Tischen sahen nicht wie französische Diplomaten oder Beamte des Pariser Außenministeriums aus. Sie schienen Amerikaner zu sein. Und wie jedermann an diesem Abend in Washington wirkten sie verängstigt.

Im nächsten Augenblick hörte Natalie, wie jemand ihren Namen rief – nicht ihren richtigen Namen, sondern den Namen der Frau, die sie geworden war, um eine Nacht wie diese zu verhindern. Sie warf sich herum und sah, dass hinter ihr ein Wagen am Randstein hielt. Am Steuer saß jemand mit der rauen Haut einer Frau, die in der Wüste oder in großen Höhen gelebt hat: Megan, die Frau vom FBI.

Natalie schlüpfte auf den Beifahrersitz, als krieche sie in die Arme ihrer Mutter. Das Gewicht der Sprengstoffweste drückte sie in den Sitz; der Zündknopf in ihrer Rechten erschien ihr wie ein lebendes kleines Tier. Während um sie herum Sirenen heulten, wendete Megan auf der Avenue und reihte sich in den nach Norden aus Georgetown hinausströmenden Exodus ein. Natalie hielt sich die Ohren zu, aber das nützte nichts.

»Stellen Sie bitte etwas Musik an«, bat sie.

Megan schaltete das Autoradio ein, aber es gab nirgends Musik, sondern nur Schreckensmeldungen. National Counterterrorism Center, Lincoln Memorial, Kennedy Center, Harbor Place: Nach ersten Schätzungen konnte die Zahl der Opfer tausend erreichen. Natalie konnte das nur ein paar Minuten ertragen. Sie streckte die Hand nach dem Ausschaltknopf des Radios aus, hielt aber inne, als sie am Oberarm einen scharfen Schmerz wie einen Schlangenbiss spürte. Sie sah zu Megan hinüber und stellte fest, dass die Frau ebenfalls etwas in der rechten Hand hielt. Aber es war kein Zündknopf, auf dem ihr Daumen lag, sondern eine Injektionsspritze, deren Kolben sie herabdrückte.

Vor Natalies Augen verschwamm sofort alles. Das von Wind und Wetter gerötete Gesicht der Frau wich zurück; ein vorbeirasender Streifenwagen hinterließ streifenförmige rot-weiße Zeitrafferbilder in der Nacht. Natalie rief einen Namen, den einzigen Namen, den sie noch wusste, bevor eine Dunkelheit auf sie herabsank, die der Schwärze ihrer Abaja glich. Sie sah sich durch ein großes arabisches Haus mit vielen Höfen und Zimmern gehen. Und im letzten Raum, unter einer kleinen runden Öffnung in der Kuppel der Zimmerdecke, stand Saladin.

67

CAFÉ MILANO, GEORGETOWN

In den ersten Sekunden nach der Detonation herrschte nur Stille. Grabesstille, dachte Michail, die Stille des Todes. Dann war ein Stöhnen zu hören, danach ein Husten, dann die ersten Angst- und Schmerzensschreie. Bald stimmten andere, viele andere ein – die Krüppel, die Blinden, die sich nie mehr im Spiegel würden betrachten können. Einige würden voraussichtlich noch in dieser Nacht sterben, aber viele würden überleben. Sie würden ihre Kinder wiedersehen, sie würden auf Hochzeiten tanzen und bei Beerdigungen weinen. Und vielleicht würden sie eines Tages wieder in einem Restaurant essen können, ohne zu befürchten, die Frau am Nebentisch könnte eine Sprengstoffweste tragen. Das war eine Angst, mit der in den dunklen Tagen der Zweiten Intifada alle Israelis hatten leben müssen. Und nun hatte ein Mann namens Saladin erreicht, dass sie auch Amerika erfasste.

Michail wollte nach der Türklinke greifen, ließ aber die Hand sinken, als er den ersten Schuss hörte. Dann merkte er, dass sein Smartphone vibrierte. Er sah aufs Display. Der Anrufer war Eli Lavon.

»Wo steckst du, verdammt noch mal?«

Michail sagte es ihm flüsternd.

»Eben sind vier Männer ins Restaurant gestürmt.«

»Ich kann sie hören.«

»Du musst dort raus!«

»Wo ist Natalie?«

»Das FBI ist dabei, sie abzuholen.«

Michail steckte sein Handy wieder ein. Durch die dünne Toilettentür war ein weiterer Schuss zu hören – ein großes

Kaliber, vielleicht eine Militärwaffe. Dann rasch nacheinander zwei weitere: *peng, peng …* Mit jedem Schuss verstummte ein weiterer Schrei. Die Terroristen waren offenbar entschlossen, im Café Milano nur Tote zurückzulassen. Dies waren keine Videospiel-Dschihadis. Sie waren gut ausgebildet, diszipliniert. Sie suchten das zerstörte Restaurant methodisch nach Überlebenden ab. Und irgendwann, das wusste Michail, würde ihre Suche sie auch zur Toilette führen.

Der Amerikaner mit der Gelfrisur zitterte vor Angst. Michail sah sich nach etwas um, das als Waffe geeignet war, konnte aber nichts entdecken. Mit einer kurzen Kopfbewegung wies er den Amerikaner an, sich in der WC-Kabine zu verstecken. Auf unerklärliche Weise hatte das Restaurant noch Strom. Michail machte das Licht aus, wobei er das Knacken des Schalters mit der Hand dämpfte, und blieb mit dem Rücken an der Wand neben der Tür stehen. In der plötzlichen Dunkelheit schwor er sich, nicht in dieser Nacht in einer Toilette in Georgetown neben einem Unbekannten zu sterben. Für einen Soldaten wäre das ein schreckliches Ende, sagte er sich, selbst für einen, der im Geheimen kämpfte.

Vor der Tür fiel ein weiterer Schuss, jetzt schon ziemlich nahe, und weitere Schreie verstummten. Dann waren draußen Schritte zu hören. Michail beugte und streckte die Finger seiner rechten Hand. Mach die Tür auf, du Hundesohn, dachte er. *Mach die Scheißtür auf!*

Im selben Augenblick merkte Gabriel, dass seine Taubheit nur vorübergehend war. Der erste Laut, den er hörte, war das Geräusch, das viele Washingtoner später mit dieser Nacht verbinden würden: Sirenengeheul. Die Notarztwagen kamen den Tysons McLean Drive heraufgerast, waren zu dem ehemaligen Kontrollpunkt des National Counterterrorism Center und dem Office des Director of National Intelligence unterwegs. In den einsturzgefährdeten Gebäuden versorgten die Leichtverletzten die Schwerverletzten und bemühten sich verzweifelt, Blutungen zu stillen und Leben zu retten. Farid Barakat kümmerte sich um Paul Rousseau; Adrian Carter kümmerte sich um die Überreste von Gabriels Unternehmen. Mit geborgten Smartphones hielt er wieder Verbindung zu Langley, der FBI-Zentrale und dem Lageraum des Weißen Hauses. In Washington herrschte Chaos, und die Regierung kämpfte darum, mit den Ereignissen Schritt zu halten. Als Anschlagsziele waren bisher bekannt: Liberty Crossing, Lincoln Memorial, Kennedy Center, Washington Harbor und Café Milano. Außerdem sollten in der M Street weitere Anschläge verübt worden sein. Insgesamt war zu befürchten, dass es Hunderte von Opfern, vielleicht sogar tausend Tote geben würde.

In diesem Augenblick konzentrierte Gabriel sich jedoch auf nur zwei Personen: Michail Abramow und Natalie Mizrahi. Michail saß im Café Milano auf der Herrentoilette fest. Natalie war auf der Westseite der Wisconsin Avenue zu Fuß nach Norden unterwegs.

»Wieso hat das FBI sie noch nicht hergebracht?«, blaffte er Carter an.

»Sie können sie anscheinend nicht finden.«

»Wie schwierig kann es sein, eine Frau zu finden, die eine Sprengstoffweste und eine rote Jacke trägt?«

»Sie suchen weiter.«

»Sie sollen die Augen aufmachen!«

Die Tür flog krachend auf, der Gewehrlauf wurde als Erstes sichtbar. Michail erkannte die Umrisse: ein Sturmgewehr AR-15 ohne Zielfernrohr. Als er den heißgeschossenen Lauf mit der linken Hand packte und kräftig daran ruckte, kam dahinter ein

Mann herein. In dem zerbombten Speisesaal war er ein heiliger Krieger gewesen, aber in der beengten finsteren Toilette war er jetzt hilflos. Michails Rechte traf seinen Hals mit zwei Handkantenschlägen. Der erste wurde durch den Unterkiefer abgelenkt, aber der zweite war ein Volltreffer, der etwas knackend zersplittern ließ. Der Mann brach lautlos zusammen. Michail riss ihm das AR-15 aus den Händen, schoss ihn in den Kopf und stürmte auf den Gang hinaus.

Direkt vor ihm, in der hintersten Ecke des Speisesaals, war ein Attentäter im Begriff, eine Frau zu erschießen, der ein Arm glatt abgerissen worden war. Aus dem dunklen Korridor heraus erledigte Michail ihn mit einem Kopfschuss, bevor er weiterhastete. Im Speisesaal waren keine Terroristen zu sehen, aber in dem kleineren Nebenzimmer war ein Dschihadist dabei, an der Wand aufgereihte Überlebende zu erschießen, indem er wie ein SS-Mann am Rand eines ausgehobenen Massengrabs von einem zum anderen ging. Michail traf ihn in die Brust, rettete so ein Dutzend Leben.

Im nächsten Augenblick hörte er einen weiteren Schuss aus dem Separee, das er beim Hereinkommen gesehen hatte. Er ging an dem umgestürzten Barhocker, auf dem er eben noch gesessen hatte, und dem zersplitterten Tisch mit Safia Bourihanes blutigen Überresten vorbei und betrat das Foyer. Der Maître d'hôtel und die beiden Hostessen waren tot. Sie hatten den Bombenanschlag anscheinend überlebt, nur um dann erschossen zu werden.

Michail bewegte sich lautlos an den Toten vorbei und spähte in das Separee, in dem der vierte Terrorist dabei war, zwanzig gut gekleidete Männer und Frauen hinzurichten. Zu spät erkannte der Dschihadist, dass der an der Tür Stehende kein Freund war. Dem ersten Schuss durch die Brust ließ Michail einen Kopfschuss folgen, um sicherzustellen, dass er tot war.

Das alles hatte keine zwei Minuten gedauert, und Michails Smartphone hatte in dieser Zeit immer wieder vibriert. Er angelte es aus der Tasche und sah aufs Display. Der Anruf kam von Gabriel.

»Erzähl mir bitte, dass du lebst.«

»Mir fehlt nichts, aber vier IS-Angehörige sind jetzt im Paradies.«

»Schnapp dir ihre Handys, nimm mit, was du an Hardware tragen kannst, und sieh zu, dass du dort rauskommst.«

»Was ist passiert?«

Die Verbindung riss ab. Michail durchsuchte die Taschen des vor ihm liegenden Terroristen und fand ein Prepaid-Handy, ein Samsung Galaxy. Auch die beiden toten Attentäter im Speisesaal hatten Samsungs in der Tasche, aber der in der Toilette Erschossene hatte Produkte von Apple bevorzugt. Michail hatte alle vier Handys in der Tasche, als er das Restaurant durch den Hinterausgang verließ. Außerdem hatte er zwei AR-15 und vier Reservemagazine, deren beabsichtigter Verwendungszweck nicht ganz klar war. Er rannte die dunkle Zufahrt entlang, hoffte dabei, dass er keinem SWAT-Team begegnen würde, und erreichte die Potomac Street. Von dort aus gelangte Michail in die Prospect Street, in der Eli Lavon am Steuer eines Bucks saß.

»Was hast du so lange gemacht?«, fragte er, als Michail die Beifahrertür aufriss.

»Gabriel hat mir eine Einkaufsliste durchgegeben.« Michail legte die AR-15 und die Magazine auf den Boden zwischen den Sitzen. »Scheiße, was ist passiert?«

»Das FBI kann Natalie nicht finden.«

»Sie trägt eine rote Jacke und eine Sprengstoffweste.«

Lavon wendete auf der Straße und fuhr durch Georgetown nach Westen.

»Das ist die falsche Richtung«, sagte Michail. »Die Wisconsin Avenue liegt hinter uns.«

»Wir wollen nicht zur Wisconsin Avenue.«

»Wieso nicht?«

»Sie ist fort, Michail. *Unfreiwillig* fort.«

68

KING SAUL BOULEVARD, TEL AVIV

Die Einheit, die am King Saul Boulevard in Zimmer 414C arbeitete, hatte keinen offiziellen Namen, weil sie offiziell nicht existierte. Die in ihre Arbeit Eingeweihten sprachen nur von dem *Minjan*, denn auch die Einheit zählte zehn Köpfe und bestand ausschließlich aus Männern. Mit einigen wenigen Tastenbefehlen konnten sie eine Großstadt verdunkeln, die Flugsicherung eines Staats lahmlegen oder die Zentrifugen einer iranischen Anlage zur Urananreicherung bis zur Selbstzerstörung hochdrehen lassen. Drei Samsungs und ein iPhone würden keine große Herausforderung für sie sein.

Die in den Smartphones gespeicherten Informationen übermittelten Eli Lavon und Michail um 20.42 Uhr Ortszeit von der israelischen Botschaft aus. Um einundzwanzig Uhr hatte der Minjan ermittelt, dass die vier Mobiltelefone in den letzten Monaten öfters in einem Haus in der Eisenhower Avenue in Alexandria, Virginia, gewesen waren. Tatsächlich waren sie am Spätnachmittag dieses Tages dort gewesen und zur gleichen Zeit, auf derselben Route, mit gleicher Geschwindigkeit nach Washington hineingefahren. Außerdem war mit allen Handys mehrfach mit der Spedition in der Eisenhower Avenue telefoniert worden. Der Minjan meldete seine Erkenntnisse Uzi Navot, der sie seinerseits an Gabriel weiterleitete. Unterdessen hatte er mit Adrian Carter das ausgebombte NCTC verlassen, sie waren im Globalen Operationszentrum der CIA in Langley. Von Carter wollte Gabriel nur eine Frage beantwortet haben.

»Wem gehören die Dominion Movers in Alexandria?«

Eine kostbare Viertelstunde verrann, bevor Carter eine Antwort hatte. Er nannte Gabriel einen Namen und eine Adresse und forderte ihn auf, alles zu tun, um Natalie lebend aufzuspüren. Carters Worte bedeuteten nicht viel; als Deputy Director of Intelligence war er nicht befugt, einem ausländischen Geheimdienst zu erlauben, ungestraft auf amerikanischem Boden zu operieren. Genehmigen konnte das nur der Präsident, der im Augenblick größere Sorgen als die um eine verschwundene israelische Agentin hatte. Amerika wurde angegriffen. Und Gabriel würde den ersten Vergeltungsschlag führen, ob ihm das gefiel oder nicht.

Gegen 21.20 Uhr setzte Carter ihn am Haupttor der Agency ab und fuhr rasch davon, als flüchte er von einem Tatort oder vor einem Verbrechen, das bald verübt werden würde. Gabriel stand im Dunkel allein, beobachtete die Rettungsfahrzeuge, die auf der Route 123 nach Liberty Crossing unterwegs waren, und wartete. Genau das passende Ende für meine Einsätze im Feld, dachte er. *Warten … immer das Warten.* Auf ein Flugzeug oder einen Zug warten. Auf einen Informanten warten. Nach nächtlichen Morden auf den Sonnenaufgang warten. Am Tor der CIA auf Eli Lavon und Michail warten, um die Suche nach der Frau beginnen zu können, die er in die gefährlichste Terrororganisation der Welt eingeschleust hatte. Natalie hatte es geschafft, sie zu unterwandern. Oder etwa nicht? Vielleicht hatte Saladin sie von Anfang an verdächtigt? Vielleicht hatte er sie an seinem Hof aufgenommen, um die westlichen Geheimdienste irrezuführen. Und vielleicht hatte er sie als Köder in die USA geschickt, als glitzerndes Objekt, das die Amerikaner ablenken würde, während die echten Terroristen – die Männer, die bei einer Spedition in Alexandria, Virginia, gearbeitet hatten – unbehelligt ihre Vorbereitungen trafen. Welche Erklärung gab es sonst dafür, dass Safia das Ziel von Natalies Anschlag bis zum letzten Moment zurückgehalten hatte? Natalie hatte kein Ziel. Natalie *war* das Ziel.

Gabriel dachte an den Mann, den er in der Halle des Hotels Four Seasons gesehen hatte. Ein hochgewachsener Araber namens Omar al-Faruk, der am Stock ging und leicht hinkte. Dieser Araber hatte das Café Milano wenige Minuten vor der Detonation von Safias Sprengstoffweste verlassen. War er wirklich Saladin? Das spielte keine Rolle. Wer er auch war, er würde bald tot sein. Genau wie alle anderen, die irgendwas mit Natalies Verschwinden zu tun gehabt hatten. Gabriel würde es sich zur Lebensaufgabe machen, sie alle aufzuspüren und den IS zu vernichten, bevor der IS den Nahen Osten und die Reste der zivilisierten Welt vernichten konnte. Vermutlich würde er in dem US-Präsidenten einen bereitwilligen Verbündeten finden. Der IS stand jetzt nur zwei Stunden von Indiana entfernt.

Dann begann Gabriels Smartphone zu pulsieren. Er las die Nachricht, steckte das Handy ein und trat an die Fahrbahn der Route 123. Eine halbe Minute später hielt ein Buick Regal neben ihm. Er stoppte nur lange genug, um Gabriel hinten einsteigen zu lassen. Auf dem Wagenboden lagen zwei AR-15 und mehrere Reservemagazine. Der zweite Verfassungszusatz, dachte Gabriel, bringt entschiedene Vorteile. Er sah in den Rückspiegel, in dem ihn Michails gletscherblaue Augen beobachteten.

»Wo lang, Boss?«

»Auf dem George Washington Parkway in Richtung Key Bridge«, sagte Gabriel. »Die Staus auf dem Beltway sind beschissen.«

69

HUME, VIRGINIA

Natalie wachte mit dem Gefühl auf, eine Ewigkeit lang geschlafen zu haben. Ihr Mund schien mit Watte vollgestopft zu sein, ihr Kopf war seitlich gegen das kühle Glas des Seitenfensters gesunken. Hier und da brannten über Veranden oder in Fenstern mit Spitzengardinen einzelne Lichter, aber insgesamt wirkte die Atmosphäre plötzlich beängstigend einsam. Man hätte glauben können, angesichts der Nachrichten aus Washington hätten die Einwohner dieses Orts ihre Sachen zusammengepackt und seien in die Berge geflüchtet.

Sie hatte pochende Kopfschmerzen wie von einem Kater. Als sie versuchte, den Kopf zu heben, gelang ihr das nicht. Sie sah nach links und beobachtete die Frau am Steuer, die sie irrtümlich für Megan vom FBI gehalten hatte. Die Amerikanerin lenkte mit der rechten Hand; in ihrer linken Hand hielt sie eine Pistole, mit der sie Natalie bedrohte. Die Borduhr zeigte 21.22 Uhr an. Von der Droge benommen, versuchte Natalie, die Ereignisse dieses Abends zu rekonstruieren – der zweite Wagen in der Tiefgarage, die wilde Fahrt nach Georgetown hinein, das gemütliche kleine französische Restaurant, das angeblich ihr Ziel gewesen war, die Sprengstoffweste mit der roten Markierung neben dem Reißverschluss. Den Zündknopf hielt sie noch immer in der rechten Hand. Mit der Kuppe ihres Zeigefingers fuhr sie leicht über den geriffelten Druckknopf.

Bumm, dachte sie, während sie sich an ihre Ausbildung beim IS in Palmyra erinnerte. *Und jetzt bist du auf dem Weg ins Paradies.*

Rechts vor ihnen erschien eine Kirche. Wenig später erreichten sie eine verlassene Kreuzung. Die Frau bremste ab, bevor sie rechts abbog, wie ihr Navi sie anwies, und einer Straße folgte, die den Namen eines Philosophen trug. Sie war sehr schmal, hatte keinen gelben Mittelstrich. Die schwarze Dunkelheit war absolut; außerhalb des Scheinwerferkegels aus dem Asphalt schien überhaupt nichts zu existieren. Das Navi wirkte plötzlich hilflos verwirrt. Es riet der Frau mehrmals, wenn möglich umzukehren, und verfiel in vorwurfsvolles Schweigen, als diese Aufforderung nicht befolgt wurde.

Die Frau blieb eine weitere halbe Meile auf der schmalen Straße, bevor sie auf einen unbefestigten Weg abbog, der kaum mehr als eine Fahrspur war. Er führte an einer Pferdekoppel vorbei, über einen bewaldeten Hügelrücken und in eine kleine Senke, in der ein hölzernes Nurdachhaus an einem tintenschwarzen Teich stand. In dem Cottage brannte Licht, und davor standen drei Fahrzeuge: ein Lincoln Town Car, ein Honda Pilot und ein viertüriger BMW. Die Frau parkte hinter dem BMW. Natalie stellte sich mit dem Kopf am Seitenfenster bewusstlos.

»Können Sie gehen?«, fragte die Frau.

Natalie sagte nichts.

»Ich habe gesehen, wie Ihre Augen sich bewegt haben. Ich weiß, dass Sie wach sind.«

»Was haben Sie mir gegeben?«

»Propofol.«

»Wo hatten Sie das her?«

»Ich bin Krankenschwester.« Die Frau stieg aus, ging hinten um den Wagen herum und öffnete die Beifahrertür. »Los, raus jetzt!«

»Ich kann nicht.«

»Propofol ist ein Kurzzeit-Narkotikum«, stellte die Frau pedantisch fest. »Typischerweise können Patienten, die damit sediert werden, nach dem Aufwachen binnen weniger Minuten wieder selbst gehen.«

Als Natalie sich nicht bewegte, zielte die Frau mit der Pistole auf ihren Kopf. Natalie hob die rechte Hand und legte den Daumen leicht auf den Zündknopf.

»Dazu fehlt Ihnen der Mumm«, sagte die Frau. Dann packte sie Natalie am Handgelenk und zerrte sie aus dem Wagen.

Bis zum Eingang des Nurdachhauses waren es nur ungefähr zwanzig Schritte, aber die bleischwere Sprengstoffweste und die Nachwirkungen des Propofols machten daraus fast eine Meile. Der Raum, den Natalie betrat, war rustikal und altmodisch hübsch. Daher wirkten die Männer, die sich darin aufhielten, auf obszöne Weise deplatziert. Vier trugen schwarze Kampfanzüge und waren mit Sturmgewehren bewaffnet. Der fünfte Mann, der einen eleganten Geschäftsanzug trug, wärmte sich die Hände an dem Kaminofen, in dem ein Holzfeuer loderte. Er stand mit dem Rücken zu Natalie. Obwohl er über einen Meter achtzig groß und breitschultrig war, wirkte er vage gebrechlich, als erhole er sich von einer kürzlich erlittenen Verletzung.

Schließlich drehte der Mann in dem eleganten Geschäftsanzug sich um. Er hatte einen modischen Haarschnitt und war glatt rasiert. Aber seine dunkelbraunen Augen waren genau so, wie Natalie sie in Erinnerung hatte. Das galt auch für sein selbstbewusstes Lächeln. Er trat einen Schritt auf sie zu, wobei er sein verletztes Bein schonte, und blieb dann stehen.

»Maimonides«, sagte er freundlich. »Wie schön, dich wiederzusehen.«

Natalies rechte Hand umklammerte den Zündknopf. Der Boden unter ihren Füßen schien zu brennen.

70

ARLINGTON, VIRGINIA

Es war ein kleines Zweifamilienhaus, einstöckig, mit Aluminium verkleidet. Die linke Haushälfte war granitgrau gestrichen. Der rechte Teil, Qassam el-Bannas Hälfte, war ungepflegt schmuddelig weiß. Beide Haushälften hatten je ein Fenster im Erdgeschoss und im ersten Stock. Ein Maschendrahtzaun teilte den Vorgarten zwischen ihnen auf. Die linke Hälfte war sorgfältig gepflegt, aber Qassams Vorgarten sah aus wie von Ziegen kahl gefressen.

»Offenbar«, sagte Eli Lavon vom Rücksitz aus finster, »hat er nicht viel Zeit zum Gärtnern.«

Sie parkten auf der gegenüberliegenden Straßenseite vor einem baugleichen Zweifamilienhaus in ähnlichem Erhaltungszustand. Vor der schmuddelig weißen Doppelhaushälfte stand ein viertüriger Acura. Er trug noch Händlerkennzeichen.

»Netter Wagen«, sagte Lavon. »Was fährt der Ehemann?«

»Einen Kia«, sagte Gabriel.

»Ich sehe keinen Kia.«

»Ich auch nicht.«

»Sie fährt einen Acura, ihr Ehemann einen Kia – was stimmt an diesem Bild nicht?«

Gabriel äußerte sich nicht dazu.

»Wie heißt die Frau?«, fragte Lavon.

»Amina.«

»Ägypterin?«

»Offenbar.«

»Kind?«

»Junge.«

»Wie alt?«

»Zweieinhalb.«

»Dann hat er später keine Erinnerung daran, was heute Nacht passiert.«

»Richtig«, bestätigte Gabriel.

Auf der Straße fuhr ein Wagen vorbei. Der indianisch aussehende Fahrer war offenbar ein indigener Südamerikaner – ein Bolivianer, vielleicht ein Peruaner. Er schien die drei israelischen Geheimagenten nicht zu bemerken, die in einem Buick Regal saßen, der gegenüber dem Haus eines ägyptischen Dschihadis parkte, der durch die Lücken des nach dem 11. September 2001 aufgebauten gewaltigen US-Sicherheitsapparats geschlüpft war.

»Was hat Qassam gemacht, bevor er ins Speditionsgeschäft eingestiegen ist?«

»IT.«

»Warum kommen so viele von ihnen aus der IT-Branche?«

»Weil sie dann keine unislamischen Fächer wie englische Literatur oder italienische Malerei studieren müssen.«

»All die Dinge, die das Leben interessant machen.«

»Das Leben interessiert sie nicht, Eli. Nur der Tod.«

»Glaubst du, dass er seine Computer zurückgelassen hat?«

»Das hoffe ich sehr.«

»Was ist, wenn er die Festplatten zertrümmert hat?«

Gabriel gab keine Antwort. Ein weiteres Auto fuhr mit einem weiteren Südamerikaner am Steuer an ihnen vorbei. Auch Amerika, dachte er, hat seine Banlieues.

»Wie soll die Sache ablaufen?«, fragte Lavon.

»Ich werde nicht höflich anklopfen und mich auf eine Tasse Tee einladen.«

»Aber keine Gewalt, okay?«

»Nein«, sagte Gabriel, »keine Gewalt.«

»Das sagst du immer.«

»Und?«

»Ohne Gewalt geht's nie ab.«

Gabriel hob eines der AR-15 auf und überzeugte sich davon, dass das Magazin mit dreißig Schuss eingerastet war.

»Haustür oder Hintereingang?«, fragte Lavon.

»Hintereingänge sind nichts für mich.«

»Was ist, wenn sie einen Hund haben?«

»Dann haben sie ihn nicht mehr lange, Eli.«

»Was soll ich tun?«

»Im Auto bleiben.«

Gabriel stieg ohne ein weiteres Wort aus und überquerte mit dem Sturmgewehr in der Hand und Michail neben sich rasch die Straße. Merkwürdig, dachte Lavon, der ihn beobachtete, aber selbst nach all diesen Jahren bewegt er sich noch wie der Junge von zweiundzwanzig Jahren, der nach dem Münchner Olympia-Attentat als Israels Racheengel fungiert hat. Er überwand den niedrigen Maschendrahtzaun mit einem scherenförmigen Schritt und warf sich dann gegen el-Bannas Haustür. Holz zersplitterte krachend, dann war der schrille Schrei einer Frau zu hören, der jäh abbrach. Die Tür wurde zugeknallt, und das Licht im Haus erlosch. Lavon beobachtete am Steuer hockend die ruhige Straße. So viel zur Gewaltlosigkeit, sagte er sich. *Ohne Gewalt geht's nie ab.*

71

HUME, VIRGINIA

Natalies Körper schien sich vor Angst zu verflüssigen. Sie hielt den Zündknopf fest umklammert, damit er ihr nicht entglitt und wie eine Münze auf den Boden eines Wunschbrunnens sank. Innerlich rief sie sich die Elemente ihrer sorgfältig fabrizierten Legende ins Gedächtnis zurück. Sie war Leila aus Sumayrijya, Leila, die Ziad liebte. Bei einer Demo auf der Pariser Place de la République hatte sie einem jungen Jordanier namens Nabil erzählt, sie brenne darauf, den Westen für seine Unterstützung Israels zu bestrafen. Nabil hatte ihren Namen an Jalal Nasser weitergegeben, und Jalal hatte sie an Saladin übergeben. Innerhalb der globalen dschihadistischen Bewegung waren Geschichten wie diese alltäglich. Aber sie war genau das, nur eine erfundene Story, und Saladin schien das zu wissen.

Aber wie lange wusste er das schon? Von Anfang an? Nein, dachte Natalie, das ist nicht möglich. Seine Leute hätten sie niemals auch nur in seine Nähe gelassen, wenn sie an ihrer Loyalität gezweifelt hätten. Stattdessen *hatten* sie ihr Saladins Leben anvertraut, und sie hatte es – Gott sei's geklagt – tatsächlich gerettet. Und nun stand sie mit einer Sprengstoffweste um den Leib und dem Zündknopf in der rechten Hand vor ihm. *Wir verüben keine Selbstmordattentate*, hatte Gabriel ihr nach ihrer Rückkehr aus dem Kalifat erklärt. *Wir tauschen unser Leben nicht gegen ihres ein.* Ihr Daumen ruhte auf dem Zündknopf, testete den Widerstand, drückte ihn leicht. Saladin, der sie beobachtete, lächelte leicht.

»Du bist sehr tapfer, Maimonides«, sagte er auf Arabisch. »Aber das wusste ich schon immer.«

Er griff in die Innentasche seines Jacketts. Natalie, die fürchtete, er werde eine Pistole ziehen, drückte den Zündknopf etwas fester. Aber er brachte keine Waffe, sondern ein Smartphone zum Vorschein. Nachdem er einige Male aufs Display getippt hatte, war ein zischendes Rauschen zu hören. Im nächsten Augenblick erkannte Natalie, dass dies ein Wasserstrahl in einem Waschbecken war. Als erste Stimme hörte sie ihre eigene.

»Wissen Sie, wer meine Begleiterin ist?«

»Wie ist sie ins Land gekommen?«

»Mit einem geborgten Reisepass.«

»Wo ist sie eingereist?«

»New York.«

»Kennedy oder Newark?«

»Das weiß ich nicht.«

»Wie ist sie nach Washington gekommen?«

»Mit dem Zug.«

»Welcher Name steht in dem Pass?«

»Asma Doumaz.«

»Haben Sie Ihr Ziel schon erfahren?«

»Nein. Aber sie kennt ihres. Sie ist für einen Selbstmordanschlag eingeteilt.«

»Wissen Sie ihr Ziel?«

»Nein.«

»Sind Sie mit weiteren Mitgliedern der Angriffszellen zusammengekommen?«

»Nein.«

»Wo ist Ihr Handy?«

»Sie hat es mir abgenommen. Versuchen Sie nicht, mir irgendwelche Nachrichten zu schicken.«

»Verschwinden Sie.«

Saladin tippte erneut aufs Display, um die Wiedergabe zu beenden. Dann betrachtete er Natalie mehrere unerträgliche

Sekunden lang forschend. Sein Gesichtsausdruck war weder vorwurfsvoll noch bedauernd. Seine nüchterne Reaktion war die eines Profis.

»Für wen arbeitest du?«, fragte er zuletzt.

»Ich arbeite für dich.« Aus welchem Reservoir mit zwecklosem Mut diese Antwort kam, wusste Natalie nicht, aber sie schien Saladin zu belustigen. »Du bist sehr tapfer, Maimonides«, wiederholte er. »Tapferer, als gut für dich ist.

Ihr fiel erstmals auf, dass in dem Raum ein Fernseher lief. Er war auf CNN eingestellt. Dreihundert geladene Gäste in Abendkleidung strömten vom Secret Service eskortiert aus dem East Room des Weißen Hauses.

»Eine denkwürdige Nacht, nicht wahr? Alle Bombenanschläge waren erfolgreich – bis auf einen. Das Ziel war ein französisches Restaurant, zu dessen Stammgästen viele prominente Washingtoner zählen. Aus irgendeinem Grund hat die Agentin beschlossen, ihren Auftrag nicht auszuführen. Stattdessen ist sie in ein Auto gestiegen, das von einer Frau gefahren wurde, die sie für eine FBI-Agentin gehalten hat.«

Er machte eine Pause, um Natalie Gelegenheit zu geben, etwas zu sagen, aber sie schwieg.

»Ihr Verrat hat unser Unternehmen nicht gefährdet«, fuhr er fort. »Er war sogar nützlich, weil wir die Amerikaner in der kritischen Anfangsphase der Operation täuschen konnten. Vor dem Endspiel«, fügte er in drohendem Unterton hinzu. Safia und du waren eine Finte, ein Ablenkungsmanöver. Ich bin ein Soldat Allahs, aber ein großer Verehrer Winston Churchills. Und Churchill hat einmal gesagt, im Krieg seien Wahrheiten so kostbar, dass man sie stets mit einer Leibwache aus Lügen umgeben müsse.«

Bisher hatte er in Richtung Bildschirm gesprochen. Jetzt wandte er sich wieder Natalie zu.

»Aber es gab eine Frage, die wir nie zufriedenstellend beantworten konnten«, fuhr er fort. »Für wen genau hast du gearbeitet? Abu Ahmed dachte, du seist Amerikanerin, aber ich hatte nie den Eindruck, dies sei ein amerikanisches Unternehmen. Ehrlich gesagt habe ich dich für eine Britin gehalten, weil wir alle wissen, dass die Briten die besten Agentenführer sind. Aber auch das war nicht der Fall. Du hast nicht für die Amerikaner, nicht für die Briten gearbeitet. Du hast für jemand anderen gearbeitet. Und heute Abend hast du mir endlich seinen Namen gesagt.«

Als er noch mal aufs Display tippte, hörte Natalie ein Geräusch, das sie erst für fließendes Wasser hielt. Aber das war kein Wasserrauschen, sondern das Fahrgeräusch eines einzelnen Wagens, der das Washingtoner Chaos verließ. Diesmal hörte sie nur ihre eigene Stimme. Sie sprach Hebräisch, und ihre Zunge war von dem Narkotikum schwer.

»Gabriel … Bitte hilf mir … Ich will nicht sterben …«

Saladin schaltete das Gerät aus und steckte es wieder in die Innentasche seines prächtigen Jacketts. Fall abgeschlossen, dachte Natalie. Trotzdem wirkte er nicht verärgert, sondern nur mitleidig.

»Es war töricht von dir, ins Kalifat zu kommen.«

»Nein«, sagte Natalie. »Es war töricht von mir, dir das Leben zu retten.«

»Wieso hast du's getan?«

»Weil du sonst gestorben wärst.«

»Und jetzt«, sagte Saladin, »wirst *du* sterben. Die Frage ist nur: Stirbst du allein, oder drückst du deinen Zündknopf, um mich mit in den Tod zu reißen? Ich wette, dass du nicht den Mut oder den Glauben aufbringst, um den Knopf zu drücken. So stark im Glauben sind nur wir Muslime. Anders als ihr Juden sind wir bereit, für unsere Religion zu sterben. Ihr glaubt ans Leben, aber wir glauben an den Tod. Und wie in jedem Kampf siegen immer die, die zu sterben bereit sind.« Er machte eine kurze Pause, bevor er fortfuhr: »Also los, Maimonides, widerlege mich. Drück deinen Zündknopf.«

Natalie hob ihre Hand mit dem Zündknopf vors Gesicht und starrte darüber hinweg in Saladins dunkle Augen. Der Knopf gab nach, als sie etwas fester drückte.

»Hast du deine Ausbildung in Palmyra vergessen? Um Unfälle zu vermeiden, verwenden wir absichtlich schwergängige Zünder. Du musst fester drücken!«

Das tat sie. Ein Klicken, danach herrschte Stille. Saladin lächelte.

»Anscheinend ein Versager«, stellte er fest.

72

ARLINGTON, VIRGINIA

Obwohl Amina el-Banna seit über fünf Jahren legal in den Vereinigten Staaten lebte, waren ihre Englischkenntnisse ziemlich beschränkt. Deshalb verhörte Gabriel sie in seinem Arabisch, das ebenfalls beschränkt war. Das tat er an dem winzigen Küchentisch sitzend, während Michail an der Tür Wache hielt, und mit halblauter Stimme, um das oben schlafende Kind nicht zu wecken. Er segelte nicht unter falscher Flagge und versuchte, sich als Amerikaner auszugeben, denn das war unmöglich. Amina el-Banna, eine Ägypterin aus dem Nildelta, wusste recht gut, dass er ein Israeli war und fürchtete ihn daher. Er hütete sich davor, ihr diese Angst zu nehmen. Einschüchterung war seine Visitenkarte, und zu diesem Zeitpunkt, wo er seine Agentin in den Händen der gewalttätigsten Terrororganisation wusste, die es je gegeben hatte, war Angst sein einziges Werkzeug.

Gabriel erklärte Amina el-Banna die Tatsachen aus seiner Sicht. Ihr Mann gehörte einer IS-Terrorzelle an, die soeben einen Bombenanschlag verübt hatte, der Washington erschüttert hatte. Er war kein kleiner Mitläufer, sondern einer der Hauptverantwortlichen: ein Planer, der geduldig alle Figuren aufgestellt und die Angreifer sorgfältig getarnt hatte. Amina würde höchstwahrscheinlich als seine Komplizin angeklagt werden und den Rest ihres Lebens hinter Gittern verbringen. Es sei denn, sie packte aus.

»Wie kann ich Ihnen helfen? Ich weiß nichts.«

»Wussten Sie, dass Ihrem Mann eine Spedition gehört?«

»Qassam? Eine Spedition?« Sie schüttelte ungläubig den Kopf. »Qassam hat einen IT-Job.«

»Wann haben Sie ihn zuletzt gesehen?«

»Gestern Morgen.«

»Wo ist er?«

»Keine Ahnung.«

»Haben Sie versucht, ihn anzurufen?«

»Natürlich.«

»Und?«

»Ich bekomme immer nur seine Mailbox.«

»Warum haben Sie nicht die Polizei angerufen?«

Sie gab keine Antwort. Gabriel brauchte keine. Sie hat die Polizei nicht angerufen, sagte er sich, weil sie ahnt, dass ihr Mann ein IS-Terrorist ist.

»Wollte er Sie und Ihren Sohn nach Syrien schicken?«

Sie zögerte, dann sagte sie: »Ich habe ihm gesagt, dass ich nicht hinreise.«

»Kluge Entscheidung. Sind seine Computer noch hier?«

Sie nickte.

»Wo?«

Sie sah in Richtung Decke.

»Wie viele?«

»Zwei. Aber sie sind gesichert, und ich weiß das Passwort nicht.«

»Natürlich wissen Sie's. Jede Frau weiß das Passwort ihres Mannes, auch wenn er ein IS-Terrorist ist.«

Sie äußerte sich nicht dazu.

»Wie lautet das Passwort?«

»Es ist die Schahada.«

»Auf Arabisch oder in der englischen Version?«

»Englisch.«

»Mit Zwischenräumen? Ohne?«

»Ohne.«

»Gehen wir.«

Sie führte ihn leise die schmale Treppe hinauf, damit der Kleine nicht aufwachte. Dann machte sie die Tür von Qassam el-Bannas Arbeitszimmer auf, das wie der Albtraum eines Terroristenjägers aussah. Gabriel setzte sich an einen der Computer, weckte ihn, indem er auf die Maus tippte, und ließ die Finger auf der Tastatur ruhen. Er schrieb THEREISNOGOD-BUTGOD und drückte die Eingabetaste.

»Scheiße«, sagte er leise.

Der Inhalt der Festplatte war gelöscht worden.

Er war sehr gut, Qassam, aber die zehn Hacker des Minjans waren weit besser. Nach Gabriels Upload brauchten sie nur wenige Minuten, um die digitalen Spuren des Ordners »Dokumente« zu entdecken. In diesem Ordner fand sich ein weiterer verschlüsselter Ordner mit Schriftverkehr der Spedition Dominion Movers in Alexandria. Und zu diesen Dokumenten gehörte ein Einjahresmietvertrag für ein Wochenendhaus in der Nähe der Kleinstadt Hume.

»Es liegt in der Nähe des alten sicheren Hauses der CIA in The Plains«, erläuterte Uzi Navot am Telefon. »Ungefähr eine Autostunde von eurem jetzigen Standort entfernt, vielleicht etwas weiter. Wenn ihr dort rausfahrt und sie dort nicht antrefft …«

Gabriel legte auf und rief Adrian Carter an.

»Ich brauche ein Flugzeug mit Wärmebildkamera für einen Flug über ein Cottage nördlich der Hume Road im Fauquier County. Und versuchen Sie nicht, mir zu erzählen, Sie hätten keines.«

»Ich habe keines. Aber das FBI hat welche.«

»Kann es eine Maschine entbehren?«

»Ich frage mal nach.«

Das FBI konnte helfen. Tatsächlich hatte es schon ein Flugzeug über Liberty Crossing in der Luft: eine Cessna 182T Skylane, die von einer Tarnfirma namens LCT Research in Reston, Virginia, betrieben wurde. Die einmotorige Maschine brauchte nur zehn Minuten, um ins Fauquier County zu fliegen und das kleine Nurdachhaus in einem Tal nördlich der Hume Road zu orten. Festgestellt wurden die Wärmesignaturen von sieben Personen. Die mit der kleinsten Signatur schien unbeweglich zu sein. Vor dem Cottage parkten drei Autos. Alle waren vor Kurzem gefahren worden.

»Sonst noch Wärmesignaturen in diesem Tal?«, fragte Gabriel.

»Nur von Wild«, antwortete Carter.

»Was für Wild?«

»Viel Rotwild und zwei Bären.«

»Perfekt«, sagte Gabriel.

»Wo sind Sie jetzt?«

Gabriel sagte es ihm. Sie waren auf der I-66 nach Westen unterwegs. Sie hatten gerade den Beltway überquert.

»Wo ist das nächste SWAT- oder Geiselbefreiungsteam des FBI?«, fragte er.

»Alle verfügbaren Teams sind in Washington im Einsatz.«

»Wie lange können wir die Cessna noch zur Überwachung einsetzen?«

»Nicht mehr lange. Das FBI will sie zurückhaben.«

»Sie soll noch einmal über das Haus fliegen. Aber nicht zu tief. Die Männer dort drinnen erkennen ein Überwachungsflugzeug, wenn sie eines hören.«

Gabriel beendete das Gespräch und sah nah draußen, wo amerikanische Vorstädte vorbeiflitzten. Durch seinen Kopf schwirrten jedoch nur Zahlen, die nicht gut aussahen. Sieben Wärmesignaturen, zwei Sturmgewehre AR-15, ein Veteran einer Eliteeinheit der israelischen Selbstverteidigungsstreitkräfte, ein ehemaliger Profikiller, der bald den israelischen Geheimdienst leiten würde, ein Überwachungsspezialist, der Gewalt verabscheute, zwei Bären. Er sah auf sein Smartphone. Entfernung bis zum Ziel: einundfünfzig Meilen. Fahrzeit bis zum Ziel: eine Stunde und sieben Minuten.

»Schneller, Michail! Du musst schneller fahren.«

73

HUME, VIRGINIA

Sie sollte keinen Prozess bekommen, weil keiner nötig war; indem sie ihren Zündknopf gedrückt hatte, hatte sie sich schuldig bekannt. Jetzt ging es nur noch um ihr Geständnis, das aufgezeichnet werden würde, um über die unzähligen IS-Propagandaplattformen verbreitet zu werden, und ihre Hinrichtung durch Enthaupten. Alles hätte sehr rasch abgewickelt werden können, wenn es nicht Saladin selbst gewesen wäre. Die kurze Verzögerung war keineswegs ein Gnadenakt. Saladin war im Grunde seines Wesens weiterhin ein Spion. Und ein Spion gierte nicht nach Blut, sondern nach Informationen.

Der Erfolg der Angriffe auf Washington und die Aussicht auf Natalies unmittelbar bevorstehenden Tod lockerten ihm die Zunge. Er gestand ein, unter Saddam Hussein im irakischen Muchabarat gedient zu haben. Seine Hauptaufgabe habe darin bestanden, behauptete er, palästinensische Terroristengruppen materiell und logistisch zu unterstützen – vor allem solche, die das Existenzrecht des Staates Israel im Nahen Osten bestritten. Während der Zweiten Intifada war er für die Auszahlung großzügiger Abfindungen an die Familien palästinensischer Selbstmordattentäter zuständig gewesen. Mit dem Topterroristen Abu Nidal sei er eng befreundet gewesen, prahlte er. Tatsächlich habe Abu Nidal, der bösartigste Leugner des israelischen Existenzrechts, ihm den Decknamen Saladin gegeben.

Seine Arbeit brachte es mit sich, dass er zu einer Art Experte für den israelischen Geheimdienst wurde. Er entwickelte widerstrebend Bewunderung für den Dienst und den Meisterspion Ari Schamron, der ihn mit Unterbrechungen fast dreißig Jahre lang führte. Und er lernte auch, die Leistungen von Schamrons Schützling, des legendären Auftragsmörders und Geheimagenten Gabriel Allon, zu bewundern.

»Und so kannst du dir meine Überraschung vorstellen«, sagte er zu Natalie, »als ich ihn im Washingtoner Hotel Four Seasons gesehen und heute seinen Namen aus deinem Mund gehört habe.«

Nach seinen einleitenden Bemerkungen machte er sich daran, Natalie zu allen Aspekten des Unternehmens zu befragen: ihr Leben vor ihrem Eintritt in den Dienst, ihre Anwerbung, ihre Ausbildung, ihre Einschleusung in den Islamischen Staat. Weil Natalie wusste, dass sie enthauptet werden sollte, hatte sie keinen Grund zur Kooperation, außer dass ihr unvermeidlicher Tod sich dadurch um ein paar Minuten hinausschieben ließ. Das war jedoch Motiv genug, denn sie wusste, dass ihr Verschwinden nicht unbemerkt geblieben sein würde. Mit der Neugier eines Spions gab Saladin ihr Gelegenheit, etwas mehr Sand durchs Stundenglas laufen zu lassen. Er begann damit, dass er ihren wahren Namen verlangte. Sie weigerte sich mehrere kostbare Minuten lang, bis er wütend drohte, ihr mit dem Messer, mit dem er sie enthaupten würde, das Fleisch von den Knochen zu schneiden.

»Amit«, sagte sie schließlich. »Mein Name ist Amit.«

»Amit wer?«

»Meridor.«

»Woher bist du?«

»Jaffa.«

»Wie kommt's, dass du so gut Arabisch sprichst?«

»In Jaffa gibt es viele Araber.«

»Und dein Französisch?«

»Als Kind habe ich mehrere Jahre in Paris gelebt.«

»Weshalb?«

»Meine Eltern waren im diplomatischen Dienst.«

»Bist du Ärztin?«

»Eine sehr gute.«

»Wer hat dich angeworben?«

»Niemand. Ich habe mich selbst beim Dienst beworben.«

»Weshalb?«

»Ich wollte meinem Land dienen.«

»Ist dies dein erster Einsatz?«

»Nein, natürlich nicht.«

»Sind die Franzosen an diesem Unternehmen beteiligt?«

»Wir arbeiten nie mit anderen Diensten zusammen. Der Starke ist am mächtigsten allein.«

»Blau und Weiß?«, fragte Saladin, womit er einen Slogan des israelischen Militär- und Sicherheitsapparats zitierte.

»Ja«, sagte Natalie. Sie nickte langsam. »Blau und Weiß.«

Trotz der Dringlichkeit der Situation, in der sie sich befanden, bestand Saladin darauf, dass sie während ihres Verhörs züchtig verschleiert blieb. Weil es in dem Cottage natürlich keine Abaja gab, hatten sie Natalie mit einem Bettlaken verhüllt. Sie konnte sich vorstellen, wie sie ihnen erscheinen musste – eine leicht komisch wirkende Gestalt in Weiß –, aber diese Verhüllung bot auch Vorteile. Natalie konnte unbekümmert lügen, weil sie wusste, dass Saladin keine Täuschung in ihrem Blick entdecken konnte. Und es gelang ihr, innerliche Ruhe, sogar heitere Gelassenheit zu projizieren, während sie in Wirklichkeit nur an den Schmerz denken konnte, den sie bei ihrer Enthauptung empfinden würde. Weil sie nichts sehen konnte, wurde ihr Gehör umso empfindlicher. Sie konnte verfolgen, wie Saladin durch den Wohnraum hinkte, und wusste genau, wo die vier bewaffneten IS-Terroristen platziert waren. Und sie konnte hören, dass jetzt ein einmotoriges Flugzeug in großer Höhe über dem Nurdachhaus kreiste. Auch Saladin hörte es, das spürte sie. Er schwieg vorübergehend und setzte das Verhör erst fort, als das Flugzeug davongeflogen war.

»Wie konntest du dich so überzeugend in eine Palästinenserin verwandeln?«

»Das lernen wir auf einer speziellen Schule.«

»Wo?«

»Im Negev.«

»Sind außer dir noch andere Agenten des Diensts in den IS eingeschleust worden?«

»Ja, viele.«

»Ihre Namen?«

Sie nannte ihm sechs – vier Männer, zwei weitere Frauen. Welche Aufträge sie hatten, wusste sie angeblich nicht. Sie wusste nur, dass das Flugzeug zurückgekommen war und wieder hoch über dem kleinen Nurdachhaus kreiste. Das wusste bestimmt auch Saladin. Dann hatte er eine letzte Frage. *Weshalb?* fragte er. Warum hatte sie ihm in der Villa mit den vielen Zimmern und Innenhöfen außerhalb von Mossul das Leben gerettet?

»Ich wollte dein Vertrauen gewinnen«, antwortete sie wahrheitsgemäß.

»Das ist dir gelungen«, bestätigte er. »Und dann hast du's missbraucht. Und dafür wirst du heute Nacht sterben, Maimonides.«

In dem Raum, nicht jedoch am Nachthimmel über dem Cottage herrschte Stille. Unter ihrem Leichentuch hervor stellte Natalie ihrerseits eine letzte Frage. Woher hatte Saladin gewusst, dass sie nicht die Frau war, als die sie sich ausgegeben hatte? Er gab keine Antwort, denn er horchte auf das Brummen des über ihnen kreisenden Flugzeugs. Sie verfolgte das Tappen seines Stocks und das Scharren seines hinkenden Fußes quer durch den Raum zur Eingangstür des Cottages. Das war das Letzte, was sie von ihm hörte.

Draußen blieb er einige Augenblicke lang mit zum Himmel erhobenem Gesicht stehen. Die Nacht war mondlos, aber sternenklar und bis auf das gleichmäßige Brummen des Flugzeugs sehr still. Er brauchte einige Zeit, um die Maschine zu entdecken, die mit ausgeschalteten Positionsleuchten flog. Orten ließ sie sich nur durchs Motorengeräusch. Das Flugzeug kreiste in schätzungsweise zehntausend Fuß über dem kleinen Tal. Als es jetzt wieder den Nordrand erreichte, flog es nach Osten ab und verschwand in Richtung Washington. Dieses Flugzeug bedeutete nichts Gutes, das ahnte Saladin instinktiv. Seine Instinkte hatten ihn nur einmal im Stich gelassen. Sie hatten ihm suggeriert, er könne einer Frau namens Leila, einer begabten Ärztin, die sich als Palästinenserin ausgab, vertrauen, sie sogar lieben. Bald würde sie den Tod erhalten, den sie verdient hatte.

Sein Gesicht war noch immer den Sternen zugewandt. Ja, sie glänzten heute Nacht hell, aber nicht so hell wie die Sterne in der Wüste. Wollte er hoffen können, sie jemals wiederzusehen, musste er jetzt fahren. Bald würde es einen weiteren Krieg geben, der bei dem syrischen Dorf Dabiq mit einer Niederlage der Heere Roms enden würde. Diesen Krieg kann der US-Präsident nicht mehr vermeiden, sagte er sich. *Nach heute Nacht nicht mehr.*

Er stieg in den BMW, ließ den Motor an und gab im Navi sein Ziel ein. Die Stimme forderte ihn auf, zu einer Straße zu fahren, die im System gespeichert war. Das tat Saladin wie das Aufklärungsflugzeug, indem er der Fahrspur ohne Licht über den kleinen Hügelrücken und an der Pferdekoppel vorbei zur Hume Road folgte. Das Navi wies ihn an, links abzubiegen, um zur I-66 zu gelangen. Saladin, der sich lieber auf seine Instinkte verließ, bog stattdessen rechts ab. Wenig später schaltete er das Radio an. Er lächelte. Es ist nicht vorbei, dachte er. *Es fängt erst an.*

74

HUME, VIRGINIA

Die letzte Meldung der FBI-Cessna war mit der ersten identisch: sieben Personen in dem Cottage, drei Fahrzeuge davor geparkt. Eine der Personen war völlig stationär, eine weitere schien langsam auf und ab zu gehen. In dem kleinen Tal ließen sich keine Personen orten, nur die beiden Bären ungefähr fünfzig Meter nördlich des Cottages. Schon aus diesem Grund näherten Gabriel und Michail sich von Süden an.

Durchs Tal verlief ein unbefestigter Weg, kaum mehr als eine Fahrspur, der von der Hume Road zu dem Nurdachhaus führte. Aber sie marschierten im Gelände – Michail voraus, Gabriel dicht hinter ihm – und benutzten ihn nur zur Orientierung. Der Boden war feucht und von unzähligen Tiergängen unterminiert. Michail benutzte gelegentlich sein Smartphone, um das Gelände vor sich abzuleuchten, aber im Allgemeinen versuchten sie, ohne Licht auszukommen.

Nach der Pferdekoppel erreichten sie einen steilen kleinen Hügelrücken, der dicht mit Ahornen und Eichen bestanden war. Nasses Laub, das den Boden dicht bedeckte, ließ sie langsamer vorankommen. Von dem Hügelrücken aus war erstmals das Cottage zu sehen. Seit die FBI-Cessna weggeflogen war, hatte sich dort unten etwas verändert: einer der geparkten Wagen fehlte. Michail übernahm wieder die Spitze, Gabriel blieb dicht hinter ihm.

Nach Saladins abruptem Verschwinden begannen die Vorbereitungen für Natalies Hinrichtung. Das weiße Laken wurde ihr vom Kopf gezogen, die Hände wurden ihr hinter dem Rücken gefesselt. Dann kam es zu einem kurzen Streit zwischen den vier Terroristen darüber, wer die Ehre haben sollte, sie zu enthaupten. Erwartungsgemäß setzte sich der größte Mann durch. Sein Akzent verriet Natalie, dass er aus dem Jemen stammte. Irgendetwas an seinem Auftreten kam ihr vage bekannt vor. Dann fiel ihr plötzlich ein, dass der Jemenit zur selben Zeit wie sie im Ausbildungslager Palmyra gewesen war. Dort hatte er Haar und Bart lang getragen. Jetzt war er rasiert und frisch gekämmt. Hätte er keinen schwarzen Kampfanzug getragen, hätte er Verkäufer in einem Apple Store sein können.

Die vier Männer zogen sich Sturmhauben über die Köpfe, sodass nur noch ihre grausamen Augen zu sehen waren. Sie versuchten nicht erst, den uramerikanischen Hintergrund ihrer Videobotschaft zu verändern – sie schienen ihn sogar zu genießen. Natalie musste sich vor die Kamera knien, die von der Frau namens Megan bedient wurde. Das war eine richtige Kamera, nicht nur ein Handy, denn der IS ließ sich in Bezug auf die technische Qualität seiner Videos von niemandem übertreffen. Natalie sollte direkt ins Objektiv blicken, aber das verweigerte sie selbst dann noch, als der Jemenit sie wütend ins Gesicht schlug. Sie starrte unbeirrbar geradeaus, über die rechte Schulter der Frau ins Freie, und bemühte sich, an etwas anderes, an *irgendwas* anderes zu denken als den blanken Stahl des Jagdmessers in der rechten Hand des Jemeniten.

Während die drei anderen Terroristen sich rechts neben ihm aufbauten, stand er direkt hinter ihr und verlas eine vorbereitete Erklärung, erst auf Arabisch, dann in einer Sprache, die Natalie erst nach einigen Sekunden als gebrochenes Englisch erkannte. Aber das spielte keine Rolle; die PR-Abteilung des IS würde bestimmt Untertitel einfügen. Natalie bemühte sich, nicht zuzuhören und ihre Aufmerksamkeit stattdessen auf das Giebelfenster zu konzentrieren. Weil es draußen Nacht war, fungierte das Fensterglas als Spiegel. Sie konnte das Tableau ihrer Hinrichtung ungefähr aus der Kameraperspektive sehen: eine hilflos kniende gefesselte Frau, drei maskierte Männer mit Sturmgewehren vor der Brust, ein Jemenit mit einem Messer, der Unverständliches bellte. Aber durchs Fenster war noch etwas anderes zu sehen, das etwas undeutlicher als Natalie und ihre fünf Mörder war. Es war ein Gesicht, das sie sofort als Michails erkannte. Merkwürdig, dachte sie. Von allen Gesichtern, an die sie sich vor ihrem Tod hätte erinnern können, hätte sie seines am wenigsten erwartet.

Als der Jemenit jetzt zum Ende seiner Ausführungen gelangte, erhob er feierlich die Stimme. Natalie sah ein letztes Mal zu ihrem Spiegelbild im Fenster hinüber – und zu dem Gesicht des Mannes, den sie hätte lieben können. Siehst du nur zu? dachte sie. *Worauf wartest du?*

Natalie merkte, dass plötzlich Stille herrschte. Sie dauerte ein, zwei Sekunden, eine Stunde oder länger – das ließ sich unmöglich sagen. Dann stürzte der Jemenit sich wie ein Raubtier auf sie, sodass sie zur Seite fiel. Als seine Hand sie an der Kehle packte, versuchte sie, auf den heißen Schmerz des ersten Schnitts gefasst zu sein. Aber dann war ein scharfes Knacken zu hören, als habe er ihr das Genick gebrochen, und der Jemenit sackte neben ihr zusammen. Die anderen drei Dschihadisten kippten einer nach dem anderen wie Mannscheiben auf dem Schießstand weg. Die Frau starb als Letzte. Sie brach mit einem Kopfschuss zusammen, als habe sich unter ihr eine Falltür geöffnet. Die Kamera entglitt ihren Händen und polterte zu Boden. Glücklicherweise blieb das Objektiv nicht auf Natalies Gesicht gerichtet. Sie ist schön, dachte Gabriel, als er ihre Handfesseln durchschnitt. Selbst wenn sie schreit.

TEIL VIER

DER VERANTWORTLICHE

75

WASHINGTON – JERUSALEM

Die gegenseitigen Schuldzuweisungen begannen, noch bevor die Sonne wieder aufging. Eine Partei wies dem Präsidenten die Schuld für die Katastrophe zu, die über Amerika hereingebrochen war, die andere machte seinen Vorgänger dafür verantwortlich. Das war das Einzige, worauf Washington sich heutzutage gut verstand – Vorwürfe und Schuldzuweisungen. Einst hatte es eine Zeit gegeben, in den dunkelsten Tagen des Kalten Kriegs, in der Konsens und Standhaftigkeit die US-Außenpolitik geprägt hatten. Jetzt konnten die beiden Parteien sich nicht einmal darauf einigen, wen sie als Feind bezeichnen sollten – und erst recht nicht, wie er bekämpft werden sollte. So war es kein Wunder, dass ein Angriff auf die Hauptstadt nur einen weiteren Anlass für Parteiengezänk lieferte.

Unterdessen wurden im National Counterterrorism Center, im Lincoln Memorial, im John F. Kennedy Center for the Performing Arts, am Harbor Place, in vielen Restaurants in der M Street und im Café Milano die Toten gezählt. Hundertsechzehn im NCTC und beim Director of National Intelligence, achtundzwanzig im Lincoln Memorial, dreihundertzwölf im Kennedy Center, hundertsiebenundvierzig am Harbor Place, zweiundsechzig entlang der M Street und neunundvierzig im Café Milano. Zu den Toten in dem Nobelrestaurant in Georgetown gehörten die IS-Attentäter. Alle vier waren erschossen worden. Aber unmittelbar nach dem Anschlag herrschte Verwirrung darüber, *wer* eigentlich geschossen hatte. Die Metropolitan Police sagte, das sei das FBI gewesen. Das FBI sagte, das sei die Metropolitan Police gewesen.

Der Selbstmordanschlag wurde einer Frau zugeordnet, Ende zwanzig, blond. Schon bald stand fest, dass sie mit einem französischen Pass von Paris nach New York geflogen war und eine Nacht im Hotel Key Bridge Marriott in Arlington verbracht hatte – im Zimmer einer Dr. Leila Hadawi, ebenfalls Französin. Daraufhin musste die französische Regierung eingestehen, dass die Selbstmordattentäterin, deren Pass auf den Namen Asma Doumaz lautete, in Wirklichkeit Safia Bourihane gewesen war, die den Anschlag auf das Weinberg Center in Paris verübt hatte. Aber wie hatte die gesuchteste Frau der Welt, eine dschihadistische Ikone, nach Frankreich zurückkehren, einen internationalen Flug buchen und in die Vereinigten Staaten einreisen können? Auf dem Capitol Hill forderten Abgeordnete beider Parteien den Rücktritt des Ministers für Heimatschutz sowie des Direktors für Zoll und Grenzschutz. Vorwürfe und Schuldzuweisungen: Washingtons liebster Zeitvertreib.

Aber wer war Dr. Leila Hadawi? Die französische Regierung behauptete, sie sei eine Französin palästinensischer Abstammung, die in einer staatlichen Klinik arbeite. Recherchen ergaben, dass sie den August in Griechenland verbracht hatte, aber die französischen Sicherheitsbehörden vermuteten jetzt, sie sei heimlich zur Ausbildung nach Syrien gereist. Seltsamerweise schien der Islamische Staat sie nicht zu kennen. Tatsächlich wurde ihr Name in keinem der Siegesvideos oder den Postings in sozialen Medien genannt, mit denen das Internet tagelang geflutet wurde. Ihr gegenwärtiger Aufenthaltsort war unbekannt.

Medien auf beiden Seiten des Atlantiks begannen von der »French Connection« zu sprechen und meinten damit den Zusammenhang zwischen den Anschlägen in Washington und Bürgern des ältesten amerikanischen Alliierten. Eine weitere »Connection« enthüllte *Le Monde*, als die Zeitung meldete, bei dem Bombenanschlag auf das National Counterterrorism Center sei DGSI-Abteilungsleiter Paul Rousseau, der Held des Geheimfeldzugs gegen die Action Directe, verletzt worden. Aber was hatte Rousseau dort gemacht? Die DGSI behauptete, er habe im Zusammenhang mit dem Staatsbesuch des französischen Präsidenten an routinemäßigen Sicherheitsmaßnahmen mitgewirkt. *Le Monde* widersprach jedoch höflich und wies darauf hin, Rousseau leite die Alphagruppe, eine ultrageheime Organisation zur Terroristenbekämpfung mit allen erlaubten und unerlaubten Mitteln. Der Innenminister bestritt die Existenz einer Alphagruppe ebenso wie der DGSI-Direktor. Niemand in Frankreich glaubte ihnen.

Allerdings interessierte das kaum jemanden, zumindest nicht in Amerika, wo jetzt alles nach Blutrache rief. Der Präsident ordnete sofort massive Luftangriffe auf alle bekannten IS-Ziele in Syrien, dem Irak und Libyen an, nicht ohne der islamischen Welt ausdrücklich zu versichern, Amerika befinde sich nicht im Krieg gegen sie. Die amerikanische Reaktion, sagte der Präsident, werde sich auf Luftangriffe und Kommandounternehmen beschränken, um hohe IS-Führer wie den noch immer nicht identifizierten Mann, der die Anschläge in Washington geplant und befehligt hatte, zu liquidieren oder gefangen zu nehmen. Die Kritiker des Präsidenten waren empört. Das war auch der Islamische Staat, der sich nichts sehnlicher wünschte als eine letzte Entscheidungsschlacht gegen die Heere Roms, die bei dem syrischen Dorf Dabiq geschlagen werden sollte. Aber der Präsident weigerte sich, dem IS diesen Wunsch zu erfüllen. Da er gewählt worden war, um die endlosen Kriege im Nahen Osten zu beenden, durfte er jetzt keinen neuen anfangen. Dieses Mal würde Amerika nicht überreagieren. Es würde den Angriff auf Washington überleben, sagte er, und gestärkt daraus hervorgehen.

Zu den ersten Angriffszielen der U.S. Air Force gehörten ein Apartmentgebäude in der Nähe des Al-Raschid-Parks in Rakka, der inoffiziellen Hauptstadt des Kalifats, und eine große Villa mit vielen Zimmern und Innenhöfen westlich von Mossul. In der Heimat konzentrierten die US-Medien sich jedoch auf ein ganz andersartiges Haus: ein bescheidenes Nurdachhaus in der Nähe der Kleinstadt Hume, Virginia. Gemietet hatte das Cottage eine in Northern Virginia eingetragene Scheinfirma eines Ägypters namens Qassam el-Banna. Eben dieser Qassam el-Banna war in dem kleinen Teich auf dem Grundstück entdeckt worden: in seinem kleinen Kia sitzend, mit vier Schüssen aus nächster Nähe ermordet. In dem Cottage wurden weitere fünf Leichen aufgefunden: vier IS-Kämpfer in schwarzen Kampfanzügen und eine Frau, die später als Megan Taylor identifiziert wurde – zum Islam konvertiert, aus Valparaiso, Indiana, stammend. Das FBI konstatierte, alle fünf seien mit zwei AR-15 erschossen worden, die schon bei dem Anschlag aufs Café Milano im Einsatz gewesen seien. Aber *wer* genau hatte damit geschossen? Der FBI-Direktor behauptete, das nicht zu wissen. Niemand glaubte ihm.

Bald nach den Leichenfunden im ländlichen Virginia wurde Amina el-Banna, die Frau des Mannes im Teich, vom FBI verhaftet und vernommen. An diesem Punkt nahm die Story eine interessante Wendung. Unmittelbar nach ihrer Entlassung nahm Mrs. el-Banna sich einen Anwalt aus einer Bürgerrechtsorganisation mit gut dokumentierten Verbindungen zur Muslimbruderschaft. Wenig später folgte eine Pressekonferenz im Vorgarten der kleinen Doppelhaushälfte der el-Bannas am Eighth Place in Arlington. Mrs. el-Banna, die Arabisch sprach, wobei ihr Anwalt als Dolmetscher fungierte, betonte nachdrücklich, ihr Mann sei kein IS-Angehöriger gewesen und habe absolut nichts mit dem Angriff auf Washington zu tun gehabt. Außerdem behauptete sie, in der bewussten Nacht seien zwei Männer in ihr Haus eingedrungen und hätten sie brutal verhört. Einen der beiden beschrieb sie als groß und schlaksig. Der andere war mittelgroß, von mittlerer Statur, mit grauen Schläfen und auffallend grünen Augen. Beide waren eindeutig Israelis gewesen. Mrs. el-Banna behauptete, sie hätten mit der Drohung, ihren Sohn – dass er Mohamed Atta hieß, erwähnte sie nicht – und sie zu ermorden, die Passwörter für die Computer ihres Mannes erpresst. Sie hätten die Inhalte heruntergeladen und seien dann rasch verschwunden. Nein, gab sie zu, sie habe den Überfall nicht angezeigt. Als Muslimin habe sie Angst gehabt, behauptete sie.

Mrs. el-Bannas Schilderung wäre vielleicht ignoriert worden, wenn nicht die Personenbeschreibung eines der Eindringlinge gewesen wäre – des mittelgroßen Mannes von mittlerer Statur, mit grauen Schläfen und auffallend grünen Augen. Ehemalige Geheimdienstler erkannten ihn als den prominenten israelischen Geheimagenten Gabriel Allon, und einige sagten das sogar im Fernsehen. Sie unterstrichen jedoch auch, Allon könne nicht in Mrs. el-Bannas Haus gewesen sein, weil er vor fast einem Jahr bei einem Bombenanschlag in der Londoner Brompton Road umgekommen sei. Oder etwa nicht? Der israelische Botschafter in Washington stiftete unabsichtlich noch mehr Verwirrung, als er sich weigerte, kategorisch und eindeutig zu erklären, Gabriel Allon weile nicht mehr unter den Lebenden. »Was wollen Sie von mir hören?«, knurrte er in einem Interview. »Dass er *weiterhin* tot ist?« Unter Hinweis auf die lange geübte israelische Praxis, Geheimdienstdinge nicht zu kommentieren, bat der Botschafter den Interviewer, das Thema zu wechseln. Und so begann die allmähliche Wiederauferstehung einer Legende.

Die Medien brachten sofort Berichte – alle unbestätigt und aus zweifelhaften Quellen –, wo er überall in Washington gesichtet worden sein sollte. Er habe ein stattliches Klinkerhaus in der N Street mehrmals betreten und verlassen, behauptete ein Nachbar. Er habe in einer Patisserie in der Wisconsin Avenue Kaffee getrunken, berichtete eine Frau, die am Nebentisch gesessen hatte. Er hatte sogar im Four Seasons in der M Street zu Abend gegessen, als ob der große Gabriel Allon, dem so viele Feinde nach dem Leben trachteten, jemals in der Öffentlichkeit essen könnte. Berichtet wurde auch, er sei zum Zeitpunkt des Angriffs wie Paul Rousseau im National Counterterrorism Center gewesen. Der sonst nicht auf den Mund gefallene israelische Botschafter ließ sich am Telefon verleugnen und beantwortete keine Mails mehr. Das tat auch seine Sprecherin. Niemand machte sich die Mühe, das NCTC um einen Kommentar zu bitten. Sein Pressesprecher war wie der Direktor bei dem Bombenanschlag umgekommen, sodass es praktisch kein NCTC mehr gab.

Damit hätte die Angelegenheit im Sande verlaufen können, wäre nicht eine einfallsreiche Journalistin der *Washington Post* gewesen. Vor vielen Jahren, nicht lange nach dem 11. September, hatte sie die Existenz zahlreicher CIA-Geheimgefängnisse enthüllt, in denen al-Qaida-Terroristen brutal verhört wurden. Nun versuchte sie, Antworten auf die vielen unbeantworteten Fragen im Zusammenhang mit dem Angriff auf Washington zu finden. Wer war Dr. Leila Hadawi? Wer hatte die vier Terroristen im Café Milano und das Quintett in dem Cottage bei Hume erschossen? Und wieso war ein Toter, eine legendäre Gestalt, im NCTC gewesen, als es durch eine riesige Autobombe zerstört worden war?

Die *Washington Post* veröffentlichte ihre Story auf den Tag genau eine Woche nach dem Angriff. Darin hieß es, die als

Dr. Leila Hadawi bekannte Frau sei in die Organisation eines mysteriösen IS-Terrorplaners namens Saladin eingeschleust worden. Saladin sei während des Angriffs in Washington gewesen, habe aber flüchten können. Inzwischen befinde er sich vermutlich wieder im Kalifat und halte sich vor Luftangriffen der Koalition versteckt. Gabriel Allon, schrieb sie, sei quicklebendig – und halte sich ebenfalls versteckt. Als der israelische Ministerpräsident darauf angesprochen wurde, konnte er nur gequält lächeln. Dann fügte er geheimnisvoll an, er werde sich bald zu diesem Thema äußern. Schon *sehr* bald.

In dem alten Jerusalemer Stadtviertel Nachlaot hatte es seit Längerem Zweifel an den Umständen von Allons Tod gegeben, vor allem in der ruhigen Narkis Street, in der er bekanntlich in einem Apartmentgebäude aus Kalkstein mit einem riesigen Eukalyptus davor wohnte. An dem Abend, an dem die Story auf der Webseite der *Post* erschien, aß er mit seiner Familie im Focaccia in der Rabbi Akiva Street – zumindest behauptete das ein Paar, das am Nebentisch gesessen hatte. Allon, sagten die beiden, habe die Hühnerleber mit Kartoffelbrei bestellt, während seine Frau, eine gebürtige Italienerin, sich für Pasta entschieden habe. Die Kinder, die in wenigen Wochen ihren ersten Geburtstag feiern würden, seien mustergültig brav gewesen. Vater und Mutter hatten recht entspannt gewirkt, aber ihre Personenschützer waren sichtlich nervös gewesen. Das war die ganze Stadt. Erst an diesem Nachmittag waren am Damaskustor drei Juden erstochen worden. Der Täter, ein junger Palästinenser aus Ostjerusalem, war von Polizeibeamten niedergeschossen worden und trotz einer Notoperation im Traumazentrum des Hadassah Medical Center gestorben.

Am folgenden Nachmittag wurde Allon in einem Café an

der Mamilla Mall beim Lunch mit einem alten Freund, dem bekannten biblischen Archäologen Eli Lavon, gesehen, und um sechzehn Uhr stand er auf dem Ben Gurion Airport auf dem Vorfeld, als die Air-France-Maschine aus Paris landete. Schriftstücke wurden unterzeichnet, und eine große flache Holzkiste wurde behutsam in sein gepanzertes SUV geladen. Die Kiste enthielt sein volles Honorar für einen unerledigten Auftrag: *Marguerite Gachet an ihrem Toilettentisch*, Öl auf Leinwand, von Vincent van Gogh. Nach rasender Fahrt den Bab al-Wad hinauf stand das Gemälde eine Stunde später im Israel Museum auf einer Staffelei im Konservierungslabor. Gabriel hatte sich mit leicht schief gelegtem Kopf und einer Hand am Kinn davor aufgebaut. Ephraim Cohen stand neben ihm. Lange Zeit sprach keiner der beiden.

»Pass auf«, sagte Cohen zuletzt, »du kannst dir die Sache noch immer überlegen.«

»Wieso sollte ich das tun wollen?«

»Weil sie wollte, dass *du* das Gemälde bekommst.« Nach kurzer Pause fügte Cohen hinzu: »Und weil es über hundert Millionen Dollar wert ist.«

»Gib mir die Papiere, Ephraim.«

Sie lagen in einer eleganten Ledermappe mit dem eingeprägten Museumslogo. Die Vereinbarung war kurz und knapp. Gabriel Allon verzichtete auf sämtliche Ansprüche auf den van Gogh, der damit dem Israel-Museum gehörte. Allerdings gab es eine unumstößliche Bedingung: Das Gemälde durfte nicht verkauft oder anderswo gezeigt werden. Solange es ein Israel Museum gab – solange ein Israel existierte –, würde *Marguerite Gachet an ihrem Toilettentisch* dort hängen.

Gabriel kritzelte seine kaum lesbare Unterschrift unter die Vereinbarung und betrachtete dann wieder das Gemälde. Zuletzt streckte er eine Hand aus und fuhr mit dem Zeigefinger leicht über Marguerites Gesicht. Sie brauchte keine weitere Restaurierung; sie war bereit für ihre Coming-out-Party. Er wünschte sich nur, das könnte er auch von Natalie sagen. Natalie brauchte noch einiges an Restaurierung. Natalie war *work in progress.*

76

NAHALAL, ISRAEL

Sie wurde an den Ort zurückgebracht, an dem alles angefangen hatte: in das Farmhaus in dem alten Moschaw Nahalal. Ihr Zimmer sah aus, als habe sie's nie verlassen – bis auf den Band mit Gedichten von Mahmud Darwisch, der verschwunden war. Abgehängt waren auch die Großfotos, die das Elend der Palästinenser zeigten. Im Wohnzimmer hingen jetzt Gemälde an den Wänden.

»Deine?«, fragte sie am Abend nach ihrer Ankunft.

»Manche«, antwortete Gabriel.

»Welche?«

»Die unsignierten.«

»Und die anderen?«

»Von meiner Mutter.«

Ihr Blick glitt über die Gemälde hinweg. »Sie hat dich offenbar stark beeinflusst.«

»Tatsächlich haben wir uns gegenseitig beeinflusst.«

»Du warst ehrgeizig?«

»Sehr.«

Sie trat an die Terrassentür und sah übers dunkle Tal hinweg zu den Lichtern des arabischen Dorfs auf dem kleinen Hügel hinüber.

»Wie lange kann ich hierbleiben?«

»So lange du möchtest.«

»Und dann?«

»Das«, sagte Gabriel, »hängt ganz von dir ab.«

Sie war die einzige Bewohnerin des Farmhauses, aber sie war nie wirklich allein. Eine Gruppe Personenschützer wachte Tag und Nacht über sie – ebenso wie die Kameras und Mikrofone, die ihre grausigen Albträume aufzeichneten. Saladin erschien ihr oft im Traum. Manchmal war er der hilflose Verwundete, zu dem sie in der Villa außerhalb von Mossul gebracht worden war. Und manchmal war er der kräftige, elegant gekleidete Mann, der sie eiskalt dazu verurteilt hatte, in dem Cottage nahe dem Shenandoah River zu sterben. Auch Safia erschien Natalie in ihren Träumen. Sie trug nie einen Hidschab, auch keine Abaja, sondern stets die graue Jacke mit den fünf Knöpfen, mit der sie in den Tod gegangen war, und ihr Haar war immer blond. Sie war Safia, wie sie hätte sein können, wenn sie nicht dem radikalen Islam verfallen wäre. Sie war Safia, die leichtgläubige junge Frau.

Das alles berichtete Natalie dem Team aus Ärzten und Psychotherapeuten, von dem sie alle paar Tage untersucht wurde. Sie verschrieben ihr Schlaftabletten, die sie sich zu nehmen weigerte, und ein Anxiolytikum, das sie antriebslos und benommen machte. Um ihre Genesung zu beschleunigen, zwang sie sich dazu, endlos durchs Tal zu joggen. Wie zuvor bedeckte sie ihre Arme und Beine, aber nicht aus Sittsamkeit, sondern weil der Spätherbst empfindlich kalt war. Das Wachpersonal behielt sie ebenso ständig im Auge wie die übrigen Einwohner von Nahalal. Dort lebte eine verschworene Gemeinschaft mit vielen Veteranen aus den Streitkräften und den Sicherheitsdiensten, die sich für sie verantwortlich fühlten. Sie gelangten zu dem Schluss, Natalie sei die junge Frau, von der die Medien berichtet hatten. Die in die grausamste Terrororganisation der Welt eingeschleust worden war. Die freiwillig ins Kalifat gegangen war und überlebt hatte, um davon erzählen zu können.

Die Ärzte waren nicht ihre einzigen Besucher. Ihre Eltern kamen oft, blieben manchmal über Nacht, und immer am frühen Nachmittag kam sie mit ihren alten Ausbildern zusammen. Die hatten jetzt den Auftrag, ihre Konditionierung rückgängig zu machen, Natalies System von palästinensischer Feindseligkeit und islamischem Eifer zu reinigen und sie wieder in eine Israelin zu verwandeln. »Aber nicht *zu* sehr«, warnte Gabriel die Ausbilder. Er hatte viel Zeit und Mühe darauf verwandt, Natalie in eine Feindin zu verwandeln. Jetzt wollte er sie nicht wegen ein paar Schreckensminuten in einem Cottage in Virginia verlieren.

Besuch erhielt sie auch von Dina. In sechs unbestimmbar langen Sitzungen, die aufgezeichnet wurden, schilderte Natalie ihre Erlebnisse weit detaillierter als zuvor – ihre Zeit in Rakka und im Ausbildungslager Palmyra, ihr erstes Verhör durch Abu Ahmed al-Tikriti, die vielen Stunden, die sie mit dem ehemaligen irakischen Geheimdienstler, der sich jetzt Saladin nannte, allein zugebracht hatte. All dieses Material würde Eingang in Dinas Datenbank finden, denn sie bereitete sich schon auf die nächste Runde vor. Saladin sei keineswegs erledigt, hatte sie den Dienst gewarnt. Womöglich werde er bald nach Jerusalem greifen.

Nach der letzten Sitzung, nachdem Dina ihren Laptop heruntergefahren und ihre Notizen eingepackt hatte, saßen die beiden Frauen lange schweigend beisammen, während die Nacht übers Tal herabsank.

»Ich muss mich bei dir entschuldigen«, sagte Dina schließlich.

»Wofür?«

»Dass ich dich dazu überredet habe. Das hätte ich nicht tun sollen. Es war falsch.«

»Wenn nicht ich«, sagte Natalie, »wer sonst?«

»Irgendjemand.«

»Hättest du's getan?«

»Nein«, antwortete Dina, was ihr Ehre machte. »Ich hätte nicht den Mut gehabt. Letztlich hat die Mühe sich nicht gelohnt. Er hat uns geschlagen.«

»Diesmal«, sagte Natalie.

Ja, dachte Dina. *Diesmal …*

Michail wartete fast eine Woche, bevor er erstmals auf der Farm erschien. Die Verzögerung war nicht seine Idee gewesen; die Ärzte fürchteten, seine Anwesenheit könnte Natalies schwierige Genesung noch mehr verkomplizieren. Sein erster Besuch war kurz, kaum länger als eine Stunde, und ganz und gar professionell – bis auf ein vertrautes Gespräch im mondbeschienenen Garten, das den scharfen Ohren der Mikrofone entging.

Am Abend darauf sahen sie sich einen Film an – französisch, hebräische Untertitel –, und am folgenden Abend fuhren sie mit Uzi Navots Erlaubnis auf eine Pizza nach Caesarea. Bei einem anschließenden Spaziergang durch die römischen Ruinen erzählte Michail Natalie von den schlimmsten Minuten seines Lebens. Ereignet hatten sie sich in seiner Heimat, in einer weit östlich von Moskau gelegenen Datscha. Eine Geiselrettung war schiefgegangen, und er und zwei weitere Agenten waren kurz davor, liquidiert zu werden. Aber ein weiterer Mann hatte sich für sie aufgeopfert, sodass sie alle drei überlebt hatten. Die beteiligte Agentin war vor nicht allzu langer Zeit Mutter von Zwillingen geworden. Und der andere Agent, sagte er bedeutungsschwer, werde bald Direktor des Diensts werden.

»Gabriel?«

Er nickte langsam.

»Und die Frau?«

»Seine Ehefrau Chiara.«

»Großer Gott!« Sie gingen eine Zeit lang schweigend weiter. »Und die Moral dieser Gruselgeschichte?«

»Es gibt keine«, antwortete Michail. »Das ist nur, was wir tun. Und was wir zu vergessen versuchen.«

»Hast du's geschafft, es zu vergessen?«

»Nein.«

»Wie oft denkst du daran?«

»Jede Nacht.«

»Wahrscheinlich hast du doch recht«, meinte Natalie nach kurzer Pause.

»In welchem Punkt?«

»Ich bin dir ähnlicher, als ich dachte.«

»Das stimmt wohl.«

Sie ergriff seine Hand. »Wann?«, flüsterte sie ihm ins Ohr.

»Das«, sagte Michail lächelnd, »hängt ganz von dir ab.«

Als Natalie am folgenden Nachmittag vom Joggen zurückkam, erwartete Gabriel sie im Wohnzimmer des Farmhauses sitzend. Zu einem grauen Anzug trug er ein weißes Oberhemd ohne Krawatte und wirkte damit sehr professionell. Auf dem Couchtisch vor ihm lagen drei Ordner. Der erste, sagte er, enthalte den Abschlussbericht von Natalies Ärzten.

»Was steht darin?«

»Darin steht«, antwortete Gabriel ruhig, »dass du an einer posttraumatischen Belastungsstörung leidest, was angesichts deiner Erlebnisse in Syrien und den USA durchaus verständlich ist.«

»Und meine Prognose?«

»Oh, ziemlich gut. Bei geeigneter Medikation und Behandlung müsstest du wieder ganz genesen. Tatsächlich«, fügte Gabriel hinzu, »sind wir alle der Meinung, dass du Nahalal jederzeit verlassen kannst.«

»Und die beiden anderen Ordner?«

»Eine Wahlmöglichkeit«, sagte er ausweichend.

»Welche Wahl habe ich?«

»Sie betrifft deine Zukunft.«

Sie deutete auf einen der Ordner. »Was ist da drin?«

»Eine Aufhebungserklärung.«

»Und in dem anderen?«

»Das genaue Gegenteil.«

Danach herrschte Schweigen zwischen ihnen, bis Gabriel wieder das Wort ergriff.

»Ich vermute, dass du die Gerüchte über meine bevorstehende Beförderung kennst.«

»Ich dachte, du seist tot.«

»Die Meldungen über mein Ableben waren offenbar stark übertrieben.«

»Über meines auch.«

Er lächelte herzlich. Dann wurde seine Miene wieder ernst. »Manche Direktoren haben das Glück, in relativ ruhigen Zeiten im Amt zu sein. Sie sitzen ihre Zeit ab, sie heimsen ihr Lob ein, und dann gehen sie in die Welt hinaus, um Geld zu verdienen. Bei mir sieht das bestimmt anders aus. Für den Nahen Osten und Israel dürften die kommenden Jahre turbulent werden. Der Dienst wird mithelfen müssen, unsere Existenz in diesem Land zu etablieren.« Er sah übers Tal seiner Jugend hinaus. »Ich wäre pflichtvergessen, wenn ich ein großes Talent wie dich einfach laufen ließe.«

Natalie dachte angelegentlich nach.

»Worum geht's?«, fragte er. »Mehr Geld?«

»Nein«, antwortete sie kopfschüttelnd. »Ich frage mich, wie der Dienst zu Beziehungen zwischen Kollegen steht.«

»Offiziell sind wir dagegen.«

»Und inoffiziell?«

»Wir sind Juden, Natalie. Wir sind geborene Ehestifter.«

»Wir gut kennst du Michail?«

»Ich kenne ihn auf eine Weise, die nur du verstehen könntest.«

»Er hat mir von Russland erzählt.«

»Wirklich?« Gabriel runzelte die Stirn. »Das war leichtsinnig von ihm.«

»Er hat's für eine gute Sache getan.«

»Welche gute Sache?«

Natalie griff nach dem dritten Ordner, den mit dem Arbeitsvertrag.

»Hast du einen Stift für mich«, fragte sie.

77

PETACH TIKWA

Das Ende war nahe, das konnte jeder sehen. Am Donnerstag wurde Uzi Navot dabei beobachtet, wie er mehrere Umzugskartons aus seiner Bürosuite schleppte. Einer davon enthielt das Abschiedsgeschenk des Stationschefs in Wien: ein lebenslanger Vorrat seiner geliebten Butterkekse. Am folgenden Morgen tat er bei der Stabsbesprechung um 9.30 Uhr so, als sei eine schwere Last von seinen breiten Schultern genommen worden. Und bevor er in diesem Nachmittag ins Wochenende ging, machte er am King Saul Boulevard einen langsamen Rundgang vom obersten Stock bis zu den Kellerräumen der Registratur, bei dem er Hände schüttelte, auf Schultern klopfte und ein paar feuchte Wangen küsste. Seltsamerweise mied er das bedrohlich dunkle Reich der Personalabteilung, in der schon viele Karrieren unrühmlich geendet hatten.

Den Samstag verbrachte Navot in seinem Haus in der Stadt Petach Tikwa wenige Kilometer östlich von Tel Aviv. Das wusste Gabriel, weil der RAMSAD – so das offizielle Akronym für den Direktor des Diensts – wie er selbst auf Schritt und Tritt von der Operationsabteilung überwacht wurde. Er hatte sich dafür entschieden, unangemeldet aufzukreuzen, um das Überraschungsmoment auf seiner Seite zu haben. Jetzt stieg er bei strömendem Regen hinten aus seinem gepanzerten SUV und drückte den Klingelknopf der Sprechanlage am Gartentor. Zwanzig lange nasse Sekunden vergingen, bevor eine Stimme sich meldete. Leider gehörte sie Bella.

»Was willst du?«

»Ich muss mit Uzi reden.«

»Hast du noch nicht genug angestellt?«

»Bitte, Bella, diese Sache ist wichtig.«

»Das ist sie immer.«

Wieder eine längere Pause, bevor die Schlösser endlich mit ungastlichem Klicken aufsprangen. Gabriel öffnete das Tor und hastete durch den Vorgarten zur Haustür, an der Bella ihn erwartete. Sie trug einen weich fließenden Hosenanzug aus bestickter Seide und dazu goldene Sandalen. Ihre Frisur saß, als komme sie gerade vom Friseur, und ihr Make-up war diskret, aber wie immer perfekt. Sie sah aus, als habe sie Gäste. So sah sie immer aus. Äußerlichkeiten waren Bella immer wichtig gewesen, deshalb hatte Gabriel nie verstanden, warum sie einen Mann wie Uzi Navot geheiratet hatte. Vielleicht, dachte er, hat sie's aus Grausamkeit getan. Bella war ihm schon immer wie jemand vorgekommen, der Spaß daran hat, Fliegen die Flügel auszureißen.

Sie schüttelte Gabriel kalt die Hand. Ihre Fingernägel waren blutrot.

»Gut siehst du aus, Bella.«

»Du auch. Aber das war wohl zu erwarten.«

Sie wies ins Wohnzimmer, in dem Navot dabei war, die letzte Ausgabe der Zeitschrift *Economist* durchzuarbeiten. Der große Raum, ein Vorzeigeobjekt für zeitgenössisches japanisches Design, hatte wandhohe Fenster, die auf einen durchgestylten Garten mit Wasserspielen hinausführten. Navot sah wie einer der Handwerker aus, die Bella während der langen Renovierung so terrorisiert hatte. Er war unrasiert und trug zu verknitterten Chinos einen ausgeleierten Baumwollpullover. Seine strubbelige Erscheinung überraschte Gabriel, denn in Bezug auf Kleidung und Erscheinung hatte Bella bisher auch an Wochenenden keine Nachlässigkeit geduldet.

»Möchtest du etwas trinken?«, fragte sie.

»Schierling«, antwortete Gabriel.

Bella zog sich stirnrunzelnd zurück. Gabriel sah sich in dem großen Raum um. Er war dreimal größer als das Wohnzimmer seines kleinen Apartments in der Narkis Street. Vielleicht, dachte er, wird's Zeit, dass wir uns etwas vergrößern. Er setzte sich Navot gegenüber, der jetzt auf den ohne Ton laufenden Fernseher starrte. Am frühen Morgen hatten die Amerikaner einen Drohnenangriff auf ein Haus im West-Irak geflogen, in dem sie Saladin vermuteten. Es hatte zweiundzwanzig Tote gegeben, darunter mehrere Kinder.

»Glaubst du, dass sie ihn erwischt haben?«, fragte Navot.

»Nein«, antwortete Gabriel, als im Fernsehen ein Toter aus den Trümmern geborgen wurde. »Das glaube ich nicht.«

»Ich auch nicht.« Navot schaltete den Fernseher aus. »Wie ich höre, hast du's geschafft, Natalie dazu zu überreden, in den Dienst einzutreten.«

»Nach guter Vorarbeit durch Michail.«

»Zwischen den beiden hat's gefunkt, was?«

Gabriel zuckte unverbindlich mit den Schultern »Im richtigen Leben ist Liebe schwieriger als in der geheimen Welt.«

»Was du nicht sagst«, murmelte Navot. Er nahm sich ein kalorienarmes Reisplätzchen aus der Schale auf dem Couchtisch. »Habe ich richtig gehört, dass Eli Lavon zurückkommt?«

»Ja, das stimmt.«

»Als was?«

»Auf dem Papier soll er für die Überwacher zuständig sein. Tatsächlich werde ich ihn einsetzen, wie ich's für richtig halte.«

»Wer bekommt die Operationsabteilung?«

»Jaakov.«

»Gute Wahl«, sagte Navot, »aber Michail wird enttäuscht sein.«

»Michail ist noch nicht so weit. Jaakov schon.«

»Was ist mit Jossi?«

»Leitet die Abteilung Recherche. Dina wird seine Nummer zwei.«

»Und Rimona?«

»Stellvertretende Direktorin für Planung.«

»Ein sauberer Schnitt. Aber das ist vermutlich das Beste.« Navot starrte ausdruckslos den dunklen Bildschirm an.

»Als ich neulich im Amt des Ministerpräsidenten war, habe ich ein Gerücht über dich gehört«, sagte Gabriel.

»Ach, wirklich?«

»Die Leute sagen, dass du zu einem Rüstungsunternehmen nach Kalifornien gehst. Angeblich für ein Jahresgehalt von einer Million Dollar – plus Boni, versteht sich.«

»Auf der Suche nach der Wahrheit«, meinte Navot philosophisch, »sollte man sich im Amt des Ministerpräsidenten zuletzt umsehen.«

»Meine Quelle behauptet, Bella habe bereits ein Haus gefunden.«

Navot nahm sich drei Reisplätzchen auf einmal. »Und wenn's wahr wäre? Welchen Unterschied würde das machen?«

»Ich brauche dich, Uzi. Ohne dich komme ich nicht zurecht.«

»Als was würdest du mich bezeichnen? Was würde ich wirklich *tun*?«

»Du würdest den Laden führen und dich um die Politik kümmern, während ich die Einsätze leite.«

»Als Manager?«

»Du kannst viel besser mit Leuten umgehen als ich, Uzi.«

»Das«, sagte Navot, »ist die Untertreibung des Jahres.«

Gabriel sah nach draußen. Regen und Wind zerzausten Bellas Garten.

»Wie kannst du ausgerechnet jetzt nach Kalifornien gehen? Wie kannst du Israel verlassen?«

»Das sagt der Richtige! Du hast jahrelang im Ausland gelebt und als Restaurator bestimmt eine Menge Geld verdient. Jetzt bin ich mal dran. Außerdem«, fügte Navot hinzu, »brauchst du mich nicht.«

»Ich mache dir dieses Angebot nicht aus der Güte meines Herzens. Meine Motive sind rein selbstsüchtig.« Gabriel senkte die Stimme, als er fortfuhr: »Du bist wie ein Bruder für mich, Uzi. Du und Eli Lavon. Was vor mir liegt, wird schwierig, und ich brauche euch beide an meiner Seite.«

»Du schreckst wirklich vor nichts zurück, um dein Ziel zu erreichen, was?«

»Ich habe beim Besten gelernt, Uzi. Du natürlich auch.«

»Sorry, Gabriel, aber du kommst zu spät. Ich habe den Job schon angenommen.«

»Sag ihnen, dass du dir die Sache anders überlegt hast. Sag ihnen, dass dein Land dich braucht.«

Navot knabberte nachdenklich an seinen Reisplätzchen, aß eines nach dem anderen. Ein ermutigendes Zeichen, fand Gabriel.

»Hat der Ministerpräsident zugestimmt?«

»Er hatte praktisch keine Wahl.«

»Welches Büro bekomme ich?«

»Das gegenüber meinem.«

»Sekretärin?«

»Wir teilen uns Orit.«

»Sobald du versuchst, mich irgendwo rauszuhalten«, warnte Navot ihn, »bin ich weg. Ich darf jederzeit und überall mit dir reden.«

»Du wirst mich schnell genug satthaben.«

»Das glaube ich dir sofort.«

Die Reisplätzchen waren aufgegessen. Navot atmete geräuschvoll aus.

»Was hast du, Uzi?«

»Ich frage mich bloß, wie ich Bella beibringen soll, dass ich auf einen Millionenjob in Kalifornien verzichte, um im Dienst bleiben zu können.«

»Dir fällt bestimmt was ein«, sagte Gabriel. »Der Umgang mit Menschen war schon immer deine Stärke.«

78

JERUSALEM

Als Gabriel in die Narkis Street zurückkam, hatte Chiara, die in ihrem dunkelblauen Nadelstreifenkostüm wie eine Bänkerin aussah, die Zwillinge schon in ihre Babyschalen gesetzt. Gemeinsam fuhren sie die kurze Strecke durch Westjerusalem zu der psychiatrischen Klinik auf dem Herzlberg hinüber. In alten Zeiten, vor seiner Wiederverheiratung, vor seiner ungewollten Prominenz, war Gabriel unbemerkt in der Klinik ein und aus gegangen, meist spätabends. Jetzt traf er mit allem Pomp eines Staatsbesuchs ein und war von Personenschützern umringt, während Raphael auf seinem Arm zappelte. Chiara, deren Absätze auf den Natursteinplatten des Vorhofs klapperten, ging mit Irene auf dem Arm schweigend neben ihm her. Gabriel beneidete sie nicht um diesen Augenblick. Er ergriff ihre Hand und drückte sie, während Raphael an seinem Ohrläppchen zupfte.

Im Foyer erwartete sie ein rundlicher, rabbinerhafter Arzt Ende fünfzig. Er hatte diesen Besuch genehmigt – ihn sogar selbst vorgeschlagen, wie Gabriel sich jetzt erinnerte. Nun schien er sich nicht sicher zu sein, ob das eine gute Idee gewesen war.

»Wie viel weiß sie?«, fragte Gabriel, während sein Sohn nach der Brille des Arztes grapschte.

»Ich habe ihr gesagt, dass sie Besuch bekommt. Ansonsten …« Er zuckte mit seinen runden Schultern. »Ich dachte, es sei am besten, wenn Sie ihr alles selbst erklären.«

Gabriel übergab Raphael an Chiara und folgte dem Arzt durch einen mit Jerusalemer Kalkstein verkleideten Korridor zur Tür des Gemeinschaftsraums. Er war bis auf eine einzige

Patientin leer. Sie saß wie gemalt still in ihrem Rollstuhl, während hinter ihr ein Fernseher ohne Ton flackerte. Auf dem Bildschirm sah Gabriel flüchtig sein eigenes Gesicht. Dieses Foto war tausend Jahre alt, war nach seiner Rückkehr von der Operation *Zorn Gottes* aufgenommen worden. Er hätte wie ein junger Mann ausgesehen, wären seine ergrauten Schläfen nicht gewesen. *Aschespuren am Prinzen des Feuers …*

»Masel tov«, sagte der Arzt.

»Sie sollten mir lieber ihr Beileid aussprechen«, wehrte Gabriel ab.

»Wir leben in schlimmen Zeiten, aber ich bin sicher, dass Sie's schaffen werden. Und falls Sie mal mit jemandem reden müssen …«, er klopfte Gabriel auf die Schulter, »… stehe ich immer zur Verfügung.«

Gabriels Gesicht verschwand vom Bildschirm. Er sah Leah an. Sie hatte sich nicht bewegt, nicht einmal geblinzelt. *Frau im Rollstuhl*, Öl auf Leinwand, von Tariq al-Hourani.

»Haben Sie einen Ratschlag für mich?«

»Seien Sie ehrlich zu ihr. Sie mag es nicht, wenn man sie zu täuschen versucht.«

»Und wenn's zu schmerzhaft ist?«

»Das wird es sein. Aber sie wird sich nicht lange daran erinnern.«

Der Arzt stieß Gabriel leicht an, damit er sich in Bewegung setzte. Er durchquerte langsam den Gemeinschaftsraum und ließ sich auf den Stuhl sinken, den jemand neben Leahs Rollstuhl gestellt hatte. Ihr Haar, einst eine wilde Mähne wie Chiaras, war jetzt zweckmäßig kurz geschnitten und grau meliert. Ihre verkrümmten Hände waren mit weißem Narbengewebe bedeckt, als sei unter abgeplatzter Ölfarbe die Leinwand sichtbar. Gabriel sehnte sich danach, diese Stellen zu reparieren, aber das konnte er nicht. Leah ließ sich nicht mehr restaurieren.

Er küsste sie sanft auf die Wange und wartete darauf, dass sie seine Anwesenheit zur Kenntnis nahm.

»Sieh nur den Schnee, Gabriel«, sagte sie sofort. »Ist er nicht schön?«

Gabriel sah aus dem Fenster. Heller Sonnenschein zeichnete die Äste der Steinkiefer in dem von einer Mauer umgebenen Klinikgarten nach.

»Ja, Leah«, sagte er geistesabwesend mit Tränen in den Augen. »Er ist schön.«

»Der Schnee erteilt Wien Absolution von seinen Sünden. Auf Wien fällt Schnee, während es auf Tel Aviv Raketen regnet.«

Gabriel drückte sanft ihre Hand. Diese Worte gehörten zu den letzten, die sie unmittelbar vor der Detonation der Autobombe in Wien gesprochen hatte. Sie litt unter einer besonders schweren Kombination aus psychotischen Depressionen und einer posttraumatischen Belastungsstörung. Manchmal erlebte sie luzide Momente, aber die meiste Zeit blieb sie eine Gefangene der Vergangenheit. Vor ihrem inneren Auge lief Wien wie ein endloses Videoband ab, das sie nicht anhalten konnte: die letzte gemeinsame Mahlzeit, ihr letzter Kuss, das Feuer, das ihr einziges Kind verzehrt und Leah das Fleisch vom Körper gebrannt hatte. Ihr Leben war auf fünf Minuten zusammengeschrumpft, die sie seit über zwanzig Jahren wieder und wieder durchlebte.

»Ich hab dich im Fernsehen gesehen«, sagte sie plötzlich klar und deutlich. »Offenbar bist du doch nicht tot.«

»Nein, Leah. Das war nur etwas, das wir sagen mussten.«

»Wegen deiner Arbeit?«

Er nickte.

»Und jetzt sagen sie, dass du der Direktor werden sollst.«

»Bald.«

»Ich dachte, Ari sei der Direktor.«

»Seit Jahren nicht mehr.«

»Seit wie vielen?«

Er gab keine Antwort. Der Gedanke daran war zu deprimierend.

»Ihm geht's gut?«, fragte Leah.

»Ari?«

»Ja.«

»Er hat gute Tage und schlechte Tage.«

»Wie ich«, sagte Leah.

Ihre Miene verfinsterte sich. Erinnerungen stiegen in ihr auf. Irgendwie gelang es ihr, sie zu unterdrücken.

»Ich kann kaum glauben, dass du tatsächlich der *Memuneh* sein wirst.«

Dieser altmodische Ausdruck bezeichnete den »Verantwortlichen«. Seit Schamron hatte es keinen richtigen *Memuneh* mehr gegeben.

»Ich auch nicht«, gestand Gabriel ein.

»Bist du nicht ein bisschen zu jung dafür? Schließlich bist du erst …«

»Ich bin jetzt älter, Leah. Das sind wir beide.«

»Du siehst genau so aus, wie ich dich in Erinnerung habe.«

»Sieh genau hin, Leah. Dann erkennst du Falten und graues Haar.«

»Dank Ari warst du schon immer grau. Ich auch.« Sie blickte aus dem Fenster. »Sieht wie Winter aus.«

»Wir haben Winter.«

»Und welches Jahr?«

Er sagte es ihr.

»Wie alt sind deine Kinder?«

»Morgen ist ihr erster Geburtstag.«

»Gibt's eine Party?«

»Bei den Schamrons in Tiberias. Aber sie sind jetzt hier, wenn du sie sehen möchtest.«

Ihre Miene heiterte sich auf. »Wie heißen sie?«

Das hatte er ihr schon mehrmals gesagt. Nun wiederholte er ihre Namen.

»Aber Irene heißt deine Mutter«, protestierte sie.

»Meine Mutter ist schon lange tot.«

»Entschuldige, Gabriel. Manchmal bin ich …«

»Nicht weiter wichtig.«

»Bestimmt nicht?«

»Ja, natürlich.«

Gabriel stand auf und ging wieder ins Foyer hinaus.

»Nun?«, fragten Chiara und der Arzt gleichzeitig.

»Sie sagt, dass sie sie sehen will.«

»Wie machen wir's am besten?«, fragte Chiara.

»Eins nach dem anderen«, schlug der Arzt vor. »Sonst wird's leicht zu viel.«

»Das fürchte ich auch«, sagte Gabriel.

Er nahm Chiara Raphael ab und ging mit ihm in den Gemeinschaftsraum zurück. Leah starrte wieder apathisch aus dem Fenster, war in Erinnerungen verloren. Gabriel setzte den Kleinen vorsichtig auf ihre Knie. Ihr Blick war wieder fokussiert, als ihr Verstand kurz in die Gegenwart zurückkehrte.

»Wer ist das?«, fragte sie.

»Das ist er, Leah. Mein Sohn Raphael.«

Sie betrachtete den Jungen wie hypnotisiert, hielt ihn mit ihren verkrüppelten Händen fest.

»Es sieht aus wie …«

»Wie ich«, warf Gabriel hastig ein. »Alle sagen, dass er seinem Vater wie aus dem Gesicht geschnitten ist.«

Leah fuhr mit einem verkrümmten Finger durch Raphaels Haar, drückte ihm einen Kuss auf die Stirn.

»Sieh nur den Schnee«, flüsterte sie. »Ist er nicht schön?«

79

JERUSALEM – TIBERIAS

Am folgenden Morgen um zehn Uhr teilte das Israel-Museum mit, es habe aus Hannah Weinbergs Nachlass ein bisher unbekanntes Gemälde von Vincent van Gogh erworben: *Marguerite Gachet an ihrem Toilettentisch*, Öl auf Leinwand, 104 mal 60 Zentimeter. Später würde das Museum eingestehen müssen, dass es das Werk von einem anonymen Stifter erhalten hatte, der es seinerseits von Mademoiselle Weinberg nach ihrer tragischen Ermordung in Paris geerbt hatte. Daraufhin kam das Museum unter gewaltigen Druck, die Identität des anonymen Stifters preiszugeben. Es weigerte sich standhaft, und das tat auch die französische Regierung, die die Ausfuhr des Gemäldes nach Israel sehr zum Entsetzen der Leitartikler und der kulturellen Elite genehmigt hatte. Dies sei ein weiterer Schlag gegen den französischen Stolz, sagten sie, und noch dazu von der eigenen Regierung.

Aber an diesem Sonntag im Dezember war das Gemälde bald nebensächlich, denn um Punkt zwölf Uhr gab der Ministerpräsident bekannt, Gabriel Allon sei gesund und munter und werde den Dienst als neuer Direktor führen. Angesichts der seit Tagen umlaufenden Gerüchte und der Spekulationen in den Medien war das keine wirkliche Überraschung. Trotzdem war es für das Land ein Schock, den Racheengel in Person zu sehen, auch wenn er wie ein gewöhnlicher Sterblicher aussah. Seine Kleidung war für diesen Anlass sorgfältig ausgewählt: weißes Baumwollhemd, schwarze Lederjacke, schlank geschnittene Kakihose und Wildlederslipper mit Gummisohlen, die beim Gehen kein Geräusch machten.

Der Ministerpräsident stellte ihn ausdrücklich nicht als den RAMSAD vor, sondern als den *Menumeh*, den Verantwortlichen.

Das Blitzlichtgewitter der Fotografen war wie das Licht seiner Halogen-Arbeitslampen. Gabriel stand mit auf den Rücken gelegten Händen unbeweglich da, während der Ministerpräsident eine stark redigierte Version seiner beruflichen Erfolge verlas. Dann erteilte er Gabriel das Wort. Er werde nach vorn blicken, versprach der neue Direktor, aber auf der großen Tradition des Diensts aufbauen. Die Botschaft war klar: An der Spitze des israelischen Geheimdiensts stand jetzt ein Profikiller. Wer dem Land oder seinen Bürgern zu schaden versuchte, musste mit ernsten, vielleicht sogar tödlichen Konsequenzen rechnen.

Als die Journalisten ihn ausfragen wollten, lächelte er nur und folgte dem Ministerpräsidenten in den Kabinettssaal. Dort sprach er ausführlich über seine Pläne und Prioritäten und die vielen Herausforderungen, vor denen Israel stand. Der Islamische Staat sei eine Gefahr, sagte er, die nicht länger ignoriert werden dürfe. Und er machte klar, dass der bisherige RAMSAD beim Dienst verbleiben werde.

»In welcher Kapazität«, fragte der Außenminister ungläubig.

»In jeder, die ich für richtig halte.«

»Das gab es noch nie!«

»Daran werden Sie sich gewöhnen müssen.«

Der Direktor des Diensts leistet keinen Amtseid, er unterschreibt lediglich seinen Vertrag. Nach dieser kleinen Zeremonie fuhr Gabriel zum King Saul Boulevard, wo er eine Ansprache an die Truppe hielt und kurz mit den verabschiedeten Führungskräften sprach. Anschließend fuhren Navot und er mit demselben gepanzerten SUV zu Schamrons Villa in Tiberias. Die steile Einfahrt war so zugeparkt, dass sie weit vom Haus entfernt aussteigen mussten. Als Gabriel die Terrasse über dem See betrat, wurde er mit Jubel begrüßt, der vielleicht bis zu den Golanhöhen an der Grenze zu Syrien zu hören war. Anscheinend waren alle aus Gabriels ereignisreicher Vergangenheit gekommen: Adrian Carter, Farid Barakat, Paul Rousseau, sogar Graham Seymour aus London. Dort kam auch der Galerist Julian Isherwood her, der es Gabriel ermöglicht hatte, als Restaurator zu arbeiten, und Samantha Cooke, die Journalistin vom *Telegraph*, die einen gefälschten Exklusivbericht über seinen Tod geschrieben hatte.

»Sie sind mir noch was schuldig«, sagte sie und küsste ihn auf die Wange.

»Der Scheck ist in der Post.«

»Wann kann ich damit rechnen?«

»Bald.«

Außerdem waren viele weitere Gäste gekommen. Timothy Peel, der Junge aus Cornwall, der in Gabriels Versteck an der Helford Passage sein Nachbar gewesen war, hatte die Reise auf Kosten des Diensts gemacht. Das hatte auch die amerikanische Kunsthistorikerin und Kuratorin Sarah Bancroft getan, die Gabriel ins Gefolge von Zizi al-Bakari, des saudi-arabischen Finanziers von Terroristen, und Iwan Charkow, des liebsten Waffenhändlers des Kremls, eingeschleust hatte. Sie gab Michail kühl die Hand und funkelte Natalie an, aber ansonsten verlief der Abend ohne weitere Zwischenfälle.

Maurice Durand, der erfolgreichste Kunstdieb der Welt, war aus Paris gekommen und schaffte es irgendwie, nicht von Paul Rousseau gesehen zu werden, der ihn aus der Brasserie in der Rue Miromesnil erkannt hätte. Monsignore Luigi Donat, Privatsekretär von Seiner Heiligkeit Papst Paul VII., gab sich ebenso die Ehre wie Christoph Bittel, Gabriels neuer

Verbündeter in der Schweizer Spionageabwehr. Die halbe Knesset war da, und dazu kamen hohe Offiziere aller Waffengattungen und die Chefs der übrigen israelischen Geheimdienste. Beaufsichtigt wurde alles von Schamron, der zufrieden lächelte, als werde dieser ganze Aufwand allein zu seinem Vergnügen betrieben. Sein Lebenswerk war endlich vollständig. Gabriel war wieder verheiratet, hatte Kinder und war Direktor des Diensts. Der Restaurator war restauriert.

Aber dieser Abend war mehr als nur eine Feier von Gabriels Beförderung; er war auch die Party zum ersten Geburtstag der Zwillinge. Chiara überwachte das Anzünden der Kerzen, während Gabriel, der den stolzen Vater spielte, das Ereignis mit seinem abhörsicheren Smartphone aufnahm. Irene brach in Tränen aus, als die versammelte Gästeschar inbrünstig laut »Happy Birthday« anstimmte. Dann flüsterte Schamron ihr mit seinem polnischen Akzent Unsinn ins Ohr, der sie kichern ließ.

Gegen zehn Uhr fuhren die ersten Autos langsam die Einfahrt hinunter, und um Mitternacht war die Party vorbei. Schamron und Gabriel saßen wie gewöhnlich mit einem Heizpilz zwischen sich am Rand der Terrasse, während die Caterer mit Geschirr klappernd aufräumten. Schamron rauchte ausnahmsweise nicht, weil Raphael in den Armen seines Vaters schlief.

»Du hast heute bei der Vorstellung ziemlich Eindruck gemacht«, sagte Schamron. »Deine Lederjacke hat mir gefallen. *Und* dein Titel.«

»Der sollte ein Signal sein.«

»Welches denn?«

»Dass ich ein operativer Direktor sein will.« Gabriel machte eine Pause, dann fügte er hinzu: »Dass ich gehen und gleichzeitig Kaugummi kauen kann.«

Mit einem Blick zu den Golanhöhen hinüber sagte Schamron: »Ich weiß nicht, ob dir eine andere Wahl bleibt.«

Der Kleine bewegte sich in Gabriels Armen, dann schlief er ruhig weiter. Schamron drehte sein altes Zippo-Feuerzeug zwischen den Fingern hin und her. *Zweimal nach rechts, zweimal nach links …*

»Hast du erwartet, dass es so enden würde?«, fragte er nach kurzer Pause.

»Dass was enden würde?«

»Die Sache mit dir und mir.« Der Alte sah Gabriel an und fügte hinzu: »Mit uns.«

»Was soll das heißen, Ari?«

»Ich bin alt, mein Sohn. Wegen dieses Abends habe ich mich ans Leben geklammert. Jetzt ist er vorbei, und ich kann gehen.« Er lächelte traurig. »Es ist spät, Gabriel. Ich bin sehr müde.«

»Du gehst nirgends hin, Ari. Ich brauche dich.«

»Nein, das tust du nicht«, antwortete Schamron. »Du *bist* ich.«

»Komisch, dass sich alles so entwickelt hat.«

»Du glaubst anscheinend, das sei alles Zufall gewesen. Aber es war keiner. Alles war Teil eines Plans.«

»Von wessen Plan redest du?«

»Vielleicht war's meiner, vielleicht ein Plan Gottes.« Der Alte zuckte mit den Schultern. »Welchen Unterschied macht das? Was dich betrifft, stehen wir auf der gleichen Seite, Gott und ich. Wir sind Komplizen.«

»Wer hat das letzte Wort?«

»Was glaubst du?« Schamrons Pranke berührte Raphael leicht. »Erinnerst du dich an den Tag, an dem ich dich aus Cornwall zurückgeholt habe?«

»Als wär's gestern gewesen.«

»Du bist wie ein Verrückter über die engen Straßen der Lizard-Halbinsel gerast. In dem kleinen Café auf den Klippen haben wir Omeletts gegessen. Du hast mich«, fügte Schamron leicht verbittert hinzu, »wie einen Schuldeneintreiber behandelt.«

»Ja, ich weiß«, sagte Gabriel distanziert.

»Wie wäre dein Leben verlaufen, glaubst du, wenn ich damals nicht aufgekreuzt wäre?«

»Sicher befriedigend.«

»Das bezweifle ich. Du würdest weiter Gemälde für Julian restaurieren und mit deiner alten Ketsch den Helford hinunter aufs Meer segeln. Du wärst nie nach Israel heimgekehrt, wärst Chiara nie begegnet. Und du hättest jetzt keinen schönen kleinen Jungen in den Armen.«

Gabriel widersprach Schamrons Charakterisierung nicht. An jenem Tag war er eine verlorene Seele gewesen, ein gebrochener und verbitterter Mann.

»Nicht alles war schlecht, stimmt's?«, fragte der Alte.

»Ich hätte mein Leben lang nie die Lubjanka von innen zu sehen bekommen.«

»Was ist mit dem Schweizer Hund, der dir den Arm abbeißen wollte?«

»Den hab ich zuletzt doch erledigt.«

»Und mit dem Motorrad, das du in Rom zu Schrott gefahren hast? Oder der Kunsthandlung, die dir in St. Moritz um die Ohren geflogen ist?«

»Wundervolle Zeiten«, sagte Gabriel finster. »Aber ich habe unterwegs viele Freunde verloren.«

»Wie Hannah Weinberg.«

»Ja«, bestätigte Gabriel. »Wie Hannah.«

»Vielleicht wäre ein altmodischer kleiner Rachefeldzug angebracht.«

»Der ist schon in Planung.«

»Wer soll den Job übernehmen?«

»Ich täte's am liebsten selbst, aber das wäre im Augenblick unklug, fürchte ich.«

Schamron lächelte. »Du wirst ein großartiger Direktor, mein Sohn.«

80

BETHNAL GREEN, LONDON

Bei jedem Unternehmen bleiben unerledigte Kleinigkeiten zurück: kleine Probleme, die aus diesen oder jenen Gründen ungelöst bleiben. Jalal Nasser, Talentscout, Anwerber, Saladins Mann in Europa, fiel in diese Kategorie. Eine Verhaftung kam nicht infrage; ein Prozess hätte nicht nur Gabriels Unternehmen, sondern auch das Versagen der britischen und französischen Sicherheitsdienste enttarnt. Auch eine Ausweisung wäre keine Lösung gewesen. Bei der Heimkehr nach Jordanien wäre er sofort in den Kellern der Fingernagelfabrik verschwunden, um später in einem anonymen Massengrab zu enden. In der Anfangszeit des Krieges gegen den Terrorismus wäre das vielleicht akzeptabel gewesen, aber weil jetzt kühlere, zivilisiertere Köpfe den Ton angaben, war das undenkbar geworden. Die internationale Öffentlichkeit wäre empört gewesen und hätte die Bestrafung der Verantwortlichen gefordert. »Kollateralschäden«, sagte Farid Barakat ernst. »Und Sie wissen alle, was Seine Majestät von Kollateralschäden hält.«

Es gab jedoch eine einfache Lösung, eine Lösung à la Schamron. Erforderlich war nur die Mitwirkung des einheimischen Diensts, die aus den oben genannten Gründen leicht zu bekommen war. Tatsächlich wurde die Vereinbarung während der Party bei einem informellen Treffen in Schamrons Küche geschlossen. Viel später würde sie als Gabriels erste offizielle Entscheidung als Direktor gelten.

Sein Partner bei dieser Vereinbarung war Graham Seymour vom MI6. Möglich war das Unternehmen jedoch nur in Kooperation mit Amanda Wallace, Seymours Gegenstück beim

MI5. Die sicherte er sich bei Martinis in Amandas Bürosuite im Thames House. Das erforderte nicht viel Überredungskunst, denn der MI5 hatte es längst satt, Jalal kreuz und quer durch London zu verfolgen. Für Amanda ergab sich daraus sogar ein Vorteil: War sie nicht mehr für Jalal zuständig, konnte sie die frei werdenden Ressourcen gegen ihre Primärziele, die Russen, einsetzen.

»Aber keine Schweinereien«, sagte sie warnend.

»Nein«, bestätigte Seymour. Er schüttelte sein ergrautes Lockenhaupt. »Garantiert keine.«

Binnen achtundvierzig Stunden ließ Amanda die Überwachung der bewussten Zielperson einstellen, was sie später, während der unvermeidlichen Ermittlungen, als reinen Zufall hinstellen würde. Daraufhin telefonierte Graham Seymour mit Gabriel am King Saul Boulevard und teilte ihm mit, das Feld gehöre ihm. Das hätte Gabriel sich gewünscht, aber er wusste, dass er als Direktor nicht selbst losziehen konnte. Am selben Abend brachte er Michail zum Ben Gurion Airport und setzte ihn in eine Maschine nach London. In Michails gefälschten russischen Reisepass hatte er einen Zettel mit Schamrons elftem Gebot gelegt:

Du sollst dich nicht erwischen lassen …

Jalal Nasser, der offenbar nicht ahnte, dass er gründlich enttarnt war, verbrachte seinen letzten Tag in London nicht viel anders als die hundert davor. Er kaufte in der Oxford Street ein, er hing am Leicester Square herum, er betete in der East London Mosque. Später trank er Tee mit einem vielversprechenden Rekruten. Gabriel gab den Namen des Rekruten an Amanda Wallace weiter. Das sei, fand er, das Mindeste, was er tun könne.

Aus Jalals Wohnung in der Chilton Street waren inzwischen alle versteckten Kameras und Mikrofone ausgebaut worden, sodass dem Team im Haus gegenüber nichts anderes übrig blieb, als die Zielperson auf altmodische Weise mit Ferngläsern und einer Kamera mit Teleobjektiv zu beobachten. Aus der Ferne wirkte er wie ein Mann, der keine Sorgen auf der Welt hatte. Das konnte gut gespielt sein, aber wahrscheinlicher war, dass Saladin es versäumt hatte, seinem Agenten mitzuteilen, dass die Briten, die Amerikaner, die Israelis und die Jordanier von seiner Verbindung zu dem Netzwerk und den Anschlägen in Paris, Amsterdam und Washington wussten. Am King Saul Boulevard – und in Langley, Vauxhall Cross und dem eleganten alten Gebäude in der Rue de Grenelle – wurde das als ermutigendes Zeichen gesehen. Es bedeutete, dass Jalal keine Geheimnisse zu verraten hatte und das Netzwerk zumindest vorübergehend seine Tätigkeit eingestellt hatte. Für Jalal bedeutete es jedoch, dass er entbehrlich war – der schlimmste Zustand für einen Terroristen in Diensten eines Mannes wie Saladin.

An diesem Abend um neunzehn Uhr rollte der Jordanier in seinem winzigen Wohnzimmer seinen Gebetsteppich aus und betete zum letzten Mal. Zwanzig Minuten später ging er zum Noodle King in der Bethnal Green Road, wo er allein, aber von Eli Lavon beobachtet sein Abendessen einnahm: gebratenen Reis mit pikanten Chicken Wings. Anschließend kaufte er bei Saver Plus noch eine Flasche Milch, bevor er den Rückweg antrat, ohne zu merken, dass Michail ihm schattengleich folgte.

Scotland Yard würde später ermitteln, dass Jalal die Tür seines Hauses um 20.12 Uhr erreicht hatte. Festgestellt wurde auch, dass ihm seine Schlüssel aus der Hand gefallen waren, als er sie aus der Tasche gezogen hatte. Als er sich nach ihnen bückte, sah er Michail auf der Straße stehen. Er ließ die Schlüssel liegen, richtete sich langsam auf und hielt die Tragetasche mit der Milchflasche Schutz suchend an seinen Oberkörper gedrückt.

»Hallo, Jalal«, sagte Michail ruhig. »Freut mich, Sie endlich kennenzulernen.«

»Wer sind Sie?«, fragte der Jordanier.

»Ich bin der letzte Mensch, den Sie in Ihrem Leben sehen werden.«

Michail zog rasch die Pistole, die hinten in seinem Hosenbund steckte. Die Waffe war eine Beretta Kaliber .22 ohne Schalldämpfer. Sie brauchte keinen, denn ihr Schussknall war nicht sehr laut.

»Ich bin für Hannah Weinberg hier«, sagte er ernst. »Und für Rachel Lévy und Arthur Goldman und all die anderen, die Sie in Paris ermordet haben. Ich bin für die Opfer in Antwerpen und Washington hier. Ich spreche für die Toten.«

»Bitte«, flüsterte der Jordanier. »Ich kann Ihnen helfen. Ich weiß viel. Ich kenne die Planung für den nächsten Anschlag.«

»Wirklich?«

»Ja, ich schwör's!«

»Wo ist er geplant?«

»Hier in London.«

»Auf welches Ziel?«

Bevor Jalal antworten konnte, gab Michail den ersten Schuss ab. Das Geschoss ließ die Milchflasche zersplittern und blieb im Herzen des Jordaniers stecken. Michail bewegte sich langsam vorwärts und gab rasch nacheinander neun weitere Schüsse ab, bis der Jordanier in einer Lache aus Blut und Milch bewegungslos vor der Haustür lag. Die Pistole war leer geschossen. Michail rammte ein neues Magazin in den Griff, drückte die Mündung an den Kopf des Toten und gab einen letzten, den elften Schuss ab. Hinter ihm hielt ein Motorrad am Randstein. Er stieg hinter dem Fahrer auf und war im nächsten Moment verschwunden.

ANMERKUNG DES VERFASSERS

Die Attentäterin ist ein Unterhaltungsroman und sollte als solcher gelesen werden. Die in diesem Werk vorkommenden Namen, Personen, Orte und Ereignisse sind das Produkt der Fantasie des Autors oder von ihm fiktionalisiert worden. Jede Ähnlichkeit mit lebenden oder verstorbenen Personen, Firmen, Unternehmen, Ereignissen oder Schauplätzen wäre rein zufällig.

Besucher der Rue des Rosiers im 4. Pariser Arrondissement werden das Isaac-Weinberg-Zentrum für das Studium des Antisemitismus in Frankreich vergeblich suchen. Isaacs Enkelin, die fiktive Hannah Weinberg, hat dieses Zentrum am Ende von *Das Terrornetz* – des ersten Romans, in dem sie auftrat – gegründet. Hannahs van Gogh, *Marguerite Gachet an ihrem Toilettentisch*, ist ebenfalls fiktiv, obwohl seine Provenienz natürlich auf die tragischen Ereignisse des Jeudi noir und des Abtransports der Pariser Juden im Juli 1942 zurückgeht.

Ich wollte, ich könnte sagen, die im ersten Kapitel von *Die Attentäterin* geschilderten antijüdischen Übergriffe seien erfunden. Aber leider haben auch sie einen wahren Hintergrund. Der Antisemitismus in Frankreich, der zu großen Teilen aus muslimischen Gemeinschaften kommt, hat Tausende von französischen Juden gezwungen, ihre Heimat zu verlassen und nach Israel auszuwandern. Tatsächlich sind in den ersten zwölf Monaten nach der brutalen Ermordung von vier Juden in dem koscheren Supermarkt Hyper Cacher im Januar 2015 achttausend ausgereist. Viele französische Juden verbringen ihre Nachmittage auf dem Unabhängigkeitsplatz Netanja bei Chez Claude oder in einem der anderen Cafés mit wachsender frankofoner Klientel. Ich weiß von keiner anderen religiösen Minderheit oder ethnischen Gruppe, die aus einem westeuropäischen Land flüchtet. Darüber hinaus schwimmen die französischen Juden gegen den Strom, indem sie aus dem Westen in die unruhigste und gefährlichste Region der Welt ziehen. Das tun sie nur aus einem Grund: Sie fühlen sich in Israel sicherer als in Paris, Toulouse, Marseille oder Nizza. So sind die Zustände im heutigen Frankreich.

Die in *Die Attentäterin* porträtierte Alphagruppe, eine geheime DGSI-Einheit zur Terroristenbekämpfung, existiert nicht, auch wenn ich um unser aller willen hoffe, dass es etwas Ähnliches gibt. Zu Protokoll geben möchte ich, dass ich recht gut weiß, dass die Zentrale des israelischen Geheimdiensts nicht mehr am King Saul Boulevard in Tel Aviv liegt. Mein fiktiver Dienst residiert weiter dort, zum Teil auch, weil der Straßenname mir besser gefällt als die jetzige Adresse, die hier nicht im Druck erscheinen soll. Das Haus Nummer 16 in der Jerusalemer Narkis Street ist tatsächlich ein Apartmentgebäude aus Kalkstein, aber Gabriel Allon und seine neue Familie wohnen nicht dort. Bei einem kürzlichen Israelbesuch habe ich erfahren, dass das Haus bei mindestens einer Stadtrundfahrt besichtigt wird. Dafür bitte ich seine Bewohner und die Nachbarn aufrichtig um Entschuldigung.

In Westgaliläa hat es einst ein arabisches Dorf namens al-Sumayrijya gegeben, dessen heutiger Zustand in *Die Attentäterin* zutreffend geschildert wird. Langjährige Leser der Gabriel-Allon-Reihe werden wissen, dass es erstmals 2005 in *Der Schläfer* vorkam – als Heimatort der Terroristin Fellah al-Tamari. In Deir Jassin fand tatsächlich ein berüchtigtes Massaker statt, zu dem es in den dunkelsten Tagen des israelischen Unabhängigkeitskriegs kam, aus dem der moderne Staat Israel und die palästinensische Flüchtlingskrise entstanden. Das alte Dorf beherbergt heute das Kfar Shaul Mental Health Center, eine psychiatrische Klinik, die einige der alten Gebäude und Wohnhäuser der ursprünglichen arabischen Einwohner nutzt. Kfar Shaul arbeitet mit dem Hadassah Medical Center zusammen und ist auf die Behandlung des Jerusalem-Syndroms spezialisiert, einer zwanghaften religiösen Wahnvorstellung, die mit einem Besuch in Gottes geteilter Stadt auf einem Hügel beginnt. Leah Allons Zustand ist weit schlimmer, und das sind auch ihre körperlichen Verletzungen. Ich habe die Lage der Klinik, in der sie dauerhaft untergebracht ist, immer etwas vage beschrieben. Jetzt wissen wir, wo sie ungefähr liegt.

In der Beiruter Innenstadt gibt es keine Galerie Mansour, aber die Verbindungen des Islamischen Staats zum Handel mit gestohlenen Altertümern sind gut dokumentiert. Die Idee, dass Terroristen sich mit dem Verkauf von gestohlenen oder räuberisch ausgegrabenen Altertümern finanzieren, habe ich erstmals 2012 in *Das Attentat* erkundet. Damals gab es keine Beweise dafür, zumindest keine öffentlich bekannten, dass Terroristen sich wirklich die Taschen füllen, indem sie Schätze aus der Vergangenheit verkaufen; das war nur etwas, das ich vermutete. Dass ich recht hatte, befriedigt mich nicht, vor allem nicht, wenn der Beweis ausgerechnet vom Islamischen Staat kommt.

Aber der IS gibt sich nicht damit zufrieden, Altertümer nur zu verkaufen; er zerstört sie auch, vor allem, wenn sie im Widerspruch zu seiner Auslegung des Islams stehen. Nach der Eroberung Palmyras im Mai 2015 zerstörten IS-Kämpfer prompt viele der herrlichen römischen Tempel der Stadt. Truppen des Assad-Regimes eroberten Palmyra zurück, als ich mit der ersten Fassung von *Die Attentäterin* fertig wurde. Weil ich mir von Anfang an geschworen hatte, das Hin und Her des Konflikts zu ignorieren, ließ ich Kapitel 39 in der ursprünglichen Fassung stehen. Das sind die Risiken, wenn man versucht, Geschichte auf frischer Tat zu ertappen. Leider muss ich sagen, dass der syrische Bürgerkrieg nach meiner Überzeugung noch Jahre, vielleicht Jahrzehnte andauern wird – ganz ähnlich wie der Krieg, der den benachbarten Libanon fast zerstört hat. Gebiete werden gewonnen und verloren, erobert und preisgegeben werden. Unzählige Tausende werden Flüchtlinge werden. Viele weitere Menschen werden sterben.

Obwohl ich mein Äußerstes getan habe, um die Wurzeln und das explosive Wachstum des Islamischen Staats zutreffend und leidenschaftslos zu beschreiben, weiß ich wegen der gespaltenen, nicht mehr funktionierenden Politik Amerikas schon jetzt, dass manche meine Darstellung kritisieren werden. Außer Zweifel steht, dass die US-Invasion im Irak im März 2003 das Saatbeet bereitet hat, in dem der IS entstanden ist. Ebenso steht außer Zweifel, dass der völlige US-Abzug aus dem Irak im Jahr 2011 in Verbindung mit dem Ausbruch des syrischen Bürgerkriegs es dieser Gruppierung ermöglicht haben, auf beiden Seiten einer bedeutungslos gewordenen Grenze zu wachsen und zu gedeihen. Den IS als »unislamisch« oder »kein Staat« abzuqualifizieren, ist Wunschdenken und letztlich kontraproduktiv und gefährlich. Der Journalist und Wissenschaftler Graeme Wood hat in einer in der Zeitschrift *Atlantic* veröffentlichten grundlegenden Studie festgestellt: »Realität ist, dass der Islamische Staat islamisch ist. Sehr islamisch.« Und er übernimmt rasch viele Funktionen eines modernen Staats, indem er seinen Bürgern Dokumente von Führerscheinen bis zu Anglerscheinen ausstellt.

Mindestens viertausend Europäer, darunter mehr als fünfhundert Frauen, sind dem Lockruf gefolgt, ins Kalifat zu kommen. Die Datenbank des Londoner Institute for Strategic Dialogue weist nach, dass die meisten dieser Frauen im Teenageralter oder Anfang zwanzig sind und Gefahr laufen, in jungen Jahren Witwen zu werden. Andere stehen vor der sehr realen Aussicht, in der gewalttätigen Welt des Kalifats selbst umzukommen. Im Februar 2015 flogen drei radikalisierte Mädchen aus dem Viertel Bethnal Green in East London heimlich nach Istanbul und gelangten über die Grenze in die syrische Stadt Rakka, die inoffizielle Hauptstadt des Kalifats. Als die Stadt im Dezember 2015 von Russen und Amerikanern aus der Luft angegriffen wurde, riss die Verbindung zu den Teenagern ab. Ihre Familien fürchten jetzt, dass die drei Mädchen tot sind.

Viele europäische IS-Rekruten, Männer und Frauen, sind zurückgekehrt. Manche sind desillusioniert, andere bleiben der Sache des Kalifats ergeben. Und wieder andere sind bereit, im Namen des Islams Massenmorde und Terroranschläge zu verüben. In naher Zukunft droht die größte Gefahr Westeuropa – nicht zuletzt wegen des hohen und unruhigen muslimischen Bevölkerungsanteils innerhalb seiner offenen Grenzen. Der IS braucht keine Terroristen nach Westeuropa einzuschleusen, denn die potenziellen Terroristen sind bereits dort. Sie leben in den französischen Banlieues und den muslimischen Vierteln von Brüssel, Amsterdam, Kopenhagen, Malmö, East London und Luton. Während ich dies schreibe, hat der IS in Paris und Brüssel bereits vernichtende Anschläge verübt. Die meisten Attentäter waren im Westen geboren, hatten europäische Pässe. Weitere Anschläge werden sicher folgen, denn die Sicherheitsdienste Westeuropas haben sich als jämmerlich unvorbereitet erwiesen – vor allem die belgische Sûreté, die zugelassen hat, dass mitten in Brüssel ein sicherer Hafen für IS-Angehörige entstand.

Das Hauptziel des IS sind jedoch die Vereinigten Staaten. Bei den Recherchen für diesen Roman ist mir aufgefallen, wie oft ich jemanden sagen hörte, ein Angriff auf eine US-Großstadt stehe eher früher als später bevor. Auffällig war auch, wie viele hohe Regierungsbeamte mir erklärten, dieser Zustand sei »die neue Normalität«: Wegen einer Ideologie und einer Religion, beide aus dem Nahen Osten stammend, müssten wir mit der Tatsache leben, dass auf unseren Flughäfen, in unseren U-Bahnen manchmal Bomben detonieren werden, und könnten nicht mehr damit rechnen, in einem Restaurant oder einem Konzertsaal sicher zu sein. Nach dem Anschlag auf das Satiremagazin *Charlie Hebdo* und den Morden in dem Supermarkt Hyper Cacher scheint Präsident Barack Obama diese Auffassung vertreten zu haben. Indem er vor Überreaktionen warnte, tat er die Terroristen ab als »eine Bande gewalttätiger, grausamer Eiferer, die Leute köpfen oder in einem Deli in Paris willkürlich eine Gruppe von Leuten erschießen«. Der Tatort war natürlich kein Deli, sondern ein koscherer Supermarkt. Und die vier Opfer waren keine »Gruppe von Leuten«. Sie waren Juden. Und sie wurden allein aus diesem Grund ausgewählt und gnadenlos abgeschlachtet.

Aber wie ist der Westen in diese Klemme geraten? In meinem Nachwort zu *Der Hintermann* habe ich vor den Folgen gewarnt, wenn die USA und ihre Verbündeten auf den sogenannten Arabischen Frühling falsch reagieren. »Behalten die Kräfte von Mäßigung und Modernität die Oberhand«, habe ich im April 2011 geschrieben, »ist es denkbar, dass die Gefährdung durch den Terrorismus allmählich abnimmt. Gelingt es radikalen islamischen Geistlichen und ihren Anhängern jedoch, in Staaten wie Ägypten, Jordanien und Syrien die Macht zu ergreifen, kann es leicht passieren, dass wir die turbulenten Anfangsjahre des 21. Jahrhunderts im Rückblick als die goldenen Jahre der Beziehungen zwischen dem Islam und dem Westen betrachten werden.« Leider hat das Versprechen des Arabischen Frühlings sich nicht erfüllt, und die arabische Welt steht in Aufruhr. Weil zugleich das Erdölzeitalter zu Ende geht, sind ihre Aussichten düster. Wiederholt die Geschichte sich, könnte aus dem Chaos ein schicksalhafter Führer hervorgehen. Vielleicht käme er aus der biblischen Wiege der Zivilisation an den Ufern eines der vier Ströme, die aus dem Garten Eden flossen. Und wenn ihm der Sinn danach stünde, könnte er sich vielleicht Saladin nennen.

DANKSAGUNG

Sehr zu Dank verpflichtet bin ich meiner Frau Jamie Gangel, die geduldig zuhörte, während ich den Plot von *Die Attentäterin* entwickelte, und dann die Riesenmengen Papier, die mein Drucker nach sieben Monaten intensiven Schreibens ausspuckte, gekonnt redigierte. Sie steht seit den ersten Anfängen der Gabriel-Allon-Reihe an meiner Seite – seit jenem warmen, sonnigen Morgen in Georgetown, an dem ich die Idee hatte, einen israelischen Auftragsmörder in einen Restaurator zu verwandeln. Jetzt ist der griesgrämige, trauernde Mann, den wir erstmals in *Der Auftraggeber* kennenlernten, Direktor des israelischen Geheimdiensts. Das ist eine Entwicklung, die ich mir nie hätte vorstellen können – und die ohne Jamies ständige Unterstützung nicht möglich gewesen wäre. Sie wäre auch nicht möglich gewesen ohne die Liebe meiner beiden Kinder Lily und Nicholas. Sie erinnern mich jeden Tag im Großen wie im Kleinen daran, dass es im Leben mehr gibt als Wörter und Absätze und clevere unerwartete Wendungen.

Um sechzehn Bücher über einen Mann aus Israel schreiben zu können, musste ich ziemlich viel Zeit dort verbringen. Ich habe das Land von einem Ende zum anderen bereist und kenne Teile davon so gut wie mein eigenes. Ich habe dort viele Freunde gewonnen. Manche sind Diplomaten oder Akademiker, andere sind Soldaten oder Spione. Alle haben meine Familie überwältigend freundlich und großzügig behandelt, wofür ich mich revanchiert habe, indem ich Kleinigkeiten von ihnen in meine Plots und Romanfiguren übernommen habe. So habe ich die historische Farm eines Freundes im Moschaw Nahalal in ein sicheres Haus verwandelt, in dem ich eine Frau auf einen Auftrag vorbereitet habe, den kein vernünftiger Mensch übernehmen würde. Und wenn ich an Uzi Navots elegantes Heim in Petach Tikwa denke, habe ich das eines Freundes vor Augen, der in der Nähe lebt. Ich denke auch an den Intellekt meines Freundes, seinen treffsicheren Sinn für Humor und seine charmante Frau, die absolut keine Ähnlichkeit mit der herrschsüchtigen Bella hat.

Auch ich bin kurzfristig aufgefordert worden, ins Berghotel Ma'ale Hahamisha zu kommen – nicht von Ari Schamron, sondern von Meir Dagan, dem zehnten Mossad-Generaldirektor, der vor Abschluss dieses Romans gestorben ist. Meir malte in seiner Freizeit gern und liebte wie Ari das nördliche Galiläa, wo er in der historischen Stadt Rosch Pina lebte. Der Holocaust beschäftigte ihn ständig. In seinem Dienstzimmer in der Mossad-Zentrale hing ein grausiges Foto, das seinen Großvater wenige Augenblicke vor seiner Erschießung durch SS-Führer zeigte. Mossad-Agenten mussten einen letzten Blick darauf werfen, bevor sie zu Auslandseinsätzen abreisten. An diesem Nachmittag in Ma'ale Hahamisha nahm Meir mich auf eine *Tour d'horizon* mit, die ich nie vergessen werde, und tadelte mich sanft wegen einiger Plots, für die ich mich entschieden hatte. Alle paar Minuten blieb ein Israeli in Badekleidung an unserem Tisch stehen, um Meir die Hand zu schütteln. Dem auf Diskretion bedachten Spion war so viel Aufmerksamkeit unangenehm. Sein Sinn für Humor war selbstironisch. »Wenn sie den Film über Gabriel drehen«, sagte er mit unergründlichem Lächeln, »sollen sie mich bitte größer machen.«

General Doron Almog und seine schöne Frau Didi öffnen uns immer ihr Heim, wenn wir nach Israel kommen; wie Gilah Schamron und Chiara kochen sie weit mehr, als wir jemals essen könnten. Ich kannte Doron nicht, als es darum ging, Gabriels äußere Erscheinung zu schildern, aber er war bestimmt die Gussform, aus der meine Romanfigur entstand. Man weiß nie, wer sich alles bei den Dorons zum Abendessen einfindet.

Spät an einem Abend kam ein sehr hoher israelischer General auf einen Drink vorbei. Früher an diesem Tag war in einem europäischen Hafen eine Gefahr für Israels Sicherheit unauffällig und effizient beseitigt worden. Als ich den General fragte, ob er irgendwas damit zu tun gehabt habe, lächelte er nur und sagte: »Shit happens.«

Das kompetente Personal im Hadassah Medical Center ließ mich ungehindert durchs Krankenhaus streifen – vom Hubschrauberlandeplatz auf dem Dach bis zu den hochmodernen OP-Sälen tief unter der Erde. Dr. Andrew Pate, der ausgezeichnete Anästhesist, half mir, einem Terroristen unter weniger als idealen Bedingungen das Leben zu retten. Dank seiner fachmännischen Unterweisung fühle ich mich jetzt imstande, notfalls einen Hämatopneumothorax zu behandeln.

Ewig zu Dank verpflichtet bin ich David Bull, der anders als der fiktive Gabriel wirklich einer der besten Restauratoren der Welt ist. Ein von Herzen kommendes Dankeschön an mein juristisches Team, Michael Gendler und Linda Rappaport, für seine Unterstützung und klugen Ratschläge. Louis Toscano, mein lieber Freund und langjähriger Lektor, nahm zahlreiche Verbesserungen an meinem Roman vor, und Kathy Crosby, meine persönliche Korrektorin, sorgte mit Adlerblick dafür, dass der Text frei von Schreib- und Grammatikfehlern war.

Wir sind mit vielen Freunden gesegnet, die unser Leben an kritischen Punkten des Schriftstellerjahrs mit Liebe und Lachen erfüllen, vor allem Betsy und Andrew Lack, Caryn und Jeff Zucker, Nancy Dubuc und Michael Kizilbash, Pete Williams und David Gardner, Elsa Walsh und Bob Woodward. Und ein spezieller Dank an Deborah Tyman von den New York Yankees dafür, dass sie's mit einem unerprobten Rechtshänder mit verletzter Schulter riskiert hat. Zu Protokoll möchte ich geben: Mein Ball war kein Aufsetzer.

Bei der Arbeit an diesem Manuskript habe ich Hunderte von Büchern, Zeitungs- und Zeitschriftenartikel und Webseiten konsultiert, weit mehr, als ich hier aufzählen kann. Aber es wäre nachlässig, nicht das außerordentliche Wissen und die Berichterstattung von John Warwick, Patrick Cruickshank, Scott Shane und Michael Weiss zu erwähnen. Hut ab vor all den couragierten Reportern, die den Mut hatten, nach Syrien zu gehen und der Welt von den dort gesehenen Schrecken zu berichten. Journalismus – *echter* Journalismus – zählt noch immer.

Dass dieses Buch ohne die Arbeit meines Teams bei HarperCollins nicht hätte erscheinen können, versteht sich von selbst, aber ich sage es trotzdem noch mal, weil es das beste der Branche ist. Mein besonderer Dank an Jonathan Burnham, Brian Murray, Michael Morrison, Jennifer Barth, Josh Marwell, Tina Andreadis, Leslie Cohen, Leah Wasielewski, Robin Bilardello, Mark Ferguson, Kathy Schneider, Carolyn Bodkin, Doug Jones, Katie Ostrowka, Erin Wicks, Shawn Nicholls, Amy Baker, Mary Sasso, David Koral und Leah Carlson-Stanisic.

Zuletzt noch ein spezieller Dank an das Personal des Cafés Milano in Georgetown, das unsere Familie und Freunde immer gut betreut, wenn wir das Glück haben, einen Tisch zu bekommen. Bitte verzeihen Sie mir den fiktiven Bombenanschlag in der Schlussphase von *Die Attentäterin*. Hoffen wir alle, dass eine derartige Nacht sich nie ereignen wird.

Ab Oktober 2018

Daniel Silva
Der Drahtzieher
€ 16,99, Klappenbroschur
ISBN 978-3-95967-207-8

London: Ein grausamer Anschlag des IS im Westend kostet unzählige Menschenleben. Ein Beweis für das teuflische Genie von Saladin, IS-Chefstratege und Urheber einiger der schwersten Terrorangriffe in Europa und den USA.

Gabriel Allon, legendärer Agent und mittlerweile Leiter des israelischen Geheimdienstes, führt eine multinationale Operation zu Saladins Neutralisierung an. Ihn auszuschalten hat für Allon oberste Priorität. Als bei einem Besuch Allons die Zentrale der französischen Antiterrorgruppe von einer Bombe zerstört wird, ist Gabriel sich nicht mehr sicher, wer Jäger und wer Gejagter ist …

www. harpercollins.de

Harper Collins

Deutsche Erstveröffentlichung

Daniel Silva
Der englische Spion
€ 15,00, Klappenbroschur
ISBN 978-3-95967-049-4

Der aufregende und mitreißende neue Silva!

Das Volk verehrt sie. Doch ihr Exmann und seine Mutter, die Königin von England, verachten sie. Als eine Bombe sie in den Tod reißt, setzt die britische Regierung alles daran, den Täter zu finden. Dafür benötigt sie die Hilfe eines Mannes: Gabriel Allon, legendärer Agent des israelischen Geheimdienstes. Zusammen mit dem ehemaligen SAS-Offizier Christopher Keller macht er sich daran, die blutige Fährte des verantwortlichen Topterroristen zu verfolgen. Eine Fährte, die Gabriel an den dunkelsten Ort seiner Vergangenheit führt ...

www. harpercollins.de

Harper Collins

Daniel Silva
Der Raub
€ 10,99, Taschenbuch
ISBN 978-3-95967-056-2

Für den Restaurator war Frieden nur die Zeit zwischen dem letzten Krieg und dem nächsten. Frieden war eine Täuschung, ein flüchtiges Trugbild ...

Der israelische Geheimagent und Restaurator Gabriel Allon bessert gerade ein Altarbild in Venedig aus, als die italienische Polizei seine Hilfe verlangt: Ein krimineller Kunstsammler wurde brutal in seiner Villa am Comer See ermordet. Ausgerechnet Gabriels langjähriger Weggefährte Julian Isherwood gilt als Hauptverdächtiger. Um die Unschuld des Kunsthändlers zu beweisen, muss Allon den wahren Täter aufspüren. Seine Ermittlungen führen ihn quer durch Europa bis in den Nahen Osten. Dabei stößt er auf ein mörderisches Komplott von gigantischem Ausmaß – und kommt dem berühmtesten gestohlenen Gemälde der Welt auf die Spur ...

www.harpercollins.de

Harper Collins